KB099550

잃어버린 시간을
찾아서 10

갇힌 여인 2

À LA RECHERCHE DU TEMPS PERDU
LA PRISONNIÈRE

잃어버린 시간을
찾아서 10

갇힌 여인 2

마르셀 프루스트 김희영 옮김

민음사

일러두기

1 이 책은 Marcel Proust의 *Le Temps retrouvé, A la recherche du temps perdu* (Gallimard, "Bibliotheque de la Pleiade", 1989)를 번역했다. 그리고 주석은 위에 인용한 책과 *Le Temps retrouvé*(Gallimard, Collection Folio, 1990), *Le Temps retrouvé*(Le Livre de Poche, 1993), *Le Temps retrouvé*(GF Flammarion, 2011)를 참조하여 역자가 작성했다. 주석과 작품 해설에서 각 판본은 플레이아드, 폴리오, 리브르드포슈, GF-플라마리옹으로 구분하여 표기했다.

2 총 7편으로 이루어진 프루스트의 『잃어버린 시간을 찾아서』를 원고의 길이와 독서의 편의를 고려하여 13권으로 나누어 편집했다. 1편 「스완네 집 쪽으로」 (1, 2권), 2편 「꽃핀 소녀들의 그늘에서」(3, 4권), 3편 「게르망트 쪽」(5, 6권), 4편 「소돔과 고모라」(7, 8권), 5편 「갇힌 여인」(9, 10권), 6편 「사라진 알베르틴」(11권), 7편 「되찾은 시간」(12, 13권)

3 작품명 표기에서 단행본은 『 』, 개별 작품은 「 」, 정기간행물은 《 》로 구분했다.

차례

갇힌 여인 2

2부

마차가 강변로를 따라 베르뒤랭네 집 가까이 이르렀을 때, 나는 마차를 세웠다. 보나파르트 거리 모퉁이에서 브리쇼가 전차에서 내려 낡은 신문지로 구두를 닦고, 연한 회색 장갑을 끼는 모습이 보였기 때문이다. 그에게 다가갔다. 몇 년 전보다 시력이 한층 더 나빠진 그는 새 안경을 끼고 있었는데 — 실험실만큼이나 풍부한 장비를 갖춘 — 강력하고도 복잡하며 천문학 기구 같은 안경은 나사로 그의 눈에 조여진 듯 보였다. 그는 과도한 안경의 불꽃을 내 쪽으로 날린 뒤에야 알아보았다. 안경의 상태는 경이로웠다. 그러나 나는 안경 너머로 작고 창백하고 경련을 일으키는 멍한 시선이 그 강력한 기구 아래서 죽어 가는 모습을 보았다. 마치 하는 일에 비해 지나치게 많은 보조금을 받는 연구실의 가장 완벽한 장비 아래 누군가가 빈사 상태의 하찮은 곤충 한 마리를 갖다 놓은 것 같았다.

반실명인 그가 잘 걸을 수 있도록 나는 팔을 내밀었다. "이번에는 거대한 셰르부르 근처가 아니라 '작은 덩케르크' 근처에서 만나는군."* 하고 그가 말했다. 그의 말뜻을 얼른 이해하지 못한 나는 몹시 난감했다. 그렇지만 브리쇼에게 물어볼 용기는 나지 않았다. 나를 멸시할지 모른다는 두려움보다는 장황한 설명을 늘어놓을까 봐 겁이 났기 때문이다. 나는 그에게 예전에 스완이 매일 저녁 오데트를 만났던 살롱을 보고 싶다고 대답했다. "뭐라고? 자네가 그 오래된 이야기를 안단 말인가?" 라고 그가 말했다.

스완의 죽음은 당시 내게 커다란 충격이었다. 스완의 죽음이라니! 이 표현에서 '스완의'라는 말은 단순히 소유격을 의미하지 않는다. 이 말은 특별한 죽음, 운명이 스완을 위해 특별히 보낸 죽음을 뜻한다. 우리는 간단히 말하려고 그저 '죽음'이라고 하지만, 세상에는 사람들만큼 많은 죽음이 있다. 전속력으로 모든 방향에서 달려오는 죽음, 이런저런 사람을 향해 운명이 보낸 능동적인 죽음, 하지만 우리에게는 그것을 볼 수 있는 감각이 없다. 때로는 이삼 년이 지나서야 자기가 맡은 임무로부터 완전히 해방되는 죽음도 있다. 이런 죽음은 빠

---

* 브리쇼는 이 문단에서 베르뒤랭네 신도들이 모이는 대표적인 두 장소, 즉 베르뒤랭의 별장이 있는 노르망디 지역의 라 라스플리에르(셰르부르 근처라는 말로 환기되는)와, 베르뒤랭의 저택이 있는 파리 콩티 강변로를 암시하고 있다. 콩티 강변로 근처에는 적어도 1913년까지 '작은 덩케르크'라는 간판이 붙은 신상품 가게가 있었다고 한다.(『갇힌 여인』, 플레이아드 III, 1741쪽 참조.)

른 속도로 달려와서, 이를테면 스완 같은 사람의 옆구리에 암 덩어리를 심어 놓고는 다른 곳으로 작업하러 떠났다가, 외과 의사가 수술을 마치고 나면 다시 암 덩어리를 심기 위해 돌아온다. 그러다 보면 스완의 건강이 많은 우려를 자아냈지만, 지금은 불편했던 상태에서 완전히 회복 중이라는 기사를 《골루아》에서 읽는 순간이 온다. 마지막 숨을 거두기 몇 분 전, 죽음은 우리를 파괴하는 대신 보살펴 주는 수녀처럼, 우리의 마지막 순간을 곁에서 지키다가, 심장 고동이 멈추고 영원히 차가워지면 우리를 최고의 영광으로 장식한다. 이런 죽음의 다양성과 순환의 신비와 영정에 두른 리본 색깔이, 신문 기사의 몇 줄 글에 그토록 감동적인 뭔가를 부여한다. "샤를 스완 씨가 어제 파리 저택에서 오래도록 그를 괴롭히던 병환 끝에 서거했음을 깊은 애도와 함께 알리는 바이다. 그는 기지가 뛰어난 파리지앵으로서, 지인을 고르고 충실할 줄 알았던 그의 정확한 안목 덕분에 모든 이들로부터 존경을 받았으며, 또한 섬세하고도 해박한 식견 덕분에 많은 이들에게 기쁨을 주었고, 인기가 많았던 탓에 예술계와 문학계뿐 아니라 가장 오래된 회원이자 가장 영향력 있는 회원이었던 조키 클럽에서도 모두들 예외 없이 그를 그리워할 것이다. 그는 또한 위니옹 클럽과 농업 클럽의 회원이었으며, 루아얄 거리의 클럽 회원직도 최근에 사임했다.* 재기 반짝이는 용모와 뛰어난 명성 덕분

---

* 1835년에 창설된 농업 클럽은 각각 1865년과 1916년에 루아얄 거리의 클럽(『잃어버린 시간을 찾아서』 4권 225쪽)에 합류했다. 당시에는 농업이 프랑스 경제의 주요 산업이었으므로, 토지 소유자들을 중심으로 결성된 이 클

에, 음악과 회화의 온갖 '중요 행사(great event)'와, 특히 '전시회 개막일' 행사에서 줄곧 참석자들의 호기심을 자극했던 고인은, 최근 몇 년 동안 자택에서 거의 두문불출하기 전까지는, 이런 모임의 충실한 고객이었다. 장례식은…… 거행될 예정이다."

이런 관점에서 '누군가'가 아닌 경우, 알려진 호칭의 부재는 죽음의 해체 작업을 더욱 가속화한다. 물론 어떤 이는 뚜렷한 개인적 특징 없이 익명의 방식으로, 그저 위제 공작으로 남기도 한다. 하지만 공작관(公爵冠)이라는 호칭 자체가, 마치 알베르틴이 높이 평가하던 그 공작관 형태로 제작된 아이스크림처럼, 얼마 동안은 그 요소들을 지탱해 준다. 그런데 지극히 사교계를 좋아하는 부르주아 인사들의 이름은, 죽음을 맞이하자마자 '틀에서 꺼내져서' 해체되고 녹아 버린다. 우리는 앞에서 게르망트 부인이 카르티에*에 관해, 그가 트레무이유 공작의 절친한 친구이자 귀족 사회에서 매우 인기 많은 사람이라고 말하는 걸 보았다. 그러나 다음 세대의 사람들에게 카르티에는 고유한 형태가 없는, 그저 하찮은 누군가가 될 뿐이다. 그리하여 사람들이 그를 보석상 카르티에의 친척으로 만들고 승격시켜, 그런 사실을 모르는 사람이 그를 보석상 카르티에와 혼동해도, 그는 그저 미소만 지었으리라. 그러나 스완은 이와 반대로 지적으로나 예술적으로 탁월한 인물이었으

럽은 인기가 높았다. 위니옹 클럽에 대해서는 『잃어버린 시간을 찾아서』 8권 410쪽 주석 참조.

* 『잃어버린 시간을 찾아서』 9권 67쪽 참조.

며, 비록 아무것도 '생산'하지 못했다고는 하나, 그의 이름은 조금 더 오래 살아남을 수 있었다. 하지만 친애하는 스완 씨, 그때 저는 어린아이였고 당신은 이미 무덤 가까이에 있는 분이라 잘 알지 못했지만, 그래도 당신이 한낱 어리석은 아이로 생각했을 존재가, 이제 당신을 자신이 쓴 소설의 한 주인공으로 만들어, 사람들이 다시 당신에 관해 얘기하기 시작했으니, 어쩌면 당신은 오래도록 살아남을지도 모르겠습니다. 티소가 루아얄 거리의 클럽 발코니를 그린 그림에서, 갈리페와 에드몽 드 폴리냐크와 생모리스 사이에 있는 당신 모습을 보고, 사람들이 그렇게나 얘기하는 까닭은, 바로 스완이라는 인물에게서 당신의 몇 가지 특징을 알아본 탓일 겁니다.*

보다 일반적인 현실로 돌아가 보면, 게르망트 공작 부인의 사촌 댁에서 연회가 열렸던 날 저녁, 나는 스완이 직접 공작 부인 댁에서 이런 예견된 죽음, 그렇지만 뜻밖의 죽음에 관해 얘기하는 걸 들었다.** 어느 날 저녁 신문을 읽다가 수수께끼 같은 몇 줄 글로 뜬금없이 끼어든 부고에 가슴이 철렁했던 날처럼, 내가 발견했던 것도 바로 이런 죽음의 특이하고도 놀라운 낯섦성이었다. 몇 줄의 글이 갑자기 살아 있는 사람을, 우

---

* 제임스 티소(James Tissot, 1836~1902)가 그린 「루아얄 거리의 클럽」(1868년 작, 오르세 미술관 소장)에는 스완의 실제 모델인 샤를 아스(『잃어버린 시간을 찾아서』 2권 14쪽 참조.), 프루스트의 친구인 갈리페 후작과 에드몽 드 폴리냐크, 가스통 드 생모리스, 그리고 게르망트 공작 부인이 「갇힌 여인」의 시작 부분에서 언급한, 로 후작 등 열두 명의 클럽 회원이 그려져 있다.
** 『잃어버린 시간을 찾아서』 6권 483쪽 참조.

리가 하는 말에 이름으로만 대답하는 글로 쓰인 이름, 갑자기 현실 세계로부터 침묵의 왕국으로 넘어가는 이름으로만 대답하는 누군가로 만들기에 충분했다. 바로 그 몇 줄 글이, 베르뒤랭네가 예전에 살았던 집, 당시에는 신문에서 몇 마디 정도로만 다루어졌으며, 또 스완이 자주 오데트와 함께 저녁 식사를 했던 집을 더 잘 알고 싶은 욕망을 아직도 내게 일으키고 있었다. 여기에 게르망트 대공 부인 댁에서 내가 스완에게 했던 약속을 지키지 않고 질베르트를 보러 가지 않았다는 점도 덧붙여야 한다.(비록 이런 동기는 스완의 죽음이라는 개별적인 낯섦성과 무관했지만, 바로 그 때문에 그의 죽음은 어떤 사람의 죽음보다 오랫동안 내게 고통을 주었다.) 또 스완이 그날 밤 내게 언급했던 "또 다른 이유," 대공과 가졌던 대화의 고백 상대로 나를 선택했던 이유를 결코 말해 주지 않았다는 점과, 또 여러 다양한 주제, 다시 말해 베르메르와 무시 씨,* 또 그 자신과 부셰의 어떤 장식 융단과 콩브레에 관해, 내가 그에게 하고 싶었던 많은 질문들을 환기했다는 점도(마치 하천 밑바닥에서 올라오는 거품처럼) 덧붙여야겠다. 이런 질문들은 내가 하루하루 미루어 왔으므로 어쩌면 그리 시급한 질문은 아닐지 모르지만, 이제 그의 입술이 밀봉되고, 더 이상 대답이 나올 수 없다고 생각하자 지극히 중요한 것으로 생각되었다. 타자의 죽음은 마치 우리 자신의 여행, 파리에서 100킬로미터 거리의 장소에 이르자

---

* 앙투안 드 무시, 무시 공작.(Antoine de Mouchy, duc de Mouchy, 1841~1909.)(『잃어버린 시간을 찾아서』 6권 355쪽 주석 참조.)

마자 두 묶음의 손수건을 잊어버리고 왔으며, 요리사에게 열쇠를 맡기는 것과, 아저씨에게 작별 인사를 하는 것과, 우리가 보고 싶어 하는 옛 분수가 있는 도시의 이름을 묻는 것을 잊었음을 기억해 내는 여행과도 같다. 그렇지만 갑자기 우리를 엄습하고, 또 함께 여행하는 친구에게 그저 인사치레로 소리 높여 말하는 이 모든 망각한 일들에 대해 응답하는 것은, 절대적인 거부를 의미하는 기차 좌석의 현실과 승무원이 외치는, 실현 가능성으로부터 점점 더 우리를 멀어지게 하는 역 이름뿐이다. 그리하여 우리는 돌이킬 수 없을 정도로 누락된 일들에 대한 생각을 접고, 그 대신 음식 꾸러미를 풀고 신문이나 잡지를 교환하기 시작한다.*

"아닐세." 하고 브리쇼가 말을 이었다. "스완이 미래의 아내가 될 사람을 만난 곳은 이곳이 아니었어. 아니, 적어도 가장 마지막 시기에야, 베르뒤랭 부인의 첫 번째 저택 일부가 화재로 소실된 뒤에야 이곳에서 만났다네."

내가 누리는 사치는 불행하게도 교수가 공유하지 않는 사치였으므로, 교수의 눈에 격에 맞지 않은 것처럼 보일까 봐 걱정된 나는 급히 삯마차에서 내렸고, 브리쇼가 나를 알아보기 전에 마부 곁에서 멀어지려고 빠른 속도로 말했으므로, 마부는 내 말을 이해하지 못한 듯 보였다. 그 결과 마부가 내게 다가왔고, 나중에 데리러 오느냐고 물었다. 나는 서둘러 그렇게

---

* "타자의 죽음"에서 시작하여 "교환하기 시작한다."로 끝나는 이 문단은 GF-플라마리옹판에는 삭제된 부분으로, 주석에만 명시되어 있다.(『갇힌 여인』, GF-플라마리옹, 537쪽 참조.)

하라고 대답하고, 합승 마차로 온 대학교수에게 더욱 예의를 갖췄다.* "아! 삯마차를 타고 왔군!" 하고 그는 근엄한 표정으로 말했다. "정말이지! 어쩌다 아주 우연히도 그렇게 됐습니다. 저로서는 매우 드문 일입니다. 전 항상 합승 마차를 타거나 걸어서 다니거든요. 그래도 오늘 저녁 선생님께서 이 낡아빠진 마차 안으로 들어오는 걸 허락하신다면, 댁까지 모셔다 드리는 영광을 누릴 수 있을 텐데요. 좌석이 좀 비좁긴 합니다만, 선생님께서는 제게 늘 관대하시니까요." 나는 이렇게 제안하면서 별로 방해가 될 일은 없다고 생각했다. 알베르틴 때문에 어쨌든 집에 돌아가야 했으니까. 아무도 그녀를 보러 올 수 없는 시각에 그녀가 내 집에 있다고 생각하는 것만으로도, 머지않아 그녀가 트로카데로에서 귀가할 것임을 알고, 만남을 서두르지 않았던 그날 오후처럼, 한가로운 마음으로 시간을 보낼 수 있었다. 그러나 또한 그날 오후처럼 내게는 한 여인이 있으며, 그래서 집에 돌아가더라도 내게 힘을 북돋아 주는 고독의 열광을 더 이상 맛보지 못하리라는 점도 감지했다. "기꺼이 그렇게 하지." 하고 브리쇼가 대답했다. "자네가 언급한 시기에 우리 친구들은 몽탈리베 거리에 살았는데, 중이층(中二層)이 정원으로 연결돼 있는 아주 멋진 단층집이었네. 물론 지금 집보다는 화려하지 않았지만, 그래도 나는 베네치아

---

* 이 부분에서 마차로 옮긴 프랑스어 표현은 voiture이다. 따라서 자동차로 번역될 수도 있지만, 이 단락에서 마부(cocher)의 출현이 마차 쪽으로 기울게 한다.

대사관저*보다 그곳을 더 좋아했네." 브리쇼는 내게 그날 저녁 '콩티 강변로'(신도들은 베르뒤랭 살롱이 이곳으로 이전한 후부터는 그렇게 불렀다.)에서 샤를뤼스 씨가 주최하는 음악회를 겸한 '호화로운 연회'가 열린다고 알려 주었다. 그는 내가 언급했던 옛 시기의 작은 동아리는 지금과 달랐고 분위기도 달랐다고 말했는데, 신도들이 젊었다는 이유만으로 그렇게 말하는 것은 아니라고 덧붙였다. 또 엘스티르의 촌극(엘스티르가 '순수 익살극'이라고 칭했던)에 대해서도 얘기해 주었다. 어느 날 엘스티르는 마지막 순간까지 그들을 '버리고' 나타나지 않다가, 갑자기 임시 고용된 집사처럼 꾸미고 나타나서는, 음식을 나르며 매우 정숙한 척하는 퓌트뷔스 남작 부인의 귀에 대고 외설적인 말을 속삭였고, 그러자 남작 부인은 공포와 분노로 얼굴이 벌겋게 달아올랐다고 한다. 그런 뒤 엘스티르는 만찬이 끝나기도 전에 자취를 감췄다가, 물이 가득한 욕조를 살롱에 운반하도록 하여 손님들이 식탁에서 나올 때쯤 자신도 욕조에서 알몸으로 나오면서 욕설을 퍼부었다는 것이다. 또 브리쇼는 엘스티르가 도안하고 자르고 색칠한 종이 의상, 역시 걸작인 의상을 입고 참석한 야식 모임에 관해서도 얘기해 주었다. 한번은 샤를 7세 궁정의 대귀족 의상을 입고 코가 뾰족한 구두를 신었으며, 또 한번은 나폴레옹 1세의 의상을 입었는데, 봉랍을 가지고 커다란 레지옹 도뇌르 훈장도 만들어 달았

---

* 베르뒤랭 부부가 몽탈리베 거리의 저택 다음으로 살았던 곳이다. 그러나 콩티 강변로에는 옛 베네치아 대사관저로 보이는 곳은 찾아볼 수 없다고 지적된다.(『되찾은 시간』, 리브르드포슈, 429쪽 참조.)

다고 했다. 간단히 말해 브리쇼는 생각 속에서, 커다란 창문이 있고 정오 햇볕에 색이 바래 다른 것으로 바꾸지 않으면 안 되는 낮고 긴 의자가 놓인 당시의 살롱을 다시 떠올리면서, 그래도 그때가 지금보다 좋았다고 단언했다. 물론 나는 브리쇼가 '살롱'이라고 말했을 때 — 성당이라는 말이 종교적인 건물만을 의미하는 게 아니라 신자들의 공동체도 의미하듯이 — 중이층의 집뿐 아니라, 그곳에 드나드는 사람들과 그들이 그곳에서 찾으러 온 특별한 기쁨도 의미한다는 것을, 또 그의 기억속에서 긴 의자가 그 기쁨에 어떤 형태를 부여한다는 것도 이해했다. 오후 나절 손님들이 베르뒤랭 부인을 방문하여 부인이 준비를 마칠 때까지 긴 의자에 앉아 기다릴 때면, 밖에서는 마로니에 나무의 분홍 꽃이, 또 벽난로 위 꽃병에서는 분홍빛 카네이션이 손님을 환대하는 미소를 지었고, 손님들은 우아하고도 호의적인 상념 속에서 여주인의 늦은 출현을 뚫어지게 살피는 듯했다. 하지만 그에게 이런 '살롱'이 지금의 살롱보다 우월해 보였다면, 그것은 어쩌면 늙은 프로테우스*와도 같은 우리 정신이 어떤 형태의 예속 상태에도 머무를 수 없어, 사교계 영역에서도 천천히 그리고 어렵게 완벽한 경지에 도달한 살롱으로부터 갑자기 이탈하여, 그보다 덜 화려한 살롱을 선호하게 된 때문인지도 모른다. 마치 스완이, 오토 사진관에서 공주 같은 드레스를 입고 랑테리크가 손질한 굽슬거리

---

* '바다의 노인'이라고 불리는 이 해신은 뛰어난 예언 능력과 변신의 능력을 지닌 신으로 알려져 있다.

는 머리칼을 하고 찍은 오데트의 사진보다, 니스에서 찍은 '작은 명함판 사진'을 훨씬 더 좋아했던 것처럼 말이다.* 그 사진에서 어깨를 덮는 모직 케이프를 걸치고, 제비꽃과 검정 벨벳 리본으로 장식한 밀짚모자 밖으로 헝클어진 머리칼이 삐져나온 오데트는,(오래된 사진일수록 여인은 보통 더 늙어 보이는 법이다.) 지금보다 스무 살이나 젊은 나이의 우아한 모습이었음에도, 스무 살은 더 먹은, 어느 보잘것없는 하녀처럼 보였다. 아마도 브리쇼는 내가 알지 못하는 일을 자랑하고, 또 내가 가질 수 없는 기쁨을 자신이 맛보았음을 알려 주면서 어떤 기쁨을 느꼈는지도 모른다. 게다가 그는 어느 정도 그 일에 성공했다고 할 수 있는데, 지금은 존재하지 않는 두세 사람의 이름을 인용하는 것만으로도, 그가 그들에 대해 말하는 방식과 그 감미로운 내밀함으로 인해, 그들의 매력에 어떤 신비로움을 더해 주었고, 그래서 나는 그 매력이 무엇인지 자문해 보면서, 지금까지 베르뒤랭네에 관해 전해 들은 얘기가 지나치게 대략적이었다고 느꼈다. 그리고 내가 알았던 스완에 대해서도, 내가 그에게 별다른 사심 없이 충분한 주의를 기울이지 못했으며, 또 점심 식사에 돌아올 아내를 기다리는 동안 나를 응대하고 아름다운 물건들을 보여 주면서 그가 한 말에 귀 기울이지 않았던 일을, 그가 과거의 훌륭한 달변가와 필적할 만한 인

---

* 오토 사진관은 당시에 인기가 많았던 사진관이다. 1900년경에는 루아얄 거리 15번지에 위치했으며, 우리가 오늘날 접하는 프루스트의 사진도 이 사진관에서 여러 장 찍은 것으로 알려졌다. 랑테리크(Lenthéric)는 미용사이자 향수 제조상으로 생토노레 거리 234번지에서 활동했다.

물임을 알게 된 지금에서야 자책하는 것이었다.*

베르뒤랭 부인 댁에 도착하는 순간, 샤를뤼스 씨가 거대한 몸을 휘저으면서 우리 쪽으로 오는 모습이 보였다. 그 뒤에는 그가 원치 않는데도 깡패인지 거지인지 모를 녀석이 뒤따르고 있었다. 지금은 그가 지나갈 때면 가장 한적해 보이는 길모퉁이에서도 꼭 그런 녀석이 나타나, 조금 떨어져 걷긴 했지만 마치 상어에 붙어 다니는 빨판상어처럼 그 힘센 괴물을 본의 아니게 언제나 호위했고, 그래서 샤를뤼스 씨는 내가 발베크에 체류한 첫해에 보았던, 근엄한 모습에 남성다움을 가장한 그런 오만한 낯선 존재와는 지극히 대조적인 모습을 하고 있었다. 마치 위성을 동반하고 지금까지와는 아주 다른 공전(公轉) 주기에 들어가 최고조에 도달한 모습을 보여 주기 시작한 별자리나, 몇 년 전만 해도 가벼운 종기에 불과해 쉽게 감출 수 있었기에 그 심각성을 의심하지 못했던 병에 온몸이 잠식된 환자처럼 보였다. 브리쇼는 수술을 받은 후 영구히 잃어버린 줄만 알았던 시력을 조금 회복했으나, 그가 남작의 발걸음에 달라붙은 건달을 목격했는지는 모르겠다. 게다가 그 일은 별로 중요하지 않았는데, 라 라스플리에르 이후, 또 대학교수가 샤를뤼스 씨에게 품은 우정에도 불구하고, 샤를뤼스 씨의 존재는 교수에게 뭔가 거북함을 야기했기 때문이다. 물론 각각의 인간에게 있어 타자의 삶은, 우리가 의심해 보지 못한

---

* 샤를 아스와 로 후작에 대한 실제 추도사에는, 그들이 뛰어난 달변가임을 강조하는 글이 쓰여 있었다고 한다.(『갇힌 여인』, 폴리오, 431쪽 참조.)

오솔길을 어둠 속으로 이어지게 한다. 자주 기만적이며 또 모든 대화를 이루는 거짓말은, 반감이나 이해관계, 일부러 방문한 듯 보이고 싶지 않은 방문, 또는 아내에게 숨기고 싶은 정부와의 한나절 도피를, 훌륭한 평판이 악습을 알아차리지 못하도록 은폐하는 것보다 완벽하게 감추지는 못한다. 악습은 평생토록 알려지지 않을 수 있지만, 어느 날 저녁 선창가에서의 우연한 만남이 그걸 폭로하며, 사실 이 우연도 그에 정통한 제삼자로부터 우리 각자가 모르는 그 희귀한 말을 듣기까지는 흔히 잘못 이해되기 마련이다. 그러나 악습이 알려지는 건 두려운 일로, 이는 도덕성에 대한 우려보다는 거기서 광기가 몰려오는 것을 감지하기 때문이다. 쉬르지 르 뒤크 공작 부인은 도덕적 감수성이 전혀 발달하지 않은 여인이어서, 자기 아들들이 아무리 타락한 행동을 해도, 그것이 이해관계로 설명되고, 그래서 모든 사람이 납득할 수 있는 것이라면 그대로 묵인했을 터다. 그러나 반복적으로 울리는 괘종시계처럼, 샤를뤼스 씨가 방문할 때마다 운명적으로 뭔가에 끌린다는 듯 아들들의 턱을 꼬집고, 또 그들로 하여금 그의 턱을 꼬집게 한다는 사실을 알아차리고는 아들들에게 샤를뤼스 씨와의 교제를 더 이상 하지 못하도록 금지했다. 부인은 지금까지 좋은 관계를 유지해 왔던 이웃이, 혹시 식인종의 풍습을 갖게 된 것은 아닌지 물어보게 하는 그런 육체의 신비에 불안감을 느꼈으며, 그래서 "아드님들을 곧 만나게 될까요?"라고 되풀이해서 묻는 남작의 질문에, 자신에 대한 분노가 쌓이리라는 걸 알면서도, 아들들이 강의와 여행 준비로 무척 바쁘다고 대답했다.

무책임은 과오를, 또 사람들이 뭐라고 말하든 범죄조차 심화시킨다. 랑드뤼*(그가 정말로 여성을 살해했다는 가정 아래)가 이해관계 때문에 여성을 살해했다면, 인간은 그런 이해관계에 저항할 수 있으므로 사면받을 수 있지만, 만일 통제할 수 없는 사디즘에 의해 사람을 죽였다면 사면받지 못할 것이다. 남작과 우정을 나누던 초기에 브리쇼가 했던 저속한 농담은, 진부한 이야기를 지껄이는 단계가 아닌, 이해 단계에 이르자 뭔가 쾌활함을 가장한 고통스러운 감정으로 대체되었다. 그는 플라톤의 구절이나 베르길리우스의 시구를 암송하면서 자신이 느끼는 두려움을 떨쳐 버리고자 했다. 왜냐하면 그 시대에는 청년을 사랑하는 일이(이 점은 소크라테스의 농담이 플라톤의 이론보다 더 명확히 보여 준다.) 오늘날 여자 무용수를 부양하다가 얼마의 시간이 지나면 약혼하는 것과 동일한 일임을, 맹목적인 정신의 소유자인 그는 전혀 이해하지 못했기 때문이다. 샤를뤼스 씨 자신도 이해하지 못했던 모양이다. 그는 자신의 괴벽을 그것과 전혀 닮지 않은 우정과 혼동했고, 또 프락시텔레스**가 조각한 육상 선수들을 오늘날의 순종적인 권투 선수들과 혼동했다. 그는 1900년 전부터("신앙심 깊은 군주 밑에서

---

* 랑드뤼(Landru)는 여성 연쇄 살인범으로, 베르사유 중죄 재판소에서 1921년 판결을 받고, 다음 해에 처형되었다. 프루스트가 마지막으로 추가한 글 중 하나이다.(『갇힌 여인』, 플레이아드 III, 1743쪽 참조.)
** Praxiteles(기원전 370?~기원전 330?). 기원전 4세기경의 그리스 조각가로, 섬세하고도 여성적인 특징을 지닌 신상(神像)과 「마라톤 청년상」 같은 조각상을 남겼다.

는 신앙심 깊은 신하, 무신론자인 군주 밑에서는 무신론자인 신하가 나온다."라고 라브뤼예르는 말했다.)* 우리가 아는 모든 관습적인 동성애는 ── 플라톤의 청년들과 베르길리우스의 목동들로 표현되는** ── 사라졌으며, 그리하여 이제 비의지적이고 신경증적인 동성애, 타인에게 숨기고 자신에게 위장하는 동성애만이 살아남아 증식되고 있음을 보려고 하지 않았다. 샤를뤼스씨가 동성애의 이교도적 기원을 단호히 부정하지 않은 것은 잘못일지도 모른다. 만일 그랬다면 그 시대의 고유한 조형미를 조금 상실하는 대신, 현대적 동성애에서 연유하는 도덕적인 우월감은 가질 수 있었을 텐데! 젊은 소년을 갈망하는 테오크리토스의 목동이, 훗날 아마릴리스를 위해 피리를 부는 다른 목동보다 더 섬세하고 덜 잔인한 마음을 가질 필요는 전혀없다.*** 테오크리토스의 목동은 병에 걸린 것이 아니라, 시대의 유행을 따랐을 뿐이다. 여러 장애물에도 불구하고, 수치스럽고 퇴색한 동성애만이 오늘날까지 살아남아 유일하고 진정한 동성애로, 동일한 인간의 세련된 도덕적 자질에 걸맞은 유

---

* 라브뤼예르의 『성격론』에 나오는 구절을 약간 수정해서 인용한 것이다.(『갇힌 여인』, 폴리오, 431쪽 참조.)
** 플라톤의 『향연』과 베르길리우스의 『전원시』를 가리킨다.
*** 테오크리토스(Theocritos, 기원전 310?~기원전 250)는 기원전 3세기에 활동한 고대 그리스의 목가 시인으로, 시칠리아 전원에서의 목동을 서정적 운율로 노래한 『목가』가 대표작이다. 이 문단에서는 특히 1편과 3편이 환기되었다.(『갇힌 여인』, 플레이아드 III, 1743쪽 참조.) 아마릴리스는 테오크리토스의 『목가』에서는 사랑에 빠진 남자를 절망에 빠뜨리는 양치기 소녀를, 베르길리우스의 『전원시』에서는 아름다운 소녀를 표상한다.

일한 동성애로 간주되고 있다. 우리는 육체가 도덕적 자질과 가지는 연관 관계에 대해, 육체적 취향에서의 단순한 변화나 가벼운 감각의 결함에 대해 생각할 때면 동요하는데, 바로 이 것이 게르망트 공작에게는 그토록 닫혀 있는 시인과 음악가의 세계가, 어떻게 샤를뤼스 씨에게는 열려 있는지를 설명해 준다. 샤를뤼스 씨가 작은 장식품을 좋아하는 주부처럼 실내 장식에 취미가 있다는 사실은 전혀 놀라운 일이 아니다. 하지만 베토벤과 베로네제를 향해 열린 그 빛이 새어 드는 작은 틈은! 그러나 가장 뛰어난 시 한 편을 쓰고 사악한 아내 때문에 잘못해서 감금되었다는, 지극히 타당한 이유를 대며 정신 병원 원장에게 중재를 간청하면서, 자신에게 강요된 잡거 생활을 한탄하는 광인의 다음과 같은 항변 앞에서는 정상인들도 겁을 먹지 않을 수 없다. "저기 병원 안마당에서 내게 말하러 오는 사람을 좀 보세요. 내가 접촉하지 않으면 안 되는 사람인데, 저자는 자신이 예수 그리스도라고 믿고 있어요. 이런 사실만으로도 내가 어떤 종류의 정신병자들과 함께 갇혀 있는지가 충분히 증명되겠죠. 저자는 예수 그리스도일 리가 없어요, 내가 바로 예수 그리스도거든요."* 조금 전만 해도 정상인들은 정신과 의사가 오진을 했다며 신고하러 가려고 생각했다. 그러나 정상인은 광인의 이 마지막 말에, 비록 같은 사람이 날마다 쓰는 그 경탄할 만한 시(詩)를 떠올린다 할지라도, 그에게서 멀어질 수밖에 없다. 마치 쉬르지 부인의 아들들이 샤를뤼

---

* 「알베르틴」에도 똑같은 에피소드가 나온다.

스가 그들에게 어떤 해를 끼쳐서가 아니라, 턱을 꼬집는 그 화려한 초대의 종착역 때문에 멀어졌듯이 말이다. 베르길리우스 같은 이로부터 안내를 받지 못하고, 유황과 송진이 타오르는 지옥의 원(圓)들을 통과하고, 소돔의 몇몇 주민을 끌고 나오기 위해 하늘에서 떨어지는 불길 속에 몸을 던져야 하는 시인은 슬프도다!* 그의 작품에는 어떤 매혹도 없다. 또 그의 삶에는 환속한 신부가 신부복을 벗은 사실에, 신앙을 잃어버린 것 외에 어떤 다른 이유도 댈 수 없을 정도로 지극히 순결한 독신 생활 규칙을 따르는 그런 엄격함도 있다. 게다가 이들 작가들에게서 그것은 항상 동일하게 나타나지 않는다. 미치광이들을 접촉하다 보면 정신과 의사도 광기의 발작을 일으킬 수밖에 없지 않겠는가? 그가 미치광이를 보살피도록 운명 지어진 것이 이전부터 잠재적으로 가지고 있던 광기 때문이 아니라고 단언할 수 있다면, 그나마 행복한 자라고 할 수 있다. 정신과 의사의 연구 대상은 흔히 의사 자신에게 영향을 미친다. 하지만 그 전에 어떤 막연한 성향이, 어떤 매혹적인 공포가 그에게 이런 대상을 택하게 한 것은 아닐까?

뒤따라오는 수상쩍은 녀석을 보지 못한 척하면서(남작이 어

---

* 단테의 『신곡』이 프루스트에게서 은유로 사용되는 부분이다. 『잃어버린 시간을 찾아서』의 저자가 소돔의 진실을 알기 위해 베르길리우스의 안내도 받지 못하고 지옥에서 홀로 헤맨다면, 화자는 샤를뤼스의 안내를 받고 있으며, 또 「스완」에서는 미학적인 진실을 위해 스완의 안내를 받기도 한다.(『잃어버린 시간을 찾아서』 1권 293쪽; 『갇힌 여인』, 폴리오, 431쪽 참조.) 『신곡』에서 지옥은 아홉 개의 원으로 구성되며, 단테가 베르길리우스의 안내를 받아 그 각각의 원을 방문하는 것으로 이야기가 전개된다.

쩌다 대로를 걷거나 생라자르 역의 대합실을 지나갈 때면, 열두 명이나 되는 녀석들이 따라오며 '5프랑짜리 동전'*을 벌려는 기대로 남작을 놓치지 않았다.) 녀석이 대담하게 말을 걸까 봐 불안해진 남작은 분을 덕지덕지 바른 뺨과 그와 대조적으로 검게 칠한 속눈썹을 경건하게 떨구었는데, 이런 그의 모습은 마치 엘 그레코가 그린 최고 종교 재판관의 얼굴과도 흡사했다.** 하지만 이 사제는 우리를 공포에 떨게 하는 정직당한 사제의 표정을 지었으며, 그 이유는 자신의 취향을 충족시키고, 또 비밀을 지켜야 할 필요에 의해 어쩔 수 없이 여러 가지 좋지 못한 일에 연루되었고, 바로 그것이 그가 감추고자 애써 온 것, 즉 도덕적 타락이 말하는 방탕한 삶을 얼굴 표면에 드러나게 했기 때문이다. 이런 도덕적 타락은 그 원인이 무엇이든 쉽게 읽히는 법이다. 왜냐하면 그것은 지체하지 않고 물질화되면서, 마치 간 질환에 걸린 사람에게 쌓이는 황달이나, 피부병에 걸린 사람에게 쌓이는 역겨운 붉은 반점처럼, 이내 얼굴, 특히 뺨과 눈 언저리나 육체 곳곳에 번지기 때문이다. 게다가 샤를뤼스 씨가 예전에 마음속 가장 내밀한 곳에 억눌렀던 악덕은, 그의 뺨뿐 아니라, 보다 정확히는 분칠한 얼굴의 늘어진 볼살이나,

---

* 원문에는 5프랑짜리 동전을 의미하는 은어 '튄(thune)'으로 표기되어 있다.
** 엘 그레코(El Greco)가 종교 재판관을 그린 「페르난도 니뇨 데 구에바라 추기경」(1600~1601)을 암시하는 듯 보인다. 날카롭고도 잔인한 시선과 마른 얼굴이 샤를뤼스의 묘사에 전혀 상응하지 않지만, 당시 엄격했던 종교 재판을 환기하기 위해 인용된 것처럼 보인다.(『간힌 여인』, 리브르드포슈, 293쪽 참조.)

되는대로 내버려 둔 탓에 살찐 몸의 젖가슴과 불룩한 엉덩이에도 이제는 기름처럼 번지면서 떠다니고 있었다. 이제는 그의 말에서도 악덕이 넘쳤다.

"브리쇼, 밤중에 젊은 미남과 이렇게 산책하는 건가?" 하고 그는 우리에게 다가오면서 말했고, 한편 실망한 건달은 멀어졌다. "멋지군! 소르본 대학의 젊은 제자들에게 알려야겠어. 그들이 생각하는 것처럼 당신이 그렇게 진지한 사람이 아니라고 말이지. 게다가 교수, 그대에겐 젊은이와의 동행이 좋은 효과를 자아내는 모양이군. 작은 장미꽃처럼 싱싱해 보이니 말이야. 그리고 친구, 자네는 어떻게 지내는가?" 그는 농담조의 말투를 거두고 내게 말을 걸었다. "콩티 강변로에서 자네의 멋진 젊은 모습을 자주 볼 수 없으니,* 사촌 누이는 잘 있는가? 함께 오지 않았군. 아쉽네, 상당히 매력적인 아가씬데. 오늘 밤 자네 사촌 누이를 볼 수 있을까? 오! 아름다운 아가씨야. 자네 사촌은 드물게도 선천적으로 옷을 잘 입는 기술을 가지고 있으니 그 기술을 조금만 더 발전시키면 훨씬 더 아름다워질 걸세." 여기서 나는 샤를뤼스 씨가 나와는 정확히 반대되는, 나의 대척점이라고 할 수 있는 재능, 즉 옷이든 '그림'이든, 자세히 관찰하고 디테일을 식별하는 재능을 '소유하고' 있음

---

* 여기서 샤를뤼스의 지적은, 콩티 강변로 23번지에 위치하는 마자랭 도서관에 사서로 임용되어 1895년부터 무급 직원으로 일할 예정이었으나, 임용되자마자 휴직을 신청하고 이어 1900년에 사직한 프루스트 자신의 자전적 요소와, 베르뒤랭 부인 저택이 위치하는 허구적 요소에 대한 이중의 암시처럼 보인다고 지적된다.(『갇힌 여인』, 플레이아드 III, 1744쪽 참조.)

을 말해야 한다. 몇몇 독설가나 지나치게 고압적인 이론가는, 드레스나 모자에 관해 이렇게 말할 것이다. 즉 남성에게 매력을 느끼는 남성은 그 보상으로, 여성의 옷차림에 대해 타고난 안목과 학구열과 지식을 가지고 있다고 말이다. 또 실제로 가끔 있는 일이지만, 이는 마치 남성이 샤를뤼스 씨 같은 인물의 온갖 육체적 욕망과 깊은 애정을 차지한 탓에, 다른 성(性)은 반대로 온갖 '플라토닉한'(게다가 매우 부적절한 형용사라고 할 수 있는*) 취향, 간단히 말해 '취향' 자체라고 할 수 있는 것을, 가장 해박하고 확실한 세련미와 더불어 부여받은 것 같았다. 이런 관점에서 본다면 샤를뤼스 씨는, 사람들이 훗날 그에게 부여한 '여성 디자이너'라는 별명을 받을 자격이 충분했다. 그러나 그의 취향과 관찰력은 다른 많은 것으로도 확대되었다. 앞에서 본 것처럼, 게르망트 공작 부인 댁에서의 만찬 후 방문했던 날 밤에,** 나는 그가 가르쳐 준 뒤에야 겨우 그의 집에 있는 예술품들을 알아볼 수 있었다. 그러나 그는 어느 누구도 주의해서 보지 않는 것들을 금방 식별했고, 이는 예술품에 대해서든 저녁 식사에 나온 요리에 대해서든(그림에서 요리까지 그 안에 든 모든 것을 다 포함하여) 마찬가지였다. 샤를뤼스 씨가 형수에게 선물한 것과 같은 부채를 그리는 일과(게르망트 공작 부인이 부채를 손에 쥐고 펼치는 것은, 부채를 부치려는 목적보

---

* 비록 이 말이 플라톤에게서 유래하기는 하지만, 일체의 성적 관계를 부정하는 순수한 정신적 사랑이라는 의미에서의 '플라토닉한' 사랑은 르네상스 시대에 정의된 것으로, 플라톤과는 거리가 있다는 것이 샤를뤼스의 견해이다.
** 『잃어버린 시간을 찾아서』 6권 402쪽 참조.

다는 팔라메드와의 우정을 자랑하고 과시하기 위함이라는 건 이미 앞에서 보았다.[*]) 모렐의 빠른 바이올린 연주에 맞춰 틀리지 않고 반주할 수 있도록 피아노 연주 기술을 연마하는 일에 자신의 예술적 재능을 제한하는 대신, 반복해서 말하지만, 나는 왜 그가 글을 쓰지 않는지를 늘 안타까워했으며, 지금도 안타깝게 생각한다. 물론 그의 유창한 화술이나 서신 교환을 근거로 그가 재능 있는 작가가 되리라는 판단을 내릴 수는 없다. 이런 가치들은 같은 차원의 것이 아니다. 우리는 시시한 이야기만 지껄이는 지겨운 사람들이 걸작을 쓰고, 또 한담(閑談)의 대가들이 뭔가를 쓰려고 시도해도 가장 평범한 사람보다 못한 경우를 보아 왔다. 그럼에도 불구하고, 나는 샤를뤼스 씨가 산문을 쓰려고 시도했다면, 또 그가 잘 아는 예술 주제에 관한 글로 시작했다면, 여기저기서 불꽃이 터져 나오고 재능이 반짝이고, 그래서 사교계 인사에서 대작가로 변신했으리라고 생각한다. 나는 여러 번 그에게 그런 말을 했지만, 그는 어쩌면 단순히 게으름 탓인지, 아니면 화려한 연회와 더러운 오락거리에 시간을 빼앗겨서인지, 또는 무한히 잡담을 연장하고 싶은 게르망트네 사람들의 욕구 탓인지, 결코 글을 쓰려고 하지 않았다. 그의 눈부신 대화에서도 재치가 결코 성격과, 즉 재치 있는 독창적 표현이 오만한 성격과 분리되지 않는다는 사실이 무척 안타까웠다. 만일 그가 책을 썼다면, 사람들이 살롱에서 하듯 그를 찬미하면서도 증오하는 것과는 달리 ── 가장 놀

---

* 『잃어버린 시간을 찾아서』 6권 115쪽 참조.

라운 지성을 보여 주는 순간에도 가장 약한 자들을 짓밟고, 자기를 모욕하지 않은 자에게도 복수하고, 친구 사이를 비열하게 갈라놓으려고 했으므로 — 그의 정신적 가치가 악으로부터 분리되고 걸러지면서, 그 어떤 것도 그에 대한 존경심을 방해하지 못하고, 재치 넘치는 수많은 표현들이 우정을 꽃피우게 했으리라.

어쨌든 그가 조금이라도 글을 썼다면 실현했을 무언가에 대하여 내가 잘못 생각하고 있는지는 모르지만, 그래도 글로써 우리에게 많은 도움을 주었을 것이다. 그는 모든 것을 식별할 줄 알았고, 또 자신이 식별한 것의 이름도 모두 알았다. 물론 내가 그와의 담소를 통해 사물을 보는 법을 배웠다고 말할 수는 없지만(항상 다른 곳에 가 있는 내 정신과 감정의 성향으로 인해), 그가 없었다면 보지 못하고 스쳐 보냈을 것들을 보았음은 분명하다. 그 모양과 빛깔을 되찾게 해 줄 이름은 언제나 금방 잊어버리곤 했지만. 그가 책을 썼다면 아무리 시시한 책이라도, 물론 그러리라고는 생각하지 않지만, 그 책은 경이로운 사전, 무한히 고갈되지 않는 총람이 되었으리라! 하지만 또 모르는 일이다. 자신이 가진 지식과 안목을 작품으로 완성하는 대신, 어쩌면 우리의 운명을 자주 거스르는 악마에 사로잡혀, 진부한 신문 연재소설이나 불필요한 여행담과 모험담만을 늘어놓았을지.

"그렇다네. 자네의 사촌 누이는 옷을 입을 줄 알아. 보다 정확히 말하면 옷맵시를 낼 줄 알지." 하고 샤를뤼스 씨는 알베르틴에 관해 다시 얘기를 이어 갔다. "하지만 나의 유일한 질문은 그녀가 자신의 특이한 아름다움에 부합하는 옷을 입는가 하는 점인데, 그 점에 대해선 어쩌면 내게도 조금은 책임이 있을지 모르겠네. 깊이 생각해 보지 않고 조언했으니까. 라 라스플리에르로 가면서 자주 얘기했던 건데, 어쩌면 자네 사촌의 개인적인 성격보다는, 고장의 성격과 인접한 해변의 영향을 받아 그렇게 말했는지 모르지만 — 지금 와서는 후회가 되네만 — 조금은 지나치게 가벼운 소재의 옷을 택하게 한 것은 아닌가 하는 생각이 드네. 그 아가씨가 아름다운 얇은 모슬린 옷을 입고, 멋진 망사 스카프를 두르고, 어떤 유의 분홍색 토크 모자, 그렇게 흉하지 않은 작은 분홍색 깃털 달린 모자를 쓴 모습을 보았다는 건 인정하지. 그렇지만 그녀의 실제적이고 묵직한 아름다움은 그런 예쁘장한 시폰 조각보다는 더 많은 걸 요구한다네. 그처럼 숱 많은 머리칼에 챙 없는 토크 모자가 어울린다고 생각하나? 오히려 코코슈니크* 모양의 모자가 더 돋보이지 않을까? 무대 의상 같은 옛 드레스가 어울리는 여인은 이제 거의 없네. 하지만 이미 성숙한 여인이라고 할 수 있는 아가씨의 아름다움은 예외적이라서, 제노바의 벨벳으로 만든 옛 드레스가 더 잘 어울릴 걸세.(나는 바로 엘스티르와 포르투니의 드레스를 생각했다.) 거기에 페리도트나 백철석, 비교할 수 없는 조회장석 같은,** 이미 유행이 지난 멋진 보석

---

* 왕관 모양의 러시아 전통 모자.
** 페리도트는 이집트의 파라오가 좋아했다는 녹색빛 보석으로 감람석이라고도 불린다. 백철석은 철과 황으로 만들어진 광물로 '백색의 황철석'이라고 불리며, 조회장석은 사장석의 일종으로 '래브라도르 장석(長石)'이라고도 불

을(이 말은 최고의 찬사라고 생각하네만) 박아 넣거나 늘어뜨려서, 드레스를 조금 더 무겁게 만들어도 괜찮을 거라 생각하네. 게다가 아가씨 자신이 본능적으로 조금은 무거운 아름다움이 요구하는 균형 감각을 갖고 있는 듯하네. 라 라스플리에르로 저녁 식사를 하러 갈 때, 그녀가 예쁜 작은 상자나 무거운 손가방을 들고 다녔던 걸 떠올려 보게나. 그리고 결혼한 다음에는 그 안에 하얀 분이나 진홍색 루주만이 아니라 ─ 과도한 쪽빛이 아닌 작은 청금색 상자 안에 ─ 양식이 아닌 진짜 진주나 루비를 넣을 수 있을 거라고 생각하네. 틀림없이 부자와 결혼할 테니까.”

“그런데 남작,” 하고, 이 마지막 말이 나를 슬프게 할까 봐 걱정된 브리쇼가 말을 가로막았다. 그는 나와 알베르틴 관계의 순수성이나, 사촌지간의 진실에 대해 의혹을 품고 있었다. “이제는 젊은 여자들에게 관심이 가는 모양이군!”

“어린애 앞에서 입 닥치지 못하겠는가. 고약한 사람 같으니.” 하고 샤를뤼스 씨는 냉소하며, 브리쇼에게 입을 다물라는 몸짓으로 한 손을 내리면서 잊지 않고 내 어깨에 올려놓았다.

“내가 방해했군. 정신 나간 여자아이들처럼 즐기는 두 사람을. 나같이 흥을 깨는 늙은 할멈은 필요 없을 테지.” 남작은 그날 오후에 있었던 언쟁에 대해 아무것도 알지 못했으므로 더더욱 즐거운 기분이었다. 쥐피앵이 샤를뤼스 씨에게 알리러 가기보다는 앞으로 있을 공격으로부터 조카딸을 보호하는 게

─────────────

린다.(네이버 지식 백과, ‘페리도트’, ‘백철석’, ‘조회장석’ 참조.)

더 필요하다고 판단했기 때문이다. 그래서 샤를뤼스 씨는 여전히 그들의 결혼을 믿었고, 또 기뻐했다. 남작과 같은 위대한 고독자들은, 자신들의 비극적 독신 생활을 허구의 아버지 역할로 완화시키면서 마음의 위로를 받는 것 같았다. "그런데 정말이지 브리쇼," 하고 그는 우리를 향해 돌아서더니 웃음을 터뜨리면서 덧붙였다. "자네가 이렇게 매력적인 동반자와 함께 있는 걸 보니 조금은 당혹스럽군. 마치 사랑하는 연인들 같아. 그렇게 서로 팔짱을 끼고 말이야. 브리쇼, 지나치게 친근하게 구는 건 아니오?" 이런 말의 원인을, 예전처럼 반사 작용을 조절하지 못해 사십 년 동안이나 조심스럽게 마음속에 묻어 두었던 비밀이 어느 순간 자동적으로 새어 나오는, 그런 사고의 노화에서 찾아야 할까? 아니면 모든 게르망트네 사람들이 마음속 깊이 품고 있으며, 또 샤를뤼스 씨의 형인 공작이 내 어머니가 볼지 모르는데도 아랑곳하지 않고 잠옷 단추를 푼 채로 창가에서 수염을 깎았을 때 또 다른 형태로 제시됐던, 그런 평민의 의견 따위는 무시하는 태도에서 찾아야 할까? 샤를뤼스 씨가 무더운 날씨에 동시에르에서 두빌까지 가는 동안, 편한 자세를 취하는 습관에, 또 그토록 넓은 이마를 식히기 위해 밀짚모자를 뒤로 젖힌다는 듯, 아주 오래전부터 자신의 진짜 얼굴에 근엄하게 붙여 왔던 가면을, 비록 처음에는 아주 짧은 순간에 지나지 않았지만, 느슨하게 풀어 헤치는 그런 위험한 습관에 물든 건 아닐까? 샤를뤼스 씨가 더 이상 모렐을 사랑하지 않는다는 사실을 아는 사람은 모렐과 부부처럼 행세하는 모습을 보고 당연히 놀랐을 것이다. 그러나 샤를뤼스 씨는 악덕이 주는 쾌락의 단조로움에 종종 싫증을 느끼곤 했다. 그래서 본능적으로 새로운 모험을 감행할 기회를 탐색했고, 우연히 만난 낯선 남자들에게 싫증을 느끼면, 반대로 그가 늘 증오한다고 믿었던 '부부 관계'나 '부성'의 이미지를 흉내 내는 쪽으로 이동했다. 때로 그런 짓으로도 더 이상 충족되지 않으면 새로운 것을 필요로 했는데 마치 정상적인 남성이 일생에 단 한 번 남자아이와 함께 잠을 자고 싶어 하는 것처럼, 그와 유사하면서도 상반된 호기심을 가지고 여인과 하룻밤을 보내러 가기도 했다. 두 경우 다 불건전한 호기심이었다. 샤를리 때문에 베르뒤랭네의 작은 패거리 속에서만 사는, 이런 '신도'로서의 남작의 삶은 그토록 오랫동안 거짓 외관을 간직하기 위해 바쳐 온 노력을 산산이 부서뜨리고, 마치 탐험 여행이나 식민지에서의 체류 생활이 몇몇 유럽인에게 프랑스에서 그들을 인도했던 주된 원리를 상실하게 하는 것과 같은 영향을 미쳤다. 그렇지만 자신의 이상 기질을 처음에는 의식하지 못하다가 나중에 깨닫고는 겁을 내지만, 드디어는 그 이상 기질에 익숙해져서 스스로 수치심을 느끼지 않고 시인한 것도 타인에게 털어놓으면 위험이 된다는 것을 깨닫지 못하게 되는데, 바로 이런 정신의 내적 혁명이야말로 마지막 남은 사회적 구속으로부터 샤를뤼스 씨를 해방시키는 데에는 베르뒤랭네 집에서 보낸 시간보다 훨씬 효과적이었다. 실제로 남극이나 몽블랑 꼭대기에서의 유배 생활도 내적인 악덕, 즉 타인과 다른 사고 속에 오래 머무르는 것만큼 우리를 타인에게서 멀어지게 하지는 못한다. 악덕(샤를뤼스 씨는 예전에 이렇게 불렸다.)에 대해서도, 이제 남작은 게으름이나 부주의 혹은 식탐처럼 그렇게 널리 퍼져 있고, 오히려 호감을 주며, 거의 재미있기까지 한, 그런 단순한 결점의 관대한 형상으로 간주했다. 자신의 특별한 사람됨이 호기심을 자아낸다는 사실을 감지하면서, 샤를뤼스 씨는 그 호기심을 충족시키고 자극하고 유지하는 데서 어떤 기쁨마저 느꼈다. 유대인 신문 기자가 자신의 말을 진지하게 들어주리라고 기대하지 않으면서도, 관대한 미소를 짓는 독자의 기대에 부응하려고 날마다 가톨릭교의 대변자를 자처하는 것처럼, 샤를뤼스 씨는 작은 패거리들의 모임에서 나쁜 풍속을 두고 우스꽝스럽게 비난했는데, 이는 마치 사교계에서 사람들이 청하기도 전에 자발적으로 자신의 책임을 다하기 위해 아마추어적인 재능을 발휘하며 영어를 따라 하거나 무네쉴리*를 흉내 내는 것과도 같았다. 그리하여 샤를뤼스 씨는 브리쇼가 젊은 남자와 산책한다며 소르본 대학에 고발하겠다고 협박했다. 할례받은 시사 평론가가 끊임없이 '교회의 큰딸', '예수 성심'을 운운하면서,** 다시 말하면 위선적인 생각은 전혀 없이 조금은 허세를 부리며 말하는 것처럼 말

---

* 샤를뤼스 자신이 「소돔」에서 배우 무네쉴리를 환기한 바 있다.(『잃어버린 시간을 찾아서』 8권 385쪽 주석 참조.)
** '할례받은'이라는 표현은 유대인을 일컫는 일종의 경멸적인 표현이다. 또한 프랑스 왕들은(더 나아가 프랑스 가톨릭교회는) 샤를 8세 이래 "교회의 큰딸"이라는 호칭으로 불렸으며, "예수 성심"은 인류에 대한 예수 그리스도의 사랑을 상징하는, 로마 가톨릭교회의 가장 중요한 신앙이다. 따라서 프랑스에 동화한 유대인이 자신의 신분을 감추기 위해 거짓은 아니지만 과장해서 가톨릭을 운운하는 것처럼, 샤를뤼스의 행동 또한 과장되었다는 의미이다.

이다. 예전에 사용했던 것과는 아주 다른, 말 자체에서의 변화뿐만 아니라, 그가 그토록 신랄하게 비난했던 것과 너무도 흡사한 억양과 몸짓에 나타난 현재의 변화를 규명하는 일도 흥미로울 터다. 그는 이제 자기도 모르게 뭔가 작은 소리를 질렀는데, 이 소리는 의도된 것이 아니었으므로, 성도착자들이 서로를 부를 때 '여보(ma chère)'라고 — 의도적으로 — 지르는 소리보다는 훨씬 깊은 곳에서 나온 소리라고 할 수 있었다. 샤를뤼스 씨가 오랫동안 반대해 왔던 그 의도적인 '꾸민 태도'는, 실은 그와 같은 부류의 사람들이, 그들의 병이 무엇이든 병이 어느 단계에 이르면 불가피하게 취할 수밖에 없는 태도를 — 전신 마비 환자나 운동 실조증 환자가 마침내는 반드시 어떤 증상을 보이는 것처럼 — 아주 멋지게 그리고 충실하게 모방한 것에 지나지 않았다. 그리고 사실 — 이것은 그의 내적인 꾸민 태도가 폭로한 바였지만 — 내가 예전에 알았던, 온통 검은색 옷에 스포츠형 머리를 한 준엄한 샤를뤼스 씨와, 화장을 하고 보석으로 잔뜩 치장한 젊은이들 사이에서 발견되는 것은, 매우 빨리 말하면서 잠시도 가만히 있지 못하는 흥분한 사람과, 천천히 말하며 늘 한결같은 침착함을 유지하는 신경증 환자의, 순전히 표면적인 차이밖에 없었다. 하지만 신경증 환자도 흥분한 사람과 같은 불안에 괴로워하며, 같은 육체적 결함에 시달린다는 사실을 아는 의사의 눈에는 똑같이 신경 쇠약증 환자일 뿐이다. 게다가 사람들은 샤를뤼스 씨의 늙어 가는 모습을 매우 상이한 표시로 알아볼 수 있었는데, 이를테면 어떤 종류의 표현이 그가 하는 대화에서 놀라울 정도로 확대되어, 이제는 매 순간 증식되고 반복되었으므로(예를 들면 '일련의 상황'이라는 표현 같은) 남작은 이 말에서 저 말로 넘어갈 때 그것이 필수적인 버팀목이라도 되는 양 거기에 기댔다. "샤를리가 벌써 도착했소?" 하고 우리가 저택 문의 초인종을 누르려고 했을 때 브리쇼가 물었다. "아! 모르겠네." 하고 남작은 손을 공중에 들고 눈을 반쯤 감으면서, 아마도 전에 말한 것(비록 하찮은 일이긴 하지만, 그와의 관계를 자랑하면서도 기꺼이 부인하는 그 자만심 강하고 겁 많은 모렐이 중요시했던) 때문에 모렐로부터 질책을 받았는지 그만큼 신중하지 못하다는 비난을 듣고 싶지 않은 사람의 표정을 지으면서 말했다. "나는 녀석이 뭘 하는지 아무것도 모르네. 누군가와 공모하여 나를 배신하는지도 모르지. 거의 만나지 않으니까." 성적 관계를 가진 두 사람의 대화가 이처럼 거짓말로 가득 차는 지경에 이르면, 사랑하는 사람에 관해 제삼자와 나누는 대화에서도, 연인의 성(性)이 무엇이든, 거짓말은 자연스럽게 나타나기 마련이다.

"그를 본 지 오래되셨나요?" 하고 나는 샤를뤼스 씨에게 모렐에 관한 얘기를 하는 게 두렵지 않고, 또 그가 완전히 모렐과 산다는 걸 믿지 않는 표정을 지으면서 물었다. "오늘 아침 내가 아직 반쯤 잠이 들었을 때 우연히 오 분쯤 들렀는데, 녀석이 마치 나를 겁탈이라도 할 것처럼 침대 모서리에 앉아 있더군." 나는 이내 샤를뤼스 씨가 샤를리를 한 시간 전에 만났다고 생각했는데, 왜냐하면 어느 여인에게 우리가 그녀의 애인임을 알고 있는 남성을 — 그리고 어쩌면 우리가 그렇게 생각한다고 그녀도 짐작하는 — 언제 만났는지 물으면, 여인은 그와 함께 차를 마셨을 경우 "점심 식사 전에 잠깐 만났어요." 라고 대답하기 때문이다. 이 두 가지 진술의 유일한 차이는 하나는 거짓이고, 다른 하나는 진실이라는 점이지만, 하나는 다른 하나와 마찬가지로 결백하거나 당신이 원한다면 유죄라고 생각해도 무방하다. 그러므로 왜 애인이(이 경우에는 샤를뤼스 씨가) 항상 허위 사실을 택하는지를 이해하려면, 우리는 이 대답이 그걸 말하는 사람도 모르는 사이에 많은 요인들에 의해 결정된다는 점을 알아야만 한다. 이 요인들은 사실의 경미함에 비해 그토록 불균형을 이루기 때문에 여기서는 언급하지 않으려고 한다. 그러나 물리학자에게서 가장 얇은 딱총나무 껍질이 차지하는 자리는, 보다 큰 세계를 지배하는 인력 법칙과 척력 법칙의 작용과 충돌 또는 균형에 의해 설명된다.* 다만 여기서 독자들의 기억을 돕기 위해 말해 본다면, 거기에는 자연스럽고 대담하게 보이려는 욕망, 은밀한 만남을 감추려는 본능적인 몸짓, 부끄러움과 허영심의 혼합, 당신의 마음에 드는 걸 고백하고 자신이 사랑받고 있음을 보여 주려는 욕구, 대화 상대자가 알거나 추정하는 — 그리고 말하지 않는 — 것에 대한 통찰력, 그러나 상대자의 통찰력 수준을 넘어서거나 그에 미치지 못해서 상대자를 과대평가 또는 과소평가하는 그런 통찰력, 위험한 짓을 저지르고 싶은 무의식적 욕망과 뭔

---

* 정전기 실험을 할 때 절연체 실크 줄에 매다는 작은 딱총나무 줄기 속을 (딱총나무의 둥근 줄기 속에는 코르크가 있다.) 유리 막대는 밀쳐 내고, 수지 막대는 끌어당긴다고 한다.(『갇힌 여인』, 폴리오, 432쪽 참조.)

가를 포기하려는 의지가 존재한다. 이처럼 온갖 상이한 법칙들이 반대 방향에서 작용하면서, 결백하고 '플라토닉한 사랑'에 관계되는, 보다 일반적인 대답을, 아니면 반대로 밤에 만났으면서도 아침에 만났다고 말하는 자와의 관계에 대한 육체적 현실을 구술한다. 그렇지만 샤를뤼스 씨는 그를 위태롭게 하는 세부적인 요인들을 폭로하고 암시하고, 때로는 스스로 지어내도록 부추기는 이런 병의 악화에도 불구하고, 이 삶의 시기 동안 샤를리가 자기 같은 부류의 인간이 아니며, 또 그들 사이에는 우정만이 존재한다고 주장하고자 애썼다. 그럼에도 불구하고(그리고 어쩌면 사실일지도 모르지만) 그는 간혹 자기가 한 말을 스스로 부정하는 경우가 있었는데(모렐을 마지막으로 만난 시간을 부정했던 것처럼), 그때 그는 자제심을 잃고 진실을 말하거나 아니면 자랑하려고, 또는 감상에 젖어, 또는 상대를 당황하게 하는 것이 재치 있다고 생각해서 거짓말을 하는 것이었다. "자네도 알다시피 녀석은 내게," 하고 남작이 말을 계속했다. "괜찮은 젊은 친구라네. 나는 녀석에게 가장 큰 애정을 느끼며, 녀석 역시 나에 대해 그러리라고 확신하네.(확신한다고 말할 필요를 느낀다는 건, 그걸 의심했다는 말일까?) 하지만 우리 둘 사이에 다른 것은 없네. 그런 것은 없네. 내 말 알아듣겠나? 그런 것은 없네." 남작은 어느 부인에 관한 얘기라도 하듯 그렇게 자연스럽게 말했다. "그렇다네. 녀석은 오늘 아침 내 발을 잡아당기려고 왔네. 그렇지만 내가 자리에 누워 있는 모습을 보이기 싫어한다는 걸 알고 있지. 자네는 안 그런가? 오! 끔찍한 일이지. 정말로 신경을 건드리는 일이야. 내 모습은 보기 겁날 정도로 추했을 걸세. 내가 스물다섯 살도 아니고, 품행 바른 처녀를 위해 포즈를 취하는 것도 아닌 건 알지만, 그래도 조금은 멋지게 보이고 싶은 마음이 있으니까."

남작이 모렐에 대해 괜찮은 젊은 친구라고 말한 것은 진심일 수 있으며, 또 "녀석이 뭘 하는지 모른다네. 녀석의 삶을 알지 못하니까."라고 말했을 때, 그는 거짓말을 한다고 믿으면서도 어쩌면 진실을 말했는지 모른다. 사실(샤를뤼스 씨와 브리쇼와 나, 이렇게 세 사람이 베르뒤랭 부인의 저택을 향해 걸어가는 동안 몇 주 후에 일어날 일을 미리 얘기하고, 이런 여담 후에 다시 본이야기로 돌아가 본다면), 그날 저녁 연회가 끝나고 얼마 지나지 않았을 때, 남작은 모렐에게 온 편지를 실수로 열었다가 큰 고통과 놀라움에 빠졌다. 그 파장이 내게도 끔찍한 슬픔을 초래하게 될 편지는, 여성에 대한 배타적 취향으로 유명한 여배우 레아가 보낸 것이었다. 그런데 그녀가 모렐에게 보낸 편지는 (샤를뤼스 씨는 모렐이 그녀와 아는 사이이리라고는 꿈에도 생각하지 못했다.) 지극히 격정적인 어조로 쓰여 있었다. 편지의 천박한 어조 때문에 여기에 인용할 수는 없지만, 레아가 모렐에게 여성형으로만 말했다는 점은 지적할 수 있다. "더러운 년, 꺼지라고!", "내 귀여운 여자, 적어도 자기는 그런 부류야……." 그리고 그 편지는 레아의 친구이면서 그에 못지않게 모렐의 친구로 보이는 다른 여러 여인들에 대해서도 얘기하고 있었다. 한편 샤를뤼스 씨에 대한 모렐의 조롱과, 그녀를 부양하는 장교에 대한 레아의 조롱은("그자는 편지에서 나보고 얌전히 있으라고 간청한다고! 그걸 말이라고! 내 귀여운 하얀 고양이.") 샤를뤼스 씨에게 모렐이 레아와 유지하는 특별한 관계 못지않게, 모렐에 관해서도 그가 한 번도 의심해 보지 못했던 현실을 폭로했다. 남작은 특히 '그런 부류'라는 말에 충격을 받았다. 처음에는 그 말뜻을 몰랐지만, 이미 꽤 오래전부터 그는 자신이 '그런 부류'임을 깨닫고 있었다. 그런데 이렇게 터득한 개념이 다시 의문을 제기했다. 자신이 '그런 부류'임을 알았을 때, 그는 생시몽의 말처럼 자신의 취향이 여성에 대한 취향이 아님을 깨달았다고 생각했다.* 그런데 모렐에게 사용된 '그런 부류'라는 표현은 샤를뤼스 씨가 알지 못했던 의미로 확대되었고, 따라서 그 편지에 따르면 모렐은 몇몇 여성들이 그렇듯이 여성에 대해서도 동일한 취향을 가진 '그런 부류'임을 입증했다. 그때부터 샤를뤼스 씨의 질투심은 모렐이 아는 남성들에게만 국한될 필요 없이 여성들에게도 확대되려고 했다. 그렇게 해서 '그런 부류'의 존재들은, 그가 그렇다고 생각한 존재들뿐 아니라 남성과 여성으로 구성된, 또 남성만을 사랑하지 않고 여성도 사랑하는 남성으로 구성된, 지구의 막대한 부분 전체를 포함했고, 또 남작은 자신에게 그렇게나 친숙했던 단어의 새로운 의미 앞에서, 질투심의 확대와 갑작스러운 단어의 정의에 관한 불충분함을 체험하는 이중의 신비 앞에서, 감정적인 불안뿐 아니라 지적인 불안을 느끼며 가슴이 미어졌다.

---

* 생시몽은 루이 14세의 동생에 대해 "므시외의 취향은 여성에 대한 취향이 아니었으며, 또 므시외는 그 사실을 감추지도 않았다."라고 기술했다.(『갇힌 여인』, 폴리오, 432쪽에서 재인용.)

샤를뤼스 씨는 지금껏 살아오면서 그저 아마추어에 지나지 않았다. 이 말은 이런 종류의 사건도 그에게는 전혀 도움이 되지 않았다는 뜻이다. 이 사건으로 인해 느낄 수 있는 고통스러운 인상을, 그는 뛰어난 화술을 구사할 줄 아는 격렬한 말다툼이나 간교한 음모로 표출했다. 그러나 이를테면 베르고트와 같은 가치를 지닌 인간이라면, 이런 사건이 지극히 값진 도움이 되었을 것이다. 그리고 이것이 어쩌면(우리는 되는대로 행동하지만, 그래도 짐승처럼 우리에게 유익한 식물을 택하는 법이다.) 왜 베르고트 같은 존재가 일반적으로 시시하고 거짓되고 고약한 여자와 같이 사는지를 설명해 줄지도 모른다. 동거녀의 아름다움만으로도 작가의 상상력은 그녀의 선한 마음을 고양시키기에 충분하며, 그러나 그녀의 본성을 바꿀 수는 없으므로, 수천 미터나 아래쪽에 있는 그녀 삶에서의 사실임 직하지 않은 교제 관계나, 우리의 생각을 넘어서는, 특히 다른 방향으로 밀고 나가는 그녀의 거짓말이 이따금 섬광처럼 나타나기도 한다. 거짓말, 특히 우리가 아는 사람들에 대한, 그들과 가졌던 관계며 우리와는 아주 다른 방식으로 표현하는 행동 동기에 대한 완벽한 거짓말, 우리 자신과 우리가 사랑하는 것, 또 우리를 사랑하고 또 우리를 하루 종일 포옹하고 있어 우리를 자신과 닮은 존재로 만들었다고 생각하는 존재에 관해 우리가 느끼는 감정에 대한 거짓말, 이런 거짓말이야말로 새로운 것이나 미지의 것을 향한 전망을 열고, 또 마비된 감각을 일깨워 우리가 결코 알지 못했을 세계를 관조하도록 하는, 이 세상에서 드문 것 중 하나이다. 그런데 샤를뤼스 씨와 관계된 것만 말해 본다면, 모렐이 조심스럽게 감추어 온 몇몇 사실을 알고 몹시 놀란 그가, 이런 서민 출신과의 교제 자체가 잘못되었다고 결론지은 것은 틀렸다고 말해야 한다. 또 그렇게 고통스러운 폭로는(그에게서 가장 고통스러운 폭로는 모렐이 레아와 함께 여행을 한 것이었는데, 그때 모렐은 샤를뤼스 씨에게 독일에서 음악을 연구할 예정이라고 단언했었다. 그는 그 가짜 계획을 세우기 위해 자신에게 호의적인 사람들을 이용해서, 독일로 편지를 보내 샤를뤼스 씨에게 재발송해 주도록 부탁했고, 게다가 샤를뤼스 씨는 모렐이 독일에 있음을 전혀 의심하지 않았으므로 우체국의 소인조차 보지 않았다.*) 사실 우리는 이 작품의 마지막 권에 가서, 레아의 삶에 관한 폭로가 샤를뤼스 씨를 놀라게 했던 것 이상으로, 가족과 친구들에게 놀라움을 안겨 주는 행동을 하는 중인 샤를뤼스 씨를 보게 될 것이다.**

그러나 지금은 브리쇼와 함께 베르뒤랭 댁의 문을 향해 걸어가는 남작을 따라가야 할 시간이다. "그런데 우리가 두빌에서 만났던 자네의 젊은 히브리 친구는 어떻게 됐는가?***" 하고 남작이 내 쪽으로 돌아서며 덧붙였다. "자네만 좋다면, 저녁 식사에 한번 초대하면 어떨까 싶네만." 사실 샤를뤼스 씨는 뻔뻔스럽게도 남편이나 애인이 하는 것처럼 흥신소에 부탁해서 모렐과 관련된 사실과 행동을 염탐하는 데 만족하면

---

* 알베르틴이 베르사유로 산책했을 때 썼던 것과 동일한 수법을 모렐도 쓰고 있다.(『잃어버린 시간을 찾아서』 9권 220쪽)
** 「되찾은 시간」에서 샤를뤼스가 채찍질당하는 장면을 암시한다.
*** 블로크를 가리킨다.

서도, 다른 젊은이들에게 주의를 기울이는 것도 멈추지 못했다. 늙은 하인을 시켜 탐정에게 감시를 부탁한 일이 얼마나 신중하지 못한 방식으로 행해졌는지, 하인들은 자신들이 미행당한다고 믿었고 하녀는 탐정이 늘 자기 뒤를 쫓는다는 생각에 불안해서 감히 거리에도 나가지 못했다. 그리하여 늙은 하인은 "그런 여자야 뭐든 원하는 대로 하라지, 뭐! 그 뒤를 쫓느라 돈과 시간을 모두 잃겠어. 마치 그 여자의 처신이 뭔가 우리 관심을 끈다는 듯이 말이야!"라고 냉소적으로 외쳤다. 그는 주인에게 열정적으로 충실한 사람이라서, 남작의 취향은 조금도 공유하지 않았지만, 그 취향을 진심으로 열심히 받들다 보니, 드디어는 그것이 마치 자신의 취향인 양 말하게 되었다. "저자야말로 충직한 자들 중에서도 가장 충직한 자다."라고 샤를뤼스 씨는 늙은 하인에 대해 말했다. 왜냐하면 우리가 높이 평가하는 사람은 대단한 미덕을 가진 충직한 사람들만큼이나 우리의 악덕을 위해 아낌없이 그 미덕을 사용하는 사람이기 때문이다. 게다가 모렐과 관련해서도 샤를뤼스 씨는 오로지 남성들에게만 질투를 느꼈다. 여성들에 대해서는 어떤 질투심도 느끼지 않았다. 그리고 이것은 샤를뤼스 같은 사람들에게는 거의 일반적인 법칙이다. 그들이 사랑하는 남성이 여인을 사랑한다고 해도, 그 사랑은 뭔가 다른 것, 다른 종류의 동물에게서 일어나는 것과 동일한 현상이므로(사자는 호랑이를 건드리지 않는다.) 그들에게는 방해가 되지 않았으며, 오히려 마음을 놓는 것이다. 사실 성도착을 천직(天職)으로 여기는 사람들은 때로 이런 사랑에 혐오감을 느끼기도 한다. 그

때 그들은 친구가 그들을 배신한 것이 아니라 타락했기 때문에 그런 사랑에 몰두한다고 생각하며 친구를 원망한다. 샤를뤼스 같은 인간 중에서도 남작이 아닌 다른 사람이라면, 모렐이 여성과 관계를 맺는 것을 보고, 마치 바흐와 헨델의 연주자인 모렐이, 푸치니를 연주한다는 광고를 읽었을 때처럼 분개했을 터다. 바로 그런 이유로 어쩔 수 없이 돈 때문에 샤를뤼스 같은 인간의 사랑을 받아들이는 젊은이들은, 마치 술은 절대로 마시지 않고 광천수만 좋아한다고 의사에게 말하는 것처럼, '카르통'*들이 구역질만 불러일으킨다고 주장한다. 그러나 이 점에서도 샤를뤼스 씨는 통상적인 법칙에서 조금은 벗어나 있었다. 그는 모렐의 모든 것을 찬미했고, 모렐이 여자에게 인기가 많다는 것도 전혀 의심하지 않았으며, 연주회나 카드 게임에서의 성공처럼 기쁨을 느끼기까지 했다. "그런데 이보게, 녀석은 여자 노릇도 한다네." 하고 마치 폭로하듯, 어쩌면 스캔들에 분노하고 부러워하는, 다른 무엇보다도 감탄하는 표정으로 말했다. "대단한 녀석이지."라고 그는 덧붙였다. "어디를 가도 가장 인기 있는 창녀들이 녀석만 바라본다네. 극장뿐만 아니라 지하철에서도 어딜 가나 눈에 띄니. 정말 귀찮을 지경이야! 녀석과 함께 레스토랑에 가면 종업원이 최소한 세 명의 여자에게서 연애편지를 받아 온다네. 그것도 언제나 미인들이 보낸 편지를 말일세. 하기야 놀랄 일도 아니지. 어제

---

* 카르통(carton)이라는 단어는, 은어로 여자와 성적 관계를 맺는 행위를 뜻하는 faire un carton에서 연유하는데, 점차적으로 여자를 의미하게 되었다고 한다.(『되찾은 시간』, 리브르드포슈, 460쪽 참조.)

녀석을 바라보는데 이해가 되더군. 이제 그는 아름다운 남자
가 되었네. 브론치노*가 그린 인물 같다고나 할까. 정말 경탄
스럽지." 그러나 샤를뤼스 씨는 자기가 모렐을 사랑한다는 걸
보여 주고, 또 모렐이 자기를 사랑하고 있음을 타인에게, 또
스스로에게 설득시키고 싶었는지도 모른다. 남작은 그 멋진
젊은이가 사교계에서 남작의 지위에 해를 입힐 수 있음을 알
면서도 항상 그를 옆에 두고 싶어 했는데, 이는 일종의 자존심
때문이라고 할 수 있었다. 왜냐하면 (이런 일은 사회적 위치가
확고한 속물근성의 남성에게 흔한 일로, 그들은 지인과의 관계를 모
두 끊어야 할지라도, 허영심에 의해 어느 누구도 초대하고 싶어 하지
않는 정부나 화류계 여자 또는 타락한 귀부인과 관계 맺는 것을 자
랑스럽게 여기며 함께 있는 모습을 도처에 보이고 싶어 한다.) 그의
자존심은 자신이 달성한 목적을 끈질기게 파괴하는 지점까지
이르렀는데, 이는 어쩌면 사랑의 영향을 받아 연인과의 관계
를 과시하는 데서만 느껴지는 어떤 매력을 발견했기 때문일
수도 있고, 아니면 이미 성취한 탓에 사교적 야망이 줄어들고,
또 정신적인 것이어서 더욱 우리의 마음을 사로잡는 하녀들
에 대한 호기심이 밀물처럼 몰려오면서, 다른 호기심은 유지
되기 어려운 수준에 도달했을 뿐만 아니라 그 수준을 넘어섰

---

* 아뇰로 디 코시모, 일명 브론치노(Agnolo di Cosimo, Bronzino,
1503~1572)가 그린 「어느 조각가의 초상화」(예전에는 「바초 반디넬리의 초
상화」로 불렸다.)를 암시한다고 지적된다.(『갇힌 여인』, 폴리오, 432쪽 참조.)
브론치노는 피렌체파 화가로, 젊은이의 섬세한 표정이나 의상 묘사 등 디테
일 묘사에 뛰어난 화가로 평가된다.

기 때문일 수도 있었다.

　다른 젊은이들에 대한 취향으로 말하자면, 모렐의 존재는 걸림돌이 되지 않았으며, 오히려 바이올리니스트로서의 찬란한 명성과, 또 이제 막 신인으로 등장한 작곡가와 신문 기자로서의 명성이, 어떤 경우에는 젊은이들을 유인하는 미끼가 될 수 있다고 생각했다. 누군가가 남작에게 멋진 풍채의 젊은 작곡가라도 소개하면, 남작은 모렐의 재능을 언급하면서 그 신인에게 인사시키는 기회로 삼으려고 했다. "모렐이 음악회나 지방 공연에서 연주할 수 있도록 내게 당신이 작곡한 곡들을 가져와 봐요."라고 그는 말했다. "바이올린을 위해 쓰인 곡 중에는 멋진 음악이 정말 드물어요! 새로운 곡을 발견할 수 있다면 뜻밖의 행운이라고 할 수 있죠. 또 외국인들은 그걸 아주 높이 평가하거든요. 지방에도 감탄할 만한 열정과 지성을 가지고 음악을 사랑하는 작은 음악 동아리들이 있어요." 그리고 블로크가 자신이 시인이라면서, 뭔가 창의적인 말을 찾지 못하고 진부한 말을 할 때면 항용 동반하는 그런 냉소적인 미소와 더불어 "가끔 틈이 나면"이라는 말을 덧붙이는 것처럼, 샤를뤼스 씨는 진지하지 않은 태도로(이 모든 것은 그저 미끼에 지나지 않았다. 모렐이 그런 일을 실현하는 데 가담하는 경우는 아주 드물었기 때문이다.) 내게 이렇게 말했다. "시를 쓴다니, 그 젊은 이스라엘인에게 모렐을 위한 시를 가져와 보라고 하게나. 작곡가에게는 음악으로 만들 만한 멋진 글을 찾는 게 항상 어려운 일이니까. 오페라 대본도 생각해 볼 수 있겠지. 아주 재미없는 게 아니라면 시인의 재능과 나의 후원, 일련의 모든 부차적인 상황이 뭔가 가치를 부여할 걸세. 물론 그 가운데서도 모렐의 재능이 첫 번째 자리를 차지할 테지만. 요즘 모렐은 작곡도 많이 하고 글도 쓰는데, 그것도 꽤 잘 쓴다네. 자네에게 그 점에 관해 말해 주지. 연주자로서의 재능으로 말할 것 같으면(그 점에 관해서는 자네도 알다시피 그는 이미 완전히 대가가 되었네.) 그 아이가 얼마나 뱅퇴유의 음악을 멋지게 연주하는지 자네도 오늘 밤 보게 될 걸세. 그는 나를 몹시 놀라게 하네. 그 나이에, 아직 어린아이고 학생에 지나지 않는데 어떻게 그런 이해력을 가질 수 있는지! 오늘은 그저 작은 리허설에 지나지 않네. 진짜 연주회는 며칠 안에 열릴 걸세. 그러나 오늘이 더 멋질 거야. 그래서 우린 자네가 와 주어 무척이나 기쁘다네." 하고 그는 '우리'라는 말을 사용했는데, 아마도 왕이 '우리가 원하노니'라고 말하기 때문인지도 몰랐다. "너무 멋진 프로그램이어서, 나는 베르뒤랭 부인에게 두 번의 연회를 열도록 권했네. 하나는 며칠 뒤 부인이 자기 지인들을 모두 초대할 연회고, 다른 하나는 오늘 저녁에 열리는 연회로, 법률 용어로 말하면 여주인이 소유권을 박탈당한 연회라네. 내가 초대장을 작성했고, 또 샤를리에게 도움이 될 만한, 다른 세계의 몇몇 호감 가는 사람들을, 또 베르뒤랭네 사람들도 알아 두면 기뻐할 사람들을 소환했으니까. 가장 아름다운 곡을 가장 위대한 예술가에게 연주하게 하는 것도 훌륭한 일이지만, 곡을 듣는 청중이 건너편 거리의 잡화상 여주인이나 길모퉁이의 식료품상으로 구성된다면, 그 연주는 솜 마개에 막힌 것처럼 울리지 않을 테니 말일세. 그렇지 않은가? 내가 사교계 사람들의 지적인 수준을 어떻게 생각하는지는 자네도 잘 알지만, 그래도 그들은 꽤 중요한 역할을 할 수 있으며, 그중에서도 공적 행사에 관해 신문이 하는 역할, 즉 폭로 기관으로서의 역할을 할 수 있다네. 내가 하려는 말을 이해하겠지. 예를 들면 나는 오리안 형수를 초대했네. 형수가 올지 안 올지는 확실치 않지만, 설령 온다 해도 틀림없이 음악을 이해하지는 못할 걸세. 하지만 내가 형수에게 부탁하는 건 이해가 아니라, 그 일은 형수의 능력 밖이니까, 그저 얘기를 해 주는 거라네. 그건 형수에게 놀랄 만큼 적합한 일로, 형수는 반드시 잘해 낼 걸세. 그 결과, 내일부터는 잡화상 여주인과 식료품상의 침묵 대신에 모르트마르의 집에서는 오리안이 모렐이라고 불리는 자가 연주하는 멋진 곡을 들었다더라 하는 아주 활기찬 대화가 이어질 테고, 초대받지 못한 사람들은 형언하기 어려운 분노에 휩싸여서 이렇게 말하겠지. '팔라메드는 틀림없이 우리가 자격이 없다고 판단한 거예요. 그런데 연주회가 열렸던 집의 사람들은 도대체 누군가요?' 그래도 이런 반대 의견은 오리안의 칭찬만큼이나 유용하다네. '모렐'이라는 이름이 줄곧 반복되어, 마침내 열 번은 계속해서 다시 읽는 교본처럼 사람들의 기억 속에 새겨질 테니까. 이 모든 것이 음악가와 여주인에게 매우 가치 있는, 또 어떻게 보면 멀리 있는 일반 대중에게까지 울려 퍼지는 행사용 확성기로 사용되는, 그런 일련의 상황을 만들 걸세. 정말 그만한 가치가 있는 일이지. 그가 얼마나 많이 발전했는지 자네도 보게 될 거야. 게다가 나는 모렐에게서 새로운 재능을 발견했는데, 이보게, 그가 이제는 천사처럼 글을 쓴다네.* 말 그대로 '천사처럼' 말일세."

"자네는 베르고트와 아는 사이니까,** 어쩌면 그분에게 이 젊은이가 쓴 산문에 대한 기억을 상기시켜, 그분이 나와 협력 해서 음악가와 작가라는 이중의 재능에 일련의 우호적인 상 황을 만드는 데 도움을 줄 수 있다면, 모렐이 언젠가는 베를리 오즈*** 같은 명성을 얻게 되지 않을까 생각한 적도 있네. 베 르고트에게 어떤 말로 부탁하면 적절할지는 자네가 더 잘 알 테고. 자네도 알다시피 저명한 사람들은 흔히 그들만의 생각 을 따로 가지고 있고, 추종자들도 거느리고, 오로지 자기 자신 에게만 관심이 있으니까. 하지만 정말로 소박하고 남을 잘 도 와주는 베르고트는 《골루아》나 그 밖의 다른 신문에, 반쯤은 유머 작가이고 반쯤은 음악가인 사람의 짧은 칼럼을, 정말 멋 진 글을 실게 해 줄 수 있을 걸세. 그렇게 되면 샤를리가 바이 올린 연주에 조금은 '앵그르의 펜'**** 같은 걸 추가할 수 있을

---

* "천사처럼 글을 쓴다."라는 표현은 '더할 나위 없이 완벽하게 글을 잘 쓴다' 라는 의미이다.

** 다음에 나오는 단락은 뒤늦게 집필되어 추가된 '베르고트의 죽음'을 고려 하지 않은 부분이다.

*** 표제 음악의 창시자인 베를리오즈는 셰익스피어와 괴테에게 심취했으 며, 자신의 「환상 교향곡」 프로그램에서도 상세하게 자전적 설명을 기재하는 등, 문학적 재능이 뛰어난 작곡가였다.

**** 19세기 프랑스 고전주의의 대표적 화가인 앵그르는 툴루즈 시청 교향 악단의 제2 바이올린 주자로 활동한 적이 있는데, '앵그르의 바이올린'이라는 표현은 바로 여기서 연유한다. 본업이 아닌데도 제2의 묘기로서 두각을 나타 낼 때 쓰는 표현이다. 모렐의 두 번째 묘기가 글쓰기라고 여긴 샤를뤼스는 이

테니 나로서도 매우 기쁜 일일 걸세. 물론 녀석에 관해서라면, 아이를 응석받이로 키우는 콩세르바투아르의 모든 늙은 엄마들처럼, 내가 쉽게 과장하는 경향이 있다는 걸 잘 아네. 뭐라고, 친구? 알지 못한다고? 그건 내게 남의 말을 쉽게 믿는 면이 있다는 걸 알지 못하기 때문이라네. 나는 음악 경연이 있을 때면 심사 위원 집 문 앞에 서서, 길거리의 창녀처럼 몇 시간이고 기다린다네. 여왕처럼 그 일을 즐기는 거지. 그런데 베르고트 자신도 내게 샤를리의 글이 정말로 훌륭하다고 단언하더군."

샤를뤼스 씨는 오래전 스완을 통해 베르고트를 알았으므로, 실제로 그를 만나러 가서 모렐이 음악에 관해 반쯤 풍자적인 시평을 신문에 쓸 수 있도록 허락을 받아 달라고 부탁했다. 베르고트의 집에 가면서 샤를뤼스 씨는 뭔가 후회의 감정 같은 것을 느꼈는데, 대단한 베르고트 숭배자인 자신이 스스로를 위해서는 단 한 번도 방문한 적 없음에도, 베르고트가 자신에 대해 가지고 있는, 반은 지적이고 반은 사교적인 존경심을 이용하여 모렐이나 몰레 부인, 그 밖의 사람들에게 예의를 차리기 위해 방문하고 있음을 깨달았기 때문이다. 사교계를 그런 식으로 이용했다면 별로 언짢은 생각이 들지 않았겠지만, 베르고트를 이용하는 건 몹시 나쁜 짓처럼 생각되었다. 베르고트는 다른 사교계 인사들처럼 그저 유용한 사람이 아니라, 보다 가치 있는 사람으로 생각되었기 때문이다. 다만 자신의

런 관용구를 뒤집어 '앵그르의 바이올린' 대신 '앵그르의 펜'으로 묘사했다.

생활이 매우 바쁜 탓에 그는 스스로 하고 싶은 일, 이를테면 모렐과 관계되는 일을 할 때만 틈이 있었다. 더욱이 그는 매우 지적인 사람이었으므로 다른 지적인 인간과의 대화에는 관심이 없었으며, 특히 그의 취향에는 지나치게 문학적이고, 또 자신과 다른 사단에 속한 탓에 동일한 관점을 택하지 않는 베르고트와의 대화에 흥미를 느끼지 않았다. 베르고트는 샤를뤼스 씨의 방문이 갖는 실리적 성격을 깨달았으나, 샤를뤼스 씨를 원망하지는 않았다. 왜냐하면 베르고트는 계속해서 호의를 베풀지는 못하지만 남을 기쁘게 해 주길 바랐으며, 이해심이 많아 훈계하는 데서 기쁨을 느낄 수 없는 사람이었기 때문이다. 샤를뤼스 씨의 악덕에 대해서는 조금도 공유하지 않았으며 오히려 거기서 샤를뤼스라는 인물을 장식하는 색채의 한 요소만을 보았을 뿐이다. 예술가에게서 '정당하거나 정당하지 않은 수단(fas et nefas)'은 도덕적 사례가 아닌, 플라톤이나 '일 소도마'의 추억 속에 있기 때문이다.*

샤를뤼스 씨는 마치 손수 풍자문을 쓰거나 서명하는 일조차 경멸했던 17세기의 대귀족처럼, 비열하게도 모렐을 시켜, 몰레 백작 부인을 비방하는 짧은 글을 쓰게 했음을 말하지 않

---

* 여기서 '정당하거나 정당하지 않은 수단'으로 옮긴 라틴어 fas et nefas는 자신의 주장이 옳다는 걸 증명하기 위한 모든 토론 기술을 가리킨다. 그리고 일 소도마(Il Sodoma)는 레오나르도 다빈치의 영향을 받은 이탈리아의 화가 조반니 안토니오 바치(Giovanni Antonio Bazzi, 1477~1549)의 별명으로, 소도마(남색)라는 이름 자체가 오스카 와일드와 흡사한 샤를뤼스의 미학 이론을 정당화한다.(『갇힌 여인』, 플레이아드 III, 1746쪽 참조.)

고 넘어갔다.* 그 글을 읽는 사람들에게도 이미 충분히 무례해 보이는데, 젊은 부인에게는 얼마나 가혹하게 느껴졌을까? 거기에는 부인이 쓴 편지 구절이 그녀 말고는 아무도 알아볼 수 없을 정도로 교묘하게 끼워져 있었는데, 원문 그대로 인용하면서도 다른 의미로 인용된 글은 가장 잔인한 복수처럼 그녀를 극도의 불안에 빠뜨렸다. 젊은 부인은 그 일로 죽었다. 그러나 발자크 식으로 말하자면, 파리에서는 눈으로 보는 신문보다 더 끔찍한, 말로 하는 신문이 날마다 쏟아져 나온다. 나중에 보게 될 테지만, 이 말로 하는 신문은, 유행이 지난 샤를뤼스 씨 같은 인물의 영향력은 무(無)로 환원시키고, 예전 후원자의 백만 분의 일의 가치도 없는 모렐 같은 인물은 그보다 훨씬 높이 승격시켰다. 이런 지적인 유행은 지나치게 단순해서, 샤를뤼스 같은 천재는 얼마든지 아무것도 아닌 자가 되고, 모렐같이 어리석은 인물은 뛰어난 권위자가 된다. 그런데 샤를뤼스 남작의 집요한 복수는 그렇게 순진하게 자행되지만은 않았다. 바로 거기서 아마도 입속 가득 쓰디쓴 독이 뺨으로 스며들면서, 그가 화를 낼 때면 뺨에 황달기를 띠게 했는지도 모른다.

"오늘 저녁에 그분이 왔으면 했네. 샤를리가 정말로 잘 연주하는 곡을 들을 수 있을 테니. 그런데 그분은 외출을 하지 않는다는군. 사람들이 귀찮게 하는 게 싫어서겠지. 그분 생각이 옳아. 그런데 아름다운 청춘인 자네는 요즘 콩티 강변로에

---

* 모렐도 샤를뤼스에 대해 똑같이 행동한다.(『되찾은 시간』, 플레이아드 IV, 346쪽) 샤를뤼스와 몰레 부인의 관계에 대해서는 『잃어버린 시간을 찾아서』 7권 143쪽 참조.

서 전혀 보이지 않더군. 젊음을 남용하지 않는 모양이지." 나는 특히 사촌 누이와 외출한다고 말했다. "자, 보시오. 사촌 누이와 외출한다잖소. 얼마나 순수하오!" 하고 샤를뤼스 씨가 브리쇼에게 말했다. 그리고 다시 내게 말을 걸면서 "자네가 하는 일을 일일이 보고하라는 말은 아닐세. 오, 내 '아-이'*! 좋아하는 일이야 뭐든지 할 수 있지. 다만 거기에 우리 자리가 없어서 섭섭하다는 말일세. 게다가 자네는 뛰어난 안목을 가졌네. 자네 사촌은 아주 매력적이거든. 브리쇼에게 물어보게나. 두빌에서 그의 머리는 자네 사촌 누이 생각으로 가득 찼었네. 오늘 저녁 자네 누이가 오지 않아서 섭섭하겠군. 그러나 어쩌면 데리고 오지 않은 게 잘한 일인지도 몰라. 물론 뱅퇴유의 음악은 경이롭네. 하지만 오늘 아침 샤를리로부터 그 악명 높은 두 사람, 작곡가의 딸과 친구가 온다는 얘기를 들어서 말이야. 어쨌든 젊은 아가씨로서는 난처할 수 있지. 내가 초대한 손님들 때문에 나도 조금은 난처하다네. 하지만 대부분은 상당한 연배의 사람들이니 별 지장은 없을 걸세. 두 아가씨는 오늘 저녁에 올 예정인데, 어쩌면 오지 않을지도 모르네. 왜냐하면 베르뒤랭 부인이 오늘 저녁 연회에 보이고 싶지 않아서 미리 부른 사람들, 따분한 자들과 가족들을 위해 베푼 오후 리허설 연습에 그들이 틀림없이 오기로 되어 있었는데, 샤를리가 저녁 식사 조금 전에 하는 말이, 우리가 두 명의 뱅퇴유 아

---

* 원문에는 '내 아이'를 의미하는 mon enfant에 f를 하나 덧붙인 mon enffant으로 표기되었다.

가씨라고 부르는, 꼭 참석할 예정이었던 사람들이 오지 않았다고 하더군." 조금 전에 알베르틴이 베르뒤랭 댁에 그토록 오고 싶어 했던 열망이, 뱅퇴유의 딸과 그 친구의 참석을 알리는 소식에 결부되면서(처음에는 결과밖에 모르다가 드디어 그 원인을 알게 되었다는 듯) 나는 격심한 고통을 느꼈다. 그럼에도 몇 분 전 아침에 만난 이후로 샤를리를 보지 못했다고 말한 샤를뤼스 씨가, 실은 저녁 식사 전에 만났음을 경솔하게 털어놓는 걸 인지할 정도의 정신적 여유는 있었다. 하지만 나의 고통은 시선을 끌었다. "무슨 일인가?" 하고 남작이 말했다. "얼굴이 파랗게 질렸군. 자, 들어가세. 오한이 나는 모양이야. 안색이 아주 나빠." 샤를뤼스 씨의 말은 곧 내 마음에 의혹을 일게했고, 그것은 알베르틴의 미덕과 관련하여 처음이 아니었다. 다른 수많은 의혹이 이미 내 마음속에 들어와 있었다. 새로운 의혹이 스며들 때마다, 우리는 인내심에 한계가 있으며 더 이상 참을 수 없다고 생각하지만, 그래도 새로운 의혹을 위한 자리가 마련되고, 이렇게 해서 일단 의혹이 삶의 영역으로 들어오면, 그걸 믿고 싶은 욕망이나 망각하고 싶은 수많은 이유들과 경쟁하므로 우리는 재빨리 그 의혹에 적응하며 마침내는 더 이상 주의를 기울이지 않게 된다. 의혹은 절반만 치유된 고통, 미래의 괴로움을 위협하는 단순한 도구로 남으며, 그리하여 욕망의 이면(裏面)이자 욕망과 같은 유형의 의혹은, 욕망처럼 상념의 중심이 되어, 그 상념 속에 무한히 먼 곳에서 온 미세한 슬픔들을 방사하고, 또 욕망처럼 우리가 알지 못하는 곳에서 비롯하는 쾌락을, 뭔가 사랑하는 이의 생각과 연결되는 곳이라면 어디든 방사하는 것이다. 그러나 새로운 의혹이 온전한 모습으로 우리 마음속에 들어오면 고통은 다시 깨어난다. 그러면 곧바로 "잘될 거야. 괴로워하지 않을 방법이 있겠지. 사실이 아닐 거야."라고 말해 보지만, 그것도 헛된 일이다. 그럼에도 그 말을 하는 첫 순간에는, 그 말을 실제로 믿는 것처럼 괴로워한다. 만일 우리가 팔다리 같은 것만 가진 존재라면, 삶은 견딜 만한 것일지도 모른다. 그러나 불행하게도 우리는 마음이라 불리는 작은 기관을 가지고 있으며, 이 마음은 병에 걸리기 쉽고, 또 병에 걸린 동안에는 어떤 사람의 삶에 관계되는 것이라면 무엇이든 극도로 민감해져서, 만일 거짓말이 — 우리가 하거나 남들이 했을 경우에는 별 해를 끼치지 않으므로 그 안에서 즐겁게 살아갈 수 있지만 — 그 사람으로부터 와서 우리의 작은 마음에 참을 수 없는 발작을 일으키면, 외과 수술을 통해 그 마음을 제거해야 한다. 뇌에 대해서는 말할 필요도 없다. 이런 발작이 일어나는 동안에는 생각이 제아무리 무한대로 추론을 해도 발작을 완화시키지 못하는데, 이는 마치 제아무리 치통에 주의해도 치통을 다스리지 못하는 것과 같은 이치다. 물론 언제나 진실만을 말하겠다고 맹세했으므로, 그 사람이 우리에게 거짓말을 한 것은 비난받아 마땅한 일이다. 그러나 우리는 우리 자신과 타인의 경험에 비추어, 이런 맹세가 어떤 가치를 지니는지 잘 알고 있다. 그 맹세가 우리를 속임으로써 명백히 득을 보고, 더구나 미덕 때문에 택하지도 않은 사람으로부터 온 것이기에 믿으려 했던 것이다. 훗날 — 우리 마음이 그녀의 거짓말에 무관심해졌을 때 — 그녀가 더 이상 거짓말할 필요를 느끼지 않으리라는 것 역시 사실이다. 왜냐하면 그때 우리는 그녀의 삶에 더 이상 관심을 두지 않을 테니까. 우리는 그 사실을 알고 있으며, 그럼에도 우리의 삶을 기꺼이 희생하려고 한다. 그 사람 때문에 자살하든가, 그 사람을 죽여 사형 선고를 받든가, 아니면 그 사람을 위해 몇 년 사이에 우리 전 재산을 탕진하여, 아무것도 가진 것이 없어서 삶을 끝낼 수밖에 없든가 하는 식으로 말이다. 게다가 사랑할 때 우리는 마음이 평온하다고 느끼지만, 마음속에서 사랑은 언제나 불안정한 상태이다. 아무것도 아닌 작은 일이 우리의 사랑을 행복의 자리에 위치하게 한다. 우리는 빛을 발하고, 사랑하는 연인뿐만 아니라, 연인의 눈에 우리를 돋보이게 한 사람들, 온갖 나쁜 유혹으로부터 연인을 지켜 준 사람들에게도 아낌없는 애정을 보낸다. 이렇게 마음이 평온하다가도 "질베르트는 오지 않을 거예요.", "뱅퇴유 양이 초대받았어요."라는 말 한마디로 우리가 달려들었던 그 행복의 계획은 무산되고, 태양은 자취를 감추고, 나침반의 방향은 바뀌고, 내면의 폭풍우는 휘몰아친다. 그리하여 어느 날엔 더 이상 그 폭풍우에 저항할 수 없게 된다. 그날, 우리의 마음이 그토록 허약해진 날, 우리를 찬미하는 친구들은 이런 아무것도 아닌 일이, 몇몇 존재들이 우리를 그토록 아프게 하고, 죽음에 이르게 할 수 있음을 보면서 더없이 괴로워한다. 하지만 그들이 과연 무엇을 할 수 있겠는가? 한 시인이 유행성 폐렴*으로 죽어

---

* 1922년 11월 18일 프루스트의 사망을 초래한 병이다.

갈 때, 그의 친구들이 재능 있는 시인이니 폐렴구균을 상대로 병을 낫게 해 달라고 설명하는 모습을 상상할 수 있을까? 뱅퇴유 양이 관련된 이상, 이 의혹은 완전히 새로운 것이 아니었다. 하지만 그렇다고 해도, 레아와 레아의 여자 친구들로 인해 야기된 오후의 질투심 때문에 그 의혹은 파기되었다. 우선 나는 트로카데로의 위험이 제거되자 마음의 평화를, 영구하고도 완전한 평화를 얻었다고 생각했다. 그러나 특히 새롭게 보인 것은 어떤 종류의 산책이었다. 그 산책에 대해 앙드레는 "여기저기 갔지만 아무도 만나지 못했어요."라고 말했고, 또 그 산책 중에 앙드레의 말과는 달리, 뱅퇴유 양은 틀림없이 알베르틴에게 베르뒤랭 집에서의 만남을 약속했을 것이다. 지금 나는 뱅퇴유 양과 그 여자 친구를 어딘가에 가두고, 알베르틴이 그들과 만날 수 없다는 걸 확신할 수만 있다면, 흔쾌히 알베르틴이 혼자 외출하도록, 그녀가 원하는 곳은 어디든 갈 수 있게 내버려 두었을 것이다. 이는 질투가, 우리의 여자 친구가 사랑할지도 모르는 이런저런 사람으로 야기된 불안의 고통스러운 연장인 탓인지, 아니면 편협한 사고로 인해 그것이 떠올리는 것만 실감하고 나머지는 어렴풋한 상태에 머물러 있어 우리가 비교적 괴로움을 덜 느껴서인지는 모르지만, 대체로 부분적이며 일정한 장소에 국한해서 간헐적으로 일어나는 현상이기 때문이다.

저택 안마당에 들어서려는 순간, 금방 우리를 알아보지 못한 사니에트가 붙잡았다. "그렇지만 난 조금 전부터 당신들을 살피고 있었소." 하고 그는 숨 가쁜 소리를 내며 말했다. "내가 망설인 게 이상하지 않소?(Est-ce pas curieux que j'aie hésité?)"
'이상하지 않소?(N'est-il pas curieux?)'라는 현대식 표현이 오류로 생각될 만큼 그는 지나치게 옛 언어 형태에 익숙했다.* "그렇지만 당신은 우리가 친구라고 인정할 수 있는 사람 중 하나요." 그의 잿빛 안색이 소나기가 내릴 때처럼 납빛 반사로 조금 밝아지는 듯했다. 숨이 가쁜 현상도, 금년 여름까지는 베르뒤랭 씨가 '욕을 퍼부을' 때만 나타났는데, 지금은 거의 지속적으로 나타났다. "나는 뱅퇴유의 미발표 작품이 훌륭한 연주가들과 기이하게도 모렐에 의해 연주되리라는 걸 알고 있소." "왜 '기이하게'라고 말하는 거요?"라고 남작이 물었다. 그는 이 '기이하게'라는 부사에서 어떤 비난 같은 것을 보았다. "우리 친구 사니에트는," 이라고 통역사 역할을 맡은 브리쇼가 서둘러 말했다. "훌륭한 문인으로서 '기이하게'라는 말이 오늘날 '특별히'라는 말과 같은 의미를 지녔던 시대의 언어로 기꺼이 말하는 거라오."**

베르뒤랭 부인의 응접실로 들어섰을 때, 샤를뤼스 씨가 내게 글을 쓰는지 물었고, 나는 아니라고 대답하면서, 요즘은 은이나 도자기 같은 옛 식기 세트에 관심이 많다고 말했다. 그는 베르뒤랭네가 가진 식기만큼 아름다운 것은 다른 곳에서 찾아보기 힘들다며, 게다가 베르뒤랭 부부는 물건도 친구와 같

* 옛 프랑스어 표현인 est-ce pas curieux에 익숙한 사니에트에게는 그것의 현대적 표현인 n'est-il pas curieux가 오류처럼 보인다는 말이다.
** 오늘날에는 '특히', '특별히'라는 의미로 쓰이는 singulièrement이 예전에는 문어로 '기이하게', '야릇하게'라는 의미로 쓰였음을 암시하고 있다.

다는 구실로, 모든 것을 가지고 다니는 미친 짓을 하는 탓에, 내가 이미 라 라스플리에르에서 그 식기를 보았을지도 모른 다면서, 저녁 파티가 열리는 날 그걸 전부 꺼내는 것은 번거로 운 일일지 모르지만, 그래도 내가 원하는 것을 보여 주도록 부탁해 보겠다고 말했다. 나는 그에게 아무 말도 하지 말아 달라고 간청했다. 샤를뤼스 씨는 외투 단추를 풀고 모자를 벗었다. 이제는 정수리 쪽에 군데군데 은발이 보였다. 그러나 가을빛에 물들여지고, 또 몇몇 잎을 솜으로 싸고 석고를 발라 보호하는 희귀종의 소관목처럼, 샤를뤼스 씨의 얼굴은 정수리에 난 약간의 하얀 머리카락과 잡다한 색의 분칠이 합쳐지면서 더욱 얼룩덜룩해 보였다. 그렇지만 그토록 다양한 표정과 서투르게 화장한 분과 위선의 칠 아래서도, 샤를뤼스 씨의 얼굴은 거의 모든 이들에게 계속해서 비밀을 숨기고 있었는데, 내 눈엔 오히려 소리 높여 외치는 듯 보였다. 그의 비밀을, 마치 열린 책을 읽듯이 줄줄 읽고 있다는 사실을 들킬까 봐 겁이 난 나는, 그의 눈길이 불편했고, 또 모든 종류의 어조로 집요하고도 무례하게 그 비밀을 반복하는 듯한 그의 목소리도 불편했다. 그러나 인간에게 있어 비밀은, 그들과 가까이하는 사람이라면 누구나 귀머거리이자 소경이므로 안전하게 지켜지는 법이다. 이런저런 사람을 통해, 이를테면 베르뒤랭 부부를 통해 진실을 알게 된 사람들은 그 진실을 믿긴 했지만, 그것은 단지 샤를뤼스 씨를 만나기 전까지였다. 그의 얼굴은 그런 나쁜 소문을 퍼뜨리기보다는 오히려 불식시켰다. 우리는 몇몇 도덕적 실체에 관해 조금은 과장된 관념을 갖고 있는데 지인의 친

숙한 얼굴에서는 그 관념을 식별할 수 없다.* 그리고 전날만
해도 함께 오페라에 간 사람이 천재라는 사실을 결코 믿지 않
는 것처럼, 우리는 악덕을 쉽게 믿지 못한다.

　샤를뤼스 씨는 단골손님으로서의 당부 사항과 함께 외투를
맡겼다. 그러나 외투를 맡은 하인은 신참이었고 매우 젊었다.
그런데 샤를뤼스는 요즘 사람들의 말처럼 자주 방향을 잃어
서인지, 해도 되는 것과 해서는 안 되는 것을 잘 구별하지 못
했다. 발베크에서는 몇몇 화젯거리를 겁내지 않는다는 걸 보
여주고, 누군가에 대해 "귀여운 녀석이군."이라고 말하기를 두
려워하지 않으며, 한마디로 자신과 닮지 않은 사람이 언급하
는 것을 똑같이 말하고 싶어 하는, 칭찬할 만한 욕망을 가지고
있었다. 그런데 지금은 반대로 자신과 닮지 않은 사람이라면
결코 입에 담지 못할 것들을 말하면서 이 욕망을 나타냈는데,
그의 정신이 지속적으로 거기에 집중하고 있어, 그것이 모든
사람의 일상적 관심사에 속하지 않는다는 사실을 잊어버렸기
때문이다. 그래서 남작은 새로 온 하인을 바라보면서, 협박하
듯 집게손가락을 쳐들고 자기가 멋진 농담을 한다고 생각하
며 "내게 그처럼 윙크를 하는 건 금지하네."라는 말을 던지고
는, 브리쇼 쪽으로 고개를 돌려 "이 아이 얼굴에는 장난기가
가득하군. 코가 재미있게 생겼어."라고 말했다. 그리고 자신이
방금 한 농담을 보충할 속셈인지, 아니면 욕망에 굴복했는지,

---

* 문단의 이해를 위해 '도덕적'이라는 말을 실체(entités) 앞에 역자가 임의로
추가했음을 밝힌다.

집게손가락을 다시 가로 방향으로 바꾸고 잠시 망설이다가 더 이상 자제할 수 없다는 듯, 그 손가락을 사정없이 똑바로 하인에게 내밀고 코끝을 만지면서 "탕!" 하고 말했다. 그런 후 살롱 안으로 들어갔고, 그 뒤를 따라 브리쇼와 나와 사니에트가 들어갔다. 사니에트는 셰르바토프 대공 부인이 6시에 사망했다는 소식을 알려 주었다. "정말 재미있는 집이군." 하고 하인은 혼잣말을 했고, 동료에게 남작이 익살꾼인지, 아니면 머리가 돌았는지 물었다. "저분 태도는 늘 저렇다네." 하고 집사가 대답했다.(실은 그도 남작이 조금은 '머리가 이상'하거나 '미쳤다'고 생각했다.) "마님 친구분들 가운데 한 분인데, 내가 늘 존경하는 분이라네. 선량한 분이시지."

그때 베르뒤랭 씨가 우리를 맞으러 왔다. 사니에트만이 바깥문이 지속적으로 열리는 바람에 감기에 걸릴까 봐 걱정하면서도 체념하고, 사람들이 옷을 맡아 줄 때까지 기다렸다. "그렇게 아첨하는 자세로 도대체 뭘 하는 거요?"라고 베르뒤랭 씨가 물었다. "옷을 지키기 위한 사람이 내 외투를 받고 번호표를 주길 기다리고 있습니다." "도대체 뭐라고 하는 거요?" 하고 베르뒤랭 씨가 엄한 표정으로 물었다. "'옷을 지키기 위한 사람이라니' 당신 노망났소? 그냥 '옷을 지키는' 사람이라고 하는 거요.* 중풍으로 쓰러진 사람처럼 프랑스어를 다

---

* '지키다', '감시하다'의 의미를 가진 프랑스어의 surveiller가 옛 프랑스어에서는 전치사와 함께 쓰였으나(à surveiller), 오늘날의 프랑스어에서는 전치사 없이 사용된다는 의미이다. 우리말로는 이런 차이를 드러낼 수 없어서 조금은 자의적이지만, '옷을 지키기 위한 사람(qui surveillent aux vêtements)'과

시 배워야겠군!" "뭔가를 지키기 위한, 이라는 말이 진짜 표현인데." 하고 사니에트가 끊기는 목소리로 중얼거렸다. "르 바퇴* 사제에 따르면……." "정말 짜증 나게 하는군." 하고 베르뒤랭 씨가 무시무시한 소리로 외쳤다. "그렇게 숨을 헐떡거리다니! 육 층이라도 올라오셨나?" 베르뒤랭 씨의 무례한 언행 탓에 옷을 보관하는 사람은 사니에트보다 다른 손님들을 먼저 통과시켰다. 사니에트가 옷을 맡기려 하자 그들은 "각자 순서가 있습니다. 선생님, 그렇게 서두르지 마세요."라고 대답했다. "정말 질서를 잘 지키는 사람들이군. 아주 유능해. 정말 잘했네, 내 충직한 사람들." 하고 베르뒤랭 씨는 모든 사람들을 보내고 나서 맨 나중에 사니에트를 보내려는 그들의 행동을 격려하기 위해 호의적인 미소를 지으면서 말했다. 그런 다음 우리에게 "자, 들어오세요."라고 말했다. "저 짐승은 자기에게 친숙한 외풍으로 우리 모두를 죽이려는 모양입니다. 살롱으로 들어가서 몸을 좀 녹입시다. 옷을 지키기 위한 것이라니!"라고 그는 우리가 살롱에 들어가자 다시 말했다. "바보 같은 녀석!" "조금 점잔을 빼긴 하지만, 그래도 나쁜 사람은 아닙니다."라고 브리쇼가 말했다. "난 바보라고 했지 나쁜 사람이라고는 하지 않았소."라고 베르뒤랭 씨가 날카롭게 반박했다.

　"금년에 앵카르빌로 다시 갈 건가?" 하고 브리쇼가 내게 물

'옷을 지키는 사람(qui surveillent les vêtements)'으로 옮겼다.

* 샤를 바퇴(Charles Batteux, 1713~1780)를 가리킨다. 『문학 강의』(1750)의 저자로 한림원 회원이었다.

었다. "우리 '안주인'께서 라 라스플리에르를 다시 임대하셨다는군. 소유주와 조금 다투긴 했지만. 그건 사소한 일로 금방 사라지는 구름이니까."라고 그는 마치 "잘못은 저질러졌다. 그렇다. 하지만 잘못을 저지르지 않는 사람이 또 어디 있단 말인가?"라고 신문에서 쓰는 것과 같은 낙관적인 어조로 덧붙였다. 그러자 내가 어떤 고통스러운 상태에서 발베크를 떠났는지가 기억나 다시는 돌아가고 싶은 생각이 들지 않았다. 알베르틴과의 계획도 여전히 내일로 미루고 있었다. "물론이오, 이 친구는 다시 올 거요. 우리가 원하고 있고, 또 우리에게 요긴한 사람이니까."라고 샤를뤼스 씨가 상냥하지만 권위적이면서도 이해심 없는 자기중심적인 말투로 단언했다.

우리가 베르뒤랭 씨에게 셰르바토프 부인에 대한 조의를 표하자, 그는 "그래요, 부인이 매우 아프시다는 건 압니다만."이라고 말했다. "아닙니다. 그분은 6시에 돌아가셨습니다."라고 사니에트가 소리쳤다. "언제나 과장하는군." 하고 베르뒤랭 씨가 사니에트에게 거칠게 말했는데* 그는 저녁 파티가 취소되기를 원치 않았으므로, 부인이 병에 걸렸다고 가정하는 쪽을 더 선호했다. 그사이 베르뒤랭 부인은 코타르, 스키와 더불어 아주 중요한 회의를 하고 있었다. 모렐이 샤를뤼스 씨가 그곳에는 갈 수 없다는 이유로 베르뒤랭 부인의 친구 집에서 한 초대를 거절했기 때문이다. 그렇지만 부인은 이미 바이

---

* 사촌 아마니앵의 죽음을 알렸을 때 게르망트 공작이 했던 것과 거의 같은 표현을 사용하고 있다.(『잃어버린 시간을 찾아서』 7권 227쪽 참조.)

올리니스트의 찬조 연주를 약속해 둔 상태였다. 베르뒤랭 부인의 친구 집에서 열리는 파티에 모렐이 연주를 거절한 이유는 — 조금 뒤에 보다 중대한 이유가 추가되는 것을 보게 될 테지만 — 대개 유한계급의 고유한 습관, 특히 작은 동아리의 고유한 습관 덕분에 그 위력을 발휘할 수 있었다. 물론 베르뒤랭 부인이 신참과 '신도' 사이에서 뭔가 낮은 목소리로 얘기하는 걸 목격하고, 그 얘기가 그들이 서로 아는 사이이며, 또는 교제하고 싶어 하는 사이임을 짐작하게 할 수 있다면 ("그럼 금요일에 아무개 씨 댁에서 만나요." 아니면 "당신이 원하시는 날에 아틀리에로 오세요. 전 항상 5시까지는 있으니까요. 당신이 오시면 정말 기쁠 거예요.") 여주인은 흥분해서 그 신참이 작은 패거리를 위해 빛나는 신입 회원이 될 자격이 있다고 생각하고, 아무 말도 듣지 않은 척했다. 코카인 상용보다 드뷔시 음악을 듣는 습관으로 눈 밑이 검어진 아름다운 눈길에 음악의 취기만이 줄 수 있는 피로한 표정을 간직한 채, 수많은 사중주곡과 그 때문에 생긴 두통으로 튀어나온 이마 아래서, 여주인은 반드시 다성악의 선율에 관한 생각만은 아닌 다른 생각을 하다가 더는 참을 수 없다는 듯, 자신의 주사 처방을 더 이상 일 초도 기다릴 수 없다는 듯,* 두 명의 달변가들에게 달려가서는 그들을 구석으로 데리고 가서 신참에게 신도를 가리키며 말했다. "'이분'과 함께 식사하러 오시지 않겠어요? 토

---

* 아마도 베르뒤랭 부인이 원기를 회복하기 위해 맞은 코카인 주사 같은 것을 가리키는 듯 보인다. 앞의 '코카인 상용'이라는 표현이 이를 말해 준다.

요일이나, 아니면 당신이 원하는 날에 상냥한 분들과 함께? 너무 큰 소리로 말하지는 마세요. 제가 이 모든 패거리를(이 말은 오 분 동안 그렇게나 많은 기대를 건 신참에 비해 일시적으로 경멸의 대상이 된 작은 동아리를 가리켰다.) 소환하는 건 아니니까요."

그러나 새로운 인물에 열광하고 또 그들을 가까워지게 하려는 욕구에는 반대급부가 있기 마련이었다. 수요 모임에 충실히 참석하는 그들의 태도가 베르뒤랭 부부에게 상반된 성향을 나타나게 했다. 그것은 불화를 일으키고 그들 사이를 멀어지게 하고 싶은 욕망이었다. 이 욕망은 라 라스플리에르에서 아침부터 저녁까지 매일같이 서로를 보면서 지낸 몇 달 동안 공고해지다가 격앙된 상태에 이르렀다. 베르뒤랭 씨는 누군가가 실수를 저지르는 모습을 포착하기 위해 거미줄을 치고 동반자인 거미에게 무고한 파리 몇 마리를 내주려고 애썼다. 불만이 없는 경우에는 일부러 웃음거리를 만들어 냈다. 한 신도가 삼십 분 정도 밖으로 나가면, 다른 사람들 앞에서 그를 조롱했고, 또 그 신도의 치아가 얼마나 더러운지, 아니면 반대로 하루에도 스무 번이나 이를 닦는 습관이 있는 걸 주목하지 못했느냐면서 놀란 시늉을 했다. 만일 한 신도가 감히 창문이라도 열면, 이런 버릇없는 태도가 '주인'과 '여주인' 사이에 분노의 시선을 교환하게 했다. 잠시 후 베르뒤랭 부인은 어깨에 걸칠 숄을 달라고 했고, 이 몸짓은 베르뒤랭 씨로 하여금 분노한 표정으로 "아니, 내가 창문을 닫겠소. 누가 감히 창문을 열려고 했는지 궁금하오."라며 죄인 앞에서 말할 구실을 제공했고, 그 결과 죄인은 귀까지 빨개졌다. 포도주를 지나치게 많이 마신 사람에게는 그가 마신 포도주의 양을 간접적으로 비난했다. "병이 난 건 아니오? 일꾼에게야 좋을 테지만." 두 신도가 여주인에게 미리 허가를 받지 않고 함께 산책이라도 나가면, 아무리 순수한 의미에서의 산책이라 해도 무한한 논쟁거리라는 결과를 초래했다. 모렐과 샤를뤼스 씨의 산책은 순수하지 않았다. 단지 남작이 라 라스플리에르에서 체류하지 않았다는 사실이(모렐의 부대 생활 때문에), 포만감과 혐오와 구토의 순간을 늦추었을 뿐이다. 그렇지만 그 순간은 곧 다가올 참이었다.

베르뒤랭 부인은 격노했고, 샤를뤼스 씨가 시키는 그 어리석고 혐오스러운 역할에 대해 모렐을 '계몽시키기로' 결심했다. "덧붙이자면," 하고 부인은 말을 이었다.(게다가 부인은 누군가에게 신세를 져서 부담을 느낄 경우, 그 누군가를 죽일 수는 없으므로, 그 대신 그에게서 뭔가 중대한 결점을 찾아내어, 그것으로 고마움을 표하는 일을 적절하게 면제받으려 했다.) "덧붙이자면, 그 사람이 내 집에서 과시하는 태도를 보이는 게 마음에 들지 않아요." 사실 베르뒤랭 부인에게는 모렐이 그녀 친구들의 파티를 내팽개친 것 이상으로, 샤를뤼스 씨를 원망할 보다 중대한 이유가 있었다. 샤를뤼스 씨는 베르뒤랭 부인 때문이라면 결코 오지 않았을 사람들을 콩티 강변로에 데리고 오면서, 자신이 '여주인'을 명예롭게 해 준다고 확신했으므로, 베르뒤랭 부인이 자기 집에 초대해도 괜찮은 사람들의 이름을 처음 몇 개 제시하자마자, 변덕스러운 대귀족의 원한을 품은 자존심에, 연회에 정통하며 또 전체적인 결과를 망칠 타협을 하기보다는 자신의 작품을 회수하고 협조를 거부하는 예술가의 독단주의가 섞인 단호한 어조로, 절대적인 거부 의사를 표명했다. 샤를뤼스 씨가 여러 유보 조항을 붙여 허가한 사람으로는 생틴*이 유일했는데, 게르망트 부인은 날마다 그와 내밀한 관계를 유지하다가 그의 아내에게 시달리지 않으려고 관계를 완전히 끊었으나, 그를 지적인 인간으로 생각하는 샤를뤼스 씨는 여전히 그와 만나고 있었다. 예전에 게르망트 사회의 꽃이었던 생틴이 이제 행운을 찾으러 간 곳, 그리고 그를 도와줄 버팀목을 찾았다고 믿은 곳은, 물론 모두들 막대한 부호이고 귀족과 친척 관계를 맺고 있지만, 정작 대귀족은 알지 못하는 그런 시시한 귀족의 피가 섞인 부르주아 사회였다. 그러나 베르뒤랭 부인은 생틴 부인이 귀족 출신이라고 주장한다는 것을 알았지만, 남편의 위치는 잘 이해하지 못했는데, 이처럼 우리에게 높이에 대한 감각을 주는 것은 바로 우리 위에 있는 것이지, 하늘 속으로 사라져 눈에 보이지 않는 것은 아니기 때문이다. 그래서 부인은 생틴을 초대하는 일을 정당화하려면, 그가 '○○양과 결혼한' 후부터 많은 사람들과 교제하고 있음을 부각시켜야 한다고 믿었다. 베르뒤랭 부인의 무지를 입증하는 이런 현실과 정확히 반대되는 주장이, 남작의 루주 바른 입술에 조금은 관대한 경멸과 폭넓은 이해의 웃음을 피어나게 했다. 남작은 부인의 말을 무시하면서 직접적인 대답을 피했지만, 자신의 관심사에 관한 유전적으로 물려받은 경박함과 더

---

* 소설가 생틴에 대해서는 『잃어버린 시간을 찾아서』 1권 258쪽 주석 참조.

불어, 풍부한 지성과 오만한 자존심이 어우러진 이론을 사교계 영역에서 펼쳐 보였다. "생틴은 결혼하기 전에 내게 조언을 구했어야 해요." 하고 그는 말을 시작했다. "사회 생리학이 존재하듯이 사회 우생학도 존재하며, 또 내가 어쩌면 그 방면의 유일한 전문가일 수도 있으니까요. 생틴의 경우에는 어떤 이론의 여지도 없어요. 그는 그런 결혼을 했고 그래서 무거운 부담감을 느낀 나머지 열정을 숨겼던 게 분명해요. 그의 사회적인 삶은 이미 끝난 거죠. 나는 그에게 그런 사실을 설명했을 것이고, 또 그는 총명한 사람이니 금방 이해했을 겁니다. 이와는 반대로 아주 숭고하고 지배적이며 보편적인 지위를 가지는 데 필요한 모든 걸 가진 사람이 있었는데, 다만 끔찍한 밧줄로 땅에 묶여 있었죠. 그래서 나는 그 사람을 묶고 있는 밧줄을 절단하기 위해 반은 압력을 넣어, 반은 힘을 행사해서 도와주었어요. 이제 그 사람은 내 덕분에 승리의 기쁨을 구가하는 동시에 자유와 권력을 쟁취했죠. 어쩌면 약간의 의지도 필요했지만, 그 사람은 그 보상으로 얼마나 많은 걸 가지게 됐는지 몰라요! 이렇게 내 말을 들을 줄 아는 사람은 자기 운명의 산파가 될 겁니다." 샤를뤼스 씨가 그의 운명에 영향을 미칠 수 없다는 건 너무도 분명했다. 행동이란 아무리 유창하게 말하고 아무리 기발하게 생각한다 해도 말이나 생각과는 다르기 때문이다. "그런데 나로 말하자면, 내가 예언했던 사회적 반응을 흥미롭게 관찰하는 철학자이기는 하나, 그 반응에 영향을 미치거나 하지는 않습니다. 그래서 나는 생틴과의 교제를 계속했고, 그는 언제나 거기에 걸맞은 뜨거운 존경심을 표했습니다. 그의 새로운 처소에서 저녁 식사를 한 적이 있습니다. 예전에 그가 몹시 가난했을 때는 작은 다락방에서도 가장 멋진 동반자들과 함께 즐거운 시간을 보냈는데, 지극히 사치스러운 지금의 처소에서는 권태롭기 짝이 없더군요. 부인도 생틴을 초대할 수 있을 겁니다. 제가 허가해 드리죠. 그러나 부인이 제안하는 다른 모든 이름에 대해서는 거부권을 행사합니다. 부인도 내게 고마워할 겁니다. 왜냐하면 나는 결혼 문제의 전문가지만, 그에 못지않게 연회 분야의 전문가이기도 하니까요. 나는 한 모임을 끌어올리고 거기에 비약적인 발전과 품격을 더하는 그런 영향력 많은 인사들을 알고 있습니다. 또한 모든 것을 무너뜨리고 완전히 실패하게 하는 이름도 알고 있죠." 이처럼 샤를뤼스 씨가 사람들을 제외시키는 방법은 늘 미친 사람의 원한이나 예술가의 세련된 취향뿐 아니라, 능란한 배우의 연기에도 근거하고 있었다. 누군가에 대해, 또 뭔가에 대해 성공적인 후렴구를 읊어 댈 때면, 그는 되도록 많은 수의 사람들이 그 말을 들어 주기 바랐고, 그러나 자신의 대사가 바뀌지 않고 늘 같은 말을 되풀이한다는 걸 알아차릴 수 있으므로, 첫 번째 모임에 참석했던 사람들은 두 번째 모임에서는 제외했다. 공연 프로그램이 새롭게 바뀌지 않으니 관객이 교체된 것이었다. 그리고 자신의 담화가 성공을 거두기라도 하면, 필요에 따라 순회 일정을 짜고 지방 공연도 했을 것이다. 이처럼 사람들을 제외시키는 다양한 동기가 무엇이든, 샤를뤼스 씨의 제명은 '여주인'으로서의 권위가 훼손되었다고 느낀 베르뒤랭 부인의 기분을 상하게 했을 뿐만 아니라 사교적인 면에서 샤를뤼스 씨에게도 큰 해를 끼쳤다. 거기에는 다음과 같은 두 가지 이유가 있었다. 첫 번째는 쥐피앵보다 훨씬 예민한 샤를뤼스 씨가 그의 친구가 되기에 가장 적합한 사람들과 알 수 없는 이유로 사이가 틀어진다는 사실이었다. 물론 그들에게 가할 수 있는 첫 번째 징벌 중의 하나가, 베르뒤랭 집에서 개최하는 연회에 초대하지 않는 것이었다. 그런데 제외된 그 사람들은 대개 최고 지위로 불리는 자리를 차지한 사람들이었고, 그러나 그들과 사이가 틀어진 날부터 샤를뤼스 씨는 더 이상 그들을 그렇게 생각하지 않았다. 그의 상상력은 그들과 불화를 일으키기 위해 온갖 과오를 추측하는 일뿐 아니라, 그의 친구가 아닌 순간부터는 그들로부터 모든 중요성을 박탈하는 데도 소질이 있었다. 예를 들어 죄를 지은 사람의 가문이 매우 오래되었지만, 그 공작령은 다만 19세기에 시작되었다면 ― 이를테면 몽테스큐 가문 같은 ― 샤를뤼스 씨에게는 다른 무엇보다 공작의 유구한 내력만이 중요할 뿐 가문 자체는 전혀 중요하지 않았다. "그들은 공작도 아니오." 하고 그는 외쳤다. "몽테스큐 수도원장의 작위가 부당하게도 그들의 친척에게 넘어간 것이라오. 팔십 년도 되기 전에 말이오. 현재 공작을 공작으로 쳐도 겨우 삼 대째라오. 차라리 십 대째, 십사 대째 공작인 위제나 라 트레무이유, 뤼인 가문의 사람들이나, 십이 대 게르망트 공작이자 십칠 대 콩동 대공인 내 형에 대해 말한다면 또 모를까. 몽테스큐 집안이 오래된 가문의 후손이며, 또 그 사실이 증명되었다 해도 도대체 그것이 무엇을 증명한다는 거요? 앞에서 인용한 가문에 비하면 계속 추

락해서 지금은 매우 열악한 상태에 있는데 말이오."* 이와는
반대로 유서 깊은 공작령의 소유자이며, 가장 찬란한 인척 관
계를 맺고 왕족에 속하나, 그 광채가 비교적 단시일 내에 이루
어져 그리 오래되지 않은 가문 출신과 불화를 일으키는 경우
에는 — 이를테면 뤼인 가문 같은 — 모든 것이 달라져서 이
번에는 오로지 가문 자체만을 중요시했다. "당신에게 조금 묻
겠소만, 알베르티 씨는 루이 13세 통치 아래서야 비로소 더러
운 때를 벗었다는구려!** 궁정 사람들의 총애 덕분에, 그들에
게 전혀 권리가 없는 작위를 축적했다고 해서, 그게 우리와 무
슨 상관이 있다는 거요?" 게다가 샤를뤼스 씨에게는 대화나
우정에서 그것이 줄 수 없는 것을 요구하는 게르망트네 특유
의 성향과, 더 나아가 자신이 험담의 대상이 되지나 않을까 하
는 두려움의 증상 때문에, 호의를 베푼 뒤에는 곧이어 상대를
실추시키곤 했다. 베풀었던 호의가 클수록 실추는 격렬했다.
그런데 어느 누구도 몰레 백작 부인만큼 남작의 공개적인 호
의를 받은 사람은 없었다. 그렇다면 부인은 도대체 어떤 무관

* 원문에는 dans le quatorzième dessous로 표기되었는데, 매우 열악한 상태
나 절망적인 상황을 가리키는 관용구이다.
** 피렌체의 알베르티 가문 출신으로, 뤼인 가문의 초대 공작이 된 샤를 달
베르(Carles d'Albert)를 가리킨다. 그는 루이 13세 아래서 1619년 뤼인 공작
의 작위를 받았는데, 샤를뤼스에 따르면 명문을 평가하는 두 기준, 즉 오래된
순서와 가문의 실체라는 점에서, 뤼인 가문은 오래된 가문이긴 하나 다른 가
문에 비하면 상대적으로 최근에 생긴 가문이며(「소돔」에서는 오래되지 않은
가문으로 소개되었다.(『잃어버린 시간을 찾아서』 8권 418쪽)) 더욱이 가문
의 실체라는 점에서는 명문으로 불릴 자격이 없다는 것이 샤를뤼스의 견해
이다.

심한 태도로 어느 날 갑자기 그런 호의를 받을 자격이 없음을 보여 주었을까? 백작 부인 자신은 결코 그 이유를 알아낼 수 없었다고 줄곧 단언했다. 어쨌든 그녀의 이름만 들어도 남작이 격노했으며 가장 웅변적이면서도 가장 무서운 인신공격을 가한 것은 사실이다. 조금 후면 보게 될 테지만, 베르뒤랭 부인은 자신에게 상냥하게 대했던 몰레 백작 부인에게 매우 큰 기대를 걸었고, 백작 부인이 그녀의 집에서, 그녀의 말처럼 '프랑스와 나바르'*의 가장 고귀한 사람들을 만나리라는 생각에 미리부터 즐거워했고, 그래서 즉시 '드 몰레 부인'을 초대하자고 제안했다.** "아! 저런, 저마다 취향이 다르다고는 하지만," 하고 샤를뤼스 씨가 말했다. "부인께서 피플레 부인이나 지부 부인, 조제프 프뤼돔 부인과 얘기를 나누고 싶다면 누가 뭐라고 하겠습니까.*** 그러나 내가 오지 않는 저녁에 그러시길 바랍니다. 나는 부인과 나눈 처음 몇 마디에서 우리가 같은 언어를 쓰지 않는다는 걸 알았습니다. 내가 귀족 이름을 말할 때, 부인께서는 가장 모호한 신분의 사법관들이나, 교활하고 험담 잘하고 악의적인 하찮은 평민들, 마치 공작새를 흉내 낸다고 믿는 어치새와 같은 방식으로, 내 형수인 게르망트 부

---

* 『잃어버린 시간을 찾아서』 8권 51쪽 참조.
** 귀족의 존칭인 de의 사용에 대한 베르뒤랭 부인의 무지에 대해서는 『잃어버린 시간을 찾아서』 2권 141쪽 참조.
*** 피플레 부인은 외젠 쉬(Eugène Sue)의 『파리의 비밀』에 나오는 문지기 여자이며, 지부 부인과 조제프 프뤼돔 부인은 앙리 모니에(Henry Monnier)의 『민중의 장면』과 『조제프 프뤼돔의 회고록』에 나오는 인물들이다.(『갇힌 여인』, 폴리오, 433쪽 참조.)

인의 태도를 한 옥타브 아래서 따라 하기만 하면 예술 후원자라도 된다고 믿는 그런 시시한 부인들의 이름만을 나열하시는군요. 게다가 내가 합당하게 내 지인들로부터 제외시킨 사람을, 천한 태생으로 지조도 재치도 없는, 그저 잘난 체하는 사람을 내가 댁에서 베풀려고 하는 연회에 끌어들이려고 하시다니, 조금은 무례한 처사라고 말하고 싶군요. 게르망트 공작 부인과 게르망트 대공 부인을 동시에 흉내 낼 수 있다고 믿는 그런 엉뚱한 생각을 가진 여자를 말이죠. 이런 결합 자체가 바보 같은 짓으로, 공작 부인과 대공 부인은 정확히 반대되는 사람입니다. 라이헨베르크*이면서 동시에 사라 베르나르라고 주장하는 것과도 같죠. 모순되지는 않아도 어쨌든 지극히 터무니없는 생각입니다. 때로는 한 분의 과장된 행동에 미소 짓고, 때로는 다른 한 분의 절제된 행동에 슬퍼한다 해도 그건 바로 나의 권리랍니다. 그러나 저 작은 부르주아 출신의 개구리가, 비할 데 없는 혈통의 품격을 언제나 보여 주는 그 훌륭한 두 귀부인과 같아지려고 배를 부풀리려고 하다니,** 사람들 말대로 정말 지나가는 닭이 웃을 일입니다. 라 몰레라니요!*** 더 이상 입에 올려서는 안 되는 이름입니다. 아니면 내

---

* 수잔 라이헨베르크(Suzanne Reichenberg, 1858~1924). 순진한 처녀 역을 주로 연기하던 코메디프랑세즈 소속 여배우였다.(『잃어버린 시간을 찾아서』 6권 197쪽 참조.) 비극의 주인공 역할을 맡던 사라 베르나르(『잃어버린 시간을 찾아서』 1권 137쪽 참조.)와는 대조를 이루는 인물이다.
** 이솝 우화에 나오는 「개구리와 황소」를 암시한다.
*** 몰레 부인이 마치 연극배우처럼 연기를 잘한다는 의미에서, 유명 배우나 가수 앞에 붙이는 la라는 호칭을 붙였다.

가 물러날 수밖에 없군요." 하고 남작은 미소를 지으면서, 환자와는 상관없이, 환자의 건강을 위해 유사 요법 시술의 도움을 받아서는 안 된다고 말하는 의사의 말투로 덧붙였다. 한편 샤를뤼스 씨가 무시해도 괜찮다고 판단하고, 또 사실 그가 무시할 수 있는 사람이, 베르뒤랭 부인에게는 그렇지 않은 경우가 있었다. 명문가 출신인 샤를뤼스 씨는 아무리 우아한 인간이라 해도 그런 인간 없이도 잘 지낼 수 있지만, 베르뒤랭 부인은 그런 인간들과의 모임을 잘 유지해야만 곧 그녀의 살롱을 파리의 일류 살롱으로 만들 수 있었다. 그런데 베르뒤랭 부인은 드레퓌스 사건에 대한 사교계의 오판으로 인해 자기 살롱이 다른 살롱에 비해 엄청나게 뒤처졌다는 사실은 차치하고라도, 이미 자신이 여러 번 호기를 놓쳤음을 인지하고 있었다. 그렇지만 이러한 오판이 그녀에게 도움이 되지 않은 것은 아니었다. "게르망트 공작 부인이 드레퓌스 사건에 모든 걸 종속시키면서, 재심파니 재심 반대파니 하는 이유로 우아한 여인들을 제외시키고, 우아하지 않은 여인들은 받아들이는 자기 세계의 사람들을 보면서 얼마나 불쾌하게 생각했으며, 또 공작 부인 자신도 그 차례로 이 동일한 여인들로부터 미온적이며 반체제적이며 사교적인 예절에 국익을 종속시킨다는 비난을 받지 않았던가?" 하고 나는 독자에게 질문을 던질 수도 있다. 마치 우리가 어떤 일에 관해 여러 번 대화를 나눴지만 기억이 나지 않아, 친구에게 알려 줄 생각을 했는지, 혹은 알려 줄 기회가 있었는지를 물어보는 것처럼 말이다. 독자에게 그 말을 했거나 하지 않았거나, 당시 게르망트 공작 부인의 태도는 쉽게 상상할 수 있으며, 다음 시대의 사교적 관점에서도 그 태도는 지극히 타당해 보인다. 캉브르메르 씨는 드레퓌스 사건에 대해, 그것이 정보국을 파괴하고, 규율을 파기하고, 군대를 약화시키고, 프랑스인을 분열시키고, 침략을 준비할 목적으로 계획된 외국의 음모라고 생각했다. 라퐁텐의 몇몇 우화를 제외하고 문학에 문외한인 후작은, 냉혹한 관찰을 하는 문학이 불손한 풍조를 야기하면서 드레퓌스 사건과 병행하여 대혼란을 일으킨 사실에 대한 규명 작업은 아내에게 맡겼다. "레나크 씨와 에르비외는 한패예요."*라고 아내가 말했다. 드레퓌스 사건이 사교계에 대항하여 미리 사악한 음모를 계획했다고 비난할 수는 없었다. 그러나 그 점에서 확실히 드레퓌스 사건은 사교계의 근간을 무너뜨렸다. 사교계에 정치가 개입하는 것을 원치 않은 사교계 인사들은, 군대에서 정치 개입을 원치 않는 군인들만큼이나 선견지명이 있었다. 사교계란 성적(性的) 취향과도 흡사해서 한번 미학적 이유로 선택하고 나면, 그것이 어떤 변태적인 양상을 띠게 될지는 아무도 알 수 없다. 포부르생제르맹이 다른 세계의 여성을 민족주의자라는 이유로 초대하는 습관을 가지고 있었다면, 이제 민족주의 운동이 사라지면서 그 이유도 사라졌지만, 그들을 초대하던 습관은 여전히 남아 있었다. 베르뒤랭 부인은 드레퓌스주의를

* 레나크에 대해서는 『잃어버린 시간을 찾아서』 5권 400쪽 참조. 폴 에르비외(Paul Hervieu, 1857~1915)는 사교계 소설가이자 재심파로, 프루스트가 이 문단에서 그의 희곡 작품 「말은 남는다」(1892)를 암시하는 것처럼 보인다고 지적된다.(『갇힌 여인』, 플레이아드 III, 1748쪽 참조.)

위해, 단지 드레퓌스주의자라는 이유 때문에, 잠정적으로는 사교계의 관점에서 그녀에게 전혀 쓸모없는 훌륭한 작가들을 자신의 살롱으로 유인했다. 그러나 다른 열정과 마찬가지로 정치적 열정은 지속되지 않는다. 그 열정을 이해하지 못하는 다음 세대가 나타난다. 그 열정을 느꼈던 세대마저 변하고, 그들은 정확히 예전과 일치하지 않음으로 해서, 제명받은 자의 일부를 복권시키는 — 제명의 동기가 변한 탓에 — 새로운 정치적 열정을 체험한다. 왕당파는 드레퓌스 사건이 진행되는 동안, 누군가가 유대인 반대파이자 민족주의자이기만 하면, 그가 공화파든 급진파든 반교권주의자든 더 이상 문제 삼지 않았다. 만약 어느 날 전쟁이 일어나면, 애국심은 다른 형태를 취할 것이며, 사람들은 어느 국수주의 작가에 대해서도 그가 드레퓌스파든 아니든 관심을 갖지 않을 터다. 이처럼 정치적 위기나 예술적 혁신이 일어날 때마다, 베르뒤랭 부인은 마치 새가 보금자리를 짓듯, 당장은 불필요하지만 어느 날엔 자신의 살롱에 도움이 될 작은 조각들을 조금씩 손에 넣었다. 드레퓌스 사건은 끝났지만, 아나톨 프랑스는 그녀 곁에 남았다.*
베르뒤랭 부인의 힘은, 예술에 관한 그녀의 진솔한 사랑과 신도들을 위한 헌신적인 노력, 사교계 인사들을 초대하는 일 없

---

* 프루스트는 졸라가 「나는 고발한다」(1898)를 발표한 후, 아나톨 프랑스에게 졸라를 위한 탄원서에 서명해 줄 것을 부탁했고, 또 서명을 받았다고 한다. 당시 드레퓌스파들이 모인 살롱의 모델로는 스트로스 부인, 아르망 드 카이야베 부인, 오베르농 드 네르빌 부인의 살롱이 거론된다.(『갇힌 여인』, 플레이아드 III, 1748쪽 참조.)

이 신도들만을 위해 베푸는 멋진 파티에서 찾아볼 수 있었다. 신도들은 저마다 베르뒤랭 부인의 집에서 베르고트가 스완 부인에게서 받았던 것과 동일한 대접을 받았다. 이런 종류의 단골손님이 어느 날 유명 인사가 되어, 사교계 인사들이 그의 방문을 열망하는데도 불구하고 베르뒤랭 부인의 집에 찾아가면, 포텔과 샤보가 준비한 공식 만찬이나 성 샤를마뉴 축일 만찬의 요리처럼 조금은 인위적으로 이물질을 섞어 놓은 듯한 점이 전혀 없는* 손님이 없는 날에도 똑같이 맛볼 수 있는 그저 맛있는 보통 음식을 대접받는 것이었다. 베르뒤랭 부인 댁에 온 공연단은 완벽하게 숙련된 사람들이었고, 공연 프로그램도 일류였으며, 부족한 것은 관객뿐이었다. 그리고 대중의 취향이 베르고트와 같은 합리적이고 프랑스적인 예술로부터 방향을 바꾸어 특히 이국적인 음악에 열중하면서부터, 베르뒤랭 부인은 모든 외국 예술가들이 찾는 일종의 단골 파리 주재원이 되었으며, 그리하여 그 근사한 유르벨레티예프 대공 부인 옆에서 러시안 발레단을 위한 늙은 요정 카라보스의 역할을, 그렇지만 전능한 역할을 머지않아 하게 될 터였다.** 알다시피 이런 매력적인 침투가 ─ 안목 없는 비평가들만이 그

---

* 포텔과 샤보는 출장 요리 전문 회사로, 1820년에 창업하여 현재도 운영 중이다. 그리고 성 샤를마뉴 축일은 1월 28일로, 프랑스 교육 기관의 창설자로 알려진 샤를마뉴를 기리는 날이다.
** 착한 요정과 반대되는 심술쟁이 마녀 할멈을 상징하는 카라보스는 '잠자는 숲속의 공주'에게 저주를 퍼부은 마녀로 널리 알려졌다. 유르벨레티예프 대공 부인에 대해서는 『잃어버린 시간을 찾아서』 7권 256쪽 참조.

유혹에 저항하는 —— 파리에서 드레퓌스 사건보다 덜 격렬하지만 미학적으로는 보다 순수하며, 그러나 어쩌면 드레퓌스 사건과 동일하게 활기찬 호기심의 열기를 자아냈는지도 모른다. 이번에도 베르뒤랭 부인은, 그러나 사교계에서의 완전히 다른 결과와 더불어 선봉에 서게 되었다. 예전에 중죄 재판소 회기 중, 졸라 부인 옆 법정 발치에 앉아 있던 부인을 보았던 것처럼, 이제 러시아 발레에 환호하는 새로운 시대의 인간들은, 낯선 깃털 장식의 모자를 쓰고 오페라 좌에 몰려갈 때마다, 언제나 2층 칸막이 좌석에서 유르벨레티에프 대공 부인 옆에 앉아 있는 베르뒤랭 부인을 볼 수 있었다. 예전에 최고 재판소에서 크게 감동한 뒤 저녁마다 피카르나 라보리를 가까이에서 보기 위해,* 또 쥐를랭댕이나 루베, 주오스트 대령, '규정집'에 관한 최근 소식을 듣고 거기서 뭘 기대할 수 있는지를 알기 위해 베르뒤랭 부인 댁에 갔던 것처럼,** 「셰에라자드」와 「이고리 공」의 무용에 열광한 후 잠자리에 들고 싶지 않은 사람들은 이제 베르뒤랭 부인 집으로 몰려가고 있었다.***

---

* 피카르 중령에 대해서는 『잃어버린 시간을 찾아서』 5권 173쪽 주석 참조. 라보리(Labori)는 드레퓌스와 졸라의 변호사였다.
** 쥐를랭댕(Zurlinden)은 드레퓌스 사건이 진행되는 동안 육군 장관이었고, 루베(Loubet)는 1899년에서 1906년까지 드레퓌스 재심이 이루어지는 동안 프랑스의 대통령이었으며, 주오스트(Jouaust) 대령은 1899년 드레퓌스 사건 재심 때 군법 회의의 재판장이었다. 그리고 '규정집'에 대해서는 뭔가 판독할 수 없는 단어가 적혀 있어, 정확히 알 수 없다고 지적된다.(『갇힌 여인』, 플레이아드 III, 1749쪽)
*** 「셰에라자드」는 림스키코르사코프가 작곡한 발레곡으로, 1910년 파리 오페라에서 열린 공연에는 프루스트도 참석했다. 레옹 박스트의 무대 장치

그곳에는 유르벨레티예프 대공 부인과 '여주인'이 주관하는 맛있는 야식이, 매일 밤 더 높이 뛰려고 저녁 식사를 하지 않는 발레리나들과 안무 디렉터들과 무대 장식가들, 그리고 이고리 스트라빈스키와 리하르트 슈트라우스 같은 위대한 작곡가들을 매일 저녁 한자리에 불러 모았고, 파리의 최상류층 귀부인들과 외국의 왕비 전하들도, 엘베시우스* 부부가 베풀었던 야식 모임처럼, 이 한결같은 작은 동아리에 끼어들기를 두려워하지 않았다. 사교계 인사들 중 안목이 있다고 공언하는 사람들은, 러시아 발레 작품들 사이에 불필요한 구별을 하면서 「레 실피드」**의 무대 연출이 「셰에라자드」의 무대 연출보다 뭔가 더 '정교한' 면을 지녔는데, 아마도 흑인 예술에서 영향을 받은 것처럼 보인다고 주장했다. 회화에 비해 어쩌면 조금은 더 인위적인 듯 보이는 발레라는 예술에서, 인상주의만큼이나 심오한 혁명을 이룩한 이런 안목과 무대 장식에서의 위대한 혁신자들을 가까이에서 보며 그들은 매혹되었다.

샤를뤼스 씨의 얘기로 돌아가 보면, 베르뒤랭 부인은 샤를뤼스 씨가 봉탕 부인만을 요주의 인물로 배제했다면, 그렇게

와 미하일 포킨의 안무로 러시아 발레의 명성을 드높인 작품이다. 보로딘의 오페라 「이고리 공」에 나오는 '폴로베츠 사람들의 춤'은 1909년 러시아 발레단의 무용곡으로 편곡되었다.

* 18세기 계몽주의 철학자 엘베시우스(Helvetius, 1715~1771)의 저택은(파리 1구의 생탄 거리) 동시대 지식인들이 즐겨 찾던 장소였다.

** 미하일 포킨(Michel Fokine)이 쇼팽의 곡을 가지고 만든 발레로, 1909년 러시아 발레단의 파리 데뷔작으로써 무대에 올려졌다. 피날레 곡은 스트라빈스키가 작곡했다.

괴로워하지 않았을 것이다. 베르뒤랭 부인은 예술에 대한 사랑 때문에 봉탕 부인을 오데트의 집에서 주목했는데, 봉탕 부인은 드레퓌스 사건 동안 남편과 함께 이따금 베르뒤랭 부인 집에 식사를 하러 왔다. 베르뒤랭 부인은 봉탕 부인의 남편이 드레퓌스의 재심 청원에 가담하지 않았다는 이유로 그를 미적지근한 사람이라고 불렀지만, 실제로는 매우 총명한 사람이었다. 그는 모든 당파의 사람들과 내통하기를 좋아하고, 라보리와 함께 식사를 하면서도 위험한 말은 한마디도 하지 않고 상대방의 말을 들을 줄 알았으며, 모든 정당에서 인정하는 조레스의 성실함에 대한 존경을 적절한 지점에 슬며시 끼워 넣으면서도 자신의 독립성을 보여 주기를 좋아했다. 그러나 남작은 또한 몇몇 귀족 부인들의 출입도 금지했다. 이 귀족 부인들은 음악 행사나 신상품 컬렉션, 자선 행사 같은 기회를 통해 최근에 친분을 쌓은 인물들로, 그들에 대한 샤를뤼스의 생각이 어떠하든, 베르뒤랭 부인이 새로운 동아리, 이번에 귀족적인 동아리를 만드는 데에는 샤를뤼스 씨보다 훨씬 중요한 사람들이었다. 사실 베르뒤랭 부인은 이 연회에 많은 기대를 걸고 있었는데, 샤를뤼스 씨가 자기와 동일한 세계의 귀부인들을 데려오고, 거기에 그녀의 새로운 친구들을 합류시켜, 그들이 그녀의 콩티 강변로 저택에서 그 친구들을, 혹은 남작이 초대한 친지들을 만나 놀라는 모습을 상상하며 미리 즐거워했었다. 그녀는 남작의 금지령에 실망하고 격노했다. 이제 남은 문제는 이런 조건에서 열리는 파티가 그녀에게 득이 될지 해가 될지를 아는 것이었다. 만일 연회가 실패한다고 해도, 샤를뤼스 씨가 초대한 부인들이 진심 어린 태도로 참석해서 장차 베르뒤랭 부인의 친구가 되어 준다면, 그 실패도 별로 심각하지 않으리라. 그 경우라면 불행 중 다행으로, 가까운 시일 내에 남작이 서로 격리된 상태로 유지하고 싶어 하는, 상류 사회의 두 부분을, 그날 남작을 오지 못하게 할 각오를 하고 하나로 결합시킬 수 있을지도 몰랐다. 그래서 베르뒤랭 부인은 남작이 초대한 부인들을 조금은 감동 어린 마음으로 기다렸다. 자기 집에 오는 여인들의 정신 상태며, '여주인'으로서 그 여인들과 어떤 종류의 관계를 기대할 수 있는지를 곧 알 수 있을 테니까. 그 순간을 기다리면서 베르뒤랭 부인은 신도들과 의논했고, 그러다 샤를뤼스 씨가 브리쇼와 나와 함께 들어오는 모습을 보고는 갑자기 말을 멈추었다.

부인의 절친한 친구가 위독하다는 소식에 얼마나 마음이 슬픈지 모르겠다고 브리쇼가 말하자, 부인은 무척 놀랍게도 "그래요. 전 슬픔이라곤 전혀 느끼지 못한다고 고백해야겠네요. 느끼지도 않는 감정을 느끼는 척하는 것은 불필요하다고 생각해요……."라고 대답했다. 부인이 그렇게 말한 것은 기력이 부족한 탓에 연회 내내 슬픈 표정을 지어야 한다고 생각만 해도 피로했거나, 또는 자존심 때문에 연회를 취소하지 않은 것에 대한 변명거리를 찾는 모습을 보이기 싫었거나, 아니면 남들에 대한 체면과 능란한 수완 때문에 슬퍼하는 기색을 보이지 않는 것이 일반적으로 무감각한 기질 탓이라기보다는 대공 부인에 대한 개인적 반감이 돌연 표출된 것으로 보이는 편이 보다 정직하며, 그래서 어느 누구도 의심할 수 없는 이런 솔직함 앞에서는 사람들이 무장 해제될 수밖에 없다고 생각했기 때문인지도 모른다. 다시 말해 정말 베르뒤랭 부인이 대공 부인의 죽음에 무관심하지 않았다면, 파티를 취소하지 않고 손님들을 맞이한 이유를 설명하기 위해서는 보다 중대한 과오를 범했다고 자책해야 하지 않았을까? 베르뒤랭 부인이 슬픔을 고백하는 순간, 동시에 쾌락을 포기할 용기가 없었음을 고백하게 된다는 걸 사람들은 잊고 있었다. 그런데 친구로서의 비정함은, 주부로서의 경박함보다 훨씬 충격적이고 부도덕하지만, 수치심은 덜하며, 따라서 보다 고백하기가 쉽다. 범죄 분야에서 죄인이 위험에 처하는 경우는 이해타산 때문에 죄를 고백할 때이다. 잘못을 저질러도 처벌을 받지 않는 경우는 자존심 때문에 죄를 고백할 때이다. 게다가 삶에서 누리는 쾌락을 슬픔 때문에 중단하지 않기 위해, 마음속에 품은 애도의 감정을 밖으로 표현하는 것이 얼마나 쓸데없는 짓인지 모른다고 반복해서 말하는 사람들의 변명이 지나치게 구식이라고 생각했는지, 베르뒤랭 부인은 결백함에 대한 온갖 상투적 표현은 역겨우며, 또 사람들이 비난하는 짓을 해도 전혀 나쁘다고 생각하지는 않지만, 어쨌든 우연히 자신은 그런 짓을 저지를 기회가 없었다고 변명하는 ── 그리하여 자기도 모르게 죄를 반쯤 고백하는 ── 그런 영리한 죄인들을 모방하기를 더 좋아했다. 자신의 행동을 설명하는 데 있어 무관심의 원칙을 택하고, 일단 그런 나쁜 감정의 비탈길로 뛰어든 뒤에는, 뭔가 자신에게서 그런 감정을 느끼는 독창적인 면과, 또 그것을 간파할 줄 아는 드문 통찰력, 더 나아가 남들 앞에서 그걸 공표할 만한 '배짱'이 있다고 생각했는지, 베르뒤랭 부인은 자신이 슬픔을 느끼지 못한다는 사실을 끈질기게 강조했는데, 거기에는 역설적인 심리 분석가나 대담한 극작가에게서 찾아볼 수 있는 어떤 오만한 만족감마저 깃들어 있었다. "그래요, 정말 이상해요."라고 부인은 말했다. "그 소식을 듣고도 거의 아무 느낌이 없었으니까요. 물론 그분이 살아 있는 편이 더 나았겠죠, 나쁜 사람은 아니었으니까요." "아니, 나쁜 사람이었소." 하고 베르뒤랭 씨가 말을 막았다. "아! 이이는 그분을 싫어해요. 그분을 이곳에 초대하는 일이 내게 해가 된다고 생각했죠. 그 점에 관해서는 거의 막무가내였어요." "내가 그 사람과의 교제에 한 번도 동의한 적이 없음을 당신도 인정해야 하오." 하고 베르뒤랭 씨가 말했다. "평판이 나쁜 사람이라고 늘 말해 왔잖소." "하지만 전 그런 말은 한 번도 듣지 못했는데요." 하고 사니에트가 반박했다. "아니, 어떻게요?" 하고 베르뒤랭 부인이 소리쳤다. "모든 사람이 다 아는데요. 나쁜 평판이 아니라 수치스럽고 명예롭지 못한 평판이죠. 그럼요. 하지만 그 때문만은 아니에요. 제 감정을 어떻게 설명해야 할지 모르겠네요. 그분을 싫어하지는 않았지만, 내게는 너무도 관심 밖의 존재여서 그분이 위독하다는 소식을 들었을 때, 남편도 놀라서 '당신은 그 소식을 듣고도 아무렇지도 않은 것 같소.'라고 말했어요. 오늘 저녁만 해도 남편은 리허설을 취소하는 게 어떻겠느냐고 말했지만, 저는 반대로 해야 한다고 주장했어요. 느끼지도 않는 슬픔을 표시하는 게 코미디 같아서요." 이렇게 말하는 것이 묘하게도 자유극단*풍이며, 또 매

---

* 1888년 배우 앙투안(Antoine)에 의해 창설된 극단으로, 1896년에 '앙투

우 편리하다고 생각했던 모양이다. 왜냐하면 일단 무감각하거나 부도덕하다고 고백하고 나면, 평범한 도덕관과 마찬가지로 삶이 단순해지기 때문이다. 비난받을 행동을 해도 그에 대해 애써 변명하거나, 솔직함의 의무를 수행할 필요가 없으니까. 신도들은 지나치게 사실적이며 고통스러운 관찰이 담긴 몇몇 희극 작품이 야기했던, 그런 감탄과 거북함이 뒤섞인 감정으로 베르뒤랭 부인의 말을 경청했다. 그들이 존경하는 '여주인'이 이렇듯 새로운 형태의 공정성과 독립성을 보여 준 데 대해 감탄하고, 어쨌든 그들의 경우는 이와 똑같지 않으리라고 말하면서, 그들의 죽음을 생각하고, 또 그 죽음이 다가오는 날 콩티 강변로에서 슬퍼할지, 아니면 연회를 베풀지 자문해 보았다. "내가 초대한 손님들 때문에라도 파티가 취소되지 않아 정말 다행입니다." 하고 샤를뤼스 씨가 말했다. 그는 자신이 이렇게 말하면서 베르뒤랭 부인의 기분을 상하게 했다는 사실은 깨닫지 못했다.

그렇지만 그날 저녁 베르뒤랭 부인 곁으로 다가간 사람이라면 누구나 그러했겠지만, 나는 리노-고메놀*의 역겨운 냄새에 충격을 받았다. 그 이유는 다음과 같다. 우리는 이미 베

안 극단'으로 바뀌었다. 공쿠르를 위시한 자연주의 작가들의 작품을 주로 공연했다.

* 고메놀은 알레르기 천식 등 호흡기 질환에 효과가 있는 향이 매우 강한 오일로, 프루스트도 사용했던 것으로 알려져 있다. 이런 고메놀 앞에 코를 의미하는 접두사 rhino를 붙여, 그것이 비염 치료제, 일종의 코감기 치료제임을 표시하고 있다.

르뒤랭 부인이 자신이 느끼는 예술적 감동이 필연적이며 심오하다는 점을 보여 주기 위해 그것을 정신적 방식이 아닌, 신체를 통해 표현한다는 사실을 알고 있다. 그런데 누군가가 부인이 가장 좋아하는 뱅퇴유의 음악에 대해 얘기하면, 부인은 마치 어떤 감동도 기대하지 않는다는 듯 무관심한 태도를 유지했다. 하지만 몇 분 동안 거의 방심한 듯한 부동의 눈길을 보낸 후에는 매우 정확하고 실질적이며 거의 예의 없는 말투로 대답했는데, 마치 "담배를 피우셔도 상관없지만, 아주 아름다운 양탄자 때문에, 그래도 제게는 상관없지만, 이 양탄자는 쉽게 불이 붙는 것이어서, 잘 끄지 않은 담배꽁초 하나만 땅바닥에 떨어져도 불이 날까 봐, 또 여기 계신 분들 모두를 태울까 봐 무척 겁이 나는군요."라고 말하는 것 같았다. 뱅퇴유에 대해서도 마찬가지였다. 누군가가 뱅퇴유 얘기를 하면 부인은 어떤 감탄의 말도 하지 않다가, 잠시 후 무관심한 표정으로 그날 저녁 뱅퇴유를 연주하게 되어 유감이라고 말했다. "뱅퇴유에 대해서는 어떤 불만도 없어요. 제 견해로 볼 때 그분은 우리 시대의 가장 위대한 작곡가예요. 다만 그 걸작들을 들을 때면 눈물이 나는 걸 잠시도 멈출 수 없다는 게 문제죠.(그녀는 '눈물이 나다'라는 말을 전혀 비장한 어조가 아닌, '잠들다'라는 말을 발음할 때처럼 지극히 자연스러운 어조로 말했다. 몇몇 험담가들은 '잠들다'라는 동사가 이 경우 어쩌면 더 적절한 표현일지도 모른다고 말했는데, 사실 어느 누구도 그 문제에 관해 결론을 내릴 수 없었다. 왜냐하면 그녀가 그토록 얼굴을 손안에 파묻고 그 음악을 들어서 코고는 소리가 어쨌든 흐느낌으로 들릴 수도 있었기 때문이다.) 눈물이 나는 게 나쁘다는 건 아녜요. 원하는 만큼 울 수도 있어요. 다만 그것이 나중에 내게 지독한 코감기를 쑤셔 넣는다는 거죠. 점막이 충혈되고, 마흔여덟 시간 뒤에는 술 취한 노파처럼 되고, 그래서 성대가 제대로 작동하려면 며칠 동안 수증기를 흡입해야 한답니다. 결국은 코타르의 제자 가운데 한 분이 오셔서……" "오! 그런데 그분에 관해 제가 부인께 애도를 표하지 못했네요. 가련하신 교수님께서 그렇게나 빨리 돌아가시는 바람에!" "그래요. 그러나 어쩌겠어요. 다른 사람들처럼 돌아가신 거죠. 꽤 많은 사람들을 죽게 했으니, 이번에는 본인 차례로, 병이 그분 쪽으로 방향을 튼 거죠.* 그래서 조금 전에 언급한 코타르의 제자 가운데 한 분이, 아주 멋진 의사 선생이 제 코감기를 치료해 주셨어요. 그는 '치료보다는 예방이 낫다'라는 독특한 원칙을 가르치는 분이에요. 그래서 음악이 시작하기 전에 제 코에 기름을 칠하라고 하더군요. 효과가 정말 좋아요. 얼마나 많은 어머니들이 자식을 잃었는지는 모르겠지만, 그들처럼 눈물을 흘려도 전혀 코감기에 걸리지 않아요. 가끔 가벼운 결막염이 생기긴 하지만, 그게 전부예요. 효과가 절대적이에요. 그렇지 않았다면 전 뱅퇴유의 음악을 계속해서 들을 수 없었을 거예요. 줄곧 기관지염에 시달렸을 테니까요."

나는 더 이상 자제하지 못하고 뱅퇴유 양의 얘기를 꺼냈다. "작곡가의 따님은 안 오셨나요?"라고 베르뒤랭 부인에게 물었

---

* 베르고트와 스완의 죽음과 마찬가지로 코타르의 죽음도 나중에 추가되어서 작품의 전체 흐름 속에 잘 녹아 있지 않은 부분이다. 코타르는 이날 밤 베르뒤랭 연회에 다시 등장한다.

다. "또 그 친구 중 한 분도요?" "안 오셨어요. 지금 막 전보를 받았어요." 하고 베르뒤랭 부인은 말을 얼버무렸다. "시골에 그냥 있어야 한다는군요." 나는 한순간 그들의 방문은 어쩌면 한 번도 거론되지 않았으며, 베르뒤랭 부인이 뭔가 연주자들과 청중에게 긍정적인 인상을 주려고, 작곡가의 대리인이 온다고 예고한 것은 아닌가 기대했다. "아니, 그럼 두 사람은 조금 전의 리허설에도 오지 않았단 말입니까?" 하고 남작이 샤를리를 만나지 않은 것처럼 보이려고, 호기심을 가장하며 말했다. 샤를리가 내게 인사하러 왔다. 나는 그의 귀에 대고 뱅퇴유 양이 오지 못한 사유를 물었다. 그는 전혀 모르는 것 같았다. 나는 큰 소리를 내지 말라고 손짓하면서, 나중에 다시 말하자고 알렸다. 그는 내게 도움이 된다면 정말 기쁠 거라고 약속하면서 고개를 숙였다. 나는 그가 전보다 훨씬 예의 바르고, 훨씬 정중해졌다는 점에 주목했다. 샤를뤼스 씨에게 그에 대한 칭찬을 늘어놓자 — 내 의혹을 규명하기 위해 도움이 될지도 모르므로 — 샤를뤼스 씨는 "해야 할 일을 한 거겠지. 예의 바르지 못한 태도를 배우기 위해 그렇게 훌륭한 사람들과 살 필요는 없었을 테니까."라고 대답했다. 샤를뤼스 씨의 의견대로라면, 예의 바른 태도란 영국식 뻣뻣함은 조금도 찾아볼 수 없는, 옛 프랑스식 태도를 가리켰다. 그렇게 해서 지방이나 외국에서 순회 여행을 하고 돌아올 때면, 샤를리는 여행복 차림으로 샤를뤼스 씨 댁에 들이닥쳤고, 그때 사람들이 많지 않으면 샤를뤼스 씨는 격식도 차리지 않고 그의 두 뺨에 키스했다. 그가 그렇게 행동한 것은, 어쩌면 그토록 애정을 과시하는 일이 조금은 비난받을 수도 있다고 생각하여 그런 생각을 아예 지워 버리려고, 어쩌면 쾌락을 거절하지 않으려고, 아니 그보다는 문학적인 취향 탓에 프랑스의 예스러운 태도를 유지하고 빛내려고 그랬는지도 모른다. 또 증조모의 낡은 안락의자를 간직하면서, 영국식 냉정함에 아들을 다시 보는 기쁨을 숨기지 않는 18세기의 다정다감한 부성애를 대립시키면서, 뮌헨 양식 또는 '모던 스타일'에 항변하려고 했는지도 모른다.* 결국 이런 부성애에는 조금은 근친상간적인 면이 있었던 것은 아닐까? 아니, 그보다는 샤를뤼스 씨가 평소에 악덕을 충족시켰던 방식으로는 — 훗날 그중 몇 가지는 해명되겠지만 — 아내의 사망 후 텅 비어 있던 애정의 욕구를 채울 수 없었다고 보는 편이 더 그럴듯하다. 여하튼 그는 여러 번 재혼을 생각했고, 그리고 지금은 양자를 들이고 싶은 편집증적 욕구에 시달렸는데, 그래서 몇몇 주변 사람들은 그 욕구의 대상이 샤를리가 아닌지 걱정했다. 전혀 놀라운 일이 아니다. 오로지 여성만을 사랑하는 남성을 위해 쓰인 문학과 더불어 자신의 열정을 부양해 왔고, 또 뮈세의 「밤」이라는 시를 읽으면서 남성을 생각했던 성도착자는, 이제 성도착자가 아닌 일반 남성이 하는 온갖 사회적 직책을 맡고 싶은 욕구를 느끼며, 그리하여 무용수의 연인이자 오페라 좌의 오래된 고객처럼 연인

---

* 여기서 독일의 뮌헨 양식이나 영국의 모던 스타일은 모두 새로운 예술 풍조, 즉 아르 누보를 가리킨다. 독일이나 영국에서의 새로운 예술 풍조와 그 주지적이고 차가운 성격에 맞서, 샤를뤼스는 옛 골동품(증조모의 안락의자)과 18세기의 다정다감한 가부장적 사유를 대변하고 있다.

을 부양하고 안착해서 한 남성과 결혼하거나 바짝 붙어살면서 아버지가 되고 싶어 한다.

샤를뤼스 씨는 잠시 후에 연주할 곡목을 설명해 달라는 구실을 붙여 모렐과 함께 멀어졌는데, 그는 특히 샤를리가 자신이 연주할 곡을 그에게 보여 주고 그들의 내밀한 관계를 공개적으로 과시하는 데서 대단한 감미로움을 느꼈다. 그 시간 동안 나 역시 매혹되었다. 그 작은 패거리 모임에서 소녀들은 거의 찾아볼 수 없었지만, 그 대신 큰 파티가 열리는 날에는 적지 않은 수의 소녀들이 초대되었기 때문이다. 그중에는 내가 아는, 매우 아름다운 소녀들도 몇 명 있었다. 그들은 멀리서 내게 반가운 미소를 보냈다. 이처럼 살롱의 공기는 소녀들의 아름다운 미소로 시시각각 장식되었다. 그것은 낮과 마찬가지로 저녁 시간에 흩뿌려진 다양한 장식이었다. 우리는 소녀들의 미소 때문에 어떤 분위기를 떠올린다.

게다가 샤를뤼스 씨가 파티에 참석한 몇몇 주요 인물들과 나눈 그 은밀한 이야기에 주의를 기울였다면, 한층 놀랐으리라. 그들은 두 명의 공작과 저명한 장군, 대작가와 유명 의사, 유명 변호사였다. 그런데 이야기의 내용은 다음과 같았다. "그건 그렇고 자네 보았나? 하인이, 아니 마차에 오르는 그 꼬마 하인 말일세……. 자네의 사촌 게르망트 댁에는, 자네는 아무 것도 모른단 말인가?" "지금으로서는 모르네." "이거야, 마차가 드나드는 출입문 앞에 짧은 바지를 입은, 매우 호감이 가는 금발의 젊은이가 있었네. 녀석은 아주 매력적인 몸짓으로 내 마차를 불렀는데, 난 얼마든지 대화를 계속하고 싶은 생각이

들더군." "누군지 알겠네. 하지만 그자는 매우 냉담하고 점잔을 빼는 타입이라 단번에 성공하기를 좋아하는 자네는 지겨울 텐데. 게다가 그 녀석과는 어쩔 도리가 없다는 걸 난 알고 있네. 내 친구 하나가 시도해 봤거든." "그거 안됐군. 옆모습이 매우 섬세하고 머리칼도 아주 근사하던데." "정말 그 정도로 그자가 괜찮다고 생각하는가? 조금 더 자세히 봤다면 환멸을 느꼈을 걸세. 두 달 전만 해도 이 식탁에서 멋진 녀석을, 키가 이 미터나 되는 건장하고, 피부도 완벽하고, 그런 짓 하기도 좋아하는 녀석을 볼 수 있었는데. 그렇지만 지금은 폴란드로 떠났지." "아! 좀 멀긴 하군." "누가 아냐? 녀석이 돌아올지. 살다 보면 항상 다시 만나는 법이니까." 사교계에서 열리는 대연회는 그 단면을 충분한 깊이에서 자를 줄만 안다면, 의사가 환자를 초대하는 저녁 모임과 흡사하지 않은 구석이 없는데, 그 모임에서 환자들은 매우 지각 있는 말과 예의 바른 처신을 하므로, 지나가는 늙은 신사를 가리키면서 당신 귀에다 대고 "저 사람이 바로 잔 다르크랍니다."라고 속삭일 때까지는, 전혀 미친 사람으로 보이지 않는다.*

　"저분을 계몽하는 일이 우리의 의무라고 생각해요." 하고 베르뒤랭 부인이 브리쇼에게 말했다. "나는 샤를뤼스에게 맞서려는 게 아니에요. 오히려 그 반대예요. 저분은 호감이 가는 분이고, 저분의 소문이라고 해 봐야 내게 해를 끼치는 종류의

---

* 자기 스스로 예수 그리스도라고 생각하는 정신병자와는 또 다른 유형이다.(24쪽 참조.)

것은 아니거든요! 나만 해도 우리의 작은 모임이나, 대화가 있는 우리의 만찬을 위해 가벼운 연애나, 흥미로운 주제를 다루는 대신 구석에서 여자에게 바보 같은 얘기나 지껄이는 남자들은 증오하니까요. 샤를뤼스 씨하고는, 스완과 엘스티르와 여타의 사람들에게서 일어났던 일 같은 것은 전혀 염려할 필요가 없으니까요. 저분하고는 안심이 되고, 저분이 내 집 만찬에 오면 모든 사교계 여인들이 온다고 해도, 우리의 일반적이 대화가 가벼운 연애나 속삭임으로 방해받지 않으리라고 확신할 수 있어요. 샤를뤼스 씨는 예외적인 분이니 안심이 돼요. 신부 같은 분이니까요. 다만 이곳에 오는 젊은이들을 지배하려 하거나, 우리 작은 동아리에 불화를 일으켜서는 안 된다는 거죠. 그렇지 않다면 여자를 좋아하는 남자보다 더 고약할 테니까요." 이렇게 베르뒤랭 부인이 '샤를뤼스파'에게 관대함을 공표한 것은 진심이었다. 모든 교회 권력과 마찬가지로, 그녀의 작은 '교회'에서도 권위의 원칙을 약화시키고 정통성을 해치고 예전의 신조를 변경하는 것보다는, 인간적인 결점이 그나마 덜 문제가 된다고 판단했던 것이다. "그렇지 않으면 저도 이빨을 드러낼 거예요. 자신이 초대받지 않았다고, 샤를리를 리허설에 오지 못하도록 방해한 신사니까요. 심각한 경고를 받게 될 거예요! 그거면 충분하겠죠. 안 그러면 이곳을 떠나기만 해도 되니까요. 샤를리를 방에 가두다니, 말도 안 돼!" 그리고 부인은 거의 모든 사람이 쓰는 것과 똑같은 표현을 사용하면서 — 일상적인 것은 아니지만, 몇몇 표현은 어떤 특별한 주제나 주어진 상황 때문에 거의 필연적으로 말하는 사람의 기억에 떠올라, 말하는 사람은 자신의 생각을 자유롭게 표현하는 줄 알지만, 실은 누구나 아는 보편적인 교훈을 그냥 기계적으로 되풀이하는 데 불과했기 때문에 ─ 이런 말을 덧붙였다. "그 덩치 큰 녀석을, 꼭 호위 무사같이 생긴 녀석을 동반한 우스꽝스러운 모습이 아니고는 샤를리를 볼 수 없다니." 베르뒤랭 씨는 샤를리에게 뭔가 물어볼게 있다는 핑계를 대고 잠시 데리고 가서 말해 보겠다고 제안했다. 베르뒤랭 부인은 샤를리가 그 말을 듣고 마음이 흔들려서 연주를 망칠까 봐 겁이 났다. "연주가 끝날 때까지는 미루는 게 좋겠어요. 아니면 다음 기회에 하든가요." 부인은 남편이 옆방에서 샤를리를 계몽하는 중임을 알 때 느낄 그 감미로운 감동을 열망하면서도, 혹시 그 일이 실패로 돌아가 샤를리가 화가 나서 16일의 연주를 내팽개칠까 봐 겁이 났다.*

그날 밤 샤를뤼스 씨가 실추된 것은, 그의 초대를 받고 도착한 사람들의 무례한 행동 때문이었는데, 사교계에서는 흔한 일이었다. 샤를뤼스 씨에 대한 우정과, 그런 장소에 와 보고 싶은 호기심에서 온 공작 부인들은, 저마다 손님을 접대하는 사람이 샤를뤼스 씨라는 듯 곧바로 남작에게 가거나, 베르뒤랭 부부 바로 옆에 있던 내게 말을 걸었는데, 그들 부부는 그 말을 전부 들었다. "베르뒤랭 할멈이 어디 있는지 가르쳐

---

* 초고에 보면 베르뒤랭 부인이 뱅퇴유의 미발표 작품을 16일에 연주하게 할 예정이라고 샤를뤼스가 밝히는 것으로 기술되어 있다. 그날 부인은 지인들을 모두 초대할 예정이고, 따라서 샤를리가 연주하지 않으면 큰 낭패를 보는 것이다.(『갇힌 여인』, 리브르드포슈, 809쪽 참조.)

줘요. 내 소개를 꼭 해야 한다고 생각하세요? 적어도 내일 신문에는 내 이름이 나지 않았으면 좋겠는데. 이 일로 친척들과 사이가 틀어질지도 모르거든요. 뭐라고요? 저기 저 흰머리의 여자라고요? 그래도 그렇게 흉한 모습은 아니네요." 게다가 그 자리에 없는 뱅퇴유 양의 얘기를 듣고는, 여러 공작 부인이 "아! 소나타의 아가씨 말인가요? 내게 알려 줘요."라고 말하면서, 또 그 친구들을 여러 명 발견하고는 자기들끼리 떨어져서는, 남을 비웃는 듯한 호기심 어린 시선으로 눈을 반짝거리며 신도들이 들어오는 모습을 엿보다가, 누군가가 좀 괴상한 모자라도 쓰고 들어오면 — 몇 해 후에는 상류 사회에서도 유행할 모자지만 — 기껏해야 손가락질이나 하다가, 결국 이 살롱도 기대했던 것과 달리 그들이 아는 살롱과 크게 다르지 않다며 아쉬움을 표했다. 마치 브뤼앙* 술집에 가면서 상송 가수로부터 욕설을 들으리라 기대했던 사교계 인사가, 기대했던 대로 "저 주둥아리를 보게나, 저 낯짝을 보게나, 아! 저자가 가진 주둥아리를 보게나."라는 후렴구 대신, 예의 바른 인사말로 맞이하는 걸 보고 실망을 느끼는 것처럼 말이다.

샤를뤼스 씨는 발베크에 있을 때 내 앞에서 보구베르 부인을 아주 교묘하게 비난한 적이 있는데, 그녀는 뛰어난 지성을 소유했음에도 불구하고, 남편에게 기대 이상의 행운을 안겨준 뒤에 회복하기 어려운 불명예를 초래했다고 했다. 보구베

---

* 아리스티드 브뤼앙(Aristide Bruant, 1851~1925). 몽마르트르의 '샤 누아르' 카바레에서 활동하던 상송 가수였다.

르 씨의 대사 파견을 인준한 테오도시우스 왕과 외독시 왕비*
가 며칠 동안 체류 목적으로 파리에 왔고, 그래서 그들을 위
한 연회가 매일 열렸으며, 연회가 열리는 동안 왕비는 보구베
르 부인과 십 년 전부터 그들 나라의 수도에서 만난 사이였고,
또 공화국의 대통령 부인이나 장관 부인들은 알지 못했으므
로, 그들은 외면하고 오로지 대사 부인하고만 따로 떨어져 앉
았다. 대사 부인은 남편이 테오도시우스 왕과 프랑스의 동맹
을 성립시킨 주역이었으므로, 자신의 위치가 안전하다고 생
각해서는 왕비가 베푸는 호의에 자만했으며, 그러나 그녀를
위태롭게 하는 위험에 대해서는 어떤 불안도 느끼지 못하고
있었다. 그 위험은 몇 달 후 지나치게 자신에 차 있던 부부에
게 불가능하리라고 오판했던 사건, 보구베르 씨의 갑작스러
운 사퇴 강요로 실현되었다. 샤를뤼스 씨는 발베크의 '지방 열
차'에서 어릴 적 친구의 실추를 평하며, 그토록 총명한 부인이
그런 상황에서 국왕 부처에 대한 영향력을 최대한으로 활용
하면서도 자신은 아무 영향력이 없는 것처럼 보이게 하고, 또
국왕 부처가 대통령 부인과 장관 부인들에게 베푼 호의가, 보
구베르 부부의 말 때문이 아니라 자발적으로 베푼 것임을 믿
게 했다면, 그들은 그만큼 자랑스럽게 생각해서, 다시 말해 보
다 만족해서 더더욱 보구베르 부부에게 감사하는 마음을 가
졌을 것이라며 매우 놀라워했다. 그런데 이처럼 타인의 잘못

---

* 테오도시우스 왕의 파리 방문에 대해서는 『잃어버린 시간을 찾아서』 3권
24쪽 주석 참조.

을 볼 줄 아는 사람도 어떤 상황에 취하다 보면 잘못을 저지를 수 있다. 그리하여 샤를뤼스 씨는 자신이 초대한 손님들이 마치 그가 주인인 양 축하 인사를 하려고 사람들을 헤치고 나오는 동안, 그들로 하여금 베르뒤랭 부인에게 가서 몇 마디 인사말을 하라고 부탁할 생각은 하지 못했다. 다만 엘리자베스 황후와 알랑송 공작 부인의 자매로서, 마찬가지로 고귀한 피가 흐르는 나폴리 여왕*만이 음악이나 샤를뤼스 씨보다 베르뒤랭 부인을 만나는 기쁨이 훨씬 커서 방문했다는 듯, 베르뒤랭 부인과 담소를 나누었으며, '여주인'을 오래전부터 얼마나 만나고 싶었는지 모른다면서, 마치 순방 중인 집을 방문한 것처럼, 집에 대한 칭찬과 온갖 다양한 주제로 대화를 이어 갔다. 여왕은 조카인 엘리자베스를 매우 데려오고 싶었다면서(얼마 후 벨기에의 알베르 왕자와 결혼할 예정인) 조카도 무척 섭섭해했다고 말했다! 여왕은 음악가들이 단상에 올라가는 모습을 보고서야 입을 다물었고, 누가 모렐인지 가르쳐 달라고 했다. 여왕은 샤를뤼스 씨가 이 젊은 명연주가를 그토록 영광스러운 빛으로 둘러싸고 싶어 하는 동기에 대해서는 어떤 환상도 품고 있지 않았다. 그러나 역사상 가장 고귀한 혈통 중의 하나이

---

* 나폴리 여왕 또는 나폴리 왕비라고 불리는 이 여인은 바이에른 공 막시밀리안 요제프의 딸로, 나폴리 왕인 프란체스코 2세의 아내였다. 오스트리아 황후인 언니 엘리자베스는 살해되고, 동생 알랑송 공작 부인은 파리에서 일어난 화재로 목숨을 잃었다. 앞에서는 나폴리 왕비로 칭했으나(『잃어버린 시간을 찾아서』 6권 334쪽 참조.), 가에타 전투 때 잠시 여왕의 역할을 수행한 적이 있으며, 이 부분에서는 이런 여왕의 신분이 샤를뤼스에 의해 보다 강조되고 있으므로 나폴리 여왕으로 칭하고자 한다.

며, 가장 풍부한 경험과 회의주의와 오만함의 피가 흐르는 군주로서의 오랜 지혜가, 샤를뤼스(그녀처럼 바이에른 공작 부인의 아들인)와 같은, 그녀가 가장 사랑하는 이들이 가진 그 어쩔 수 없는 결점을 불운 탓으로 여기게 했으며, 이런 불운이 그들이 여왕에게 구하는 도움을 보다 소중하게 만들었고, 이에 상응하여 여왕도 그들에게 도움을 제공하면서 큰 기쁨을 느꼈다. 여왕은 이런 상황에서 자신이 직접 이곳까지 오는 수고를 한 데 대해 샤를뤼스 씨가 두 배로 감동하리라는 점도 알았다. 다만 예전에 여왕이자 군인으로서 가에타 성벽*에서 직접 발포한 적도 있는 영웅적인 여성인 그녀는 용감한 만큼 착하기도 해서, 언제나 기사도 정신에 입각하여 약자 편을 들 준비가 되어 있었고, 게다가 베르뒤랭 부인이 홀로 내버려진 걸 보고, 또 부인이 여왕 곁을 떠나서는 안 된다는 사실도 알지 못하는 걸 보면서, 나폴리 여왕인 자신에게 있어 이 파티의 중심이자 자신을 이곳으로 오게 한 인력점이 바로 베르뒤랭 부인인 것처럼 꾸미고자 했다. 여왕은 외출을 전혀 하지 않았지만, 그래도 다른 파티에 가야 하므로 끝까지 있을 수 없다고 끝없이 사과했고, 특히 자신이 나갈 때 일부러 자리에서 일어나지 말아 달라고 부탁하면서, 여왕에게 그런 경의를 표해야 한다는 사실조차 모르는 베르뒤랭 부인에게 그걸 면제해 주려고 했다.

---

* 가에타는 이탈리아의 중부 리치오주에 속하는 도시로 나폴리에서 북서쪽으로 60킬로미터 떨어진 곳에 위치한, 오래된 성벽으로 둘러싸인 중세 도시다. 나폴리 여왕은 유배지인 이곳 요새에서 파리로 떠나기 전 실제로 1860년에 발포 명령을 내렸다.(『갇힌 여인』, 플레이아드 III, 1750쪽 참조.)

그렇지만 샤를뤼스 씨가 베르뒤랭 부인을 완전히 잊어버리고, 또 그가 초대한 '자기 세계'의 사람들이 부인을 끔찍할 정도로 무시했음에도 불구하고, 반대로 이 '음악 행사'를 위해 그들이 '여주인'에게 한 것과 같은 예의 없는 행동을 하게 내버려 두면 안 된다는 것을 이해한 점은 정당하게 평가해야 한다. 이미 모렐은 단상에 올라갔고, 다른 연주자들도 모여 있었는데, 여전히 대화 소리며 웃음소리며 "그것이 뭔지 이해하려면 거기에 입문해야 한다나 봐요."라는 소리도 들렸다. 조금 전 베르뒤랭 부인 댁에 도착해서는 천천히 꾸물대던 샤를뤼스 씨가 전혀 다른 몸속으로 들어간 듯, 허리를 뒤로 젖히고 예언자 같은 표정을 지으면서 지금은 웃을 때가 아니라는 의미로 근엄한 눈길을 하고 좌중을 바라보았는데, 그러자 여러 명의 여자 손님들이, 한창 수업 중에 선생님에게 들킨 학생처럼, 잘못을 저지른 듯 돌연 얼굴을 붉혔다. 내게는 샤를뤼스 씨의 태도, 게다가 매우 고결한 태도가 조금은 희극적으로 보였다. 왜냐하면 그는 때로 불을 뿜는 듯한 시선으로 손님들을 무섭게 쏘아보고, 때로는 종교적인 침묵을 지키면서 사교적인 관심사로부터 벗어나야 한다는 것을 마치 '안내서(vade mecum)'의 지침처럼 보여 주기 위해, 스스로 하얀 장갑 낀 손을 고결한 이마 쪽으로 들어 올리고, 지금이 위대한 '예술'의 시간임을 이해하지 못하고 예의 없이 늦게 도착한 이들의 인사에 답하지 않으면서, 경건함(그들이 준수해야 하는)과 거의 황홀경에 사로잡힌 태도의 본보기를 몸소 제시했기 때문이다. 모든 이들은 최면에 걸린 듯, 아무 소리도 감히 내지 못하고 의자조차 움직이지 못했다. 음악에 대한 존경심이 — 팔라메드의 명망 덕분에 — 우아하지만 예의 없는 청중의 마음속에 돌연 주입되었다.

모렐과 피아니스트뿐 아니라 다른 악기 연주자들이 단상에 나란히 앉은 모습을 보고, 나는 그들이 뱅퇴유가 아닌, 다른 음악가의 작품으로 시작하리라 생각했다. 뱅퇴유의 작품 중 알려진 것은 피아노와 바이올린을 위한 소나타밖에 없다고 생각했기 때문이다.

베르뒤랭 부인은 다른 사람과 떨어져 혼자 앉아 있었다. 가벼운 분홍빛을 띤 툭 튀어나온 근사한 반구형의 하얀 이마에, 반은 18세기의 초상화를 모방한 듯, 반은 순진한 마음에서 자신의 상태를 말하지는 못하지만 열기 어린 이마를 식힐 신선한 공기가 필요한 듯, 머리칼을 뒤로 넘기면서 혼자 앉아 있는 모습이, 마치 음악 제전을 주관하는 신성(神性), 바그너주의와 편두통의 여신, 이 따분한 자들 한가운데로 천재 음악가에 의해 불려 온 일종의 비극적인 노른*과도 흡사했는데, 그녀는 그들 앞에서 그들보다 더 잘 아는 음악을 들으면서 느끼는 인상을 보통 때보다 더 나타내지 않으려고 했다. 음악회가 시작되었고, 내가 알지 못하는 곡이 연주되었다. 나는 미지의 나라에 와 있었다. 어느 곳에 있는 나라일까? 어느 작곡가의 작품 속에 있는 걸까? 그것을 알고 싶었지만, 옆에 물어볼 사람

---

* 스칸디나비아와 게르만족의 신화에 나오는 운명의 여신이다. 바그너의 오페라 「신들의 황혼」 첫 부분에서 운명의 실 혹은 줄거리의 실을 잣는다.

이 없었으므로, 나는 내가 끊임없이 읽고 또 읽은 『천일야화』 속의 인물이 되고 싶었다. 그 책에서는 불확실성의 순간에 정령이나 고혹적인 아름다움을 지닌 소녀가 다른 사람들에게는 보이지 않고 당황한 주인공에게는 갑자기 모습을 드러내면서, 그가 알고 싶어 하는 것을 정확히 밝혀 주니 말이다. 그런데 그 순간 나는 바로 그런 마술적인 출현의 혜택을 받은 듯했다. 우리는 알지 못한다고 생각하지만 실은 새로운 길을 통해 접근한 고장에서, 길모퉁이를 돌아서면 갑자기 다른 길로 통하는 길에 서 있는 자신을 발견할 때가 있는데, 그곳은 구석진 곳까지 낯익은 길, 다만 평소에 온 적이 없던 길로, 우리는 돌연 혼잣말을 한다. "이건 우리 친구 ○○의 집 정원 문으로 통하는 작은 길이잖아. 그 집에서 이 분도 안 되는 곳이네." 또 그들의 딸은 실제로 거기 있으며, 내가 지나가는 모습을 보고는 인사하러 온다. 이렇게 나는 한 번도 들은 적이 없는 새로운 음악 한가운데서 돌연 뱅퇴유의 소나타를 알아보았다. 『천일야화』에 나오는 소녀보다 더 경이로운 은빛 옷차림으로 감싸인 소악절이 스카프처럼 반짝거리는 부드럽고 가벼운 음향으로 흘러내리면서, 새로운 장식 아래서도 알아볼 수 있는 모습으로 다가왔다. 소악절을 다시 발견한 나의 기쁨은, 소악절이 내게 말을 걸기 위해 택한 그 호소력 있고 소박하며, 게다가 소악절을 반짝거리게 하는 그 영롱한 아름다움을 발산하는, 그토록 낯익은 다정한 억양에 의해 더욱 커졌다. 게다가 소악절의 의미도 이번에는 내게 길을 가르쳐 주는 데 불과했고, 그것도 소나타의 길은 아니었다. 왜냐하면 그 곡은 뱅퇴유의 미발표 작품으로, 곡을 들으며 눈앞에서 읽는 프로그램에 따르면, 뱅퇴유가 어떤 암시를 위해 재미 삼아 소악절을 그 지점에 나타나게 한 데 지나지 않았기 때문이다. 이렇게 소악절은 다시 나타나자마자 사라졌고, 나는 미지의 세계, 그러나 내가 아는 세계에 있었고, 또 주변의 모든 것이 그 세계는 뱅퇴유가 창조했다고는 결코 생각해 보지 못한 세계 중의 하나임을 계속 확인시켜 주었다. 왜냐하면 소나타의 세계를 파헤치느라 피로해져서 소나타처럼 아름답지만 그와는 전혀 다른 세계를 상상하려고 했을 때, 나는 단지 자칭 '천국'이라고 부르는 것을 '지상'의 것과 똑같은 초원이나 꽃과 시내를 이중으로 사용하며 채우는 시인들처럼 상상하고 있었기 때문이다. 지금 내 앞에서 연주되는 곡은, 내가 소나타를 알지 못했더라도 느꼈을 기쁨을 느끼게 했으며, 따라서 소나타와 똑같이 아름다우면서도 완연히 다른 것이었다. 소나타가 백합꽃 같은 전원의 여명을 향해 열리고, 가볍지만 하얀 제라늄 위에 드리운 투박한 인동덩굴의 단단한 뒤얽힘에 매달리기 위해 그 순진한 모습을 배분하는 데 반해, 이 새로운 작품은 바다처럼 잔잔하고 고른 표면 위, 폭풍우가 이는 어느 아침의 쓰디쓴 정적과 무한한 허공 한가운데에서 시작되어, 바로 이런 장밋빛 여명 속에 그 미지의 세계가 정적과 어둠으로부터 분출되면서 점차적으로 내 앞에 축조되었다. 다정다감한 전원풍의 순진한 소나타에 부재하는, 그토록 새로운 붉은빛이 여명의 빛처럼 온통 신비로운 희망으로 하늘을 물들이고 있었다. 그리하여 하나의 노래가, 일곱 개의 음으로 만들어진 노래가 이미 대기를 꿰뚫었으며, 그러나 그 노래는 지금까지 내가 상상했던 것과는 완전히 다른, 지극히 낯설고, 말로 표현할 수 없는 절규하는 듯한 노래, 더 이상 소나타에서처럼 비둘기의 구구거리는 소리가 아닌, 곡의 첫 부분을 적시는 진홍빛 뉘앙스만큼이나 그렇게 생생하게 대기를 찢는, 뭔가 닭의 신비로운 노래처럼 형언할 수는 없지만 날카로운, 영원한 아침을 부르는 소리였다. 빗물에 씻겨 전기가 통하는 차가운 대기는 — 소나타의 순결한, 식물로 장식된 세계로부터 아주 멀리 떨어진 세계에서 지극히 성질도 다르고 기압도 다른 — '여명'의 붉게 타오르는 약속을 지우면서 매 순간 달라졌다. 그렇지만 그 약속은 정오가 되어 잠시 타오르는 햇볕 속에, 시골풍의 무겁고 투박한 행복으로 실현되는 듯했으며, 연이어 비틀거리면서 쏟아지는 종소리는(콩브레 성당 앞 광장을 더위로 타오르게 하고, 또 그 소리를 여러 번 들었던 뱅퇴유가 지금 이 순간, 어쩌면 기억 속에서 손에 닿는 팔레트의 물감처럼 찾아냈을 종소리와도 흡사한) 지극히 투박한 기쁨을 물질화하는 것 같았다. 사실을 말하면 이런 기쁨의 모티프는 미학적으로 나의 마음에 들지 않았다. 거의 추해 보이기까지 했다. 그 리듬은 그토록 힘들게 바닥에서 질질 끌고 있어, 젓가락을 가지고 어떤 방식으로 탁자를 치면 그 소리만으로도 대부분의 기쁨을 흉내 낼 수 있을 것 같았기 때문이다. 이번 악절에서는 뱅퇴유가 영감이 부족한 듯 보였고, 따라서 나의 주의력 또한 조금은 결핍되었다.

나는 '여주인'을 바라보았다. 그녀의 완강한 부동성은, 음악을 알지 못하는 포부르생제르맹의 귀부인들이 고개를 끄덕이며 박자를 맞추는 것에 대한 항변처럼 보였다. 베르뒤랭 부인은 "내가 이 음악을 조금 안다는 걸 알아 두세요. 그것도 아주 잘 안답니다. 내가 느끼는 것을 전부 표현해야 한다면 끝이 없을 거예요."라고 말하지 않았다. 그녀는 그렇게 말하지 않았지만, 똑바로 앉은 부동자세와 무표정한 눈, 뒤로 젖힌 머리칼이 그녀의 말을 대신했다. 그런 몸짓들은 또한 그녀의 용기를, 음악가들에게는 그녀의 신경을 고려하지 말고 그냥 연주를 계속하라는, 그녀 자신은 안단테 부분에서 움츠러들거나 알레그로 부분에서 소리를 지르지 않겠다는 용기를 말하고 있었다. 나는 음악가들을 바라보았다. 첼로 연주자는 무릎 사이에 놓인 악기보다 높은 위치에서 머리를 기울였는데 평범한 얼굴이, 특히 자연스럽지 않은 기교를 부리는 순간, 본의 아니게 역겨운 표정을 만들어 냈다. 콘트라베이스 연주자는 악기 쪽으로 몸을 기울이면서, 양배추 잎을 뜯는 가사 일을 할 때처럼 인내심 있게 악기를 만졌다. 옆에 앉은 아직 어린 소녀인 하프 연주자는 짧은 치마를 입고, 마치 무녀의 마술 방에서 관례적 형식에 따라 에테르를 자의적으로 형상화한 광선들과 흡사한, 금빛 사변형 하프의 수평 광선에 의해 사방에서 솟아오르면서 여기저기 정해진 지점으로 감미로운 소리를 찾으러 가는 듯한 모습이, 마치 우의화에 나오는 어린 여신이 창공의 금빛 격자 시렁 앞에서 몸을 세운 채로 별을 하나씩 따는 것과도 같았다. 모렐로 말하자면 지금까지 다른 머리칼에 섞여 눈에 띄지 않던 머리칼 한 줌이 떨어져 나오면서 이마에 동그란 컬을 만들었다.

나는 샤를뤼스 씨가 이 머리칼 한 줌을 어떻게 생각하는지 확인하려고, 눈에 띄지 않게 청중을 향해 고개를 돌렸다. 그러나 내 눈에는 베르뒤랭 부인의 얼굴, 아니 완전히 손안에 파묻혔으므로 그녀의 손만 보였다. 여주인은 이런 명상하는 자세를 통해, 자신이 성당과 유사한 곳에 있으며, 또 이 음악을 가장 숭고한 기도문과 다르게 생각하지 않음을 보여 주려 했던 것일까? 그녀는 성당에 있는 어떤 사람들처럼, 그들이 지나치게 열성적이라고 생각하며 부끄러움에서, 혹은 체면 때문에 방심한 모습이 죄스럽다고 생각하거나, 졸음을 물리칠 수 없다고 생각해서 남들의 눈길을 피하고 싶었던 것일까? 음악 소리가 아닌 또 다른 소리가 규칙적으로 들렸으므로, 나는 한순간 이 마지막 가정이 옳다고 생각했다. 하지만 코고는 소리는 베르뒤랭 부인이 아닌, 부인의 암캐로부터 나는 것임을 금방 알아차렸다.

그러나 곧 승리의 종소리 모티프가 다른 모티프에 의해 쫓겨나고 흩어지면서, 나는 이내 다시 음악에 사로잡혔다. 그리고 이 칠중주곡 안에서 여러 상이한 요소들이 번갈아 전개되다가 마침내 결합하듯이, 뱅퇴유의 소나타를 비롯하여 내가 나중에 알게 된 그의 다른 작품들은, 지금 내게 모습을 드러낸 이 찬란하고도 완벽한 걸작에 비하면, 감미롭지만 매우 가냘프고 수줍은 시도에 지나지 않는다는 점을 깨달았다. 그리고 나 자신의 일과 비교하여 내 각각의 사랑이 그러했듯이, 뱅퇴유가 창조할 수 있었던 여러 다른 세계도 지금까지 그 각각의 세계를 닫힌 우주로 생각해 왔다는 것을 상기하지 않을 수 없었다. 그러나 실은 내 최근의 사랑 한가운데에도 ── 알베르틴에 대한 내 사랑에도 ── 그녀를 사랑하고 싶어 했던 초기의 가벼운 욕망이 포함되어 있었던 것처럼(처음에는 발베크 해변, 다음에는 고리 찾기 놀이를 한 뒤와 그녀가 호텔에서 잤던 밤, 이어 파리에서 안개 낀 일요일과 게르망트 댁에서 연회가 있었던 날 저녁, 그리고 다시 발베크, 드디어는 그녀의 삶이 내 삶과 밀접하게 결합된 파리에서의 삶에 이르기까지), 지금 만일 알베르틴에 대한 나의 사랑뿐 아니라 나의 삶 전체를 생각해 본다면, 다른 사랑들은 알베르틴에 대한 사랑이라는…… 보다 광대한 사랑을 준비하기 위한 한낱 가냘프고 수줍은 시도, 그 사랑을 요구하는 외침에 지나지 않았음을 깨달았다. 나는 잠시 음악을 따라가기를 멈추고, 방심한 마음으로 한순간 잊어버렸던 내면의 고뇌를 다시 질문하듯, 알베르틴이 최근에 뱅퇴유 양을 만났을지 자문했다. 알베르틴의 가능한 행동이 전개되는 곳은 바로 내 마음속이었으니까. 우리는 우리가 아는 모든 이들의 분신을 마음속에 붙들고 있다. 그러나 평소에는 상상력이나 기억 먼 곳에 위치하여 비교적 우리 밖에 머무르는 그 분신은, 마치 어떤 거리 밖에 놓인 물체가 우리의 시선에 통증 없는 감각만을 제공하듯이, 지금 우리가 하거나 앞으로 할 행동에 대해 그렇게 고통스러운 요소를 포함하지 않는다. 그 존재들을 슬프게 하는 것을 우리는 관조적인 방식으로 지각하므로, 타인들에게 우리의 선의를 믿게 하는 말로 애통해할 수 있지만, 정작 우리 자신은 그 슬픔을 느끼지 못한다. 그런데 발베크에서 상처를 받은 후부터, 알베르틴의 분신은 내 마음 깊은 곳, 끌어내기 힘든 곳에 들어가 있었다. 불행히도 완전히 뒤틀린 감각을 가진 환자가 어떤 빛깔만 보아도 생살을 도려내는 듯한 아픔을 느끼는 것처럼, 그녀에 대해 내가 본 것이 나를 아프게 했다. 다행히도 아직은 알베르틴과 헤어지고자 하는 유혹에 넘어가지 않았다. 조금 뒤 귀가해서 사랑하는 아내처럼 그녀와 마주해야 한다는 데서 오는 권태감은, 지금 이 순간처럼 내가 그녀에 대해 의혹을 가졌을 때, 또 그녀가 내게서 무관심한 존재가 되기 전에 이별이 이루어졌을 때 느낄 불안감에 비하면 아무것도 아니었다. 그래서 지금 집에서 나를 기다리는, 시간이 오래 걸린다고 생각하며, 어쩌면 잠시 자기 방에서 졸고 있을지도 모를 그녀를 그려 보고 있었을 때, 가족적이고 가정적인 칠중주곡의 다정한 소절이 나를 애무하듯 스쳐 갔다. 어쩌면 — 우리의 내적인 삶에는 모든 것이 얽히고 겹쳐 있어서 — 이 소절은 뱅퇴유가, 오늘날 내 혼미의 원인인 그의 딸이 잠든 동안 영감을 받아 만든 것인지도 모른다. 평화로운 밤, 딸의 잠든 모습이 음악가의 작업을 부드럽게 감싸고 있을 때 떠오른 그 소절은 「시인의 이야기」에도 「어린이는 잠들다」를 떠올릴 만큼 슈만의 몇몇 몽상을 평화롭게 하는 것과 똑같은, 아늑한 정적을 배경으로 하여 내 마음을 한없이 달래 주었다.* 오늘 밤 언제라도 원하는 시각에 집에 돌아가면, 나는 잠

---

* 슈만이 1838년에 작곡한 「어린이의 정경」(1838)에는 「시인의 이야기」, 「어린이는 잠들다」, 「트로이메라이」 등 총 열세 편의 피아노곡이 들어 있다. 어린이를 위한 곡들이라기보다는 어린 시절의 모습을 회상하는 연곡이다.(우리말 명칭인 「시인의 이야기」의 프랑스어 표현은 '시인이 이야기하다'로, 이 구절을 직역하면 '시인이 이야기할 때 어린이는 잠들다'이다.)

들어 있거나 깨어 있는 알베르틴을, 내 귀여운 아이를 보게 될 터였다. 그렇지만 알베르틴에 대한 사랑보다 신비로운 뭔가를, 이 곡의 첫 부분이, 여명의 첫 외침이 약속하는 것 같았다. 그래서 나는 내 여자 친구에 대한 생각은 떨쳐 버리고 오로지 음악가만을 생각하려고 했다. 그러자 그가 거기 있는 것 같았다. 작곡가가 환생하여 자신의 음악 속에 영원히 살아 있는 것 같았다. 그가 이런저런 음색을 골라 다른 음색과 조화를 이루는 기쁨을 느끼는 것 같았다. 왜냐하면 뱅퇴유는 소수의 음악가들이나 소수의 화가들에게도 드문 재능, 즉 안정적인 음의 색채뿐만 아니라 지극히 개인적인 색채를 사용하는 재능을 자신의 심오한 재능에 결합하여서, 시간이 지나도 그 상쾌함은 변질되지 않고, 또 그 색채를 발견한 사람을 모방하는 제자들, 더 나아가 그를 넘어서는 대가들조차 색채의 독창성을 퇴색시키지 못하기 때문이다. 이런 색채의 출현이 구현한 혁명의 결과는, 다음 시대에 가도 익명으로 동화되지 못한다. 혁명이 터지고 다시 폭발하며, 그리고 이 일은 오로지 영원한 혁신자의 작품이 다시 연주될 때에만 가능하다. 각각의 음색은 가장 해박한 음악가들이 습득한, 이 세계의 온갖 규칙에 의해서도 모방할 수 없는 색채로 부각되었고, 그리하여 뱅퇴유는 음악 발전 과정에서 적절한 시간에 나타나 그에게 지정된 자리에 안착했음에도 불구하고, 매번 그의 작품이 연주될 때마다, 자기 자리를 떠나 선봉에 설 것이며, 또 그의 작품은 지속적인 새로움이라는, 외관상 모순되고 사실상 기만적인 성격 때문에, 보다 최근의 음악가가 작곡한 작품 다음에 떠오른 작품처럼 보일 것이다. 이미 피아노 연주를 통해 알고 있던 뱅퇴유의 교향곡 일부를 오케스트라 연주로 듣자, 그것은 마치 어두운 식당으로 들어서기 전 유리창 프리즘에 분해되는 여름날 광선처럼, 상상도 해 보지 못한 다채로운 보물처럼, 『천일야화』의 온갖 보석들을 드러내 보였다. 그러나 이런 빛의 찬란한 부동성과, 지속적이고 행복한 움직임인 삶을 어떻게 비교할 수 있단 말인가? 내가 알았던 뱅퇴유는 수줍음 많고 쓸쓸한 사람이었는데, 한 음색을 골라 다른 음색에 결합할 때는 매우 대담하고, 또 행복이라는 말에 담긴 모든 의미로서의 행복을 느낀 사람이었다. 이 점은 그의 작품을 청취할 때면 어떤 의혹도 주지 않았다. 이런저런 음질이 그에게 야기했던 기쁨, 또 그 기쁨이 거기서 다른 음질을 발견하기 위해 부여했던 힘의 증가가 청취자를 이 발견에서 저 발견으로 인도했고, 아니 오히려 창조자 자신이 이제 막 그가 발견한 색채에서 격렬한 기쁨을 길어 올리며 청취자를 인도했고, 또 이 기쁨은 창조자에게 발견하는 힘을, 그가 발견한 색채들이 부르는 것처럼 보이는 또 다른 색채로 뛰어드는 힘을 주었다. 마치 미켈란젤로가 사다리에 몸을 비끄러매고 시스티나 성당 천장에서 머리를 아래로 기울인 채 격렬하게 화필을 휘두를 때처럼,* 그는 자신의 위대한 음악 벽화를 그려 나가는 동안 황홀경에 빠져, 금관 악기의 마찰로 숭고한 음이 저절로 생겨나자 불꽃에 부딪

* 미켈란젤로의 「천지 창조」에 대한 암시이다.(『잃어버린 시간을 찾아서』 2권 401쪽 주석 참조.)

친 듯 소스라치게 놀라며, 헐떡거리고, 취하고, 얼이 빠지고, 현기증에 사로잡히곤 했다. 뱅퇴유는 여러 해 전에 죽었다. 그러나 그는 자신이 좋아했던 이런 악기 한가운데서, 시간의 제약도 받지 않고 무한대의 시간 동안, 적어도 자기 삶의 일부를 이어 가도록 허락받았다. 단지 인간으로서의 삶일까? 만약 예술이 진정으로 삶의 연장에 지나지 않는다면, 예술을 위해 뭔가를 희생할 필요가 있었을까? 예술은 삶 자체와 마찬가지로 비현실적인 것이 아니었을까? 칠중주곡에 좀 더 귀 기울이자 나는 그렇게 생각할 수 없었다. 물론 붉은색의 칠중주곡은 하얀색의 소나타와는 기이하리만큼 달랐다. 소악절이 응답하는 수줍은 질문은, 아직 움직이지 않는 새벽하늘의 붉은빛을 바다 위로 파르르 떨게 하면서 초자연적이고 날카로운 소리로 짧게 울렸던 그 기이한 약속을 실현하라고 숨 가쁘게 애원하는 소리와는 달랐다. 그렇지만 그토록 상이한 악절들은 모두 동일한 요소로 만들어져 있었다. 왜냐하면 저택이나 미술관 곳곳에 분산된 여러 단편 속에 우리가 지각할 수 있는 어떤 우주, 이를테면 엘스티르가 보고 살았던 엘스티르의 우주가 있는 것처럼, 뱅퇴유의 음악도 이 음에서 저 음, 이 건반에서 저 건반으로, 우리가 상상해 보지 못한 우주, 시간을 두고 행해진 작품의 청취가 남긴 균열로 인해 파편화된 우주의 더없이 보배로운 미지의 색채를 펼쳐 보였기 때문이다. 소나타와 칠중주곡의 그토록 다른 움직임을 지배하는 두 개의 상이한 질문, 일련의 지속적이고 순수한 선율을 짧은 부름으로 중단하는 질문과, 흩어진 조각들을 한데 모아 하나의 분리될 수 없는 뼈대로 다시 결합하는 질문, 하나는 매우 고요하고 수줍고 거의 초연하고 철학적이며, 다른 하나는 매우 절박하고 불안하고 애원하는 질문, 그렇지만 이 모든 것들은 여러 상이한 내면의 해돋이 앞에서 분출된 동일한 기원이었으며, 다만 그가 뭔가 새로운 것을 창조하고 싶어 했던 세월 동안 발전한 상이한 사유와 예술적 탐색이 각각의 다른 환경을 통해 굴절되었을 뿐이다. 다양한 뱅퇴유 작품의 위장된 모습 아래서 식별할 수 있는 이 기원이나 희망은 사실상 동일한 것이었으며, 더욱이 뱅퇴유의 작품에서만 발견되는 것이었다. 음악 평론가들은 이런 악절의 계보를 다른 위대한 작곡가들의 작품에서 쉽게 찾아낼 테지만, 그것은 직접적인 인상을 통해 인지되었다기보다는, 부차적인 이유나 외적 유사성, 오히려 추론 작업을 통해 발견된 교묘한 유추에 지나지 않았다. 뱅퇴유의 악절이 주는 인상은 다른 무엇과도 달랐으며, 과학을 통해 도출된 듯 보이는 결론에도 불구하고, 우리에게 개인적인 요소가 존재한다는 인상을 주었다. 그리고 바로 그가 새로워지려고 힘차게 노력할 때면, 우리는 표면적인 차이에도 불구하고, 작품 내부에 담긴 심오한 유사성과 의도된 유사성을 인지할 수 있었는데, 뱅퇴유가 동일한 악절을 여러 번 반복하면서 다양하게 만들고, 즐겨 그 리듬을 바꾸거나 악절을 처음 형태로 다시 나타나게 할 때면, 불가피하게 표면적일 수밖에 없는 지성의 작업인 그 의도된 유사성은, 상이한 색채 아래 뚜렷이 다른 두 걸작 사이에서 폭발하는 그런 감추어진 비의도적 유사성이 주는 것과 같은 깊은 인상은 주지 못했다. 뱅퇴유가 새로워지려고 힘차게 노력하면서 스스로에게 질문할 때면, 그는 온갖 창조적 노력이 가지는 힘과 더불어 자신에게 고유한 본질의 깊이에, 사람들이 어떤 질문을 하든 본질이 대답하는 것은 언제나 동일한 억양인, 그 자신의 고유한 억양인 그런 깊이에 도달했다. 하나의 억양, 즉 뱅퇴유의 억양은 두 사람의 목소리 사이에서 지각되는 차이, 아니 두 종류의 동물 울음소리나 부르짖음 사이에서 지각되는 것보다 훨씬 큰 차이로, 다른 음악가들의 억양과는 구별되었다. 그것은 진정한 차이였으며, 이런저런 음악가의 사상과 뱅퇴유의 영원한 탐색, 자신에게 수많은 형태로 던지는 질문, 습관적으로 하는 사색 사이에 존재하는 차이였다. 그러나 이 사색은 천사들의 세계에서 행해지는 것과 같은, 분석적 추론의 형태로부터 벗어난 것이기에, 우리는 이 사색의 깊이를 측정할 수는 있어도, 마치 육체와 분리된 영혼이, 영매에 의해 불려 나와 죽음의 신비에 관한 질문을 받을 때면 어떤 대답도 할 수 없는 것처럼, 인간의 언어로는 번역할 수 없는 것이다. 억양이라고 말한 것은, 어쨌든 그날 오후 내게 깊은 인상을 준, 그 후천적으로 습득한 독창성이나 음악 평론가들이 음악가들에게서 발견하는 유사성을 고려한다고 해도, 독창적인 음악가인 그 위대한 가수들이, 자신도 모르게 고양되었다가 다시 현실로 돌아가며, 또 영혼의 환원 불가능한 개별적 실존을 증명하는 것은 바로 이런 억양이기 때문이다. 비록 뱅퇴유가 그의 음악을 보다 장엄하고 위대하게, 보다 활기차고 경쾌하게 만들면서 자신이 발견한 것을 청중의 정신 속에 아름다운 형태로 반영하려고 노력했다 해도, 그는 본의 아니게 자신의 노래를 영원하게 하는, 그래서 금방 알아볼 수 있게 하는 큰 파도의 흐름 아래로 이 모든 것을 가라앉혔다. 타인이 만든 노래와는 다르며, 자신이 만든 모든 노래와 유사한 이 노래를, 뱅퇴유는 도대체 어디에서 습득하고 들었을까? 이처럼 각각의 예술가는 스스로 망각하는 미지의 나라, 거기서 다른 위대한 예술가가 지구를 향해 출항 준비를 하는 것과는 다른, 그런 나라의 시민인지도 모른다. 뱅퇴유는 후기 작품에 가서야 이 미지의 나라에 가까워진 것처럼 보였다. 작품의 분위기도 더 이상 소나타와 같지 않았고, 질문하는 듯한 악절은 더욱 절박하고 불안했으며, 대답도 보다 신비스러웠다. 아침과 저녁의 습기를 머금은 공기가 악기의 현에까지 영향을 미친 듯 보였다. 모렐이 아무리 멋진 연주를 한다 해도, 그의 바이올린 소리는 유난히 날카롭고, 거의 절규하는 듯 들렸다. 그렇지만 이 날카로운 소리는 상쾌했고, 또 몇몇 목소리에서처럼 일종의 도덕적 장점이나 뛰어난 지성이 느껴졌다. 하지만 그것은 불쾌감을 줄 수도 있었다. 우주에 대한 시각이 변하고 순화되면서, 우리의 내적 고향의 추억에 보다 적합해지면, 화가에게서 색채의 변화가 일어나는 것과 마찬가지로, 음악가에게서 전반적인 음의 변화가 일어나는 것은 지극히 당연한 일이다. 어쨌든 가장 지적인 청중은 훗날 뱅퇴유의 후기 작품이 가장 심오하다고 선언했으므로 잘못 판단한 것은 아니다. 그런데 어떤 프로그램이나 제목도 그런 판단을 위한 지적 요인을 제공하지 않았다. 그래서 사람들은 깊이가 음의 영역으로 전환되었으리라고 짐작했다.

음악가들은 이 잃어버린 고향을 기억하지 못하지만, 그들은 저마다 언제나 무의식적으로 그 고향과 일치하며 조화를 이룬다. 그러다 이 내적 고향에 따라 노래를 부를 때면 기쁨으로 열광하고, 때로 명예에 대한 사랑으로 고향을 배신하기도 하는데, 그러나 그때 그는 명예를 추구하면서 명예를 피하고, 또 명예를 무시함으로써만 명예를 얻는다. 그리하여 자신이 다루는 주제가 무엇이든 음악가가 이런 독특한 노래를 부를 때면, 그 단조로움이 ── 다루어진 주제가 무엇이든 항상 그 자체로 동일하게 남아 있는 ── 음악가에게서 영혼을 구성하는 요소의 불변성을 입증한다. 그렇다면 오로지 우리 자신을 위해 간직해야 하며, 친구에서 친구로, 스승에서 제자로, 연인에서 정부로 이야기를 통해서도 전달될 수 없는 이런 요소를, 이 모든 현실의 잔재를, 우리 각자가 느꼈고 또 모든 사람들에게 공통된 아무 흥미도 없는 외적인 지점에만 국한되어 타인과 소통할 수 있는 말들의 문턱에 내버려 두어야 했던 이 말로 표현할 수 없는 것을, 예술이 뱅퇴유의 예술이나 엘스티르의 예술이 우리가 개인이라고 부르는 세계, 예술이 없다면 우리가 결코 알지 못했을 세계의 내밀한 구성을 스펙트럼의 빛깔로 외재화하면서 나타나게 한 것은 아닐까? 또 다른 호흡 기관이라고 할 수 있으며, 또 우리로 하여금 광대한 공간을 가로지르게 하는 날개도 우리에게는 아무 도움이 되지 않을 것이다. 왜냐하면 우리가 동일한 감각을 간직한 채로 화성이나 금성에 간다면, 그 감각은 우리가 볼 수 있는 온갖 것에 지구와 동일한 양상을 부여하기 때문이다. 단 하나의 진정한 여행, 단

하나의 '청춘'의 샘은 새로운 풍경을 향해 가는 것이 아니라, 다른 눈을 갖고, 타자의 눈을 통해 다른 수백 명의 눈을 통해 우주를 보며, 그들 각각이 보고 그들 각각이 존재하는 수백 개의 우주를 보는 것이다. 그리고 이 일을 우리는 한 사람의 엘스티르, 한 사람의 뱅퇴유, 그들의 동류인 예술가들과 더불어 할 수 있으며, 정말로 이 별에서 저 별로 날아다닌다.

'안단테'가 애정이 가득한 소절로 막 끝났고, 나는 거기에 흠뻑 빠져 있었다. 다음 악장이 시작되기 전 잠시 휴식 시간이 있어 연주자들이 악기를 내려놓았는데 그러자 청중은 서로의 인상을 교환했다. 한 공작은 자신이 음악에 정통함을 보여 주기 위해 "연주를 잘한다는 건 참 어려운 일이죠."라고 단언했다. 그보다 유쾌한 사람들이 나와 잠시 담소를 나누었다. 그러나 그들의 모든 말이, 인간의 모든 말과 마찬가지로 내가 방금 대화를 나누었던 천상의 악절에 비하면 무관심하게만 느껴지는데, 이런 말이 도대체 무슨 의미가 있단 말인가? 나는 '천국'에 대한 도취감을 잃어버리고 아무 의미 없는 현실 세계로 추락한 천사와도 같았다. 몇몇 존재가 자연이 방치한 삶의 형태에 대한 마지막 증인인 것처럼, 나는 음악이 영혼의 소통에 대한 유일한 사례가 아닌지 — 만일 언어의 발명이나 낱말의 형성, 사상의 분석이 존재하지 않았다면 — 자문해 보았다. 그러나 영혼의 소통은 가능성의 세계로서 실현되지 못하고, 인류는 다른 길, 말하고 쓰는 언어의 길로 들어섰다. 그러나 이런 분석되지 않은 것으로의 회귀가 얼마나 황홀했던지, 그 천국을 나오자마자 조금은 지적이라 할 수 있는 존재와의 접촉마저 놀랄 정도로 무의미해 보였다. 존재들, 음악을 듣는 동안 나는 몇몇 존재들을 떠올리고 음악 속에 섞을 수 있었다. 아니 차라리 음악에 단 한 사람의 추억만을, 알베르틴의 추억만을 끼워 넣었다. 그리고 '안단테'의 마지막 악절이 그토록 숭고해 보였으므로, 나는 우리를 결합하고, 또 그녀가 그것의 비장한 목소리를 빌려서 말하는 듯 보이는 이 위대한 음악에 그녀를 끌어들였다는 사실이 그녀에게 얼마나 큰 영광인지 그녀가 알지 못한다는 점이, 또 설령 그녀가 안다고 해도 — 이해하지 못할 것이기에 — 정말 유감스럽다고 생각했다. 그러나 음악이 일단 멈추자, 거기 있는 사람들이 지나치게 시들해 보였다. 음료수가 돌려졌다. 샤를뤼스 씨가 이따금 하인에게 말을 걸었다. "어떻게 지냈나? 내가 보낸 속달은 받았는가? 와 주겠는가?" 물론 이렇게 불러 세우는 말투에는 상대를 기분 좋게 해 준다고 생각하면서 자신이 부르주아보다 서민에 더 가깝다고 여기는 대귀족의 스스럼없는 태도가 배어 있었지만, 또한 이렇게 숨김없이 전시하는 편이 오히려 결백하게 보이리라고 믿는 죄인의 간교함도 있었다. 그리하여 그는 빌파리지 부인이 쓰는 게르망트네의 말투로 "충직한 녀석이에요. 심성도 착하고, 내 집에 자주 데려다 쓰죠."라고 덧붙였다. 그러나 그 술책은 남작에게 불리하게 작용했다. 그토록 친밀한 다정함이나 하인들에게 속달을 보내는 일이 지나치게 충격적으로 받아들여졌기 때문이다. 게다가 하인들도 동료들 때문에 그 일을 자랑하기보다는 거북해했다.

그동안에 다시 시작된 칠중주곡이 끝부분을 향했다. 소나타의 이런저런 악절이 여러 번 다시 나타났지만, 매번 다른 리듬으로 혹은 다른 반주에 맞춰 변화한 모습으로 돌아왔는데, 마치 우리 삶에서 반복되는 일들처럼, 항상 같으면서도 다른 것이었다. 어떤 유사성 덕분에 특정 음악가의 과거가 그 악절의 유일하고도 필연적인 거처로 정해졌는지는 알 수 없지만, 작품의 정령이자 숲의 요정이며 친숙한 여신처럼 음악가의 작품에서만 발견되고 지속적으로 나타나는 것은, 바로 이런 악절 가운데 하나였다. 나는 먼저 칠중주곡에서 소나타를 연상시키는 두세 악절을 식별했다. 이내 소나타의 또 다른 악절이 ― 특히 뱅퇴유 작품의 마지막 시기에 솟아오른 보랏빛 안개에 잠긴 악절로, 뱅퇴유가 어느 부분에선가 무용곡 박자를 도입했을 때조차 조금은 오팔석에 갇힌 듯했던 ― 나타나는 모습이 보였고, 그렇지만 아직은 멀리 있어서 거의 알아보기가 힘들었다. 머뭇거리면서 다가오는 악절은 겁먹은 듯 사라졌다가 다시 돌아오고, 훗날 알게 된 사실이지만, 다른 작품에서 온 악절을 껴안으면서도 또 다른 악절을 불러들이고, 그렇게 소환된 악절도 거기에 길들여지자마자, 이번에는 그들 차례로 매력적이고도 호소력 있는 악절이 되어, 론도 형식의 윤무곡으로 진입했으며, 성스럽지만 대부분의 눈에는 보이지 않는 그 윤무곡에, 청중은 눈앞에 어렴풋한 베일이 드리워진 듯 아무것도 보지 못했으므로, 지속되는 따분함에 죽을 만큼 견디기 어렵다고 생각하면서도 제멋대로 간격을 두며 감탄사를 연발했다. 그러다 악절들은 멀어졌고, 마치 대여섯 번 스쳐 갔으나 한 번도 얼굴을 보지 못한 여인처럼, 단 하나의 애무하는 듯한, 지금껏 여인이 느끼게 했던 욕망과는 아주 다른 악절이 나타나면서 — 아마도 스완에게서의 소나타 소악절처럼 — 그토록 감미로운 목소리로 정말 얻을 만한 가치가 있는 행복감을 주었으므로, 어쩌면 그것이 — 내가 언어를 모르면서도 그토록 잘 이해하는 그 눈에 보이지 않는 존재가 — 지금껏 내게 만나도록 허용된 사람 가운데 유일한 '미지의 여인'인지도 모른다는 생각이 들었다. 그런 후 악절은 해체되고 변형되고, 마치 소나타의 소악절이 그랬듯이, 다시 시작 부분의 신비로운 부름이 되었다. 고통스러운 성격의 악절이 그 악절에 맞섰으나 너무도 깊숙하고 어렴풋하게 내부에 존재하여, 우리가 거의 알지 못하는 신체 기관이나 내장처럼 느껴졌으므로, 그 악절이 다시 나타날 때마다, 나는 그것이 주제의 반복인지, 아니면 신경통의 재발인지도 알 수 없었다. 오래지 않아 두 모티프가 정면으로 맞서 싸우기 시작했고, 때로 하나가 완전히 사라지면, 다음에는 다른 것의 일부만 보였다. 사실을 말하자면 그것은 에너지의 대결에 불과했다. 왜냐하면 그 존재들이 싸우고 있어도 그들의 신체적인 몸과 모습과 이름은 제거된 상태였고, 내 마음속에서도 내적인 관객만이 — 그 또한 이름이나 개별적인 성격에는 신경 쓰지 않는 — 그들의 비물질적이고 역동적인 싸움에 관심을 기울이면서 음의 변전을 열정적으로 쫓아갔기 때문이다. 마침내 기쁨의 모티프가 승리했다. 그것은 더 이상 텅 빈 하늘 너머로 던져진 거의 불안해하는 부름이 아니라, '천국'에서 온 것 같은, 말로 표현할 수 없는 기쁨이었다. 만테냐가 그린 진홍빛 옷의 트럼펫 부는 대천사가, 벨리니의 그림에 나오는 온화하고도 정중하며 테오르보를 연주하는 천사와 다른 것처럼,* 소나타가 주는 기쁨과는 다른 기쁨이었다. 이 기쁨이 주는 새로운 뉘앙스를, 저 너머 세계의 기쁨을 향한 이 부름을 결코 잊지 못하리라는 걸 나는 알고 있었다. 하지만 내게도 이런 기쁨이 실현되는 날이 올까? 내 삶에서 긴 사이를 두고 진정한 삶에 대한 지표나 출발점으로 마주쳤던 인상들, 이를테면 마르탱빌 종탑이나 발베크 근교에 늘어선 나무들 앞에서 느꼈던 인상을, 이 악절이 가장 특징적으로 묘사할 수 있을 것처럼 보였으므로 — 내 삶의 나머지 모든 부분이나 가시적 세계와 단절하면서 — 그 질문은 더 중요하게 생각되었다. 어쨌든 이 악절이 지닌 특별한 억양 얘기로 돌아가 보면, 가장 세속적인 삶이 주는 것과는 전혀 다른 삶에 대한 전조가, 저 너머 세계의 환희로의 가장 대담한 접근이, 바로 우리가 콩브레에서 성모 성월에 만났던 그 예의 바르고 초라하며 쓸쓸한 표정의 프티 부르주아에게서 실현되다니 정말 기이한 일이었다! 그러나 특히 어떻게 해서, 내가 여태껏 받았던 것 중 가장 기이한 계시를, 가장 낯선 유형의 기쁨을 그로부터 받을 수 있었을까? 사람들이 말하기를, 그가 죽었을 때 '소나타'밖에 남기지 않았고, 나머지는 해독 불가능한 표시로 가득해서 없는 것과 다름없다고 하지 않았던가? 하지만 그 해독할 수 없는 표시도, 인내심과 지성과 작곡가에 대한 존

---

* 테오르보는 줄을 튕겨서 연주하는 악기로 16세기 말에 이탈리아에서 처음 등장해 18세기까지 연주되었으며, 주로 반주용으로 사용되었다. 만테냐와 벨리니에 대해서는 『잃어버린 시간을 찾아서』 4권 14쪽과 440쪽 주석 참조.

경심 덕분에, 오랫동안 뱅퇴유의 곁에 산 탓에 그의 작업 방식을 이해하고, 오케스트라의 지시 사항도 식별할 수 있게 된 뱅퇴유 양의 여자 친구에 의해 마침내 판독된 것이다. 그녀는 위대한 음악가가 살아 있는 동안, 그의 딸에게서 아버지에 대한 숭배를 터득했다. 바로 이런 숭배 때문에 두 소녀는 그들의 진짜 성향과 반대 방향으로 기울어지는 순간, 우리가 앞에서 얘기했던 모독 행위를 하며 광기 어린 기쁨을 느꼈으리라.* 부친에 대한 찬미가 딸의 불경을 위한 필요조건이었다. 물론 이런 불경으로 인한 쾌락을 그들은 거부할 수도 있었으리라. 하지만 그 쾌락이 그들을 전부 표현한 것은 아니었다. 더욱이 그들의 병적인 육체관계가, 그 탁하고 연기 나는 불길이 순수하고 고결한 우정의 불꽃으로 바뀌면서, 이 모독 행위는 점점 뜸해졌고, 그러다 마침내 완전히 사라졌다. 어쩌면 자신이 뱅퇴유 씨의 죽음을 재촉했을지도 모른다는 그 견디기 힘든 생각이, 뱅퇴유 양 친구의 머리를 이따금 스쳐 갔을지도 모른다. 적어도 뱅퇴유가 남긴 난해한 필체를 판독하며 몇 해를 보내면서, 낯선 상형문자를 판독하는 법을 확실히 수립하면서, 뱅퇴유 양의 친구는 자신으로 인해 어두운 말년을 보냈던 음악가에게 불멸의 영광이라는 보상을 약속함으로써 마음의 위로를 받았을지도 모른다. 법의 인정을 받지 못한 관계로부터, 혼인에 의해 생긴 관계만큼이나 다양하고 복합적이며, 더 단단한 친척 관계가

---

* 몽주뱅의 모독 장면에 대해서는 『잃어버린 시간을 찾아서』 1권 277~286쪽 참조.

배출된 것이다. 이렇게 특별한 성질의 관계를 강조하지 않아도, 우리는 불륜이나 간통이 진정한 연애 감정에 근거하는 경우, 가족의 감정이나 친척의 의무를 위태롭게 하기보다는 오히려 거기에 새로운 활력을 불어넣는다는 것을 매일같이 보지 않는가? 결혼으로 사문화된 것에 간통이 그 정신을 불어넣는다. 어머니의 두 번째 남편 장례식에서 오로지 체면 때문에 상복을 입은 착한 딸은, 어머니가 여타의 사람들 중에서 정부로 고른 남성의 죽음을 애도하기 위해 눈물이 부족할 정도로 흐느낄 것이다. 게다가 뱅퇴유 양은 다만 사디즘에서 그런 행동을 했다. 물론 그것이 그녀에게 면죄부를 주는 것은 아니지만, 나중에 그 사실을 생각하자 내 마음도 조금은 누그러졌다. 뱅퇴유 양이 여자 친구와 함께 아버지의 사진을 모독했던 순간에도, 그 모든 것은 병이나 광기에 불과했으며, 그녀가 원한 것이 진짜 즐거운 사악한 행위가 아님을 틀림없이 깨달았으리라고 생각했다. 다만 사악함을 가장했다는 그 생각이 그녀의 쾌락을 망쳤을 것이다. 그러나 나중에 그 생각이 다시 떠오를 때마다, 그녀의 쾌락을 망쳤던 것과 마찬가지로 고통도 덜어 주었을지 모른다. '그건 내가 아니었어.'라고 그녀는 생각했을 터다. '미쳤던 거야. 나는 아직도 아버지를 위해 기도할 수 있고, 아버지의 선의를 기대할 수 있어.' 다만 그 생각은 물론 그녀가 쾌락을 느끼는 도중에만 떠올랐고, 고뇌의 순간에는 떠오르지 않았으리라. 나는 이 생각을 그녀의 정신 속에 넣어 주고 싶었다. 그렇게 했다면 그녀의 고통을 덜어 주고, 또 그녀와 아버지의 추억 사이에 따뜻한 소통을 회복시켜 주었을 텐데.

죽음이 가까이 있는 줄 모르는 어느 천재 화학자가 어쩌면 영원히 알려지지 않은 채 남아 있을 발견들을 기록한 그 읽을 수 없는 수첩처럼, 그녀는 상형문자로 점철된 파피루스보다 더 읽기 어려운 문서에서, 미지의 기쁨을 영원히 진실하고 언제나 풍요롭게 표현하는 형식을, 아침의 진홍색으로 빛나는 천사의 신비스러운 희망을 끌어냈던 것이다. 어쩌면 뱅퇴유에게서보다는 덜했겠지만 내게서도 지금까지 고뇌의 원인이었으며, 그날 저녁만 해도 알베르틴에 대한 질투를 다시 일깨우면서, 특히 앞으로 틀림없이 수많은 고뇌의 원인이 될 그녀 덕분에, 그 노력의 보상으로, 나는 이상한 부름이 내게로까지 오는 소리를, 앞으로도 결코 멈추지 않고 듣게 될 소리를 들었다. 그 부름은 온갖 쾌락과 사랑에서 발견했던 허무 외에 아마도 예술을 통해 실현될 수 있는 뭔가 다른 것이 존재하며, 또 내 삶이 그토록 공허하게 보인다 할지라도 아직 끝나지 않았음을 보여 주는 약속과도 같았다.

그녀의 노고 덕분에 우리가 뱅퇴유에 대해 알게 된 것은, 사실을 말하자면 뱅퇴유의 작품 전부였다. 일반 대중이 알았던 것은 기껏해야 열 개의 악기를 위한 이 곡 외에 소나타의 몇몇 악절뿐이었는데, 그것이 어떻게 해서 그토록 감탄을 자아냈는지 이해할 수 없을 정도로 평범해 보였다. 마찬가지로 몇 해 동안 음악회에서 「저녁 별의 노래」와 「엘리자베스의 기도」 같은 별 의미 없는 곡들에 대해,* 바그너에 열광하는 애호가들은

---

* 바그너의 초기작 「탄호이저」(1845)에 나오는 곡들이다.

곡이 끝나면 기진맥진할 정도로 박수를 치고 '앙코르'를 외쳐 댔지만, 「트리스탄」과 「라인의 황금」과 「마이스터징거」를 아는 우리는 그 곡들의 무미건조함과 초라함에 놀라곤 했다.*
그러나 이런 특징 없는 멜로디도 극히 미미하긴 하지만 이미 그 안에 걸작이 지닌 독창성을 함유하고 있으며 ― 어쩌면 바로 그런 이유로 그 독창성에 쉽게 동화할 수 있는지 모르지만 ― 사후에 유일하게 중요하게 여겨지는 걸작도, 처음에는 지나치게 완벽해서 어쩌면 그 완벽함이 작품의 이해를 방해했는지도 모르는 일이다. 별 특징 없는 멜로디가 대중의 마음속에 걸작을 위한 길을 준비했을 수 있다. 어쨌든 그것이 미래의 아름다움을 어렴풋이 예감하게 했다면, 그 아름다움을 완전히 미지의 상태로 남겨 놓은 것 또한 사실이다. 뱅퇴유의 경우도 마찬가지였다. 만일 그가 완성할 수 있었던 것만을 남기고 죽었다면 ― 소나타의 몇몇 부분을 제외하고 ― 우리는 그의 진정한 위대함에 비해, 만일 빅토르 위고가 『세기의 전설』이나 『명상 시집』은 손도 대기 전에 「국왕 장의 기마창 시합」과 「팀파니 연주자의 약혼녀」, 「목욕하는 사라」만을 쓰고 죽었다면, 우리는 지극히 작은 것만을 알게 되었을 것이다.** 그

---

* 「트리스탄」에 대해서는 『잃어버린 시간을 찾아서』 2권 11쪽, 「라인의 황금」에 대해서는 4권 77쪽, 「마이스터징거」에 대해서는 3권 226쪽 참조.
** 걸작으로 널리 알려진 『세기의 전설』이나 『명상 시집』은 빅토르 위고의 후기 작품이며, 그다음으로 인용된 시들은 그의 초기 작품들로 「국왕 장의 기마창 시합」과 「팀파니 연주자의 약혼녀」는 『오드와 발라드』(1826)에, 「목욕하는 사라」는 『동방 시집』(1829)에 각각 수록되었다. 게르망트 공작 부인은 앞에서 위고의 초기 작품을 좋아한다는 견해를 표명한 바 있다.(『잃어버

리하여 오늘날 위고의 진정한 작품으로 간주되는 것은, 우리의 지각이 닿지 않는, 우리가 어떤 생각도 할 수 없는 우주처럼, 순전히 잠재적인 미지의 상태로 남아 있었으리라.

게다가 천재(재능과 미덕조차도)와 악덕의 칼집 사이에 ── 뱅퇴유에게서도 마찬가지지만 흔히 그 안에 천재가 담겨 있고 보존되어 있는 ── 존재하는 표면적인 대조나 심오한 결합을, 나는 음악이 끝났을 때 내 주위에 있는 손님들의 모임에서조차, 마치 세속적인 우의화를 보듯 쉽게 읽을 수 있었다. 이 경우 베르뒤랭 부인의 살롱에 국한되기는 했지만, 그 모임은 여타의 많은 모임들과 흡사했고, 일반 대중에게는 그 구성 분자가 알려지지 않았으나, 철학자인 기자*들은 ── 그들이 조금 더 정통하다면 ── 그 모임을 파리지엔들의 모임, 파나미스트**의 모임 혹은 드레퓌스파의 모임이라고 칭한다. 하지만 그들은 그 모임이 실은 페테르스부르크나 베를린, 마드리드 같은 장소, 또 모든 시대에 걸쳐 목격될 수 있다는 점은 생각하지 못한다. 사실 진짜 예술가이자 예의 바른 속물인 예술부*** 차관과 몇몇 공작 부인, 세 명의 대사와 아내 들이 그날 저녁 베르뒤랭 부인 댁에 와 있었는데, 그들이 거기에 온 직접

린 시간을 찾아서』 6권 304~305쪽 참조.)

* 원문의 프랑스어 표현은 philosophe다. 신문 기자가 크게 보도 전문 기자와 시국 성찰을 전문으로 하는 기자로 나뉜다면, '철학자'는 후자를 가리킨다.

** 파나마 운하 스캔들이 터졌을 때 정치적으로나 재정적으로 연루된 사람들을 가리키는 표현이다.

*** 보다 정확한 명칭은 교육 예술부로, 다음 페이지에서도 교육부로 지칭되고 있다.

적인 최근의 이유는 샤를뤼스 씨와 모렐의 관계 때문이었다. 남작이 그의 젊은 우상인 모렐의 예술적 성공에 가능한 한 가장 큰 울림을 자아내게 하여, 그에게 레지옹 도뇌르 훈장을 안겨 주고 싶어 했던 것이다. 이 모임이 가능했던 간접적인 이유는, 샤를리와 남작과 같은 관계를, 뱅퇴유 양과 유지하는 아가씨가 그 모든 일련의 천재적인 작품들을 탄생시켰고, 그리하여 혜성처럼 나타난 작품들을 기려 머지않아 교육부 장관의 후원 아래 뱅퇴유의 동상 건립을 위한 모금이 시작될 예정이었기 때문이다. 게다가 이 작품에는 뱅퇴유 양과 그 여자 친구의 관계 못지않게, 일종의 횡단로나 지름길이라고 할 수 있는 남작과 샤를리의 관계도 유용했는데, 사람들은 이런 지름길 덕분에 오랫동안 지속될 몰이해나 적어도 몇 년이고 갈 수 있는 완전한 무지의 길로 우회할 필요 없이 작품에 합류할 수 있었다. 철학자 기자들의 평범한 정신으로 포착하기 쉬운 사건이 생길 때마다, 다시 말해 대개는 정치적인 사건이 일어날 때마다, 그들은 프랑스에서 뭔가 변화가 일어나고 있다고 생각하고, 더 이상 이런 저녁 모임은 보지 못할 것이며, 입센이나 르낭, 도스토옙스키, 단눈치오, 톨스토이, 바그너, 슈트라우스는 더 이상 찬미의 대상이 되지 못할 거라고 확신한다. 왜냐하면 철학자 기자들은 이런 공식 행사의 모호한 이면을 근거로 해서 그것이 찬양하는 예술, 대개의 경우 그중에서도 가장 엄격한 예술의 뭔가 퇴폐적인 부분을 찾아내기 때문이다. 이들 철학자 기자들이 존경하는 사람들 중에는 물론 당연한 일이지만 이런 기이한 연회의 원인을 — 비록 그 기이함이 눈에 드러나지 않고 잘 은폐되긴 했지만 ─ 제공하지 않는 사람은 하나도 없었다. 지금 이 연회로 말하자면, 그에 결합된 불순한 요소들이, 다른 관점에서 나를 사로잡았다. 물론 나는 그 요소들을 따로 알았기에, 어느 누구보다도 그 요소들을 잘 분리할 수 있었다. 그러나 특히 그중에서도 뱅퇴유 양과 그여자 친구에 관계되는 요소들은, 내게 콩브레와 알베르틴, 다시 말해 발베크에 대해 말하고 있었다. 지난날 나는 몽주뱅에서 뱅퇴유 양을 목격했고, 그리하여 그녀의 여자 친구와 알베르틴의 내밀한 관계를 알게 되었고, 잠시 후 집으로 돌아가면 고독 대신 나를 기다리는 알베르틴을 만날 것이었다. 또한 모렐과 샤를뤼스 씨에 관한 요소들은, 동시에르 역에서 그들의 관계가 맺어졌을 때의 발베크에 대해, 또 콩브레와 두 산책로에 대해 말하고 있었다. 왜냐하면 샤를뤼스 씨는 콩브레의 백작인 게르망트네의 일원이자, 콩브레에 살면서도 콩브레에 집이 없는 채색 유리 속의 질베르 르 모베처럼, 하늘과 땅 사이에 사는 콩브레 주민이었고, 또 모렐은 나를 분홍빛 드레스의 여인과 만나게 해 주었던, 또 많은 세월이 지난 뒤 그 여인이 스완 부인임을 알아보게 해 준 늙은 시종의 아들이었기 때문이다.

"연주가 정말 훌륭했소, 그렇지 않소?" 하고 베르뒤랭 씨가 사니에트에게 말했다. "모렐의 뛰어난 기교 자체가 작품의 전체적인 느낌을 조금 가리지 않았는지 걱정은 됩니다만." 하고 사니에트가 말을 더듬으면서 대답했다. "가린다고? 도대체 무슨 의미로 그런 말을 하는 거요?" 하고 베르뒤랭 씨가 소리를 질렀는데, 그러자 손님들은 땅에 쓰러진 인간을 잡아먹을 준비가 된 사자처럼 서둘러 달려들었다. "오! 전 모렐만을 겨냥하고 한 말이 아닙니다……." "저자는 자기가 무슨 말을 하는지도 모르는 모양이오. 뭘 겨냥한다고?" "엄밀하게 평가하려면 다시 한 번…… 들어야 합니다." "엄밀하게! 미쳤군!" 베르뒤랭 씨는 손으로 머리를 감싸면서 이렇게 말했다. "저자를 데리고 가시오." "제 말은 정확하게 평가한다는 뜻입니다. 엄밀한 정확성을 가지고 평가한다고 말하는 것처럼…… 제 말은 엄밀하게 평가할 수 없다는 뜻입니다." "난 당신에게 나가라고 말했소." 하고 스스로의 분노에 취한 베르뒤랭 씨가 손가락으로 문을 가리키면서 이글거리는 눈빛으로 소리쳤다. "내 집에서 이런 식으로 말하는 건 허락할 수 없소." 사니에트는 마치 술에 취한 사람처럼 빙빙 원을 그리면서 나갔다. 몇몇 사람들은 그가 초대받지 못한 탓에 그런 식으로 쫓겨난다고 생각했다. 그래서 그때까지 그와 매우 친하게 지냈고, 어제 그에게 귀중본을 빌렸던 한 부인은, 이튿날 집사를 시켜 종이로 포장을 하는 둥 마는 둥 한 채로 사니에트의 주소만 적게 하여 책을 돌려보냈다. 작은 동아리의 총애를 받는 것과는 명백히 거리가 먼 사람에게 '어떤 빚도 지고 싶지 않았기' 때문이다. 게다가 사니에트는 이런 무례한 처사를 영원히 알지 못했다. 베르뒤랭 씨가 호통을 친 지 오 분도 안 돼, 하인이 '주인'에게 사니에트가 저택 안마당에서 갑자기 쓰러졌다고 알렸기 때문이다. 그러나 파티는 끝나지 않았다. "집으로 데려가도록 하게. 아무 일도 아닐 거야."라고 주인이 말했다. 그리하여 저택 또는 '개인 소유의 호텔'*(발베크 호텔의 지배인은 이렇게 말했을 것이다.)은 대형 호텔과 동일시되는데, 거기서는 손님들을 놀라게 하지 않으려고 돌연사한 사람을, 아무리 살아생전에 훌륭하고 관대한 사람이라 할지라도, 식료품 저장소에 임시로 서둘러 감추었다가 '접시닦이'나 소스 전문 요리사가 드나드는 출입문을 통해 몰래 밖으로 내보낸다. 그러나 사니에트는 죽지 않았다.** 그는 몇 주일 더 살았지만, 일시적으로 가끔 의식이 돌아왔을 뿐이다.

샤를뤼스 씨는 음악이 끝나고 초대한 손님들이 작별 인사를 할 때, 그들이 도착했을 때와 똑같은 실수를 다시 범하기 시작했다. 그는 손님들에게 자신에게 표하는 감사 인사와 똑같은 인사를 '여주인'과 남편에게도 하라고 권하지 않았다. 긴 행렬이 이어졌지만, 남작 앞에만 행렬이 이어졌고, 남작도 그 사실을 깨닫지 못한 것은 아니었는지, 몇 분 후 내게 "예술 행사의 형식 자체는, 혼인 미사가 끝난 뒤 축하 인사를 하려고 '성당 제의실'로 가는 것처럼 꽤 재미있는 양상을 띠는군."이라고 말했다. 게다가 그중 몇 명은 남작 옆에 조금 더 머물려

---

* 여기서 발베크 호텔 지배인의 어휘를 사용하여 '개인 소유의 호텔'이라고 옮긴 hôtel particulier는 베르뒤랭 부인의 저택처럼 돈 많은 개인이 소유하는 저택을 가리킨다. 프랑스어로 hôtel이라는 단어에는 '저택'과 '호텔'의 의미가 모두 있지만, 프랑스어에 익숙하지 않은 지배인은 일반적인 의미의 호텔과 구별하기 위해 개인을 의미하는 particulier를 붙여 저택을 칭하고 있다. 화자의 눈에는 저택이나 호텔 모두 죽음을 금기시하고 은폐한다는 점에서 동질적인 공간으로 간주된다.
** 사니에트는 233쪽에서 다시 등장한다.

고 여러 다른 말로 감사 인사를 길게 늘어놓았고, 그동안 '그의' 연회 성공을 축하하며 인사를 건네지 못한 사람들은 앞으로 나아가지 못하고 제자리에서 발만 동동 굴렀다.(남편이 빨리 돌아가고 싶어 하면 할수록, 공작 부인이면서도 속물인 아내는 "안 돼요. 한 시간을 기다린다 해도 저렇게 수고를 많이 한 팔라메드에게 감사 인사를 하지 않고 떠날 수는 없어요. 요즘 이런 연회를 베풀 수 있는 건 저분뿐이니까요."라며 반대했다. 대단히 지체 높은 귀부인이 어느 날 저녁 귀족들 모두를 끌고 나타난 극장에서 안내원 여자에게 자기소개를 하지 않는 것처럼, 어느 누구도 베르뒤랭 부인에게 자기소개를 할 생각을 하지 않았다.) "어제 내 사촌 엘리안 드 몽모랑시 댁에 가셨나요?" 하고 대화를 길게 끌고 싶은 모르트마르 부인이 물었다. "아! 저런, 가지 못했습니다. 엘리안은 좋아하지만 그 초대장의 의미를 이해하지 못해서요. 제 머리가 아마도 꽉 막힌 모양입니다." 하고 샤를뤼스 씨는 환한 미소를 지으며 덧붙였고, 그렇지만 모르트마르 부인은 오리안으로부터 자주 들었던 팔라메드의 재담을 맨 먼저 알게 되리라는 인상을 받았다. "이 주 전에 그 유쾌한 엘리안으로부터 초대장을 받았죠. 몽모랑시*라는 수상쩍은 이름 아래 '친애하는 사촌, 오는 금요일 9시 반에 저를 생각하는 친절을 베풀어 주세요.'라고 다정한 초대 글이 적혀 있더군요. 그 밑에는 그보다 덜 친절한 말인 '체코 사중주단'이라는 두 단어가 적혀 있었고요. 이 말이 어쨌든 앞에 쓴 것과 별로 관계없는 듯 보

---

* 『잃어버린 시간을 찾아서』 6권 479쪽 참조.

여서, 전 아무것도 이해할 수 없었죠. 마치 편지 보내는 사람이 '친애하는 친구여'라는 말로 시작하는 다른 편지를 쓰면서 다음 부분은 빠뜨리고, 또 방심해서인지 아니면 종이를 아끼기 위해서인지, 다른 종이가 아닌, 그 뒷면에 쓴 그런 편지 같더군요. 전 엘리안을 좋아하고, 그래서 원망도 하지 않습니다. 그저 '체코 사중주단'이라는 그 이상하고도 격에 맞지 않은 말만 무시하기로 했죠.* 그리고 저는 정돈된 사람인지라, 벽난로 위에, 금요일 9시 반에 몽모랑시 부인을 생각해 달라는 초대장을 붙여 놓았죠. 마치 뷔퐁이 낙타에 대해 말했듯이,** 내가 순종적이고 시간을 잘 지키고, 온화한 사람으로 알려졌음에도 불구하고 — 그리고 샤를뤼스의 입 주위에는 미소가 더 넓게 퍼졌는데, 이 말과는 반대로 자신이 까다로운 인간으로 통한다는 사실을 알고 있었기 때문이다. — 몇 분 늦었고(낮에 입은 옷을 벗느라), 또 9시 반이라는 말이 10시를 의미한다고 생각해서 별로 양심의 가책도 느끼지 않았어요. 정각 10시가 되자, 나는 따뜻한 실내복을 입고, 두꺼운 슬리퍼를 신고, 난로 앞에 앉아서 엘리안의 요청대로 그녀를 생각하기 시작했죠. 그것도 얼마나 열렬히 생각했는지 10시 반이 지나서야 그 열기가 약해지더군요. 내가 그 대담한 청원에 얼마나 엄격하

---

* 악단이 연주하는 곡이 샤를뤼스의 마음에 들지 않고, 초대하는 형식도 격식을 갖추지 않았다는 의미이다.
** 뷔퐁의 『박물지』(1749~1804)에 나오는 구절, "낙타는 순종적인 만큼 마음씨도 착하다."를 조금 수정해서 풍자했다.(『갇힌 여인』, 플레이아드 III, 1754쪽 참조.)

게 복종했는지 제발 그분에게 전해 주세요. 그분도 만족하실 겁니다."

모르트마르 부인은 숨이 넘어갈 정도로 웃어 댔고, 샤를뤼스 씨도 함께 웃었다. "그리고 내일," 하고 부인은 자신에게 허용된 시간을 그것도 아주 많이 초과한 줄도 모르고 "우리 사촌인 라로슈푸코네 집에 가세요?"라고 덧붙였다. "오! 그건 불가능해요. 부인이 초대받으신 건 알겠네요. 그들이 부인을 초대한 것처럼, 가장 상상할 수 없고 실현하기 불가능한, 즉 초대장에 쓰인 말을 믿는다면, '춤을 곁들인 티파티'*라고 부르는 것에 저를 초대한 모양이에요. 젊었을 때 춤 솜씨가 뛰어난 사람으로 통하긴 했지만, 이 나이에도 예의에 어긋나지 않게 춤을 추면서 차를 마실 수 있을지는 의문이네요. 그런데 저는 지저분한 방식으로 먹거나 마시는 걸 한 번도 좋아한 적이 없어요. 그럼 당신은, 오늘 제 나이엔 춤을 출 필요가 없다고 말하시겠죠. 그러나 아무리 편하게 앉아서 차를 마신다고 해도 ― 게다가 '춤을 곁들인'이라는 말이 붙었으니, 차의 품질을 신뢰할 수 없군요. ― 나보다 젊고 내가 그들 나이였을 때보다 어쩌면 춤에 능숙하지 않은 손님들이 내 옷에 찻잔을 쏟지나 않을까 걱정이 될 테고, 그러면 찻잔을 비우는 즐거움도 중단될 테죠." 그런데 샤를뤼스 씨는 대화 중에 베르뒤랭 부인의 얘기를 빠뜨리고, 온갖 종류의 주제에 관한 얘기를 하는 것

---

* 여기서 '춤을 곁들인 티파티'라고 옮긴 프랑스어 표현 Thé dansant을 직역하면 '춤추는 차'로, 샤를뤼스는 이런 단어의 일차적 의미를 가지고 말장난을 하고 있다.

으로 만족하지 않았다.(엄청난 인내심을 가지고 차례가 오기만을 기다리는 친구들로 하여금, '줄을 세우고' 한없이 서 있게 하는 잔인한 기쁨을, 그가 늘 느껴 온 그런 기쁨을 맛보기 위해, 그는 이야기의 주제를 발전시키고 다양하게 하면서 기쁨을 느끼는 듯했다.) 그는 그날 저녁 파티에 대해서도 베르뒤랭 부인에게 책임이 있는 부분은 모두 비판했다. "그런데 찻잔에 대해서 말인데요, 제가 젊었을 때 푸아레블량슈 가게에서 가져오게 했던 것과 같은 소르베 모양의, 거의 대접 같은 그 기이한 그릇은 도대체 뭔가요? 누군가가 나중에 말하기를 '아이스커피용' 잔이라고 하더군요. 하지만 아이스커피라고 하기는 어려운 게, 커피도 얼음도 없었거든. 얼마나 기이하고 용도도 불분명한 그런 시시한 잔이었는지!" 그 말을 하기 위해 샤를뤼스 씨는 하얀 장갑을 낀 손을 똑바로 입에 갖다 대고, 집주인이 들을까 봐, 또 보기라도 할까 봐 겁이 난다는 듯 눈을 동그랗게 뜨면서 신중하게 그쪽을 가리켰다. 그러나 이것은 가장된 몸짓이었을 뿐, 조금 후면 '여주인'에게 동일한 비판을 하고, 더 지나서는 건방지게 명령조차 할 것이다. "그리고 특히 이제는 아이스커피용 잔은 사용하지 마시기를! 그런 잔은 당신 여자 친구 중 누군가에게, 당신이 추하게 하고 싶은 집의 친구에게나 주시죠. 그러나 친구분은 그 잔을 특히 살롱에 내놓아서는 안 돼요. 그렇지 않으면 손님이 방을 착각한 줄 알고 실례를 범할 수도 있으니까요. 정확히 요강처럼 보이거든요."

"그러나 사촌," 하고 여자 손님 역시 목소리를 낮추고 질문하는 표정으로 샤를뤼스 씨를 쳐다보면서 말했는데, 베르뒤랭 부인의 기분이 아닌, 남작의 기분을 상하게 할까 봐 걱정했기 때문이다. "어쩌면 저분은 아직 모든 걸 잘 알지 못할지도 몰라요…….""제가 가르쳐 드리죠.""오!" 하고 여자 손님이 웃었다. "당신보다 훌륭한 선생님은 찾을 수 없을 거예요! 정말 운이 좋은 분이군요! 당신하고라면 조화를 깨뜨리는 일은 없으리라 확신할 수 있으니까요.""적어도 음악에는 조화를 깨뜨리는 음이 없었죠.""오! 숭고했어요. 결코 잊지 못할 기쁨이에요. 그런데 그 천재 바이올리니스트 말인데요." 하고 그녀는 순진하게도 샤를뤼스 씨가 바이올린 연주 '자체'에 관심이 있다고 생각하고 말을 이었다. "요전 날 포레의 소나타를 기가 막히게 연주한 사람을 혹시 아세요? 프랑크라는 이름이었는데…….""네, 알아요. 형편없는 사람이죠."라고 샤를뤼스 씨는 자신이 무례한 반박을 하고 있다는 사실도 전혀 개의치 않고, 사촌의 안목 없음을 반박했다. "바이올리니스트라면, 제가 소개한 바이올리니스트를 계속 고수하시라고 권하고 싶습니다만." 샤를뤼스 씨와 그의 사촌이, 또다시 눈길을 떨구고 엿보기 시작했다. 왜냐하면 얼굴을 붉히면서 자신의 실수를 만회하고자 열성을 다하는 모르트마르 부인이, 모렐의 연주를 들려주기 위한 저녁 파티 개최를 샤를뤼스 씨에게 제안하려고 했기 때문이다. 그런데 그녀에게서 파티의 목적은 재능 있는 연주자를 발굴하는 데 있지 않았다. 그러나 그녀는 그렇다고 주장하려 했고, 또 그것은 샤를뤼스 씨의 실제 목적이기도 했다. 그녀는 거기서 특별히 멋진 파티를 열 기회를 보았고, 초대할 사람과 제외시킬 사람들을 벌써 계산하고 있었다. 연회를 베푸는 사람들(사교계 전문 신문이 대담하게, 혹은 어리석게도 '엘리트'라고 부르는 사람들)의 주된 관심사인 이런 선별 작업은, 최면술사의 암시보다 더 깊이 우리의 시선을 — 또 필체를 — 변화시킨다. 모렐이 연주할 곡목을 생각하기도 전에(이런 관심사는 부차적인 것으로 생각되었고, 또 그런 생각은 타당했다. 왜냐하면 음악이 연주되는 동안에는 샤를뤼스 씨 때문에 모두들 예의 바르게 침묵을 지켰으나, 반대로 어느 누구도 음악을 들을 생각은 하지 않았을 테니까.) 모르트마르 부인은 '선택받은 여인' 속에 발쿠르 부인을 포함시키지 않기로 결정했으며, 바로 그 때문에 부인은, 세인들의 평을 가장 쉽게 무시할 수 있는 사교계 여인들마저 그들의 품위를 떨어뜨리게 하는, 그런 음모나 모의하는 듯한 표정을 지었다. "당신 친구의 연주를 들려주기 위해 제가 파티를 열 방법이 있을까요?" 하고 모르트마르 부인은 샤를뤼스 씨에게만 말을 하면서도, 현혹된 듯 발쿠르 부인(제외된 여인) 쪽으로 눈길을 던졌는데, 그녀가 자기 말을 듣지 못할 만큼 충분한 거리에 있는지를 확인하기 위해서였다. '아니야, 저 여자는 말을 알아듣지 못했을 거야.'라고 자신의 눈길에 마음을 놓은 모르트마르 부인은 속으로 이런 결론을 내렸지만, 그 눈길은 발쿠르 부인에게 그녀가 목적했던 것과는 완전히 다른 효과를 자아냈다. '저런,' 하고 그 눈길을 보면서 발쿠르 부인은 생각했다. '마리테레즈가 팔라메드와 함께 내가 끼어들어서는 안 되는 뭔가를 꾸미고 있구나.' "제 후원을 받는 사람에 대해 말씀하시는 거겠죠?" 사촌의 음악 재능과 마찬가지로 문법 지식에 대해서도 일말의 동정심을 느끼지 않는 샤를뤼스 씨가 그 말을 수정했다. 그리고 미소를 지으면서 사과하는 여인의 조용한 간청은 전혀 고려하지 않고, "물론이죠." 하고 살롱에 모인 사람들이 다 들을 만큼 힘찬 목소리로 말했다. "매혹적인 인물을, 그의 초월적 능력이 반드시 손해를 보기 마련인 그런 환경으로 일종의 수출 같은 것을 하는 데에는 항상 위험이 따르지만요. 어쨌거나 그런 환경에도 적응해야겠죠." 모르트마르 부인은 '메조 보체' 또는 '피아니시모'로 한 자신의 질문이 '확성기 같은 입'을 통해 대답을 듣자 괜한 수고를 했다고 생각했다.* 그녀의 생각은 틀렸다. 발쿠르 부인은 그들의 말을 한마디도 이해하지 못했으므로 아무것도 들은 게 없었다. 만일 모르트마르 부인이 자신의 계획이 실패할까 두려워, 또 발쿠르 부인을 초대하게 될까 두려워 ── 지나치게 가까운 사이여서 그녀가 '먼저' 안다면 그녀를 제쳐 놓을 수 없으므로 ── 그 불길한 위험으로부터 눈을 떼지 않으려는 듯 에디트 쪽으로 다시 눈꺼풀을 들어 올렸다가, 이내 너무 끼어드는 것처럼 보이지 않으려고 재빨리 눈꺼풀을 내리지 않았다면, 발쿠르 부인의 불안도 줄어들고 재빨리 사그라졌을 터다. 모르트마르 부인은 연회 다음 날 에디트에게 편지를 쓰려고 생각했는데, 사실을 폭로하는 시선의 보완물이라고 할 수 있는 이런 편지는, 우리로서는 능란하게 썼다고 생각하지만, 모든 걸 숨김없이 털어놓고 서명하는 고백과도 같다.

---

* '메조 보체(mezzo voce)'는 '소리를 반쯤 줄여서'라는 뜻이며, '확성기 같은 입'으로 옮긴 프랑스어의 gueuloir는 목소리 전달을 돕는 메가폰이나, 낭송할 때의 입을 가리킨다.

이를테면 "친애하는 에디트, 당신이 그립군요. 그래도 어제 저녁에는 그렇게 당신을 기다리지 않았어요.('어떻게 나를 기다릴 수 있지? 나를 초대하지도 않았는데.'라고 에디트는 생각했을 것이다.) 왜냐하면 저는 당신이 이런 종류의 모임을 지극히 싫어하며, 오히려 지루하게 느낀다는 점을 알거든요. 그래도 당신이 우리와 함께했으면 매우 영광이었을 거예요.(모르트마르 부인은 '영광'이라는 단어를 잘 사용하지 않았지만, 거짓말을 진실처럼 보이게 하려고 할 때만은 예외였다.) 당신 집에 있는 것처럼 언제라도 우리 집에서 편하게 지내실 수 있다는 건 아시죠. 게다가 어제 오시지 않은 건 정말 잘하신 일이에요. 두 시간 만에 즉흥적으로 이루어진 것들이 다 그렇듯이, 완전히 실패한 모임이었거든요……." 그러나 에디트는 자신에게 던져진 새롭고 은밀한 시선에서, 샤를뤼스 씨의 복잡한 언어가 감추는 것을 모두 이해했다. 게다가 그 시선은 얼마나 강렬했던지, 그 안에 담긴 분명한 비밀과 숨기려는 의도가 발쿠르 부인을 강타했고, 또 모르트마르 부인이 초대하려고 했던 젊은 페루인에게도 불똥이 튀면서 새로운 국면을 맞이했다. 의심 많은 페루인은 거기에 분명히 어떤 비밀이 감추어져 있다고 생각하고, 그 비밀이 자기에 대한 것이 아니라는 점에는 주의하지 않고 즉시 모르트마르 부인에게 지독한 증오심을 느꼈으며, 그래서 그녀가 손님을 초대하지 않은 날에 50인분의 아이스커피를 보내거나, 손님을 초대한 날 연회가 연기되었다는 기사를 신문에 끼워 넣거나, 다음번 연회에 관해 모든 이들에게 알려진, 여러 다양한 이유로 사람들이 초대하기를 원치 않거나 소개받기조차 원치 않는 이름들이 적힌 가짜 보고서를 게재하는 따위의 여러 가지 짓궂은 장난을 치기로 맹세했다.

발쿠르 부인에 대한 모르트마르 부인의 걱정은 기우였다. 발쿠르 부인의 참석으로 인한 것보다 샤를뤼스 씨가 계획된 연회의 성격을 훨씬 더 변질시키는 일을 맡아서 하려고 했기 때문이다. "하지만 친애하는 사촌," 하고, 일시적으로 예민해진 감각 덕분에 샤를뤼스 씨가 '환경'이라고 한 말의 뜻을 짐작한 부인이 대답했다. "그 일로 당신에게 폐를 끼치고 싶지 않아요. 질베르*에게 모든 걸 맡아 달라고 부탁할게요." "아뇨, 그건 특히 안 됩니다. 더욱이 그는 초대받지 못할 테니까요. 모든 것이 나를 통해서만 이루어져야 합니다. 무엇보다 듣지 못하는 귀를 가진 자들을 제외시키는 것이 중요합니다." 다른 많은 친척들과는 달리, "팔라메드가 와 있다."라고 말할 수 있는 그런 파티를 열기 위해 모렐의 매력에 기대를 걸었던 샤를뤼스 씨의 사촌은, 갑자기 샤를뤼스 씨의 명망에 대한 생각으로부터, 그가 사람들을 초대하고 제외시키는 일에 간섭한다면, 사이가 틀어질지도 모르는 다른 수많은 사람들로 생각을 옮겼다. 게르망트 대공을(그녀가 발쿠르 부인을 제외시키려고 했던 것도, 부분적으로는 대공이 발쿠르 부인을 집에 받아들이지 않았기 때문이었다.) 초대하지 않을 거라는 생각에 그녀는 겁이 났다. 그녀의 눈이 불안한 빛을 띠었다. "불빛이 너무 강해서 눈이 아프신 건 아니겠죠?" 하고 샤를뤼스 씨는 겉으로는 진지

---

* 게르망트 대공의 세례명이다.

하게 물었다. 그러나 그녀는 그 밑에 깔린 아이러니를 이해하지 못했다. "전혀 아니에요. 물론 나 때문이 아니라, 가족들에게 생길 어려움을 생각했어요. 만약 질베르가 자신을 초대하지 않고 파티를 열었다는 사실을 알게 되면. 그는 결코 ……하는 일 없이, 고양이처럼 속삭이는 소수의 시시한 사람들만 초대하는데요."* "그래서 바로 그렇게 칭얼대는 하찮은 사람들의 소모임을 없애는 일로 시작할 겁니다. 대화 소리 때문에 잘 듣지 못하신 모양인데, 이런저런 친구들에게 예의를 표하려고 파티를 여는 게 아니라, 진정으로 유명한 분을 축하하기 위한 관례적인 의식을 거행하려는 겁니다." 그리고 다음 손님이 너무 오래 기다렸기 때문이 아니라, 자신의 '초대 손님' 명단보다 모렐을 중요하게 생각하지 않는 여인에게 너무 많은 호의를 베푸는 것이 적절치 않다고 판단한 듯, 샤를뤼스 씨는 시간을 충분히 할애했다고 생각하고 진찰을 끝내는 의사처럼, 사촌에게 인사말도 하지 않고 바로 다음 사람 쪽으로 고개를 돌리면서 물러가라는 뜻을 전했다. "안녕하세요, 몽테스큐 부인, 정말 경이롭지 않았나요? 엘렌이 보이지 않던데, 보통 참석하지 못할 때에는 그녀처럼 아무리 중요한 이유가 있다고 해도 예외는 있기 마련인데, 특히 오늘 저녁 같은 찬란한 행사

---

* 여기서 말줄임표로 생략된 부분을 유추해 보면 "그는 결코 나를 초대하는 일 없이, 고양이처럼 속삭이는 소수의 시시한 사람들만 초대하는데요."로 기술될 수 있다고 미이 교수는 지적한다. 원문에는 "네 마리 고양이만 초대하는(n'avoir jamais quatre chats)"이라고 기술되었는데, '소수의 시시한 사람들의 모임'을 의미하는 은유이다.

가 있는 날이 그런 경우에 해당한다고 생각되는군요. 드물게 나타나는 것도 좋지만, 드물다는 건 부정적인 가치이니, 드문 것보다는 세련된* 모습으로 나타나는 편이 낫죠. 사람들이 당신의 여동생이 나타날 거라고 기대하는 장소, 그녀에게는 전혀 가치 없는 장소에 일관되게 '나타나지 않는' 걸 나만큼 높게 평가할 사람은 없겠지만, 그래도 오늘 저녁 같은 기념비적인 행사에 참석했다면, 존재만으로도 모든 이들을 압도하고, 이미 명망 높은 동생분에게 추가적인 명망을 안겨 주었을 텐데요." 그러고는 세 번째 사람으로 넘어갔다.

나는 거기서 예전에는 샤를뤼스 씨에게 그토록 냉정하게 굴었던 아르장쿠르 씨가, 지금은 매우 다정하게 아양을 떨며 샤를리에게 소개시켜 달라고, 또 샤를리가 그를 보러 방문해 주기를 바란다고 말하는 모습을 보면서 매우 놀랐는데, 그는 샤를뤼스 씨와 같은 부류의 인간을 정말 끔찍하게 여겼던 사람이기 때문이다. 그런데 그는 지금 그런 인간들에게 둘러싸여 있었다. 그렇다고 해서 그가 샤를뤼스 씨와 같은 부류의 인간이 되었음은 물론 아니었다. 그러나 그는 얼마 전부터 사교계의 한 젊은 여인을 숭앙한 나머지 아내를 거의 버리다시피 하고 있었다. 그 총명한 여인은, 지적인 사람들에 대한 자신의 취향을 그와 공유하기 원했고, 또 샤를뤼스 씨를 집에 초대하고 싶어 했다. 그러나 다른 무엇보다도 질투가 심하고 조금은

---

* "세련된"이라고 옮긴 프랑스어의 précieux에는, 17세기 프레시오지테(préciosité) 문학의 흔적이 어려 있다.

성불구자인 아르장쿠르 씨는 자신이 쟁취한 여인을 충분히 만족시키지 못한다고 느꼈으므로, 그녀를 지키는 동시에 기분 전환도 시켜 줄 겸 해롭지 않은 인간들이 그녀를 둘러싸게 하여, 하렘을 지키는 경비병 역할을 맡게 하면 별 위험이 없으리라고 생각했다. 경비병들은 그가 매우 다정한 사람이 되었다고 생각하고, 그들이 믿었던 것보다 훨씬 더 지적인 인간이라고 공언했으므로, 아르장쿠르 씨와 정부는 그 말을 듣고 몹시 기뻐했다.

샤를뤼스 씨가 초대한 손님들은 꽤 빨리 그곳을 떠났다. 많은 사람들이 "제의실(남작이 샤를리를 옆에 두고 축하 인사를 받는 작은 거실)에는 가고 싶지 않아요. 그렇지만 제가 마지막까지 남아 있었다는 걸 알 수 있도록 팔라메드가 좀 쳐다봐야 하는데."라고 말했다. 어느 누구도 베르뒤랭 부인에게는 신경 쓰지 않았다. 몇몇 사람은 베르뒤랭 부인을 알아보지 못하는 척했고, 또 실수로 코타르 부인에게 작별 인사를 하는 척했으며, 내게 그 의사 아내에 대해 "저분이 베르뒤랭 부인이죠. 그렇죠?"라고 말했다. 아르파종 부인은 안주인의 귀가 들을 수 있는 거리에서 내게 물었다. "베르뒤랭 씨라는 분이 정말 있기는 한 건가요?" 늦게까지 남아 있던 공작 부인들은, 그들이 아는 것과 매우 다를 거라고 기대했던 장소에서 전혀 이상한 점을 발견하지 못하자, 하는 수 없이 엘스티르의 그림 앞에서 멋대로 웃음이 터져 나오는 걸 참으며 마음을 달랬다. 그 밖의 것은 자기들이 이미 알던 것에 생각보다 많이 부합한다고 여겼고, 샤를뤼스 씨에게 그 점에 대해 공을 돌리며 이렇게 말했다. "팔라메드는 이 모든 걸 어떻게 이처럼 잘 준비했을까요! 창고나 화장실에서 요정극을 올렸어도 매혹적이었을 거예요." 샤를뤼스 씨에게 파티의 성공을 가장 열광적으로 축하한 사람들은 가장 고귀한 여인들이었는데, 그중 몇 명은 이 저녁 모임의 은밀한 동기를 모르지 않았지만, 그렇다고 해서 당황하지도 않았다. 그 사회에서는 — 어쩌면 그들 가문의 정체성을 완전히 의식하기에 이른 역사적 시기에 대한 기억 때문인지 — 예의범절을 존중하는 일만큼이나 양심의 가책을 무시하는 일도 멀리 밀고 나갔다. 그중 몇몇 여인은 즉석에서 샤를리가 뱅퇴유의 칠중주곡을 연주하러 올 저녁 모임을 개최하는 데 착수했지만, 어느 누구도 베르뒤랭 부인을 초대할 생각은 하지 않았다. 베르뒤랭 부인의 분노가 최고조에 달했을 때, 구름 위에 올라간 샤를뤼스 씨는 그 사실을 깨닫지 못하고, 예의상 자신의 기쁨을 나누는 일에 여주인을 초대하고자 했다. 어쩌면 자만심의 폭발이라기보다는 문학적 취향에 몰두한 탓인지도 모르지만, 예술적 연회를 광신적으로 신봉하는 그가 베르뒤랭 부인에게 말했다. "어때요, 만족하시죠? 이보다 작은 것이었어도 만족하셨을 겁니다. 연회를 여는 일에 제가 개입하면, 절반의 성공으로 끝나는 일은 절대 없으니까요. 부인이 가지고 계신 문장학(紋章學)의 개념으로는, 행사의 중요성이나 제가 일으킨 영향력, 부인을 위해 많은 사람들을 움직이게 한 공기의 양을 정확히 측정하실 수 있을지 모르겠습니다만, 나폴리 여왕과 바이에른 왕의 동생, 그리고 가장 오래된 가문 출신의 귀족이 세 분이나 오셨습니다. 만일 뱅퇴유가 무함마드라면, 우리는 그를 위해 가장 옮기기 어려운 산(山)도 옮겼다고 말할 수 있습니다.* 생각해 보세요. 부인의 파티에 참석하기 위해 나폴리 여왕께서는 뇌이유에서 일부러 오셨는데, 사실 그건 여왕께 양시칠리아 왕국**을 떠나는 일보다 어려운 일이었을 겁니다."라고 그는 여왕을 찬미하면서도 비열한 의도가 담긴 말을 했다. "이 일은 역사적 사건입니다. 여왕께서는 가에타 함락 이후로 어쩌면 한 번도 외출한 적이 없으실 테니까요. 아마도 여왕에 관한 가장 중요한 날짜로 가에타 함락과 베르뒤랭네의 파티가 사전에 기록될 겁니다. 여왕께서 뱅퇴유에게 보다 많은 박수를 보내기 위해 옆에 놓으신 부채는, 바그너에게 휘파람을 불며 야유했다는 이유로 메테르니히 부인이 산산조각을 낸 부채보다 훨씬 유명한 것으로 남을 겁니다."*** "여왕께서 마침 부채를 잊어버리고 가셨네요."

---

* "산이 무함마드에게 오지 않으면, 무함마드가 산으로 갈 것이다."라는 경구에 대한 풍자이다.(『갇힌 여인』, 리브르드포슈, 378쪽 주석 참조.) "네가 나에게 오지 않으면 내가 너에게 간다."를 의미하는 이슬람교 전교 활동의 경구이다.

** 나폴리 왕국과 시칠리아 왕국을 통일한 아라곤 왕 알폰소 5세가 이 두 지역을 통일하여 '양(兩)시칠리아'라고 명명한 이래, 1816년 페르디난도 1세에 의해 '양시칠리아 왕국'이 정식 국명으로 채택되었다. 페르디난도 2세의 서거 후 왕위에 오른 프란체스코 2세는 가리발디 장군이 이끄는 '붉은 셔츠단'의 공격으로 이 지역이 이탈리아에 병합되면서 강제 폐위되었고, 나폴리 여왕은 이런 남편과 함께 로마와 파리, 바이에른 등지에서 망명 생활을 했다.(97쪽 주석 참조.)

*** 파리 주재 오스트리아 대사 부인이었던 메테르니히 대공 부인(『잃어버린 시간을 찾아서』 6권 432쪽 주석 참조.)의 열렬한 성원에도 불구하고, 1861년 「탄호이저」 파리 공연 시에 발생했던 소동을 암시한다.(『갇힌 여인』, 플레이아드 III, 1755쪽 참조.)

하며 자기에게 표시했던 호의의 기억으로 잠시 마음을 진정시킨 베르뒤랭 부인은 샤를뤼스 씨에게 안락의자에 놓인 부채를 가리켜 보였다. "오! 얼마나 감동적인가요!" 하고 샤를뤼스 씨는 소중한 기념품에 대한 존경심을 담아 그쪽으로 다가가면서 소리쳤다. "부채가 보기 흉한 만큼 더 감동적이군요. 이 작은 제비꽃은 믿기 어려울 정도네요!" 감동과 야유로 인한 경련이 번갈아 그를 스쳐 갔다. "저런, 부인도 이 물건을 보면서 나와 같은 느낌을 받으셨는지 모르겠지만, 만일 스완이 보았다면 경련을 일으키다가 죽었을 겁니다. 여왕의 소장품을 매매할 때 그 값이 얼마나 올라갈지는 모르겠지만, 제가 그 부채를 살 겁니다. 여왕께서는 무일푼이므로 부채를 파실 테지요."라고 그는 덧붙였다. 이렇게 남작은 가혹한 비난과 가장 진지한 존경심을 계속 섞었는데, 그것은 그의 마음속에서 하나로 결합되어 있는, 두 개의 대립되는 기질에서 나온 것이었다.

그 기질들은 하나의 동일한 사실에 번갈아 집중되기도 했다. 부자의 안락한 처지에서, 여왕의 궁핍한 처지를 자주 조롱해 온 샤를뤼스 씨는, 자주 이 궁핍을 찬양하던 자와 같은 인간이었으며, 그래서 사람들이 양시칠리아 왕국의 또 다른 여왕인 뮈라 공주*에 대해 말하면 이렇게 대답했다. "나는 당신들이 말하는 사람이 누구인지 모르겠소. 내가 아는 유일한 나

---

* 또 다른 나폴리 왕비이자 여왕인 뮈라 공주에 대해서는 『잃어버린 시간을 찾아서』 6권 349쪽 주석 참조.

폴리 여왕은 마차도 없는 그 숭고한 분뿐이니까. 그러나 그분은 합승 마차를 타고도 모든 마차 행렬을 압도하시니, 그분이 지나가는 모습을 보기 위해서라면 먼지 구덩이에서라도 무릎을 꿇었을 거요.”

“저는 그 부채를 박물관에 기증할 겁니다. 하지만 그동안 여왕께서 부채를 찾기 위해 삯마차 값을 내실지도 모르니 얼른 돌려 드려야겠습니다. 이 물건의 역사적 가치로 볼 때, 가장 영리한 행동은 부채를 훔치는 것이겠지만, 그러면 여왕께서 곤란해지시겠죠. 아마 다른 부채는 없으실 테니까!” 하고 그는 웃음을 터뜨리면서 덧붙였다. “여하튼 부인도 보다시피, 여왕께서는 저를 위해 이곳까지 와 주셨습니다. 그리고 제가 행한 기적은 이뿐만이 아닙니다. 저만큼 많은 사람들을 움직일 수 있는 사람은 현재로서는 그 누구도 없다고 생각합니다. 물론 다른 사람들에게도 공을 나누어 주어야겠죠. 샤를리와 다른 연주자들은 연주를 기막히게 잘했고요. 그리고 친애하는 ‘여주인’께서도,” 하고 그는 거만하게 덧붙였다. “이 연회에서 맡으신 역할을 다 하셨습니다. 부인의 이름도 기록에서 누락되지 않을 겁니다. 역사는 잔 다르크가 출정했을 때 그녀의 무장을 도와준 시종의 이름을 기억하지요.* 어쨌든 부인은 뱅퇴유의 음악과 그 천재 연주자 사이에서 중계 역할을 했고, 또 그 결합을 가능하게 했습니다. 부인은 총명하신 분이라 연주

---

* 오를레앙을 구하기 위해 1429년 잔 다르크가 출정했을 때, 샤를 7세는 그녀에게 장 돌롱(Jean Daulon) 기사를 시종으로 하사했다.(『간힌 여인』, 리브르드포슈, 380쪽 주석 참조.)

자가 어느 유력 인사, 그것이 나 자신을 두고 하는 말이 아니라면, 신의 섭리를 받았다고 할 수 있는 사람의 모든 영향력을 누리는 일련의 상황들이 얼마나 중요한지를 충분히 이해하셨고, 그래서 그 사람에게 부탁해서 오늘 모임을 가장 멋진 모임으로 만들고, 또 모렐의 바이올린 앞에 그들의 귀를 가장 영향력 있는 혀로 직접 연결시킬 수 있는 분들을 모셔 올 멋진 생각을 하셨지요. 오, 그건 대단히 중요한 일입니다. 이렇게 완벽한 모임을 실현하는 데 있어 중요하지 않은 건 아무것도 없습니다. 모든 것이 기여했습니다. 라 뒤라스 부인도 근사했어요. 요컨대 모든 것이 다 훌륭했습니다. 바로 그런 이유로," 하고 훈계하기를 좋아하는 그는 이런 결론을 내렸다. "부인이 분열을 조장하는 사람들을 초대하려고 했을 때, 내가 모셔 온 훌륭한 분들에 비하면, 그 사람들은 훌륭한 분들의 중요성을 십분의 일로 축소시키는, 숫자에서 소수점의 역할을 할 것이었기에 반대했던 겁니다. 이런 일에서 나의 감각은 매우 정확합니다. 이해가 가십니까? 뱅퇴유와 그 천재 연주자와 부인, 그리고 외람된 말씀입니다만 나 같은 사람에게 합당한 연회를 베풀 때에는 실수가 있어서는 안 됩니다. 라 몰레 같은 여자를 초대했다면 모든 게 다 망가졌을 겁니다. 그런 여자는 아주 적은 양만 넣어도 중화 작용을 일으켜 약의 효능을 사라지게 하거든요. 전기는 꺼지고, 프티 푸르는 제시간에 나오지 않고, 오렌지 음료는 모든 사람을 배탈 나게 했을 겁니다. 초대해서는 안 되는 사람이었어요. 그 이름만 들어도, 요정극에서처럼 금관 악기가 소리를 내지 않았을 겁니다. 플루트나 오보에는 갑작스러운 소리 꺼짐 현상을 일으켰을 테고요. 모렐만 해도, 만일 그가 약간의 소리를 낸다고 해도 제대로 연주할 힘이 없어서, 뱅퇴유의 칠중주곡 대신 그 곡에 대한 베크메서*의 패러디만을 들려주었을 테고, 그래서 야유 속에 연주를 끝냈을 겁니다. 인간의 영향력을 아주 많이 신뢰하는 나로서는, 꽃처럼 바닥까지 피어나는 몇몇 라르고의 개화 속에서, 빠르게 연주하는 알레그로(allegro)뿐 아니라 비할 데 없이 경쾌한(allègre) 피날레의 더욱 큰 만족감 속에서, 라 몰레의 부재가 연주자에게 영감을 주어 악기조차 기쁨으로 부풀어 오르는 걸 느낄 수 있었습니다. 게다가 지상의 모든 군주를 초대하는 날에는 군주의 문지기 여자는 초대하지 않는 법입니다." 몰레 부인을 라 몰레라고 칭하면서(비록 라 뒤라스의 이름을 부를 때는 매우 호의적으로 불렀지만), 샤를뤼스 씨는 정당한 평가를 한 셈이었다. 이 모든 여인들은 사교계의 여배우들이었으니까.** 이런 관점에서 본다면, 사실 몰레 백작 부인은 지적인 여인이라는 그 놀라운 명성에 걸맞지 않았다. 또 이것은 어떤 뛰어난 예술가도 자신의 진짜 재능을 보여 주지 못하는 시시한 동료들 때문에, 혹은 탁월한 인물이 존재하다고 해도 그 인물을 이해할 줄 모르는 시시한 대중 때문에, 한동안 천재의 자리를 차지했던 형편없는 배우나 소설가 들을 생각나게 했다. 몰레 부인의 경우, 정확히 일치하지는 않지만, 첫 번째 설명을 선택하는 편이 나

---

* 바그너의 「뉘른베르크의 마이스터징거」에 나오는 마을 서기로 명가수 대회에 참가하는 우스꽝스러운 인물이다.
** 74쪽 주석 참조.

을 것이다. 사교계는 허무의 왕국이므로, 여러 다른 사교계 여인들 사이에는 샤를뤼스 씨의 원한이나 상상력에 따라 제멋대로 과대 포장될 수 있는 그런 의미 없는 정도의 차이만이 존재한다. 그리고 물론 방금처럼, 샤를뤼스 씨가 예술과 사교계를 말하면서 모호하고도 세련된 언어를 구사한 것은 늙은 여자로서의 분노와 사교계 인사로서의 교양이, 그의 진정한 웅변술에 시시한 주제만을 제공했기 때문이다. 차이의 세계는 지구 표면에 존재하지 않으며, 우리의 지각에 의해 획일화된 모든 나라들 사이에, 하물며 '사교계'에는 존재하지 않는다. 그렇다면 그것은 어딘가 다른 곳에 존재한단 말인가? 뱅퇴유의 칠중주곡은 그렇다고 말하는 것 같았다. 그러나 어느 곳에?

샤를뤼스 씨는 서로서로에게 말을 전해서 그들 사이를 틀어지게 하고 갈라놓고 지배하기를 좋아했으므로 이렇게 덧붙였다. "부인은 몰래 부인을 초대하지 않음으로써 그 여자로부터 '베르뒤랭 부인은 왜 나를 초대했는지 모르겠어요. 나는 그들이 누구인지 알지도 못하는데요.'라고 말할 기회를 빼앗은 겁니다. 지난해만 해도 그 여인은 이미 부인의 수작에 지쳤다고 말하더군요. 어리석은 여자니 초대하지 마십시오. 어쨌든 그렇게 대단한 사람이 아닙니다. 말썽만 부리지 않는다면 부인 댁에 올 수도 있어요. 나도 오니까요. 어쨌든," 하고 그는 결론을 내렸다. "부인께선 제게 고마워해야 할 것 같은데요. 모든 것이 다 잘됐고 완벽했으니까요. 게르망트 공작 부인은 오지 않았지만, 누가 아나요? 어쩌면 그편이 더 나았는지. 그분을 원망하지 말고, 그래도 다음번에 잊지 않고 초대하기로 하죠. 하기야 기억하지 않으려고 해도 기억하지 않을 수 없는 분이니까요. 그 눈이 바로 '날 잊지 마세요.'라고 말하는걸요. 두 송이의 물망초니까요.(게르망트 공작 부인이 팔라메드에 대한 두려움을 떨쳐 버리기까지, 게르망트의 정신은 — 여기는 가고 저기는 가지 않는 결정을 하는 — 얼마나 강력하게 작용해야 했을까 하고 나는 따로 생각했다.) 이런 완벽한 성공 앞에서는 베르나르댕 드 생피에르*의 말처럼, 도처에서 '신'의 손이 보인다고 말하고 싶군요. 뒤라스 공작 부인도 매우 기뻐했어요. 부인에게 기뻐한다는 말을 전해 달라고 부탁까지 하더군요." 하고 샤를뤼스 씨는 베르뒤랭 부인이 그 말을 충분히 영광으로 생각해야 한다는 듯, 한 마디 한 마디에 힘을 주며 말했다. 충분하면서도 믿기 어려운 영광이었는지, 샤를뤼스 씨는 그 말을 믿게 하려면, 마치 제우스가 파멸시키고 싶어 하는 인간들처럼 광분하며 '정말로'라고 말하는 것이 필요하다고 생각했다. "뒤라스 부인은 모렐에게 오늘과 똑같은 프로그램으로 자기 집에서 다시 연주해 달라고 촉구했고, 그래서 전 베르뒤랭 씨를 위한 초대장을 부탁해 볼까 생각하고 있습니다만." 남편에게만 보이는 이런 예의는, 샤를뤼스 씨가 비록 생각조차 한 적이 없었다 해도, 아내에게는 가장 가혹한 모욕이었다. 그녀는 작은 패거리에서 유효한 일종의 모스크바 법령**의 이름으로, 자신

---

* Bernardin de Saint-Pierre(1737~1814).『폴과 비르지니』(1787)의 저자로, 그의 자연에 대한 사랑이 샤를뤼스에 의해 풍자되고 있다.
** 나폴레옹 1세가 모스크바에서 1812년 러시아가 퇴각하기 전에 조인

의 명시적 허락 없이는 연주자가 외부에서 연주하는 일을 금지할 권리가 자신에게 있다고 믿으면서, 뒤라스 부인의 파티에 참가하는 것을 금지시키겠다고 굳게 결심했다.

이렇게 수다를 떠는 것만으로도 샤를뤼스 씨는, 작은 패거리 안에서 자기들끼리만 따로 떨어져 있기를 좋아하지 않는 베르뒤랭 부인을 몹시 화나게 했다. 이미 라 라스플리에르에서부터 작은 패거리라는 합주단에서 남작은 자기가 맡은 부분을 연주하는 데 만족하지 않고, 끊임없이 샤를리에게 지껄이는 소리를 들으면서, 부인은 얼마나 여러 번 남작을 가리키며 외쳤던가! "웬 수다야! 웬 수다! 수다쟁이로 치면 가장 고약한 수다쟁이라고 할 수 있어." 그러나 이번에는 더 고약했다. 자기 말에 취한 샤를뤼스 씨는, 베르뒤랭 부인의 역할을 인정하고 그 역할에 아주 좁은 경계를 정하면서, 그녀에게 질투의 특이한 형태, 질투의 사회적 형태에 지나지 않는 증오의 감정을 유발하고 있음을 깨닫지 못했다. 베르뒤랭 부인은 작은 패거리의 단골인 신도들을 진심으로 사랑했고, 그들이 완전히 '여주인'의 사람이기를 바랐다. 질투에 사로잡힌 사람이 상대가 배신해도 자기 지붕 아래서, 자기 눈앞에서 배신하기를, 다시 말해 배신하지 않기를 바라는 것처럼, 그렇게 작은 부분에 만족해야 했던 베르뒤랭 부인은 남자 신도들에게 여자 정부나 남자 애인이 생길 경우, 그녀의 집 밖에서는 어

___

한, 코메디프랑세즈와 소속 배우들 정관에 관한 법령으로 보인다고 서술된다.(『갇힌 여인』, 플레이아드 III, 1756쪽 참조.)

떤 사회적 결과도 초래하지 않는다는 조건 아래, 또 수요 모임의 보호 아래 맺어지고 지속된다는 조건에서만 허용했다. 지난날 스완 곁에서 웃던 오데트의 은밀한 웃음소리의 파편이 가슴을 쥐어뜯었듯이, 얼마 전부터 모렐과 남작이 나누는 온갖 밀담이 그녀를 괴롭혔다. 그녀는 자신의 슬픔에 위로가 되는 단 한 가지, 타인의 행복을 망가뜨리는 일을 찾아냈다. 남작의 행복을 더는 두고 볼 수 없었다. 신중하지 못한 남작은 '여주인'으로서 그녀의 자리가 작은 패거리에만 국한되는 것처럼 보이게 함으로써 파국을 재촉했다. 그녀는 이미 모렐이 자기 없이 남작의 보호 아래 사교계에 드나드는 모습을 보고 있었다. 거기에는 단 하나의 해결책, 다시 말해 모렐이 남작과 그녀 중 한 사람을 선택하게 하는 일만이 남아 있었다. 모렐에 대해 그녀가 가진 우월한 힘을 이용하여, 남을 시켜서 만든 보고서나 그녀가 직접 지어낸 거짓말 덕분에 — 둘 다 모렐 자신이 믿고, 또 앞으로 그가 확실히 알게 될 사실을 보강하는 데 사용하게 될 —, 순진한 사람들을 빠뜨리려고 준비한 함정 덕분에, 그녀가 가진 뛰어난 통찰력을 모렐의 눈에 증명해 보이면서, 그가 되도록이면 남작보다 자신을 선택하게 하는 수밖에 없었다. 오늘 그녀의 집에 왔으면서도 소개할 생각조차 하지 않았던 사교계 여인들에 대해서는, 그들의 망설임이나 무례함을 이해하자마자 베르뒤랭 부인은 이렇게 말했다. "아! 어떤 사람들인지 알아요. 우리와는 어울리지 않는 늙은 창녀 같은 부류예요. 이 살롱을 보는 일도 이번이 마지막일 거예요!" 자신이 기대했던 것보다 그들이 다정하지 않았다고 말하느니 차라리 죽는 편을 택했으리라.

"아! 친애하는 장군!" 하고 샤를뤼스 씨가 느닷없이 베르뒤랭 부인을 팽개치면서 소리쳤다. 공화국 대통령의 보좌관인 델투르 장군을 보았기 때문이다. 그는 샤를리의 훈장을 위해 아주 중요한 사람이었는데, 코타르에게 건강에 관해 자문을 구한 뒤에 재빨리 빠져나가는 중이었다. "안녕하세요, 존경하는 멋진 친구분. 제게 작별 인사도 하지 않고 그렇게 도망치시는 겁니까?"라고 남작은 호인다운 흡족한 표정으로 미소를 지었는데, 사람들이 언제나 조금이라도 자기와 말하기를 좋아한다고 생각했기 때문이다. 그리고 지금은 흥분 상태였으므로, 혼자서 날카로운 어조로 질문하고 대답했다. "그래, 만족하십니까? 정말 아름답지 않던가요? 특히 안단테가 그렇지 않았나요? 지금까지 그분이 작곡한 것 중에 가장 감동적인 곡입니다. 눈물을 흘리지 않고는 끝까지 들을 수 없었으니까요. 이렇게 와 주시다니 정말 친절하시군요. 그런데 오늘 아침 프로베르빌로부터 아주 긍정적인 전보를 받았습니다. 레지옹 도뇌르 상훈국 쪽에서 이른바 어려운 점이 제거되었다는군요." 샤를뤼스 씨의 날카로운 목소리는 점점 높아졌다. 마치 법정에서 과장된 말투로 변호하는 변호사처럼 평소의 목소리와 아주 달랐는데, 이는 과도한 흥분과 신경 쾌감에 의한 음성 확대 현상으로, 만찬을 베풀 때의 게르망트 부인이 시선뿐 아니라 목소리의 음역까지 높이 올리던 것과 유사한 현상이었다. "저도 그 소식을 듣고 얼마나 기뻤는지, 내일 아침 경호원 편에 편지를 보내 드리려고 했습니다. 직접 뵙고 말씀드리고 싶었지만, 워낙 사람들에게 둘러싸여 계셔서! 프로베르빌의 지지도 물론 무시하지는 못하겠지만, 제 쪽에서도 장관의 약속을 받았습니다."라고 장군이 말했다. "아! 잘됐군요. 게다가 장군께서는 그런 재능이 어떤 상을 받을 자격이 있는지 직접 눈으로 보셨으니. 호요스 대사님*도 매우 기뻐하셨습니다. 대사님 부인은 뵙지 못했지만, 부인께서도 만족하시던가요? 어느 누군들 만족하지 않겠습니까? 듣지 못하는 귀를 가진 게 아니라면 말입니다. 그런 자들도 말하는 데 필요한 혀를 가지고 있다면, 별문제는 되지 않겠지만요."

남작이 장군과 얘기하기 위해 잠시 멀어진 틈을 이용해서 베르뒤랭 부인은 브리쇼에게 손짓했다. 부인이 무슨 말을 하려는지 알지 못했던 브리쇼는, 부인을 즐겁게 해 주기 위해, 또 자기 말이 내 마음을 얼마나 아프게 하는지도 생각하지 않고 '여주인'에게 말했다. "뱅퇴유 양과 그 친구가 오지 않아서 남작은 기쁜 모양입니다. 그들에게 몹시 화가 나 있거든요. 그들의 품행이 무서울 정도라고 단언한 적도 있습니다. 품행에 관해서는 남작이 얼마나 수줍어하고 엄격한지 상상도 못 하실 겁니다." 브리쇼의 기대와 달리 베르뒤랭 부인은 즐거워하지 않았다. "야비한 사람이에요." 하고 부인이 대답했다. "함께 담배를 피우자고 해 보세요. 샤를뤼스가 알아차리지 못하는 사이에 내 남편이 그의 둘시니아**를 데리고 가서, 그가 어떤

---

* 『잃어버린 시간을 찾아서』 6권 296쪽 주석 참조.
** 돈키호테가 사랑한 가상의 공주로, 여기서는 모렐을 가리킨다.

구렁 속으로 굴러떨어지고 있는지 좀 가르쳐 주게요." 브리쇼
는 조금 망설이는 듯했다. "말씀드릴게요." 하고 베르뒤랭 부
인은 브리쇼에게 남은 마지막 양심의 가책을 지우려고 말을
이었다. "저자가 우리 집에 있으면 안전하지 못해요. 제가 알
기로 더러운 일에 연루된 적이 많아서 경찰의 엄중한 감시를
받고 있거든요." 악의적인 감정의 영감을 받을 때면 즉흥적으
로 말을 꾸며 내는 재능이 있었던 베르뒤랭 부인은 거기서 멈
추지 않았다. "감옥살이도 한 것 같던데요. 그래요, 그래요, 아
주 상황을 잘 아는 사람이 내게 말해 줬어요. 게다가 나는 저
자와 같은 거리에 사는 사람을 아는데, 그의 집에 오는 악당들
은 상상도 못 할 인종이라고 하더군요." 남작의 집에 자주 드
나드는 브리쇼가 이 말을 반박하자, 베르뒤랭 부인은 흥분해
서 소리쳤다. "내가 보증하잖아요! 내가 그렇다고 말하잖아
요." 이런 표현은 평소에 그녀가 조금은 무턱대고 던진 주장을
뒷받침하려고 할 때 쓰는 말이었다. "언젠가는 살해당할 거예
요. 그런 부류의 사람들이 다 그렇지만. 어쩌면 그 지경까지는
가지 않을지도 모르죠. 쥐피앵이라는 자의 수중에 있으니까
요. 남작은 대담하게도 쥐피앵을 내게 보낸 적이 있는데, 난
그자가 예전에 도형수였다는 걸 알아요. 당신도 알잖아요. 그
래요, 난 확실히 알고 있어요. 그자가 뭔가 무시무시한 편지로
샤를뤼스를 붙잡고 있다나 봐요. 그 편지를 본 적이 있는 사람
으로부터 들은 이야긴데, '부인께서 그 편지를 읽으면 기절할
겁니다.'라고 하더군요. 바로 그렇게 해서 쥐피앵이라는 녀석
이 지휘봉으로 그를 조종하고 원하는 돈은 모두 토해 내게 한

다나 봐요. 나라면 샤를뤼스처럼 불안에 떨며 살기보다는 죽는 편이 천배나 낫다고 생각하지만요. 어쨌든 모렐 가족이 샤를뤼스에게 소송을 걸기로 결심할 경우, 공범으로 고소당하고 싶지는 않아요. 그래도 모렐이 그 짓을 계속한다면, 위험을 무릅쓸 각오를 해야겠지만, 나는 내 의무를 다한 셈이니까, 뭘 더 원하세요? 이런 일이 항상 재미있는 건 아니에요." 그리고 벌써 남편이 바이올리니스트와 나눌 대화에 대한 기대로 즐겁게 흥분해서는 내게 말했다. "브리쇼에게 내가 얼마나 용기 있는 친구인지, 또 친구들을 구하기 위해서라면 얼마나 헌신적인지 좀 물어보세요."(그녀는 브리쇼를 처음에는 세탁부, 다음에는 캉브르메르 부인과 제때에 틀어지게 한 상황을 암시했는데, 그런 일이 있고 난 후 브리쇼의 눈은 거의 실명했고, 또 사람들 말에 의하면 모르핀 중독자가 되었다고 한다.) "예리하고 용감하며 비할 데 없는 친구분이시죠." 하고 대학교수는 순진하게도 감동하며 대답했다. "베르뒤랭 부인은 내가 지극히 바보 같은 짓을 하는 걸 막아 주었네." 하고 브리쇼는 베르뒤랭 부인이 멀어지자 말했다. "부인은 생살을 도려내는 일도 주저하지 않는다네. 우리의 친구 코타르가 말한 것처럼, 간섭하기를 좋아하는 분이니까. 그러나 고백하지만, 불쌍한 남작이 자기에게 닥칠 충격적인 사건을 아직도 모른다는 게 마음 아프군. 젊은 녀석에게 완전히 미쳐 있으니 말이야. 만일 베르뒤랭 부인이 성공하면, 한 인간이 몹시 불행해질 걸세. 그러나 어쨌든 부인이 실패하지 않는다는 보장도 없으니까. 부인이 그들 사이에 불화의 씨만 뿌려 놓고, 결국 두 사람을 갈라놓지 못한 채로 사이만 틀어지게 하는 건 아닌지 걱정되는군." 이런 일은 베르뒤랭 부인과 신도들 사이에 자주 있었다. 하지만 부인에게서 신도들의 우정을 보존하고 싶은 욕구가, 신도들끼리의 우정으로 인해 곤경에 빠지고 싶지 않은 욕구에 점점 더 지배되고 있는 것이 눈에 띄었다. 동성애도 베르뒤랭 살롱의 정통성을 건드리지 않는 한 그녀의 기분을 상하게 하지는 않았지만, '교회'와 마찬가지로 정통성을 양보하기보다는 그 외의 다른 것을 희생하는 편을 택했다. 나에 대해 부인이 언짢은 기색을 보이는 까닭이, 낮에 부인의 집에 가려는 알베르틴을 가지 못하도록 방해했다는 사실을 알아서는 아닌지, 또 조금 전 그녀의 남편이 샤를뤼스 씨로부터 바이올리니스트를 갈라놓으려고 했던 것처럼, 이미 시작하지 않았다면, 내게서 알베르틴을 갈라놓으려 하는 것은 아닌지, 나는 겁이 나기 시작했다. "자, 샤를뤼스를 찾으러 가세요. 뭔가 핑계를 대세요. 시간이 됐어요." 하고 부인이 말했다. "제가 당신에게 샤를뤼스를 찾아오라고 말하기 전까지는 특히 이곳에 오지 못하게 하세요. 아! 얼마나 형편없는 파티였는지!"라고 덧붙이면서 베르뒤랭 부인은 자신이 진짜 화난 이유를 털어놓았다. "그런 걸작을 저 바보 같은 얼간이들 앞에서 연주하게 하다니! 나폴리 여왕 얘기를 하는 건 아니에요. 그분은 지적이고 유쾌한 분이에요.('그분은 내게 다정하게 대해 주셨어요.'라는 말로 읽어야 한다.) 그러나 다른 사람들은! 아! 정말로 분통 터지게 하는 사람들이에요. 어쩌겠어요, 나도 이젠 더 이상 스무 살이 아닌데. 젊었을 때는 나도 권태로움 정도는 참을 줄 알아야 한다고 배웠고, 또 억지로 그렇게 하기도 했지만, 지금은 아! 아뇨, 나로서도 어쩔 수 없어요. 이젠 나도 하고 싶은 걸 할 수 있는 나이가 되었고, 따분함을 느끼며 바보들과 교제하고, 속마음을 감추고, 그들을 지적인 사람으로 여기는 듯한 표정을 짓기에는 인생이 너무 짧아요. 아! 아뇨, 못 하겠어요. 자, 브리쇼, 낭비할 시간이 없어요." "자, 갑니다. 부인, 곧 갑니다." 하고 브리쇼는 델투르 장군이 자리를 뜨자 마침내 말했다. 그러나 교수는 우선 잠시 나를 따로 데려갔다. "도덕적 '의무'란," 하고 그가 말했다. "윤리학이 가르치는 것만큼 그렇게 명백한 구속력이 있는 것이 아닐세. 신지학자(神智學者)*들이 카페에 모여, 칸트주의자들이 맥줏집에 모여 제아무리 도덕적 의무의 편을 드는 말을 떠들어댄다 해도, 유감스럽지만 우리는 '선'의 본성을 잘 알지 못하네. 나 자신도 허풍을 떠는 일 없이 아주 순수하게 학생들을 대상으로, 이미 앞에서 언급한 임마누엘 칸트라는 분의 철학을 설명한 바 있지만, 지금 내가 직면한 사교상의 결의론(決疑論)**에 관한 정확한 지침은, 그의 『실천 이성 비판』 어느 곳에서도 발견하지 못했네. 프로테스탄트에서 환속한 저 위대한

---

* 일반적인 신앙이나 이성적인 추론으로는 알 수 없고, 특별한 신비주의적 체험을 통해서만 알 수 있는 철학적이고 종교적인 지식이나 지혜를 추종하는 사람을 가리킨다.

** 선(善)의 개념에 대한 보편적 이론을 추구하는 윤리학에 비해, 결의론은 모든 상황적인 조건 속에서 구체적으로 도덕적 문제를 해결하려는 이론이다. 칸트는 이런 결의론이 학문이 아니라고 비판한 적이 있으며, 또 그의 『실천 이성 비판』(1788)은 도덕적 행위의 능력이 다른 무엇보다도 자유와 이성에 근거한다는 점을 논하기 위해 기술되었다.(네이버 지식 백과 '결의론' 참조.)

칸트는 선사 시대부터 감상적 제후국이었던 독일에 대해, 게르마니아적인 방식으로 플라톤을 모방했는데, 이는 뭔가 포메라니아풍의 신비주의를 위한 것이라고 할 수 있네.* 그것은 여전히 『향연』이지만, 이번에는 쾨니히스베르크에서 그곳 방식대로 행해진, 건강에는 좋지만 소화하기 힘든, 다시 말해 슈크르트는 있어도 젊은 제비족은 찾아볼 수 없는 향연이라네.** 한편으로 전통적인 '도덕' 원칙에 완전히 부합하는 '여주인'의 작은 부탁을 내가 거절할 수 없는 것은 너무도 자명한 사실이네. 다른 무엇보다도 말에 속지 않도록 해야 할 걸세. 그보다 더 바보짓을 하게 하는 것도 없으니까. 그러나 마지막으로 아이를 가진 주부가 투표에 참가한다면, 비통하게도 남작은 도덕 교사로서 낙제할 가능성이 있음을 주저 없이 인정

---

* 게르마니아(Germania)는 고대 로마인에게 정복되지 않은, 게르만인이 살던 곳을 가리키며, 포메라니아는 독일과 폴란드 사이의 지역을 가리킨다. 제후국의 연합체인 신성 로마 제국 독일에서, 칸트가 평생 동안 살았던 쾨니히스베르크는 이런 포메라니아의 신비주의 또는 경건주의 기독교가 지배했던 곳으로, 칸트의 어머니는 독실한 경건주의 신도였다. 칸트는 이런 경건주의 및 신비주의 기독교의 피를 이어받으면서도, 이들과는 달리 신의 존재를 증명할 수 없다고 주장한다.('환속한 프로테스탄트'라는 표현이 이를 암시한다.) 그렇지만 플라톤의 이데아와 같은 개념으로 신의 존재를 인정한다는 점에서는, 브리쇼에 의해 플라톤주의자로 간주되기도 한다.
** 『향연』에는 사랑의 유형으로 미소년과의 사랑이 언급되지만, 칸트의 저술에는 쾨니히스베르크의 경건주의 분위기와 게르만족의 체취가 배어 있다. 독일식 양배추 절임인 "슈크르트는 있어도" 『향연』의 미소년들인 "제비족은 찾아볼 수 없"다는 회화적인 표현은 바로 여기서 연유한다. '향연'은 프루스트가 콩도르세 고등학교 재학 시절 친구들과 함께 발간했던 월간지의 이름이기도 하다.(『갇힌 여인』, 플레이아드 III, 1756쪽 참조.)

해야 할 걸세. 불행하게도 남작은 방탕아 기질을 가졌으면서
도 교육자의 소명을 실현하려고 하니 말이야. 주목하게, 나는
남작을 험담하는 게 아니야. 어느 누구보다 구운 고기를 잘 자
르는 그 온순한 인간은, 남을 격렬히 비난하는 재주와 더불어
선의가 가득한 보배로운 마음도 지녔다네. 뛰어난 어릿광대
처럼 우리를 즐겁게 해 주기도 하지. 내가 아카데미 회원인 동
료와 함께 있었다면, 크세노폰의 말마따나 시간당 100드라크
마를 준다고 해도 지독한 권태를 느꼈을 걸세.* 그러나 남작이
모렐에게 건전한 도덕이 요구하는 이상으로 선의를 베푼 건
아닌지 걱정스럽네. 교리 문답 교사로서 부과하는 그런 특별
한 훈련에, 고행자가 어느 정도로 온순하게 순종하거나 반항
할지도 모르면서 말일세. 우리가 눈을 감고 남작에게 사탄의
짓을 용인하는 정식 허가증을 준다면, 페트로니우스에게서
시작되어, 생시몽을 거쳐 오늘날 우리에게 온 것처럼 보이는
이 장미 십자회원에 대해,** 누군가의 말처럼 우리가 지나치

---

* 브리쇼의 이 농담은 '지독히 권태를 느끼다'를 의미하는 프랑스어의 s'ennuyer
à cent sous l'heure를 고대 그리스의 화폐 단위인 드라크마를 사용하여 s'ennuyer
à cent drachmes l'heure로 표현함으로써, 소크라테스의 제자인 크세노폰(기
원전 430~기원전 350?)이 소크라테스 앞에서는 결코 권태를 느낄 수 없다
고 한 말을 일종의 풍자적인 방식으로 환기하고 있다.(『갇힌 여인』, 플레이아
드 III, 1757쪽 참조.)
** 『사티리콘』의 저자 페트로니우스는 기원후 65년에 혈관을 절개하여 죽
은 탐미주의자이며, 장미 십자회는 17세기 독일에서 시작된 신비주의 운동
으로, 1890년경 조제프 펠라당이 프랑스에 도입했다.(『잃어버린 시간을 찾
아서』 5권 376쪽 참조.) 따라서 브리쇼는 장미 십자회 풍의 비의적 상징주의
와, 페트로니우스에서 시작하여 생시몽에 이르는 풍자적 연대기 작가의 결합

게 관용의 죄를 범하고 있는 건 아닌지를 확인하기 위해 전문가가 될 필요도 없을 걸세. 그럼에도 내가 그 인간을 붙잡아 두는 동안, 베르뒤랭 부인께서 죄인의 행복을 위해, 바로 죄인을 치유하고 싶은 마음에서, 그 무분별한 청년에게 솔직히 털어놓고, 그래서 남작이 사랑하는 모든 것을 빼앗고, 어쩌면 그에게 치명적인 타격을 가할지도 모르기에, 내가 이 일에 완전히 무관하다고는 할 수 없네. 그를 유인하는 것이, 말하자면 함정으로 유인하는 것만 같아서, 비열한 짓을 하기 전에 항용 그렇듯이 뒷걸음질을 치게 되는군." 이렇게 말하고 나서, 브리쇼는 주저하지 않고 비열한 짓을 했으며, 또 내 팔을 잡으면서 "자, 남작, 우리 담배 한 대 피우러 갑시다. 이 젊은이가 이 저택의 경이로운 것들을 다 알지 못한다는군."이라고 말했다. 나는 돌아가야 한다고 하면서 용서를 구했다. "잠시만 기다리게." 하고 브리쇼가 말했다. "나를 데려다준다고 했을 텐데. 난자네의 약속을 잊지 않았네." "정말 자네를 위해 은 식기가 꺼내지는 걸 원치 않는단 말인가? 그보다 쉬운 일도 없을 텐데."라고 샤를뤼스가 말했다 "조금 전에 약속한 대로 모렐에게 훈장 이야기는 한마디도 하지 말게. 잠시 후 사람들이 어느 정도 떠나고 나면, 그때 소식을 알려 조금 놀라게 해 주고 싶으니까. 예술가에게는 훈장이라는 게 중요하지 않지만, 녀석은 자기 아저씨가 원한다고 말하더군.(베르뒤랭 부부가 모렐의 아저

이 바로 샤를뤼스라고 정의하면서, 그의 탐미주의와 방탕한 삶, 귀족적 엘리트주의는 곧 여기서 연유한다고 설명하고 있다.(『갇힌 여인』, 플레이아드 III, 1757쪽 참조.)

씨라는 분이 누구인지 내 할아버지를 통해 알고 있었으므로, 나는 얼굴이 붉어졌다.) 정말 자네를 위해 이 댁의 가장 아름다운 식기가 꺼내지는 걸 원치 않는단 말인가?" 하고 샤를뤼스 씨가 말했다. "하기야 자네는 라 라스플리에르에서 그 식기를 여러 번 보았겠군." 아무리 값비싼 물건이라도 부르주아의 평범한 은식기에는 관심이 없으며, 차라리 아름다운 판화에 그려진 것일지라도 뒤 바리 부인*이 소장한 몇 개의 식기 샘플을 보고 싶다고 말할 용기는 없었다. 나는 지나치게 알베르틴 생각에 빠져 있었고 — 비록 뱅퇴유 양이 온다는 소식이 알려지면서 그렇게 되긴 했지만 — 또 사교계에 오면 언제나 주의가 산만해지고 흥분하는 탓에 보통으로 예쁜 물건에는 주의를 기울일 수 없었다. 나는 상상력에 호소하는 어떤 현실의 부름에만 주의를 집중했으며, 오늘 밤 같으면 낮 동안 그토록 많이 생각했던 베네치아의 어떤 전망이나, 여러 다양한 외관에 공통되는, 그러나 그보다는 더 진실한 어떤 보편적인 요소, 내 속에 있는 내적 정신을 언제나 저절로 깨어나게 하고, 또 그 정신이 다시 의식의 표면에 올라올 때면 큰 기쁨을 주는 요소에만 집중할 수 있었다. 그런데 소위 공연장이라고 불리는 살롱에서 나와, 브리쇼와 샤를뤼스 씨와 함께 다른 살롱을 지나가면서, 나는 라 라스플리에르에서 전혀 주의 깊게 보지 않았던 가구들이, 이곳의 다른 가구들 사이에 옮겨진 것을 보자, 저택과

---

* Du Barry(1743~1793). 루이 15세의 마지막 정부로, 왕에게서 멋진 식기 세트를 선물받았다고 한다.(『갇힌 여인』, 리브르드포슈, 391쪽 참조.)

성관의 배치 사이에서 어떤 가족적인 분위기를, 뭔가 영속적인 동일성을 포착하는 느낌이었고, 그래서 미소를 지으며 다음과 같이 말하는 브리쇼의 마음을 조금은 이해할 수 있었다. "이보게, 저 살롱 구석을 보게나. 저것은 적어도 부득이한 경우 '한 인간의 생애에서 가장 많은 부분(grand mortalis aevi spatium)'*을 차지했던 몽탈리베 거리의 이십오 년 전 모습을 상상하는 데 영감을 줄 것 같네." 사라진 살롱에 바치는 그의 미소를 보면서 나는, 자신은 의식하지 못하지만 브리쇼가 옛 살롱에서 좋아했던 것은 어쩌면 커다란 창문이나 여주인과 신도들의 상쾌한 젊음이 아니라, 바로 이런 비현실적인 부분(나 자신이 라 라스플리에르와 콩티 강변로 사이의 몇몇 유사성으로부터 도출했던)이 아니었을까 생각했다. 그에게 있어 살롱에서나 그 밖의 다른 사물에서 누구나 확인할 수 있는 실제 외적 현실은, 그 비현실적인 부분의 연장선상에 지나지 않았을지 모른다. 내 연로한 대화 상대자에게만 존재하여 내게도 보여줄 수 없었던 빛깔을 가진, 순전히 정신적인 것이 된 그 부분은, 외부 세계로부터 떨어져 나와 우리의 영혼 속으로 피신하여, 영혼에 더 많은 가치를 주고, 또 영혼의 일상적인 실체에 동화되어, 영혼 속에서 추억의 반투명한 설화 석고로 변하면

---

* 로마 시대의 역사가 푸블리우스 코르넬리우스 타키투스(Publius Cornelius Tacitus)의 『아그리콜라의 생애』 3장에 나오는 말이다. 그러나 타키투스에게서 '한 인간의 생애에서 가장 많은 부분'은, 이 책이 말하는 것처럼 이십오 년이 아닌 십오 년을 가리킨다고 지적된다.(『갇힌 여인』, 플레이아드 III, 1757쪽 참조.)

서 ― 기억 속에 떠오르는 파괴된 집들이며, 옛사람들이며, 야식용 과일을 담은 굽다리 접시며 ― 오직 우리에게만 보이는 그 빛깔을 우리는 결코 타인에게 보여 줄 수 없으며, 그래서 그들이 어떤 관념도 가질 수 없는 이런 지나간 물건들에 대해, 우리는 그것이 그들이 보아 왔던 것과 전혀 닮지 않으며, 또 우리 자신도 어떤 감동 없이는 바라볼 수 없다고, 마음속에 꺼진 등불의 그림자나 더 이상 꽃피지 않을 소사나무의 향기가 얼마 동안 존속하는 것도 바로 우리 사유의 존재에 달렸다고 생각하면서, 있는 그대로 말할 뿐이다.* 그리고 아마도 바로 이런 이유로 브리쇼는 몽탈리베 거리의 옛 살롱이, 베르뒤랭 네의 현 저택에 해가 된다고 생각했는지 모른다. 그러나 다른 한편으로 교수의 눈에 옛 살롱은, 신참이라면 도저히 느낄 수 없는 아름다움을 베르뒤랭의 현 저택에 덧붙여 주었다. 옛 가구 중에 이곳에 옮겨져 때때로 예전에 배치된 모습을 그대로 간직하고, 또 나 자신도 라 라스플리에르로부터 온 것임을 알아보는 그 가구들은, 현재의 살롱에 옛 살롱의 여러 부분을 통합하여 이따금 옛 살롱을 보는 듯한 환각을 불러일으켰고, 이어 다른 곳에 존재한다고 믿었던 파괴된 세계의 단편들을 주변의 현실 한가운데로 소환하면서 거의 비현실적으로 보이기까지 했다. 지나치게 현실적인 새 안락의자 사이로 꿈에서 빠져나온 듯한 긴 의자, 분홍빛 실크를 덧씌운 작은 의자들, 인

---

* 관념론의 원칙이다. 쇼펜하우어는 『의지와 표상으로서의 세계』(1819)에서 "세계는 나의 표상이다."라고 말한다.(『갇힌 여인』, 리브르드포슈, 392쪽 참조.)

간의 품격으로까지 격상한 카드놀이용 탁자 덮개인 수놓은 듯 짜인 융단 — 인간처럼 과거와 기억을 가지고 있어, 콩티 강변로에 위치한 살롱의 차가운 그늘 속에 몽탈리베 거리의 창문을 통해 들어오던 햇볕과(햇볕이 들어오는 시간을 베르뒤랭 부인만큼이나 잘 아는), 또 그걸 가져갔던 두빌에서 코타르와 바이올리니스트가 함께 카드놀이를 할 시간을 기다리며 정원 너머로 깊숙한 ○○○골짜기*를 하루 종일 바라보던 유리문을 통해 들어온 햇살에 그을린 얼굴을 간직하고 있는 — , 지금 은 죽었으나 위대한 친구 화가의 선물이자, 어떤 흔적도 남기 지 않고 사라져 버린 삶의 유일하게 살아남은 편린이자 위대 한 재능과 오랜 우정을 요약하는, 또 그림을 그리는 동안 화가 의 주의 깊고 부드러운 시선과 기름 묻고 쓸쓸해 보이는 아름 다운 손을 환기하는, 그 파스텔로 그린 제비꽃과 팬지꽃 다발 들. 이 모든 것들은 안주인이 가는 곳마다 따라갔고, 그래서 드디어는 그 성격적 특징이나 운명선의 흔적과 부동성마저 지니게 되는 그런 매력적인 잡동사니이자, 신도들이 보내온 선물들의 무질서한 나열이었다. 그곳에서와 마찬가지로 이곳 에서도, 동일한 개화(開化) 방식에 따라 체계적으로 피어나는 그 지나치게 많은 꽃다발과 초콜릿 상자들, 다시 말해 지금 막 받은 상자에서 나온 듯한 모습 그대로, 또 평생 동안 새해 선

---

* 프루스트는 필사본에서 이 이름을 여백으로 남기면서 '두빌(도빌?)'이라 는 이름 다음에 확인을 요하는 물음표를 붙였다. 앞의 지명도 플레이아드에 서는 두빌로 표기되지만, 리브르드포슈에서는 도빌로 표기된다.(『갇힌 여 인』, 리브르드포슈, 393쪽 주석 참조.)

물을 처음 받았을 때의 모습 그대로 남아 있는, 그런 신기하고 도 불필요한 물건들의 사이 채움이었다. 다른 것들과 분리해 서는 결코 생각할 수 없는 이 모든 물건들은, 하지만 베르뒤랭 네 연회의 오랜 단골손님인 브리쇼에게는, 거기에 정신적 복 제물이 더해지면서 사물에 일종의 깊이를 부여하는 고색(古 色)과 부드러움을 띠었다. 이 모든 것이 브리쇼 앞에 마치 마 음속에서 사랑스러운 닮음을 일깨우는 음향의 건반처럼, 아 련한 회상을 흩뿌리며 노래 부르게 했고, 또 그 회상은 현재의 살롱에서도 마치 화창한 날씨에 한줄기 햇살이 대기를 가르 듯이, 여기저기 가구와 융단을 표시하고 오려 내고 한정하면 서, 방석에서 꽃병으로, 의자에서 지속적인 향수 냄새로, 조명 장치에서 주된 색조로 그 일을 계속하며, 베르뒤랭 살롱의 연 이은 처소에 내재하는 그런 이상형과도 흡사한 형태를 조각 하고 환기하고 정신적인 것으로 만들면서 생명을 불어넣고 있었다.

"한번 해 보자고," 하고 브리쇼가 내 귀에 대고 말했다. "남 작이 좋아하는 주제로 유도해 보자고. 그 점에 관해서는 탁월 하니까." 한편 나는 샤를뤼스 씨로부터 뱅퇴유 양과 그 친구의 방문에 관한 정보를 얻고 싶었는데, 내가 알베르틴의 곁을 떠 나리라 결심했던 것도 바로 그 때문이었다. 다른 한편으로 나 는 알베르틴을 너무 오래 혼자 있게 하고 싶지 않았다. 그녀가 나의 부재를 악용할 가능성이 있어서가 아니라(나의 귀가 시 간도 불분명했고, 게다가 이런 시각에 누가 그녀를 방문하거나, 또 는 그녀가 외출하는 경우 지나치게 남의 눈에 띌 위험이 있었으므

로), 내 부재가 너무 지체된다고 생각할까 봐 두려웠기 때문이
다. 그래서 나는 브리쇼와 샤를뤼스 씨에게 그들을 오래는 따
라가지 못하겠다고 말했다. "그래도 오게나." 하고 남작이 말
했다. 사교적 처신과 관련된 흥분은 가라앉기 시작했지만, 그
럼에도 그는 대화를 계속하며 오래 끌고 싶은 욕구를 느꼈으
며, 나는 이 점을 그뿐만 아니라 게르망트 공작 부인에게서도
보았다. 게르망트 가문 특유의 이 욕구는, 그렇지만 보다 일반
적으로는, 대화를 통한 자기실현 외에 다른 종류의 실현을 그
들의 지성에 제공하지 않는 사람들, 다시 말해 불완전한 실현
만을 제공하는 사람들에게 확대해서 적용할 수 있는데, 그들
은 함께 시간을 보낸 후에도 충분히 만족하지 못하며, 그래서
그들과의 대화로 진이 빠진 상대에게 점점 더 열렬히 매달리
면서 사교적 기쁨이 줄 수 없는 충족감을 요구하는 실수를 저
지른다. "자, 갑시다." 하고 남작이 말을 이었다. "지금 모든 손
님들이 떠난 이 순간, 도냐 솔*의 시간이야말로 연회의 가장
유쾌한 순간이 아닌가? 이 시간이 덜 슬프게 끝나기를 바라자
고. 불행하게도 자네는 서두르는 모양인데, 어쩌면 우리는 하
지 않는 편이 나은 일을 하려고 서두르는지도 몰라. 우리 모두
는 항상 서두르고, 도착했다 싶으면 떠난다네. 쿠튀르**가 그

---

* 빅토르 위고의 희곡 「에르나니」(1830)에 나오는 여주인공이다. 에르나니
와 도냐 솔의 결혼식이 끝난 뒤 모든 손님이 떠나자, 실바의 뿔피리가 울리고
도냐 솔이 독약을 마시며, 이어 에르나니도 죽음을 맞는다는 낭만적 색채의
작품이다.(『갇힌 여인』, 플레이아드 III, 1758쪽 참조.)
** 토마 쿠튀르(Thomas Couture, 1815~1879). 프랑스의 화가로 1847년에

린 철학자들처럼 우리는 여기 있고, 지금은 저녁 파티를 되돌아보면서 군대식으로 작전(作戰) 평이라고 부르는 것을 할 시간이라네. 베르뒤랭 부인에게 야식을 갖다 달라고 부탁해야겠네. 부인을 초대하지 않도록 조심하면서 말일세. 그리고 샤를리에게는 우리를 위해 ─ 다시 「에르나니」*에 나오는 ─ 그 숭고한 아다지오를 또 한 번 연주해 달라고 부탁해야겠네. 아다지오는 꽤 아름답지 않았나! 그런데 젊은 바이올리니스트는 어디로 갔지? 축하 인사를 해 주고 싶은데. 지금은 감동과 포옹의 시간이니까. 인정하시오, 브리쇼. 그들이 신처럼 연주했다는 걸. 특히 모렐 말이오. 당신은 그의 머리에서 한 줌 머리칼이 흘러내리는 순간을 보았소? 아! 그렇다면 당신은 아무것도 보지 못한 거요. 에네스코와 카페와 티보도 질투했을

그린 「퇴폐기의 로마인들」(오르세 미술관 소장)이 대표작이다. 로마인들의 방탕한 연회 장면을 배경으로, 두 명의 철학자가 대화를 나누는 모습이 전면에 그려진 작품이다.

* 샤를뤼스가 언급하는 「에르나니」는 빅토르 위고의 원작을 바탕으로 베르디가 작곡한 오페라 「에르나니」(1844년 초연)를 가리키는 듯하다. 세 남자(돈 카를로 왕과 실바 대공 그리고 에르나니)가 한 여인을(원작에는 도냐 솔이지만 오페라에서는 엘비라이다.) 사랑하는 내용으로, 고난도의 성악 기교가 필요한 탓에 잘 연주되지 않는 작품이다. 장 미이 교수는 샤를리와 미래의 카를 5세(프랑스어로는 샤를 캥)인 돈 카를로 사이에 존재하는 고유 명사의 반복을 지적하면서, 「스완」의 첫머리에 나오는 "마치 나 자신이 책에 나오는 성당, 사중주곡, 프랑수아 1세와 카를 5세와 경쟁 관계라도 되는 것 같았다."(『잃어버린 시간을 찾아서』 1권 16쪽)라는 이상한 연결 고리가 카를 5세/샤를 캥 ─ 샤를뤼스 ─ 샤를리 ─ 돈 카를로라는 형태로 귀결된다고 설명한다.(『갇힌 여인』, GF-플라마리옹, 540~541쪽 참조.)

정도로, 그는 그렇게 멋진 올림 바(F#)를 연주했다오.* 아무리 마음을 진정시키려고 해도 그런 울림에는 가슴이 조이는 것만 같아서 눈물이 흐르는 걸 참아야 했소. 청중은 격한 감동에 사로잡혔다오, 친애하는 브리쇼." 하고 남작은 교수의 팔을 세차게 흔들면서 외쳤다. "정말 훌륭했다오. 홀로, 젊은 샤를리만이 돌처럼 꼼짝하지 않았소. 숨을 쉬는 것도 보이지 않을 정도였다오. 테오도르 루소의 말처럼, 그는 우리를 생각하게 하지만 자신은 생각하지 않는, 무생물계의 사물 같았다오.** 그런데 그때 갑자기," 하고 샤를뤼스 씨가 과장스럽게, 또 연극에서 사건이 급변하는 장면을 흉내 내며 외쳤다. "그때……'한 줌 머리칼이!' 바로 알레그로 비바체의 우아한 콩트르당스 소곡이 울리는 중에 휘날렸던 거요. 그 머리칼은 지극히 아둔한 사람의 눈에도 새로운 계시를 알리는 신호처럼 보였소. 귀를 가져도 들으려 하지 않는 자보다 더 비참한 귀머거리는 없는 법인데, 그때까지도 귀가 들리지 않던 타오르미나 대공 부인은 그 기적적인 머리칼의 자명성 앞에서 그 순간 연주되는 것이 포커 게임이 아니라 음악이라는 걸 이해했다오. 아! 정말

---

* 제오르제스 에네스코(Georges Enesco, 1881~1995)는 루마니아의 바이올리니스트이자 작곡가이다. 뤼시앵 카페(Lucien Capet, 1873~1928)는 프랑스의 바이올리니스트이며, 티보에 대해서는 『잃어버린 시간을 찾아서』 9권 89쪽 주석 참조.
** Théodore Rousseau(1812~1867)는 프랑스의 풍경 화가로, 프루스트는 알프레드 상시에가 쓴 『테오도르 루소의 회고담』에서 인용한 편지의 한 구절, "나무는 우리를 생각하게 한다."를 환기하고 있다.(『갇힌 여인』, 플레이아드 III, 1758쪽 참조.)

경건한 순간이었소." "말씀을 끊어서 죄송하지만," 하고 나는 나의 관심 주제로 말을 돌리기 위해 샤를뤼스 씨에게 말했다. "조금 전에 작곡가의 따님이 오시기로 되어 있었다고 하셨는데, 제가 그 일에 아주 관심이 많거든요. 따님이 올 예정이었다고 확신하시나요?" "아! 모르겠는걸." 본의는 아니었을지 모르지만, 샤를뤼스 씨는 이렇게 질투하는 자에게는 아무것도 가르쳐 주어서는 안 된다는 그 보편적인 명령을 따르고 있었다. 질투를 부추기는 여인에게 설령 그녀가 밉더라도 엉뚱하게 '자신이 좋은 친구'임을 보여 주려는 신의 때문인지, 아니면 질투가 결국은 사랑을 커지게 할 뿐이라는 걸 짐작하면서도 그 여인에 대한 악의적인 감정 때문인지, 아니면 대부분의 사람들에게는 진실을 말하면서도 질투하는 자에게는 무지가 고통을 가중시킨다고 생각하여 진실을 말하지 못하게 하는 타인들에게 불쾌감을 드러내고 싶은 욕구 때문인지는 모르지만 말이다. 그리고 사람들을 괴롭히기 위해서는 자신이 가장 고통스럽다고 여기는 것에 의거하여, 어쩌면 틀린 생각일 테지만, 행동하기 마련이다. "자네도 알다시피," 하고 샤를뤼스 씨가 말을 이었다. "이곳은 뭔가 조금은 과장하기를 좋아하는 집인지라, 물론 멋진 사람들이긴 하지만, 그래도 이런저런 방면의 저명인사들의 내방을 알리길 좋아한다네. 안색이 좋지 않은데 이렇게 습기 찬 방에 있다가는 감기에 걸리겠네." 하고 그는 내 옆으로 의자를 밀면서 말했다. "몸이 아픈 것 같은데 조심하게. 자네가 걸칠 만한 걸 찾아오겠네. 자네는 가지 말고 여기 있게. 괜히 헛수고만 할 거야. 감기에 걸릴지도 몰라. 경솔하게 구는군, 네 살 난 아이도 아니고. 나처럼 자네를 보살 펴 줄 늙은 하녀가 필요하겠어." "남작, 그냥 계시오. 내가 갈 테니."라고 말하며 브리쇼가 바로 자리를 떴다. 샤를뤼스 씨가 내게 참된 우정을 품은 것처럼, 과대망상과 피해망상의 발작 후에 멋진 차도를 보여 소박하고도 헌신적인 행동을 한다는 점을 정확히 이해하지 못한 브리쇼는, 베르뒤랭 부인이 죄수 처럼 감시하라고 당부한 샤를뤼스 씨가 단지 내 외투를 찾으 러 간다는 구실로 다시 모렐과 만나 '여주인'의 계획을 망치지 나 않을까 두려웠던 것이다.

그동안 스키는 어느 누구도 피아노를 쳐 달라고 청하지 않 았음에도 피아노 앞에 앉아, 미소를 머금은 찌푸린 눈썹, 먼 곳을 바라보는 시선, 가볍게 쨍긋한 입을 하고 — 그가 예술 가의 표정이라고 생각하는 — 모렐에게 비제의 곡 중 아무 거나 연주해 달라고 청하고 있었다. "뭐라고? 비제 음악의 어린애 같은 면을 좋아하지 않는다고? 하지만 몽 셰르(mon cher)……." 하고 그는 그만의 특이한 방식으로 r을 굴리며 발 음했다.* "얼마나 근사한데." 모렐이 비제를 좋아하지 않는 사 실을 조금은 과장되게 선언하자(정말 믿기 어려운 일이지만, 작 은 패거리에서 모렐은 재치 있는 사람으로 통했다.) 스키는 바이올

---

* 흔히 혀를 굴리는 소리로 들리는 프랑스어의 r은 지역이나 태생에 따라서 차이가 있는데, 여기서는 폴란드 출신의 화가 스키(『잃어버린 시간을 찾아 서』8권 28쪽 참조.)가 '이보게'를 의미하는 프랑스어의 mon cher에서 r을 그 만의 독특한 방식으로 발음한다는 사실이 지적되고 있다.

리니스트의 독설*을 역설로 받아들이는 척하면서 웃음을 터뜨렸다. 그의 웃음은 베르뒤랭 씨의 웃음처럼, 담배 피우는 사람이 내는 숨 가쁜 소리가 아니었다. 스키는 우선 교활한 표정을 짓고, 처음 울리는 종소리처럼 자기도 모르게 새어 나왔다는 듯 한 번 웃음소리를 냈다. 이어 교활한 시선으로 상대방의 익살을 신중하게 살피는 척 침묵을 지키다가 두 번째 웃음의 종소리를 터뜨렸고, 곧이어 즐거운 삼종소리가 울려 퍼졌다.

나는 브리쇼 씨가 나 때문에 자리를 떠난 걸 죄송하게 생각한다고 샤를뤼스 씨에게 말했다. "무슨 말을, 그는 아주 만족해한다네. 자네를 매우 좋아하거든. 모두들 자네를 좋아하지. 요전 날도 사람들이 말하더군. 자네가 틀어박혀서 통 모습을 보이지 않는다고! 게다가 브리쇼는 매우 충직한 사람이라네." 하고 샤를뤼스 씨는 말을 계속했는데, 이 윤리학 교수의 다정하고도 솔직한 태도를 보면서, 자신이 없는 자리에서는 거리낌 없이 흉을 본다는 사실을 조금도 의심하지 못하는 것 같았다. "교수는 엄청나게 많은 것을 아는 대단히 훌륭한 분이지만, 그렇다고 해서 그 때문에 경직되지도 않고, 잉크 냄새를 풍기는 다른 많은 사람들처럼 도서관의 생쥐가 되지도 않았네. 그와 동류의 사람들에게서는 찾아보기 힘든, 폭넓은 취향과 관용 정신을 가지고 있지. 때로는 얼마나 삶을 잘 이해하는

---

* 여기서 '독설'로 옮긴 '디아트리브(diatribe)'의 그리스어 어원인 '디아트리베'는 '장광설' 또는 '독설적 논쟁'의 의미를 가지고 있다.(네이버 지식 백과 '디아트리베' 참조.)

지, 각자에게 합당한 친절을 베푸는 걸 보면서, 나는 그저 시시한 소르본 교수에 지나지 않는 사람이, 전직 중고등학교 교감에 지나지 않는 사람이, 어디서 저 모든 걸 배웠는지 자문해 보기도 한다네. 나 자신도 놀랐으니까." 게르망트 부인의 회식자 중 가장 세련되지 못한 손님도 대화를 나눠 보면 지극히 어리석고 아둔하게 생각했을 브리쇼를, 그 가운데서도 가장 까다로운 샤를뤼스 씨가 좋아한다는 게 너무 놀라웠다. 그러나 이런 결과에는 여러 다른 영향 가운데서도 확연히 구별되는 몇 가지 영향이 기여했는데, 이런 영향 덕분에 이를테면 오데트를 사랑했을 때 스완은 그토록 오랫동안 이 작은 패거리와 함께하는 데서 즐거움을 느꼈으며, 또 오데트와 결혼한 후에는 스완네 부부를 찬미하는 척하면서 늘 스완 부인을 보러 오거나 스완의 이야기를 듣는 걸 좋아하면서도 다른 곳에 가면 이들 부부를 멸시하는 봉탕 부인을 유쾌한 여인으로 생각했다. 작가가 지성의 최고상을, 가장 지적인 인간이 아닌, 한 여성을 향한 남성의 열정에 관하여 대담하고 관대한 성찰을 수행하는 방탕한 인간에게 수여하듯이, 이런 성찰은 작가의 정부인 여성 작가에게도 자신의 집을 찾는 사람 가운데 가장 어리석지 않은 사람은 여전히 사랑에 관해 많은 것을 경험한 늙은 호남이라고 생각하게 했다. 마찬가지로 샤를뤼스 씨도 여타의 친구들보다 브리쇼를 더 지적이라고 생각했는데, 그 이유는 브리쇼가 모렐을 다정하게 대했을 뿐만 아니라, 그리스 철학자와 라틴 시인, 동방의 이야기꾼에게서 남작의 취향을 기이하고 매력적인 명시선(名詩選)으로 장식해 줄 적절한 글들을 찾아내게 해 주었기 때문이다. 남작은 빅토르 위고 같은 위대한 시인이, 바크리와 뫼리스 같은 종류의 사람들로 둘러싸이기를 선호하는 그런 나이에 이르러 있었다.* 그는 여타의 사람들 중에서도 삶에 대한 자신의 관점을 인정하는 사람들을 좋아했다. "브리쇼와는 자주 만난다네." 하고 그는 새가 운율을 맞추듯 짹짹거리는 목소리로 덧붙였는데, 성직자 같은 눈꺼풀을 반쯤 밑으로 내린 그 경건하고도 분칠한 가면에서 입술을 제외하고는 어떤 것도 움직이지 않았다. "나는 브리쇼의 강의에 간다네. 라탱가의 분위기가 기분을 전환시켜 주거든. 거기에는 학구적이고 사려 깊은 청춘이, 다른 환경에 사는 내 친구들보다 더 지적이고 교양 있는 부르주아들이 있네." 그는 부르주아(bourgeois)라는 단어에서 여러 번 b를 먼저 발음하며 그 단어를 따로 분리한 다음, 일종의 발성법 습관에 따라 강조했는데, 이런 발성법 자체가 그만의 특유한 생각에 어떤 뉘앙스를 풍기려는 취향에 부응했지만, 이는 어쩌면 내게 오만하게 구는 즐거움을 참지 못한 데서 비롯된 것인지도 몰랐다. 하지만 이 오만함은 샤를뤼스 씨가 내게 불러일으켰던 그 친근하고 깊은 연민의 감정을 감소시키기는커녕(베르뒤랭 부인이 내 앞에서 그녀의 계획을 드러낸 뒤부터는) 오히려 나를 즐겁

---

* 오귀스트 바크리(Auguste Vaquerie, 1819~1895)는 빅토르 위고의 제자이자 작가이다. 위고의 딸 레오폴딘의 남편인 샤를의 아버지로, 레오폴딘은 샤를과 함께 센강에서 익사했다. 폴 뫼리스(Paul Meurice, 1820~1905)는 위고의 제자이자 유언 집행자로 바크리와 함께 「안티고네」(1844)를 저술했다.(『갇힌 여인』, 플레이아드 III, 1759쪽 참조.)

게 했고, 또 그에게 호감을 느끼지 못하는 상황에서도 어쩌면 내 기분을 언짢게 하지 않았을 것이다. 나는 할머니를 닮아서 쉽게 품위를 손상시킬 정도로 자만심이 부족했다. 물론 나 자신은 그 점을 의식하지 못했지만, 중고등학교 시절부터 내가 가장 높이 평가하는 학우들이, 남이 무례하게 굴면 참지 못한다면서 그런 나쁜 행동은 용서하지 않겠다고 하는 말을 듣다 보니, 마침내 나 역시 말이나 행동에서 꽤 거만하다고 할 수 있는 제2의 본성을 보여 주게 되었다. 겁이 없는 나는 곧잘 결투에 임했으므로, 이 본성은 나를 꽤 건방진 사람으로 통하게 까지 했다.* 그렇지만 나 자신은 결투를 비웃었고, 그 도덕적 가치도 축소했으므로, 결투의 우스꽝스러운 점을 다른 사람들에게 쉽게 설득시킬 수 있었다. 그럼에도 우리가 억압하는 본성은 여전히 마음속에 남아 있기 마련이다. 이렇게 해서 어느 천재적 인간이 쓴 새로운 걸작을 읽으면서, 우리는 때로 우리 자신이 멸시했던 온갖 성찰이나 억제했던 기쁨과 슬픔 혹은 무시했던 많은 감정들을 발견하면서 기뻐하는데, 책을 통해 그런 감정들을 알아보면서 그 가치를 확인하기 때문이다. 삶의 경험을 통해, 누군가가 나를 조롱할 때 다정하게 미소를 짓거나 원망하지 않는 것이 오히려 해가 된다는 점을 알게 되었다. 그러나 이런 자만심이나 원한의 부재는, 그것이 내게 존재했다는 사실마저 완전히 모를 정도로 표현하지 않게 되었다고 해도, 여전히 나를 적시는 삶의 원초적 환경이었다. 분노

---

* 『잃어버린 시간을 찾아서』 6권 76쪽 참조.

와 악의는 어쨌든 격앙된 발작의 상태로만 나타났다. 더욱이 내게는 도덕심의 완전한 부재로까지 이어지는 정의의 감정이 낯설었다. 마음속 깊은 곳에서 나는 가장 나약하고 불행한 자의 편을 들고 있었다. 모렐과 샤를뤼스 씨의 관계에 선악의 개념이 어느 정도 적용될 수 있는지에 관해서는 어떤 견해도 갖고 있지 않았지만, 지금 사람들이 샤를뤼스 씨에게 고통을 주려고 준비한다고 생각하니 참고 있기가 힘들었다. 나는 그에게 미리 알려 주고 싶었지만 방법을 알지 못했다. "이 근면한 작은 세계를 보는 일이, 나 같은 늙은이에게는 얼마나 상쾌한 일인지 모른다네. 그들을 잘 알지는 못하지만." 하고 그는 자랑하는 모습을 보이지 않으려고, 또 그의 순수성을 증명하고 학생들의 순수성에 대해서도 의혹이 감돌지 않도록, 신중한 표정으로 손을 들면서 덧붙였다. "그들은 매우 예의가 바르다네. 내가 노인네여서 그런지 자주 자리도 잡아 주지. 그래, 이보게 반박하지 말게. 난 마흔 살도 더 됐네." 하고 예순 살을 넘긴 남작이 말했다.* "브리쇼가 강의하는 강당은 조금 덥기는 하지만, 그래도 언제나 흥미롭다네." 남작은 대학생들 무리에 섞이고, 게다가 거칠게 떠밀리는 편을 더 좋아했을 테지만, 때로는 너무 오래 기다리지 않도록 브리쇼가 그를 데리고 들어갈 때도 있었다. 브리쇼가 소르본 대학에서 제아무리 자기 집에 있는 것처럼 편하게 생각한다고 해도 쇠줄을 늘어뜨린 대

---

* 예순 살이라는 이 표현은 샤를뤼스와 스완과 베르뒤랭, 그리고 화자의 부모를 대략 1840년 생으로 위치시킨다.

학 안내원이 앞장서고,* 그 뒤로 젊은이들의 존경받는 스승으로서 걸어갈 때면, 뭔가 조금은 겁이 나는 걸 참지 못했고, 또 샤를뤼스 씨에게 상냥함을 표하기 위해 자신이 그렇게도 중요한 사람으로 느껴지는 순간을 이용하고 싶었지만, 그래도 조금은 마음이 불편했다. 대학 안내원이 샤를뤼스 씨를 들여보내도록, 브리쇼는 꾸민 목소리와 바쁜 척하는 표정으로 말했다. "남작, 나를 따라오시오. 자리로 안내해 줄 거요." 그런 다음 더 이상 남작에게 주의를 기울이지 않고, 강당에 입장하기 위해 혼자서 복도를 경쾌하게 걸어갔다. 복도 양쪽에는 젊은 교수들이 두 줄로 늘어서서 인사를 했다. 그들의 눈에 자신이 거물로 비치고 있음을 아는 브리쇼는 그 젊은 사람들에게, 거드름 피우는 모습을 보이지 않으려고 수많은 윙크와 공모의 고갯짓을 보냈는데, 군인으로 또 훌륭한 프랑스인으로 남아 있으려는 그의 배려가, 마치 "제기랄! 우리는 싸울 줄 안다네."라고 외치는 늙은 근위병을 다정하게 격려하는 일종의 '수르숨 코르다(sursum corda)'와 같은 효과를 자아냈다.** 이어 학생들의 박수 소리가 터져 나왔고, 브리쇼는 자신의 강의에 샤를뤼스 씨가 참석한다는 사실을, 다른 사람의 마음을 기쁘게 하거나 그 인사에 보답하는 기회로 삼았다. 그는 친척이나 부르주아 친구 중 아무개에게 "혹시 댁의 부인이나 따님이

---

* 여기서 '대학 안내원'이라고 옮긴 appariteur는 대학에서 강의 진행이나 안내를 돕는 '수위(huissier)' 또는 대학 총장의 권표를 드는 속관을 가리킨다.
** 라틴어 미사가 시작될 때 사제가 신도들을 격려하고 용기를 주기 위해 하는 말로 '마음을 드높이'라는 의미이다.

관심을 가질 것 같아서 하는 말입니다만, 아그리장트 대공과 콩데 가문의 후손인 샤를뤼스 남작께서 제 강의에 참석한다는 걸 알려 드리죠. 귀족의 전형이라 할 수 있는 후손 중 마지막 분과의 만남은 자제분께 간직할 만한 추억이 될 겁니다. 만약에 따님이나 부인이 오신다면, 제 강의 연단 옆에 앉아 계시는 그분을 곧 알아보실 수 있을 겁니다. 제 옆에 백발에 검은 수염을 하고 군인 훈장을 단 건장한 분은 그분밖에 없으니까요." "아! 감사합니다." 하고 아버지는 말했다. 아내에게는 할 일이 있었지만, 그는 브리쇼의 마음이 상하지 않도록 강제로 아내를 강의에 참석하게 했다. 한편 딸은 더위와 군중에 시달리면서도, '주름 칼라'*를 달지 않고 지금 시대의 사람들과 닮은 남작의 모습에 놀라면서도, 신기한 듯 콩데 가문의 후손을 탐욕스러운 눈길로 바라보았다. 하지만 남작은 딸에게 눈길을 주지 않았고, 남작이 누구인지 모르는 여러 남학생들은 그의 다정한 태도에 놀라 건방을 떨면서 냉정하게 대했고, 그래서 그는 몽상에 취해 울적한 마음으로 그곳을 빠져나왔다. "처음에 했던 이야기를 다시 하게 되어 죄송합니다만," 하고 나는 브리쇼의 발걸음 소리를 듣고, 샤를뤼스 씨에게 재빨리 말했다. "뱅퇴유 양이나 그 여자 친구가 파리에 온다는 소식을 들으시면 제게 속달 우편으로 알려 주시겠습니까? 파리에서의 체류 기간도 말씀해 주시고, 또 어느 누구에게도 제가 이런 부탁을 했다는 말은 하지 말아 주십시오." 그녀가 온다는 건 더

---

* 16~17세기 사람들이 착용하던, 둥글고 커다란 주름 칼라를 가리킨다.

이상 믿지 않았지만, 이렇게 함으로써 앞날을 위해 안전한 곳으로 피신하고 싶었다. "그렇게 하세. 자네를 위해 그렇게 해 주지. 우선 자네에게 크게 신세를 진 일이 있으니까. 예전에 내 제안을 거절하면서 자네는 자신을 희생했지만 내게는 큰 도움이 되었네. 자유를 주었으니까. 내가 다른 방식으로 그 자유를 포기한 것도 사실이지만." 하고 울적한 어조로 덧붙였는데, 뭔가 속내를 털어놓고 싶어 하는 어조였다. "거기에는 내가 늘 중대한 사실로 여기는, 자네가 이용하려고 하지 않았던 온갖 상황의 연결 고리가 있으며, 어쩌면 바로 그 순간 운명이 자네에게 내 길을 방해하지 말라고 경고했는지도 모르네. 언제나 '인간은 흔들리며 신이 인간을 인도한다.'*라고 하니까. 우리 두 사람이 빌파리지 부인 댁에서 함께 나오던 날, 자네가 내 제안을 받아들였다면, 그 후에 일어난 많은 일들이 전혀 일어나지 않았을지 누가 알겠는가?"** 당황한 나는 빌파리지 부인의 이름이 나온 기회를 재빨리 포착해서 대화의 방향을 바꾸고, 부인의 죽음이 내게 야기한 슬픔에 대해 말했다.*** "아! 그런가." 하고 샤를뤼스 씨는 지극히 거만한 어조로 짧게 중얼거렸는데, 내 애도는 인정하지만 그 진정성은 일 초도 믿지 않

* 페늘롱의 명언으로 알려져 있다.(『갇힌 여인』, 리브르드포슈, 402쪽 참조.)
** 빌파리지 부인 댁을 나오면서, 샤를뤼스는 화자에게 사교계와 삶의 안내자로서의 역할을 제안했다.(『잃어버린 시간을 찾아서』 5권 474쪽)
*** 빌파리지 부인의 죽음은 베르고트와 코타르의 죽음과 마찬가지로 소설 속에 잘 녹아들지 않는 부분으로 남아 있다. 부인은 「알베르틴」에서도 계속 등장한다.

는 것 같았다. 어쨌든 빌파리지 부인에 관한 화제가 그를 고통스럽게 하지 않는 걸 보고, 나는 모든 면에서 자격 있는 그에게서, 빌파리지 부인이 어떤 이유로 그렇게 귀족 사회에서 소외되었는지 듣고 싶었다. 그런데 그는 이런 사소한 사교계 문제에 관해 답을 주지 못했고, 더욱이 그런 사실조차 모르는 것 같았다. 나는 빌파리지 후작 부인의 위치가 후대에 가서 격상된 듯 보였고, 또 살아생전에도 그녀를 모르는 평민 계급에서는 그렇게 보였는데, 사회의 다른 극단, 즉 빌파리지 부인과 관계 있는 게르망트네 사람들에게도 이에 못지않았음을 이해할 수 있었다. 부인은 그들의 아주머니였고, 그들은 특히 부인의 출생과 혼인 관계, 그들 가문에서 이런저런 시누이 올케 사이와 같은 계보로 그녀가 차지하는 중요성을 인지했다. 그들은 그 중요성을 특히 사교계의 측면보다 가족의 측면에서 보았다. 그런데 빌파리지 부인은 가족의 측면에서는 내가 생각했던 것보다 훨씬 찬란했다. 빌파리지라는 이름이 가짜임을 알았을 때 나는 무척 놀랐다.* 하지만 귀부인이 자신과 대등하지 않은 결혼을 하고도 탁월한 위치를 유지했던 사례는 다른 곳에도 많다. 샤를뤼스 씨는 내게 빌파리지 부인이, 7월 왕정 동안 대귀족 중 가장 유명한 인간으로 '인민의 왕'과 그 일가와의 교제를 원치 않아서 화제가 되었던 ○○○공작 부인의 조카였다는 사실부터 알려 주었다.** 이 '공작 부인'에 관한 애

---

* 『잃어버린 시간을 찾아서』 5권 488~490쪽 참조.
** 7월 왕정은 1830년에서 1848년까지 루이필리프가 통치하던 왕정기로, 국왕으로 추대된 오를레앙 공 루이필리프는 '인민의 왕'으로 불렸다.

기를 얼마나 듣고 싶었던가! 그런데 빌파라지 부인이, 부르주아 여인을 연상시키는 뺨을 가진 그 착한 빌파리지 부인이, 내게 그토록 많은 선물을 보내 주었고 내가 거의 매일같이 쉽게 만날 수 있었던 빌파리지 부인이, 공작 부인의 집에서, ○○○ 저택에서, 공작 부인에 의해 키워진 공작 부인의 조카였던 것이다. 샤를뤼스 씨가 말했다. "공작 부인은 세 자매에 대해 말하면서 두도빌 공작에게 물었다네. '세 자매 중 누가 더 마음에 드시나요?' 그러자 두도빌은 '빌파리지 부인이죠.'라고 말했고, 이에 ○○○공작 부인은 '돼지 같은 녀석!'이라고 대답했다네. 공작 부인은 무척 '재치 있는' 분이셨거든." 하고 샤를뤼스 씨는 이 말에 게르망트네 사람들이 보이는 그 습관적인 발음과 중요성을 부여하면서 말했다. 나는 그가 이 말을 그처럼 '재치 있다'고 여긴 데 대해 별로 놀라지 않았는데, 인간에게는 남의 재치를 음미할 때면 자신에게 적용하는 그런 엄격한 잣대를 버리고, 또 자신이 지어냈다면 무시했을 것도 소중하게 관찰하고 기록하는, 그런 원심적인 객관적 성향이 있음을 여러 기회에 걸쳐 주목했기 때문이다.

"그런데 무슨 일이지? 저 사람이 가져온 것이 내 외투라니." 하고 그는 브리쇼가 오랫동안 찾은 뒤에 얻은 결과물을 보면서 말했다. "내가 직접 가야 했는데. 어쨌든 이거라도 어깨에 걸치게. 이보게, 그렇게 그냥 있으면 얼마나 건강을 해치는지 아나? 같은 컵으로 물을 마시는 것과도 같네. 난 자네 생각을 알 수 있네. 아니 그렇게 걸치는 게 아니고, 내가 입혀 주지." 하고 그는 자신의 반코트를 내게 걸치면서, 어깨에 꼭 붙이고 목을 따라 들어 올리고 깃을 세우면서, 손으로는 내 턱을 만지고 미안하다고 사과했다. "자네 나이에 망토 하나 걸칠 줄 모르다니, 몸단장을 해 주어야겠군. 브리쇼, 난 내 천직을 놓친 거요, 아이 돌보미가 되기 위해 태어났는데 말이오." 나는 그곳을 떠나고 싶었지만, 샤를뤼스 씨가 모렐을 찾으러 가겠다는 의사를 표명하자, 브리쇼가 우리 두 사람을 붙잡았다. 게다가 집에 돌아가면 알베르틴이 있을 거라는 확신이, 그녀가 트로카데로에서 돌아온다고 믿었던 날 오후, 프랑수아즈가 내게 전화한 다음 피아노 앞에 앉았을 때 느꼈던 것과 똑같은 확신이, 지금 이 순간에도 그때처럼 알베르틴을 보고 싶은 나의 초조함을 덜어 주었다. 바로 이런 안도감이, 대화 도중에 자리에서 일어서려고 할 때마다 내가 떠나면 베르뒤랭 부인이 우리를 부르러 올 때까지 샤를뤼스 씨를 잡아 두지 못할까 봐 두려워하는 브리쇼의 명령을 따르게 했다. "자," 하고 브리쇼가 남작에게 말했다. "우리와 좀 더 함께 있으시게. 포옹은 나중에 하시고." 하고 브리쇼는 거의 보이지 않는 눈으로 나를 응시하며 덧붙였다. 그 눈은 그가 받은 여러 번의 수술 후에 조금 생기를 되찾았으나, 그래도 장난기를 완곡하게 표현하는 데 필요한 유연성 같은 것은 거의 담고 있지 않았다. "포옹이라니, 무슨 터무니없는 말인가!" 하고 남작은 날카롭고도 즐거운 소리로 말했다. "이보게, 저 사람은 늘 자기가 상장 수여식장에 있는 줄로 믿는다네. 어린 제자들을 꿈꾸면서 말일세. 나는 저 사람이 그들과 자는 건 아닌지 자문해 보기도 한다네." "뱅퇴유 양을 만나고 싶은가?" 하고 브리쇼는 남작과 내가 나눈 대화의 마지막 말을 들었는지 내게 말했다. "아가씨가 오면 자네에게 알려 준다고 약속하지. 베르뒤랭 부인을 통해 알게 될 테니까."라고 브리쇼가 말했는데, 아마도 남작이 그 작은 패거리에서 제명될 위험이 임박했음을 예감했던 모양이다. "그렇다면 내가 당신보다 베르뒤랭 부인과 친하지 않아서 그 평판이 끔찍한 사람들이 온다는 소식을 늦게 듣는다고 생각하는 거요?" 하고 샤를뤼스 씨가 말했다. "그건 모든 사람이 다 아는 사실이오. 베르뒤랭 부인이 그들을 오게 한 건 잘못이오. 수상쩍은 장소에나 적합한 이들로, 온갖 소름 끼치는 무리와 친구들이지. 그들은 끔찍한 장소에서 모이는 게 틀림없소." 그의 말 한마디 한 마디에 나의 고뇌는 새로운 고뇌로 커지면서 형태를 바꾸었다. 갑자기 알베르틴이 어떤 초조함에서 했던 동작이 — 물론 금방 자제했지만 — 떠올랐고, 그러자 나는 그녀가 나와 헤어질 계획을 세우는 것이 아닌가 하는 공포에 사로잡혔다. 이런 의혹 때문이라도 마음의 평정을 되찾을 때까지는 우리의 동거를 계속할 필요가 있다고 생각했다. 그리고 만약 알베르틴이 나와 헤어질 계획을 먼저 실행하려 한다면 그런 생각을 없애고, 또 나 자신이 그 계획을 고통 없이 실행할 수 있을 때까지 그녀를 묶고 있는 사슬을 보다 가벼운 것으로 보이게 하려면, 가장 적절한 방법은(어쩌면 샤를뤼스 씨의 존재와, 또 그가 즐겨 하는 연극의 무의식적인 기억에 의해 전염되었는지 모르지만) 알베르틴에게 나 자신이 그녀를 떠날 의사가 있다고 믿게 하는 것이라고 생각했다. "물론 그건 아니오! 내가 당신보다 베르뒤랭 부인과 가까운 사이라고는 믿지 않소." 하고 남작의 의혹을 깨어나게 할까 봐 두려운 브리쇼가 단어 하나하나를 정확히 발음하며 선언했다. 그리고 내가 떠나려는 것을 보고는 뭔가 기분 전환을 약속하는 듯한 미끼로 나를 붙잡으려고 했다. "남작이 그 두 여자의 평판에 대해 말했을 때, 생각하지 못한 것처럼 보이는 사실이 하나 있는데, 그건 평판이라는 것이 끔찍하면서도 부당할 수 있다는 점이지. 이렇게 해서, 예를 들면 가장 많이 알려진 일련의 사건에 대해 — 내가 유사 사건이라고 칭하는 — 법원이 오판한 경우는 다수이며, 완전히 무고한 유명 인사들을 남색가로 낙인찍은 유죄 판결을 내린 역사적 기록도 확실히 존재한다네. 최근에 밝혀진 일로, 미켈란젤로가 한 여인에게 깊은 사랑을 품었다는 사실만 해도, 레오 10세의 친구인 그에게 사후의 재심이라는 방법을 통해 재판을 열 만한 가치가 충분한 사건이라고 하겠네.* 무정부주의가 날뛰고 우리 애호가들 사이에서 유행 범죄가 되는, 그러나 여기서는 논쟁이 벌어질까 봐 그 이름을 말하는 것이 허락되지 않은 또 다른 사건이 종결되는 날, 미켈

---

* 로맹 롤랑의 『미켈란젤로의 생애』(1906)에 대한 암시로, 여성 시인 비토리아 콜론나에 대한 미켈란젤로의 열정을 환기하고 있다. 그러나 예순 살이 되어서야 처음으로 비토리아 콜론나에게 깊은 사랑을 느꼈다는 언급은 새로운 사실이 아니라, 이미 전기 작가들에게는 많이 알려졌던 사실이라고 지적된다.(『갇힌 여인』, 플레이아드 III, 1760쪽) 그리고 교황 레오 10세는 메디치 가문 출신으로, 1513년부터 1521년까지의 재위 기간 동안 피렌체에 있는 메디치 가문의 묘소를 비롯하여 미켈란젤로에게 많은 작품 제작을 의뢰했던 인물이다. 미켈란젤로가 동성애자라는 소문이 파다한 탓에 레오 10세와의 관계도 의심을 받았다면, 이제 여인을 사랑했다는 새로운 사실의 발견은, 사후의 재판을 위한 충분조건이 된다는 것이 브리쇼의 견해이다.

란젤로의 사건은 속물들을 열광시키고 라 빌레트를 동원시키기에 적합할 듯 보이네.*" 브리쇼가 남성의 평판에 대한 얘기를 시작한 뒤부터, 치료법이나 작전에 관해 아무것도 모르는 사교계 인사들이 바보 같은 얘기를 늘어놓을 때면, 의학이나 군사 전문가가 항용 드러내곤 하는 그런 특별한 종류의 초조함이 샤를뤼스 씨의 얼굴 전체에 나타났다. "당신은 자기가 뭘 말하는지 한마디도 알지 못하오." 하고 그는 마침내 브리쇼에게 말했다. "부당한 평판의 예를 하나라도 들어 보시오. 이름을 말해 보시오. 난 모든 걸 알고 있으니까." 하고 샤를뤼스 씨는 브리쇼의 소심한 해석에 격렬하게 반격했다. "나는 예전에 호기심으로 그런 짓을 했던 사람이나, 아니면 죽은 친구에 대한 애정에서 그런 짓을 한 사람을 알고 있으며, 또 당신이 남성의 아름다움에 대해 얘기할 때면, 너무 앞서 있는 것으로 보일까 두려워서, 그 말이 도대체 무슨 의미인지 모르며 또 자신은 미남과 추남도 구별할 줄 모른다고 말하는 사람도 알고 있소. 마치 기계 분야는 자기 능력 밖의 일이므로 두 개의 자동차 엔진도 구별할 줄 모른다고 대답하는 것처럼 말이오. 하지만 모두 다 허풍이오. 물론 근거 없는 나쁜 평판(또는 사람들이 그렇게 부르기로 합의한)이 완전히 불가능하다는 말은 아니오.

---

* 또 다른 사건이란 드레퓌스 사건을 암시하는 것처럼 보인다. 라 빌레트는 파리 19구에 속하는 지역으로, 19세기에 세워진 도축장이 있다. 따라서 라 빌레트는 이곳 도축장에서 일하는 도살업자의 비유적 표현으로, 드레퓌스 사건에 의한 유대인 단죄가 끝나면 동성애자에 대한 단죄가 시작될 것이라는 의미를 담고 있다.(『갇힌 여인』, 리브르드포슈, 406쪽 참조.)

다만 그것은 지극히 예외적이고 드문 일이어서, 실제로는 존재하지 않는 것이나 다름없다는 의미요. 그렇지만 나는 호기심 많고 꼬치꼬치 캐는 사람인지라, 그런 예를, 신화가 아니었던 경우를 알고 있소. 그렇소, 나는 살면서 두 개의 부당한 평판을 확인했다오.(과학적으로 확인했다는 의미요. 나는 빈말에 만족하는 사람이 아니니까.) 그런 소문은 대개 이름이 비슷하거나, 아니면 반지를 주렁주렁 끼고 다니는 것과 같은 어떤 외적인 표시에서 연유하는데, 무지한 사람들은 그 표시를 당신이 지금 언급한 사람들의 절대적인 특징으로 간주한다오. 마치 영국 사람이 '갓댐(goddam)'이라는 말을, 농부들이 '빌어먹을(jarniguié)'이라는 욕설을 내뱉지 않고는 말을 하지 못한다는 듯이 말이오.* 그것은 불르바르 연극에서의 관행과도 같은 거요."

나는 샤를뤼스 씨가 성도착자의 예로, 내가 발베크에서 본적이 있으며, 또 사인조 남자 친구들의 우두머리인 '여배우의 남자 친구'를 인용하는 걸 보고 매우 놀랐다.** "그렇다면 여

---

* '갓댐(goddam)'은, 「피가로의 결혼」 3막에 나오는 피가로의 독백, "영어는 참 아름다운 언어야. 멀리 갈 필요도 없어. '갓댐'이라는 단어만 있으면, 어느 곳에서도 어떤 것도 부족하지 않으니까 말이야."를 환기한다고 지적된다. 또 '빌어먹을'로 옮긴 '자르기네(jarguiné)'는 '신을 부정하다'라는 의미의 욕설로, 몰리에르의 「동 쥐앙」(1665) 2막에서 농부인 피에로가 줄곧 내뱉는 말이다.(『갇힌 여인』, 플레이아드 III, 1761쪽 참조.) 그러나 이런 욕설을 사용하는 것이 파리 대로의 극장에서 공연되는 상업 목적을 가진 불르바르 연극의 관행이라면, 몰리에르의 연극은 이와는 거리가 먼 것으로 간주된다.

** 「소녀들」에서는 오데옹 극장에서 연기했던 여배우와 그 애인, 두 명의 젊은 남자로 구성된 사인조 모임이 언급되었으나(『잃어버린 시간을 찾아서』

배우는요?" "방패막이로 쓰인 거지. 게다가 그는 그녀와 관계를 가졌을 테고. 남자들하고는 거의 관계가 없었으니 어쩌면 남자들보다 그녀와 더 관계를 많이 가졌을지도 모르지." "다른 세 남자하고도 관계를 가졌나요?" "전혀 아닐세. 그들은 친구들이고 그런 일로 맺어진 사이가 아니었으니까. 그중 두 남자는 전적으로 여성만을 사랑했네. 세 번째는 그런 부류였지만 친구에 대해서도 그런 사람이었는지는 확실치 않네. 어쨌든 그들은 서로를 감추는 법이니까.* 자네는 놀랄 테지만 이런 근거 없는 소문이 일반 사람들에게는 가장 확실한 것으로 보인다네. 브리쇼, 당신 자신도 이곳에 오는 이런저런 인간의 미덕을 믿는다고, 그 방면에 정통한 사람들에게는 무척이나 많이 알려진 인간인데도, 맹세까지 했을 거요. 동시에 당신은 모든 이들처럼 일반 대중에게는 그런 취향의 화신으로 알려진 어떤 인간에 대해서는 사람들이 하는 말을 그대로 믿을 거요. 2수 정도를 받고 그럴 사람은 전혀 아닌데 말이오. '전혀'라는 의미로 나는 2수라고 말했지만, 만약 그 일에 25루이라도 낸다면** 이런 어린 성인(聖人)들의 수는 점점 줄어들어 거의 제

_____

4권 71쪽 참조.), 여기서는 남자가 네 명, 여배우가 방패막이인 오인조 모임이 서술되고 있다.

* "남자들보다 그녀와 더 관계를 많이 가졌을지도 모르지."라는 말이나 "그중 두 남자는 전적으로 여성만을 사랑했네."라는 말은 순전히 샤를뤼스의 눈에 비친 주관적인 표현이다.

** '그는 전혀 그런 사람이 아니다'를 의미하는 프랑스어 표현 il n'en est pas pour deux sous에서 푼돈을 의미하는 '2수(deux sous)'는 일반적으로 해석되지 않지만, 여기서는 2수가 거금인 25루이와 대비를 이루고 있으므로 이렇게

로가 될 거요. 그렇지 않다면 성인들의 비율은, 만일 당신이 거기서 뭔가 성스러운 것을 본다면, 대체로 열 명 중 서너 명은 될 거요.”브리쇼가 조금 전에 나쁜 평판의 문제를 남성의 문제로 옮겼다면, 이번에 나는 그와는 반대로 알베르틴을 생각하면서 샤를뤼스의 말을 여성의 문제로 옮겨 생각해 보았다. 샤를뤼스 씨가 자기가 원하는 바에 따라, 또 험담을 잘하는 사람들이나 어쩌면 거짓말쟁이들이 자신들의 욕망에 따라 틀리게 보고한 것에 따라 부풀린 숫자라는 점을 고려한다 해도, 그들의 욕망이 샤를뤼스 씨의 욕망에 더해져 아마도 남작의 계산을 틀리게 했을지도 모른다고 생각하자 매우 겁이 났다.

"열 명에 세 명이 정상적인 사람이라니!" 하고 브리쇼가 외쳤다. "그 비율을 뒤집는다고 해도* 성도착자의 수를 백배는 늘려야겠군. 성도착자의 수가 남작이 말한 대로라면, 또 남작이 틀리지 않았다면, 남작은 어느 누구도 그들 주위에서 의심하지 못했던 진실을 간파한, 드문 혜안을 가진 분이오. 이렇게 해서 바레스는 의회의 부패를 발견했고, 또 그것은 르베리에가 발견한 유성의 존재처럼 나중에 사실로 확인되었소.** 거

옮겼다.

* 열 명에 세 명이 아닌, 열 명에 일곱 명이 정상적인 사람이라 해도, 브리쇼가 생각했던 것보다는 동성애자의 수가 훨씬 많다는 의미이다.

** 민족주의 작가인 바레스는 의회에 진출해서, 프랑스 조국 동맹의 일원으로 파나마 운하 사건이나 드레퓌스 사건에 대한 의회의 부패를 고발했다.(『잃어버린 시간을 찾아서』 3권 22쪽 참조.) 위르뱅 르베리에(Urbain Le Verrier, 1811~1877)는 프랑스의 천문학자로 1845년 해왕성의 존재를 예측했는데, 나중에 사실로 판명되었다.

명하고 싶지 않지만, 베르뒤랭 부인이라면 '참모 본부의 정보국'에서 열렬한 애국심에 고취되어 ── 내게는 그렇다고 생각되오만 ── 나로서는 상상도 못 한 행동을 한 것으로 짐작되는 자들의 이름을 기꺼이 인용했을 거요. 프리메이슨 단원이나 독일 간첩, 모르핀 중독자에 대해, 나는 레옹 도데가 날마다 경이롭고 환상적인 이야기를 쓴다고 생각했는데, 그 모든 것이 사실 그대로였소.* 열 명에 세 명이라니!" 하고 몹시 놀란 브리쇼가 말을 이었다. 사실을 말하자면 샤를뤼스 씨는 자신의 동시대인들을 대부분 성도착자로 간주했으나, 자기와 관계를 맺은 사람들은 거기서 제외시켰고, 또 그 관계에 조금이라도 소설적인 것이 섞이면, 보다 복잡한 경우로 보았다. 이렇게 해서 여인의 지조를 믿지 않는 방탕아들은, 예전에 정부였던 여인에게만은 경의를 표하며, 또 그녀에 대해 진지하고 신비로운 표정으로 항변하는 법이다. "아니오, 잘못 생각하는 거요. 그녀는 그런 여자가 아니라오." 이런 예상치 못한 평을 발설하는 이유 중 일부는 자기만이 총애를 받았다고 생각하는 편이 보다 기분 좋게 자존심을 유지시켜 주기 때문이며, 일부는 정부가 믿게 하려는 것을 덮어놓고 쉽게 믿는 순진함 때문

---

* 레옹 도데가 쓴 『세계의 기생충, 독일 간첩의 소설』(1916)이나 『양차 대전 사이, 1880년부터 1905년까지의 문학 정치 예술 의학계에 관한 회고담』(1915)을 암시한다고 지적된다. 그리고 '날마다' 쓴 이야기란 레옹 도데가 샤를 모라스와 함께 1908년에 창간한 《악시옹 프랑세즈》에 쓴 논설을 가리킨다.(『갇힌 여인』, 플레이아드 III, 1761쪽 참조; 레옹 도데에 대해서는 『잃어버린 시간을 찾아서』 3권 23쪽 참조.)

이며, 일부는 우리가 몇몇 존재들이나 그들의 생활 방식에 가까이 다가가 보면, 미리 만들어진 꼬리표나 칸막이가 너무 단순한 그런 삶에 대한 감정 때문이다. "열 명에 세 명이라니. 하지만 조심하시오. 미래가 인정하는 역사가들보다 불운한 남작께서 우리에게 묘사한 그림을 후대에 제공하고 싶어 한다해도, 후대는 그 그림을 형편없다고 생각할지 모르오. 후대는 종잇조각만 가지고 판단하는 법이니 당신의 서류를 검토하고 싶어 할 거요. 어떤 서류도, 이 일에 유일하게 정통한 자들이 은폐하는 데만 급급한 이런 유의 집단적 현상에 대해 정당성을 입증하지 못하므로, 고귀한 영혼을 가진 사람들의 진영에서는 몹시 격노할 테고, 당신은 분명 비방자나 광인으로 통할 거요. 가장 세련된 사람을 선발하는 시합에서 남작은 이 세상 최고의 황제 자리를 획득한 후, 사후에 배척당하는 슬픔을 겪을지도 모르오. 우리의 보쉬에가 말했듯이, 그것은 아무 가치도 없을 거요. 이런 말을 하는 걸 용서하시오." "난 역사를 위해 일하지 않소." 하고 샤를뤼스 씨가 대답했다. "나는 이 삶에 만족하고, 저 가엾은 스완이 말했듯이, 그것만으로도 충분히 흥미롭소." "뭐라고요? 스완을 안다고요? 남작, 나는 알지 못했소. 스완도 그런 취향을 갖고 있었단 말이오?" 하고 브리쇼는 불안한 표정으로 물었다. "참 무례하기는! 당신은 내가 그런 인간들만 안다고 생각하오? 아니오, 스완이 그런 사람이었다고는 생각하지 않소." 하고 샤를뤼스 씨는 눈을 내리깔고 이해득실을 따져 보았다. 그래서 그것은 스완의 일이고, 또 스완은 오래전부터 상반된 성향을 가진 사람으로 알려졌으므로 반쯤 사실을 털어놓아도, 그 고백이 겨냥하는 대상에게 해가 되지 않을 것이며, 또 그 말을 암시인 양 슬쩍 입 밖으로 새어 나가게 하는 것도 재미있으리라고 생각했다. "잘 모르겠소만, 예전에 중고등학교 다닐 때 우연히 한 번쯤 했는지는." 하고 남작은 자기도 모르게 새어 나온 것처럼 말하더니, 이내 솔직히 말한다는 듯 말을 이었다. "하지만 이백 년 전 일인데 내가 어떻게 기억하기를 바라는 거요? 정말 귀찮게 하시는군." 하고 그는 웃으면서 말을 맺었다. "어쨌든 스완은 미남이 아니었으니까."라고 브리쇼가 말했는데, 지독히 못생긴 그는 자신이 잘났다고 여기고 곧잘 남들을 추하다고 생각했다. "입 닥치시오." 하고 남작이 말했다. "당신은 자신이 무슨 말을 하는지 모르는 모양이오. 그 시절 스완은 피부가 복숭앗빛이었소." 하고 그는 각각의 음절마다 다른 음을 부여하면서 덧붙였다. "사랑의 요정처럼 귀여웠다오. 게다가 늘 매력적인 모습으로 여성들의 열렬한 사랑을 받았소." "그런데 스완의 아내와는 아는 사이였소?" "물론이오, 내가 그들을 소개시켜 주었다오. 반쯤 남자로 가장하고 미스 사크리팡*을 연기하던 날의 그녀는 정말 매력적이었소. 그날 나는 클럽 친구들과 함께 있었는데 모두들 여자를 한 명씩 데려갔고, 그때 나는 자고 싶은 생각밖에 없었는데도 세상 사람들은 얼마나 고약한지 정말 끔찍하다오, 험담꾼들은 내가 오데트와 잤다고 주장했다오. 단지 그 여자는 그걸 이용해서 날 귀찮게 했소. 그래서 스완에게 소

*『잃어버린 시간을 찾아서』 4권 342~345쪽 참조.

개시켜 주면 여자가 떨어져 나가리라고 생각했던 거요. 그런데 그날부터 그녀는 계속 내게 매달렸소. 그녀는 철자법 하나도 알지 못했고, 그래서 내가 대신 편지를 써 주어야 했소. 그런 후에는 여기저기로 그녀를 끌고 다니는 임무를 맡았고. 젊은 친구, 좋은 평판이라는 게 어떤 건지 좀 보게나. 하기야 내게는 그걸 받을 자격이 절반밖에 없었지만. 오데트가 한 번에 대여섯 명을 상대해야 하는 그런 끔찍한 파티를 열게 했으니까." 그러고는 오데트가 연이어 사귀었던 애인들을(질투와 사랑에 눈이 먼 스완은, 오데트가 이 남자에서 저 남자로 관계를 가졌던 사람들 중 단 한 사람에 대해서도, 번갈아 그 가능성을 따져 보고, 죄인의 입에서 새어 나온 어떤 모순된 말보다 결백함의 맹세를 믿다 보니 아무것도 알 수 없었다. 포착하기는 힘들지만 더 의미 있는 이 모순된 말은, 질투에 사로잡힌 연인이 정부를 불안하게 하려고 거짓으로 들었다고 주장하는 내용보다는 논리적으로 더 신뢰할 수 있는 말이다.) 마치 프랑스 국왕 명단을 암송할 때만큼이나 확신을 가지고 열거하기 시작했다.* 사실 질투에 사로잡힌 연인은, 동시대인들처럼 지나치게 사건과 가까이 있기 때문에 아무것도 알지 못하며, 또 간통에 관한 기사가 역사적 사실과 같은 정확성을 가지고 명단으로 길게 연장되는 것은 낯선 이들을 위해서이다. 게다가 그들은 이 명단에 무관심하며, 그것은 단지 나같이 질투에 사로잡힌 연인에게만 슬픔을 준다. 연인은 자신

---

* 모차르트의 「돈 조반니」에서 주인공이 정복한 1003명의 여인들을 열거하는 장면을 연상시킨다고 지적된다.(『갇힌 여인』, 리브르드포슈, 411쪽 참조.)

의 경우를 지금 들은 이야기와 비교해 보지 않을 수 없고, 자신이 의심하는 여인에게도 똑같이 알려진 명단이 존재하지 않는지 자문해 본다. 하지만 질투에 사로잡힌 연인은 아무것도 알지 못한다. 이는 마치 모든 이들이 잔인하게 가담하는 어떤 보편적 음모나 가혹 행위가 존재하며, 또 그것은 여자 친구가 이 남자에서 저 남자로 옮겨 가는 동안 그에게 눈가리개를 씌워 놓아, 아무리 눈가리개를 떼어 내려고 노력해도 성공하지 못하는 것과도 같다. 왜냐하면 모든 사람이 그 불행한 사람을 눈먼 자로 간주하기 때문인데, 착한 사람은 선의에서, 나쁜 사람은 악의에서, 무례한 자는 비열한 장난을 치고 싶은 취미에서, 예의 바른 자는 예의범절과 자신이 받은 훌륭한 교육 때문에, 그들이 원칙이라고 부르는 관행을 통해 모두가 그렇게 한다. "하지만 남작께서 오데트의 애정 표시를 받았다는 걸 스완도 알고 있었소?" "그거참, 끔찍한 소리로군요! 샤를에게 얘기하다니! 머리털이 곤두서는 것 같군. 이보게, 샤를은 그냥 나를 죽였을 거요. 호랑이처럼 질투했으니까.* 오데트에게는 털어놓지 않았지만, 그녀는 내가 말했어도 별로 개의치 않았을 거요. 자…… 바보 같은 말은 이제 그만 시키시오. 그리고 더 심한 건, 오데트가 스완에게 권총을 쏘아서 내가 맞을 뻔했다는 거요. 아! 그 부부와는 정말로 즐거웠다오. 오스몽과의 결투 때는 내가 스완의 입회인이 되어야 했는데, 그 일로 오스

---

* 몹시 질투하는 모습을 가리키는 관용어로, 질투할 때면 호랑이처럼 격렬하고 사나워진다는 의미에서 나온 표현이다.

몽은 끝까지 나를 용서하지 않았소. 오스몽이 오데트를 강탈해 갔을 때, 스완은 마음을 진정시키기 위해 오데트의 동생을 정부로, 아니 가짜 정부로 삼았소. 여하튼 스완의 얘기를 전부 해 달라고 하지는 않겠지. 그러려면 족히 십 년은 걸릴 거요. 이해하겠소. 어느 누구보다 내가 더 잘 아니까. 오데트가 샤를을 보고 싶어 하지 않을 때면 내가 오데트를 외출시켜 줬소. 내 가까운 친척 중에 크레시라는 이름의 친척이 있었는데, 물론 그에게는 그런 종류의 권리가 전혀 없었지만, 오데트가 그 이름을 사용하는 걸 좋아하지 않았고, 그래서 난 더욱 난처했다오. 왜냐하면 그녀는 오데트 드 크레시라고 불렸는데, 또 다른 크레시의 아내였다가 다만 그 후에 헤어졌으니, 그렇게 불릴 자격은 충분했지. 이 크레시라는 사람은 진짜 훌륭한 신사였고, 오데트에게 마지막 한 푼까지 다 털렸소. 저런, 내가 계속 말하기를 바란다면, 난 자네가 그 사람과 지방 열차에 탄 것을 본 적이 있네. 자네는 그 사람을 위해 발베크에서 만찬을 베풀곤 했지.* 그 불쌍한 사람에게는 필요했겠지. 스완이 보내 준 적은 생활 보조금으로 근근이 살았는데, 내 친구가 죽은 후에는 그 돈마저 완전히 끊겼을 테니. 그런데 내가 이해할 수 없는 건," 하고 샤를뤼스 씨가 내게 말했다. "그렇게 자주 스완네 집에 드나들었던 자네가, 조금 전에 내가 자네를 나폴리 여왕에게 소개시켜 주려고 하자 원치 않았다는 거지. 결국 자네

---

* 화자는 크레시 백작인 피에르 드 베르쥐를 발베크의 지방 열차에서 만났고 식사에 초대했다.(『잃어버린 시간을 찾아서』 8권 405쪽 참조.)

는 호기심의 대상으로서의 '인간'에게는 관심이 없다는 말인데, 이런 종류의 관심이 지극히 발달했던 스완을 — 내가 그의 선구자인지 아니면 그가 나의 선구자인지 말할 수 없을 만큼 — 잘 알고 지냈던 사람으로서는 매우 놀랍군. 마치 휘슬러*를 개인적으로 알고 지내던 사람이 안목이라는 것이 도대체 뭔지도 모른다고 하는 것만큼이나 놀라운 일이야! 저런! 여왕을 만나는 일은 특히 모렐에게 중요했네. 게다가 그는 열정적으로 원했네. 더할 나위 없이 영리한 친구니까. 그런데 여왕이 떠났으니 난처하군. 가까운 시일 내에 두 사람의 만남을 주선해야겠네. 모렐은 반드시 여왕을 소개받아야 하네. 단 하나의 가능한 방해물은 여왕께서 내일 돌아가시는 건데, 그런 일이 없기만을 바랄 뿐이네." 그때 돌연, 샤를뤼스 씨가 폭로했던 "열 명에 세 명"이라는 비율이 주는 충격에 사로잡힌 채로 계속 생각에 빠져 있던 브리쇼가, 피고를 자백시키려고 할 때의 예심 판사를 연상시키는, 그런 느닷없는 어조로 물었는데, 이는 실제로 통찰력이 있는 듯 보이려는 교수의 소망과 그토록 중대한 비난을 던질 때 느껴지는 어떤 당혹감의 결과였다. "스키는 그런 사람이 아니오?"라고 그는 어두운 표정으로 샤를뤼스 씨에게 물었다. 그는 스스로 가졌다고 칭하는 직관의 재능에, 사람들이 감탄하는 모습을 보기 위해 스키를 선택했다. 무고한 사람이 열 명에 세 명밖에 없으므로, 스키의 이

* 샤를뤼스는 이와 유사한 정신에서 휘슬러를 언급한 적이 있다.(『잃어버린 시간을 찾아서』 6권 429쪽) 휘슬러가 샤를뤼스의 모델인 몽테스큐의 초상화를 그린 사실에 대해서는 『잃어버린 시간을 찾아서』 7권 106쪽 주석 참조.

름을 거명해도 틀릴 위험이 없다고 생각한 것이다. 왜냐하면 스키는 조금은 괴상해 보였고, 불면증이 있고, 향수를 뿌리고, 한마디로 말해 정상인의 범주 밖에 있었기 때문이다. "아니오, 전혀 그렇지 않소." 하고 남작은 신랄하고 독단적이며 짜증이 담긴 야유조의 어조로 외쳤다. "당신의 말은 틀렸고, 엉뚱하고, 빗나갔소! 스키는 바로 그런 이유로 그에 대해 아무것도 알지 못하는 사람들에게 그렇게 보이는 거요. 그가 실제로 그런 사람이었다면 그렇게 보이지 않았을 거요. 그를 비판하려는 의도에서 하는 말은 전혀 아니오. 그는 매력적인 인간이고 뭔가 마음을 끄는 데가 있소." "그렇다면 우리에게 이름을 몇 개 말해 주시오." 하고 브리쇼가 끈질기게 되풀이했다. 샤를뤼스 씨는 거만한 태도로 가슴을 펴면서 말했다. "아! 이보게, 자네도 알다시피 난 추상의 세계에 살고 있으며, 이 모든 일은 오로지 초월적 관점에서만 나의 관심을 끌지." 하고 그는 그와 같은 부류의 사람들 특유의 예민하고도 의심 많은 어조와, 또 그의 화술을 특징짓는 거창하게 과장하는 어조로 대답했다. "내가 일반적인 것에만 관심이 있다는 걸 당신도 이해하겠지. 나는 그 일에 대해 마치 중력의 법칙을 얘기하듯이 말한다오." 그러나 남작이 자신의 진짜 삶을 감추려고 애쓰면서 귀찮은 듯한 반응을 보이는 이런 순간은, 그가 자신의 삶을 짐작하게 하는 말들을 짜증스러울 정도로 흐뭇해하며 늘어놓는 그런 연속적인 진행 시간에 비하면 매우 짧은 순간에 지나지 않았는데, 그만큼 그에게서는 속내를 털어놓고 싶은 욕구가 자기 폭로에 대한 두려움보다 훨씬 강력했던 것이다. "내가 하려는 말은," 하고 그가 말을 이었다. "근거 없는 나쁜 소문이 하나 있다면 그에 못지않은 좋은 소문도 수백 개는 된다는 거요. 물론 좋은 평판을 받을 자격 없는 사람들의 수는, 당신이 그들과 같은 부류의 사람들 말에 믿고 맡기느냐, 아니면 다른 이들의 말에 믿고 맡기느냐에 따라 달라질 거요. 다른 이들의 악의로 말하자면, 우리가 그들의 섬세하고도 착한 마음씨를 알고 있어서 도둑질이나 살인 같은 끔찍한 악행을 저지르는 것이 도저히 믿기 어려운 탓에 한계가 있다면, 그들과 같은 부류의 악의로 말하자면, 뭐라고 할까, 그들의 마음에 드는 사람을 접근하기 쉬운 존재로 믿고 싶은 욕망 때문에, 혹은 그와 유사한 욕망으로 배신당한 사람들이 전하는 내용 때문에, 끝으로 그들이 일반적으로 사회에서 배제된 자이기 때문에 과도하게 고무된 것도 사실이오. 나는 그런 취향 때문에 꽤 좋지 못한 평을 받는 인간이, 사교계의 모 인사도 그와 동일한 취향을 가진 것으로 추측한다고 하는 말을 들은 적이 있소. 그가 그렇게 믿는 이유는, 사교계 인사가 자기에게 상냥하게 굴었다는 것뿐이오. 이렇게 숫자를 산정하는 데 있어 '낙관적인' 입장이 될 만한 이유들은 많다오." 하고 남작은 순진하게 말했다. "그러나 문외한들이 계산하는 숫자와 전문가들이 계산하는 숫자 사이에 엄청난 편차가 생기는 진짜 이유는 전문가들이 문외한의 눈에 띄지 않게끔 자기들의 행동을 수수께끼로 둘러싸기 때문이오. 어떤 정보 수단도 갖지 못한 문외한들은 일의 진상을 사분의 일만 알아도, 문자 그대로 경악을 금하지 못할 거요." "그렇다면 우리 시대도 그리스 시대와 같군." 하고 브리쇼가 말했다. "무슨 말이오? 그리스 시대와 같다니? 그렇다면 당신은 그것이 그리스 시대부터 지금까지 계속되지 않았다고 생각한단 말이오? 자, 보시오. 루이 14세의 통치 아래서만 해도 '므시외'와 어린 베르망두아, 몰리에르, 루이 드 바덴 대공, 브륀스빅, 샤롤레, 부플레르, 그랑 콩데, 브리사크 공작이 있소."* "그만하시오, 남작, 나는 생시몽을 통해 브리사크를 알았고, 물론 방돔**과 또 그 밖의 다른 인간들도 알았지만, 그런데 그 가증스러운 생시몽 영감은 그랑 콩데와 루이 드 바렌 대공 얘기는 자주 하면서도 그 점에 관해서는 한마디도 하지 않았소!" "내가 소르본 대학의 교수에게 역사를 가르쳐야 하다니 어쨌든 불행한 일이오. 하지만 존경하는 선생께선 잉어처럼

---

* '므시외'는 루이 14세의 유일한 동생으로 동성애자의 표상이며, 베르망두아(Vermandois) 백작은 루이 14세의 적자지만 삼촌인 '므시외'의 애인에 의해 열세 살에 강간당하고 그 충격에서 깨어나지 못한 채로 열여섯 살에 죽은 비운의 왕자이다. 루이 드 바덴(Louis de Baden) 대공은 루이 14세의 대자(代子)이며, 브륀스빅(Brunswick) 공작은 독일 군대의 총사령관, 샤롤레(Charolais)는 그랑 콩데의 손자, 부플레르(Boufflers) 백작은 프랑스 원수, 그랑 콩데는 군인이자 예술 후원가로 루이 14세의 경쟁자였으며(『잃어버린 시간을 찾아서』 5권 93쪽), 브리사크(Brissac) 공작은 생시몽의 처남이다. 루이 14세의 궁정과 군대에 관계되는 이 저명인사들은, 한 번도 동성애자로 분류된 적 없는 희극 작가 몰리에르를 제외하고는, 모두 동성애적 취향을 가진 것으로 알려졌는데, 팔라틴 공주이자 '므시외'의 아내인 '마담,' 즉 샤를로트 엘리자베스 드 바비에르의 『서간집 완본』(1863)에 기재된 인물들이다.(『갇힌 여인』, 플레이아드 III, 1764~1765쪽 참조.)

** 방돔 공작은 앙리 4세와 가브리엘 데스트레의 증손자인 루이 조제프 드 부르봉(Louis Joseph de Bourbon, 1654~1712)으로, 스페인 왕위 계승 전쟁 때 총사령관이었으며 동성애적 취향으로 유명했다.

정말 무식하시군요." "너무 가혹하시군, 남작. 하지만 맞는 말이오. 자, 내가 당신을 조금 즐겁게 해 드리리다. 지금 막 엉터리 라틴어로 만든 그 시대 노래가 생각났는데, 그랑 콩데가 친구인 라 무세* 후작과 함께 론강을 내려가고 있을 때, 폭우가 그들을 기습했다오. 그래서 콩데가 말했소.

　내 다정한 친구, 라 무세,
　아! 제기랄! 이 무슨 날씨라는 말인가!
　란데리레트!
　우린 비로 멸망할 걸세.

그러자 라 무세는 이렇게 말하면서 그를 안심시켰다오.

　우리의 생명은 안전하다네.
　소돔의 족속이니까,
　우린 불길로만 멸망할 걸세.
　란데리리!**

---

* 라 무세 후작(marquis de La Moussaye)은 1650년에 사망했다.(『갇힌 여인』, 플레이아드 III, 1765쪽 참조.)
** 란데리레트(landerirette)와 란데리리(landeriri)는 옛 프랑스 민요에서 자주 사용되던 감탄사이다. 본문에는 라틴어로 표기되었지만, 여기서는 앞에서 언급한 샤를로트 엘리자베스 드 바비에르의 『서간집 완본』에 실린 프랑스어 번역본에 의거하여 옮겼다.(『갇힌 여인』, 플레이아드 III, 1765쪽 참조.)

"내 말을 취소하겠소." 하고 샤를뤼스가 날카롭고 꾸민 목소리로 말했다. "당신은 매우 박식한 사람이오. 내게 그 노래를 적어 주지 않겠소? 우리 집안의 문서 보관소에 간직하고 싶소. 나와 팔촌 되는 증조모가 콩데 공의 누이시니까." "그래요. 하지만 남작, 나는 루이 드 바덴 대공에 대해서는 아무것도 읽은 적이 없소. 게다가 일반적으로 전술(戰術) 분야에서는……." "바보 같은 말이오! 그 시대라면 방돔, 빌라르, 외젠 공, 콩티 대공이 있고,* 또 내가 만약 통킹만과 모로코에서의 우리 모든 영웅들에 관해 말한다면,** 나는 정말로 고귀하고 신앙심 깊은 '신세대' 영웅들에 관해 말하는 셈인데, 당신도 정말 놀랄 거요. 아! 부르제*** 씨의 말처럼, 기성세대의 무의미하고도 복잡한 문제를 내던져 버린 신세대에 관한 조사를 수행하는 사람들에게 가르쳐 줄 게 많다오. 군대에 친한 친구가 하나 있는데, 최근에 많이 거론되는 사람으로 아주 훌륭한 일을

---

* 빌라르 공작(duc de Villars, 1653~1734)은 프랑스의 원수였으며, 외젠 공(prince Eugène, 1663~1746) 혹은 오이겐 공은 프랑스에서 태어났으나 오스트리아 군대를 위해 싸운 군인이며, 콩티 대공(prince de Conti, 1664~1709)은 그랑 콩데의 조카로서, 이들은 모두 '마담'의 책에서 동성애자로 지적되었다.(『갇힌 여인』, 플레이아드 III, 1765쪽 참조.)

** 1883년에서 1887년에 걸쳐 이루어졌던 베트남 북부의 통킹만 원정과 1907년 모로코의 카사블랑카 상륙 작전을 암시하는 것처럼 보인다.(『갇힌 여인』, 플레이아드 III, 1765쪽 참조.)

*** 폴 부르제(Paul Bourget, 1852~1935). 정확한 심리 분석으로 유명한 프랑스의 소설가이다. 프루스트는 새로운 세대에 대한 기성세대의 책임 문제를 다룬 명저 『현대 심리 논총』(1883)과 『제자』(1889) 외에도, 1890년 저술인 『현대 사랑의 생리학』을 환기하는 것처럼 보인다.(『갇힌 여인』, 플레이아드 III, 1766쪽 참조.)

한 친구요. 하지만 어쨌든 고약하게 굴고 싶지는 않으니 다시 17세기로 돌아갑시다. 아시다시피 생시몽은 윅셀* 원수에 대해 — 여타의 많은 사람들 중에서도 — 이렇게 말하고 있소. '그리스 시대의 방탕함으로 쾌락을 쫓던 그는 자신을 숨기려는 노력도 하지 않고, 근사한 체격의 젊은 하인들뿐 아니라 젊은 장교들에게 다가가 시중을 들게 했으며, 군대에서건 스트라스부르에서건 공공연하게 그 짓을 했다.' 당신은 아마도 '마담'이 쓴 편지들을 읽었을 테지만, 남성들은 그를 다만 '푸타나(Putana)'**라고만 불렀소. '마담'은 그 사실을 꽤 분명히 말하고 있다오. "남편이라는 확실한 출처로부터 그 사실을 알았을 테니까." "그 '마담'이라는 분은 아주 흥미로운 인물이었소." 하고 샤를뤼스 씨가 말했다. "우리는 그녀에 의거해서 뭔가 '아줌마의 아내'***와 같은 서정적인 합성물을 만들 수 있을 거요. 우선 남성 같은 여성이 문제가 되는데, 일반적으로 '아줌마'의 아내는 남성과 다를 바 없으므로 아이들을 매우 쉽게 만든다오. 다음으로 '마담'은 '므시외'의 악덕에 대해서는 한마디도 하지 않고, 그 일에 정통한 사람으로서 다른 이들에게서 발견되는 동일한 악덕에 대해서만 줄곧 얘기하는데, 이

---

* 니콜라 샬롱 뒤 블레, 윅셀 후작(Nicolas Chalon du Blé, marquis d'Huxelles, 1652~1730)은 프랑스의 장군이자 외무 장관이었다.
** 앞에서 인용한 샤를로트 엘리자베스 드 바비에르의 『서간집 완본』(1863)에는 윅셀 원수가 아닌 외젠 공이 그런 별명으로 불렀다고 서술된다. 푸타나는 이탈리아어로 창녀를 의미한다.
*** 아줌마는 동성애자를 가리키는 은어이다.

는 우리 집에서의 고통스러운 결점을 남의 집에서 찾아내기를 좋아하며, 또 그 결점이 예외적인 것도 수치스러운 것도 아님을 스스로에게 증명하고 싶은 습관 때문이라오. 나는 조금 전에 그 일은 언제나 그렇게 존재해 왔다고 말했소. 그렇지만 우리 시대는 이런 관점에서 보면 확연히 구별된다오. 17세기에서 몇 가지 사례를 빌렸지만, 만일 나의 위대한 조상인 프랑수아 드 라로슈푸코가 우리 시대에 살았다면, 그의 시대보다 더 정당한 이유를 가지고 그에 대해 말했을 거요. 브리쇼, 날 좀 도와주구려. '악덕이란 어느 시대에나 존재한다. 그런데 모든 사람들이 아는 몇몇 인간이, 만약 기원후 처음 몇 세기에 태어났다면, 우리는 엘라가발루스의 매음 행위를 오늘날에도 거론했을까?'* '모든 사람들이 아는'이라는 말이 마음에 드는구려. 나의 현명한 조상께서는 당시에 가장 유명했던 인사들의 온갖 '허튼소리'를, 내가 지금 사람들의 허튼소리를 아는 것만큼 알고 있었소. 하지만 그런 사람이 오늘날에 더 많다는 말은 아니고, 뭔가 특별한 점을 갖고 있다는 의미요." 나는 샤를뤼스 씨가 그런 종류의 풍습이 어떤 방식으로 진화해 왔는지 얘기하려 한다는 것을 알아차렸다. 그리고 그와 브리

---

* 프루스트는 라로슈푸코를 대략적으로 인용하고 있다.("악덕은 모든 시대에 존재해 왔다. ……모든 사람이 아는 몇몇 인간이 기원후 처음 몇 세기에 태어났다면, 우리는 엘라가발루스의 매음 행위나 그리스인들의 신앙, 메데아의 독약과 존속 살해를 오늘날에도 거론했을까?")(『갇힌 여인』, 플레이아드 III, 1766쪽에서 재인용.) 엘라가발루스는 최초의 동양 출신 로마 황제(218~222)로 온갖 종류의 기행과 방탕한 생활로 악명이 높았다.

쇼가 말하는 동안, 알베르틴이 나를 기다리는 내 집의 이미지가, 내가 부재하는 집의 이미지가 다소간에 의식적으로 뱅퇴유의 어루만지는 듯한, 내밀한 모티프에 연결되면서 한순간도 내 머리를 떠나지 않았다. 잠시 후면 실제로 알베르틴 곁에, 어떤 방식으로든 나를 묶고 있는 일종의 족쇄 옆으로 돌아가야 한다는 듯, 나는 끊임없이 알베르틴에게 돌아갔으며, 그 족쇄는 나를 파리에서 떠나지 못하도록 방해하고, 또 지금 베르뒤랭네 살롱에서 내 집을 떠올릴 때도, 그 집을 텅 빈 공간, 나라는 개인을 위해서만 열광하는 조금은 쓸쓸한 공간이 아니라, 채워진 공간 — 그런 점에서는 어느 날 밤의 발베크 호텔과도 흡사한 —, 거기 오래 머물고 있으며, 내가 원할 때면 언제라도 만날 수 있는 부동의 현존에 의해 채워진 공간으로 느끼게 했다. 샤를뤼스 씨는 계속해서 동일한 주제로 돌아갔는데, 이런 집요함은 — 그 주제에 관해, 게다가 늘 같은 방향에서 실행되는 그의 지성에는 사물을 꿰뚫어 보는 능력이 있었다. — 조금 복합적인 이유로 참기 힘든 점이 있었다. 그는 자신의 전문 분야 외에 다른 것은 아무것도 보지 못하는 학자처럼 장황한 이야기를 끝없이 늘어놓는 지겨운 사람이었고, 비밀을 가진 것을 자랑스러워하면서도 그걸 털어놓고 싶어서 안달하는 소식통처럼 성가신 존재였고, 자신의 결점에 관한 이야기가 나오면 그 이야기가 남의 기분을 언짢게 한다는 것도 깨닫지 못한 채 얼굴빛이 환히 밝아지는 사람처럼 불쾌하며, 편집증 환자처럼 뭔가에 사로잡혀 있으며, 범죄자처럼 돌이킬 수 없는 무분별한 행동을 하는 사람이었다. 이런 성격적인 특징들은 몇몇 순간에 미치광이나 범죄자를 구별하는 특징과 마찬가지로 강렬한 인상을 주었지만, 또한 어떤 점에서는 안도감도 주었다. 왜냐하면 거기서 알베르틴에 관련된 추론을 끌어내기 위해 그 특징들을 필요한 형태로 전환하고, 또 생루와 나에 대한 알베르틴의 태도를 상기하자, 어떤 것은 고통스럽고 또 어떤 것은 우울하게 생각되었지만, 그러나 이런 추억에는 샤를뤼스 씨라는 인간이나 대화에서 그토록 강력하게 발산되는 두드러진 왜곡 현상이나 필연적으로 수반되는 배타적인 전문화 현상은 제외된 듯 보였기 때문이다. 그런데 샤를뤼스 씨는 불행하게도 이런 기대감의 원인을, 자신이 내게 제공했던 것과 같은 방식으로, 다시 말해 자기도 모르는 사이에 서둘러 파괴하기 시작했다. "그렇소." 하고 그가 말했다. "나는 더 이상 스물다섯 살도 아니고, 내 주위의 많은 것이 변하는 걸 이미 보았소. 장벽은 무너졌고, 우아하지도 않고 품위도 없는 군중이 내 가족의 집까지 쳐들어와 탱고 춤을 추는 사회를 알아보지 못하며, 유행이나 정치, 예술, 종교 그 무엇도 알아보지 못한다오. 하지만 고백하건대, 가장 심하게 변한 것은 독일 사람들이 동성애라고 부르는 것이오. 저런, 내가 한창 때는, 여성을 증오하는 남성과 오로지 여성만을 좋아하면서도 다른 짓은 단지 이해관계에 의해서만 하는 그런 남성은 제외하고, 동성애자는 한 가정의 선량한 아버지였으며, 위장이 필요한 경우에는 정부도 두었었소. 만약 내게 결혼시킬 딸이 있다면, 그래서 내 딸이 불행하지 않을 거라는 확신을 갖고 싶다면, 나는 아마도 그런 남자들 사이에서 사위를 골랐을 거요.

애석하게도! 모든 것이 변했소. 요즘은 여성에게 가장 열광하는 남성들 가운데서도 그들을 찾아볼 수 있으니. 내가 조금은 눈치가 빠르다고 생각하지만, '저자는 틀림없이 아닐 거야.'라고 생각하면 한 번도 틀린 적이 없었소. 그런데 지금은 포기하고 말았소. 그 짓으로 꽤 유명한 내 친구 중의 하나가 오리안 형수의 주선으로 마부를 고용했는데, 콩브레 출신인 녀석은 온갖 직업을 조금씩 다 거쳐 왔소. 특히 치마를 걷어 올리는 일을 해 왔는데, 어느 누구보다도 그런 일을 싫어하리라고 맹세할 수 있는 녀석이었소. 그는 자신이 숭앙하는 두 여자, 여배우와 맥줏집 종업원과 함께 자기 애인을 배신해서 불행하게 만들었소. 나의 사촌인 게르망트 대공은 모든 걸 너무 쉽게 믿는 사람들의 그런 짜증 나는 지성을 소유한 사람인데, 어느 날 내게 이렇게 말했다오. '○○는 왜 자기 마부와 안 자는 거지? 그 일이 테오도르(마부의 이름이오.)를 기쁘게 할지도 모르는데. 또 주인이 먼저 수작을 부리지 않아서 몹시 상처받았을지도 모르잖아?' 나는 질베르에게 입을 다물라고 하지 않을 수 없었소. 나는 무차별적으로 행사되어, 없는 거나 다름없는 자칭 통찰력이라는 것과, 동시에 질베르가 자기 친구 ○○로 하여금 나무판자 위를 건너가는 위험을 무릅쓰게 한 다음, 판자가 버틸 만하다고 생각하면 그때는 자기가 가 보려는, 속이 빤히 들여다보이는 술책에 무척이나 짜증이 났소." "그렇다면 게르망트 대공도 그런 취향을 가졌단 말이오?" 하고 브리쇼가 불편함과 놀라움이 섞인 표정으로 물었다. "저런," 그 말을 듣고 기분이 좋아진 샤를뤼스 씨가 대답했다. "그건 너무도 잘 알려진 사실인지라 내가 인정해도 비밀 누설죄를 범했다고는 생각하지 않소만. 어쨌든 다음 해에 내가 발베크에 갔을 때, 나를 이따금 낚시하는 데 데리고 갔던 뱃사람을 통해서 들은 이야긴데, 테오도르가 — 여담이지만, 테오도르의 여동생이 베르뒤랭 부인의 친구인 퓌트뷔스 남작 부인의 시녀요. — 지독히 뻔뻔스럽게도 이 선원 저 선원을 유인해서 배를 타고 한 바퀴 돌면서 '다른 짓'도 함께했다는 거요." 이번에는 내 차례로, 나는 테오도르의 주인이라는 사람이 정부와 함께 하루 종일 카드놀이를 했던 신사임을 알아보고, 그가 게르망트 대공과 동일 인물이냐고 물어보았다. "그렇다네. 모든 사람이 다 아는 사실인데, 게다가 그는 그걸 감추려고 하지도 않는다네.""하지만 대공은 정부와 함께 있었는데요.""도대체 그게 어떻단 말인가? 아이들이 순진하구먼." 하고 그는, 내가 그의 말을 듣고 알베르틴을 생각하면서 느낀 고통도 짐작하지 못하고, 아버지 같은 말투로 말했다. "그의 정부는 매력적이라네.""그렇다면 그의 세 친구도 마찬가지인가?""아니, 전혀 그렇지 않아." 하고 그는 내가 악기를 연주하다 틀린 음이라도 냈다는 듯 귀를 막으면서 외쳤다. "지금 그는 반대되는 길의 끝에 가 있네. 그렇다면 우리는 친구를 가질 권리도 없단 말인가? 아! 젊음이란 모든 걸 다 혼동한단 말씀이야. 자네는 다시 교육을 받아야겠어, 젊은 친구. 그런데," 하고 그가 말을 이었다. "나는 다른 경우도 많이 알고 있고, 모든 대담한 짓에 대해서도 열린 정신을 가지려고 노력하지만, 그럼에도 이 경우는 당혹스러운 게 사실이라네. 내가 시대에 뒤처졌는지는 모르겠지만, 여하튼 이해할 수 없네." 하고 그는 어느 나이 든 프랑스 교회 독립파가 교황권 지상주의의 몇몇 형태에 대해, 진보적 왕당파가 '악시옹 프랑세즈'에 대해, 클로드 모네의 제자가 입체파 화가에 대해 말하는 것과 같은 어조로 얘기했다.* "나는 이런 혁신자들을 비난하지 않으며, 오히려 부러워하고 이해하려고 애쓰지만, 그럴 수가 없네. 그들이 그토록 여성을 좋아한다면, 왜 그리고 특히, 그것이 나쁜 짓으로 간주되는 노동자 사회에서, 자존심 때문에 자신의 비밀을 감추는 그런 사회에서, 구태여 동성애자의 어린 상대라고 불리는 자를 찾을 필요가 있단 말인가? 그것이 그들에게는 뭔가 다른 것을 표현하기 때문이겠지. 그렇다면 무엇일까?" '그렇다면 여성은 알베르틴에게서 다른 무엇을 표현할 수 있단 말인가?'라고 생각했는데, 사실 그것이 나의 고뇌였다. "정말이지 남작," 하고 브리쇼가 말했다. "대학 평의원회가 동성애 강좌 개설을 제안해 오면, 나는 남작을 일순위로 추천하겠소. 아니, 오히려 특수 심리생리학** 연구소가 당신에게는 더 적합할 것 같소. 특히 개인 연구에 전념하도록 허용하는 콜레주 드 프랑스의 강좌를 맡아, 타밀어나 산스크리트어 교수처럼 거기에 관심을 가진

* 교황권 지상주의, 즉 '울트라몬타니슴'은, 특히 프랑스에서 교황의 권리 제한을 주장하는 프랑스 교회 독립파 '갈리카니슴'에 대립되는 개념이다. 극우파 운동인 '악시옹 프랑세즈'에 대해서는 『잃어버린 시간을 찾아서』 3권 23쪽 주석 참조.
* 심리생리학은 콜레주 드 프랑스 교수 테오뒬 리보(Théodule Ribot, 1839~1916)에 의해 발전된 학문이다.(『갇힌 여인』, 리브르드포슈, 422쪽 참조.)

극소수의 사람들 앞에서 자신의 연구 결과를 전하는 모습이 보이는구려. 두 명의 청강생과 내가 도저히 의심할 수 없는 대학 안내원이 거기 있을 거요. 그렇다고 해서 내가 안내원이나 수위 집단에 대해 뭔가 작은 의심이라도 품고 있다는 말은 아니지만." "당신은 아무것도 알지 못하오." 하고 남작은 냉정하고도 단호한 어조로 대꾸했다. "더욱이 당신은 관심을 가진 사람이 적으리라고 여기는데 잘못된 생각이오. 정반대요." 하고 그는 자신의 대화가 일관되게 흘러가는 방향과, 그가 다른 사람들에게 비난하려는 것 사이에 모순이 존재한다는 점을 인지하지 못한 채 "정반대로 엄청나다오."라며 화나고 안타까운 표정으로 말했다. "사람들은 그 말밖에 하지 않는다오. 수치스러운 일이지만, 내가 말한 그대로요. 이보게, 그저께만 해도 아이앵 공작 부인 댁에서는 두 시간 동안 다른 얘기는 하지도 않았소. 이제는 여인들이 그 말을 하기 시작했으니, 이 얼마나 충격적인 사건이오! 게다가 더 수치스러운 건 여인들이 그런 정보를," 하고 그는 놀라운 광채와 정력을 발휘하면서 덧붙였다. "어린 샤텔로같이 가증스러운, 진짜 더러운 자식들로부터 얻는다는 거요. 그 녀석에 대해서는 다른 누구보다 할 말이 많지만, 녀석은 여인들에게 다른 사람들 얘기를 떠들고 다닌다오. 나에 대해서도 욕을 퍼붓고 다닌다고 누군가가 전해 주더군. 하지만 난 개의치 않소. 카드놀이에서 속임수를 써서 조키 클럽에서 쫓겨날 뻔했던 자가 던진 흙탕물이나 오물은, 결국 자신에게 돌아갈 수밖에 없다고 생각하니까. 내가 만일 잔 다이앵이라면, 그런 주제는 아예 다루지 못하도록 충분히 내 살롱을 존중할 것이며, 또 내 친척들의 명예를 훼손하는 일도 내 집에서는 하지 못하게 할 거요. 그러나 이젠 사교계란 존재하지 않으며, 대화나 옷차림에서도 더 이상 규범이나 예법이라는 것이 존재하지 않으니. 아! 이보게, 이건 세상의 종말이오. 모두들 너무 사악해졌소. 누가 남을 가장 잘 헐뜯는지 알기 위해 경쟁하는 것 같으니, 소름 끼치는 일이오!"

어린 시절 콩브레에서 사람들이 할아버지에게 코냑을 권하는 모습을 보지 않으려고, 또 제발 코냑을 마시지 말라고 소용도 없는 간청을 하던 할머니의 모습을 보지 않으려고 도망쳤을 때처럼 비겁하기만 한 나는, 샤를뤼스에 대한 단죄가 시작되기 전에 베르뒤랭네 집을 떠나야 한다고만 생각했다. "꼭 가야 해요." 하고 나는 브리쇼에게 말했다. "나도 자네를 따라가겠네." 하고 브리쇼가 말했다. "그러나 영국식으로 몰래 떠날 수는 없지 않은가.* 베르뒤랭 부인에게 인사를 하러 가세."라고 결론을 내리면서, 마치 응접실에서 작은 게임을 하다가 '방으로 돌아가도 좋은지를 알아보려는' 누군가의 표정을 지으며 살롱 쪽을 향했다.

우리가 담소를 나누는 동안, 베르뒤랭 씨는 아내의 신호에 따라 모렐을 데려왔다. 설령 베르뒤랭 부인이 모든 것을 심사숙고한 끝에 폭로를 미루는 편이 현명하다고 생각했다 해도, 이제는 그럴 수 없었다. 어떤 종류의 욕망은, 그것이 말에 한

---

* '영국식으로 몰래 떠나다(partir à l'anglaise)'라는 표현은 인사도 하지 않고 슬며시 떠나는 행동을 가리키는데, 확실하지는 않지만 '프랑스식으로 몰래 떠나다(take French leave)'라는 영국식 표현에서 유래한 것처럼 보인다.

정된 것이라 할지라도 그냥 커지도록 내버려 두면, 결과야 어떻든 반드시 충족되기를 바라는 법이다. 벌거벗은 어깨를 너무 오래 바라보다 보면 키스하고 싶은 유혹에 더 이상 저항하지 못하고 우리의 입술은 뱀이 새를 덮치듯 어깨 위로 떨어지기 마련이며, 심한 허기나 갈증에 사로잡히면 과자를 이로 씹어 먹거나, 뭔가 예기치 못한 말을 함으로써 상대의 영혼에 놀라움이나 혼미와 고통 또는 기쁨을 유발하고야 만다. 이렇게 일종의 멜로드라마 같은 이야기에 취한 베르뒤랭 부인은, 남편에게 바이올리니스트를 데리고 가서 어떤 대가를 치르더라도 꼭 얘기를 해야 한다고 지시했다. 모렐은 샤를뤼스 씨를 통해 소개되기도 전에 나폴리 여왕이 떠났다고 불평하기 시작했다. 엘리자베스 황후와 알랑송 공작 부인과 자매지간이라고 샤를뤼스 씨가 수없이 되풀이해서 말했으므로, 그의 눈에는 여군주가 엄청나게 중요한 인물로 보였던 것이다. 그러나 '집주인'은 나폴리 여왕 이야기를 하려고 그를 부른 게 아님을 설명하고, 문제의 핵심으로 들어갔다. "자," 하고 그는 얼마 후에 결론을 내렸다. "자네가 원하면 내 아내의 의견을 알아보러 가는 게 어떻겠나. 맹세코 나는 아내에게 그에 관해 아무 말도 하지 않았네. 아내가 어떤 식으로 그 일을 판단하는지 보게 될 걸세. 어쩌면 내 의견이 적절하지 않을 수도 있지. 하지만 아내가 얼마나 정확한 판단을 하는지는 자네도 잘 알고 있으며, 또 아내는 자네에게 무한한 우정을 품고 있으니, 아내에게 그 문제를 일임하면 어떻겠는가." 한편 베르뒤랭 부인은 명연주가에게 얘기하면서 자신이 맛볼 감동을, 또 모렐이 떠난 후에는 모렐과 남편 사이에 오고 갈 대화에 대한 정확한 보고를 전해 들으면서 맛볼 감동을 초조하게 기다렸고, 또 기다리는 동안 계속 반복해서 말했다. "그런데 두 사람은 도대체 뭘 하는 걸까? 이렇게 붙잡고 있는 걸 보니, 적어도 오귀스트*가 제대로 가르쳐 주기를 바랄 뿐이야." 베르뒤랭 씨가 모렐과 함께 다시 내려왔고, 모렐은 몹시 흥분한 듯 보였다. "모렐이 당신에게 조언을 구하는구려." 하고 베르뒤랭 씨는 자신의 청탁이 실현될지 아닐지 확신하지 못하는 사람의 표정을 지으면서 아내에게 말했다. 베르뒤랭 씨에게 대답하는 대신, 정열의 불길에 사로잡힌 베르뒤랭 부인이 먼저 모렐에게 말을 걸었다. "저도 절대적으로 남편과 같은 의견이에요. 더 이상은 그런 짓을 용인할 수 없다고 생각해요!" 하고 그녀는 남편이 바이올리니스트에게 말한 것을 전혀 알지 못한 체하기로 그들 사이에 합의한 사항을 마치 시시한 거짓 이야기인 양 잊어버리고 격하게 소리쳤다. "뭐라고? 뭘 용인할 수 없다는 거요?" 하고 베르뒤랭 씨는 놀란 척 가장하면서, 또 당황한 모습을 설명해 주는 서투른 태도로 자신의 거짓말을 변호하려고 애썼다. "난 당신이 모렐에게 뭐라고 말했는지 짐작할 수 있어요." 하고 베르뒤랭 부인은 자신의 설명이 그럴듯하게 보이건 말건 당황하지 않고, 또 바이올리니스트가 나중에 이 장면을 회상하면서 여주인의 진실성에 대해 어떻게 생각할지도 별로 신경 쓰지 않은 채 대답했다. "아니에요." 하고 베르뒤랭 부인이 말을

---

* 218쪽에는 귀스타브로 나온다.

이었다. "어느 곳에서도 초대받지 못하는 빛바랜 인물과의 수치스러운 잡거 생활을 더 이상 참아서는 안 된다고 생각해요." 하고 그녀는 그것이 사실이 아닌데도 개의치 않고, 또 그녀가 거의 날마다 샤를뤼스를 자신의 살롱에 초대한다는 사실도 잊어버리고 덧붙였다. "당신은 콩세르바투아르의 웃음거리예요." 하고 그 점이 가장 중요 쟁점임을 감지한 부인이 덧붙였다. "이런 생활을 한 달 더 계속한다면 예술가로서의 생명은 끝이에요. 샤를뤼스가 없다면 일 년에 10만 프랑 이상도 벌 수 있을 텐데." "그런 말은 한 번도 들은 적이 없습니다. 놀랍군요. 정말 고맙습니다." 하고 모렐은 눈물이 고인 눈으로 중얼거렸다. 그러나 놀라움을 가장하며 동시에 수치심도 감추어야 했으므로, 그는 베토벤의 소나타 전곡을 연이어 연주할 때보다 얼굴이 더 붉어지고 땀이 났으며, 또 눈에는 본의 거장*도 그로부터 끌어내지 못했을 눈물이 솟구쳐 올랐다. 이 눈물에 흥미를 느낀 조각가 스키가 미소를 지으면서, 내게 곁눈으로 샤를리를 가리켰다. "한 번도 그런 말을 들은 적 없다면, 당신이 유일한 사람일 거예요. 그분은 악명 높은 신사로 수치스러운 이력을 가지고 있어요. 경찰이 엄중히 감시한다는 것도 알고 있어요. 그와 같은 부류의 사람들이 그렇듯이 불량배의 손에 살해되는 것으로 끝나지 않으려면, 그러는 편이 더 다행스러운 일인지도 모르죠."라고 부인은 덧붙였다. 왜냐하면 샤를뤼스를 생각하자 뒤라스 부인의 추억이 떠올랐고, 그러자 분

---

* 베토벤을 가리킨다.

노에 취한 그녀는 불행한 샤를리에게 주는 상처를 가중시키고, 또 그날 저녁 자신이 받은 상처를 갚아 주려고 애썼다. "게다가 그는 물질적으로도 당신에게 전혀 도움을 줄 수 없어요. 협박하는 사람들의 먹이가 된 뒤부터 그는 완전히 파산했고, 그래서 음악을 연주한 비용도 그로부터 빼낼 수 없으며, 당신의 비용은 더욱 나올 수 없겠죠. 모든 것이, 저택이며 성관 등이 저당 잡혀 있어요." 모렐은 샤를뤼스 씨가 자신을 불량배들과의 관계에 대한 속내를 털어놓는 상대로 삼기를 좋아했으므로, 그만큼 더 쉽게 거짓말을 믿었다. 그런 족속에 대해서는 아무리 자신이 방탕하다 할지라도, 하인의 아들로서 나폴레옹 사상에 충성한 만큼이나 혐오감을 표방해 왔기 때문이다.

이미 모렐의 간교한 정신 속에는 18세기에 동맹의 와해라고 불렀던 것과 유사한 술책이 싹트고 있었다. 그는 샤를뤼스 씨에게 결코 말하지 않기로 결심하면서, 모든 것을 책임지고 처리하기로 하고, 다음 날 저녁 쥐피앵의 조카딸에게 돌아갔다. 그에게는 불행한 일이지만, 이 계획은 실패할 수밖에 없었다. 샤를뤼스 씨가 같은 날 저녁 쥐피앵과 만나기로 약속되어 있었는데, 옛 조끼 재봉사는 낮에 일어난 사건에도 불구하고, 감히 약속을 거스르지 못했기 때문이다. 뒤에서 보겠지만, 다른 이들이 모렐에게 달려드는 동안, 쥐피앵은 울면서 자신에게 닥친 불행을 남작에게 얘기했고, 쥐피앵 못지않게 불행한 남작은 버림받은 소녀를 양녀로 삼고, 그가 소유한 작위 중 하나를, 아마 올로롱 양의 작위를 그녀에게 주고, 좋은 교육도 보충시켜 주고, 부자 남편도 찾아 주겠다고 선언했다. 이 약속은 쥐피앵을 매우 감동시켰지만, 여전히 모렐을 사랑하는 조카딸은 그 약속에 관심이 없었다. 모렐은 어리석은 탓인지, 아니면 파렴치해서인지 쥐피앵이 없는 틈을 이용하여 가게 안으로 농담을 하면서 들어왔다. "무슨 일이 있어요?" 하고 그는 웃으며 말했다. "거무스름한 눈가하고? 사랑의 슬픔인가요? 정말로! 세월이 흐르고 모든 것은 달라질 텐데. 어쨌든 신발을 신어 보는 일은 자유고, 하물며 여자는. 또 신발이 당신 발에 맞지 않을 수도 있고…….." 그는 그녀가 울었다고 단 한 번 화를 냈는데, 그런 행동이 비겁하고 부적절한 처신으로 생각되었기 때문이다. 자신이 흘리게 한 눈물은 언제나 참기 어려운 법이다.

그러나 우리는 너무 빨리 나아갔다. 이 모든 것은 베르뒤랭의 파티 후에 일어난 일들이었으니, 중단된 부분부터 다시 이야기를 이어 가야 한다. "저는 절대 의심하지 못했을 거예요." 하고 모렐은 베르뒤랭 부인에 대한 화답으로, 한숨을 쉬며 말했다. "물론 사람들은 당신 면전에서 말하지 않아요. 그렇다고 당신이 콩세르바투아르의 웃음거리가 되지 않는 건 아니지만." 하고 베르뒤랭 부인은 이 일이 오로지 샤를뤼스에게만 관계된 것이 아니라, 모렐 자신에게도 해당된다는 점을 보여 주려고 심술궂게 말을 이어 나갔다. "당신이 알지 못했다는 말을 믿고 싶어요. 그렇지만 사람들은 전혀 거리낌이 없어요. 스키에게 물어보세요. 요전 날 당신이 내 칸막이 좌석에 들어왔을 때, 우리 바로 옆에 있던 슈비야르*네 칸막이 좌석에서 뭐

---

* 카미유 슈비야르(Camille Chevillard, 1859~1923). 프랑스의 작곡가로

라고들 했는지. 다시 말해 손가락질했는지. 물론 나 자신은 별로 주의를 기울이지 않았다고 할 수 있지만, 그것이 다른 무엇보다도 한 남성을 극도로 우스꽝스럽게 하고, 그래서 그 남성이 평생 동안 만인의 조롱거리가 된다고 생각하니." "뭐라고 감사해야 할지 모르겠네요."라고 샤를리는, 지금 막 지독한 아픔을 준 치과 의사에게 아픈 모습을 보이지 않으려고 말하는, 혹은 하찮은 말다툼 때문에 "당신은 이런 모욕을 참을 수 없을 걸요."라고 결투를 강요하는 몹시 잔인한 입회인에게 말하는 어조로 얘기했다. "당신은 근성도 있고 남자다운 분이라고 생각해요." 하고 베르뒤랭 부인이 대답했다. "비록 샤를뤼스는 당신이 감히 어쩌지 못할 거라고, 자기가 당신을 붙잡고 있다고 모든 사람에게 떠들고 다닌다지만, 당신은 큰 소리로 분명히 말할 줄 아는 분이라고 생각해요." 샤를리는 자신의 조각난 자존심을 감추기 위해 다른 데서 빌려 온 자존심으로 대체하려고 애썼고, 어디서 읽었는지, 아니면 말하는 걸 들었는지 기억 속에서 이런 구절을 찾아내어 곧 공표했다. "저는 그런 빵을 먹기 위해 키워진 게 아닙니다. 오늘 저녁부터 샤를뤼스 씨와 절교하겠습니다. 나폴리 여왕께서는 정말 떠나셨나요, 그런가요? 그렇지 않다면 절교하기 전에 부탁해 볼 텐데……." "그 작자와 완전히 절교할 필요는 없어요." 작은 동아리에 혼란을 야기하고 싶지 않았던 베르뒤랭 부인이 이렇게 말했다. "당신이 그 작자를 이곳에서, 우리의 작은 그룹 안에서 만나

1897년부터 라무뢰 관현악단을 지휘했다.

는 건 문제가 안 돼요. 당신을 높이 평가하고, 아무도 당신의 험담을 하지 않는 이곳에서는. 하지만 자유를 요구하세요. 그리고 당신 앞에서 상냥한 척하는, 그 모든 바보 같은 여자들의 집에 끌려가지 않도록 하세요. 그 여자들이 뒤에서 뭐라고 하는지 들려주고 싶네요. 게다가 그런 집에 가지 못하는 걸 애석해하지 마세요. 당신에게 평생 동안 따라붙을 오명을, 예술적인 관점에서도 씻게 될 테니. 샤를뤼스의 수치스러운 소개가 없어도 말이에요. 가짜 사교계 한가운데서 재능을 낭비하는건 당신에게 진지하지 않은 인상을, 그저 아마추어나, 살롱의시시한 음악가에 지나지 않는다는 평판만을 줄 텐데, 당신 나이에는 끔찍한 일이라고 할 수 있어요. 그 모든 근사한 귀부인들로서는 당신을 공짜로 오게 해서 친구들에게 답례하는 것이 얼마나 편리한 일인지는 이해가 가지만, 예술가로서의 당신 미래는 그 대가를 치르겠죠. 한두 집에도 가지 말라는 말은아니에요. 당신은 조금 전에 나폴리 여왕 이야기를 하셨는데,그래요, 그분은 떠났어요. 저녁 파티가 있어서요. 훌륭한 분이더군요. 그런데 나는 그분이 샤를뤼스를 그다지 존경하지 않는다고 말할 수 있어요. 그분이 오신 것은 특히 나 때문이라고할 수 있어요. 그래요. 그분은 베르뒤랭 씨와 나를 만나고 싶어 하셨어요. 그분 댁이라면 당신이 연주해도 되는 곳이죠. 게다가 내가 만일 당신을 데리고 간다면, 예술가들이 전부 나를알고 있고, 또 그들의 일원처럼, 그들의 '여주인'처럼 항상 친절하게 대해 왔는데, 이런 내가 당신을 데리고 간다면 모든 것은 달라지겠지요. 그러나 뒤라스 부인 집에는, 불이 나면 피하듯이 특히 가지 않도록 조심하세요! 그런 실수는 하지 마세요! 나는 그녀에 대한 이야기를 털어놓으려고 내 집에 오는 예술가들을 알고 있어요. 내가 신뢰할 수 있는 존재라는 걸 아는 거죠." 하고 그녀는 자신이 금방 취할 줄 아는 온화하고도 소박한 어조로, 얼굴에는 겸손한 표정을 띠고, 눈에는 그에 적합한 매력을 부여하면서 말했다. "그들은 그렇게 자신들의 작은 문제를 얘기하러 온답니다. 가장 말 없는 분도, 가끔은 나와 몇 시간씩 수다를 떨기도 하죠. 얼마나 흥미로운 분들인지 말로 다 할 수 없군요. 그 가련한 샤브리에*도 늘 말하곤 했죠. '그들을 말하게 할 줄 아는 분은 베르뒤랭 부인밖에 없습니다.'라고. 그런데 나는, 음악가들이 모두, 한 명도 예외 없이 뒤라스 부인 집에서 연주한 걸 한탄하는 모습을 보았어요. 그녀가 재미로 하인들을 시켜 그들에게 모욕을 주었을 뿐만 아니라, 어디서도 더 이상 일자리를 찾을 수 없었으니까요. 연주단 단장들이 '아! 그렇군. 바로 뒤라스 부인 집에서 연주한 사람이로군.'이라고 한다나 봐요. 그러면 모든 게 끝나는 거죠. 이처럼 당신의 미래를 단절시키는 일이 또 있을까요. 알다시피, 사교계 인사들은 진지해 보이지 않아요. 그래서 이런 말을 하기는 좀 안됐지만, 아무리 당신이 재능이 있다고 해도, 뒤라스 부인 같은 사람 집에서 연주를 하면 그 사실만으로도 아마추어라는 소문이 나기에 충분합니다. 예술가들로 말하자면,

---

* 엠마뉘엘 샤브리에(Emmanuel Chabrier, 1841~1894). 프루스트가 초고에서 뱅퇴유의 모델 중 한 사람으로 언급했던 프랑스의 작곡가이다.(『갇힌 여인』, 플레이아드 III, 1767쪽 참조.)

내가 그들을 사십 년 전부터 알고 교제하고 데뷔시키고, 또 그들에게 관심을 가져 왔다는 건 당신도 잘 알잖아요. 그런데 그들이 누군가를 '아마추어'라고 한다면, 더 이상 말할 필요도 없다는 뜻이에요. 그런데 사실은 사람들이 당신에 대해 그렇게 말하기 시작했답니다. 그래서 내가 당신이 그런 우스꽝스러운 살롱에서 연주할 리가 없다고 얼마나 여러 번 격렬하게 항의하면서 단언해야 했는지 몰라요! 그들이 뭐라고 대답했는지 아세요? '그렇게 하지 않을 수 없었을걸요. 샤를뤼스는 그에게 상의도 하지 않고 의견도 묻지 않으니까요.' 누군가가 샤를뤼스를 기쁘게 해 줄 생각으로 '당신의 친구인 모렐에게 우리는 참으로 감탄하고 있답니다.'라고 말하면, 샤를뤼스가 당신이 잘 아는 그런 거만한 태도로 뭐라고 대답하는지 아세요? '어떻게 그자가 내 친구일 수 있단 말이오? 우리는 같은 계급이 아닌데. 차라리 내 피조물이자, 내 후원을 받는 자라고 하시오.'" 그때 우리 음악 여신의 튀어나온 이마 뒤에는, 몇몇 사람들이 자신만을 위해 마음속에서 간직하지 못하는 유일한 말, 그 말을 반복하는 것이 비열한 짓일 뿐만 아니라 경솔하기까지 한, 그런 말 한마디가 꿈틀거리고 있었다. 그러나 그 말을 반복하고 싶은 욕구는 명예나 신중함보다 강렬하다. 여주인은 둥글고 서글픈 이마에 여러 번 가벼운 경련성 움직임을 일게 한 뒤 그 욕구에 굴복했다. "샤를뤼스가 당신을 '내 하인'이라고 했다고 남편에게 전하는 사람도 있었답니다. 이 점에 대해서는 확신할 수 없지만." 하고 그녀는 덧붙였다. 샤를뤼스 씨가 모렐에게 그의 출신 배경을 결코 말하지 않겠다고 맹세한 후 얼마 안 가서 베르뒤랭 부인에게 "녀석은 하인의 아들이오."라고 말한 것도, 바로 이와 같은 욕구에서 비롯된 일이었다. 그 말이 입 밖으로 나온 이상, 여전히 그와 유사한 욕구가 이 사람에서 저 사람으로 그 말을 돌아다니게 했고, 사람들은 여전히 비밀을 봉인한다는 약속을 받고 비밀을 털어놓지만, 그들 자신이 했던 것처럼 비밀은 지켜지지 않는다. 그 말들은 결국 고리 찾기 놀이에서처럼 베르뒤랭 부인에게로 다시 돌아왔고, 그리하여 마침내 그것을 알게 된 당사자와 베르뒤랭 부인 사이를 틀어지게 했다. 그녀는 그런 사실을 알고 있었지만, 혀를 타오르게 하는 그 말을 더 이상 억제할 수 없었다. 게다가 '하인'이라는 말은 모렐의 기분을 상하게 할 수밖에 없었다. 그럼에도 부인은 '하인'이라고 했고, 그렇지만 그 말을 확신할 수 없다고 덧붙였다면, 이는 이런 미묘한 차이 덕분에 나머지 다른 것은 확신한다는 듯 보이고, 동시에 자신의 공정함도 보여 주기 위함이었다. 자신이 드러내는 이 공정함에 스스로 얼마나 감동했던지 부인은 샤를리에게 상냥한 태도로 말하기 시작했다. "당신도 보다시피," 하고 그녀가 말했다. "나는 샤를뤼스를 비난하지 않아요. 하지만 그는 자신의 수렁 속으로 당신을 끌어들이고 있어요. 물론 그의 잘못은 아니죠. 그 자신이 수렁 속으로 굴러떨어지고 있으니, 바로 수렁 속으로 굴러떨어지고 있으니까요." 하고 부인은 자신의 주의력이 쫓아갈 수 있는 것보다 더 빨리 튀어나온 이미지의 정확성에 감탄했고, 그래서 지금에야 따라잡은 이미지를 돋보이게 하려고 더 큰 소리로 반복했다. "아뇨, 내가 비난하는 건," 하고 자신의 성공에 취한 여인처럼 다정한 어조로 말했다. "당신에 대한 세심한 배려가 부족하다는 거죠. 사람들 앞에서 말하면 안 되는 것들이 있어요. 그런데 조금 전만 해도 당신이 레지옹 도뇌르 훈장을 받는다고 알리면(물론 허풍이죠. 그자가 추천했다는 사실만으로도 당신은 훈장을 받지 못할 테니까요.) 당신 얼굴이 기쁨으로 빨개질 거라고 장담했어요. 그건 그렇다고 쳐도, 친구를 속이는 건 좋아하지 않았지만." 하고 그녀는 자상하고 위엄 있는 표정으로 말했다. "당신도 알다시피 아무것도 아닌 일이 마음을 아프게 하는 법이거든요. 이를테면 그가 포복절도하면서, 당신이 훈장을 열망하는 건 당신 아저씨 때문이며, 또 당신 아저씨가 종놈이었다고 말할 때가 그러하죠." "그가 그런 말을 했어요?" 하고 샤를리는 이 능란하게 전해진 말에 의거하여, 베르뒤랭 부인이 한 말이 모두 진실이라고 믿으면서 소리쳤다. 베르뒤랭 부인은 젊은 애인으로부터 버림받는 순간, 애인의 결혼을 깨는 데 성공한 늙은 정부가 느꼈을 법한 기쁨에 휩싸였다. 어쩌면 그녀는 거짓말의 이득도 따지지 않고, 또 의식적으로는 거짓말을 하지 않았는지도 모른다. 일종의 감정 논리가, 어쩌면 보다 초보적인 신경 반사 작용이 그녀로 하여금 삶을 즐겁게 하고 행복을 보존하기 위해, 작은 패거리 안에 '혼란을 초래하도록' 부추겼으며, 그리하여 그녀는 그 진위 여부를 검토해 볼 틈도 없이, 완전히 정확하지는 않지만 기가 막히게 유용한 주장들을 충동적으로 입술에 떠올렸는지도 모른다. "그가 우리에게만 말했어도 괜찮은데," 하고 여주인이 말을 이었다. "우리는 그의 말에서 취할 것은 취하고 버릴 것은 버릴 줄 알며 또 가치 없는 직업은 없으며, 당신은 당신 나름의 가치가 있고, 당신만큼의 가치에 상응한다고 생각하니까요. 그러나 그가 이런 이야기로 포르트팽 부인(베르뒤랭 부인은 샤를리가 포르트팽 부인을 좋아한다는 점을 알고 일부러 이 이름을 인용했다.)을 포복절도하게 하려고 찾아간 것은 정말 마음 아픈 일이죠. 남편이 그 말을 듣고 '나 같으면 차라리 따귀 맞는 편을 택했을 거요.'라고 말하더군요. 당신도 알다시피 귀스타브(우리는 이렇게 해서 베르뒤랭 씨의 세례명이 귀스타브라는 사실을 알게 되었다.)는 나만큼이나 당신을 좋아하거든요. 사실 남편은 정이 많은 사람이에요." "하지만 나는 당신에게 샤를리를 좋아한다고 말한 적이 한 번도 없소." 하고 베르뒤랭 씨는 마치 '자선을 베푼 퉁명스러운 사나이'*의 역할을 한다는 듯 중얼거렸다. "샤를리를 좋아한 건 샤를뤼스요." "오! 이제야 그 차이를 이해했습니다. 저는 그 비열한 자에게 속은 겁니다. 부인은 참 좋은 분이십니다." 하고 샤를리가 진심으로 외쳤다. "아니에요, 아니에요." 하고 베르뒤랭 부인은 승리감을 남용하지 않고 보존하기 위해(자신의 수요 모임이 구원받았다고 느꼈으므로) 이렇게 중얼거렸다. "비열한 자라니, 조금 지나친 말이에요. 그는 물론 나쁜 짓을, 나쁜 짓을 많이 했지만, 무의식적으로 한 거예요. 당신도 알다시피, 그 레지옹 도뇌르 훈장

---

* 18세기 이탈리아 작가 카를로 골도니(Carlo Goldoni)가 프랑스어로 쓴 희극 작품의 제목으로, 드니 디드로(Denis Diderot)가 『운명론자 자크와 그의 주인』(민음사, 148쪽 참조.)에서 냉혹한 겉모양과는 달리 인정 많은 사람의 표상으로 인용한 바 있다.

얘기만 해도 그렇게 오래 하지는 않았어요. 당신 가족에 관해 그가 한 말을 모두 전해야 했다면, 나도 무척 불쾌했을 거예요." 하고 베르뒤랭 부인이 말했는데, 실제로 그렇게 해야 했다면 그녀는 무척이나 당황했을 것이다. "오! 한순간밖에 지속되지 않았다고 해도 그것은 그 사람이 배신자임을 증명하는 법이죠." 하고 모렐이 외쳤다.

우리가 살롱에 들어선 것은 바로 그런 순간이었다. 모렐이 그곳에 있는 모습을 본 샤를뤼스 씨가 "아!" 하고 외치면서 희열에 찬 표정으로 음악가를 향해 걸어갔는데, 마치 여인과의 만남을 목적으로 저녁 파티 전부를 능숙하게 준비하고, 또 그에 취해서는 스스로 친 올가미에 자신이 걸려들어, 모든 사람들 앞에서 남편이 매복시켜 둔 남자들에게 두들겨 맞으리라는 사실을 전혀 의심도 하지 못하는 사람의 표정이었다. "자, 마침내 젊은 거장이자 곧 레지옹 도뇌르 5등급 수훈자*가 되실 분이여, 자네 나이에는 너무 빠르다고 생각하지 않는가? 만족하시는가? 자네는 곧 훈장을 보여 줄 수 있을 걸세." 하고 샤를뤼스 씨는 모렐에게 다정하고 의기양양한 표정으로 말했지만, 베르뒤랭 부인의 거짓말에 잇따라 서명하는 이 훈장이라는 말 자체가 그 거짓말을 명백한 진실로 보이게 했다. "날 내버려 둬요. 가까이 오지 마세요." 하고 모렐이 남작에게 소리쳤다. "시험 삼아 해 본 게 아니죠? 당신이 타락시키려고 한

---

* 레지옹 도뇌르 훈장은 5등급으로 나뉘는데, 그중 가장 낮은 훈장의 수훈자를 가리킨다.

사람이 내가 처음은 아니죠?" 나의 유일한 위안은 모렐과 베르뒤랭 부인이 샤를뤼스에 의해 산산조각 나는 모습을 보는 것이었다. 그보다 수천 배나 사소한 일에도 나는 그의 미친 듯한 분노 세례를 받은 적이 있었고,* 어느 누구도 그의 분노로부터 안전하지 않았으며, 왕(王)이라고 해도 그를 겁먹게 할수 없었을 테니까. 그런데 지극히 예외적인 일이 일어났다. 샤를뤼스 씨가 말문이 막힌 듯 아연실색하며, 까닭도 모른 채 자기에게 닥친 불행을 헤아려 보며 한마디 말도 찾지 못하고, 거기 있는 모든 사람들을 향해 차례로 눈을 들면서 질문과 애원이 담긴 분노의 표정으로 바라보았는데, 그 표정은 그들에게 무슨 일이 있어났는지를 묻기보다는, 그가 어떻게 대처해야 할지를 묻는 것 같았다. 어쩌면 그가 침묵한 것이(베르뒤랭 부부가 시선을 돌리고, 어느 누구도 그를 도와주려 하지 않는 모습을 보면서), 지금 처한 고통과 특히 앞으로 닥쳐올 고통에 대한 두려움 때문이었는지, 아니면 상상력에 의해 흥분하고 분노한 모습을 미리 만들지 못해 금방 터뜨릴 준비가 된 분노를 수중에 갖고 있지 못해서였는지(왜냐하면 그는 예민하고 신경질적이고 히스테릭한 참으로 충동적인 사람이었지만, 가짜로 용감했고, 또 어쩌면 내가 늘 생각했던 것처럼, 또 바로 그런 이유로 내가 그에게 호감을 느꼈는지는 모르지만, 자신의 명예가 모욕당했을 때에도 정상적인 인간의 반응을 하지 못하는 가짜 악인이었기 때문이다.) 모르지만, 사람들은 이런 무방비 순간의 그를 느닷없이 붙잡고

---

* 『잃어버린 시간을 찾아서』 6권 412~423쪽 참조.

후려쳤던 것이다. 아니면 자신의 환경이 아닌 다른 환경에서는, 포부르생제르맹에 있을 때만큼 편하지 못하고 용기가 나지 않아서였는지도 모른다. 어쨌든 자신이 늘 경멸해 온 살롱에서 이 대귀족은(평민에 대한 우월감이 혁명 재판소 앞에서 불안에 떨던 그의 이런저런 조상들에게서처럼 더 이상 본질적으로 내재화되지 않은 탓인지) 온 팔다리와 혀가 마비된 채로 자신에게 가해진 폭력에 분개하는 겁먹은 시선을, 동시에 질문하며 애원하는 시선을 사방에 던질 뿐이었다. 그렇지만 샤를뤼스 씨는 누군가에 대해 오래전부터 마음속에서 끓어오르는 분노에 사로잡힐 때면, 유창한 화술뿐 아니라 대담함에서도 온갖 지략을 갖추고 있어, 그렇게까지 멀리 가리라고는 결코 생각도 하지 못했던, 분개한 사교계 인사들 앞에서 가장 모욕적인 말을 퍼부어 상대를 절망에 빠뜨리고 꼼짝하지 못하게 했다. 그 경우 샤를뤼스 씨는 매우 흥분했고, 진짜 신경 발작에 사로잡힌 듯 미쳐 날뛰었으므로 사람들은 모두 불안에 떨었다. 그런 경우 그는 주도권을 쥐고, 상대를 공격하며 하고 싶은 말을 다했다.(마치 블로크가 유대인을 조롱할 줄 알면서도, 누군가가 그 앞에서 유대인 이름을 말하면 얼굴이 붉어졌던 것처럼.) 그가 증오하는 사람들, 그는 자신이 그들로부터 멸시받는다고 생각했으므로 증오했던 것이다. 따라서 그들이 상냥하게 굴면, 분노에 취하는 대신 키스라도 했을 터다. 그런데 이토록 잔인하고도 예기치 못한 상황에서는 이 위대한 달변가도 말을 더듬을 수밖에 없었다. "무슨 뜻이지? 무슨 일이 생긴 거지?" 그의 말소리는 들리지도 않았다. 그리고 극심한 공포인 공황(恐慌)을 재현하는 영원한 무언극은 시간이 지나도 그렇게 많이 변하지 않는 법이므로, 현재 파리의 한 살롱에서 불쾌한 일에 부딪친 이 노신사는, 마치 판 신(神)에게 쫓기는 요정들의 공포를 양식화한, 그리스 상고기 조각품에서의 몇몇 태도를 체계적으로 자기도 모르게 되풀이하는 것 같았다.*

해임된 대사나 강제 퇴직당한 국장, 냉대받은 사교계 인사나 퇴짜 맞은 연인은, 그들의 희망을 산산조각 낸 그 사건을 때로는 몇 달이고 살펴본다. 그들은 그 사건을 누가 어디서 쏘았는지 모르는 발사체인 듯, 거의 운석인 양 이리저리 뒤집어 본다. 그들을 덮친 이 이상한 기구의 구성 요소를 파악하고, 거기서 어떤 사악한 의도를 가려낼 수 있을지 알고 싶어 한다. 화학자들은 적어도 분석이라는 방법을 사용할 수 있다. 원인 모를 병에 시달리는 병자라면 의사를 부를 수 있다. 범죄는 예심 판사에 의해 어느 정도 규명된다. 그러나 우리와 동류인 사람들의 예기치 못한 행동에 대해서는, 그 동기를 거의 파악할 수 없다. 이렇게 해서 샤를뤼스 씨는 ― 파티가 있고 나서 며칠 후 일어났던 일을 미리 얘기해 보면, 파티에 대해서는 나중에 말하기로 하자. ― 샤를리의 태도에서 단 하나의 분명한 사실을 인지했다. 그것은 남작이 어떤 종류의 열정을 그에게 불어넣었는지 남들에게 얘기하겠다고 자주 협박해 온 샤

* 상고기란 대략적으로 기원전 750년에서 480년까지의 시기를 가리킨다. 극심한 공포를 의미하는 공황(panique)이, 그리스의 판(Pan) 신에서 유래했음을 환기하고 있다. 끔찍한 외모를 하고 마음에 드는 요정을 쫓아다니며 겁탈하여 공포의 대상이 되었던 악명 높은 신이다.

를리가, 이제는 자신만의 날개로 날 수 있을 만큼 충분히 '성
공했다'고 믿어 이번 기회를 이용해서 그 일을 실천하려고 한
다는 것이었다. 또 샤를리는 순전히 배은망덕한 마음에서 베
르뒤랭 부인에게 그 모든 이야기를 했음이 틀림없었다. 하지
만 부인은 어떻게 그 말에 속아 넘어갔을까?(그 일을 부인하기
로 결심한 남작은, 남들이 비난하는 감정을 모두 허구라고 스스로 이
미 확신했기 때문이다.) 어쩌면 샤를리에게 열정을 품은 베르뒤
랭 부인의 친구들이 그런 분위기를 조성했을지도 모른다. 따
라서 샤를뤼스 씨는 얼마 지나지 않아, 그 일과는 전적으로 무
관한 여러 명의 '신도들'에게 끔찍한 편지를 보냈고, 그들은
그가 미쳤다고 생각했다. 그런 후에 남작은 베르뒤랭 부인에
게 꽤 길고 감동적인 이야기를 하러 갔고, 하지만 그 이야기는
그가 원했던 효과를 자아내지 못했다. 베르뒤랭 부인이 남작
에게 "모렐에게 신경을 쓰지 않으면 될 텐데요. 그냥 무시하세
요, 어린아이니까."라는 말만 되풀이했기 때문이다. 그런데 남
작은 모렐과의 화해만을 소망했다. 다른 한편으로 남작은 샤
를리가 보장받았다고 생각되는 것을 모두 파기하면 화해할
수 있으리라 생각하고는 베르뒤랭 부인에게 다시는 샤를리
를 초대하지 말라고 청했으나, 부인은 이 부탁을 단호하게 거
절했으며, 이어 샤를뤼스 씨의 분노에 찬 냉소적인 편지를 받
았다. 샤를뤼스 씨는 이런저런 가정을 해 보았으나, 결코 진실
된 가정은 하지 못했는데, 다시 말해 이 타격이 모렐로부터 온
게 아니라는 사실은 결코 알아내지 못했던 것이다. 사실 모렐
에게 몇 분간의 대담만 청했어도 알 수 있는 일이었다. 그러나

그는 그런 부탁을 하는 게 자신의 품위에, 또 자신의 사랑에 어긋난다고 생각했다. 그는 모욕을 받았고, 그래서 설명을 기다렸다. 더욱이 오해를 해명하게 해 줄 대담이라는 관념에는, 거의 언제나 이유야 무엇이든 그 대담을 방해하는 또 다른 관념이 결부되어 있다. 스무 번이나 되는 기회에도 비굴하게 굴며 나약함을 보여 온 사람이, 갑자기 스물한 번째에는 오만하게 구는 일이 있는데, 이 스물한 번째야말로 그가 오만한 태도를 고집하지 않고 상대방의 마음속에 뿌리내릴 잘못을 불식시킬 수 있는 단 한 번의 기회였던 것이다. 이 사건으로 인해 사교계에는, 샤를뤼스 씨가 젊은 음악가를 겁탈하려는 순간 베르뒤랭네 집에서 쫓겨났다는 소문이 널리 퍼졌다. 이런 소문 때문에 샤를뤼스 씨가 베르뒤랭네 집에 더 이상 나타나지 않아도 사람들은 놀라지 않았고, 또 남작이 의심을 품고 욕설을 퍼부은 한 신도와 어딘가에서 마주쳤을 때, 신도가 남작에게 원한을 품고 있었으므로, 그 자신이 남작에게 인사하지 않아도, 사람들은 작은 패거리의 어느 누구도 남작에게 인사하고 싶어 하지 않는 것으로 이해하고 놀라지 않았다.

모렐이 방금 한 말과, 여주인의 태도가 가한 일격에 압도당한 샤를뤼스 씨가 극심한 공포에 시달리는 요정과 같은 자세를 취하는 동안, 베르뒤랭 부부는 마치 외교 관계의 단절을 표시하듯 샤를뤼스 씨만 혼자 남겨 놓고 첫 번째 살롱으로 물러갔고, 한편 단상에서 모렐은 바이올린에 덮개를 씌우고 있었다. "그 일이 어떻게 진행되었는지 우리에게 얘기해 줘요." 하고 베르뒤랭 부인이 남편에게 탐욕스럽게 물었다. "부인께서 뭐라고 하셨는지는 모르지만, 그 사람은 매우 흥분한 표정이었어요." 하고 스키가 말했다. "눈에 눈물이 맺혔던데요." 베르뒤랭 부인은 스키의 말을 알아듣지 못한 척하면서 말했다. "샤를리는 내가 한 말에 완전히 무관심해 보이던데요." 아무도 속아 넘어가지 않는 술책 중의 하나를 사용하면서, 또 샤를리의 눈물로 지나치게 자만심에 취한 '여주인'은 이런저런 신도가 울음소리를 듣지 못해 모르게 될까 봐 조각가에게 되풀이해서 말을 시키려고 그렇게 말했다. "천만에요, 정반대로 눈에서 커다란 눈물방울이 반짝이는 걸 보았어요." 하고 스키는, 여전히 단상에 있는 모렐에게 그들의 대화가 들리지 않는다는 걸 확인하려고 곁눈으로 쳐다보면서, 그 악의적인 속내에 미소를 지으며 낮은 어조로 말했다. 그러나 한 사람이 그들의 대화를 듣고 있었는데, 모렐이 그 존재를 알아보았다면 조금 전에 잃어버렸던 희망을 그에게 다시 돌려주었으리라. 바로 나폴리 여왕이었다. 부채를 잊어버리고 갔던 여왕은 다른 파티에 참석하고 돌아오는 길에 직접 부채를 찾으러 오는 편이 보다 상냥하리라 생각했다. 그녀는 민망하다는 듯 살며시 들어와서는 미안하다는 말을 하고, 지금은 아무도 없는 살롱을 짧게 방문하고 가려던 참이었다. 그런데 사람들은 그 사건에 열중한 나머지 여왕이 들어오는 소리를 듣지 못했고, 하지만 여왕은 그 사실을 금방 이해하고 분노로 얼굴이 붉게 타올랐다. "스키가 말하기를 모렐의 눈에 눈물이 맺혔다고 하던데, 당신도 보았나요? 나는 보지 못했거든요. 아! 그렇지만 기억나는군요." 하고 베르뒤랭 부인은 자기가 부인한 사실을 사람들이 그대로 믿을까 봐 걱정하며 고쳐 말했다. "샤를뤼스 씨로 말하자면, 벌벌 떠는 모습이 의자에 앉지 않으면 안 될 것 같더군요. 다리가 떨려서 금방이라도 쓰러질 것 같았어요." 하고 부인은 냉소하며 가차 없이 말했다. 그 순간 모렐이 베르뒤랭 부인에게 달려갔다. "바로 저 귀부인이 나폴리 여왕이 아니신가요?" 하고 모렐은(비록 그 귀부인이 여왕이라는 사실을 알고 있었음에도 불구하고) 샤를뤼스 쪽으로 걸어가는 여왕을 가리키면서 물었다. "이런 일이 있고 나서는 애석하게도! 남작에게 소개시켜 달라는 부탁은 할 수 없겠네요." "기다리세요, 내가 소개해 드릴게요." 하고 말한 후 베르뒤랭 부인은 그녀의 뒤를 따르는 몇몇 신도들과 함께 — 맡긴 옷을 서둘러 찾아 떠나려는 브리쇼와 나를 제외하고 — 샤를뤼스 씨와 담소를 나누는 여왕에게 갔다. 모렐을 나폴리 여왕에게 소개시키려는 그 커다란 소망의 실현을 방해하는 것은, 결코 일어나지 않을 여군주의 죽음밖에 없다고 샤를뤼스 씨는 생각해 왔다. 우리는 미래를 텅 빈 공간에 투사된 현재의 반영으로 그려 보는데, 그것은 대부분 우리로부터 빠져나가는 원인들의 아주 가까운 결과이다. 그 일이 일어난 지 한 시간도 지나지 않은 그 시각, 샤를뤼스 씨는 모렐을 여왕에게 소개시키지 않기 위해서라면 모든 것을 내놓았을 것이다. 베르뒤랭 부인이 여왕에게 무릎을 구부리고 절했다. 여왕이 알아보지 못하는 것 같아서 그녀는 "베르뒤랭 부인입니다. 전하께서는 저를 알아보지 못하시는 것 같군요."라고 말했다. "정말 그렇군요."라고 여왕은 아주 자연스럽게, 그리고 지극히 방심한 표정으로 샤를뤼스와의 대화를 계속하며 말했는데, 베르뒤랭 부인으로서는 그렇게 방심한 표정으로 발음한 "정말 그렇군요."라는 말이 자신에게 건넨 말인지조차 의심스러울 정도였다. 이 말은 무례한 행동의 전문가이자 애호가인 샤를뤼스 씨로부터 연인으로서의 고통을 느끼는 와중에도 감사의 미소를 끌어냈다. 모렐은 자신을 소개시키기 위한 준비 절차를 멀리서 바라보다 가까이 다가갔다. 여왕은 샤를뤼스 씨에게 팔을 내밀었다. 여왕은 또한 샤를뤼스 씨에게도 화가 났는데, 그를 모욕한 비열한 자들에게 보다 정력적으로 맞서지 않았기 때문이었다. 여왕은 베르뒤랭 부부가 감히 남작을 그런 식으로 대한 것에 대해 그를 대신해서 얼굴이 붉어질 정도로 수치심을 느꼈다. 몇 시간 전에 여왕이 그들에게 표했던 소박함 넘치는 호의와, 지금 그들 앞에 몸을 똑바로 세우는 오만한 자만심은 그녀의 마음속 동일한 지점에서 나온 것이었다. 여왕은 선의가 가득한 여인이었지만, 이 선의를 우선 자신이 사랑하는 이들과 가족과 자신의 가문에 속하는 모든 왕족들에 대한── 거기에는 샤를뤼스 씨도 포함된다.──, 다음으로는 그녀가 사랑하는 이들을 존경할 줄 알고 그들에게 좋은 감정을 간직할 줄 아는 부르주아나, 보다 비천한 서민 계급의 모든 이들에 대한 변함없는 애정의 형태로 이해했다. 베르뒤랭 부인에게 호감을 표명한 것도 바로 이런 선의의 본능을 부여받은 여인이라는 데에서 기인했다. 그리고 이것은 아마도 협소 개념, 조금은 '보수적(tory)'*이며,

---

* '보수적'이라고 옮긴 원문의 tory는 영국의 보수당을 지지하는 사람을 가

어쩌면 점점 시대에 뒤진 것으로 간주되는 선의의 개념인지도 모른다. 그렇다고 해서 여왕의 선의가 다른 사람보다 진지함과 열의 면에서 정도가 덜하다는 말은 아니다. 고대인들이 헌신했던 인간 집단이 도시의 경계를 초과하지 않았고, 현대인의 경우에는 국가의 경계를 초과하지 않지만, 그럼에도 그들은 미래에 이 지상의 모든 '국가 연합'을 사랑할 이들 못지 않게 그들의 집단에 대해 강한 애착을 가지고 있다. 내 주위에도 어머니의 사례가 있었는데, 캉브르메르 부인과 게르망트 부인의 권유에도 불구하고, 어머니는 어떤 자선 '사업'이나 애국적인 목적의 봉사 활동 작업실에는 참가할 결심을 하지 못했으며, 판매원이나 후원자가 될 결심도 하지 못했다. 나는 어머니가 마음 내킬 때만 행동하고, 가족이나 하인과 우연히 길에서 만난 불행한 사람들을 위해서만 자신이 가진 풍요로운 사랑과 관대함을 보존하는 것이 옳은 행동이라고 말할 생각은 추호도 없지만, 어머니의 풍요로운 사랑과 관대함은 할머니와 마찬가지로 끝이 없었으며, 또 게르망트 부인이나 캉브르메르 부인과 같은 여인들이 할 수 있고, 또 이미 과거에 했던 행동의 수준을 훨씬 넘어선다는 점을 잘 알고 있다. 나폴리 여왕은 이와는 완전히 달랐지만, 그럼에도 여왕이 호감을 가진 대상이, 알베르틴이 내 서재에서 꺼내 거의 독점하다시피한 도스토옙스키의 소설에 나오는 인물들, 다시 말해 아첨하는 식객의 모습 아래 도둑놈들과 술주정뱅이들, 때로는 아부

리킨다.

하고 때로는 무례한 자들, 방탕한 자들, 심지어는 살인자들과
도 차이가 있음은 인정해야 한다. 하지만 극과 극은 통하기 마
련이다. 여왕이 수호하는 고귀한 인간, 가까운 지인이자 모욕
당한 친척은 바로 샤를뤼스 씨였으며, 다시 말해 여왕과의 온
갖 혈연관계와 출생에도 불구하고 그 미덕이 수많은 악덕으
로 에워싸인 사람이었다. "안색이 좋지 않군요. 친애하는 사
촌." 하고 여왕은 샤를뤼스 씨에게 말했다. "내 팔에 기대세요.
이 팔이 언제까지나 당신을 떠받쳐 줄 것임을 굳게 믿으세요.
그 일을 하기에 내 팔은 충분히 단단하답니다." 그런 뒤 그녀
는 오만하게 앞을 향해 눈을 들었다.(그녀 앞에는 스키가 내게
얘기한 바에 따르면 베르뒤랭 부인과 모렐이 있었다.) "아시다시피
이미 이 팔은 지난날 가에타에서 악당들을 꼼짝 못 하게 했답
니다. 당신에게도 성벽으로 쓰일 거예요."* 이렇게 엘리자베스
황후의 영광스러운 여동생은 자기 팔에 기댄 남작을 데리고
가면서, 모렐을 소개하는 일도 허락하지 않고 퇴장했다.

샤를뤼스 씨의 끔찍한 성격과, 친척까지도 공포에 떨게 하
는 심한 괴롭힘으로 미루어, 사람들은 저녁 파티가 끝난 후 그
가 분노를 폭발하고, 베르뒤랭 부부에게 복수를 감행하리라
고 생각했을지 모른다. 그런데 아무 일도 일어나지 않았다. 그

---

* 1860년 가리발디가 이끄는 '붉은 셔츠 부대'의 원정에 맞선 가에타에서의
최후의 일전을 환기한다.(141쪽 주석 참조.) 사교계에서 받은 자존심의 상처
가 전쟁의 은유를 통해 묘사되고 있다. 또 모욕받은 자가 여왕의 팔에 기대어
퇴장하는 이미지는 『장 상퇴유』에서도 찾아볼 수 있다.(『갇힌 여인』, 플레이
아드 III, 1769쪽 참조.)

주된 이유는 물론 그로부터 며칠 지나지 않아 남작이 오한을 일으켜 그 당시 빈발했던 유행성 폐렴에 걸렸고, 이내 의사로부터, 또 그 자신도 그렇게 판단했지만, 죽음의 문턱에 있다는 진단을 받았으며, 그래서 몇 달 동안 생사의 갈림길에 있었기 때문이다. 그것은 단순히 신체로 전이된 병, 그때까지 분노의 광란 속에 정신을 잃게 했던 신경증이 다른 병으로 대체된 것은 아니었을까? 왜냐하면 그가 사교적 관점에서 베르뒤랭 부부를 한 번도 진지하게 생각해 본 적이 없다고 해서 자신과 동등한 사람에게 하듯 베르뒤랭 부부를 원망할 수는 없었으리라는 생각은 지나치게 단순하며, 또한 가상의 무해한 적에게 툭하면 화를 내는 신경질적인 인간이 누군가의 공격을 받으면 반대로 위험하지 않은 인간이 되어서, 그들의 마음을 진정시키려면 원한을 품어 봐야 아무 소용이 없음을 말로 증명하기보다 차라리 얼굴에 찬물을 끼얹는 편이 낫다는 생각 역시 지나치게 단순하기 때문이다. 그러나 어쩌면 이런 원한의 부재에 대한 설명을, 우리는 병의 신체적 전이 현상보다 차라리 병 자체에서 찾아야 할지도 모른다. 병이 남작에게 극심한 피로를 유발하여, 베르뒤랭 부부를 생각할 여유조차 주지 못했던 것이다. 그는 거의 죽어 가고 있었다. 우리는 앞에서 공격에 대해 언급했다. 비록 사후에 효력이 발생하는 공격이라 할지라도, 그 효력을 적절하게 '연출하려면'* 자신이 가진 힘

---

* 여기서 '연출하다(monter)'로 옮긴 이 단어는, 1차 세계 대전 당시 군사 작전을 다루는 신문에서 자주 사용되었던 단어라고 지적된다.(『갇힌 여인』, 플레이아드 III, 1769쪽 참조.)

의 일부를 포기할 필요가 있다. 그런데 샤를뤼스 씨에게는 이런 준비 활동에 쏠 힘이 거의 남아 있지 않았다. 사람들은 흔히 죽는 순간 불구대천의 원수들이 서로를 보기 위해 눈을 떴다가 행복하게 눈을 다시 감는다고 말한다. 그러나 이런 예는, 삶의 한창때에 죽음이 우리를 기습하는 경우를 제외하고는 드문 법이다. 삶의 한창때였다면 즐겁게 감수했을 위험도, 잃을 것이 없을 때에는 반대로 그 위험에 직면하고 싶은 의지마저 상실한다. 복수심도 삶의 일부이다. 그것은 대개 죽음의 문턱에서는 — 나중에 보게 될 테지만, 같은 성격을 가진 사람에게서 인간적 모순이 나타나는 예외적인 경우가 있긴 하지만 — 사라지기 마련이다. 잠시 베르뒤랭 부부를 생각한 후 샤를뤼스 씨는 심한 피로감을 느꼈고, 벽 쪽으로 돌아누우면서 더 이상 아무 생각도 하지 않았다. 그가 유창한 말솜씨를 상실해서가 아니라, 그 달변이 예전만큼의 노력을 필요로 하지 않았기 때문이다. 그것은 자연스럽게 흘러나왔지만 그 성격이 변했다. 그토록 빈번하게 그의 달변을 장식했던 격렬한 감정으로부터 해방되자, 이제 그것은 부드러운 말과 '복음서'의 비유, 외관상 죽음에의 체념으로 미화된 거의 신비주의자의 달변이 되었다. 그는 자신이 구원받았다고 느끼는 날이면 특히 말을 많이 했다. 그러다가 병이 재발하면 다시 침묵했다. 그의 당당한 격렬함이 기독교적인 온화한 어조로(마치 「에스테르」가 「앙드로마크」와는 전혀 다른 천재를 보여 주는 것처럼)* 변

---

* 인물들 사이의 갈등이 비극으로 치닫는 라신의 초기작 「앙드로마크」와, 기

모하자 이제 주위 사람들이 감탄하기 시작했다. 그 결점 때문에 증오했던 남자를 찬미하는 일이 방해받지 않는다면, 베르뒤랭 부부도 그를 찬미했을 것이다. 물론 겉으로만 기독교인에 속한 듯 보이는 상념들이 여전히 떠돌고 있었다. 그는 가브리엘 대천사에게 제발 하늘에서 내려와 예언자에게 했던 것처럼, 자신에게도 구세주가 언제 오는지 알려 달라고 간청했다. 그리고 부드럽고 고통스러운 미소를 지으면서 기도를 중단하고는 "대천사가 다니엘에게 말한 것처럼 내게 '일곱 주간과 예순두 주간'을 참고 기다리라고 해서는 안 됩니다. 그 전에 죽을 테니까요."라고 덧붙였다.* 이처럼 그가 기다린 사람은 모렐이었다. 그래서 그는 라파엘 대천사에게 어린 토비야를 데려다주었듯이 모렐을 데려다 달라고 애원했다.** 그리고 거기에 보다 인간적인 방법을 끼워 넣어(병든 교황이 미사를 올리면서도 의사를 부르는 걸 잊지 않듯이), 만약 브리쇼가 그의 어린 토비야를 빨리 자기 곁으로 데려다준다면, 라파엘 대천사가 신에게 바칠 제물을 씻는 벳자타*** 못에서 토비야 아

독교 신앙을 노래하는 후기작 「에스테르」는 주제적인 면에서 전혀 다른 작품이지만, 그럼에도 똑같이 라신의 천재성을 입증한다는 것이 화자의 견해이다.
* 가브리엘 천사는 예언자 다니엘에게 구세주의 강림을 알린다. 그의 예언에 따르면 일곱 주간과 예순두 주간은 각각 영도자가 나올 시간과 예루살렘이 복구되기에 필요한 시간이다.(「다니엘서」 9장 25절)
** 『잃어버린 시간을 찾아서』 8권 391쪽 참조.
*** 벳자타 혹은 베테스다(개신교 명칭) 못은 예루살렘 문 옆에 있는 못으로, 예수님이 병자를 고친 곳이다.(「요한복음」 5장 2~9절) 원문에는 '신에게 바칠 제물을 씻는 못'을 의미하는 piscine probatique로 표기되었다.

버지의 시력을 회복시켜 주었듯이, 브리쇼에게 시력을 돌려주는 데도 동의할지 모른다고 방문한 손님들에게 넌지시 비추었다. 그러나 이런 인간적인 면으로의 회귀에도 불구하고, 샤를뤼스 씨의 말에 담긴 정신적인 순수성은 감미로웠다. 허영심이나 험담, 악의와 오만의 광기가 모두 사라졌다. 샤를뤼스 씨는 예전에 그가 머물렀던 수준보다 도덕적으로 훨씬 높이 승격했다. 하지만 이런 도덕적인 완벽함도 — 하기야 그의 달변이 조금은 그를 측은히 여기는 청중을 기만했을 수도 있지만 — 그것을 유발했던 병과 함께 사라졌다. 샤를뤼스 씨가 점점 속도를 내며 비탈길을 내려가는 모습을 우리는 머지않아 보게 되리라. 그러나 그에 대한 베르뒤랭 부부의 태도는 이미 먼 추억이 되었고, 보다 즉각적인 분노가 그 추억이 되살아나는 것을 방해했다.

다시 베르뒤랭네의 저녁 파티 이야기로 돌아가 보면, 그날 밤 부부만 단둘이 있게 되자, 베르뒤랭 씨가 아내에게 말했다. "코타르가 왜 오지 않았는지 아오?* 그는 지금 사니에트 옆에 있는데, 사니에트가 만회해 보려고 주식 시장에 돈을 투자했다가 실패한 모양이오. 그래서 한 푼도 남지 않고 100만 프랑에 가까운 빚을 졌다는데, 그걸 알고 사니에트가 쓰러졌다는구려." "어떻게 그런 도박을 했을까요? 어리석군요. 그런 걸 하기에는 누구보다도 소질이 없는 사람인데. 그보다 훨씬 영

---

* 코타르의 죽음은 이미 앞에서 기술되었지만, 그는 베르뒤랭네의 파티 후에도 등장한다.

리한 사람도 손해를 보는 마당에, 그 사람은 모든 사람에게 속기 위해 태어난 사람이잖아요." "물론이오! 이미 오래전에 우린 그가 바보라는 걸 알고 있었소." 하고 베르뒤랭 씨가 말했다. "하지만 결과가 이러니, 내일이면 당장 집주인에 의해 문밖으로 쫓겨날 테고, 그럼 가장 비참한 신세가 될 거요. 친척들도 좋아하지 않고, 포르슈빌이 그를 위해 뭔가를 해 줄 사람도 아니고. 그래서 생각한 건데, 나는 당신이 좋아하지 않는 일이라면 어떤 것도 하고 싶지 않소. 그가 자신이 파산한 걸 너무 실감하지 않도록 정기적으로 작은 보조금을 주고 자기 집에서 스스로를 돌볼 수 있게 하면 어떨까 하오만." "나도 당신 의견에 전적으로 찬성해요. 그런 생각을 하다니 정말 훌륭해요. 그런데 당신은 '자기 집에서'라고 말했는데, 그 어리석은 사람은 지금 너무 비싼 아파트에 살고 있어서, 그건 더 이상 가능하지 않아요. 방 두 개짜리 아파트 같은 걸 빌려야 해요. 지금은 6000프랑에서 7000프랑 가는 아파트에서 살고 있을걸요." "6500프랑이오. 하지만 그 친구는 자기 집에 대한 애착이 커요. 요컨대 첫 번째 발작으로 쓰러진 상태니, 이삼 년 밖에는 더 살지 못할 거요. 삼 년 동안 그를 위해 일 년에 1만 프랑씩 쓴다고 가정해 봅시다. 우리라면 그 정도는 할 수 있다고 생각하오만. 이를테면 금년에는 라 라스플리에르를 다시 임대하는 대신, 그보다 조금 검소한 집을 빌린다면 말이오. 우리 수입을 가지고 삼 년 동안 1만 프랑씩 줄여 가는 게 불가능하지는 않을 듯하오." "그렇다 쳐요. 하지만 그 일이 남들에게 알려지면 그들에게도 똑같이 해 줘야 하지 않을지 걱정이네요.""물론 나도 그 문제를 생각하지 않은 건 아니오. 어느 누구도 그 사실을 알아서는 안 된다는 특별한 조건에서만 그렇게 하겠소. 인류를 구하는 자선가가 될 생각은 추호도 없소. 박애주의자는 아니거든! 셰르바토프 대공 부인이 물려준 거라고 말해도 될 거요.""하지만 그가 믿을까요? 셰르바토프 대공 부인이 유언 문제로 코타르에게 상의한 적은 있지만.""부득이한 경우, 코타르에게는 터놓고 말할 수 있을 거요. 그는 직업상 비밀 유지에 익숙하고 또 엄청나게 돈도 벌고 있으니, 남을 도와주기 좋아하는 사람에게는 결코 돈을 내라고 하지 않을 거요. 어쩌면 대공 부인이 자신을 유언 집행인으로 삼았다고 나서서 말할지도 모르오. 그 경우, 우리 모습은 보이지도 않을 거요. 감사 인사를 하는 장면이나 호들갑을 떨거나 온갖 미사여구를 피하게 해 줄 거요." 베르뒤랭 씨는 한마디를 덧붙였는데, 물론 그 말은 그들이 피하고 싶은 감동적인 장면이나 미사여구를 의미했다. 그러나 나는 정확히 그 말을 이해할 수 없었다. 그것은 프랑스어가 아니었고, 가족들 사이에서 어떤 일, 특히 불쾌한 일을 가리킬 때, 아마도 이해 당사자 앞에서 그가 알아듣지 못하게 전하고 싶을 때 사용하는 그런 표현 중의 하나였기 때문이다. 이런 종류의 표현은 보통 예전 상태로부터 현재까지 남아 있는 집안의 유산과도 같다. 유대인 가정의 예를 든다면, 지금은 프랑스에 동화한 집안에서 뭔가 본래의 의미에서 벗어난 종교 의식의 용어처럼 아직도 사용하는, 어쩌면 단 하나의 히브리어 같은 것이다. 혹은 지방에 단단하게 뿌리를 내렸던 집안인 경우, 더 이상 사투리도 쓰지 않고 이해도 하지 못하지만, 아직 그들 사이에 남아 있는 지방 사투리일 수 있다. 남미에서 와 프랑스어만을 쓰는 집안이라면 그 말은 스페인어일 수도 있다.* 그리고 다음 세대에 가면 그 말은 어린 시절의 추억으로만 존재할 터다. 아이들은 훗날 식탁에서 시중드는 하인들에 대해 부모가 그들이 모르는 이런 저런 말을 사용했던 걸 기억하지만, 그 말이 정확히 무슨 뜻이었는지, 스페인어였는지, 히브리어였는지, 독일어 사투리였는지, 정말 어떤 언어에 속하기는 했던 건지, 고유 명사는 아니었는지, 혹은 완전히 지어낸 말이었는지 전혀 알지 못한다. 그 의혹은 아마도 같은 말을 사용했던 종조부나 연로한 사촌이 아직 살아 있는 경우에만 해소될 것이다. 그런데 나는 베르뒤랭의 친척은 단 한 사람도 알지 못했으므로, 그 말을 정확히 복원시킬 수 없었다. 여하튼 그 말이 베르뒤랭 부인을 틀림없이 미소 짓게 한 모양이었다. 일상적인 말보다는 덜 일반적이며 더 개별적이고 더 내밀한 언어는, 자기들끼리 그것을 사용하는 사람들에게는 반드시 만족감이 따르기 마련인, 어떤 이기적인 감정을 선사한다. 기쁨의 순간이 지나가자 베르뒤랭 부인은 "그런데 만일 코타르가 말하면 어떡하죠?"라고 반박했다. "그 사람은 말하지 않을 거요." 하지만 코타르는 말했고, 적어도 내게 얘기해 주었다. 몇 년 후 바로 사니에트의 장례식 날, 나

* 프루스트는 이 문단에서 자신의 가족과('종교 의식의 용어'는 유대인인 어머니 쪽, '지방 사투리'는 일리에가 고향인 아버지 쪽), 남미의 베네수엘라에서 태어난 친구 레날도 안의 가족을 암시하는 것처럼 보인다.(『갇힌 여인』, 플레이아드 III, 1770쪽)

는 코타르를 통해 그 사실을 알게 되었으니까. 좀 더 일찍 알지 못했음이 안타까웠다. 그 사실을 알았다면, 인간을 결코 원망해서는 안 되며, 어떤 사악한 행위에 대한 기억을 가지고 인간을 판단해서는 안 된다는 생각을 보다 빨리 할 수 있었을 텐데. 그들의 영혼이 다른 순간에 진심으로 원하고 실행했던 그 모든 착한 일들을 우리는 결코 알 수 없기 때문이다. 이처럼 단순히 앞일을 예측한다는 관점에서도 우리는 오류를 범한다. 우리가 관찰했던 악한 모습은 틀림없이 결정적인 방식으로 돌아올 것이다. 그러나 영혼은 이런 악한 모습보다 더 풍요롭고, 다른 많은 모습들을 갖고 있으며, 동일한 인간에게서 그 다른 모습들이 다시 돌아올 테지만, 우리는 그가 과거에 저질렀던 악행으로 인해 그 다른 모습이 주는 기쁨을 거부한다. 그러나 좀 더 개인적인 관점에서 살펴보면, 이런 사실의 폭로가 내게 영향을 끼치지 않은 것은 아니었다. 코타르가 좀 더 일찍 알려 주었다면, 점점 더 악독한 인간으로 여기게 된 베르뒤랭 씨에 대한 나의 의견도 변하여 베르뒤랭 부부가 알베르틴과 나 사이에서 어떤 역할을 하는 게 아닌가 하는 의혹을 씻어 주었을지도 모르기 때문이다. 게다가 어쩌면 잘못된 방향에서 씻어 주었을지 모른다. 왜냐하면 미덕을 지녔다고는 하나, 베르뒤랭 씨는 사람들을 놀리면서 가장 잔인한 방식으로 괴롭혔고, 또작은 패거리에서의 지배적인 위치를 차지하기를 선망한 나머지, 작은 그룹의 강화를 절대적인 목적으로 삼지 않는 관계를 끊기 위해서라면 가장 끔찍한 거짓말이나 부당한 증오의 도발도 주저하지 않았기 때문이다. 그는 이해관계에 초연하고, 관대한 인심을 베풀면서도 과시하지 않을 줄 아는 인간이었으나, 이 말이 반드시 감수성이 예민하고 호감이 가고 양심적이고 진실하고 언제나 선한 인간을 의미하지는 않는다. 선의의 감정은 부분적으로 ── 어쩌면 내 고모할머니의 친구였던 집안의 영향이 아직 남아 있었는지 모르지만* ── 내가 이런 사실로 선의를 발견하기 전 이미 그에게서 틀림없이 존재했을 것이다. 마치 콜럼버스와 피어리가 발견하기 전 이미 아메리카 대륙과 북극이 존재했던 것처럼 말이다.** 그럼에도 불구하고, 그 일을 알게 된 순간, 베르뒤랭 씨의 성격은 내게 예상 밖의 새로운 측면을 제시했다. 그리하여 나는 사회와 정념과 마찬가지로, 인간의 성격은 하나의 고정된 이미지로 제시하기가 어렵다는 결론에 도달했다. 왜냐하면 인간의 성격은 사회와 정념처럼 변하며, 또 우리가 그 성격의 비교적 변하지 않는 모습을 찍고 싶어도, 당황한 카메라 렌즈 앞에서(우리의 성격은 부동성을 간직할 줄 모르고 그저 움직일 뿐이라는 의미를 함축하면서) 연이어 다른 모습이 나타남을 보기 때문이다.

시계를 보고 알베르틴이 따분해하지 않을까 걱정된 나는 베르뒤랭네의 저녁 파티에서 나오며 브리쇼에게 먼저 내 집 앞에

---

* 「스완의 사랑」에서는 화자의 고모할머니가 아닌 할아버지가 베르뒤랭을 알고 지내던 사이로 나온다.(『잃어버린 시간을 찾아서』 2권 29쪽)
** 미국의 탐험가 로버트 피어리(Robert Peary)는 1909년에 북극점에 도달했는데, 이 사건은 당시 신문에서 많은 울림을 자아냈다.(『갇힌 여인』, 플레이아드 III, 1770쪽)

서 내려도 좋은지 물었다. 그 후에 마차가 그를 집까지 모셔다 드릴 거라고 했다. 집에서 나를 기다리는 소녀의 존재를 모르는 브리쇼는, 이렇게 곧장 집으로 돌아가 빨리 얌전하게 밤을 끝내는 나를 칭찬했는데, 이와는 정반대로 나는 사실상 진짜 밤의 시작을 지연시켰을 뿐이다. 그런 다음 그는 샤를뤼스 씨 얘기를 했다. 아마도 샤를뤼스 씨는 그에게 매우 다정했을 텐데, 항상 "나는 남에게 아무 말도 전하지 않소."라고 말하던 교수가 그에 대해, 또 그의 삶에 대해 어떤 망설임도 없이 말하는 모습을 보았다면 매우 놀랐을 것이다. 그리고 만일 샤를뤼스 씨가 브리쇼에게 "누군가가 말하기를, 자네가 내 험담을 하고 다닌다고 하던데."라고 말했다면, 브리쇼도 샤를뤼스 씨 못지않게 진심으로 놀라며 분개했을 터다. 사실 브리쇼는 샤를뤼스 씨를 좋아했고, 만일 남작을 주제로 해서 굴러갔던 몇몇 대화를 부득이 참고해야 한다면, 모든 사람이 말하는 것과 동일한 내용을 얘기하면서도, 내용 자체보다는 남작에 대해 느꼈던 호감을 더 많이 떠올렸을 것이다. "나는 당신에 대해 많은 우정을 가지고 얘기한다오."라고 말할 때의 그는 자신이 거짓말을 한다고는 생각하지 못했으리라. 샤를뤼스 씨에 대해 얘기하는 동안 어떤 우정 같은 걸 느꼈으니까. 샤를뤼스 씨는 특히 브리쇼에게 교수가 사교계 생활에서 기대했던 것, 오랫동안 시인들의 창작물로 생각해 왔던 것의 실제 표본을 제공해 주는 매력을 지니고 있었다. 브리쇼는 베르길리우스의 『전원시』* 2권을, 그 허구적 표현이

---

* 베르길리우스의 『전원시』는 총 열 권으로 구성되어 있는데, 대부분이 그

어떤 현실에 근거하는지도 모른 채 자주 강의해 왔는데, 만년에 이르러 샤를뤼스 씨와 담소를 나누며, 그의 스승인 메리메 씨와 르낭 씨, 동료인 마스페로* 씨가 스페인과 팔레스티나와 이집트를 여행하면서 그들 자신이 책에서 연구했던 고대 장면과 그 변함없는 배우들을, 스페인과 팔레스티나와 이집트의 현재 풍경과 주민들에게서 알아보며 기쁨을 느꼈다는 걸 알고는 자신도 조금은 그 기쁨을 맛보았다. "그 고귀한 혈통의 용사(勇士)를 모욕할 생각은 없지만," 하고 브리쇼가 우리를 데리고 가는 마차 안에서 말했다. "그가 그 악마 같은 교리를 조금은 샤랑통 정신 병원에 수감된 미친 사람의 열정과 집요함을 가지고 — '스페인산 백분을 얼굴에 바른 망명 귀족**의 순진함을 가지고'라고 말할 뻔했네. — 설교를 시작할 때면 그는 그냥 비범한 존재라고 할 수 있네. 이런 신앙 없는 시대에 자신의 아도니스를 보호하기 위해 종족의 본능을 따르고,

리스의 시인 테오크리투스에게서 빌린 것으로, 노래하는 목동이라는 주제에 시대적 요소와 인간적 감정을 결합한 작품이다. 이 중 『전원시』 2권은 목동인 코리돈(Corydon)이 또 다른 목동 알렉시스(Alexis)를 만나 사랑에 빠지는 내용이다.

* 이집트학 학자 마스페로에 대해서는 『잃어버린 시간을 찾아서』 3권 98쪽 참조.

** 스페인산 '백분'을 의미하는 le blanc d'Espagne가, 스페인의 대귀족을 의미하는 le grand d'Espagne(샤를뤼스처럼 귀족에 대한 자부심이 강했던)와 프랑스 혁명 시기 망명 귀족의 이미지로 이어지고 있는데, 스페인산 백분은 여러 다른 쓰임 중에서도 특히 분을 만드는 데 쓰였으며, 망명 귀족은 이런 분을 얼굴에 바른 것으로 알려져 있다.(『갇힌 여인』, 리브르드포슈, 447쪽 참조.)

또 남색가로서의 순진함을 가지고 십자군에 참가한 이 봉건 시대 인물의 방문을 받는 날에는, 감히 윌스트* 예하를 따라 말해 보면 전혀 '지겹지 않다'고 단언할 수 있네." 나는 브리쇼의 말을 듣고 있었으나 그와 탄둘이 있지는 않았다. 게다가 집을 떠났을 때부터 이런 느낌은 쭉 계속되었는데, 지금 자기 방에 있는 소녀와 비록 어렴풋하게나마 연결되어 있는 듯한 느낌이었다. 베르뒤랭네 살롱에서 이런저런 사람과 담소를 나눌 때도 나는 내 옆에서 그녀를 어렴풋이 느꼈고, 그녀에 대해 마치 자신의 팔다리를 대할 때와 같은 막연한 관념을 가졌으며, 또 어쩌다 그녀를 생각할 때면 온전히 노예 상태로 매여 있는 권태로운 감정과 더불어 자신의 몸을 생각하는 기분이 들었다. "얼마나 대단한 험담의 보고(寶庫)인지!" 하고 브리쇼가 말을 이었다. "그 사도와의 대화로『월요 한담』**의 부록 전체를 다 채울 정도니. 생각해 보게나. 나는 그를 통해 우리 시대의 가장 위대한 도덕적 구성이라고 찬미해 왔던 윤리학 개론서가, 실은 우리의 존경하는 동료인 ○○씨에게 젊은 전보

---

* 윌스트(Hulst, 1884~1896) 추기경은 파리 가톨릭 대학의 설립자로, 그의 도덕적 품격에는 어울리지 않는 '지겹지 않다(Je ne m'embête pas)'라는 발언을 했다고 알려졌다. 샤랑통 정신 병원, 분을 바른 망명 귀족, 종교적 엄격함의 표상인 윌스트 예하, 그리스 신화에 나오는 미소년 아도니스, 십자군 전쟁과 봉건 시대, 이런 이질적인 조합은 남색가 샤를뤼스의 이미지를 구축하기 위한 브리쇼의 현학적인 시도의 산물이다.

**『월요 한담』의 저자인 생트뵈브에 대해 프루스트가 가장 크게 비난한 점은, 자신이 연구하는 작가의 전기적 요소에 대한 맹목적인 믿음이었다.(『갇힌 여인』, GF-플라마리옹, 543쪽 참조.)

배달부가 영감을 주었음을 알게 되었고, 또 우리의 탁월한 친구가 자신의 논지를 펴 나가는 과정에서, 그 청년의 이름을 밝히기를 소홀히 했다는 점도 망설이지 않고 인정했다네. 그런 점에서 그는 사랑하는 육상 선수의 이름을 올림피아의 제우스 반지에 새겨 넣은 페이디아스보다 체면을 더 중시했으며, 아니 자네가 원한다면 페이디아스보다 감사하는 마음이 부족했다고 말할 수 있을 걸세.* 남작은 이 페이디아스의 이야기를 모르더군. 그 이야기가 정통성이라는 관점에서 남작을 얼마나 매혹시켰는지는 말할 필요도 없겠지. 자네도 쉽게 상상할 수 있을 테지만, 박사 논문 심사에서 동료 교수와 논쟁을 벌일 때마다, 나는 내 동료의, 게다가 매우 정교한 변증법적 화술에서, 샤토브리앙이 자신의 회고록에서 충분히 고백하지 않았다고 생각하는 생트뵈브가, 거기서 새로운 자극적인 사실을 발견할 때면 느끼는 것과 같은 그런 추가적인 풍미를 느낀다네.** 그 전보 배달부는 황금 같은 지혜를 가졌지만, 돈이 많지 않은 내 동료로부터 남작의 손으로 넘어갔네.('순수한 의도'로 말일세. 이 말을 할 때의 브리쇼의 어조를 들어야 한다.) 그리고 그 '악마'는 정말 남을 보살펴 주기를 좋아하는 사람인지라, 자신의 피보호자를 위해 '식민지'에 자리를 하나 얻어 주었고, 감사의 마음을 갖게 된 녀석은 그곳에서 이따금 남작에게 맛있는 과일을 보낸다네. 남작은 그 과일을 상류층 지인들에게 베

* 페이디아스(Pheidias, 기원전 480~430)는 고대 그리스의 조각가로, 파르테논 신전의 재건과, 신들의 상을 제작한 것으로 유명하다.
** 샤토브리앙이 저술한 『무덤 너머의 회고록』(1849~1850)을 가리킨다.

풀지. 최근에 젊은이가 보내온 파인애플이 콩티 강변로의 식탁에 올라왔는데, 베르뒤랭 부인은 어떤 악의도 섞지 않고 '샤를뤼스 씨, 아메리카에 아저씨나 조카분이 계신가 봐요. 이런 파인애플을 받으시는 걸 보니!'라고 말했다네. 고백하지만 나도 디드로가 즐겨 떠올렸던 호라티우스의 『오드』첫 부분을 '마음속으로' 읊으면서 조금은 유쾌한 기분으로 먹었네.* 요컨대 팔라틴에서 티부르**까지 배회하는 내 동료 부아시에처럼, 나는 남작과의 대화를 통해 특이하게도 아우구스투스 시대 작가들의, 보다 생생하고 흥미로운 사상을 끌어낼 수 있었다네.*** '퇴폐기'의 작가들 얘기는 말할 것도 없고, 또 그리스 작가들까지 거슬러 올라갈 필요도 없네. 물론 이 탁월한 샤를뤼스 씨에게, 그의 곁에 있으면 내가 마치 아스파시아**** 집에 있는 플라톤이 된 것 같은 느낌이 든다고 말한 적 있네만. 사실 내가 이 두 인물의 수준을 지나치게 과장하고 있는지도 모

---

* 디드로는 『풍자 I, 성격과 성격 또는 직업의 말에 관해』라는 저술에서 호라티우스의 오드를 인용했는데, 이 책에서 말하는 첫 부분이란 "올바르고 확고한 결심을 하는 인간"이라는 구절이다.(『갇힌 여인』, 폴리오, 444쪽 참조.)
** 고고학자 가스통 부아시에가 쓴 『산책』과 『새로운 고고학적 산책』에 관한 암시이다.(부아시에에 관해서는 『잃어버린 시간을 찾아서』 8권 362쪽 주석 참조.) 팔라틴은 로마의 언덕 이름이며, 티부르는 라티움의 옛 도시로 지금의 티볼리이다.
*** 아우구스투스는 로마의 초대 황제로, 그의 재위 기간 동안 베르길리우스와 호라티우스 등 라틴 문학의 황금시대가 꽃피었다.
**** 아스파시아(Aspasia)는 아테네 페리클레스 장군의 동반자로 많은 지식인들이 그녀 집에 모여서 한담을 나누었다고 한다. 뛰어난 지성의 소유자로, 플라톤에 따르면 페리클레스의 그 유명한 '장례식 연설'도 그녀가 초안했다고 한다.

르지. 그리고 라퐁텐의 말처럼, 내가 든 예는 '보다 작은 동물로부터' 끌어낸 거라네.* 어쨌든 자네는 이 말이 남작의 기분을 상하게 했다고는 생각하지 않겠지. 남작이 그렇게 순진하게 행복해하는 모습은 일찍이 본 적이 없네. 어린아이처럼 열광하는 모습이 그의 귀족적인 냉정한 태도와는 어울리지 않더군. '소르본 교수들은 정말 아첨꾼일세!' 하고 남작이 기뻐하면서 외치더군. '아스파시아와 비교되기 위해 이 나이까지 기다렸다고 생각하니! 나처럼 늙은 화상이! 오! 내 젊음이여!' 여느 때처럼 엄청나게 분을 칠하고, 그 나이에도 멋쟁이 청년처럼 사향 냄새를 풍기면서 그 말을 하던 남작의 모습을 자네도 보았어야 하는데. 요컨대 남작은 족보에 관해 지나치게 집착하고 있네만, 그럼에도 이 세상에서 가장 훌륭한 인간이라고 할 수 있네. 이 모든 이유로 나는 오늘 밤의 절교가 결정적인 사건이 된다면, 무척 비통할 것 같네. 나를 놀라게 한 것은 반항하던 젊은 녀석의 태도라네. 녀석은 얼마 전부터 남작 앞에서 맹신자나 호위 무사 같은 태도를 취했기에, 그런 반란의 전조는 전혀 보이지 않았거든. 어쨌든 남작이 콩티 강변로에 다시 돌아가지 못한다 해도('신이시여! 이런 전조로부터 벗어나게 해 주소서!'**) 이 분열이 내게로까지 확대되지 않았으면 좋

---

* 라퐁텐의 「비둘기와 개미」(『우화집』 2부 12)에 나오는 구절이다. 이 구절은 이미 「게르망트」에서도 「사자와 생쥐」의 환기를 통해 인용된 적이 있다.(『잃어버린 시간을 찾아서』 6권 379쪽 참조.)
** 로마의 웅변가 키케로가 한 말로, 본문에는 라틴어로 '디이 오멘 아베르탄트(Dii omen avertant)'라고 표기되었다.

겠네. 내 초라한 지식과 남작의 경험을 교환하면서 우리는 서로 많은 득을 보고 있었는데 말일세.(사실 샤를뤼스 씨는 브리쇼에게 그렇게 격한 원한은 표시하지 않았지만, 후일 그는 어떤 관용도 베풀지 않고 교수를 비판할 정도로 그에 대한 호감이 꽤 식은 모습을 보여 주었다.) 그리고 자네에게 단언하지만 이 교환은 아주 불공평해서, 남작이 자신의 삶에서 체험한 것을 내게 고백할 때면, 삶에 대한 꿈을 꾸기에 가장 좋은 장소가 여전히 도서관이라는 실베스트르 보나르*의 말에 나는 동의할 수 없었다네."

마차가 집 앞에 도착했다. 나는 마차에서 내려 마부에게 브리쇼의 주소를 주었다. 보도에서 알베르틴 방의 창문을 보았다. 그녀가 내 집에 살기 전에는 저녁이면 항상 컴컴했던 이 창문에, 덧창을 가득 메운 수평의 창살 틈으로 잘린 실내의 전기 불빛이 위에서 아래로 금빛 줄무늬를 나란히 그리고 있었다. 이 마법의 책은 그렇게도 내게 분명했고, 또 내 잔잔한 정신 앞에 매우 가깝고도 정확한 이미지를, 조금 후 내가 방 안에 들어가서 소유하게 될 이미지를 그려 보였으나, 마차 안에 남은 거의 눈이 보이지 않는 브리쇼에게는 보이지 않았고, 또 교수는 알베르틴이 산책에서 돌아올 무렵이면 나를 방문하는 친구들과 마찬가지로, 완전히 내게 속한 소녀가 내 옆방에

---

* 아나톨 프랑스의 『실베스트르 보나르의 죄』(1881)에 나오는 주인공이다. 아카데미 회원인 실베스트르 보나르는 '꿈의 열쇠'를 팔려고 하는 인간에게 이렇게 대답한다. "그렇소. 이 꿈과 다른 수많은 즐겁고 비극적인 꿈들은 삶의 꿈이라는 단 한마디의 말로 요약된다오. 당신의 작은 노란 책이 그 꿈에 대한 열쇠를 줄 수 있을지?"(『갇힌 여인』, 플레이아드 III, 1772쪽에서 재인용.)

서 나를 기다린다는 사실도 몰랐으므로 그 책을 이해할 수도 없었을 것이다. 마차가 떠났다. 나는 잠시 보도에 홀로 서 있었다. 내가 아래에서 쳐다보는 저 빛나는 줄무늬는 다른 사람에게는 별 의미가 없는 것일 테지만, 내가 저 줄무늬 뒤에 있는 보물, 뭐라고 할지 남들은 짐작도 하지 못하는 보물 — 내가 그곳에 감추어 놓고, 또 그로부터 저 수평의 빛이 발산되는 —, 그렇지만 나 자신의 고독과 자유와 사유를 포기한 대가로 얻은 보물에 온갖 의미를 부여했으므로, 그 줄무늬는 지극히 조밀하고 충만하며 견고한 의미를 띠었다. 만일 알베르틴이 저 위에 있지 않고, 또 내가 쾌락만을 바랐다면, 지금쯤 나는 낯선 여인들에게서 쾌락을 구하고 있을 테고, 어쩌면 베네치아나 적어도 밤의 파리 한구석에서 그 삶 속으로 들어가려고 시도했을지도 모른다. 그러나 애무의 시간이 다가올 때 내가 해야 했던 일은, 여행도 외출도 아닌, 집으로 돌아가는 것이었다. 그러나 홀로 있기 위해서가 아닌, 또 밖에서 내게 사유의 양식을 마련해 준 타인들과 헤어진 후 적어도 그 양식을 내 자아 속에서 찾기 위해서도 아닌, 이와는 반대로 곧 나를 맞이할 사람에게 나라는 인간을 완전히 맡겨 한순간도 나자신을 생각할 여유가 없으며, 또 그 사람이 내 곁에 있으므로 그 사람을 생각할 노력조차 하지 않아, 베르뒤랭네 집에 있을 때보다도 더 혼자라는 느낌이 들지 않는 집으로의 귀가였다. 그리하여 잠시 후면 내가 있을 방의 창문을 향해 밖에서 마지막으로 눈을 들면서, 나는 그 빛나는 창살이 곧 내 위로 닫히는 광경을 보는 듯했고, 또 나 자신이 영원한 노예 상태를 유지하기 위해 그 금빛 창살을 주조한 것처럼만 느꼈다.

알베르틴은 내가 자기를 질투하고 있으며, 자신이 하는 온갖 일에 몰두한다는 말은 한 번도 하지 않았다. 질투에 관해 우리가 나누었던 몇 마디 말들은, 비록 오래전 일이긴 하지만, 오히려 그와 반대되는 사실을 증명하는 듯 보였다. 어느 달빛 밝은 아름다운 밤, 우리의 관계 초기에 그녀를 집까지 데려다주었지만, 마음속으로는 그녀를 데려다주지 않고 그녀와 헤어지자마자 다른 여자의 뒤를 쫓아가고 싶었던 그런 첫 무렵에, 그녀에게 이런 말을 했던 기억이 떠올랐다. "당신도 알겠지만 내가 당신을 데려다주겠다고 제안한 건 질투 때문이 아니에요. 당신에게 뭔가 할 일이 있다면 난 몰래 물러날 거예요." 그러자 그녀는 내게 대답했다. "오! 난 당신이 질투하지 않는다는 것도, 또 당신이 그런 것에 관심이 없다는 점도 잘 알아요. 하지만 나는 당신과 함께 있는 것 말고는 달리 할 일이 없어요." 또 한번은 라 라스플리에르에서 샤를뤼스 씨가 남몰래 모렐을 향해 눈길을 던지면서, 알베르틴의 환심을 사는 상냥한 행동을 대놓고 했을 때, 나는 그녀에게 "저분이 당신에게 꽤 바짝 붙어 있네요."라고 말했다. 그리고 반쯤 냉소적인 어조로 "난 질투의 온갖 괴로움을 겪었어요."라고 덧붙였다. 그러자 알베르틴은 그녀가 태어난 천박한 환경, 아니면 그녀가 현재 드나드는, 보다 천박한 환경 특유의 언어를 사용하며 이렇게 말했다. "그만 좀 놀리시지. 난 당신이 질투하지 않는다는 걸 잘 안다고. 우선 당신이 그렇게 말하고 있고, 또 그렇게 보이니까. 자, 그만하시지!" 그 후로 그녀는 자신이 의견을 바꾸었다는 말은 한 번도 하지 않았다. 그렇지만 그녀의 마음속에는 이 질투라는 주제에 관해 틀림없이 수많은 새로운 생각이 형성되었을 테고, 그것을 감추었다가 우연한 일로 자기도 모르게 드러낼 수 있었다. 왜냐하면 그날 밤 집에 돌아와 그녀의 방에 가서 그녀를 데리고 내 방에 왔을 때(나도 그 이유는 모르겠으나 조금은 마음이 불편했는지, 알베르틴에게 사교계에 간다고는 했지만 어디로 갈지는 아직 모르며, 어쩌면 빌파리지 부인이나 게르망트 부인 혹은 캉브르메르 부인 댁에 갈지 모른다고 말하면서 정작 베르뒤랭네 이름은 언급하지 않았다.) 내가 "어느 집에서 오는 길인지 맞혀 봐요. 베르뒤랭네 집에서 오는 길이에요."라는 말을 입 밖에 내자마자, 알베르틴은 얼굴이 온통 무너져 내리더니 "그럴 줄 알았어."라고 자신도 억제하지 못하는 힘으로 스스로 폭발한 듯 대답했기 때문이다. "내가 베르뒤랭 집에 가는 게 그토록 당신을 곤란하게 할 줄은 몰랐네요." (그녀는 사실 곤란하다는 말은 하지 않았지만, 분명히 그렇게 보였다. 또 내가 그 일이 그녀를 곤란하게 하리라고 생각하지 않았다는 것 역시 사실이다. 그렇지만 분노를 폭발하는 그녀의 모습 앞에서, 마치 일종의 회고적인 복시 현상이 이미 그 사건들을 과거에 체험했던 것으로 보이게 하는 사건 앞에서, 다른 것은 결코 기대할 수 없었던 듯한 생각이 들었다.) "곤란요? 그게 나와 무슨 상관이 있다는 거죠? 나는 아무래도 좋아요. 그 집에 뱅퇴유 양이 오기로 되어 있지 않았나요?" 이 말에 정신을 잃은 나는 그녀가 생각하는 것보다 훨씬 많이 안다는 걸 보여 주기 위해 "요전 날 당신이 내게 베르뒤랭 부인을 만났다고 말하지 않았나요?"라고 말했다. "내가 부인을 만났다고요?" 하고 그녀는 꿈꾸는 듯한 표정으로 마치 기억을 한데 모으기 위해 애쓴다는 듯 그녀 자신에게 물었고, 또 그걸 가르쳐 줄 수 있는 것이 바로 나라는 듯 내게 물었다. 그리고 틀림없이 실제로 내가 아는 것을 말하게 하려고, 어쩌면 힘든 대답을 하기 전에 시간을 벌려고 그렇게 물었으리라. 그런데 나는 뱅퇴유 양보다 조금 전에 내 머리를 스쳐 간 두려움, 보다 강한 힘으로 나를 사로잡은 두려움에 더욱 몰두하고 있었다. 집에 돌아오면서도 나는 뱅퇴유 양과 그 여자 친구의 참석을 베르뒤랭 부인이 허영심에서, 그저 과시하기 위해서 지어냈다고 믿었고, 그래서 집에 돌아오면서도 마음이 평온했다. 다만 "그 집에 뱅퇴유 양이 오기로 되어 있지 않았나요?"라는 알베르틴의 말이 내 첫 번째 의혹이 틀리지 않았음을 보여 주었다. 그렇지만 그 점에 관해서는 알베르틴이 배르뒤랭 댁에 가기를 단념하면서 나를 위해 뱅퇴유 양을 포기했으므로, 앞날에 대해서도 안심할 수 있었다.

"게다가" 하고 나는 화가 나서 말했다. "당신은 내게 많은 걸 감추고 있어요. 아주 사소한 것조차. 이를테면 말이 났으니 하는 말인데, 발베크로 사흘 동안 여행을 갔던 일만 해도." 나는 '말이 났으니 하는 말인데'라는 표현을 '아주 사소한 것조차'라는 말의 보어로 덧붙였다. 그래서 혹시 알베르틴이 "발베크 여행에서 도대체 뭐가 부적절했다는 거죠?"라고 말한다 해도 "이제는 기억도 나지 않아요. 누군가가 말해 준 것이 머릿속에 뒤섞여서 별로 중요하게 생각하지 않았으니까요."라고 대답할 수 있다고 생각했다. 사실 그녀가 운전차와 함께 발베크까지 갔고, 또 그녀가 보낸 우편엽서가 그렇게나 늦게 도착했던 그 사흘 동안의 여정을 언급한 것은 정말 우연이었고, 나는 그렇게 잘못된 예를 택했음이 후회스러웠다. 왜냐하면 겨우 오가는 시간밖에 없는 그런 산책에는, 상대가 누구이든 약간의 긴 밀회가 끼어들 시간이 전혀 없었기 때문이다. 그런데 알베르틴은 내가 방금 말한 것에 의거하여 내가 정말로 그 일의 진실을 알고 있으며, 내가 알고 있는 것을 다만 자신에게 숨겼다고 생각했다. 그러므로 그녀는 내가 얼마 전부터 이런저런 방법을 써서 자신을 미행했으며, 또는 어떤 방식으로든 그녀가 지난주에 앙드레에게 말한 것처럼, 그녀 자신의 삶에 관해 내가 '그녀보다 더 많이 알고 있다'고 확신했다. 그래서 그녀는 불필요한 고백으로 내 말을 중단시키려 했다. 물론 나는 그녀가 하는 말을 한 번도 생각해 본 적이 없었지만, 그 대신 거짓말하는 여인이 왜곡한 진실과 거짓말하는 여인을 사랑하는 남성이 그 거짓말에 따라 주조한 진실의 관념 사이에 그토록 큰 간극이 있었으므로, 그 말에 압도될 수밖에 없었다. 내가 "말이 났으니 하는 말인데, 발베크로 사흘 동안 여행을 갔던 일만 해도."라고 말하자마자, 그 즉시 알베르틴은 내 말을 끊고 아주 당연한 사실이라는 듯 자백했다. "실제로는 발베크로의 여행이 없었다고 말하려는 거죠? 물론이죠! 그리고 나는 왜 당신이 그 사실을 믿는 사람처럼 행동했는지 언제나 자문해 보곤 했어요. 하지만 별일 아니었어요. 운전사에게 사흘 동안 그만의 볼일이 있었어요. 감히 당신에게 말하지는 못했지만. 그래서 그에 대한 선의에서(나다운 행동이죠! 그리고 그런 일은 항상 내게로 떨어진답니다.), 자칭 발베크로의 여행이라는 걸 지어냈어요. 그는 오퇴유*에 있는 아솜시옹 거리에 사는 내 여자 친구 집 앞에 나를 내려 줬어요. 거기서 나는 몹시 따분한 사흘을 보냈죠. 당신도 보다시피 대단한 일은 아니에요. 별거 아니에요. 우편엽서가 일주일이나 늦게 도착한 걸 보고 당신이 웃었을 때, 난 어쩌면 당신이 모든 걸 다 알지도 모른다고 추측했어요. 어리석은 짓이었죠. 아예 엽서를 보내지 않는 편이 나았는데. 하지만 내 잘못은 아니에요. 내가 미리 엽서를 사서 운전사가 나를 오퇴유에 내려 주기 전에 건넸거든요. 그가 엽서를 봉투에 넣고 발베크 근처에 사는 친구에게 보내면 그 친구가 당신에게 발송하기로 되어 있었는데, 그 멍청한 녀석이 호주머니에 편지를 넣고 잊어버린 거예요. 나는 엽서가 도착할 날만을 생각하고 있었는데. 그런데 그 멍청이는 닷새가 지나서야 겨우 기억하고는 내게 그걸 말하는 대신, 바로 발베크에 있는 친구에게 보냈지 뭐예요. 녀석이 그 말을 했을 때, 나는 그를 두들겨 패 줬어요. 그래요! 그 지독한 바보가 사소한 집안일을 처리하느라 사흘 동안 나를 방구석에 처박혀 있게 한 대가로, 당신에게 쓸데없는 걱정을 안겨 준 거예요! 오퇴유에서는 남이 볼까 봐 감히 외출도 못 했어요. 딱 한 번 외출했을 때는 장난삼아 남장을 했죠. 그런데 가는 곳마다 운이 따라다녔는지, 나를 제일 먼저 곤경에 빠뜨린 사람은 바

---

* 파리 근교의 소도시로 비교적 부촌에 해당하며 프루스트가 태어난 곳이기도 하다. 현재는 파리 16구에 속한다. 아솜시옹 거리는 프루스트가 태어난 16구의 라퐁텐 거리와 수직으로 난 길이다.

로 당신의 유대인 친구 블로크였어요. 그렇지만 나는 당신이 내 상상 속에서만 존재하는 발베크 여행 이야기를 그를 통해서 알았으리라고는 생각하지 않아요. 그는 나를 알아보지도 못한 표정이었으니까요."

너무도 많은 거짓말에 놀라 압도된 모습을 보이고 싶지 않았던 나는 무슨 말을 해야 할지 아무 생각도 나지 않았다. 이런 끔찍한 감정에, 알베르틴을 집 밖으로 내쫓고 싶은 생각보다 오히려 울고 싶은 격렬한 욕구가 더해졌다. 이런 욕구는 거짓말 자체나, 또 내가 진실로 믿었던 온갖 것의 파기로 인해 초래된 것이 아니라 ─ 마치 어떤 집도 남아 있지 않고, 다만 헐벗은 땅이 잔해 탓에 울퉁불퉁한, 그런 파괴된 도시에 있는 것처럼 느껴지는 ─ 오퇴유의 친구 집에서 지루하게 사흘을 보내면서도 알베르틴이 남몰래 내게로 와서 하루를 지내고 싶다거나, 아니 하루를 지낼 생각조차 하지 않았다는, 혹은 내게 속달 우편을 보내 오퇴유로 만나러 와 달라고 부탁할 생각도 하지 않았다는 슬픔에서 비롯된 것이었다. 그러나 이런 상념에 빠져 있을 여유가 없었다. 특히 그녀에게 놀란 모습을 보이고 싶지 않았다. 나는 그녀가 얘기하는 것보다 훨씬 더 많은 것을 알고 있는 사람의 미소를 지으면서 말했다. "그러나 그건 다른 수많은 것 중 하나에 지나지 않을걸요. 바로 오늘 저녁만 해도 베르뒤랭네 집에서 알게 되었는데, 당신이 뱅퇴유 양에 관해 말했던 것이……." 알베르틴은 고통스러운 표정으로 나를 뚫어지게 응시하면서 내 눈에서 내가 아는 것을 읽어 내려고 했다. 그런데 내가 알고 말하려고 했던 것은, 뱅퇴유 양이 어떤 사람인지에 관한 것이었다. 그리고 그 사실을 나는 베르뒤랭네 집이 아니라, 예전에 몽주뱅에서 알았다. 그러나 그 이야기를 한 번도 일부러 한 적이 없었으므로, 그날 저녁에야 안 것처럼 보이게 할 수 있었다. 그리고 나는 이런 몽주뱅의 추억을 가졌다는 사실에 대해 거의 기쁨마저 느꼈는데 ── 작은 열차 안에서 그토록 고통스러운 시간을 보낸 뒤 ── 내가 그 날짜를 실제보다 늦춘다고 해서 명백한 증거가 되지 않는 것은 아니며, 알베르틴에게는 결정적인 타격이 될 수 있었기 때문이다. 적어도 이번만은 내가 '알고 있는 것처럼 가장할' 필요가 없었고, 알베르틴을 '자백하게 할' 필요도 없었다. 나는 몽주뱅에서 불이 환히 켜진 창문을 통해 알았고 또 '보았다.' 알베르틴이 뱅퇴유 양과 그 여자 친구와의 관계가 아무리 순수하다고 말하더라도, 내가 그 두 여자의 품행을 알고 있었다고 (또 내가 거짓말하지 않는다고) 맹세한다면, 그들을 '나의 큰언니'라고 부르며 일상적인 내밀함 속에서 함께 살아왔던 그녀가, 그들의 제안에 응하는 대상이 ── 그 제안에 응하지 않았다면 그들과의 관계가 깨어졌을 텐데 ── 아니었다고 어떻게 주장할 수 있단 말인가? 하지만 나는 진실을 말할 틈이 없었다. 알베르틴이 그 가짜 발베크 여행에 대해 내가 진실을 안다고 믿었던 것처럼, 만일 뱅퇴유 양이 베르뒤랭 집에 있었다면 뱅퇴유 양을 통해, 혹은 다만 뱅퇴유 양에게 알베르틴의 이야기를 했을 베르뒤랭 부인을 통해, 내가 진실을 알았다고 믿고는 내가 말할 겨를도 없이 자백을 했기 때문이다. 그것은 내가 믿었던 것과 정확히 반대되는 내용이었으나, 그녀가 결코 거짓말을 멈추지 않았음을 증명했고, 어쩌면 그래서 더 마음이 아팠는지도 모른다.(특히 내가 조금 전에 말한 것처럼 나는 더 이상 뱅퇴유 양을 질투하지 않았으니까.) 알베르틴은 선수를 치면서 이렇게 말했다. "내가 뱅퇴유 양의 여자 친구 손에 키워졌다고 주장한 것이 거짓말이라는 것을 오늘 저녁에 알았다는 말이겠죠. 당신에게 조금 거짓말을 한 건 사실이에요. 하지만 당신이 날 매우 무시한다고 느꼈고, 또 그토록 뱅퇴유의 음악에 열광하는 걸 보면서, 내 친구 중의 하나가 — 이건 정말이에요. 맹세할 수 있어요. — 뱅퇴유 양 친구의 친구였으므로, 그 두 젊은 여자와 아주 잘 아는 사이인 것처럼 꾸민다면, 어리석게도 당신 눈에 내가 조금은 더 흥미로운 여자로 보일 거라고 생각했어요. 내가 당신을 따분하게 하고, 당신 눈에 바보 같은 여자로 보인다고 느꼈거든요. 그래서 그런 사람들과 자주 만나는 사이였다고 말하면, 뱅퇴유의 음악에 관해 보다 자세한 정보를 당신에게 줄 수 있을 테고, 그러면 당신 눈에 내가 조금은 멋진 사람처럼 보여서, 우리가 좀 더 가까운 사이가 되지 않을까 생각했어요. 내가 거짓말을 한다면, 그건 항상 당신에 대한 우정 때문이에요. 그리고 당신이 진실을 알기 위해, 게다가 어쩌면 사람들이 조금은 과장한 것인지 모르지만, 오늘 밤 베르뒤랭네의 운명적인 파티가 필요했나 봐요. 맹세하지만 뱅퇴유 양의 여자 친구는 나를 모른다고 했을 거예요. 학교 친구 집에서 적어도 두 번은 봤지만요. 물론 그렇게 유명해진 사람들에 비하면 나는 별로 근사한 사람이 못 되니까요. 그들은 나를 한 번도 본 적이 없다고 말하는 편을 더 좋아했을 거예요." 가련한 알베르틴, 자신이 뱅퇴유 양의 여자 친구와 매우 친한 사이였다고 말함으로써 '버려지는 것'을 미루고 나와 가까워질 거라고 믿었을 때, 흔히 있는 일이지만 그녀는 자신이 원했던 것과는 다른 길을 통해 진실에 도달했다. 내가 생각했던 것보다 훨씬 음악에 정통하다는 걸 그녀가 보여주었다 해도, 그날 밤 작은 열차 안에서 그녀와 헤어지고자 했던 나의 결심을 방해하지는 못했을 것이다. 그렇지만 그녀가 그런 목적에서 했던 바로 그 말이, 즉각적으로 우리의 헤어짐을 불가능하게 하는 것 이상을 가져왔다. 다만 그녀는 해석의 오류를 범했다. 그 말이 가져올 결과가 아닌, 그 말에 의거하여 산출될 결과의 원인을 잘못 해석한 것이다. 그 원인은, 내가 그녀의 음악적 소양이 아닌, 그녀의 나쁜 친구 관계를 아는데 있었다. 나를 갑자기 그녀에게 가까워지게 하고, 더 나아가 그녀 속으로 녹아들게 하는 것은 쾌락에 대한 기대가 아니라 ─ 쾌락이라는 말은 지나친 표현이고 가벼운 즐거움이라고 해 두자. ─ 고통의 압박이었다.

이번에도 내가 놀랐다고 추측할지 몰랐으므로 지나치게 긴 침묵을 지킬 여유가 없었다. 그래서 그녀가 베르뒤랭네 모임에서 그렇게 겸손하고 무시당한다고 믿었다는 사실에 울컥해서는 다정하게 말했다. "하지만 내 사랑, 나도 그 점에 대해 생각해 봤어요. 몇백 프랑쯤은 얼마든지 줄 테니, 우아한 귀부인 차림으로 당신이 원하는 곳은 어디든 가고, 베르뒤랭 부부도 근사한 저녁 식사에 초대해요." 오! 슬프게도! 알베르틴에게는 여러 명의 인간이 존재했다. 그중에서도 가장 신비스럽고 가장 단순하고 어쩌면 가장 잔인한 인간이 그녀가 역겨운 표정으로 하는 대답에서 그 자취를 드러냈는데, 사실을 말하자면 나는 그 말을 잘 구별하지 못했다.(끝까지 말하지 않은 탓에 말의 첫머리도 구별할 수 없었다.) 나중에 그녀의 생각을 짐작하고서야, 비로소 그 말을 복원할 수 있었다. 말이란 우리가 이해할 때에만 회고적으로 들린다. "매우 고맙군요! 그런 늙은이들을 위해 한 푼이라도 쓰느니, 당신이 한 번이라도 나를 자유롭게 내버려 둔다면 깨뜨리게 하러(se faire casser) 가고 싶긴 하지만……."* 그 즉시 그녀는 얼굴을 붉히면서 난처한 표정을 지었고, 마치 방금 한 말을 다시 입속으로 집어넣으려는 듯 입에 손을 댔는데, 나는 무슨 말인지 전혀 이해하지 못했다. "뭐라고 말했어요, 알베르틴?" "아무것도 아니에요. 반쯤 졸았나 봐요." "아니, 그렇지 않아요. 당신은 완전히 깨어 있었어." "나는 베르뒤랭네와의 저녁 식사를 생각했어요. 그런 생각을 다 하다니 당신은 참 친절해요." "아니, 난 당신이 방금 한 말을 얘기하는 거예요." 그녀는 수많은 설명을 했지만, 그 어느 것도 그녀가 말한 것과 일치하지 않았다. 내 말은 그 설명이 도중에 중단되어 모호한 상태로 남아 있는 말과 일치하지 않는다는 의미가 아니라, 그녀가 말을 중단하고 그와 동시에 갑자기 얼굴을 붉혔다는 사실과 일치하지 않는다는 의미였다. "자,

---

* 여기서 '깨뜨리게 하다'라고 옮긴 se faire casser는 관용구 se faire casser le pot에서 목적어인 항아리(le pot)가 생략된 표현이다. 동성애자의 성행위를 묘사하는 비속어로, 항아리는 보통 엉덩이나 항문을 가리킨다. 알베르틴의 성적 취향이 유일하게 드러나는 부분이다.

내 사랑, 당신이 하고 싶었던 말은 그게 아니잖아요. 그게 아니면 왜 도중에 멈췄어요?" "내 청이 신중하지 못한 것 같아서요." "무슨 청인데요?" "저녁 식사를 베푼다는." "그 말이 아니잖아요. 우리 사이에 그렇게 입이 무거울 필요는 없어요." "아뇨, 정반대로 좋아하는 사람들을 악용해서는 안 되니까요. 어쨌든 맹세코 그런 의미의 말이었어요." 한편으로 나는 그녀가 하는 맹세를 결코 의심할 수 없었지만, 다른 한편 그녀의 설명은 나의 지성을 충족시켜 주지 못했다. 나는 계속 고집을 부렸다. "어쨌든 용기를 내서 하던 말을 끝내 봐요. 당신은 '깨뜨리다(casser)'라는 단어에서 멈췄어요." "오! 제발, 그만해요!" "왜요?" "지독히 천박한 말이니까요. 당신 앞에서 그 말을 하게 되면 난 무척 수치스러울 거예요. 내가 뭘 생각하고 있었는지도 몰라요. 의미도 모르는 말이, 언제가 길거리에서 들은 매우 야비한 사람들의 말이 아무 이유도 없이 그저 입에서 나온 거예요. 나하고는 전혀 상관없는, 어느 누구와도 상관없는 말이에요. 그냥 잠꼬대예요." 나는 더 이상 알베르틴으로부터 아무것도 끄집어낼 수 없으리라 생각했다. 조금 전에는 말을 중단한 것이 사교적인 신중함 때문이라고 맹세하면서 거짓말을 했는데, 지금은 내 앞에서 지나치게 천박한 말을 하는 게 수치스러워서 말을 중단했다는 것이다. 그런데 이것은 두 번째 거짓말이었다. 왜냐하면 알베르틴하고 함께 있을 때, 서로를 포옹하면서 말을 지껄일 때는 지나치게 변태적인 주제도, 지나치게 천박한 말도 없었으니 말이다. 어쨌든 지금은 우겨 봐야 소용없는 일이었다. 그러나 나의 기억은 이 '깨뜨리다'라는 말에 사로잡혀 있었다. 알베르틴은 '그에게 욕을 퍼부었어!'라는 의미로 '누군가에 대해 장작을 패다', '설탕을 쪼개다'*라는 말이나, 아니면 다만 "아! 내가 그를 여지없이 깨뜨렸어!"라는 말을 자주 했다. 하지만 내 앞에서도 그런 말을 거침없이 하던 그녀가, 그런 말을 하고 싶었다면 왜 갑자기 입을 다물었을까? 왜 갑자기 그렇게 심하게 얼굴을 붉히고 입에 손을 대고 그 말을 다른 식으로 표현하고, 또 내가 '깨뜨리다'라는 말을 분명히 들은 걸 알자 거짓 설명을 붙였을까? 하지만 아무 대답도 듣지 못할 이런 심문을 계속하기를 포기하기로 결심한 이상, 최선의 방법은 더 이상 그것에 대해 생각하지 않는 표정을 짓는 것이었다. 그래서 '여주인' 집에 갔다고 알베르틴이 나를 비난했던 이야기로 돌아갔는데, 어리석은 변명처럼 들리는 서투른 말이 튀어나왔다. "마침 오늘 저녁 베르뒤랭네 파티에 같이 가지 않겠느냐고 부탁하려고 했었어요." 이중으로 서툰 말이었다. 만약 내가 정말 그러길 바랐다면, 그녀의 얼굴을 하루 종일 보고 있었는데, 왜 미리 제안하지 않았단 말인가? 내 거짓말에 격노하고, 주눅 든 내 모습에 대담해진 그녀는 "당신이 천년 동안 부탁했어도"라고 말했다. "난 동의하지 않았을 거예요. 그들은 내게 항상 적대적이었고, 나를 괴롭히

* 여기서 '누군가에 대해 장작을 패다'로 직역한 casser du bois sur quelqu'un 이나 혹은 '설탕을 쪼개다'로 옮긴 casser du sucre는 누군가가 없는 자리에서 하는 험담이나 비방 또는 화자의 표현에 따르면 '욕을 퍼붓다'라는 의미를 가진 관용구이다. 이 문단에서 화자의 성찰은 이런 casser라는 동사의 비유적 의미를 대상으로 하고 있다.

기 위해 온갖 짓을 다 했어요. 발베크에서 내가 베르뒤랭 부인을 얼마나 극진히 대우했는데, 꼴좋은 보답을 받은 거죠. 부인이 죽음의 침상에서 부른다 해도 나는 가지 않을 거예요. 세상에는 용서 못 할 일이 있어요. 당신으로 말하면, 당신에게 이렇게 무례한 대접을 받은 건 처음이에요. 당신이 외출했다고 프랑수아즈가 말했을 때(그녀는 그 말을 할 수 있어서 얼마나 만족스러워했는지), 차라리 누군가가 머리 한가운데를 쪼개 줬으면 싶었어요. 프랑수아즈가 눈치채지 못하도록 애쓰긴 했지만요. 내 평생 이런 모욕은 처음이었어요."

그러나 그녀가 말하는 동안, 생생하게 살아 있는 창조적 무의식이 활동하는 수면 아래서(그저 스쳐 가기만 한 것들이 마음속에 새겨지고, 지금까지 헛되이 찾고 있던 것을 여는 열쇠를 우리의 잠든 손이 움켜쥐고 있는), 나는 그녀가 그 중단된 문장으로 무엇을 말하려고 했는지, 그 끝머리가 무엇이었는지를 찾기 위한 탐색을 계속하고 있었다. 그러다 갑자기 끔찍한 말이, 내가 한 번도 생각해 보지 못했던 말이 내게로 떨어졌다. '항아리(le pot)'라는 말이었다. 그 말이 단번에 떠올랐다고는 할 수 없다. 마치 불완전한 추억에 소극적으로 오래 예속되어 있으면 제아무리 천천히 조심스럽게 그 추억을 펼쳐 보이려고 해도, 여전히 거기에 기울어진 채 들러붙어 있는 것과도 같다. 아니, 지금까지 내가 추억을 회상하던 통상적인 방식과는 달리, 거기에는 두 종류의 탐색이 병행되었다고 생각한다. 하나는 알베르틴이 했던 말뿐만 아니라 그녀의 짜증스러운 시선과, 내가 돈을 낼 테니 근사한 저녁 식사를 베풀라고 제안했을 때

'고마워요. 나를 귀찮게 하는 일에 그렇게 돈을 쓰다니 나는 돈이 없어도 얼마든지 재미있는 일을 할 수 있어요!'라고 말하는 것 같은 그녀의 시선도 고려한 탐색이었다. 그리고 이 시선에 대한 추억이, 어쩌면 그녀가 말하고자 했던 말의 끝머리를 찾는 방법을 바꾸게 했는지도 모른다. 그때까지도 나는 그녀가 마지막으로 언급했던 '깨뜨리다'라는 말에 최면을 걸고 있었다. 무엇을 깨뜨린다는 말일까? 장작을 팬다는 말일까? 아니다. 설탕을 쪼갠다는 말일까? 아니다. 패다, 쪼개다, 깨뜨리다. 그러다 갑자기 저녁 식사를 베풀라고 제안했을 때 그녀가 어깨를 으쓱하면서 보냈던 시선이 떠오르면서, 그녀가 말했던 문장의 단어들을 역추적하게 했다. 그렇게 해서 나는 그녀가 '깨뜨리다(casser)'라고 말하지 않고 '깨뜨리게 하다(se faire casser)'라고 말했음을 깨달았다. 얼마나 끔찍한 말인가! 그녀가 좋아했던 것은 바로 그것이었다. 이중으로 끔찍한 말이었다. 왜냐하면 아무리 그런 짓에 동의하고 또 욕망하는 최하층의 매춘부라 할지라도, 그 짓을 하는 남성 앞에서 그런 끔찍한 표현은 쓰지 않기 때문이다. 자신을 너무 비하시키는 느낌이 들 것이다. 다만 여성을 좋아하는 경우라면, 그런 여성에게 조금 전 남성한테 몸을 허락한 것에 대한 미안함을 표시하려고 그 같은 말을 쓸지도 몰랐다. 알베르틴이 조금 전 반쯤 꿈을 꾸고 있었다고 말한 것은 거짓이 아니었다. 충동적이고 방심한 그녀는 나와 함께 있는 것조차 잊어버리고 어깨를 으쓱하며, 그런 여성 중의 하나와 하듯, 어쩌면 꽃핀 소녀들 가운데 하나와 하듯, 말을 했는지도 모른다. 그러다 갑자기 현실로 돌아온 그녀는 수치심으로 얼굴을 붉히며 입속에서 말하려 했던 것을 억누르고, 절망감에 사로잡혀 더 이상 한마디도 하려고 하지 않았던 것이다. 그녀에게 나의 절망하는 모습을 보이지 않으려면 단 일 초도 낭비할 틈이 없었다. 그러나 벌써 분노의 폭발에 이어 내 눈에는 눈물이 흐르고 있었다. 발베크에서 그녀가 뱅퇴유네와의 우정을 폭로했던 저녁처럼, 나는 내 슬픔을 설명해 줄 그럴듯한 이유를, 동시에 내가 결심할 때까지 며칠간의 유예 기간을 갖기 위해, 알베르틴에게 심각한 영향을 줄 수 있는 이유를 즉각적으로 지어내야 했다. 그래서 알베르틴이 내가 혼자 외출한 일로 인해 받은 모욕만큼 심한 모욕을 느낀 적이 없으며, 그 말을 프랑수아즈의 입을 통해 들으면서 차라리 죽고 싶었다고 말했을 때, 그녀의 그 우스꽝스러운 예민한 감성에 짜증이 났던 나는, 내가 한 일은 아주 하찮은 것이며, 또 내가 외출했다고 해서 그녀의 기분을 언짢게 할 만한 일은 아무것도 없었다고 말하려고 했다. 하지만 그동안 이와 병행하여, 그녀가 '깨뜨리다'라는 말 다음에 하려고 했던 말을 찾기 위한 무의식적인 탐색이 성공했고, 또 그 발견이 내게 던진 절망감을 완전히 감출 수 없었으므로 스스로를 변호하는 대신 자책하는 쪽을 택했다. "귀여운 알베르틴," 하고 나는 첫 번째 눈물의 결과로 얻은 부드러운 어조로 이렇게 말했다. "당신이 틀렸고, 내가 한 짓은 아무것도 아니라고 말할 수도 있어요. 하지만 그러면 거짓말을 하는 게 되겠죠. 당신이 맞아요. 당신은 진실을 깨달았어요, 내 가련한 아이. 여섯 달, 아니 석 달 전 아직 당신에게 그처럼 많은 우정을 품었을 때라면 그런 일은 결코 하지 않았을 거예요. 별일 아닐 수도 있지만, 내 마음속에 일어난 엄청난 변화를 생각하면 대단한 일이에요. 그것이 바로 신호라고 할 수 있어요. 나는 당신에게 감출 수 있기를 기대했지만 당신이 그 변화를 간파했으니, 이제 나는 이런 말을 할 수밖에 없네요. 나의 귀여운 알베르틴," 하고 나는 지극히 다정하면서도 서글픈 어조로 말했다. "당신도 알다시피, 이곳에서 보내는 삶이 당신을 따분하게 하고 있으니 헤어지는 편이 나아요. 또 가장 멋진 이별은 가능한 빨리 이루어지는 법이니, 내가 느낄 그 커다란 슬픔을 단축하기 위해서라도, 오늘 밤 작별 인사를 하고 내일 아침 나를 만날 필요도 없이 내가 자는 동안 그냥 떠나 주었으면 좋겠어요." 그녀는 깜짝 놀라 여전히 믿기 어려워하면서도 벌써 비통해했다. "뭐라고요? 내일요? 그러길 원하나요?" 우리의 이별을 벌써 과거의 일처럼 말한다는 게 고통스러웠지만 — 어쩌면 부분적으로는 바로 이런 고통 때문에라도 — 나는 그녀가 우리 집에서 출발한 후 해야 할 몇 가지 세부 사항에 대해 매우 정확한 조언을 늘어놓기 시작했다. 이 조언에서 저 조언으로 드디어는 지극히 작은 세부 사항까지 들어갔다. "미안하지만," 하고 나는 무한한 슬픔을 느끼면서 말했다. "당신 아주머니 댁에 있는 베르고트의 책을 돌려줘요. 그리 급하지는 않지만, 사흘이나 일주일 안에 당신이 편한 대로 돌려줘요. 하지만 내가 그 책을 다시 요구하지 않게 유념해 줘요. 그렇게 되면 마음이 너무 아플 테니. 우린 행복했지만 지금은 불행하리라고 느껴지네요." "우리가 불행할 거라고 느낀다고는 말하지 말아요." 하고 알베르틴이 내 말을 끊으며 말했다. "'우리'라고 하지 말아요. 그렇게 생각하는 건 당신뿐이니까요." "그래요, 당신이나 나나, 이런 이유나 저런 이유나 어쨌든 당신 좋을 대로." "그런데 이렇게 야심한 시간에 당신은 잠을 자야 해요." "우린 오늘 밤 헤어지기로 결정했는데요." "미안하지만 '당신' 이 결정했어요. 난 당신 마음을 아프게 하고 싶지 않아서 따를 뿐이에요." "그렇다고 하죠. 내가 결정했지만, 고통스럽지 않은 건 아니에요. 오랫동안 고통스러울 거라는 말은 아니지만, 당신도 알다시피 내게는 오래도록 기억하는 능력이 없으니까요. 하지만 처음 며칠은 당신이 몹시 그리울 거예요! 그러니 편지로 추억을 되살릴 필요는 없다고 생각해요. 단번에 끝내야 해요." "그래요. 당신 말이 맞아요." 하고 그녀는 비탄에 잠긴 표정으로 말했는데, 거기에 늦은 밤 시각의 피로로 휘어진 모습이 겹쳐졌다. "손가락을 하나씩 잘리느니 당장이라도 목을 내놓는 편이 나아요." "아, 이런. 이렇게 늦은 시간까지 당신을 붙잡아 두다니, 도저히 믿을 수 없어요! 내가 미쳤어요. 어쨌든 우리의 마지막 밤을 위해! 당신도 평생 잘 시간이 있을 테니." 이렇게 자라는 인사를 해야 할 시간이라고 말하면서도, 나는 그녀가 그 말을 할 순간을 되도록 늦추려고 애썼다. "처음 며칠 동안만이라도 기분 전환을 위해, 블로크에게 사촌인 에스테르를 당신이 있는 곳으로 보내 달라고 부탁해 볼까요? 나를 위해서라면 그렇게 해 줄 거예요." "왜 그런 말을 하는지 모르겠네요.(내가 그 말을 한 것은 알베르틴의 자백을 받기 위해서였다.) 나는 오직 한 사람에게만 관심이 있어요. 바로 당신이죠."라고 알베르틴이 말했는데, 그 말은 내 마음을 감미로움으로 채워 주었다. 그러나 그녀가 "당신이 말하는 에스테르에게 내 사진을 주었던 일이 이제 기억나는군요. 에스테르가 달라고 우겼고, 또 사진을 주면 기뻐할 것도 알았으니까요. 하지만 그녀에게 우정을 느끼거나 보고 싶었던 건 전혀 아니에요!"라고 말했을 때는 얼마나 큰 아픔을 주었는지. 그렇지만 알베르틴의 성격은 매우 가벼웠으므로 이내 "그녀가 나를 보고 싶어 한다면 상관없어요. 그녀는 매우 상냥하지만, 난 아무래도 좋으니까요."라고 덧붙였다. 이렇게 해서 블로크가 내게 보내 주었던(내가 알베르틴에게 이 이야기를 했을 때는 아직 받지도 못했던) 에스테르의 사진 이야기를 알베르틴에게 말했을 때, 내 여자 친구는 에스테르에게 준 그녀의 사진을 블로크가 내게 보여 주었다고 잘못 이해했던 것이다. 최악의 상태를 가정한다 해도, 나는 알베르틴과 에스테르 사이에 그와 같은 내밀한 관계가 존재하리라고는 전혀 상상하지 못했다. 전에 사진 얘기를 꺼냈을 때, 알베르틴은 내게 대답할 말을 한마디도 찾아내지 못했다. 그런데 지금은 내가 사정을 잘 안다고 착각하고, 털어놓는 게 보다 능숙한 처사라고 생각했던 것이다. 나는 비탄에 빠졌다. "그리고 알베르틴, 제발 부탁이니 나를 절대로 다시 만나려고 하지 말아요. 혹시라도, 이런 일은 일어날 수 있으니까, 일 년이나 이 년, 삼 년 후에 우리가 같은 도시에 있게 되더라도 나를 외면해 줘요." 그녀가 내 부탁에 긍정적으로 답하지 않는 걸 보고 "나의 알베르틴, 그런 일은 하지 말아요. 이번 생에서는 다시 나를 보려고 하지 말아 줘요. 그러면 내 마음이 너무 아플 거예요. 당신도 알다시피, 나는 정말 당신에게 우정을 가지고 있었으니까요. 요전 날 우리가 발베크에서 얘기했던 여자 친구를 내가 다시 보고 싶다고 말했을 때, 당신은 아마도 그 만남이 계획되었던 거라고 믿었겠죠. 전혀 그렇지 않아요. 단언하지만, 그런 건 아무래도 좋았어요. 당신은 내가 오래전부터 당신을 떠나기로 결심했으며, 내 애정이 그저 코미디에 지나지 않는다고 확신했겠지만." "아니에요. 당신 미쳤어요. 난 그렇게 믿지 않았어요." 하고 그녀는 쓸쓸히 말했다. "당신이 옳아요. 그렇게 믿어서는 안 돼요. 난 진심으로 당신을 좋아했어요. 어쩌면 사랑이 아닐지도 모르지만, 나는 진심으로 매우 깊은 우정을 가지고, 당신이 생각할 수 있는 것보다 훨씬 깊은 우정을 가지고 당신을 좋아했어요." "그럼요, 믿어요. 그리고 만약에라도 당신이, 내가 당신을 사랑하지 않는다고 상상한다면!" "당신과 이별하는 건 정말 가슴 아픈 일이에요." "나는 천배나 더 가슴 아파요."라고 알베르틴은 대답했다. 그러자 이미 조금 전부터 솟구쳐 나오던 눈물을 나는 더 이상 억제할 수가 없을 것 같았다. 그러나 이 눈물은, 지난날 내가 질베르트에게 "삶이 우리를 갈라놓으니 더 이상 만나지 않는 편이 나아."라고 말했을 때 느꼈던 것과 동일한 종류의 슬픔으로부터 나온 것은 아니었다. 아마도 질베르트에게 그 말을 써 보냈을 때, 내가 훗날 질베르트가 아닌 다른 여인을 사랑하게 되면 나의 지나친 사랑이, 어쩌면 여인의 마음속에 불러일으킬 사랑을 축소시킬 거라고 생각했는지 모른다. 마치 두 존재 사이에 가능한 사랑의 양이 운명적으로 정해져 있어, 한쪽을 지나치게 사랑하면 다른 한쪽은 그만큼 덜 사랑할 수밖에 없으며, 또 질베르트와 헤어졌듯이 다른 존재와도 헤어질 수밖에 없으리라고 생각했는지 모른다. 그러나 지금의 상황은 여러 가지 다른 이유로 그때와 매우 달랐으며, 그중에서도 첫 번째 이유는 — 자기 차례가 되자 수많은 다른 이유를 만들어 냈던 — 콩브레에서 나로 인해 할머니와 어머니에게 많은 심려를 끼쳐 드렸던 바로 그 의지의 결핍이었다. 병자는 자신의 약함을 강요하는 힘을 가지고 있으므로, 할머니와 어머니는 이런 의지의 결핍 앞에서 연이어 굴복할 수밖에 없었고, 그래서 이 의지의 결핍은 점점 더 빠른 방식으로 악화되었던 것이다. 나라는 존재가 질베르트를 지치게 한다고 느꼈을 때, 내게는 아직 그녀를 포기할 힘이 충분히 남아 있었다. 그러나 알베르틴에 대해 같은 사실을 확인했을 때는 더 이상 그런 힘이 없었으며, 그래서 그녀를 억지로 붙잡으려고만 생각했다. 그러므로 질베르트에게는 실제로 그녀를 만나지 않을 의도로 더 이상 만나지 않겠다는 편지를 썼던 것과 달리, 나는 알베르틴에게는 거짓으로만, 또 그녀와 화해하기 위해서만 그 말을 했다. 이렇게 우리는 현실과는 매우 다른 외관을 서로에게 제시하고 있었다. 아마도 두 존재가 마주할 때면 언제나 이런 식인지 모른다. 왜냐하면 그들 각자는 상대방의 마음속에 있는 부분을 모르고, 설령 안다고 해도 일부밖에 이해하지 못하며, 그래서 둘 다 자신에게서 가장 개인적이지 않은 부분만을 표출하거나, 또는 그들 자신이 그것을 간파하지 못해서 별로 중요하지 않다고 판단하거나, 또는 그들과 관계없는 몇몇 시시한 장점들이 보다 중요하고 기쁘게 해 주는 것처럼 보이고, 또 다른 한편으로는 그들이 멸시받지 않기 위해 집착하는 몇몇 장점들을 갖고 있지 않아서 거기에 관심 없는 척, 또 그것이 바로 다른 무엇보다도 그들이 무시하고 혐오하는 것이라고 여기는 척하기 때문이다. 그러나 이런 오해는 사랑에서 정점에 다다른다. 그 이유는 아이였을 때를 제외하고 우리는 자신의 생각을 정확히 반영하는 인상을 전하려 하기보다는, 우리가 원하는 것을 얻기에 가장 적합하다고 판단되는 그런 인상을 전하려 하며, 또 내게서 그 생각은 집에 돌아온 뒤부터 알베르틴을 예전처럼 온순한 상태로 간직하여, 그녀가 화를 내며 더 큰 자유를 요구하지 않도록 하는 것이었기 때문이다. 언젠가는 그녀를 자유롭게 해 주고 싶지만, 그녀의 독립에 대한 의사가 두려운 지금, 만일 그녀를 자유롭게 내버려 둔다면, 나는 더욱 격심한 질투에 시달릴 터다. 어느 일정 나이부터는 자만심과 지혜 덕분에 우리는 가장 욕망하는 것에도 집착하지 않는 듯 보인다. 하지만 사랑의 경우, 지극히 평범한 지혜가 — 게다가 아마도 참된 지혜가 아니어서 그런지는 모르지만 — 이런 이중성의 재능을 보다 빨리 강요한다. 유년 시절에 사랑에서 가장 감미로우리라 꿈꾸었던 온갖 것, 내게서 사랑의 본질 자체로 보였던 것은, 바로 사랑하는 여인 앞에서 나의 애정과 그녀의 선의에 대한 고마움, 종신의 공동 삶에 대한 욕망을 자유롭게 토로하는 것이었다. 그러나 나 스스로의 경험과 친구들의 경험을 통해, 이런 감정의 표현이 쉽게 전염되지 않는다는 사실을 알게 되었다. 샤를뤼스 씨와 같이 늙고 가식적인 여자의 경우, 늘 아름다운 젊은 남성만을 상상 속에서 그리다 보니, 어느덧 자신이 젊은 미남이 되었다고 믿었고, 또 남성성을 우스꽝스럽게 가장하다 보니 점점 더 여성적인 면모를 드러내게 되었는데, 이것은 샤를뤼스 씨의 경우를 넘어서 적용되는, 또 사랑만으로 완전히 고갈되지 않은 일반 법칙에 포함된다. 우리는 타자가 보는 우리의 몸은 보지 못하며, 또 우리 앞에 있지만 타자의 눈에는 보이지 않는 대상인 우리 생각을 '쫓아간다.'(때로는 예술가가 이 보이지 않는 대상을 작품 속에서 보게 해 주는데, 이렇게 해서 작품을 찬미하는 사람이 작가를 만나면 작가의 얼굴에 내적 아름다움이 그토록 불완전하게 반영된 것처럼 보여 자주 환멸을 느낀다.) 일단 이런 점에 주목하면 우리는 '더 이상 되는대로 살지' 않는다. 그날 오후 나는 알베르틴이 트로카데로에 남아 있지 않은 일에 대한 고마움을 말하지 않으려고 조심했으며, 또 그날 저녁 그녀가 떠날까 봐 두려웠던 나는 스스로 그녀를 떠나고 싶어 하는 것처럼 꾸몄는데, 이런 위장은 게다가 곧 알게 되겠지만, 예전의 사랑을 통해 취득했고, 그래서 이번 사랑에서도 이용해 보려는 그런 가르침을 따른 것만은 아니었다. 알베르틴이 어쩌면 "어떤 시간에는 나 혼자 외출해서 스물네 시간 동안 떨어져 있고 싶어요."라고 말할지도 모른다는 그 두려움이, 그것이 자유의 요구인지 분명히 정의해 보려고 하지는 않았지만 나를 겁에 질리게 했던 그 생각이, 베르뒤랭 댁에서 저녁 파티가 계속되는 동안 한순간 나를 스쳐 갔다. 그러나 그 생각은 알베르틴이 집에서 줄곧 행복하다고 말하는 기억과 모순을 이루면서 사라졌다. 비록 나를 떠나려는 의도가 알베르틴에게 존재한다고 해도, 그것은 어떤 쓸쓸한 시선과 초조함, 그런 의도를 드러내지 않는 말이라는 모호한 방식을 통해서만 표출되었고, 그러나 이 말도 추론해 보면(아니, 이런 정념의 언어는 금방 이해할 수 있으므로 추론할 필요조차 없었다. 일반 대중은 허영심이나 원한과 질투에 의해서만 설명되는, 그들이 직접적으로 표현하지는 않지만 금방 직관력에 의해 상대방에게서 파악되는 이 말들을 이해한다. 직관력은 데카르트가 말하는 '양식'처럼 '이 세상에서 가장 널리 퍼져 있는 것이다.'*)그녀가 내게 감추고, 또 그녀로 하여금 내가 없는 다른 삶을 위한 계획을 세우도록 인도하는 어떤 감정의 존재를 통해서만 설명될 수 있었다. 이런 의도가 그녀의 말에서 논리적으로 표현되지 않은 것과 마찬가지로, 내가 이날 저녁부터 품게 된 이 의도에 대한 예감 역시 모호한 상태로 남아 있었다. 나는 알베르틴이 말한 것이라면 모두 진실로 받아들이는 가정 속에 줄곧 살고 있었다. 그렇지만 이와 정반대되는 가정이, 또 내가 생각하고 싶지도 않은 가정이 내 마음을 떠나지 않았을 가능성도 있다. 그렇지 않다면 알베르틴에게 베르뒤랭 댁을 방문했던 일을 얘기하면서 전혀 거북함을 느끼지 않았을 테고, 그녀가 분노를 터뜨리는데도 별로 놀라지 않았다는 사실이 이해가 가지 않았을 테니, 그만큼 더 가능해 보이는

---

* 데카르트의 『방법 서설』에 나오는 첫 번째 구절 "양식은 이 세상에서 가장 공평하게 분배된 것이다."를 약간 수정해서 인용했다. 양식은 데카르트에 따르면 이성의 동의어로 '참과 거짓'을 구별하는 능력이다.(네이버 지식 백과 '방법 서설'에서 재인용.)

가정이었다. 그러므로 아마도 내 마음속에 자리 잡고 있는 것은, 내 이성이 추론했던 알베르틴과는 완전히 반대되는, 또한 그녀의 말이 묘사했던 것과도 반대되는 어떤 알베르틴에 대한 관념이었으며, 그렇지만 이런 알베르틴은 그녀의 마음속에서 일어나는 몇몇 움직임을 ── 이를테면 내가 베르뒤랭 댁에 갔었다고 말했을 때 그녀가 표현했던 불쾌한 기분처럼 ── 반사하는 내면의 거울과도 흡사했기에, 완전히 만들어 낸 존재라고는 할 수 없었다. 게다가 오래전부터 느껴 온 나의 빈번한 고뇌와, 알베르틴에게 사랑한다고 말하는 것에 대한 두려움, 이 모든 것이 첫 번째 가정보다 더 많은 것을 설명해 주는 또 다른 가정에 상응했고, 바로 그런 이유로 내가 첫 번째 가정을 택한다 해도 두 번째 가정이 더 그럴듯해 보인다는 이점이 있었다. 어쩌다 무심코 알베르틴에 대한 애정을 토로해도, 내가 보는 것은 그녀의 짜증 난 모습뿐이었으니까.(게다가 그녀는 그에 대해 매번 다른 이유를 댔다.)

그녀가 나의 비난에 대담하게 맞서는 징조로서 내가 가장 심각하게 보았으며 또 가장 충격적으로 느꼈던 것은, 바로 그녀가 "오늘 저녁 뱅퇴유 양이 그들 집에 와 있었겠네요."라고 말했다는 사실과, 또 거기에 내가 "당신이 베르뒤랭 부인을 만났다고 내게 말하지 않았나요."라고 가능한 한 가장 잔인하게 대답했다는 사실이다. 알베르틴이 상냥하지 않다는 생각이 들자 나는, 슬프다고 말하기보다는 잔인한 사람이 되었다. 이런 사례를 가지고 분석해 보면, 또 내 느낌과 정확히 반대되는 것을 표현하는 그 한결같은 대응 체계에 따라 분석해 보면, 그날 밤 내가 그녀와 헤어지겠다고 한 것은 ─ 그런 사실을 깨닫기도 전에 ─ 그녀가 자유를 원할까 봐 겁이 났고(나를 전율케 하는 그 자유가 무엇인지 분명히 말할 수는 없지만, 요컨대 그녀가 나를 배신할지 모른다는, 적어도 그녀가 배신하지 않는다는 사실을 더 이상 확신할 수 없는 자유였는지 모른다.), 또 이미 그녀가 나에 대해 고결한 생각을 품기를 바랐던 발베크에서처럼, 나중에는 그녀가 나와 함께 따분한 시간을 갖지 않기를 바랐을 때처럼, 자존심이나 능숙한 처신을 통해 내가 그런 일을 별로 두려워하지 않음을 보여 주고 싶었기 때문이다.

끝으로 이 두 번째 가정에 대해 ─ 아직 정확한 형태로 표현하지 못한 ─ 사람들은 알베르틴이 내게 늘 말해 왔던 모든 것이, 자신이 좋아하는 삶은 휴식과 독서와 고독으로 점철된 내 집에서의 삶이며, 또 사피즘적인 사랑을 증오한다는 따위와는 정반대를 의미한다고 반론을 제기할 수 있을 테지만, 이런 반론을 살펴보는 일은 불필요할 것이다. 왜냐하면 알베르틴 쪽에서 내 말을 통해 내 느낌을 판단하려고 한다면, 그녀는 그것이 정확히 사실과는 반대된다는 점을 깨달았을 테니까. 그녀 없이 결코 살 수 없다고 느낄 때라야 나는 그녀와 헤어지고 싶다는 소망을 표현했고, 또 발베크에서 한번은 앙드레에 대해, 한번은 그 신비로운 여인에 대해 이렇게 두 번 사랑을 고백했을 때에도, 두 번 다 질투심이 알베르틴에 대한 사랑을 되살아나게 했기 때문에 그렇게 말했던 것이다. 그러므로 내 말은 전혀 내 감정을 반영하지 못했다. 만약 독자가 내 감정에 대해 희미하게나마 어떤 인상을 받았다면, 그것은 내가 화자로서 독자에게 내 감정을 묘사하는 동시에 내 말도 전하고 있기 때문이다. 그러나 만일 내가 독자에게 내 감정을 숨기고, 그리하여 독자가 내가 한 말만을 알게 된다면, 내 말과 별로 관계가 없는 나의 행동이 기이하게도 자주 돌변한다는 인상을 받아, 나를 거의 미친 사람으로 생각했을지도 모른다. 그러나 이런 방식이 나의 선택보다 더 틀렸다고는 생각하지 않는다. 왜냐하면 나의 행동을 유발한 이미지들은, 내 말에 묘사된 이미지와 너무도 대립되었으므로, 당시에는 매우 모호한 상태로 남아 있었기 때문이다. 다시 말해 나는 내 행동을 따라다니는 본성을 불완전하게만 인식하고 있었다. 오늘날에는 이런 본성의 주관적 진실을 보다 정확히 인식한다. 본성의 객관적 진실로 말하자면, 다시 말해 만일 이런 본성의 직관이 나의 추론보다 정확하게 알베르틴의 참된 의도를 파악했는지, 내가 본성을 신뢰한 것이 옳았는지, 반대로 그 본성이 알베르틴의 의도를 밝혀 주는 대신 왜곡하지는 않았는지, 지금 그것을 말하기란 어려워 보인다.

베르뒤랭네에서 느꼈던 두려움, 알베르틴이 나를 떠날지도 모른다는 그 어렴풋한 두려움이 처음 순간에는 사라졌다. 집에 들어갔을 때, 나는 갇힌 여자를 만난다는 느낌 대신 나 자신이 갇힌 남자라는 느낌을 받았다. 그러나 베르뒤랭 집에 갔었다고 알리는 순간, 알베르틴의 얼굴에서 그 수수께끼 같은 짜증 난 모습이 겹쳐지는 걸 보면서, 더욱이 이런 모습이 그녀의 얼굴을 스쳐 간 것이 처음이 아님을 깨닫자, 조금 전에 사라졌던 두려움이 또다시 나를 더 세차게 사로잡았다. 이런 짜증 난 모습은 깊이 생각해 온 불만이나, 그 불만을 형성하고 침묵해 온 존재에게 분명한 관념이 몸속에서 결정화된 것에 지나지 않는, 어떻게 보면 눈에는 보이지만 합리적이지 않은 불만과 관념의 종합임을 깨달았으며, 또 사랑하는 이의 얼굴에서 그 소중한 잔재를 거두어들이는 사람은, 자기 차례로 사랑하는 이의 마음속에 일어나는 일을 이해하기 위해 그것의 분석을 통해 그 잔재를 지적 요소로 환원시키려 한다는 점도 깨달았다. 내게서 알베르틴의 생각이라는 미지수에 대한 대략적인 방정식은 거의 다음과 같이 주어졌다. '나는 그의 의혹을 잘 알고 있어. 그는 그 의혹을 조사하려고 하고 있으며, 또 내가 방해하지 못하도록 몰래 숨어서 자기 일을 해 온 게 틀림없어.' 하지만 알베르틴이 만일 내게 한 번도 표현한 적 없는 그런 생각을 가지고 살아왔다면, 삶이 끔찍해져서는 더 이상 살아갈 힘이 없어, 적어도 욕망을 품고 있다는 점에서는 유죄(有罪)인 삶을, 자신의 정체가 발각되고 쫓기고, 다시는 결코 자신의 취향에 몰두하지 못하도록 방해를 받고, 그러면서도 나의 질투가 가라앉지 않는 삶을, 조만간에 그만둘 결심을 하지 않았을까? 만일 그녀가 의도나 행동에서 정말로 결백했다면, 그토록 인내심을 가지고 앙드레와 단둘이 있지 않으려고 멀리해 온 발베크에서부터, 베르뒤랭 댁 방문과 트로카데로에 남아 있기를 포기한 오늘에 이르기까지, 나의 신뢰를 회복하지 못한 걸 보면서 얼마 전부터 당연히 절망할 수밖에 없었던 그 삶을? 그녀의 처신이 완벽했다고 말할 수 없었기에, 그녀는 더욱 나의 신뢰를 회복하지 못했다. 발베크에서 품행 나쁜 소녀 이야기가 나올 때마다, 알베르틴은 웃음을 터뜨리거나 몸을 펴거나 친구들 몸짓을 흉내 내거나 했는데, 그런 몸짓이 그녀의 여자 친구들에게 의미하는 바를 짐작했던 나는 무척 고통스러웠지만, 그에 대한 나의 의견을 알고 난 후부터 그녀는 사람들이 그런 종류의 일을 암시만 해도, 말뿐 아니라 얼굴 표정을 통해서도 그런 일에 끼어들기를 멈췄다. 이런저런 사람에 대한 험담에 가담하고 싶지 않은지, 아니면 다른 이유 때문인지, 그토록 움직임 많은 그녀의 이목구비에서 유일하게 눈길을 끄는 것은, 사람들이 그 주제를 언급하는 순간부터, 그 이목구비가 조금 전에 지었던 표정을 정확히 그대로 간직하면서 방심한 모습만을 보여 준다는 점이었다. 아무리 미세한 표정이라 할지라도 이런 부동성은 침묵처럼 무거웠다. 어느 누구도 그녀가 그런 행동을 비난하는지 찬성하는지, 또는 아는지 모르는지조차 말할 수 없었다. 각각의 이목구비는 또 다른 이목구비하고만 관계가 있었다. 코와 입과 눈이 나머지 부분으로부터 분리되어 완벽한 조화를 이루면서 그녀는 파스텔로 그려진 그림처럼 보였고, 또 방금 사람들이 한 얘기가 마치 라투르*의 초상화 앞에서 말해져 듣지도 못한 듯한 표정이었다.

브리쇼의 주소를 마부에게 일러 주면서 창문의 불빛을 보았을 때만 해도, 여전히 지각하고 있었던 나의 예속 상태는, 알베르틴이 그녀의 예속을 그렇게나 잔인하게 느낀다는 사실

---

* 조르주 드 라투르(Georges de La Tour, 1593~1652). 17세기 프랑스 화가로, 풍속화와 경건한 명상을 주제로 한, 명암의 대조 효과가 뛰어난 종교화를 많이 그렸다.

을 알게 된 뒤부터 내 마음을 짓누르지 않았다. 이 예속 상태가 그녀에게 덜 무겁게 보여 그녀 스스로 그 고리를 끊어 버리려는 생각을 하지 못하게 하려면, 이 예속이 결정적인 것이 아니며, 또 나 자신도 그것이 끝나기만을 바라고 있다는 인상을 주는 것이 가장 능란한 처사라고 생각했다. 나의 속임수가 성공한 걸 보면서 나는 행복했어야 했다. 왜냐하면 우선 내가 그토록 두려워했던 것, 즉 알베르틴이 떠나고 싶어 한다고 가정했던 그 출발의 의지를 물리쳤으며, 다음으로는 이처럼 목적했던 결과 외에 그 속임수의 성공 자체만으로도 내가 알베르틴에게서 전혀 멸시받는 연인이 아니며, 온갖 술책을 부려도 사전에 들키고 마는 웃음거리 신세의 질투하는 연인도 아님을 증명해 보이면서 우리의 사랑에 일종의 순결함을 돌려주었고, 지난날 내가 다른 여인을 사랑한다고 말했을 때 그녀가 그토록 쉽게 믿을 수 있었던 발베크 시절을 다시 태어나게 해 주었기 때문이다. 물론 그녀는 내가 다른 여인을 사랑한다고 말해도 더 이상 믿지 않을 테지만, 오늘 밤을 끝으로 영원히 헤어지자는 내 위장된 의도는 믿었다.

그녀는 헤어지자는 내 의도의 원인이 베르뒤랭네 집에 있을 가능성에 대해서는 경계하는 듯했다. 나는 알베르틴에게 레아와 매우 친한 친구인 극작가 블로크를 만났는데, 그가 레아로부터 들은 여러 기이한 이야기들을 해 주었다고 말했다.(이렇게 말하면 내가 블로크의 사촌 누이들에 대해 그녀에게 말했던 것보다 훨씬 많은 걸 안다고 그녀가 믿으리라 생각했다.) 그러나 나의 위장 이별이 몰아넣은 혼란으로부터 내 마음을 진정시킬 필요가 있었으므로 나는 "알베르틴, 당신은 내게 한 번도 거짓말을 한 적이 없다고 맹세할 수 있어요?"라고 물었다. 그녀는 허공을 뚫어지게 바라보더니 대답했다. "그래요. 다시 말해 맹세할 수 없어요. 우선 앙드레가 블로크에게 매우 감탄해서는 흥분했다고 잘못 말했어요. 우린 블로크를 만나지 않았으니까요." "그럼 왜 그런 말을 했죠?" "당신이 앙드레에 관해 다른 생각을 할까 봐 겁이 나서요." "그게 전부예요?" 그녀는 여전히 허공을 바라보더니 말했다. "내가 레아와 함께 삼 주 동안 여행한 일을 당신에게 숨긴 것도 잘못했어요. 하지만 그 때는 당신을 잘 알지 못했으니까요." "발베크에 가기 전에요?" "두 번째로 가기 전에요, 그래요." 그런데 그녀는 그날 아침에도 레아를 알지 못한다고 말했다! 나는 수백만 분(分)을 들여서 쓴 소설을 단번에 태워 버리는 불길을 바라보고 있었다. 무슨 소용이 있단 말인가? 무슨 소용이? 비록 이 두 일은 알베르틴이 내가 레아로부터 간접적으로 들었으리라 생각해서 털어놓은 것이지만, 이와 유사한 수백 개의 일이 존재하지 말라는 법이 전혀 없음을 깨달았다. 또한 사람들이 그녀에게 질문할 때면 그녀의 말에는 진실이라곤 티끌만큼도 들어 있지 않았으며, 그 진실도 오로지 그녀가 지금까지 감추기로 결정한 일과 그 일을 다른 사람이 안다는 믿음이 그녀의 마음속에서 갑자기 뒤섞인 것처럼 자기도 모르게 입에서 새어 나온다는 점도 깨달았다. "하지만 그 두 개의 일은 아무것도 아니에요." 하고 나는 알베르틴에게 말했다. "내게 추억거리를 남겨 준다고 생각하고 네 가지 정도만 말해 봐요. 털어놓을 게 또 뭐가 있죠?" 그녀는 여전히 허공을 바라보았다. 그녀는 미래의 삶에 대한 어떤 믿음에 거짓말을 맞추고, 지금까지 믿었던 신들보다 자비롭지 않은 어떤 신들과 더불어 그 일을 수습하려고 시도했을까? 그녀의 침묵과 응시가 꽤 오래 지속되는 것으로 미루어 쉽지 않은 일인 듯했다. 그녀가 마침내 입을 열었다. "아뇨, 그것 말고는 없어요." 그리하여 나의 끈질긴 질문에도 불구하고, 그녀는 이제 "그것 말고는 없어요."라는 말만을 집요하게 되풀이했다. 얼마나 대단한 거짓말인가? 그런 취향을 가진 이상 그녀는 내 집에 갇힌 날까지 얼마나 여러 번, 얼마나 많은 처소, 얼마나 많은 산책 중에 그 취향을 충족시켜야 했을까! 고모라적인 취향을 가진 여인은 꽤 드물지만, 동시에 꽤 많은 법이므로 어떤 군중 속에 끼어 있어도 다른 고모라의 눈에는 반드시 띄게 마련이다. 그러므로 그들은 그 일에 쉽게 가담한다. 당시에는 우스꽝스럽게만 생각됐던 어느 저녁에 대한 기억은 끔찍스럽기까지 하다. 한 친구가 자기 애인과 다른 남자 친구와 함께 나를 레스토랑으로 저녁 식사에 초대했는데, 다른 남자 친구도 애인을 데리고 왔다. 두 여인은 오래 걸리지 않아 서로를 알아보았고, 상대를 소유하고 싶어 안달했으므로, 수프가 나올 때부터 이미 그들의 발은 상대의 발을 찾으면서 내 발을 여러 번 스쳐 갔다. 이내 그들의 다리가 얽히고 꼬였다.* 나의 두 친구는 아무것도 보지 못했다. 나는 몹시

* 이와 유사한 장면이 블로크의 사촌 누이와 어느 미지의 여인 사이에서도 일어났다.(『잃어버린 시간을 찾아서』 7권 441~442쪽 참조.)

괴로운 처지에 놓였다. 두 여인 중 하나가 더 이상 참지 못하고 뭔가를 떨어뜨렸다면서 식탁 밑으로 들어갔다. 그런 후 여인은 두통이 난다면서 위층 화장실로 올라가겠다고 했다. 다른 여인은 극장으로 여자 친구를 만나러 갈 시간이 되었음을 알아차렸다. 결국 나는 내 두 친구와 셋이서만 남게 되었는데, 두 친구는 아무것도 의심하지 않았다. 머리가 아프던 여인은 다시 내려왔지만, 해열제를 먹기 위해 혼자 집에 돌아가서 애인을 기다리겠다고 했다. 두 여인은 매우 친한 사이가 되었고 함께 산책도 했는데, 그중 한 여인은 남장을 하고 어린 소녀들을 유인해서는 다른 여인의 집으로 데려가서 가르쳤다. 다른 여인에게는 어린 남자아이가 있었는데, 그 아이를 못마땅하게 여기는 척하면서 여자 친구를 시켜 버릇을 고치려 했고, 그래서 여자 친구는 그 아이를 심하게 때렸다. 아무리 공공장소라 할지라도 그들이 그런 은밀한 짓을 하지 않은 장소는 없었다고 할 수 있다.

"그러나 레아는 여행하는 내내 아주 예의 바르게 행동했어요." 하고 알베르틴이 말했다. "사교계의 여인들보다도 더 신중하기까지 했으니까요." "그렇다면 사교계 여인들 중에 신중하지 않은 사람도 있었다는 말인가요, 알베르틴?" "아뇨, 한 번도 없었어요." "그렇다면 그 말은 무슨 뜻이죠?" "그저 레아가 표현에 있어서 그다지 자유분방하지 않았다는 뜻이죠." "이를테면?" "사교계에 초대받는 많은 여인들처럼 '지겹다'느니 '사람들이 뭐라고 하든 상관없어' 같은 말은 쓰지 않는다는 거예요." 아직 불에 타지 않았던 소설 일부가 드디어 재가 되었다. 내 절망은 더 오래 지속되었을지도 모른다. 알베르틴의 말을 생각하자 격렬한 분노가 뒤따랐다. 이 분노도 어떤 연민의 감정 앞에서는 가라앉았다. 나 또한 집에 돌아와서 그녀와 헤어지겠다고 선언한 뒤부터는 거짓말을 하고 있지 않은가. 그리고 집요하게 꾸미는 이런 이별에의 의지가, 정말로 내가 알베르틴과 헤어지기를 소망한다면 느꼈을 어떤 슬픔 같은 것을 조금씩 내게로 끌어들이고 있었다.

게다가 알베르틴이 나를 알기 전 누렸던 그 방탕한 삶에 대해, 마치 사람들이 다른 신체적 통증에 대해 말하듯이, 간헐적으로 통증을 느끼면서 다시 생각해 보다가도, 나는 내 수인(囚人)의 온순한 태도에 감탄하며 그녀에 대한 원망을 접기도 했다. 어쩌면 내가 이 삶을 필시 일시적인 것에 불과하다고 줄곧 말해 왔던 까닭은 우리 공동의 삶에 대해 알베르틴이 뭔가 매력을 느낄 수 있도록 하기 위해서였는지도 모른다. 하지만 그날 밤 질투심으로 가득 찬 내 깊은 사랑이 어쩌면 알베르틴의 머릿속에서 나를 베르뒤랭네 집까지 조사하러 가게 했으리라는 생각과 모순을 이루면서 막연한 협박만으로는 충분치 않다고 걱정했는지, 나는 여느 때보다 더 멀리 나아갔다. 그날 밤 갑자기 이별의 연극을 연출하기로 결심하게 한 여러 요인 중에는 특히, 나 자신도 점차적으로 깨달은 것에 지나지 않았지만, 아버지처럼 갑자기 충동적인 생각으로 한 존재의 안전을 협박하려는 의지가 작동했는데, 그러나 아버지처럼 그 협박을 실행에 옮길 용기는 없었으므로, 내 협박이 상대에게 빈말로 들리지 않도록 진짜로 실행하는 모습을 보이기 위해 꽤 멀리 나아갔으며, 그래서 상대가 내 진심을 달리 생각하고 정말로 불안에 떨 때라야만 물러선다는 것이었다.

게다가 이런 거짓에도 약간의 진실이 담겨 있으며, 삶이 우리 사랑에 변화를 가져다주지 않는다면, 모든 사랑이나 사물이 그토록 이별을 얘기하려 한다고 예감한다. 우리는 이별의 순간이 오기도 전에 미리 그로 인해 눈물을 흘리고 싶어 한다. 물론 이번에 내가 이런 장면을 연출한 데에는 유용함이라는 이유가 있었다. 내가 갑자기 그녀를 붙잡고 싶었다면, 그 이유는 그녀가 다른 존재들 사이에 흩어져 있어, 그들과의 만남을 막을 수 없다고 느꼈기 때문일 것이다. 그러나 만일 그녀가 나를 위해 그들 모두를 영원히 포기한다면, 어쩌면 그녀와 헤어지지 않겠다는 보다 확고한 결심을 했을지도 모른다. 이별은 질투로 인해 잔인해지며, 감사하는 마음은 질투를 불가능하게 한다. 이기거나 지거나 어쨌든 커다란 싸움이 시작되었음을 감지했다. 한 시간도 안 되었을 때 '모든 것은 이 싸움에 달렸다.'라고 생각했기에, 나는 내가 소유한 모든 것을 알베르틴에게 주려고 했다. 그러나 이런 종류의 싸움은 몇 시간밖에 지속되지 않는 과거의 전투보다, 다음 날도 그다음 날도 그다음 주에도 끝나지 않는 현대판 전투와 흡사하다. 이번에야말로 우리가 필요로 하는 마지막 전투라고 계속 믿으면서 우리는 모든 힘을 쏟아붓는다. 그러나 한 해가 지나가도 '전투의 결말'은 나지 않는다.*

---

* 여기서 '결말'이라고 옮긴 décision은 1차 세계 대전이 일어났을 당시 신

어쩌면 알베르틴이 떠날지도 모른다는 두려움에 사로잡혔을 때, 마침 샤를뤼스 씨가 내 곁에 있었던 관계로, 그가 연출한 거짓 연극에 대한 무의식적 회상이 그 추가적인 이유였는지도 모른다. 당시에는 몰랐지만 훗날 어머니로부터 들어서 지금은 내가 믿게 된 이야기로, 내가 어떤 감동적인 일을 겪으면 마치 알코올이나 커피와 유사한 약물이 우리의 비축된 힘에 작용하듯이, 온갖 사용 가능한 연극적 요소를 나 자신에게서, 유전적 특징의 어두운 저장소 안에서 발견한다는 것이었다. 이를테면 결코 주인이 외출하지 않을 거라고 확신한 프랑수아즈가 주인 몰래 외출 계획을 짜고 있다는 소식을 윌랄리로부터 전날 전해 들은 옥타브 아주머니*는, 다음 날 산책을 결심한 것처럼 가장했다. 그 말을 들었을 때 처음 순간 믿지 않았던 프랑수아즈에게, 아주머니는 가지고 갈 소지품을 미리 준비하게 했을 뿐만 아니라, 오랫동안 보관해 둔 소지품에 바람을 쏘이게 하고 마차까지 주문하게 한 다음, 다음 날의 모든 일정을 아주 상세하게, 거의 십오 분 간격으로 정하게 했다. 프랑수아즈가 아주머니의 계획을 확신하고, 적어도 마음이 흔들려 자신이 품었던 계획을 억지로 털어놓을 때에야, 아주머니는 프랑수아즈의 계획에 방해가 되지 않도록 자신의 계획을 공개적으로 포기하겠다고 선언했다. 마찬가지로 알

문에서 자주 사용했던 단어라고 지적된다.(『갇힌 여인』, 플레이아드 III, 1769쪽 참조.)
* 콩브레의 레오니 아주머니를 가리킨다. 남편의 이름이 옥타브여서 이렇게 불리기도 했다.

베르틴에게 내 행동이 과장되지 않았음을 믿게 하고, 또 우리가 헤어진다는 관념을 가능한 한 그녀의 마음속 깊이 불어넣기 위해, 나 자신이 방금 제시했던 것으로부터 어떤 결론을 끌어내면서, 나는 다음 날부터 시작될, 그리하여 언제나 지속될 시간을, 우리가 헤어질 때도 마치 금방 화해하지 않을 것처럼 알베르틴에게 똑같은 충고를 늘어놓는 시간을 미리 앞당겨서 계획하기 시작했다. 마치 적을 속이는 데 성공하기 위해서는 그 속임수를 끝까지 밀어붙여야 한다고 판단한 장군처럼, 내가 가진 모든 감수성의 힘을, 마치 이 속임수가 진짜인 양 쏟아부었다. 이런 허구적인 이별 장면은, 두 배우 중 하나인 알베르틴이 그 장면을 있는 그대로 믿어 또 다른 배우의 착각을 보다 심화시키면서, 그것이 실제 일어났을 때와 같은 슬픔을 야기했다. 우리는 습관이라는 바닥짐과, 또 내일이 더 괴로울지언정 우리가 좋아하는 이의 현존을 담고 있으리라는 확신에 의해, 세속적인 것에 붙잡힌 채로 하루하루를 괴롭지만 견딜 만하다고 생각하며 살아간다. 그런데 나는 무겁게 느껴지는 이 삶을 송두리째 미친 듯이 파괴하고 있었다. 물론 실제로는 허구적인 방식으로 파괴하는 데 지나지 않았지만, 나를 비탄에 빠지게 하기에는 충분했다. 어쩌면 우리가 입 밖에 내는, 거짓으로라도 하는 슬픈 말은 그 자체로 슬픔을 담고 있으며, 또 우리 마음 깊숙이 이 슬픔을 주입시키고 있는지도 모른다. 이별을 가장하면서, 나중에 운명적으로 찾아오게 될 시간을 미리 앞당겨서 환기하는 것임을 알기 때문이리라. 그리고 방금 이런 이별의 시간을 울릴 장치를 작동시키지 않았는지 확신할 수도 없다. 모든 거짓말에는 아무리 소량이라도, 우리가 속이는 상대가 어떻게 행동할지에 대한 불확실한 부분이 포함되어 있다. 게다가 이런 이별의 연극이, 실제 이별로 이어진다면! 비록 사실처럼 보이지 않지만 그 가능성을 생각하는 것만으로도 가슴이 조이는 듯하다. 우리는 이중으로 불안해한다. 이별은 도저히 견디기 힘든 순간에, 또 우리를 치유하기에 앞서, 적어도 우리 마음을 진정시키기에 앞서 우리를 떠나는 여인이 주는 고통을 느끼는 바로 그 순간에 이루어지기 때문이다. 끝으로 우리는 슬픔 속에서도 휴식을 취할 수 있는 습관의 받침대조차 더 이상 갖고 있지 않다. 의도적으로 습관을 포기하고, 현재라는 날에 예외적인 중요성을 부여하면서 인접한 날로부터 그날을 분리했으므로, 그날은 출발의 날처럼 뿌리를 내리지 못하고 떠돌아다니다가, 습관에 의해 마비되기를 멈춘 상상력이 깨어나면서, 우리는 일상적인 사랑에 감정적인 몽상을 덧붙이고, 그것이 정말로 기댈 수 있는지 없는지도 확신할 수 없는 존재를 필요 불가결한 존재로 만들면서 사랑을 엄청나게 확대한다. 아마도 우리가 그 존재 없이도 잘 지낼 수 있는 놀이에 몰두했다면, 이는 장차 그 존재를 우리 곁에 붙잡아 두기 위함이었는지도 모른다. 그러나 우리 자신이 걸려든 그 놀이를, 뭔가 새로운 것, 익숙하지 않은 것을 하듯이, 우리는 다시 괴로워하기 시작한다. 이것은 우리가 걸린 병을 나중에는 고치겠지만, 처음 순간에는 악화시키는 효과를 내는 치료법과도 흡사하다.

　마치 방에서 홀로 변화무쌍한 몽상의 우회로를 따라, 사랑하는 존재의 죽음을 상상하면서 자신이 느낄 고통을 미세하게 재현해 보다가, 마침내는 그 고통을 진짜로 느끼는 사람처럼, 내 눈에는 눈물이 고였다. 이렇게 우리가 헤어질 때, 알베르틴이 나에 대해 취해야 할 처신에 관한 충고를 이것저것 늘어놓다 보니, 잠시 후 화해하지 못할 사람들이 느끼는 것과 거의 같은 슬픔이 느껴졌다. 그런데 우리가 화해할 수 있고, 알베르틴에게 공동의 삶에 대한 생각을 되돌려 준다고 해도, 또만일 오늘 저녁에는 그 일에 성공한다고 해도, 이런 언쟁으로인해 소멸된 정신 상태가 그녀에게 다시 나타나지 않으리라고 확신할 수 있었을까? 나는 스스로를 미래의 주인이라고 느꼈지만, 그렇게 믿지는 않았다. 왜냐하면 이 느낌은 미래가 아직 존재하지 않는다는 사실에서 비롯되었고, 따라서 내가 미래의 필연성으로 괴로워하지 않는다는 점을 깨달았기 때문이다. 요컨대 거짓말을 하면서, 어쩌면 내가 믿었던 것보다 훨씬더 많은 진실을 내 말 속에 담았는지도 모른다. 이를테면 조금전 알베르틴에게 그녀를 금방 잊을 거라고 말했는데, 그런 사례를 이미 나는 체험했다. 이는 질베르트와의 관계에서도 있었던 일로, 이제 나는 괴로움 때문이 아니라 귀찮은 일을 피하기 위해 그녀를 만나러 가지 않고 있었다. 물론 질베르트에게다시 만나지 않겠다는 편지를 썼을 때 나는 무척 괴로워했다. 질베르트의 집을 방문하는 일도 극히 드물었다. 그런데 알베르틴의 시간은 모두 내게 속했다. 그리고 사랑에서는 습관을 잃기보다 감정을 포기하는 것이 더 쉬운 일이다. 그러나 내가 우리의 이별과 관련해서 그토록 고통스러운 말들을 지껄일 수 있었던 것은 그 말이 거짓임을 알고 있었기 때문이다. 반면 알베르틴이 다음과 같이 외치는 소리를 들었을 때, 그녀의 입에서 나온 말은 진심이었다. "아! 약속해요. 다시는 당신을 만나지 않을게요. 이렇게 당신이 우는 모습을 보느니 차라리 아무거라도 좋아요, 내 사랑. 난 당신을 슬프게 하고 싶지 않아요. 당신이 그렇게 해야 한다고 하니, 더 이상 만나지 않기로 해요." 내게서 나온 말은 진심일 수 없었지만 그녀의 말은 진심이었다. 왜냐하면 알베르틴이 내게 품은 감정은 우정에 불과했으며, 따라서 한편으로 그 말이 약속하는 단념이 내게서보다는 덜 고통스러웠으며, 다른 한편으로는 그것이 커다란 사랑이었다면 그토록 아무것도 아니었을 내 눈물이, 그녀가 머무르는 우정의 영역, 그녀가 방금 말한 바에 따르면, 내 우정보다 더 큰, 그런 우정의 영역으로 전환되면서 그녀의 눈에는 엄청난 것처럼 보였고, 그래서 그녀의 마음을 뒤흔들어 놓았기 때문이다. 그녀가 방금 말한 바에 따르면, 사랑이란 직접 말로 표현할 수 없는 것이기에, 헤어질 때 진심으로 사랑하지 않는 사람만이 그토록 다정한 말을 할 수 있으며, 또 그녀의 이 말은 어쩌면 완전히 틀리지 않았는지도 모른다. 왜냐하면 사랑 때문에 하는 수많은 선의의 행동은 사랑을 느끼지 않으면서 사랑을 불어넣는 존재에게, 선의를 유발했던 감정보다 덜 이기적인 감정을, 애정이나 고마움 같은 감정을 드디어는 깨어나게 할 수 있으며, 그리하여 이별의 긴 세월이 지나옛 연인의 마음속에 사랑에 관한 기억이 아무것도 남아 있지 않을 때에도, 그 애정이나 고마움은 사랑을 받았던 여인의 마음속에 언제까지나 살아남을 것이기 때문이다.

　나는 그녀에게 한순간 어떤 증오의 감정 같은 걸 느꼈지만, 그 감정은 그녀를 붙잡고 싶은 욕구를 부추겼을 뿐이다. 그날 밤 나는 오로지 뱅퇴유 양에 대해서만 질투를 느꼈으므로, 트로카데로의 일을 생각하면서도 별 관심이 없었다. 베르뒤랭 네 집에 가지 못하게 하려고 알베르틴을 그곳에 보낸 일뿐만 아니라, 레아의 출연 소식을 알고 그녀와 만나지 못하게 하려고 알베르틴을 집에 돌아오게 한 일에 대해서도 관심이 없었으므로, 별다른 생각 없이 무심코 레아의 이름을 말했을 뿐이다. 그런데 알베르틴은 경계하는 표정으로, 아마도 누군가가 내게 더 많은 사실을 알려 주었다고 믿었는지 선수를 치며 수다스럽게, 그래도 조금은 이마를 감추면서 말했다. "레아를 아주 잘 알아요. 작년에 친구들과 함께 그녀가 출연하는 연극을 보러 간 적이 있었는데, 공연이 끝난 뒤 우리가 그녀의 분장실로 올라갔고, 그녀는 우리 앞에서 옷을 입었죠. 아주 흥미로웠어요." 그때 나의 생각은 뱅퇴유 양을 놓아주어야 했으며, 그리하여 그것은 절망적인 노력 속에서, 그 장면의 불가능한 재구성을 위한 파국으로 치닫는 질주 속에서, 알베르틴이 여배우를 만나러 분장실로 올라갔던 그날 저녁에 고착되었다. 그러나 한편으로 그녀가 그토록 진실한 어조로 그 모든 맹세를 했고, 그녀의 자유를 그토록 완전하게 포기했는데, 어떻게 이 모든 일을 나쁘게만 볼 수 있단 말인가? 하지만 나의 의혹은 진실을 향해 뻗은 더듬이가 아니었을까? 왜냐하면 알베르틴이 트로카데로에 가기 위해 베르뒤랭 집에 가는 일을 포기했다고 하지만, 베르뒤랭 집에서는 뱅퇴유 양이 올 예정이었고, 또 나와 산책하기 위해 트로카데로 공연 관람을 도중에 포기하고 돌아왔다고는 하지만, 거기에는 그녀를 돌아오게 한 이유로 레아 양이 있었으며, 또 그녀 때문에 내가 불안에 떤 것은 잘못된 일이었으나, 알베르틴은 내가 물어보지 않았는데도 그녀를 만났으며, 그것도 내 두려움의 수준을 훨씬 넘어서는 아주 수상쩍은 상황에서 만났다고 단언했는데, 도대체 누가 이렇게 알베르틴을 분장실로 올라가게 할 수 있었단 말인가? 뱅퇴유 양으로 인한 괴로움이 멈추자, 이번에는 레아 양으로 인한 괴로움이 일었고, 이 두 사람은 한 번에 여러 장면을 상상하지 못하는 내 정신의 결함으로 인해, 혹은 내 질투가 그 메아리에 지나지 않은 신경성 감정 동요의 충돌로 인해 그날의 가해자라고 할 수 있었다. 그리하여 나는 알베르틴이 뱅퇴유 양과 마찬가지로 레아에게도 더 이상 속하지 않으며, 또 알베르틴이 레아의 것이라고 믿은 까닭은, 여전히 내가 괴로워하기 때문이라는 결론을 끌어낼 수 있었다. 그러나 질투가 ― 이따금 번갈아 다시 깨어나기 위해 ― 사라졌다고 해서, 그것이 어떤 진실의 예감에 상응하지 않는다는 의미는 아니며, 오히려 반대로 각각의 질투가 진실의 예감에 상응하며, 또 그 여인들에 대해서도, 알베르틴이 어떤 여인과도 관계없다고 말해서는 안 되며, 그 모두와 관계있다고 말해야 한다는 의미였다. 예감이라고 말했지만, 진실을 알기에 필요한 온 시간과 공간의 지점을 나는 점유할 수 없었고, 더욱이 어떤 본능적 직관이 여기 어느 시간에는 레아와 함께 있는 알베르틴을,

또는 발베크의 다른 소녀들과, 또는 알베르틴이 스쳐 갔던 봉 탕 부인의 여자 친구와, 또는 가볍게 팔꿈치를 쳤던 테니스장 의 소녀와, 또는 뱅퇴유 양과 함께 있는 알베르틴을 현장에서 포착할 수 있도록 그 지점들을 서로 연결해 줄 수 있단 말인 가?

"귀여운 알베르틴, 그렇게 약속해 주다니 정말 고마워요. 적어도 처음 몇 해 동안은 당신이 가 있을 만한 곳은 피하도록 할게요. 금년 여름 발베크에 갈 예정인지 아직 모르나요? 그 렇다면 내가 가지 않도록 조치할게요." 내가 계속해서 이런 식 으로 나아갔다면, 거짓으로 꾸며 낸 이야기로 앞서갔다면, 이 는 알베르틴에게 겁을 주려는 의도보다는 스스로를 아프게 하는 데 목적이 있었다. 처음에는 화를 낼 만큼 그렇게 중요한 동기도 없었던 남자가, 갑자기 터져 나오는 자신의 목소리에 취해서는 상대에 대한 불만에서 유발된 분노가 아니라, 커져 가는 분노 자체에 휩쓸리는 것처럼, 나는 이렇게 슬픔의 비탈 길에서 점점 더 깊어져 가는 절망을 향해, 마치 추위를 느끼면 서도 추위와 싸우려 하지 않고 오히려 떨리는 몸에서 일종의 기쁨마저 느끼는 사람의 무기력한 태도로 점점 더 빨리 굴러 떨어지고 있었다. 그리하여 조금 뒤에 내가 기대했던 것처럼, 마침내 다시 기운을 차리고 저항하고 되돌릴 힘이 있다면, 오 늘 굿나이트 키스를 하는 순간 알베르틴의 입맞춤이 달래 줄 슬픔은, 내 귀가를 그토록 차갑게 맞이하면서 주었던 슬픔이 아니라, 차라리 상상 속의 이별 절차를 정하는 척 꾸미기 위해 그 절차를 상상하고, 또 결과를 예측하면서 느꼈던 바로 그 슬

품이리라. 어쨌든 이 밤 인사를 그녀 스스로가 말하게 해서는
안 되었다. 그렇게 되면 우리의 이별을 포기하자고 제안할 방
향 전환이 더욱 어려워질지도 모르기 때문이다. 따라서 나는
밤 인사를 해야 할 시각이 이미 오래전에 지났음을 계속 환기
했고, 그것이 내게 주도권을 주면서 그 순간을 조금 더 늦추게
했다. 나는 알베르틴에게 하는 질문에, 이미 꽤 깊어진 밤과
피로를 암시하는 말들을 뿌려 넣었다. "어디로 갈지 아직 몰라
요." 하고 그녀는 내가 한 마지막 질문에 근심 어린 표정으로
대답했다. "어쩌면 투렌에 있는 아주머니 댁에 갈 수도 있어
요." 그런데 그녀가 구상한 이 첫 번째 계획이, 마치 우리의 결
정적인 이별이 실제로 실현되기 시작했다는 듯 나를 얼어붙
게 했다. 그녀는 방과 피아놀라*와 푸른 새틴의 안락의자를 바
라보았다. "이 모든 것을, 내일도 모레도 영원히 보지 못한다
고 생각하니 적응이 되지 않네요. 이 가련한 작은 방! 불가능
할 것 같아요. 그런 생각은 내 머릿속에 들어오지 않아요." "그
렇게 해야 해요. 당신은 이곳에서 불행했으니까요." "아뇨, 전
혀 그렇지 않아요. 나는 불행하지 않았어요. 이젠 그렇게 되겠
지만요." "아니요. 단언하지만, 그렇게 하는 편이 당신에게 나
아요." "아마 당신에게는 그렇겠죠." 나는 마치 깊은 망설임에
휩싸여 머릿속에 떠오르는 생각과 싸우려는 듯, 허공을 응시
하기 시작했다. 그러다 갑자기 "알베르틴, 내 말 들어 봐요. 당

---

* 미국의 에올리언 회사에서 만든 자동 피아노이다. 구멍이 뚫린 두루마리
악보를 읽어 내서 공기 힘으로 연주하는 악기이다.

신은 이곳에서 더 행복하며, 앞으로는 불행하리라는 말이죠." "물론이에요." "당신의 말을 들으니 혼란스럽군요. 그렇다면 몇 주간 더 연장해 보면 어떨까요? 누가 알아요? 이렇게 한 주 한 주 지나다 보면 아주 오래갈 수 있을지도. 당신은 일시적인 것이 마침내는 영원히 지속된다는 사실을 알고 있죠." "오! 당신은 정말 자상해요!" "이렇게 몇 시간 동안 아무것도 아닌 일로 서로를 아프게 하다니 정말 미친 짓이에요. 마치 여행 준비를 다 하고 나서 여행을 하지 않는 것과 같다고나 할까. 나는 슬픔으로 완전히 지쳤어요." 나는 무릎 위에 그녀를 앉히고, 그녀가 그렇게 원했던 베르고트의 자필 원고를 들고 "내 사랑 알베르틴에게, 계약 갱신의 기념으로."라고 표지에 썼다. "자, 이제는" 하고 나는 그녀에게 말했다, "내일 저녁까지 자도록 해요, 내 사랑. 당신은 몹시 피로할 거예요." "전 무엇보다 만족해요." "조금은 날 사랑하나요?" "예전보다 백배는 더 사랑해요."

내가 이런 작은 연극에 만족한 것은 잘못이었는지 모른다. 비록 본격적인 무대 연출로까지 밀고 나가지는 못했지만 말이다. 이별에 관해 얘기했다는 것만으로도 이미 사태는 심각했으니까. 이렇게 하는 대화를 우리는 진심을 담지 않고 — 사실 그렇다. — 할 뿐만 아니라 자유롭게 한다고 생각한다. 그러나 이런 대화는 보통 모르는 사이에 본의 아니게 우리 귀에 속삭여진 말들로, 우리가 한 번도 의심해 보지 못한 폭풍우의 첫 번째 속삭임이다. 사실 그때 우리가 표현하는 것은, 욕망과는(사랑하는 이와 언제나 함께 살고 싶다는) 반대되는 말이지만, 또한 함께 살 수 없다는 이 불가능성이 우리의 일상적인 고뇌를 주조하며, 그리하여 이별의 고뇌보다 더 선호하게 되는 이 일상적인 고뇌가, 마침내 우리 의사에 반해 이별로 이끈다. 그렇지만 보통 이 일은 단번에 이루어지지 않는다. 대개의 경우 ─ 나중에 알게 될 테지만, 나와 알베르틴의 경우는 이와 달랐다. ─ 우리가 믿지도 않은 말을 내뱉은 지 어느 정도 시간이 지난 후, 우리는 의도적이지만 고통 없는 잠정적 이별이라는 미완의 시도를 행동으로 옮긴다. 훗날 우리와 함께 살던 삶을 여인이 행복으로 느낄 수 있도록, 또는 우리가 지속적인 슬픔이나 피로에서 잠시 빠져나올 수 있도록, 우리는 여인에게 혼자 며칠 여행을 다녀오라고 하거나, 우리 자신이 혼자 여행을 떠나게 해 달라고 부탁한다. 그녀 없이 지내는 것이 불가능하리라고 믿었던 그런 나날을 처음으로 아주 오랜만에 보내는 것이다. 그녀는 우리 집에서 차지했던 자신의 자리를 되찾기 위해 아주 빨리 돌아온다. 짧은 이별이었지만 이렇게 실현된 이별은 자의적으로 결정된 것도, 또 틀림없이 우리가 유일하게 상상했던 것도 아니다. 같은 슬픔이 다시 시작되고, 함께 사는 삶의 어려움이 심화되지만, 이별이 생각만큼 그렇게 어려운 일로 보이지 않는다는 점만이 다르다. 우리는 이별에 관해 말하기 시작했고, 다음으로 이별을 다정한 형태로 실행했다. 그러나 이것은 우리가 알아보지 못한 전조 현상에 지나지 않는다. 일시적이고 웃음 짓는 이별의 뒤를 이어 곧 우리가 알지 못한 채 준비해 왔던 끔찍하고도 결정적인 이별이 그 모습을 드러낸다.

"당신을 잠시라도 볼 수 있도록 오 분 후에 내 방으로 와 줘요, 내 사랑. 상냥하게 대해 줄 거죠? 하지만 나는 금방 잠들 거예요. 피로해서 거의 죽을 지경이니까." 사실 그녀의 방에 들어갔을 때 내가 본 것은 죽은 여인이었다. 그녀는 침대에 눕자마자 금방 잠이 들었다. 그녀의 몸을 수의처럼 감싸고 있는 시트는 아름다운 주름이 잡힌 단단한 돌과도 같았다. 마치 '최후의 심판'을 묘사한 몇몇 중세의 그림처럼, 머리만 무덤 밖으로 내밀고 반쯤 졸면서 대천사의 나팔 소리를 기다리는 모습이라고나 할까. 갑자기 잠든 머리가 뒤로 젖혀지면서 머리카락이 온통 헝클어졌다. 그곳에 누워 있는 그 의미 없는 몸을 보면서, 나는 그 몸이 도대체 어떤 대수표*를 구성하기에, 팔꿈치를 밀고 옷을 스치는 동작에 이르기까지 그것이 끼어들 수 있었던 온갖 행동이 시간과 공간 속에 차지했던 모든 지점으로 무한히 확대되고, 이따금씩 불현듯 내 기억 속에 되살아나면서 그토록 고통스러운 불안을 야기할 수 있는지 자문해 보았다. 그렇지만 나는 그 행동이 그녀 몸의 동작이나 욕망에 의해 결정되었으며, 만일 다른 여자였다면, 아니 그녀라고 해도 오 년 전이나 오 년 후였다면, 내 관심을 전혀 끌지 못했으리라는 사실도 알고 있었다. 그것은 거짓이었고, 그러나 나는 그 거짓에 대해 나의 죽음 외에는 그 어떤 해결책도 찾을 용기가 없었다. 그래서 베르뒤랭네 집에서 돌아온 후에도 여전히 벗지 않은 외투 차림으로 그 뒤틀린 몸 앞에 서 있었다. 그것은

* 계산을 쉽게 하려고 수치를 늘어놓은 로그표를 가리킨다.

무엇의 비유적 형상이었을까? 내 죽음의? 내 사랑의?* 이내 그녀의 고른 숨소리가 들려오기 시작했다. 나는 그녀의 숨결과 관조를 통한 진정 요법을 실행하기 위해 침대 가장자리에 앉았다. 그런 뒤 그녀를 깨우지 않으려고 조용히 물러났다.

시간이 너무 늦었으므로 나는 아침이 되자마자 프랑수아즈에게 알베르틴의 방 앞을 지나갈 때 조용히 걸으라고 당부했다. 그러자 프랑수아즈는 우리 두 사람이 그녀가 통음난무라고 칭하는 밤을 보낸 줄 알고, 다른 하인들에게 '공주님을 깨우지' 말라고 야유조로 당부했다. 내가 두려워하던 일 중의 하나는, 프랑수아즈가 어느 날인가 더 이상 자제하지 못하고 알베르틴에게 무례하게 굴어 그 일이 우리의 삶을 어렵게 만들지나 않을까 하는 것이었다. 프랑수아즈는 아주머니의 환대를 받는 윌랄리를 보고 괴로워했던 시절처럼, 더 이상 꿋꿋하게 질투를 참는 나이가 아니었다. 질투가 우리 하인의 얼굴을 일그러뜨리고 거의 마비시켰으므로, 나는 때때로 내가 알아차리지 못하는 사이에 그녀에게서 뭔가 분노의 발작 같은 것이 있었고, 그런 후 작은 마비가 온 것은 아닌지 물어볼 정도였다. 이렇게 알베르틴의 잠을 지켜 달라고 부탁했지만, 나 자신은 전혀 잠을 이룰 수 없었다. 나는 알베르틴의 진짜 정신 상태가 어떤 것인지 이해하려고 애썼다. 내가 연출했던 이런 서글픈 연극을 통해, 나는 실제 위험에 대비하려 했으며, 또

---

* GF-플라마리옹 판본에는 '내 사랑의'가 아닌, '내 작품의'로 표기되어 있다.(『갇힌 여인』, GF-플라마리옹, 469쪽)

그녀는 내 집에서 행복을 느낀다고 주장했지만, 이따금 진심으로 자유를 갈구하지 않았는지, 아니면 반대로 그녀의 말을 믿어야 하는지? 이 두 가지 가정 중 어느 쪽이 맞는 가정인지? 뭔가 정치 사건을 이해하려고 할 때면, 나는 다른 무엇보다도 내 지나간 삶의 경우를 역사적 차원으로까지 확대시키는 일이 종종 있었는데, 또 앞으로도 그럴 테지만, 그날 아침에는 거꾸로 전날 밤에 있었던 언쟁의 중요성을 이해하기 위해 많은 차이에도 불구하고, 최근에 일어난 외교적 사건과 계속 동일시하는 것이었다.

어쩌면 내게는 이렇게 추론할 권리가 있었는지도 모른다. 왜냐하면 그토록 권위적으로 연기하는 모습을 자주 보아 왔던 샤를뤼스 씨의 사례가, 나도 모르는 사이에 이런 거짓 언쟁으로 인도했을 수 있기 때문이다. 더구나 이 언쟁도 그의 쪽에서 보면, 독일 혈통을 이어받은 뿌리 깊은 성향이, 교활하게 남을 선동하고 오만하게 호전적인 성향이 무의식적으로 사생활의 영역까지 유입된 게 아니라면 다른 무엇이겠는가?

모나코 공을 위시하여 여러 사람들이 프랑스 정부에 대해, 델카세 씨*와 결별하지 않으면, 그동안 협박을 해 왔던 독일이 실제로 전쟁을 일으킬지 모른다는 의견을 제시하면서, 델카세 외무 장관의 사임을 요청한 일이 있었다. 따라서 프랑스 정

---

* 테오필 델카세(Théophile Delcassé, 1852~1923). 1898년부터 1905년까지 프랑스 외무 장관을 지냈는데 러시아와는 동맹 관계를, 영국과는 우호 관계를, 독일에 대해서는 강경 정책을 고수하다가 1905년 모로코에서 독일과의 긴장 관계로 외무 장관직을 사임했다.

부로서는 양보를 하지 않으면, 독일 쪽에 전쟁을 일으킬 의사가 있다는 가정을 인정하는 것과 다름없었다. 그러나 다른 이들은 그것이 단순한 '허풍'에 지나지 않으며 프랑스가 굴복하지 않고 버티면 독일도 칼을 뽑지 않으리라고 생각했다. 물론 우리의 시나리오는 이와 다른 정도가 아니라 거의 정반대라고 할 수 있었는데, 왜냐하면 알베르틴이 나와 헤어지겠다는 협박을 입 밖으로 낸 적은 한 번도 없었기 때문이다. 그러나 프랑스 정부가 독일에 대해 확신했듯이, 어떤 전체적인 인상이 나로 하여금 알베르틴이 이별을 생각하고 있다고 믿게 했다. 만일 독일이 평화를 열망했다면, 프랑스 정부에게 독일이 전쟁을 원한다고 믿도록 유도한 것은, 이론의 여지가 있는 위험한 술책이었다. 물론 내가 결코 헤어질 결심을 하지 못하리라는 생각이 그녀의 마음에 돌연 독립하고 싶은 욕망을 불러일으켰다면, 나는 꽤 노련하게 처신한 셈이었다. 그래서 그녀에게 그럴 욕망이 없다고 믿거나, 그녀 마음속에 숨겨진 모든 은밀한 삶이, 악덕을 충족시키는 쪽으로 나아가고 있음을 부정하기도 그리 어렵지 않았을 것이다. 내가 베르뒤랭네 집에 간 일을 알았을 때, 그녀가 화를 내면서 "그럴 줄 알았어."라고 외친 것이나, 또 "그 집에 뱅퇴유 양이 오기로 되어 있지 않나요?"라는 말로 마무리하며 모든 것을 털어놓은 점만 보아도 알 수 있었다. 이 모든 것이 앙드레가 내게 털어놓던 알베르틴과 베르뒤랭 부인의 만남으로 보강되었으니까. 그렇지만 어쩌면 이 갑작스러운 독립에의 욕망은 — 만일 그런 욕망이 존재한다고 가정한다면 — 내가 본능을 거스르려고 했을 때 이와 반대되는 생각에 의해 초래되었거나, 마침내 초래되었을 지도 모른다고 생각했다. 말하자면 내가 그녀와 결혼할 의사 가 전혀 없으며, 또 우리의 임박한 이별을 무심코 암시했을 때 나는 진실을 말했으며, 어쨌든 언젠가는 내가 그녀를 떠날 것 이고, 전날 밤에 내가 한 연극은 이런 믿음을 확실하게 했을 뿐이며, 마침내 이런 믿음이 그녀의 마음속에 '언젠가 반드시 일어날 일이라면 지금 당장 끝내는 편이 나아.'라는 결심을 낳 게 할지도 모른다고 생각했다. 평화에의 의지를 꽃피우기 위 해 사람들이 권하는 가장 잘못된 격언인 전쟁 준비는, 이와는 반대로 각각의 적들에게 상대방이 결별을 바란다는 믿음을 야기하며, 이 믿음이 결별을 가져오고, 그래서 결별이 실제로 일어날 때면, 둘 중 하나에게 결별을 원한 것은 바로 상대방이 라는 또 다른 믿음을 야기한다.* 비록 진심이 아니었다 해도, 일단 협박이 성공하면 그것은 또 다른 협박을 부추긴다. 그러 나 이 허풍이 어디까지 성공할지, 그 정확한 지점을 결정하기 란 어렵다. 만일 한쪽이 너무 멀리 가면, 지금까지 양보했던 다른 쪽이 다음 차례로 나간다. 전자는 방법을 바꿀 줄 몰라 서, 결별을 두려워하지 않는 모습이 결별을 피하는 가장 좋은 방법이라는 생각에 익숙하며(그날 밤 내가 알베르틴에게 한 것처 럼), 더욱이 자존심에서 굴복하기보다는 차라리 어느 누구도 물러설 수 없을 때까지 완강하게 협박하다가 쓰러지는 편이

---

* 알베르틴에 대한 화자의 태도가, 1914년 전쟁을 선포할 당시의 군사 작전에 대한 은유를 통해 묘사되고 있다.(『갇힌 여인』, 플레이아드 III, 1777쪽 참조.)

낮다고 생각한다. 허풍은 또한 진지함과 혼동되거나 교차할 수 있는데, 어제는 단순히 장난에 지나지 않았던 것이 내일은 현실이 되는 수가 있다. 끝으로 적들 중에 어느 한쪽이 실제로 전쟁을 결심하고, 이를테면 알베르틴의 경우에는 머잖아 더 이상 이런 삶을 계속하지 못하겠다고 생각할 수 있으며, 또는 반대로 그녀의 머릿속에서는 그런 생각이 한 번도 떠오른 적이 없으며 그저 내 상상력이 송두리째 지어낸 것일 수도 있다. 이 모든 상이한 가정들은 그날 아침 그녀가 자는 동안 내가 생각해 본 것들이었다. 그렇지만 마지막 가정으로 말하자면, 앞으로 다가올 시간에서 내가 알베르틴과 헤어지자고 협박했다면, 그것은 오로지 자유를 갈망하는 그녀의 좋지 못한 욕망에 응답하기 위해서라고 말할 수 있다. 그녀는 한 번도 그런 생각을 표현한 적이 없지만, 그것만이 그녀의 수수께끼 같은 불만이나, 몇몇 말들과 몸짓에 내포된 의미를 설명해 주는 듯했으며, 그렇지만 그녀는 그에 대한 일체의 설명을 거부했다. 또 나는 자주 그런 불만과 말과 몸짓 들을 확인하면서도, 그것이 그날로 끝날 불쾌한 기분의 결과이기를 기대하면서, 우리에게 올 수도 있는 이별에 대해서는 한마디도 하지 않았다. 그러나 이런 불쾌한 기분은 이따금 어김없이 나타나 몇 주 내내 지속되었고, 그때마다 알베르틴은 마치 그 순간 우리 집에서 다소 멀리 떨어진 지대에는 쾌락이 있음을 알고 있으며, 내 집에서의 유폐가 그 쾌락을 박탈하고, 또 쾌락이 끝날 때까지는 그녀에게 영향을 미친다는 듯, 마치 발레아레스 제도처럼 그렇게 먼 곳에서 발생한 대기 변화가 우리 집 벽난로 구석, 우리의 신경 조직에까지 작용한다는 듯, 갈등을 도발하고 싶어 하는 것 같았다.

그날 아침 알베르틴이 잠든 동안, 그리고 내가 그녀 마음속에 감춰진 것을 짐작하려고 애쓰고 있을 때, 나는 어머니로부터 편지 한 통을 받았다. 어머니는 나의 결정을 전혀 이해하지 못하겠다면서 당신의 불안한 마음을 세비네 부인의 구절을 통해 표현하고 있었다. "나는 그 애가 결혼하지 않을 거라고 확신하지만, 그렇다면 왜 결혼도 하지 않을 여자의 마음을 그렇게 흔들까? 어떻게 그녀가 결혼할지도 모르는 상대들을 멸시의 눈으로만 바라보게 하고 거절하게 할까? 쉽게 피할 수 있는 사람의 마음을 왜 그렇게 흔들고 있을까?"* 어머니의 편지가 나를 현실로 돌아오게 했다. 왜 나는 신비로운 영혼을 탐색하려 하고, 그 얼굴을 해석하고, 감히 파헤칠 용기도 없는 예감들에 둘러싸였다고 느끼는 걸까? 나는 꿈을 꾸었고, 그일은 아주 단순한 것이다. 즉 나는 결단력 없는 젊은이이며, 그 일은 결혼을 하느냐 마느냐를 아는 데 약간의 시간이 필요한 문제일 뿐이다. 알베르틴이라고 해서 특별한 것은 없다. 이런 생각은 짧지만 깊은 휴식을 주었다. 나는 곧 생각했다. "사회적 측면을 고려한다면, 이 모든 일은 사실 가장 진부한 삼면 기사로 귀결되는 일일지도 몰라. 이 일이 다른 사람에게 일어났다면 나 역시 그렇게 믿었을 거야. 하지만 내가 지금까지 생

---

* 1679년 세비네 부인이 아들 샤를 드 세비네에 관해 딸에게 쓴 편지이다.(『갇힌 여인』, 플레이아드 III, 1778쪽 참조.)

각해 왔던 모든 것, 알베르틴의 눈에서 읽었던 모든 것, 나를 괴롭히는 두려움, 알베르틴과 관련해서 끊임없이 나 자신에게 던지는 질문은 진실이며, 또한 적어도 진실임을 나는 잘 알고 있어." 약혼자의 망설임과 그로 인해 깨진 결혼 이야기가 이 경우에 해당될 수 있는데, 마치 어느 양식 있는 연예란 담당 기자에 의해 쓰인 연극 기사가 입센의 연극 주제를 다루는 것과도 같은 방식이다. 그러나 거기에는 기자가 얘기하는 사실 외에 다른 것이 존재한다. 우리가 결혼을 망설이는 모든 약혼자와 질질 끄는 혼담에서 그것을 볼 줄 안다면, 이 다른 것이 존재한다는 것은 어쩌면 사실일지도 모른다. 우리 나날의 삶에도 어쩌면 신비로운 것이 존재할 수 있으니까. 그 신비가 타인의 삶과 관계된 것이라면 무시할 수 있지만, 알베르틴 그리고 나 자신의 삶과 관계된 것으로 말하자면, 나는 바로 그 안에서 살고 있었다.

알베르틴은 그날 밤 이후로는 더 이상 과거에 했던 것처럼 "당신이 날 신뢰하지 않는다는 걸 알아요. 그래도 당신의 의혹을 해소하려고 노력해 볼게요."라는 말을 하지 않았다. 그러나 그녀가 결코 말로 표현하지 않은 그 생각이, 그녀의 사소한 동작들을 설명하는 데는 도움이 되었다. 내가 그녀의 고백을 믿지 않는다고 해도, 그녀는 자기가 한 일을 내가 전부 알 수 있도록 잠시도 혼자 있지 않으려고 조치를 취했는데, 앙드레나 차고 또는 승마 연습장이나 다른 곳에 전화를 걸어야 할 때도, 전화국 아가씨가 전화를 연결해 주는 동안 혼자 있는 것이 너무 따분하다면서, 마치 내가 비난받을 만한 은밀한 만남을 위해 전화를 한다고 상상할까 봐 두려운 듯, 자기 옆에 나를 있게 하고, 또 내가 없을 때는 프랑수아즈를 불렀다. 아! 슬프게도 이 모든 것은 나의 마음을 진정시켜 주지 못했다. 에메는 내게 에스테르의 사진을 돌려보내면서 그녀가 아니라고 말했다. 그렇다면 또 다른 여자들이 있단 말인가? 누구일까? 나는 블로크에게 사진을 돌려보냈다. 내가 보고 싶었던 것은 알베르틴이 에스테르에게 준 사진이었다. 그녀는 어떤 모습이었을까? 어쩌면 가슴 파인 옷을 입은 건 아닐까? 혹시 그들이 함께 사진을 찍은 건 아닐까? 그러나 알베르틴에게 사진을 보지 못한 것으로 보일까 봐, 또 블로크에게는 내가 알베르틴에게 관심이 있다는 걸 보이고 싶지 않아서, 나는 감히 사진 이야기를 할 수 없었다. 누구든 나의 의혹과 그녀의 예속 상태를 아는 사람이라면, 이 삶이 나와 알베르틴에게 무척이나 끔찍하다는 사실을 인지했을 테지만, 밖에서 관찰하는 프랑수아즈의 눈에는 그 '간사한 여자'가 교활하게 수작을 부려서 분에 넘치는 쾌락의 삶을 누리고 있는 것으로 보였다. 그리고 프랑수아즈는 여성에 대해 더 질투를 느꼈으므로, 남성형을 사용하기보다는 여성형을 더 많이 사용했고, 그래서 그 간사한 여자를 '사기꾼 여자(charlatante)'라고 칭했다.* 프랑수아즈는 나와의 접촉을 통해 얻은 새로운 표현을 가지고 자신의 어휘를 풍부하게 만들면서도, 그 표현을 자기 식으로 수정하곤 했는

* '간사한 여자(enjôleuse)'는 문법적으로 존재하는 표현이지만, '사기꾼 여자(charlatante)'는 남성형만 존재하는 '사기꾼(charlatan)'이라는 단어를 가지고 프랑수아즈가 임의로 여성형을 만들어 낸 것이다.

데, 알베르틴처럼 그렇게 '배신(perfidité)'을 때리는 사람은 보지 못했으며, 또 연극을 정말 잘해서(프랑수아즈는 이 말을 '무언극을 연기할 줄 알아서'라고 표현했는데, 일반적인 것과 개별적인 것을 쉽게 혼동하고, 또 연극 장르의 구별에서도 막연한 개념만을 가지고 있었기 때문이다.)* '나로부터 돈을 뺏을' 줄도 안다고 말했다. 나와 알베르틴의 진짜 삶에 관한 프랑수아즈의 잘못된 인식은 어쩌면 나에게도 조금은 책임이 있었는지 모른다. 프랑수아즈와 얘기할 때면 나는 그녀를 놀리고 싶어서, 또는 알베르틴의 사랑을 받지 못한다면 적어도 행복한 모습으로라도 보이고 싶어서, 막연히 프랑수아즈의 말을 인정하는 듯한 발언을 교묘하게 입 밖으로 내보냈기 때문이다. 내가 알베르틴에 대해 행사하는 질투나 감시를 프랑수아즈가 의심하지 않기 바랐지만, 그녀는 얼마 가지 않아 눈가리개를 하고도 물건을 찾아내는 심령술사처럼, 나를 고통스럽게 하는 일에 대해 그녀가 가진, 또 아무리 그녀를 헷갈리게 하려고 거짓말을 해도 좀처럼 자신의 목표에서 벗어나지 않는 그런 직관력과, 또한 그녀를 부추기는 알베르틴에 대한 증오심의 안내를 받아, 그 질투와 감시를 지체 없이 간파했다. 이 증오심은 프랑수아

---

* 프랑수아즈는 perfidie라는 올바른 표현 대신 perfidité라는 틀린 표현을 사용하고 있다. 또 프랑수아즈는 '연극을 하다' 또는 '코미디를 연기하다(jouer la comédie)'라는 표현 대신, '무언극을 연기할 줄 알다(savoir jouer la pantomime)'라는 표현을 사용하는데, 이는 장르를 구별할 줄 모르는 데다, 일반적인 것과 개별적인 것을 혼동하는 습관에서 연유한다. 또한 프랑수아즈는 '돈을 뺏다'라는 의미로 me tirer des sous라는 올바른 표현 대신 tirer mes sous라는 틀린 표현을 쓰고 있다.

즈가 — 자신의 적을 실제보다 행복하고, 교활한 여배우라고 믿는 것보다 훨씬 더 많이 — 적을 실추시키고 파멸을 재촉하는 방법을 발견하는 쪽으로 나아가게 했다. 물론 프랑수아즈는 한 번도 알베르틴과 언쟁을 벌인 적이 없다. 알베르틴이 감시를 받는다고 느껴, 내가 협박했던 이별을 그녀 스스로 실행하지 않을까 하는 생각이 들었는데, 왜냐하면 우리의 변화하는 삶은 우화를 현실로 만들기 때문이다. 방문 여는 소리가 들릴 때마다, 나는 할머니가 단말마의 고통 속에서 내가 울리는 벨 소리를 들었을 때처럼 소스라치게 놀라곤 했다. 알베르틴이 내게 말도 하지 않고 외출을 하리라고는 생각하지 않았지만, 그래도 할머니의 무의식이 더 이상 의식 없는 상태에서도 벨 소리에 몸을 꿈틀거렸던 것처럼, 나의 무의식은 그런 생각을 하고 있었다. 어느 날 아침 나는 돌연 알베르틴이 단순히 외출을 한 게 아니라 영영 떠나지는 않았나 하는 불안에 사로잡혔다. 방금 그녀의 방문이라고 여겨지는 문소리를 들은 것 같았다. 나는 살금살금 그녀의 방까지 가서 안으로 들어갔지만, 문지방에 그대로 서 있었다. 희미한 불빛 속에 시트는 반원형으로 부풀어 있었고, 몸을 구부린 채 발과 머리를 벽 쪽에 대고 자는 모습으로 보아 알베르틴이 틀림없었다. 침대 밖으로 나온 검고 풍성한 머리칼이, 그녀가 문을 열지 않고 움직이지도 않았는데 그녀임을 알려 주었고, 나는 이 부동의 살아 있는 반원형 몸 안에 한 인간의 모든 삶이 담겼으며, 또 그것이 내가 유일하게 소중히 여기는 것이며, 바로 저기 내 지배 아래, 내 소유물로 놓였다고 느꼈다.

그러나 나는 프랑수아즈의 암시 능력과, 의미심장한 장면을 연출하고 이용할 줄 아는 능력을 알고 있었으며, 그래서 프랑수아즈가 알베르틴에게 우리 집에서 하는 수치스러운 역할을 날마다 깨닫게 하고, 또 내 여자 친구가 복종하는 유폐 생활을 교묘하고 과장되게 묘사함으로써 그녀를 불안에 빠뜨리고 싶은 욕구를 억제했으리라고는 믿지 않는다. 한번은 프랑수아즈가 커다란 안경을 고쳐 쓰면서 내 서류를 뒤적이다가, 내가 스완과 또 스완이 오데트 없이는 살 수 없는 불가능성의 이야기를 적은 종이를 그 서류 사이에 끼워 넣는 모습을 보았다. 프랑수아즈는 그 종이를 실수로 알베르틴의 방에 굴러다니게 했던 걸까? 어쨌든 믿기 어려운 사실을 속삭이듯 낮은 소리로 하는 연주에 지나지 않는 프랑수아즈의 온갖 암시적인 말 위로, 더 높고 더 분명하고 더 절박한 목소리가, 알베르틴이 자신도 모르게 나를 붙들고 있는 걸 보면서 그리고 내가 의도적으로 알베르틴을 작은 패거리로부터 떼어 놓는 걸 보면서 화가 난 베르뒤랭 부부의 헐뜯는 비난의 목소리가 아마도 틀림없이 솟아올랐으리라.

내가 알베르틴을 위해 쓰는 돈을 프랑수아즈에게 감추는 일은, 어떤 지출도 그녀에게는 감출 수 없었으므로, 거의 불가능했다. 프랑수아즈는 결점이 거의 없었지만, 그러나 이 미미한 결점이 그걸 돋보이게 하는 진정한 재능을, 결점을 행할 때를 제외하고는 대부분 그녀에게 없는 재능을 발전시켰다. 그중 주된 재능은, 우리가 그녀 아닌 다른 사람에게 쓰는 돈에 대한 호기심이었다. 지불할 계산서가 있거나 수고비를 주어야 할 때면, 내가 아무리 그녀와 떨어져 있어도 소용없었는데, 그녀는 접시를 정돈해야 한다거나, 냅킨을 가져가야 한다거나 하면서 뭔가 내게 접근할 구실을 찾아냈다. 내가 화가 나서 그녀를 쫓아 보내며 쳐다볼 시간을 주지 않아도, 거의 더 이상 확실히 보지도 못하고 계산도 할 줄 모르는 그 여인은, 마치 재봉사가 당신을 보자마자 본능적으로 당신이 입은 옷감의 값을 계산하고, 또 옷감을 손으로 만져 보지 않고는 못 배기듯이, 아니면 화가가 색채의 효과에 민감한 것처럼, 그와 동일한 취향의 안내를 받으면서 내가 주는 것을 남몰래 보고는 즉각적으로 계산해 냈다. 내가 알베르틴의 운전사를 매수했다는 사실을 알베르틴에게 전하지 못하게 하려고 선수를 쳐서 "운전사에게 친절히 대하고 싶어서 10프랑 주었어요."라며 팁을 준 일을 변명하자, 프랑수아즈는 무자비하게, 또 거의 눈먼 늙은 독수리의 일별만으로도 충분하다는 듯 이렇게 대답했다. "아뇨, 도련님은 팁으로 43프랑을 주셨어요. 운전사가 도련님에게 45프랑 들었다고 하니까, 도련님은 100프랑을 주셨고, 하지만 운전사는 12프랑밖에 돌려주지 않았거든요." 그녀는 나 자신도 모르는 사이에 돈을 보고, 팁의 액수를 계산할 겨를이 있었던 것이다.

알베르틴의 목적이 내게 평온함을 주는 것이었다면, 그녀는 부분적으로 성공했다. 게다가 나의 이성은, 알베르틴의 본능이 악에 젖어 있다고 오해했던 것처럼, 그녀의 좋지 못한 계획에 대해서도 오해했다고 스스로에게 증명해 주기만을 기다렸다. 물론 나의 이성이 제시한 여러 주장을 가치 있다고 생각한 것은, 그 주장이 옳았다고 믿고 싶은 욕망을 고려했기 때문이리라. 그러나 예감이나 텔레파시의 발현을 통해서만 진실을 알아낼 수 있다고 인정하는 경우를 제외하고, 공정한 입장에서 진실을 볼 기회를 가지려 했다면, 이성이 나의 병을 고치려고 애쓰면서 욕망에 몸을 맡긴 것과 달리, 뱅퇴유 양과 알베르틴의 악덕, 그 악덕의 당연한 결과인 다른 삶을 살고 싶어 하는 그녀의 의도와 이별 계획에 대해, 본능이 나를 아프게 하려고 질투심으로 혼란스럽게 했을지도 모른다고 생각해야 하지 않았을까? 게다가 알베르틴 자신이 그토록 교묘하게 위장하는 그 완벽한 유폐 생활은, 나의 괴로움을 제거하면서 점차 의혹도 제거했고, 그리하여 저녁이 되어 다시 불안한 마음이 돌아올 때면, 나는 알베르틴이 옆에 있는 것만으로도 초기의 평온함을 되찾을 수 있었다. 침대 옆에 앉은 그녀는 자신의 삶을 보다 감미롭게, 자신의 감옥을 보다 아름답게 만들기 위해, 내가 그녀에게 끊임없이 선물한 옷이나 물건에 관해 나와 담소를 나누었고, 그래서 나는 때로 그녀가, 리앙쿠르같이 아름다운 저택에서 지내니 편하지 않느냐는 누군가의 질문에, 아름다운 감옥에 대해서는 알지 못한다고 대답했던 라로슈푸코 부인과 같은 의견을 갖고 있는 건 아닌지 두렵기만 했다.*

샤를뤼스 씨에게는 오래된 프랑스 은 제품에 관해 문의했다면, 우리가 요트를 소유하려는 계획을 세웠을 때, 알베르틴은 실현 불가능한 계획으로 판단했지만 — 또 나 자신도 그녀

---

* 이 일화는 『잃어버린 시간을 찾아서』 9권 290쪽에서 인용되었다.

의 미덕을 다시 믿기 시작할 때마다 질투심이 줄어들어, 질투가 끼어들 자리가 없는 다른 욕망들을 억제하지 못했고, 또 그런 욕망을 충족시키는 데는 많은 돈이 들었으므로 그렇게 생각했다. ─ 그럼에도 만일을 생각해서, 우리가 요트를 소유하지 못하리라는 알베르틴의 생각에도 불구하고, 우리는 무턱대고 엘스티르에게 조언을 구했다. 그런데 여성의 의상만큼이나 요트의 실내 장식에 관해서도 화가의 취향은 세련되고 까다로웠다. 그는 요트 내부에 영국산 가구와 오래된 은 제품만을 허용했다. 처음에 알베르틴은 옷과 가구만 생각했다. 그런데 지금은 은기에 관심이 많아졌고, 그리하여 발베크에서 돌아온 뒤부터는 은세공술과 옛 은세공사의 검인 마크에 관한 책들을 읽기에 이르렀다. 그런데 오래된 은 제품은, 국왕스스로가 자신의 식기를 내놓고 대귀족들도 따라서 한 위트레흐트 조약* 체결 당시와 1789년, 이렇게 두 번에 걸쳐 녹여졌으므로 상당히 귀했다. 다른 한편으로 현대의 금은세공사가 제아무리 퐁토슈 제조소**의 도안에 따라 그 모든 은 제품을 다시 제작한다 할지라도, 엘스티르는 이런 옛것을 모조한 새것이 안목 있는 여인의 저택에는, 비록 그것이 물 위에 떠다니는 저택일지언정, 어울리지 않는다고 생각했다. 나는 뢰티에***가 뒤 바리 부인을 위해 제작한 여러 경탄할 만한 제품

---

* 1713년에서 1715년 사이 네덜란드 중부 도시 위트레흐트에서 스페인 왕위 계승 전쟁 후 맺은 조약을 가리킨다.
** 1743년에 설립되어 1788년에 문을 닫은 파리의 도자기 제조소이다.
*** 뢰티에(Roettiers)는 루이 15세 시대의 금은세공사였으며, 뒤 바리 부인

에 관한 묘사를 알베르틴이 읽었다는 사실을 알고 있었다. 아직도 그중 몇 개가 존재한다면, 그녀는 그걸 보고 싶어 안달했고, 나는 그녀에게 주고 싶어 안달했다. 그녀는 아름다운 물건 수집도 시작해서 세련된 안목으로 진열장 안에 배치했는데, 나는 그 모습을 바라볼 때마다 연민과 두려움을 느꼈다. 수집품을 배열하는 기술이 수인(囚人)이 전념하는 그런 인내심과 정교함과 향수, 망각에의 욕구로 연마된 기술이었다.

옷에 관한 한, 특히 당시에 그녀는 포르투니가 만든 옷은 무엇이든지 좋아했다. 포르투니의 의상은 나도 게르망트 부인이 입은 모습을 본 적이 있는데, 엘스티르가 카르파초와 티치아노가 살던 시대의 여인들이 입었던 아름다운 의상 이야기를 하면서, 화려한 잿더미에서 다시 태어나 가까운 시일 안에 나타나리라고 알려 주었던 바로 그 옷이었다.* 베네치아 산마르코 성당의 둥근 천장에 쓰여 있듯이, 또 동시에 죽음과 부활을 알리는 새들이 비잔틴풍 기둥머리를 장식하는 대리석과 백옥 항아리에서 물을 마시며 선포하듯이, 모든 것은 다시 돌아오기 때문이다. 여인들이 그 의상들을 입기 시작했을 때, 알베르틴은 엘스티르와의 약속을 기억하고 그 의상을 입고 싶어 했으며, 그래서 우리는 그중 하나를 고르러 갈 예정이었다. 그런데 이런 의상들은 진짜 고대 의상이 아니어서(게다가 나는

에 대해서는 159쪽 참조.

* 엘스티르는, 카르파초가 「성녀 우르술라의 전설」에서 묘사했던 고대 의상의 아름다움과, 이를 의복을 통해 새롭게 재현하려고 했던 포르투니에 대해 이미 언급한 바 있다.(『잃어버린 시간을 찾아서』 4권 422~425쪽 참조.)

알베르틴을 위해 그런 의상도 찾고 있었다.) 오늘날의 여인들이 입으면 조금은 지나치게 분장한 듯 보여서 차라리 수집품으로 간직하는 편이 낫다고 생각되는 것들로, 거기에는 가짜 옛것의 모조품이 지닌 차가움도 없었다. 그 옷들은 오히려 당시의 시대정신에 배어 있으면서도 독창적인 예술 작품의 도움을 받아 가장 사랑받는 예술의 시대를 환기했던, 러시아 발레의 세르트와 박스트와 브누아의 무대 장식과도 흡사했다.* 이렇게 고대에 충실하면서도 지극히 독창적인 포르투니의 의상은 무대 장식처럼, 아니 무대 장식은 우리가 상상해야 하므로 무대 장식보다 훨씬 더 강력한 환기력을 가지고, 여인들이 의상을 입었을 당시 동방의 것들로 넘쳐 났던 베네치아를 나타나게 했으며, 그리하여 태양과 주변의 터번 두른 사람들을 환기하는 의상은, 산마르코 성당의 성골함에 든 성유물보다 더 베네치아의 단편적이고 신비스러운 보색(補色)이었다. 이제 그 시대의 것들은 모두 사라졌지만, 찬란한 풍경과 삶의 들끓음, 베네치아 총독 부인들이 입었던 의상 가운데 살아남은 천 조각들의 단편적인 분출로 인해, 모든 것이 서로 연결되기 위해 소환되며 다시 태어났다.

　나는 이 주제에 관해 게르망트 부인에게 한두 번 조언을 구하고 싶었다. 그러나 공작 부인은 무대 의상 같은 옷을 좋아하지 않았다. 게다가 그녀에겐 다이아몬드가 박힌 검정 벨벳 드

---

* 러시아 발레의 가장 유명한 무대 장식가들이다. 박스트에 대해서는 『잃어버린 시간을 찾아서』 4권 500쪽 참조.

레스가 가장 잘 어울렸다. 그래서 포르투니의 드레스 같은 옷에 대해서는 도움이 될 만한 조언을 해 줄 수 없었다. 더욱이 오래전부터 일주일에 여러 번 부인의 초대를 거절해 왔으므로, 내가 필요할 때만 어쩌다 방문하는 것처럼 보일까 봐 문의하러 가기가 조금은 망설여졌다. 게다가 부인만이 나를 도에 넘친 환대로 받아 준 것은 아니었다. 물론 그녀와 다른 많은 부인들은 언제나 내게 다정했다. 아마 틀림없이 나의 칩거 생활이 이런 다정함을 열 배는 커지게 했으리라. 사랑의 영역에서 일어나는 일을 지극히 미미하게만 반영하는 사교 생활에서, 모든 사람들이 사귀고 싶어 하는 존재가 되는 최선의 방법은 초대를 거절하는 것이다. 한 남자가 여인의 마음에 들기 위해 자신이 내세울 만한 모든 찬란한 특성들을 계산해 본다. 끊임없이 옷을 바꿔 입고 용모에 신경을 써도 여인은 단 한 번도 그가 다른 여인으로부터 받는 관심을 보여 주지 않는다. 이에 반해 그가 배신을 한 그 다른 여인은, 그녀 앞에 더러운 옷차림으로 나타나도, 마음에 들려고 술수를 쓰지 않아도 언제까지나 그에게 집착한다. 마찬가지로 한 남자가 사교계에서 충분한 인기를 누리지 못한다고 한탄한다면, 나는 그에게 더 많은 방문을 하고, 더 아름다운 마차를 사라고 말하는 대신, 어떤 초대에도 응하지 말고 자신의 방에 칩거하면서 누구도 들어오지 못하게 하면, 사람들이 집 문 앞에 줄을 서게 되리라고 조언한다. 아니, 그런 말도 하지 않을 것이다. 왜냐하면 사교계에서 인기를 끄는 가장 확실한 방법은 사랑받을 때처럼, 다시 말해 사랑받을 목적으로 그 방법을 택하지 않는 경우인데,

예를 들면 사실 항상 방을 지키는 것이 중병에 걸렸거나, 중병에 걸렸다고 믿거나, 또는 애인을 방에 가두고 사교계보다 애인을 더 좋아할 때라야(혹은 이 세 가지 이유 모두로 해서) 성공할 수 있기 때문이다. 여인의 존재에 대해 아무것도 모르는 사교계 사람들에게는, 당신이 사교계를 거부한다는 것만으로도 스스로를 바치면서 매달리는 모든 이들보다 당신을 선호하는 이유가 되리라.

"방에 관한 얘기가 나왔으니 말인데요, 우린 곧 당신이 입을 포르투니의 실내복 일로 바빠질 거예요."* 하고 나는 알베르틴에게 말했다. 그리고 물론 오랫동안 열망해 왔고, 그녀의 옷장만이 아니라 상상 속에서도 이미 그것을 위한 자리를 마련해 두었던 그녀에게서, 수많은 다른 옷들 중 결정을 하기 전에 각각의 디테일을 오래 바라보기 원하며 나와 함께 오랜 시간에 걸쳐 고르게 될 그 옷들은, 자기가 원하는 것보다 훨씬 더 많은 옷을 소유하고 그래서 쳐다보지도 않는 돈 많은 여인에게서보다는 뭔가 더 많은 걸 의미했으리라. 그러나 알베르틴이 미소를 지으며 "당신은 참 친절해요."라고 고마움을 표했음에도 불구하고, 나는 그녀가 얼마나 지친 표정인지, 서글픈 기색마저 띠고 있는지 주목했다. 때로는 그녀가 원하는 의상이 완성되기를 기다리면서, 나는 몇 벌의 드레스나 때로는 옷감만을 빌려 와 알베르틴에게 입히거나 두르게 했는데, 그

---

* 방을 보지 못하는 알베르틴의 슬픔에 대해서는 289쪽 참조. 실내복(robe de chambre)이라는 단어에는 방(chambre)이라는 말이 들어 있다.

때 그녀는 총독 부인이나 패션 모델처럼 당당하게 내 방을 거닐곤 했다. 다만 파리에서의 내 예속 상태가 베네치아를 환기하는 이런 모습으로 인해 더 무겁게 느껴졌다. 물론 알베르틴은 나보다 더 갇힌 여인이었다. 그리고 존재를 변하게 하는 운명이, 어떻게 감옥 벽을 뚫고 들어와 알베르틴의 본질 자체를 바꾸면서, 발베크의 소녀를 따분하고 순종적인 수인으로 만들 수 있었는지 신기하기만 했다. 그렇다, 감옥의 벽도 이런 영향이 스며드는 것을 막지 못했다. 어쩌면 그것은 감옥의 벽 때문에 생겼는지도 모른다. 그녀는 더 이상 예전과 같은 알베르틴이 아니었다. 왜냐하면 발베크에서처럼 끊임없이 자전거를 타고 도망치며, 또 친구들과 함께 자러 간 수많은 작은 해변들 때문에 찾을 수 없었고, 게다가 그녀의 거짓말로 인해 더욱 포착하기 어려웠던 존재가 아니었기 때문이다. 이제 내 집에 온 순하게 홀로 갇힌 그녀는, 발베크에서 내가 그녀를 발견했을 때 해변에서 보았던 그런 도망치는 신중하고 교활한 존재가 아니었으며, 그 존재가 능숙하게 감출 줄 알았던 수많은 밀회로, 그토록 나를 고통스럽게 하여 사랑할 수밖에 없게 했던 밀회로 길게 이어지면서, 다른 이들을 대할 때면 그토록 냉정한 태도와 진부한 답변 아래 전날과 내일의 밀회가 느껴지고, 또 내게는 멸시와 술수로 에워싸인 존재가 아니었기 때문이다. 이제 그녀는 바람이 불어도 옷이 부풀지 않고, 특히 내가 날개를 잘라 버린 탓에 더 이상 승리의 여인이기를 멈춘, 오히려 내가 떨쳐 버리기만을 바라는 귀찮은 노예였기 때문이다.

이렇게 해서 나는 내 생각의 흐름을 바꾸기 위해, 알베르틴과 카드놀이나 체커 게임을 하는 대신 차라리 음악을 조금 틀어 달라고 부탁했다. 나는 그냥 침대에 있었고, 그녀는 방구석으로 가서 책장과 기둥 사이에 놓인 피아놀라 앞에 앉았다. 그녀는 내게 한 번도 들려주지 않았던 새로운 곡이나, 한두 번 들려주었을 뿐인 곡을 택하곤 했는데, 나를 조금씩 알아 가기 시작하면서 내가 난해한 곡에만 주의를 기울이며, 연이어 연주를 듣는 동안 점차 커져 가는 빛, 그러나 애석하게도! 본질을 왜곡하는 이질적인 지성의 빛 덕분에, 처음에는 거의 안개 속에 파묻힌 음악 구성의 단편적이고 중단된 선들을 서로 연결하기 좋아한다는 걸 알아차렸다. 아직은 무정형한 성운을 빚는 작업이, 처음 순간 내 정신에 주는 기쁨을 그녀는 알고 또 이해했다고 생각한다. 알베르틴이 곡을 트는 동안 그녀의 다양한 머리 스타일 가운데서도, 내 눈에는 벨라스케스가 그린 공주의 장식용 리본처럼, 귀를 따라 붙인 하트 모양의 검은 쪽진 머리만이 보였다.* 이 음악 천사의 음량이, 곡에 대한 추억이 내 마음속에 차지하는 과거의 여러 지점과, 또 시각(視覺)에서 출발하여 그녀라는 존재의 내밀함 속으로 내려가게끔 도와주는 내 존재의 가장 내적인 감각에 이르기까지, 상이한 '추억의 중심'**을 오가는 수많은 여정에 의해 구성되었듯이, 알베르틴이 틀어 주는 음악의 음량 또한 내가 여러 악절에

---

* 벨라스케스의 「라스 메니나스」(1656)에는 시녀들의 시중을 받는 금발의 마르가리타 공주의 초상이 그려져 있다.
** 원문에 표기된 siège를 '추억의 중심'으로 이해할 때 보다 의미가 분명해진다는 지적에 따라 이렇게 옮겼다.(『갇힌 여인』, 플레이아드 III, 1779쪽 참조.)

빛을 부여하고, 또 처음에는 거의 완전히 어둠 속에 잠긴 것처럼 보였던 구성의 여러 선들을 연결하는 데 어느 정도 성공함으로써 상이한 악절들이 불규칙적으로 눈앞에 드러나는 그런 가시성에 의해 산출되었다. 알베르틴은 아직 난해한 부분을 내 사유에 제공하고 그것이 성운을 빚을 때라야 내가 기뻐한다는 사실을 알았다. 그녀는 세 번째나 네 번째 청취에 내 지성이 그 모든 부분을 포착하고, 따라서 동일한 거리에 놓으며, 그리하여 거기에 대해 별도의 활동을 전개할 필요 없이 역으로 그 모든 부분을 단 하나의 면에 펼쳐 놓고 고정시킨다는 점도 알았다. 그렇지만 그녀는 아직 새로운 곡으로 넘어가지 않았다. 왜냐하면 아마도 아직 내 마음속에서 벌어지는 작업이, 무엇인지 완전히 이해하지 못했는지는 모르지만, 내 지성의 작업이 작품의 신비를 사라지게 하는 순간, 그 치명적인 임무 중에 지성이 이런저런 유익한 성찰을 보상으로 받는 일이 드물지 않음을 알았기 때문이다. 따라서 알베르틴이 "여기 프랑수아즈에게 부탁해서 다른 곡으로 바꾸어 오게 할 두루마리가 있어요."라고 말하는 날은 흔히 내게서 이 세상 음악이 하나 줄어들고, 그 대신 진리는 하나 더 늘어난 날이었으리라.

알베르틴이 뱅퇴유 양과 그 여자 친구를 전혀 만나려 하지 않고, 또 우리가 짠 모든 휴양 계획에서 몽주뱅과 그렇게 가까운 콩브레에 가는 일을 스스로 제외시켰으므로, 그들에 대한 질투가 터무니없는 것임을 깨달은 나는 알베르틴에게 음악 연주를 자주 부탁했고, 또 그것을 들어도 그다지 고통스럽지 않았다. 바로 뱅퇴유의 음악이었다. 단 한 번 이 뱅퇴유의 음악이 내게서 질투의 간접적인 원인이 된 일이 있었다. 사실 알베르틴은 베르뒤랭 부인네 집에서 모렐이 뱅퇴유의 음악을 연주한다는 소식을 내가 들었음을 알고, 어느 날 저녁 모렐에 관해 얘기하면서 그의 연주를 듣고 또 그를 알고 싶은 욕망을 강하게 표명했다. 레아가 모렐에게 보낸 편지를 샤를뤼스씨가 본의 아니게 가로챘다는 말을 들은 지 이틀 후였다. 나는 레아가 알베르틴에게 모렐 이야기를 한 것은 아닌지 생각해 보았다. 끔찍스럽게도 '더러운 년', '사악한 년'이라는 단어가 머리에 떠올랐다. 그러나 이처럼 뱅퇴유의 음악이 고통스럽게 레아에 연결되었으므로 ─ 뱅퇴유 양과 그 여자 친구가 아닌 ─ 레아로 인해 생긴 아픔이 진정되자, 나는 별다른 아픔 없이 그 음악을 들을 수 있었다. 하나의 아픔이 다른 아픔의 가능성으로 인해 나를 치유했다. 베르뒤랭네 집에서 들었을 때는 흐릿하고 불분명한 유충처럼 알아볼 수 없었던 악절들이 지금은 찬란한 건축물로 변했다. 처음에는 구별도 못하고 기껏해야 추하게 보였던 몇몇 악절이, 마치 싫어하던 사람도 사귀고 나면 친구가 되듯이, 내가 결코 생각해 보지 못한 친구가 된 것이었다. 이 두 상태 사이에 진정한 변환 현상이 일어났다. 반면 처음에는 뚜렷이 구별했지만, 그때 그곳에서는 알아보지 못했던 몇 개의 악절 가운데, 내가 지금은 다른 작품에 나오는 악절과 동일시하는 것도 있었다. 이를테면 오르간을 위한 종교 음악 변주곡에 나오는 악절*은, 내가 베르뒤랭네 집

---

* 뱅퇴유의 모델 중 하나로 거론되는 세자르 프랑크는 피아노와 오르간 주

에서 들었던 칠중주곡에서는 알아보지 못했으나, 성소(聖所)의 계단을 내려오는 성녀인 양 음악가에게 친숙한 정령들 사이에는 섞여 있었다. 다른 한편으로 멜로디가 거의 없고 지나치게 기계적인 리듬으로 생각되었던, 그 정오에 울리는 종소리의 비틀거리는 기쁨을 표현한 악절은, 내가 그 추함에 익숙해진 탓인지, 아니면 그것의 아름다움을 발견한 탓인지, 지금은 내가 가장 좋아하는 악절이 되었다. 걸작이 처음 순간 야기하는 환멸에 대한 이런 반응을, 우리는 처음 느꼈던 인상의 약화나 진리를 끌어내는 데 필요한 노력 탓으로 돌릴 수 있다. 이 모든 중요한 문제들, 즉 '예술'의 실재와 '실재' 자체, 영혼의 '불멸성'이라는 문제와 관계해서 두 개의 가설이 제기되는데, 우리는 그중 하나를 택해야 한다.* 그리고 뱅퇴유의 음악에서 이 선택은 매 순간 다양한 형태로 표출되었다. 이를테면 뱅퇴유의 음악은 내가 아는 모든 책들보다 훨씬 참된 것으로 보였다. 이따금 나는 우리가 삶에서 느끼는 것을 관념의 형태로 지각하지 못하고, 그래서 그것을 문학의 형태로, 다시 말해 지적인 형태로 옮기는 경우, 설령 그 느낌을 이해하고 설명하고 분석하기에 이른다 해도, 음악처럼 그 느낌을 재구성하기란 불가능한 데 반해, 음악에서의 음은 존재의 억양을 취하고,

<hr />

자로 활동했으며 「전원시」를 비롯하여 많은 오르간 작품도 작곡했다.
* 여기서 두 개의 가설이란 예술과 영혼의 실재, 그리고 예술과 영혼의 환상적이고 덧없는 성격을 가리킨다. 이처럼 프루스트에게서 미학적 문제와 형이상학적 문제는 분리될 수 없는 문제라고 지적된다.(『갇힌 여인』, 리브르드포슈, 500쪽 참조.)

우리가 이따금 느끼는 그 특별한 취기를, 또 "얼마나 화창한 날씨야!", "얼마나 아름다운 태양이야!"라고 말할 때면, 동일한 태양과 동일한 날씨가 매우 상이한 울림을 깨어나게 하여, 이웃에게는 결코 전하지 못하는 부분인, 우리 감각의 지극히 내밀한 극점을 재현하는 것이 아닐까 하고 생각했다. 이처럼 뱅퇴유의 음악에는 말로 표현할 수 없는, 거의 관조가 금지된 환영이 어려 있었다. 왜냐하면 잠드는 순간 그 비현실의 매혹이 우리를 어루만질 때면, 이성이 이미 우리를 버리고 눈이 밀봉되는 바로 그 순간, 우리는 말로 표현할 수 없는 것뿐만 아니라 눈에 보이지 않는 세계를 의식할 시간도 가지기 전에 잠이 들기 때문이다. 예술이 실재한다는 가설에 몰두할 때면 화창한 날씨나 아편을 피운 하룻밤이 주는, 단순히 신경을 만족시키는 기쁨 이상으로, 적어도 내가 예감한 바에 따르면, 음악이 훨씬 실제적이고 풍요로운 취기를 줄 수 있을 것만 같았다. 그러나 보다 고결하고 순수하며 진실하게 느껴지는 감동을 자아내는 조각품이나 음악이, 어떤 정신적 실재에도 부응하지 않는 경우란 있을 수 없으며, 그렇지 않다면 삶은 아무 의미도 없을 것이다. 이처럼 뱅퇴유의 아름다운 악절은, 이따금 내가 삶에서 느꼈던 특별한 기쁨, 이를테면 마르탱빌 종탑이나 발베크 노상의 몇몇 나무 앞에서, 혹은 다만 이 책 첫 부분에서 차 한 모금을 마시면서 느꼈던 기쁨과 무엇보다 흡사했다. 한 모금의 차와 마찬가지로, 뱅퇴유 자신이 그 곡을 작곡했던 세계로부터 우리에게 보내온 그토록 많은 빛의 감각과, 또렷한 웅성거림과 요란한 색채가 나의 상상력 앞에 집요하지만 상상력이 포착하기에는 지나치게 빠른 속도로, 제라늄 향기가 나는 실크에 비교할 만한 뭔가를 어른거리게 했다. 다만 그 추억 속의 어렴풋한 감각을 우리가 깊이 파고들지 못한다면, 적어도 어떤 맛이 왜 빛의 감각을 불러일으키는지를 설명해 주는 상황들을 포착함으로써 그 감각은 규명될 수 있다. 뱅퇴유의 음악이 주는 이 어렴풋한 감각은 추억이 아닌 인상에서 온 것이므로(마르탱빌 종탑의 인상처럼), 그의 음악이 주는 제라늄 향기로부터 물질적 설명이 아닌, 그 심오한 등가물인 다채로운 미지의 축제를(뱅퇴유의 작품이 그 축제의 분리된 조각들이자 진홍빛 균열의 파편으로 보이는), 즉 뱅퇴유가 우주를 '듣고' 우주를 자기 밖으로 투사하는 방식을 발견해야 했는지도 모른다. 유일한 세계, 어떤 음악가도 우리에게 결코 보여 준 적 없는 세계의 낯선 특징은, 어쩌면 바로 그런 이유로 해서 작품 자체의 내용보다 훨씬 더 예술가의 천재성을 보여 주는 진정한 증거인지도 모른다고 나는 알베르틴에게 말했다. "문학에서도 그런가요?" 하고 알베르틴이 물었다. "문학에서도 그래요." 그리고 나는 뱅퇴유의 작품이 지닌 그 단조로운 양상을 다시 생각하면서, 위대한 작가들은 단 한 권의 작품만을 썼으며, 아니, 더 정확히 말하면 그들이 이 세상에 전하는 동일한 아름다움을 다양한 환경을 통해 굴절시킨 데 지나지 않는다고 설명했다. "너무 늦지 않았다면, 내 사랑." 하고 나는 그녀에게 말했다. "내가 자는 동안 당신이 읽은 그 모든 작가들에 대해, 그 점을 보여 줄 수 있어요. 뱅퇴유의 작품에서와 같은 동일성을 보여 줄 수 있어요. 당신도 나처럼 인식하기 시작

한 그 뱅퇴유의 전형적인 악절들, 소나타나 칠중주곡이나 그
밖의 작품에서 동일하게 나타나는 악절들은, 이를테면 바르
베 도르비이의 작품에서, 감춰진 현실이 구체적 흔적으로 드
러나는 것과도 같아요. '마법에 걸린 여인'과 에메 드 스팡과
라 클로트의 생리적 홍조 현상, 「진홍빛 커튼」에 나오는 손,
옛 관행과 옛 풍습과 오래된 말들, '과거'가 담겨 있는 기이한
옛 직업들, 목동이 거울을 가지고 얘기하는 구전 역사, 잉글랜
드의 향기를 풍기면서도 스코틀랜드의 마을처럼 아름답기만
한 노르망디의 고귀한 도시들, 인간이 맞서기에는 무력하기
만 한 그 저주를 내리는 자들인 라 벨리니와 목동, 또 풍경 속
에 서려 있는 동일한 불안감으로, 가령 『늙은 정부』에서 남편
을 찾아 나서는 아내나 『마법에 걸린 여인』에서 황야를 헤매
는 남편 혹은 미사가 끝나고 나올 때의 '마법에 걸린 여인'과
같은 것들이 있죠.* 그리고 토마스 하디의 소설에 나오는 석공

---

* 바르베 도르비이(Barbey d'Aurevilly, 1808~1889)는 노르망디를 배경으
로 인간의 악마적 속성을 파헤친 환상 소설 작가로, 프루스트가 높이 평가
했던 작가이다. 이 문단에서는 그의 소설 중 『마법에 걸린 여인』(1854)과 『데
투슈 기사』(1864), 「진홍빛 커튼」(1874)과 『늙은 정부』(1851)가 인용되고 있
다. 우선 『마법에 걸린 여인』에서는 남편과 '마법에 걸린 여인' 그리고 늙은
클로트와, 저주를 내리는 마법사 목동이 등장하며, 이 소설의 배경이자 바르
베 도르비이의 고향인 노르망디주의 발로뉴가 영국의 잉글랜드와 스코틀랜
드에 비유된다. 에메 드 스팡은 『데투슈 기사』에서 왕당파 기사를 구해 준 인
물이다. 「진홍빛 커튼」에 나오는 알베르트 양은 그녀 집에 하숙하는 젊은 장
교의 손을 식탁에서 몰래 잡는데, 어느 날 밤 장교는 자기 옆에서 잠든 채 죽
어 있는 알베르트를 발견한다. 라 벨리니는 『늙은 정부』에 나오는 여주인공이
다. 그리고 '목동이 거울을 가지고 얘기하는 구전 역사'란, 프루스트가 초고
에서 '목동의 거울'이라고 기재한 부분으로, 『마법에 걸린 여인』에서 목동이

의 기하학적 구성 또한 뱅퇴유의 전형적인 악절과 같은 계열이라고 할 수 있어요."*

뱅퇴유의 악절은 내게 소악절을 떠올리게 했고, 그래서 나는 알베르틴에게 그 악절이 이를테면 스완과 오데트에게서 사랑의 국가와도 같았다고 말했다. "질베르트의 부모님인데 당신도 알 거라고 생각해요. 질베르트가 나쁜 취향을 가졌다고 당신이 말한 적 있잖아요. 그녀가 당신과 관계를 맺으려 하지는 않았나요? 질베르트는 당신 얘기를 했는데." "그래요, 날씨가 나쁜 날이면 질베르트의 부모님이 질베르트를 데리러 학교로 마차를 보내곤 했어요. 한번은 나를 데려다주었고, 또 내게 키스도 했다고 생각해요." 하고 그녀는 잠시 생각하더니 재미있는 속내를 털어놓는다는 듯 말했다. "그 애가 갑자기 내게 여자를 좋아하냐고 묻더군요.(하지만 질베르트가 데려다주었다는 것밖에 기억하지 못한다는 사람이, 어떻게 질베르트가 그런 기이한 질문을 했다고 그토록 정확하게 말할 수 있었을까?) 그때 왜 그 애를 속이고 싶은 괴상한 생각이 들었는지 모르겠지만, 그렇다고 대답했어요.(마치 알베르틴은, 질베르트가 내게 그 이야기를 했을까 봐 두렵고, 또 자신이 거짓말한다는 점을 내가 확인하기

거울을 가지고 끔찍한 환영을 불러오는 주술 장면을 가리킨다.

* 토마스 하디는 원래 건축가였는데 그의 작품 곳곳에 그 흔적이 남아 있다. 『푸른 눈동자』(1873)의 주인공은 건축가이며 아버지는 벽돌공이다. 그리고 『이름 없는 주드』(1895)에서 주드는 『푸른 눈동자』의 주인공처럼 고딕 성당의 복원을 위해 작업하는 석공이며, 『가장 사랑하는 여인』(1897)에서 주인공은 조각가이다. 프루스트는 이 세 편의 소설을 번역본으로 읽었다고 한다.(『갇힌 여인』, 플레이아드 III, 1782쪽 참조.)

를 원치 않는 것 같았다.) 하지만 우리는 아무 짓도 하지 않았어요.(그런 속내를 주고받았다면서 아무 짓도 하지 않았으며, 특히 속내를 털어놓기 전에 이미 알베르틴의 말에 따르면 키스를 했다는데 정말 이상한 일이었다.) 그 애는 그렇게 네다섯 번쯤 나를 데려다주었어요. 어쩌면 그보다 많았는지도 모르지만, 그게 전부예요." 질문을 하지 않으려니 정말 힘이 들었지만, 그 모든 걸 전혀 중요하게 생각지 않는 척 자제하면서, 나는 토마스 하디의 석공 이야기로 돌아갔다. "『이름 없는 주드』를 기억해요? 『가장 사랑하는 여인』에서 아버지가 섬에서 채취한 돌덩어리를 배로 운반하여 아들의 아틀리에 안에 쌓아 놓고, 그래서 그것이 조각품이 되어 가는 걸 보았나요?『푸른 눈동자』에서 나란히 늘어선 묘소들과 평행선을 그리는 배들, 또 한 객차에는 두 연인이, 다른 하나에는 죽은 여인이 실려 있던 연이은 객차들,* 한 남자가 세 여인을 사랑하는『가장 사랑하는 여인』과 한 여인이 세 남자를 사랑하는『푸른 눈동자』 사이의 병렬 구조를 보았나요? 그리고 마지막으로 돌 많은 토양의 섬에서 하나 위에 다른 하나를 수직으로 쌓아 올린 집들처럼, 이 모든

---

* 『푸른 눈동자』의 일화에 대한 암시이다. 우선 스티븐과 푸른 눈의 여주인공 앨프리드가 사랑하는 장면이 나온다. 그들은 앨프리드의 첫 번째 구혼자의 묘석 위에 앉아 있다. 이 장면에 이어 앨프리드와 세 번째 구혼자인 나이트가 함께 있는 장면이 나오는데, 그들은 절벽에서 스티븐의 배가 다가오는 광경을 보고 있다. 마침내 스티븐과 나이트는 런던을 떠나 앨프리드를 찾아가는 기차에서 만나지만, 앨프리드는 죽었으며, 그녀의 유해는 그들이 탄 객차 다음 칸에 실려 있었다.(『갇힌 여인』, 폴리오, 447쪽 참조.)

소설들이 서로 겹쳐지는 걸 보았나요?* 물론 가장 위대한 작가들에 관해 이렇게 짧은 시간 동안 모든 걸 다 말할 수는 없지만, 당신은 스탕달의 소설에서 정신적인 삶과 연결된 어떤 높이에 대한 감각을 볼 수 있을 거예요. 쥘리앵 소렐이 갇힌 높은 장소나, 파브리스가 갇힌 높은 곳의 탑, 블라네스 수도원장이 점성술에 몰두하고 파브리스가 아름다운 전망을 내려다보는 종탑 같은.** 당신은 베르메르의 그림을 몇 개 본 적이 있다고 했는데, 그것이 언제나 동일한 세계의 단편임을 이해할 수 있을 거예요. 어떤 천재적 재능을 가지고 재창조되었든 항상 같은 탁자, 같은 양탄자, 같은 여인, 새롭고도 유일한 같은 아름다움으로, 작품의 여러 다른 주제와 연결하려 하지 않고, 색채가 주는 특별한 인상만을 끌어내려 한다면 그와 유사한 것이나, 설명해 줄 수 있는 것이 아무것도 없어서 당시에는 수수께끼로 남아 있던 아름다움이었죠. 그런데 이 새로운 아름다움은 도스토옙스키***의 전 작품을 통해 항상 동일하게 나타

---

* 『푸른 눈동자』에서 앨프리드는 세 명의 남성을 연이어 사랑하며, 『가장 사랑하는 여인』에서 조슬린 피어스톤은 애비스와 애비스의 딸과 애비스의 손녀를 사랑한다.

** 프루스트가 스탕달 작품의 특징으로 지적하는, 이 높이에 대한 감각은 사회적, 정신적으로 상승하고자 하는 주인공의 의지를 표상한다. 쥘리앵 소렐은 레날 부인의 살해 시도 후에 브장송의 언덕에 있는 감옥에 감금되며, 『파르마의 수도원』에서 파브리스 역시 탑 꼭대기에 갇힌다.

*** 도스토옙스키는 1880년부터 프랑스에서 인기가 높았지만, 프루스트는 그를 조금은 늦게 발견한 것으로 알려져 있다. 이 문단에서 인용된 작품은 『죄와 벌』, 『백치』, 『카라마조프 가의 형제들』로, 주로 『백치』와 『카라마조프 가의 형제들』의 인물들이 환기되고 있다.(「도스토옙스키」, 『에세이와 평론』,

난답니다. 도스토옙스키의 여인은(렘브란트의 여인만큼이나 그렇게 독특한) 마치 그때까지 선의의 연극을 했다는 듯, 상냥한 아름다움이 돌연 무서운 오만함으로 변하는 신비스러운 얼굴과 더불어, 항상 같은 여인이 아닌가요? 아글라야에게 사랑의 편지를 쓰면서도 아글라야를 미워한다고 고백하는 나스타샤 필리포브나, 이와 정확히 같은 방문 장면에서 ─ 나스타샤 필리포브나가 가냐의 부모를 모욕하는 장면 ─ 자신을 끔찍한 여자로 여기는 카테리나 이바노브나 집에서 상냥하게 굴다가 느닷없이 심술궂은 모습을 드러내면서 카테리나를 모욕하는 그루셴카(실제는 마음이 착한데도)는 같은 여인이 아닌가요?* 그루셴카와 나스타샤는, 카르파초가 그린 매춘부뿐만 아니라 렘브란트가 그린 밧세바만큼이나 독창적이고 신비스러운 형상들이죠.** 도스토옙스키는 갑자기 자존심이 느슨해지

플레이아드, 644쪽 참조.)

* 우선 『백치』의 내용을 살펴보면 주인공 미슈킨 공작이 스위스의 정신 병원에서 러시아로 돌아와, 욕망의 화신인 로고진과 예판친 장군의 셋째 딸 아글라야, 불행과 오욕 속에서도 아름다움을 잃지 않는 여주인공 나스타샤 필리포브나를 만나지만, 결국은 현실 세계의 소용돌이 앞에서 무력감을 느끼며, 다시 스위스로 돌아간다는 내용이다.(가냐는 나스타샤와의 결혼을 반대하는 인물이다.) 『카라마조프 가의 형제들』은 탐욕스러운 아버지 표도르와 아버지가 마음에 둔 여인 그루셴카, 그리고 약혼녀 카테리나가 있음에도 불구하고 그루셴카를 사랑하는 큰아들 드미트리와 이반, 알료샤, 사생아인 스메르쟈코프라는 네 형제의 갈등이 빚어내는 부친 살해 범죄를 다룬 작품이다.
** 카르파초가 그린 「베네치아의 두 여인」(1490)이라는 그림은 처음엔 '매춘부'를 그렸다고 알려졌으나, 나중에 그림의 모델이 남편을 기다리다가 지친 귀부인들로 판명된다. 그리고 렘브란트가 그린 「목욕하는 밧세바」(1654년

면 본래 모습과는 다른 여인으로 보이는, 그런 눈부신 양면성의 얼굴을 몰랐던 게 틀림없어요.(미슈킨이 가냐의 부모를 방문할 때 나스타샤에게 '당신은 그런 사람이 아니에요.'라고 말하는데, 알료샤 역시 카테리나 이바노브나를 방문하는 장면에서 그루셴카에게 똑같은 말을 할 수 있었을 거예요.) 이와 반대로 도스토옙스키가 피력하는 '회화론'의 견해는 항상 어리석어서, 마치 문카치*가 어느 순간의 사형수나 성모 마리아를 재현하려고 할 때와 같은 그림만을 생산하죠. 그러나 도스토옙스키가 이 세계에 가져온 새로운 아름다움에 관한 얘기로 돌아가 보면, 마치 베르메르에게서 어떤 영혼의 창조나, 소재와 장소에서의 색채의 창조처럼, 거기에는 존재의 창조뿐 아니라 처소의 창조도 찾아볼 수 있어요. 『죄와 벌』에 나오는 '살인'의 집은 문지기와 더불어, 도스토옙스키 작품 속 '살인'의 집 중 걸작이라고 할 만한, 로고진이 나스타샤 필리포브나를 죽인 그 컴컴하고 기다랗고 천장이 높으며 광대한 집만큼이나 경이롭지 않나요?** 집이 주는 이 새롭고도 무서운 아름다움과, 여인의 얼

작, 루브르 박물관 소장)는, 우리아 장군의 아내 밧세바가, 어느 날 우연히 자신의 목욕 장면을 목격하고 사랑에 빠진 다윗 왕의 구애를 어쩔 수 없이 받아들이며 고뇌하는 장면을 그린 작품이다.

* 미하이 문카치(Mihály Munkácsy, 1844~1900). 19세기 헝가리의 화가로 종교화나 풍속화를 그렸다. 「헝가리에서 사형수의 마지막 날」(1872)과 「무덤에서의 성녀들」(1895)을 암시하는 듯 보인다고 지적된다.(『갇힌 여인』, 리브르드포슈, 506쪽)

** 『백치』에서 미슈킨을 사랑한다는 사실을 안 로고진이 나스타샤를 죽이는 장면을 가리킨다.

굴이 보여 주는 새롭고도 혼합된 아름다움은, 도스토옙스키만이 유일하게 이 세상에 가져온 것으로, 문학 비평가들은 흔히 그를 고골이나 폴 드 코크와 비교하는데, 이런 내밀한 아름다움과는 무관하므로 흥미로운 점이 하나도 없다고 할 수 있어요.* 게다가 나는 '당신에게'** 이 소설에서 저 소설로 같은 장면이 반복된다고 말했는데, 소설이 매우 긴 경우에는 같은 소설 안에서도 같은 장면과 같은 인물이 되풀이되기도 해. 『전쟁과 평화』에서도 그러한 예를 쉽게 보여 줄 수 있어. 이를테면 마차 속의 어떤 장면은……"*** "당신 말을 끊고 싶지는 않지만, 당신이 도스토옙스키 얘기를 끝낸 것 같으니, 잊어버릴까 겁이 나서요. 요전 날 당신이 '이는 세비녜 부인에게서의

---

* 니콜라이 고골(Nicolai Gogol, 1809~1952)은 러시아 작가로 『죽은 혼』의 저자이며, 폴 드 코크(Paul de Kock, 1793~1871)는 하층민들의 이야기를 즐겨 묘사한 대중 소설 작가이다. 프루스트는 이 문단에서 문학사가들이 작품의 외적 꼬리표에 의거하여 작품을 분류하는 데 대해 강한 거부감을 표명하고 있다.(『갇힌 여인』, 플레이아드 III, 1783쪽 참조.)

** 『잃어버린 시간』에서 화자가 유일하게 알베르틴을 '너'라고 칭하면서 말을 놓는 장면이지만, 그냥 '당신에게'로 옮기고자 한다. '엄마와의' 대화로 구상했던 초기 대화의 흔적이 남아 있는 부분이어서 조금은 다른 부분에 녹아들지 않는 것처럼 보이기 때문이다.(『갇힌 여인』, 플레이아드 III, 1784쪽 참조.) 그리고 알베르틴 역시 "내 모든 것은 당신 거예요. 너의 알베르틴."이라고 말할 때를 제외하고는(『잃어버린 시간을 찾아서』 9권 258쪽 참조.) 화자를 '너'가 아닌 당신으로 칭한다.

*** 프루스트는 톨스토이를 위대한 작가로 간주하는데, 이런 의견을 대변하는 인물이 바로 게르망트 공작 부인이다.(『잃어버린 시간을 찾아서』 6권 228쪽 참조.) 『전쟁과 평화』에 나오는 마차 장면의 반복적인 특징이 지적된다.(「톨스토이에 대하여」, 『에세이와 평론』, 플레이아드, 657~658쪽 참조.)

도스토옙스키적 양상이라고 할 수 있죠.'라고 말했는데, 무슨 의미로 그렇게 말한 거죠? 이해하지 못한 걸 인정할게요. 그 두 사람은 너무도 달라 보여서요." "자, 이리 와요. 귀여운 아가씨, 내 말을 그렇게 잘 기억해 주다니, 고마움의 표시로 키스해 줄게요. 그러고 나서 피아놀라 앞으로 다시 돌아가요. 내 말이 조금은 바보 같았다는 걸 인정해요. 하지만 내가 그 말을 한 데는 두 가지 이유가 있어요. 첫 번째는 특별한 이유라고 할 수 있죠. 세비녜 부인은 엘스티르나 도스토옙스키처럼 사물을 논리적 순서로 제시하는 대신, 다시 말해 원인부터 시작하지 않고 우리를 사로잡는 결과나 환영을 먼저 보여 주죠. 도스토옙스키는 바로 이런 방식으로 자신의 인물을 제시하고 있어요. 엘스티르가 창출한, 바다가 하늘 속에 있는 듯한 효과들만큼이나, 도스토옙스키가 창조한 인물들의 행동은 기만적으로 보인답니다. 그 음흉한 인물이 실은 매우 훌륭한 인간 또는 정반대의 인간임을 알게 될 때면, 우리는 무척 놀랄 수밖에 없어요." "그래요, 그럼 세비녜 부인의 예를 하나 들어 줘요." "사실을 고백하면," 하고 나는 웃으면서 대답했다. "마지못해서이긴 하지만, 몇 개의 예는 들 수 있어요. 이런 묘사가 있죠."*

　"그렇지만 그 도스토옙스키라는 사람은 정말 누군가를 죽였을까요? 그가 쓴 소설 중 내가 아는 것은 모두 '범죄 이야기'

---

* 화자는 "마지못해" 세비녜 부인을 인용한다면서도 이 단락에서는 인용을 생략하고 있는데, 이미 「소녀들」에서 "『세비녜 부인 서간문』에 있어서의 도스토옙스키적 양상"이라고 칭하며 그 구절을 기술한 적이 있기 때문이다.(『잃어버린 시간을 찾아서』 4권 29쪽)

라고 부를 만한 것들이었어요. 일종의 강박증인지, 항상 그런 이야기를 하는 게 자연스럽지 않아요."

"그렇지 않을걸요, 내 귀여운 알베르틴. 그의 삶에 관해서는 별로 아는 게 없지만. 물론 그 사람도 이런저런 형태로, 아마도 법이 금지하는 형태로 죄를 지었겠죠. 그런 의미에서 그는 자신의 주인공들처럼 조금은 범죄자인 셈이지만, 하기야 그의 주인공들은 완전히 범죄자가 아닌, 정상 참작 판결을 받은 자들이죠, 아마 범죄자일 필요는 없었을 거예요. 나는 소설가는 아니지만, 창작자들은 자신이 개인적으로 경험하지 않은, 어떤 형태의 삶에 끌릴 수 있으니까요. 우리가 약속한 대로, 당신과 함께 베르사유에 가게 되면, 신사 중의 신사이며 가장 훌륭한 남편이면서도 지독히 변태적인 책을 쓴 피에르 쇼데를로 드 라클로의 초상화와, 또 그 맞은편에 걸린, 가장 도덕적인 이야기들을 썼으면서도 오를레앙 공작 부인을 속이는 데 만족하지 않고, 부인으로부터 아이들을 갈라놓으면서 그토록 부인을 괴롭혔던 장리스 부인의 초상화도 보여 줄게요.* 그럼에도 불구하고 도스토옙스키의 살인에 대한 강박에는 뭔가 예외적인 데가 있어서, 내게도 아주 낯설답니다. 다음

---

* 쇼데를로 드 라클로(Choderlos de Laclos, 1741~1803)는 당시 귀족들의 문란한 생활상을 서간체 소설 『위험한 관계』(1782)에서 적나라하게 묘사했지만 실제로는 매우 자상한 남편이었으며, 반대로 장리스 부인(Mme de Genlis, 1746~1830)은 엄격한 기준을 제시한 『도덕적 이야기들』(1802)의 저자였지만, 필리프-에갈리테(오를레앙 공작)의 정부였으며, 또한 그의 아들 루이 필리프 왕의 어린 시절 가정 교사이기도 했다.(『갇힌 여인』, 플레이아드 III, 1784쪽 참조.)

과 같은 보들레르의 말을 들을 때에는 이미 놀라기도 했어요.

> 강간, 독약, 비수, 화마가……
> 슬프게도! 우리의 영혼이 그만큼 대담하지 못한 탓이리라.*

그러나 적어도 보들레르는 진심이 아니었다고 생각할 수 있어요. 그런데 도스토옙스키는……. 이 모든 것이 나로부터 아주 멀리 있는 것처럼 느껴지네요. 우리가 자아실현을 점진적으로 하는 탓에, 내 안에 나도 모르는 부분이 있다면 또 모를까. 도스토옙스키에게서 나는 지극히 심오한 원천을 발견하지만, 그것은 인간 영혼의 몇몇 고립된 지점에 한정되죠. 그러나 그는 위대한 창조자예요. 우선 그가 묘사하는 세계는 정말 그를 위해 창조된 세계처럼 보여요. 끊임없이 돌아오는 그 모든 어릿광대들, 레베데프, 카라마조프, 이볼긴, 세그레프 같은 사람들, 그 믿기 어려운 행렬은 램브란트의 「야경」을 가득 채우는 인간들보다도 더 환상적이죠.** 그렇지만 그들은 어쩌

---

* 『악의 꽃』 서문에 나오는 구절 중 1행과 4행만 인용한 것으로 전문은 다음과 같다. "강간, 독약, 비수, 화마가/ 우리 가련한 운명의 진부한 화폭에/ 아직 그 멋진 그림을 수놓지 못한 이유는/ 슬프게도! 우리의 영혼이 그만큼 대담하지 못한 탓이리라."(『악의 꽃』 중 「독자에게」)

** 레베데프와 이볼긴은 『백치』에 나오는 인물이며, 세그레프(Segrev)는 아마도 『카라마조프 가의 형제들』에 나오는 스네기료프를 지칭하는 것처럼 보인다고 지적된다.(『갇힌 여인』, 플레이아드 III, 1783쪽 참조.) 램브란트의 「야경」은 네덜란드 시민 경비대를 그린 그림이다.(『잃어버린 시간을 찾아서』 2권 122쪽 참조.)

면 렘브란트의 인간들과 마찬가지로, 조명과 의상의 효과에 의해서만 환상적으로 보일 뿐, 실은 보통 사람들인지도 몰라요. 어쨌든 그들은 심오하고 특이하며 진리로 가득한 도스토옙스키의 고유한 인물들이죠. 고대 연극의 몇몇 인물들처럼 더 이상 그 역할이 존재하지 않는 어릿광대들은, 그렇지만 인간 영혼의 참된 모습을 드러내는 것 같아요. 나를 질리게 하는 건, 사람들이 도스토옙스키에 관해 말하거나 글을 쓰면서 취하는 엄숙한 태도랍니다. 자만심과 오만함이 도스토옙스키의 인물들에게서 하는 역할에 주목해 봤나요? 그에게서 사랑과 가장 격렬한 증오심, 선의와 배신, 소심함과 무례함은 동일한 본성이 보여 주는 두 상태에 지나지 않는다고 말할 수 있어요. 마치 자만심과 오만함이, 아글라야와 나스타샤, 미챠에 의해 수염이 뽑힌 대위* 그리고 알리오샤의 원수이자 친구인 크라소트킨에게, 그들의 '있는 그대로의' 모습을 보여 주는 걸 방해하듯이 말이에요. 그러나 위대한 점도 많아요. 나는 도스토옙스키의 책을 잘 알지 못해요. 하지만 카라마조프 영감이, 가련한 미친 여자를 임신시키고, 또 어머니가 될 여인이 자기도 모르는 사이에 운명의 복수를 위한 도구가 되어, 막연히 모성적 본능과 어쩌면 강간한 자에 대한 원한과 육체적인 면에서 감사하는 마음이 섞인, 그런 설명할 수 없는 신비스러운 동물

* 아글라야와 나스타샤는 『백치』에서 미슈킨 공을 좋아하는 여인들이며, 미티아는 『카라마조프 가의 형제들』에 나오는 큰아들 드미트리의 약칭이다. 미챠와 대위의 일화는 『카라마조프 가의 형제들』 4권 5장에서 카테리나 이바노브나에 의해 서술된다.(『갇힌 여인』, 플레이아드 III, 1785쪽 참조.)

적 움직임에 따라 카라마조프 영감의 집으로 애를 낳으러 간 이야기는, 단순하고도 가장 오래된 고대 예술에 적합한 조각품의 주제이며, '복수'와 '속죄'의 드라마가 펼쳐지면서 중단되었다가 다시 이어지는 프리즈가 아닌가요? 바로 이것이 오르비에토 대성당*의 조각에 새겨진 '여성'의 창조처럼, 신비롭고 위대하며 고귀한 첫 번째 일화랍니다. 이 일화의 응답이라 할 수 있는 두 번째 일화는, 이십 년도 더 지난 뒤에 미친 여자의 아들인 스메르쟈코프가 카라마조프 영감을 살해하고 집안을 치욕스럽게 하고, 얼마 후에는 카라마조프 영감의 마당에서의 분만 장면과도 흡사한, 그렇게도 신비스러운 조각품 같고 설명할 수 없는 행동, 그렇게도 모호하고 자연스러운 아름다움인 스메르쟈코프의 목을 매는 장면으로 이어지면서 범죄가 완성되죠. 그런데 조금 전에 톨스토이의 이야기를 하면서, 나는 당신이 생각한 것처럼 도스토옙스키의 이야기를 끝내지는 않았어요. 게다가 톨스토이는 그를 많이 모방했어요. 도스토옙스키의 작품에는 훗날 톨스토이에게서 꽃피울 많은 요소들이 아직은 축소된 불만의 형태로 농축되어 있죠. 도스토옙스키에게는 르네상스 이전의 예술가들에게서 찾아볼 수 있으며, 또 그 제자들이 규명하게 될 그런 시대에 앞선 불만이 들어 있어요." "당신이 게으르다는 사실이 너무도 안타까워요. 학교에서 배운 것보다 얼마나 흥미로운 방식으로 문학을 알

---

* 1290년에 세워진 오르비에토 대성당(이탈리아의 고딕 건축을 대표하는)의 정면에는 아담과 하와가 조각되어 있다.(『갇힌 여인』, 플레이아드 III, 1785)

고 있는지 좀 보세요. 우리가 '작가님'이라고 부르면서 했던 「에스테르」에 관한 숙제를 기억해요?"*라고 그녀는, 학교 선생님들과 그녀 자신을 놀린다기보다 그녀의 기억, 우리 공통의 기억 속에서 이미 조금은 오래된 추억을 되찾은 기쁨에 웃음을 터뜨리며 말했다.

그러나 그녀가 얘기하는 동안, 그리고 내가 뱅퇴유를 생각하는 동안, 또 다른 가설인 유물론적 가설, 무의 가설이 차례로 나타났다.** 나는 다시 의혹을 품기 시작했다. 어쨌든 뱅퇴유의 악절이 우리 영혼의 몇몇 상태에 대한 표현으로 보였다면 — 마들렌 과자를 홍차에 적셔 먹었을 때 느꼈던 것과 유사한 — 그 모호한 상태가 심오함의 표시라는 증거는 아무것도 없으며, 오히려 그 상태를 분석할 줄 모른다는 사실을, 따라서 이 상태도 다른 것과 마찬가지로 실재적인 것은 아무것도 없다는 사실만을 확인시켜 주었을 뿐이다. 그렇지만 한 잔의 차를 마시거나, 샹젤리제에서 오래된 나무의 냄새를 맡았을 때 내가 느꼈던 행복이나, 그런 행복에 대한 확신의 감정은 환상이 아니었다. 어쨌든 이 상태가 다른 상태보다 심오하며, 또 바로 그런 이유로 우리가 아직 의식하지 못하는 많은 힘을

---

* 여기서 말하는 학교 숙제는 "소포클레스가 라신에게 「아탈리」의 실패를 위로하기 위해 지옥에서 보내는 편지"를 가리킨다. '작가님'이란, 소포클레스가 라신을 부를 때 어떤 호칭으로 부를 것인가에 대한 소녀들의 논쟁을 환기한다.(『잃어버린 시간을 찾아서』 4권 444~450쪽 참조.)
** 앞에서 언급한 두 가설 중 두 번째 가설인, 예술과 영혼의 환상적 성격, 즉 예술이나 영혼은 구체적인 물질적 현실로 존재하지 않는다는 가설을 가리킨다.

연루시킴으로써 분석이 불가능하다면, 뱅퇴유의 몇몇 악절이 주는 매혹이 이런 상태를 연상시키는 까닭은 그 또한 분석할 수 없기 때문이며, 그렇다고 해서 그것이 같은 종류의 심오함이라는 증거는 아니라고 의혹에 사로잡힌 정신이 내게 말했다. 순수 음악의 한 소절이 지닌 아름다움은, 우리가 예전에 느꼈던 비주지적인 인상의 이미지, 혹은 적어도 그와 흡사한 이미지로 쉽게 생각할 수 있는데, 이는 다만 그 아름다움이 지적인 것이 아니기 때문이다. 그렇다면 왜 우리는 몇몇 사중주곡이나 뱅퇴유의 '협주곡'을 사로잡는 그 신비스러운 악절을, 특히 심오하다고 생각하는 것일까? 게다가 알베르틴은 뱅퇴유의 음악만 들려준 것이 아니었다. 피아놀라는 이따금 과학적인 마술 환등기(역사와 지리에 관한)와 흡사했으며, 또 콩브레의 방보다 현대적인 발명품을 갖춘 파리의 방 벽 위에서, 나는 알베르틴이 라모의 곡을 트느냐, 보로딘*의 곡을 트느냐에 따라, 때로 장미꽃 배경에 '사랑의 요정들'이 흩뿌려진 18세기의 장식 융단, 때로는 무한대의 거리와 겹겹이 쌓인 눈 속에 어떤 소리도 울리지 않는 동방의 초원이 펼쳐지는 것을 보았다. 게다가 이런 순간적인 장식품들은 내 방을 장식하는 유일한 것들로, 레오니 아주머니의 유산을 상속받았을 때, 나도 스완처럼 수집품을 모으고 그림과 조각을 구입하려고 결심했지

---

* 여기서 언급된 두 명의 작곡가 중 '18세기의 장식 융단'은 라모(『잃어버린 시간을 찾아서』 9권 190쪽)를, '동방의 초원'은 보로딘, 특히 그의 교향시 「중앙아시아의 초원에서」(1880)를 환기한다고 지적된다.(『갇힌 여인』, 플레이아드 III, 1785쪽 참조.)

만, 내가 가진 모든 돈은 알베르틴을 위한 말이나 자동차와 옷을 사는 데 쓰였기 때문이다. 그러나 내 방은 이 모든 수집품보다 훨씬 더 귀중한 예술품을 담고 있지 않은가? 바로 알베르틴을. 그녀를 바라보았다. 그녀라고 생각하자 낯설게 느껴졌다. 그녀와 사귀는 일조차 오랫동안 불가능해 보였는데, 지금은 길들여진 야생 동물이나, 삶의 받침대와 틀과 시렁을 내가 제공한 장미 덩굴처럼, 그녀는 매일 자기 집의 내 옆에, 내 책장을 등진 피아놀라 앞에 앉아 있었다. 골프채를 들고 돌아올 때면 슬그머니 내게로 기울어지곤 하던 그녀의 어깨가 지금은 내 책장을 기대고 있었다. 처음 만났던 날, 소녀 시절 내 내 자전거 페달을 밟았으리라 상상했던 아름다운 다리가, 지금은 피아놀라의 페달 위를 번갈아 오르락내리락했으며, 거기서 우아한 여인으로 변신하고, 그 우아함을 제공한 것이 바로 나이기에 더욱더 내 것으로 느껴지는 그녀가 금빛 헝겊 신발로 페달을 밟고 있었다. 예전에는 자전거 핸들에 익숙했던 그녀의 손가락이, 지금은 세실리아 성녀의 손가락처럼 '건반' 위에 놓이곤 했다.* 침대에서 보면 통통하고 단단해 보이는 목둘레가 거리를 두고 전깃불 아래에서 보니 더 분홍빛으로 보였는데, 그래도 기울어진 옆얼굴보다는 분홍빛이 덜했다. 내 마음 깊숙한 곳에서 우러나 추억으로 채워지고, 또 욕

---

* 3세기 초에 순교한 음악의 수호 성녀로, 오르간을 치는 세실리아 성녀를 그린 루벤스의 그림을 비롯하여 많은 화가들에게 영감을 제공했다. 동일한 이미지가 「자동차를 타고 본 길의 인상」에서 아고스티넬리를 대상으로 표현된다.

망으로 불타는 내 시선이 얼마나 그녀의 옆얼굴에 삶의 광택과 강렬함을 덧붙였는지, 그 돌출된 옆얼굴은 예전에 발베크의 호텔에서 키스하고 싶을 만큼 격렬한 욕망에 사로잡혀 내 시야가 흐려졌던 날과 똑같이, 거의 마술적인 힘을 가지고 상승하면서 빙빙 도는 듯했다. 나는 내 시선의 각각의 면을, 내가 볼 수 있는 것 너머로, 또 겹쳐진 면의 기복을 감추면서도 더 잘 느끼게 하는 표면 아래로 ─ 반쯤 감은 눈꺼풀이며, 뺨의 윗부분을 가린 머리칼이며 ─ 이어지게 했다. 아직 광석 속에 박혀 있는 오팔과도 같은 그녀의 두 눈은 여전히 빛을 내는 두 면에 지나지 않았지만, 이제 빛보다 더 단단하고 금속보다 더 반짝이는 것이 되어, 빛이 들어오지 않은 물질 가운데 불쑥 솟아 나온 모양이, 마치 유리 상자 아래 넣어 둔 보랏빛 실크의 나비 날개처럼 보였다. 그리고 곱슬곱슬한 검은 머리칼은 그녀가 줄 곡을 물어보려고 나를 향해 돌아서는 자세에 따라 다른 모양을 그리면서, 때로는 끝이 뾰족하고 밑이 넓고 까맣고 깃 달린 세모꼴의 아름다운 날개를, 때로는 산봉우리와 분수령(分水嶺)과 낭떠러지로 가득한 힘차고 다채로운 산맥처럼 덩어리진 곱슬머리의 기복을 ─ 그토록 풍요롭고 다양하게 휘젓는 모양이 통상적으로 실현되는 다양성을 초과하여, 차라리 작업의 유연성과 격렬함, 용해력과 생명력을 부각시키려고 온갖 어려움을 축적하는 조각가의 욕망에 부응하는 듯한 ─ 그리면서 매끄러운 장밋빛 얼굴, 색칠한 나무에 무광의 바니시를 바른 듯한 얼굴의 회전처럼 움직이는 곡선을 중단하고 덮으면서 그 곡선을 한층 돋보이게 했다. 파이프 오르

간처럼 그녀를 반쯤 가리는 피아놀라와 책장과 방의 온갖 구
석은, 이런 머리칼이 그리는 그토록 다양한 기복과는 대조적
으로, 그녀와 하나가 되고, 그녀를 자신의 형태와 용도에 따라
적당한 자세를 취하게 하는 그런 조화로움에 의해, 한낱 촛불
이 켜진 지성소, 음악 천사가 있는 구유로 축소된 듯 보였다.
예술 작품인 이 음악 천사는 조금 뒤면 부드러운 마술적 힘으
로 자신의 보금자리로부터 떨어져 나와, 내 입맞춤에 그녀의
소중한 장밋빛 실체를 제공하리라. 아니, 내게 있어 알베르틴
은 결코 예술 작품이 아니었다. 나는 스완과 아는 사이였으므
로, 한 여인을 예술적인 방식으로 찬미하는 것이 어떤 일인지
알고 있었다. 그러나 나 자신은 어떤 종류의 객관적인 관찰 정
신도 가지지 않았고, 또 내가 보는 것이 무엇인지 결코 알지
못했으므로, 그 대상이 누구든 그렇게 찬미하기란 불가능했
다. 그래서 스완이 나를 위해 내가 시시하게 생각했던 여인에
게 회고적으로 예술적인 품격을 부여하는 모습을 보고 ─ 그
가 여인의 환심을 사기 위해 여인 앞에서 즐겨 했던 것처럼,
그 여인을 루이니가 그린 어느 초상화에 비유하거나, 여인의
옷차림에서 조르조네의 그림에 나오는 의상이나 보석을 찾거
나 하면서 ─ 나는 감탄을 금치 못했다.* 그러나 내게는 그런
면이 전혀 없었다. 사실을 말하자면, 내가 알베르틴을 멋진 녹

* 베르나르디노 루이니(Bernardino Luini)는 이탈리아의 16세기 롬바르디아
파의 화가로, 여인의 아름다움과 매력을 레오나르도풍의 미소와 함께 표현했
다. 조르조네에 대해서는 『잃어버린 시간을 찾아서』 2권 348쪽 주석 참조.
화자에게 베네치아로의 여행 욕망을 불러일으킨 화가이다.

청이 낀 음악 천사의 동상으로 바라보면서, 이런 그녀를 소유한 자신을 자랑스러워했을 때, 그녀는 이내 내게서 무관심한 존재가 되었고, 나는 곧 그녀 곁에서 권태를 느꼈지만, 이런 순간은 오래가지 못했다. 우리는 뭔가 접근할 수 없는 것을 추구할 때만 사랑하고, 소유하지 않은 것만을 사랑하는 법이므로, 나는 이내 알베르틴을 소유할 수 없다는 사실을 다시 깨달았다. 그녀의 눈길에서 때로 내가 간파하지 못한 기쁨에 대한 기대가, 때로 추억이, 어쩌면 후회의 빛이 스쳐 가는 걸 보았지만, 그런 순간이면 그녀는 그 기쁨이 무엇인지를 말하기보다는 말하지 않는 편을 더 좋아했고, 또 나는 그 희미한 빛을 그녀의 눈동자에서만 포착했으므로, 마치 극장 안으로의 입장을 허락받지 못한 관객이 정문 유리창에 얼굴을 붙이고 쳐다보지만, 무대 위에서 일어나는 일은 아무것도 보지 못하듯이, 더 이상은 알지 못했다.(그녀의 경우가 여기에 해당되는지는 모르겠지만, 무신론자가 선에 대한 믿음을 증언하는 것처럼, 우리를 기만하는 자들이 끈질기게 거짓말하는 것 역시 기이한 일이다. 그들의 거짓말이 진실의 고백보다 마음을 더 많이 아프게 한다고 말해 봐야, 또 그들이 이 사실을 이해한다고 해 봐야 소용없는 일인데, 처음 그들이 누구인지 우리에게 말했던 것 혹은 우리가 그들에게서 누구인지 말했던 것에 부합하기 위해, 그들은 잠시 후면 또다시 거짓말을 할 것이기 때문이다. 이렇게 해서 삶에 애착을 가진 무신론자는, 자신의 용맹함에 대한 세인들의 의견을 반정하지 않으려고 자살을 한다.) 이런 시간 동안 나는 이따금 그녀의 시선에서, 그녀의 쨍긋한 얼굴과 미소에서 내적 정경의 그림자가 떠도는 것을 보았고, 이런 저녁이면 내게 거부된 그 정경의 관조가 그녀를 나와는 멀리 떨어진 다른 존재로 만들기도 했다. "뭘 생각해요?" "아무것도 아니에요." 이따금 그녀는 아무 말도 하지 않는다는 나의 비난에 대답하기 위해, 내가 모든 사람들과 마찬가지로 알고 있는 사실을 그녀도 안다고 말하거나(지극히 사소한 소식도 알려 주지 않으면서, 그 대신 모든 사람이 전날 신문에서 읽은 기사는 떠벌리는 정치인들처럼), 나와 사귀기 일 년 전 그녀가 발베크에서 했던 자전거 산책에 관해 정확한 내용은 전혀 말하는 일 없이, 일종의 거짓 속내를 털어놓는 식으로 얘기했다. 예전에 그녀가 아주 멀리까지 장거리 시합을 나갈 정도로 자유분방한 소녀였으리라고 짐작했던 내가 옳았다는 듯, 그 산책을 환기하는 알베르틴의 입술에는 초기에 발베크의 방파제에서 나를 매혹했던 그 신비스러운 미소가 살며시 비쳤다. 그녀는 또한 예전에 네덜란드의 시골에서 친구들과 함께했던 산책에 관해, 거의 그녀가 아는 사람들, 즐거운 표정의 군중이 거리나 운하 언저리를 가득 채웠을 때 밤마다 늦은 시각 암스테르담으로 귀가하던 얘기를 했는데, 그때 나는 알베르틴의 반짝거리는 눈에서, 마치 빨리 달리는 자동차의 흐릿한 차창에서처럼, 거리나 운하의 수많은 불빛이 반사하며 사라지는 모습을 보는 것 같았다. 그녀가 살았던 장소, 그녀가 어느 밤에 했을 일, 그녀가 띠었던 미소나 시선, 그녀가 했던 말, 그녀가 받은 입맞춤, 이 모든 것에 대해 내가 느꼈던 그 지칠 줄 모르는 고통스러운 호기심에 비하면, 이른바 미학적인 호기심은 차라리 무관심이라고 부르는 편이 더 어울릴 것이다. 그렇다. 언젠가 내가 생루에 대해 품었던 질투의 감정조차, 만일 그것이 지금까지 지속되었다고 해도 이렇게 커다란 불안을 야기하지는 못했으리라! 내게는 여자들끼리의 사랑이란 뭔가 지나치게 낯선 것이어서, 그 쾌락이나 쾌락의 성질에 관해 확실하고 적절한 방식으로 상상할 수 있게끔 도와주는 것이 아무것도 없었다. 알베르틴은 얼마나 많은 사람들과 얼마나 많은 장소들을(그녀와 직접 관계없는 장소라 할지라도, 그녀가 맛볼지도 모르는 쾌락의 어렴풋한 장소, 수많은 사람들이 모여서 서로의 몸을 스치는 장소), 지금까지 그런 사람들과 장소에 관심이 없던 내 상상력이나 추억의 문턱으로부터 — 마치 개표구에서 수행원이나 한 무리의 친구들을 자신보다 먼저 극장 안으로 들여보내는 누군가처럼 — 내 마음속으로 들여보낸 것일까! 이제 그런 사람들이나 장소에 관한 나의 인식은 내부에 즉각적으로, 경련을 일으키는 고통이 되었다. 사랑이란 우리의 마음에서 지각되는 공간과 시간이다.

그렇지만 어쩌면 내가 완전히 그녀에게 충실했다면, 상상할 수도 없는 불충의 감정으로 괴로워하지는 않았으리라. 그러나 알베르틴을 상상할 때 나를 아프게 한 것은, 바로 새로운 여인의 마음에 들고 싶고, 새로운 소설을 구상하고 싶다는 나 자신의 지속적인 욕망이었다. 그 욕망은 요전 날 알베르틴이 옆에 앉아 있는데도 불로뉴 숲의 식탁에 앉은 그 자전거 탄 소녀들에게 눈길을 던지고야 말았던 것처럼, 그녀 역시 내가 던졌던 눈길을 던졌으리라고 상상했다. 우리 자신에 대한 인식만이 존재하듯이, 스스로에 대한 질투만이 존재한다고 말할 수 있으리라. 관찰은 별로 중요하지 않다. 우리는 스스로 느끼는 기쁨을 통해서만 앎과 고통을 이끌어 낼 수 있다.

아주 짧은 동안 알베르틴의 눈이나 갑작스레 달아오른 안색에서, 섬광 같은 열기가 하늘보다 더 접근하기 어려운 지대를, 또 내게는 낯선 알베르틴의 추억이 전개되는 지대를, 남몰래 지나가는 느낌이 들 때가 있었다. 발베크 해변이나 파리에서 내가 알베르틴과 알고 지냈던 그 연이은 세월을 생각하자, 최근에야 발견한 이 아름다움이, 내 친구가 그토록 다양한 면에서 성장하고, 그녀 안에 그토록 많은 지나간 날들을 담고 있는 데에서 연유하는 이 아름다움이, 뭔가 가슴 찢어지는 듯한 모습을 띠는 것이었다. 그러자 그녀의 장밋빛 얼굴 아래로, 내가 알베르틴을 알지 못했던 밤들의 무한한 공간이 마치 심연 속에 간직되어 있는 듯했다. 나는 알베르틴을 무릎 위에 앉힌 채 손으로 얼굴을 감싸고 애무하면서 그녀의 몸을 오래 만질 수 있었지만, 아득히 먼 옛날, 대양의 소금기를 머금은 돌을 만지듯, 혹은 별빛을 만지듯, 무한에 닿은 내면을 가진 존재의 밀봉된 봉투만을 만지는 듯한 느낌이 들었다. 육체의 분리를 설정하면서도 영혼의 교류를 가능하게 할 줄 몰랐던 자연의 망각이 우리를 몰아넣은 처지에, 나는 얼마나 괴로워했던가! 그리고 알베르틴이 내게서도(왜냐하면 비록 그녀의 몸은 나의 영향 아래 있었지만, 생각은 나의 통제로부터 빠져나갔으니까.), 또 나를 방문하러 온 사람들, 복도 끝 바로 내 방 옆에 그녀가 있으리라고는 꿈에도 생각하지 못하는 사람들에게도, 마치 병 속에 중국 공주를 숨겼다고는 아무도 알지 못할 만큼 그렇게 완벽하게 감춘 이야기 속의 인물처럼,* 자신의 모습을 감추면서 내 처소를 풍요롭게 한다고 믿었던 그런 경이로운 수인이 아니었음을 나는 깨달았다. 절박하고 잔인하며, 출구 없는 형태로 나를 과거의 탐색에 초대하는 그녀는, 차라리 '시간'의 위대한 여신인 것 같았다. 그리고 그녀를 위해 몇 해를, 내 재산을 탕진해야 한다 할지라도, 그녀 자신이 거기서 잃은 것이 없다고 생각할 수만 있다면, 아아! 슬프게도 확신할 수는 없지만, 나는 하나도 후회하지 않는다. 물론 고독이 더 가치 있고, 더 풍요로우며, 덜 고통스러웠을 테지만 말이다. 그러나 스완이 내게 권했던, 또 샤를뤼스 씨가 재치와 오만함과 안목이 섞인 말투로 "자네 집은 정말 추하군!"이라고 말하면서 내가 알지 못한다고 비난했던 그런 수집가의 삶이, 오랫동안 찾다가 마침내 소유하게 된, 혹은 기껏해야 아무런 사심 없이 관조하는 조각품이나 그림이 나를 자아 밖으로 나가는 길로 ── 마치 금방 아물기는 하겠지만, 알베르틴의 무의식적인 실수나 무관심, 혹은 나 자신의 생각으로 인해 곧 다시 벌어질 작은 상처가 그러하듯이 ── 이르게 해 줄 수 있었을까? 지금은 사적 통로라는 작은 길이지만, 우리가 고통을 체험한 날 비로소 알

---

* 작가 메리메의 편지에 나오는 이야기로, 아나톨 프랑스가 1888년 《르탕》에 게재한 논설에서 인용했다. 한 광인이 세상에서 가장 아름다운 중국 공주를 병 속에 가두었다고 믿고 병을 깨뜨렸으나 공주는 사라지고, 그 자신은 광인에서 바보가 되었다는 이야기이다.(『갇힌 여인』, 플레이아드 III, 1788 쪽 참조.)

게 되는, 그 타인의 삶이 지나가는 큰길로?*

이따금 달빛이 정말 아름다운 날이면, 나는 알베르틴이 잠자리에 든 지 겨우 한 시간밖에 되지 않았으므로, 창문을 보라는 말을 하기 위해 그녀의 침대까지 가곤 했다. 내가 그 방에 간 것은 단순히 그런 목적에서였으며, 그녀가 잘 있는지 확인하려고 간 것은 아니라고 단언할 수 있다. 도대체 그녀의 어떤 모습이 그녀가 방에서 도망칠 수 있으며, 또 도망치고 싶어 한다고 믿게 했을까? 그렇게 하려면 도저히 믿기 어려운 프랑수아즈와의 공모가 필요했다. 어두운 방 안의 하얀 베개 위로 검은 머리칼에 두른 가느다란 보석 머리띠만이 보였다. 그런데 알베르틴의 숨소리가 들렸다. 너무도 깊이 잠든 모습에 침대까지 가기가 망설여졌다. 침대 가장자리에 앉았다. 그녀의 잠은 동일한 속삭임을 내며 계속 흘러갔다. 그녀의 깨어남이 어느 만큼이나 상쾌했는지는 말로 표현할 수 없다. 나는 입을 맞추고 그녀의 몸을 흔들었다. 그러자 곧 그녀는 잠자기를 멈추고 잠시도 주저함 없이 웃음을 터뜨렸고, 팔로 내 목을 감으며 "당신이 오지 않나 마침 물어보던 중이었어요."라고 말하고는, 다정하게 더 큰 웃음을 터뜨렸다. 마치 그녀의 매력적인 머리가 잠자는 동안, 오로지 상쾌함과 다정함과 웃음으로만 가득 채워진 듯했다. 그리고 나는 그녀를 깨우면서, 마치 과일을 터뜨릴 때처럼, 그저 갈증을 식혀 줄 과일즙을 솟구치게 했을 뿐

* 이 문단의 주제는 '슬픔이 정신력을 기른다'는 '알베르틴 소설'의 초고 주제로서, 『되찾은 시간』(플레이아드 IV, 484쪽)에서도 되풀이된다.(『갇힌 여인』, 플레이아드 III, 1788쪽 참조.)

이다.

그동안 겨울이 끝나 가고 있었다. 아름다운 계절이 돌아왔고,* 그래서 자주 알베르틴이 내 방으로 와서 밤 인사를 하고 간 뒤, 방과 커튼과 커튼 위쪽 벽이 여전히 어둠에 잠겨 있을 때면, 이웃 수녀원 정원에서는 정적 속에 울리는 성당 풍금 소리 같은, 낯선 새의 풍요롭고도 정교한 조바꿈 소리가 들려왔다. 새는 리디아 선법**에 따라 벌써부터 새벽 기도를 노래하면서, 나를 둘러싼 어둠 한가운데로 자신이 보는 햇살의 풍부하고도 선명한 음을 울리고 있었다. 드디어 밤이 짧아졌고, 예전 같으면 동이 트기 전 시각이지만, 나날이 커져 가는 하얀 햇살이 벌써 창문 커튼 위로 비죽 튀어나오는 모습이 보였다. 그녀가 부인하는데도 불구하고, 수인처럼 보이는 이 삶을 그녀가 그냥 살도록 내버려 둔 이유는, 내가 내일이면 일어나 일도 하고 외출도 하고, 동시에 시골에 뭔가 저택 같은 것을 사서 떠날 준비를 할 수 있으며, 그곳에서 알베르틴은 내 걱정은 하지 않고 전원이나 해변에서의 삶을, 사냥이나 항해를 하면서, 자기 마음에 드는 삶을 보다 자유롭게 즐길 수 있다고 날마다 확신했기 때문이다.

---

* 이 날씨 표시는 「갇힌 여인」을 구성하는 마지막 날들을 가리킨다. 앞의 네 번째 날들은 베르뒤랭 저녁 파티에서 돌아온 다음 날들을 가리킨다.
** 중세 때 그리스 음악의 리디아 선법과 동일시되는, 그레고리오 성가의 선법을 가리킨다.(『잃어버린 시간을 찾아서』 9권 192쪽 주석 참조.) 여기서는 「갇힌 여인」의 세 번째 날들을 환기하는 '파리의 소리'에 대한 회상으로 쓰였다.

그렇지만 다음 날이면, 알베르틴을 사랑하고 증오하기를 반복했던 과거의 시간으로부터(그것이 현재라면, 각자는 저마다의 이해관계나 예의 또는 연민의 감정에 따라 자신과 우리 사이에 거짓말의 장막을 치고, 우리는 이런 거짓말을 진실로 착각하면서), 그 과거를 구성하는 시간 중의 하나가, 또는 내가 잘 안다고 믿었던 시간조차, 돌연 그녀가 감추려는 시도를 전혀 하지 않았던 모습, 또 그녀가 내게 보였던 것과 완연히 다른 모습을 회고적으로 제시하는 경우가 있었다. 이런저런 시선 뒤로 예전에 내가 보았다고 믿었던 착한 마음 대신, 여태껏 의심하지 못했던 욕망이 드러나면서, 내 마음에 동화되었다고 믿었던 알베르틴의 마음 중 다른 한쪽을 멀어지게 하는 것이었다. 이를테면 앙드레가 7월에 발베크로 떠났을 때, 알베르틴은 곧 그녀와 만날 거라고 내게 한 번도 말하지 않았다. 그래서 나는 그녀가 생각했던 것보다 훨씬 빨리 앙드레를 만났다고만 믿고 있었다. 발베크에서 나를 사로잡은 깊은 슬픔으로 인해 그녀는 9월 14일, 그날 밤 나를 위해 발베크에 남지 않고 바로 파리로 돌아가는 희생을 감수했기 때문이다.* 알베르틴이 15일 파리에 도착했을 때, 나는 그녀에게 앙드레를 보러 가라고 권했고, 또 "앙드레가 당신을 만나서 기뻐하던가요?"라고 묻기까지 했다. 그런데 지금 봉탕 부인이 알베르틴에게 뭔가를 가져다주려고 방문했고, 나는 부인과 잠시 만난 자리에서 알베르틴이 앙드레와 함께 외출했다고 말했다. "전원으로 산책 나갔어요."

---

* 『잃어버린 시간을 찾아서』 8권 477~482쪽 참조.

"그렇군요." 하고 부인이 대답했다. "전원에 가는 일에서라면 알베르틴은 까다롭지 않죠. 삼 년 전에는 매일같이 뷔트쇼몽 공원으로 갔으니까요." 알베르틴이 내게 한 번도 간 적 없다고 말한 그 뷔트쇼몽*이라는 이름을 듣자 나는 잠시 숨이 멎는 기분이었다. 현실이란 가장 교묘한 적이다. 현실은 우리가 기대하지도 않고 방어할 준비도 하지 않았던 마음의 바로 그 지점에 대해 공격을 선포한다. 그렇다면 알베르틴은 아주머니에게는 날마다 뷔트쇼몽에 간다고 거짓말했고, 내게는 뷔트쇼몽을 알지 못한다고 거짓말했단 말인가? "다행스럽게도," 하고 봉탕 부인이 덧붙였다. "가련한 앙드레가 얼마 있으면 보다 활력을 주는 시골로, 진짜 시골로 떠난다고 하네요. 그 애에겐 정말 필요한 일이에요. 안색이 나쁘거든요. 사실 이번 여름에는 필요한 만큼 공기를 쐴 시간이 충분치 않았어요. 9월에 다시 돌아갈 생각으로 7월 말에 발베크를 떠났는데, 그 애 동생이 무릎을 삐는 바람에 돌아갈 수가 없었으니까요." 그렇다면 알베르틴은 발베크에서 앙드레가 돌아오길 기다렸고, 내게는 그 사실을 숨겼단 말인가! 사실 내게 파리에 가겠다고 제안한 것은 더욱더 친절한 일이었다. 만약 ……하지 않았다면. "정말 그렇군요. 알베르틴이 말했던 게 생각납니다.(사실이 아니었다.) 그런데 그 사고가 언제 일어났죠? 모든 일이 머릿속에서 뒤섞여서요." "어떤 점에서는 적절한 때 일어났다고 할 수 있죠. 하루만 늦었어도 별장 임대가 다시 시작되어 앙드레 할

---

* 『잃어버린 시간을 찾아서』 9권 31쪽 주석 참조.

머니가 쓸데없이 한 달 치 비용을 더 낼 뻔했으니까요. 동생이 9월 14일에 다리를 삐었고, 그래서 9월 15일 아침에 앙드레는 알베르틴에게 발베크에 돌아갈 수 없다고 전보를 칠 시간이, 알베르틴은 중개소에 알리러 갈 시간이 났던 거죠. 하루만 늦었어도 집세가 10월 15일까지 계산됐을 거예요." 알베르틴이 마음을 바꾸어 내게 "오늘 저녁 출발해요."라고 말했을 때, 그녀가 떠올린 것은 아마도 내가 알지 못하는 아파트, 즉 앙드레 할머니의 아파트였을 것이며, 우리가 파리로 돌아가자마자 나는 전혀 의심하지 않았지만, 그녀는 발베크에서 곧 만날 예정이었던 앙드레를 그 아파트에서 다시 만날 수 있으리라 생각했던 것이다. 나와 함께 돌아가기 위해 했던 그 상냥한 말을, 며칠 전까지만 해도 그토록 '완강하게' 거절했던 것과는 대조적인 그 말을, 나는 그녀의 착한 마음씨가 갑자기 방향을 바꾼 탓으로만 생각하고 있었다. 그런데 그 말은 단순히 우리가 알지 못하고, 또 우리를 사랑하지 않는 여인이 보여 주는 태도 변화의 온 비밀이 담겨 있는 상황에서 일어난 변화를 반영한 데에 지나지 않았다. 여인들은 피곤하다는 이유로, 또는 할아버지가 집에 저녁 식사를 하러 오라고 했다는 이유로, 다음 날 만나자는 약속을 완강하게 거절한다. "그렇다면 그 후에 와요."라고 우리는 고집한다. "할아버지가 늦게까지 붙잡아 두는걸요. 또 집까지 데려다줄지도 모르고요." 그러나 그들에게는 마음에 드는 누군가와의 약속이 있었을 뿐이다. 그런데 갑자기 그 누군가에게 일이 생긴다. 그러면 여인은 우리의 마음을 아프게 해 미안하다면서, 할아버지는 날려 보내고, 특별히

하고 싶은 일이 없으니 우리 곁에 있겠다고 말한다. 발베크를 출발한 날 알베르틴이 내게 사용했던 언어에서, 나는 이런 말들을 인지했어야 했다. 그렇지만 어쩌면 그녀의 언어를 해석하기 위해서는 이런 말뿐 아니라, 알베르틴이 가진 성격의 두 가지 특성을 기억했어야 했는지도 모른다.

알베르틴이 가진 성격의 두 가지 특징, 나를 위로하는 동시에 나를 아프게 하는 특징이 그 순간 생각났다. 그 까닭은 기억 속에서는 모든 것을 발견할 수 있기 때문이다. 다시 말해 기억은 우리 손이 우연히 진정제나 위험한 독약에 가닿는 일종의 약국, 화학 실험실과도 같다. 나를 위로해 주는 첫 번째 특징은, 그녀가 같은 행동을 가지고 여러 사람을 기쁘게 하는 데 사용하는 습관이었는데, 자신이 한 일을 다양한 용도로 사용하는 이런 태도는 알베르틴에게서 특징적인 것이었다. 그녀가 파리로 돌아가면서(앙드레가 발베크로 돌아오지 않는다는 사실이 앙드레 없이 지낼 수 없음을 의미하지는 않았지만, 그럼에도 발베크에 그대로 있기가 불편하게 느껴질 수도 있었으므로), 이 한 번의 여행을 자신이 진심으로 사랑하는 두 사람을 감동시키는 기회로 삼은 것은, 그녀의 성격에 걸맞은 행동이었다. 내게는 나를 혼자 내버려 두지 않으려는, 또 나를 괴로워하지 않게 하려는, 나에 대한 헌신에서 우러난 행동이라고 믿게 하면서, 앙드레에게는 앙드레가 발베크에 오지 않는 이상 한순간도 더 이상 머물고 싶지 않으며, 오로지 그녀를 만나기 위해서만 그곳에서의 체류를 연장했으므로 즉시 앙드레를 향해 달려가겠다고 설득하면서 말이다. 그런데 알베르틴이 나와 함께 발베크를 떠난 것은, 한편으로는 나의 슬픔과 파리로 돌아가고 싶은 나의 소망에, 다른 한편으로는 앙드레의 전보에 곧바로 이어진 행동이었으므로, 앙드레는 나의 슬픔을, 나는 그녀가 보낸 전보의 존재를 서로 알지 못했고, 그래서 알베르틴의 출발을 우리 각자가 아는 유일한 원인의 결과로 믿은 것은 지극히 자연스러운 일이었으며, 실제로 그 일은 아주 짧은 시간의 간격을 두고 너무도 느닷없이 이어졌다. 그리고 그 경우, 나는 여전히 알베르틴의 진짜 목적이 나와 함께하는 데 있었으며, 그렇지만 앙드레에게도 고마움을 느끼게 할 기회를 놓치고 싶지 않았으리라고 생각할 수 있다. 그러나 불행하게도 나는 거의 동시에 알베르틴 성격의 또 다른 특징을 떠올렸는데, 그것은 억제할 수 없는 쾌락의 유혹에 사로잡혔을 때 그녀가 보여 주는 격렬함이었다. 발베크를 떠나기로 결심했던 그때, 그녀는 기차역에 도착하기를 얼마나 초조하게 기다렸던지 호텔 지배인이 우리를 붙잡으려고 하자 버스를 못 탈까 봐 지배인을 세차게 밀쳤으며, 또 지방 열차에서 캉브르메르 씨가 우리에게 일주일 뒤로 연기할 수 없겠느냐고 물었을 때도 내게 공모의 몸짓인 양 어깨를 으쓱하면서 그토록 나를 감동시켰었다.* 그렇다, 그녀가 그 순간 눈앞에서 보았고, 그녀를 그토록 열광적으로 떠나도록 부추겼으며, 또 그렇게나 초조하게 되찾고 싶었던 것은, 내가 한 번 본 적이 있는, 사람이 살지 않는 앙드레 할머니의 아파트였다. 늙은 하인이 지키는 그 호화 아

---

* 『잃어버린 시간을 찾아서』 8권 482~483쪽.

파트는 대낮에도 텅 비어 있어서 얼마나 조용했는지, 햇살이 긴 의자나 방의 안락의자에 덮개를 씌우는 것 같았고, 거기서 알베르틴과 앙드레는 순진한 사람인지 공범인지 모를 공손한 경비에게, 그들을 쉴 수 있게 내버려 두라고 부탁했을 것이다.

이제 나는 그 아파트를 줄곧 보고 있었다. 텅 빈 그곳에는 침대 하나와 안락의자, 그들에게 속아 넘어간, 혹은 공모한 하녀가 있었으며, 그리하여 알베르틴이 매번 다급하고 진지한 표정으로 자신의 여자 친구를 만나러 갈 때마다, 아마도 그녀보다 자유로운 몸인 앙드레가 먼저 와 있었으리라. 지금까지 나는 그 아파트를 한 번도 생각해 보지 못했는데, 이제 그것은 내게 소름 끼치는 아름다움을 지닌 듯 보였다. 인간 삶에서의 미지수는 자연의 미지수와 흡사해서, 새로운 과학적 발견이 그 미지수를 감소시킬 수는 있어도 완전히 제거하지는 못한다. 질투하는 남자는 사랑하는 여인으로부터 수많은 작은 즐거움들을 박탈함으로써 여인을 분노하게 한다. 하지만 여인은 자기 삶의 기반이 되는 즐거움을, 남자의 지성이 가장 예리한 통찰력을 보여 준다고 생각되는 순간, 또 제삼자가 가장 효과적으로 그에게 정보를 알려 주는 순간에도, 결코 찾아볼 생각조차 하지 못하는 그런 장소에 숨긴다.

그러나 적어도 어쨌든, 앙드레는 떠날 예정이었다. 나는 알베르틴이 자기 자신과 앙드레에게 속아서 나를 멸시하는 일만은 하지 않기를 바랐다. 하지만 언젠가는 내가 알고 있었음을 알베르틴에게 말할 것이다. 그렇게 그녀가 내게 숨긴다는 사실조차 알고 있었다는 걸 보여 주면, 그녀는 어쩌면 보다 솔직하게 말할지도 모른다. 그러나 지금은 말하고 싶지 않았다. 우선 그녀의 아주머니가 방문한 지 얼마 안 되었으므로, 그 정보가 어디로부터 왔는지 이해하고, 정보원을 차단하고, 미지의 정보원마저 두려워하지 않을 수 있었기 때문이다. 다음으로는 내가 원하는 만큼 그렇게 오래 알베르틴을 내 집에 가둘 수 있을지 완전히 확신할 수 없었으므로, 그녀를 너무 화나게 해서 나로부터 떠나고 싶은 생각이 들게 하는 위험을 자초하고 싶지 않았다. 내가 알베르틴의 말에 따라 추론하고, 진실을 찾고, 미래를 예측할 때마다, 그 말은 항상 내 계획에 동의한다고, 또 그녀가 얼마나 이 삶을 좋아하며, 이 칩거 생활로 인해 불편한 점이 없다고 표현했으므로, 그녀가 언제까지나 나와 함께 있으리라고 확신했던 것도 사실이다. 생각이 여기에 미치자 몹시 짜증이 났다. 내가 한 번도 맛보지 못한 삶이나 세계를, 더 이상 새로울 것이 없는 여인과 바꾸었다고 생각하자, 그 삶과 세계가 나에게서 빠져나가는 듯한 느낌이 들었기 때문이다. 나는 베네치아에 갈 수도 없었다. 내가 잠자리에 든 사이 곤돌라를 모는 뱃사공이나 호텔 사람들, 베네치아의 여인들이 그녀에게 수작을 걸지도 모른다는 두려움으로 너무도 괴로울 테니까. 그러나 반대로 알베르틴의 말이 아니라, 그녀의 침묵과 시선, 붉은 안색과 시무룩한 표정, 그리고 그녀의 분노에 근거하는 — 물론 화를 낼 이유가 없다고 그녀를 설득하기란 쉬운 일일 테지만, 나로서는 차라리 보지 못한 척하는 편을 선호하는 — 또 다른 가설에 따라 추론해 본다면, 그녀에게는 이 삶이 견디기 어려우며, 줄곧 자신이 좋아하는 것을 희생한다고 믿었으므로, 반드시 언젠가는 나를 떠나리라고 생각했다. 내가 바라는 것은 그 순간을, 비록 그녀가 떠난다 해도 적어도 헤어지는 것이 그렇게 고통스럽지 않은 순간을, 그리고 그녀의 방탕한 행동을 그려 볼 수 있는 암스테르담이나 앙드레의 집, 뱅퇴유 양의 집과 같은 장소에 그녀가 결코 갈 수 없는 계절을 택하는 것이었다. 물론 몇 달 후에는 그들과 다시 만날 테지만, 그래도 그때쯤이면 내 마음이 진정될 것이고, 그 일에도 무관심해질 터였다. 어쨌든 이별을 생각하려면, 알베르틴이 몇 시간의 간격을 두고 처음에는 떠나고 싶어 하지 않다가 다음에는 발베크를 즉시 떠나고 싶어 했던 이유를 발견하면서 야기되었던, 그 작은 병의 재발이 치유될 때까지 기다려야 했다. 더 이상 새로운 사실을 알게 되지 않는 이상 점점 약해질 수밖에 없는 증세가 완전히 사라질 때까지 시간에 맡겨야 했다. 하지만 아직 그 증세가 너무 심해서 이별을 위한 수술이 더욱 고통스럽고 어렵게 생각되었고, 그래서 이제 나는 수술의 불가피성은 인정하면서도 결코 그것이 급하지 않으며, '냉각 기간'을 갖는 요법을 실시하는 편이 더 낫다고 생각했다. 시기의 선택이라는 문제에 있어서라면 나는 주인이었다. 왜냐하면 만일 내가 결정을 내리기 전에 그녀가 떠나고 싶어 한다면, 그녀가 이런 삶에 싫증이 났다고 내게 통보하는 순간, 그녀가 말하는 이유에 대해 숙고하고 반박하면서 좀 더 자유를 주고, 가까운 시일 내에 그녀 자신이 기다리고 열망하는 즐거움을 주겠다고 약속한 뒤, 정말 그녀의 마음 외에는 호소할 곳이 없다면, 그때 내 슬픔을 털어놓을 시간은 항상 있다고 생각했기 때문이다. 그러므로 이런 관점에서 본다면 나의 마음은 매우 평온했으나, 생각은 바로 그 점에서 논리적이지 않았다. 왜냐하면 바로 그녀가 내게 말하고 경고한 것을 고려하지 않는 그 가설에서, 나는 그녀가 떠나는 경우 내게 미리 그 이유를 알려 주고, 그래서 반박하고 물리칠 시간을 주리라고 가정하고 있었기 때문이다.

알베르틴과의 삶은 내가 질투를 느끼지 않을 때는 권태로웠고, 질투를 느낄 때는 고통스러웠다. 행복한 순간이 있었다 해도 그 행복은 오래가지 않았다. 발베크에서 캉브르메르 부인의 방문이 있은 후 그렇게도 행복했던 저녁에 내게 영감을 주었던 그런 현명한 정신에서, 나는 우리의 관계를 계속해 봐야 별 소득이 없다는 사실을 깨닫고 그녀와 헤어지기를 소망했다. 그렇지만 지금도 여전히 내가 그녀에 대해 간직할 추억은, 피아노 페달에 의해 연장되는 일종의 진동과도 같은 이별의 순간이라고 상상했다. 그래서 나는 이런 감미로운 이별의 순간을 택하고, 그 순간이 내 마음속에서 오래 진동할 수 있기를 열망했다. 너무 까다롭거나 오래 기다려서는 안 되며, 현명해져야 했다. 그렇지만 그토록 오랫동안 기다려 왔는데 그것을 받아들일 순간이 올 때까지 며칠 더 기다리지 못한다면, 예전에 어머니가 저녁 인사도 다시 하지 않고 내 침대에서 멀어졌을 때나 역에서 내게 작별 인사를 했을 때처럼, 내가 반항하는 마음에서 차라리 그녀가 떠나는 모습을 보는 위험을 감수하려 한다면, 그것이야말로 미친 짓이 아니겠는가. 만일을 생각해서 나는 가능한 한 그녀에게 친절을 베풀려고 애썼다. 포르투니의 드레스로 말하자면, 우리는 분홍색 안감을 댄 금빛 도는 푸른색 드레스로 결정했고, 그것은 이제 막 완성되었다. 나는 그녀가 그 옷을 선택하면서 마지못해 포기했던 다섯 벌의 옷도 같이 주문했다.

그렇지만 봄이 오면서, 그녀의 아주머니가 얘기했던 날로부터 두 달이 지난 어느 날 저녁, 나는 드디어 화를 내고야 말았다. 이날 저녁은 알베르틴이 처음 포르투니가 만든 금빛 도는 푸른색 실내복을 입은 날로, 베네치아를 연상시키는 그 옷은 알베르틴을 위해 내가 희생해야만 했던 것을 ─ 그녀는 고마워하는 빛조차 보이지 않는 ─ 한층 더 느끼게 했다. 나는 베네치아에는 한 번도 간 적이 없었지만, 어렸을 때부터 부활절 방학을 베네치아에서 보내기만을 줄곧 꿈꾸어 왔고, 그보다 훨씬 전에는 스완이 콩브레에서 티치아노의 판화와 지오토의 벽화 사진을 주었을 때부터 이미 꿈꾸어 왔다.* 그날 저녁 알베르틴이 입은 포르투니의 가운은 눈에 보이지 않는 베네치아로 유혹하는 그림자 같았다. 그 가운은 베네치아처럼, 투조 세공된 돌의 장막 뒤로 자취를 감춘 베네치아의 궁전들처럼, 암브로시우스 도서관에 있는 오래된 장정본처럼,** 삶과 죽음을 번갈아 의미하는 동방의 새들이 반짝거리는 짙푸른 천에 반복해서 수놓인 기둥들처럼 아랍의 장식들로 가득했고, 그 짙푸른 천은 나의 시선이 다가갈수록, 마치 앞으로

---

* 『잃어버린 시간을 찾아서』1권 79쪽과 147쪽 참조.
** 밀라노의 암브로시우스 도서관은 고대의 장정본과 판본 들을 소장하고 있다.

나가는 곤돌라 앞쪽에서 대운하의 푸른빛이 타오르는 금속으로 변하는 것과 동일한 변환 작업에 의해 유연한 금으로 변했다. 그리고 옷소매에는 티에폴로의 분홍색이라고 불리는 베네치아 특유의 버찌 빛 안감이 대어져 있었다.*

그날 낮에 프랑수아즈는 본의 아니게 내 앞에서 알베르틴이 어떤 것에도 만족하지 못한다고 말하고 말았다. 내가 알베르틴과 함께 외출하거나 외출하지 않는다고 해도, 자동차가 그녀를 데리러 오거나 데리러 오지 않는다고 해도, 어깨만 으쓱할 뿐, 대답도 공손하게 하지 않는다는 것이었다. 그날 저녁 나는 그녀의 언짢은 기분을 감지했고, 또 첫 번째로 다가온 더위에 신경이 날카로워져 화가 나는 걸 참지 못하고, 그녀에게 은혜도 모른다고 비난했다. "그래요, 모든 사람에게 물어봐요." 하고 나는 흥분해서 힘껏 소리를 질렀다. "프랑수아즈에게 물어봐요, 같은 말을 할 테니까요." 하지만 곧 알베르틴이 내가 화를 내면 얼마나 무서운지 모른다면서 「에스테르」의 시구를 인용했던 일이 떠올랐다.

상상해 보세요, 제게 화를 내시는 이 이마가
제 혼란스러운 영혼에 어떤 불안을 던져 넣었을지……
아! 아무리 담대한 마음을 가진 자라도 어떻게 떨지 않고
폐하의 눈에서 터져 나오는 이 불길을 견딜 수 있을까요?**

---

* 『잃어버린 시간을 찾아서』 3권 203쪽 참조. 티에폴로의 분홍색은 베네치아의 분홍색이라고도 불린다.
** 「에스테르」 2막 7장에서 에스테르가 왕에게 하는 대사이다. 라신의 원문

나는 난폭하게 굴었던 게 부끄러웠다. 그래서 패배한 것처럼 보이지 않으면서도 내가 한 말을 취소하고, 또 내가 제시하는 평화가 가공할 만한 무장 평화*이며, 동시에 그녀에게 헤어질 생각을 하지 못하도록 내가 이별도 두려워하지 않음을 보여 줄 필요가 있다고 생각했다. "용서해 줘요, 귀여운 알베르틴. 난폭하게 굴다니 부끄러워요. 나는 정말 절망에 빠졌어요. 우리가 더 이상 사이좋게 지낼 수 없다면, 그래서 꼭 헤어져야 한다면, 그래도 이런 식이어서는 안 돼요. 우리에게 어울리지 않아요. 꼭 그렇게 해야 한다면 헤어져요. 하지만 그 전에 먼저 당신에게 진심으로 공손히 용서를 빌고 싶어요." 내가 한 짓을 바로잡기 위해, 또 알베르틴이 앞으로 남아 있을 시간, 적어도 삼 주 후 앙드레가 떠날 때까지 남아 있을 그녀의 계획에 대비하기 위해, 다음 날부터 그녀가 지금까지 누렸던 기쁨보다 더 큰 기쁨을, 꽤 긴 시간에 걸쳐 누릴 수 있는 기쁨을 찾아보아야겠다고 생각했다. 그러다 보면 내가 그녀에게 야기했던 권태감도 지워질 테고, 어쩌면 그 순간을 이용해서 그녀가 생각하는 것보다 내가 그녀의 삶을 더 많이 알고 있음을 비추는 일도 그리 나쁘지 않으리라고 생각했다. 그녀가 느끼는

에는 '두려움(effroi)'으로 표기되어 있으나, 프루스트는 기억에 의거하여 '불안(émoi)'으로 고쳐 인용하고 있다. 이렇게 마지막으로 인용된 라신의 시구는 작품의 비극적 결말을 강조한다고 지적된다.(『갇힌 여인』, 플레이아드 III, 1791쪽 참조.)

* 전쟁의 긴장 상태가 계속되는 가운데 잠정적으로 유지되는 평화 상태를 의미한다. 1차 세계 대전 직전의 유럽을 가리킨다.

불쾌한 기분도 내일이면 나의 친절한 행위로 인해 사라질 테지만 나의 경고는 그녀의 머릿속에 남으리라. "그래요, 내 귀여운 알베르틴. 내가 난폭했다면 용서해 줘요. 그렇지만 당신이 생각하는 것만큼 완전히 내 잘못만은 아니에요. 우리를 갈라놓으려고 하는 심술궂은 사람들도 있으니까요. 당신이 괴로워할까 봐 절대로 말하지 않으려고 했는데, 사람들이 떠드는 어떤 종류의 비방을 들으면, 때로는 나 자신도 정신이 멍해져요." 그리고 그녀의 발베크 출발에 대해 내가 자세히 알고 있음을 보여 줄 수 있다는 점을 이용하여 "그래요, 알베르틴. 트로카데로에 갔던 날 오후에 당신은 뱅퇴유 양이 베르뒤랭 부인 댁에 가리라는 걸 알고 있었잖아요."라고 말했다. 그녀의 얼굴이 붉어졌다. "네, 알고 있었어요." "뱅퇴유 양과 관계를 다시 가질 생각이 아니었다고 맹세할 수 있나요?" "물론이죠. 맹세할 수 있어요. '다시 갖다니' 무슨 말이죠? 나는 한 번도 관계를 가진 적이 없는데요. 맹세해요." 알베르틴의 이런 거짓말을 듣자니, 그녀의 붉은 안색이 너무도 명백히 인정하는 사실을 부인하는 말을 듣자니 마음이 아팠다. 그녀의 위선이 내 마음을 아프게 했다. 그렇지만 그녀의 반박에는 뭔가 결백한 부분이 있었으므로, 나는 나도 모르게 그 말을 믿을 준비를 했고, 그래서 다음과 같은 질문을 했을 때 그녀의 솔직한 대답을 듣자 마음이 더 아팠다. "베르뒤랭 집에서 열리는 오후 연주회에 가고 싶어 한 당신의 소망에, 뱅퇴유 양과 재회하는 기쁨이 전혀 없었다고 맹세할 수 있나요?" "아뇨, 그 일은 맹세할 수 없어요. 나는 뱅퇴유 양을 다시 만나는 게 정말 기뻤거든요."라고 그녀는 대답했다. 바로 일 초 전에는 그녀가 뱅퇴유 양과의 관계를 숨기는 걸 원망했지만, 지금은 뱅퇴유 양을 만날 생각에 기뻤다는 고백을 듣자 나는 팔다리가 부서지는 느낌이었다. 물론 내가 베르뒤랭네 집에서 돌아왔을 때, 알베르틴이 "그 집에 뱅퇴유 양이 오기로 되어 있지 않았나요?"라고 말했을 때, 그녀는 내게 뱅퇴유 양의 방문을 알고 있었다는 걸 증명해 보이면서, 나의 모든 괴로움을 되살아나게 했다. 그러나 그 후에 나는 아마도 이런 추론을 했을지도 모른다. '알베르틴은 자신에게 어떤 기쁨도 주지 않는 뱅퇴유 양의 방문을 알고 있었지만, 뱅퇴유 양처럼 소문이 나쁜 사람과 자신이 사귄다는 사실이 폭로되어, 발베크에서 내가 깊은 절망에 빠지고, 심지어는 자살까지도 생각했다는 사실을 나중에 알고는, 그 이야기를 하려고 하지 않았을 거야.' 그런데 지금 나는 그녀에게 뱅퇴유 양을 만날 생각에 기뻐했음을 인정하라고 강요하고 있었다. 게다가 베르뒤랭네 집에 가고 싶어 했던 그녀의 수수께끼 같은 태도가, 그 점에 대해 충분한 증거가 되는 것 같았다. 그런데 당시에는 그 점을 깊이 생각해 보지 못했다. 그래서 비록 지금 '왜 그녀는 절반만 고백했을까? 나쁜 짓도 한심한 짓도 아닌, 그저 바보 같은 짓일 뿐인데.'라고 말하면서도 얼마나 낙담했던지, 폭로할 증거 자료 없이는 내가 맡은 역할을 잘해 낼 수 없었으므로 그에 관해 더 이상 우길 용기도 없었다. 그래서 다시 우월한 위치를 점하기 위해 앙드레의 이야기로 서둘러 넘어갔는데, 앙드레의 전보라는 결정적인 폭로를 통해 알베르틴을 당황하게 하기로 했다. "그런데," 하고 나는 말했다. "지금은 사람들이 당신의 지인들, 앙드레와의 관계에 대해 다시 말하면서 날 괴롭히고 고통스럽게 하는군요." "앙드레와의 관계요?" 하고 그녀가 소리쳤다. 그녀의 얼굴은 불쾌한 기분을 드러내며 붉게 달아올랐다. 그리고 놀라움으로, 아니면 놀란 것처럼 보이고 싶어서였는지 눈이 휘둥그레졌다. "참 근사, 근사하군요! 누가 그렇게 멋진 말을 했는지 좀 알 수 있나요? 내가 그들에게, 그 사람들에게 말해 볼 수 있나요? 무슨 근거로 그런 치욕스러운 말을 하는지 좀 알아보게요." "알베르틴, 나도 몰라요. 익명의 편지를 받았으니까요. 그래도 당신이라면 쉽게 그 사람들을 찾을 수 있을지도 모르겠네요.(그녀가 찾아도 겁나지 않는다는 걸 보여 주기 위해 한 말이었다.) 당신을 잘 아는 사람일 테니까요. 마지막 편지는, 고백하지만(또 그것이 아무것도 아니며, 인용하는 게 전혀 고통스럽지 않아서 인용하지만), 그래도 날 화나게 했어요. 우리가 발베크를 떠나던 날, 당신이 처음에는 발베크에 남으려 했다가 나중에는 떠나고 싶어 했는데, 그 이유가 중간에 앙드레로부터 발베크에 오지 못한다는 편지를 받았기 때문이라는 거예요." "알아요. 앙드레가 오지 못한다고 편지를 썼어요. 전보도 보내왔어요. 보관하지 않아서 당신에게 보여 줄 수는 없지만, 게다가 전보가 온 건 그날이 아니에요. 그리고 그날이었다고 해도 앙드레가 발베크에 오건 말건 그게 나와 무슨 상관이라는 거죠?" '그게 나와 무슨 상관이라는 거죠?'라는 말은 화가 났다는 증거이며, 또 '그 일이 그녀에게 상관이 있었다'는 증거였다. 그렇지만 그것이 꼭 알베르틴이 앙드레를 만나고 싶은 소망에서만 파리에 돌아왔다는 증거는 아니었다. 알베르틴은 그녀의 행동에 대해 사실이든, 아니면 그렇다고 주장하는 동기이든, 그 동기가 스스로 다른 이유를 댔던 사람으로 인해 발각되는 것을 볼 때마다, 비록 그녀가 실제로 그 사람을 위해 그런 행동을 했을지라도 화를 냈다. 알베르틴은 자신의 행동에 대한 정보를, 내 뜻이 아닌데도 익명의 제보자가 보내온 그런 것이 아니라, 내가 열심히 찾아서 얻은 것이라고 생각했다. 이런 사실은 그녀가 그 후에 한 말, 익명의 편지에 대한 나의 설명을 인정하는 듯한 말이 아니라, 나에 대한 그녀의 분노한 표정을 통해 추론할 수 있었다. 이 분노는 그녀가 이전에 느꼈던 불쾌한 기분이 폭발한 것에 불과하다는 듯, 마치 내가 몰두한다고 여겨지는 염탐 행위가 이런 가정에서는 그녀가 오래전부터 의심해 온, 그녀의 모든 행동을 감시해 온 결과에 불과한 것처럼 보였다. 그녀의 분노는 이제 앙드레에게까지 확대되었고, 아마도 그녀가 앙드레와 함께 외출할 때도 내가 안심하지 않으리라고 생각했는지, "게다가 앙드레는 나를 짜증 나게 해요. 귀찮아 죽겠어요. 그녀는 내일 돌아와요. 앙드레와는 이제 외출하고 싶지도 않아요. 당신에게 앙드레 때문에 내가 파리에 돌아왔다고 말한 사람들에게, 그렇게 알려도 돼요. 앙드레를 안 지는 아주 오래됐지만, 쳐다본 적은 거의 없어서 얼굴이 어떻게 생겼는지도 말할 수가 없네요!" 그런데 발베크에서 지낸 첫해에 그녀는 내게 "앙드레는 정말로 매력적이에요."라고 말했었다. 사실 이 말은 그녀가 앙드레와 성적 관계를 가졌다는 의미는 아니며, 또 이런 종류의 관계에 대한 얘기가 나올 때마다, 그녀가 화를 내지 않고 말하는 걸 나는 한 번도 듣지 못했다. 그렇지만 그녀가 여자 친구와의 장난을, 머릿속에서는 분명하지 않지만 타인이 비난하는 그런 부도덕한 관계와 같은 것이라고는 믿지 않으면서도, 자신이 변했다는 사실을 의식하지 못한 채 변했을 수도 있지 않을까? 발베크에서 그토록 화를 내면서 거부했던 키스를, 그 후에는 그녀가 스스로, 또 매일같이 해 주었던 것과 동일한 변화가, 변화에 대한 동일한 무의식이 나와의 관계에서도 일어난 적이 있었으므로, 그녀가 그 키스를, 앞으로도 오래 내게 해 줄 것이며, 잠시 후에도 해 줄 것이라는 기대가 가능하지 않았을까? "하지만 내 사랑, 내가 그들을 모르는데, 어떻게 그들에게 알려 주기를 바란다는 거죠?" 나의 대답은 이토록 강경했으므로, 내가 알베르틴의 눈동자에서 결정화되는 걸 보았던 반박과 의혹을, 그녀는 해소시켜 주어야 했다. 그러나 그녀는 계속해서 그런 눈길을 하고 있었다. 나는 침묵했다. 그렇지만 그녀는 말을 멈추지 않는 누군가를 지켜보는 것과 같은 끈질긴 주의력을 담아 나를 계속 응시했다. 나는 다시 용서를 빌었다. 그녀는 용서할 것이 아무것도 없다고 대답했다. 그녀는 다시 온순해졌다. 그러나 그녀의 쓸쓸하고 부서진 얼굴 아래로, 어떤 비밀이 형성된 듯 보였다. 나는 그녀가 내게 알리지 않고 떠날 수 없음을 알고 있었다. 게다가 그녀는 나와의 이별을 바랄 수도 없었고(일주일 뒤면 포르투니의 새 옷을 가봉할 예정이었으니까), 주말에 어머니가 돌아오시고, 그녀의 아주머니도 돌아올 예정이었으므로 그 이별을 제대로 할 수도 없었다. 이렇게 그녀의 떠남이 불가능한데도, 나는 왜 다음 날 그녀에게 선물하고 싶은 베네치아의 유리 제품을 함께 보러 가자고 여러 번 되풀이했으며, 또 그녀의 동의한다는 말을 듣고서야 겨우 마음을 놓았을까? 그녀가 밤 인사를 하러 왔고, 그래서 내가 입맞춤을 하려고 했을 때, 그녀는 평소와 달리 얼굴을 돌리면서 — 조금 전만 해도 그녀가 발베크에서 거절했던 키스를 매일 밤 해 주는 감미로움에 대해 생각했는데 — 내 입맞춤에 응하지 않았다. 나와 사이가 틀어진 그녀는 일체의 애정 표시를 하지 않으려는 것 같았다. 그 표시로 인해 훗날 내가 그 불화를 거짓이라고 반박할지도 모르니까. 그녀는 자신의 행동을 이 불화에 맞춰, 그렇지만 그 사실을 알리고 싶지 않았는지, 아니면 나와의 육체관계는 끊으면서도 여자 친구로는 남고 싶었는지, 절제하는 듯 보였다. 그때 나는 '대운하'의 반짝거리는 금빛 푸른색과, 죽음과 부활의 상징인 짝짓기 중인 새들을 가슴에 안으면서 그녀에게 두 번째 키스를 했다. 그러나 두 번째로, 그녀는 내 키스에 대답하는 대신, 뭔가 죽음을 감지한 짐승의 본능적이고 불길한 집요함과 함께 뒤로 물러섰다. 그녀가 표현하는 것처럼 보이는 전조가 밀려와 불안과 두려움으로 내 마음을 채웠으므로, 알베르틴이 문에 이르자 나는 그녀를 떠나보낼 용기가 나지 않아서 다시 불렀다. "알베르틴," 하고 나는 말했다. "나는 전혀 졸리지 않아요. 당신도 자고 싶지 않다면 나하고 조금 더 있지 않을래요? 당신이 원한다면 말이에요. 꼭 그러기를 바라지는 않지만. 무엇보다도 당신이 피곤한 건 원치 않으니까요." 그녀의 옷을 벗겨 하얀 잠옷 차림으로 둘 수 있다면, 그녀는 더 장밋빛으로 뜨겁게 보여 한층 더 나의 관능을 자극하면서, 우리의 화해가 보다 완벽해질 것 같았다. 그러나 나는 잠시 망설였다. 드레스의 푸른 가장자리가 그녀의 얼굴에 아름다움과 불빛과 하늘을 덧붙였고, 이런 것이 없다면 그녀 표정이 더 굳어져 보였을 것이기 때문이다. 그녀는 나를 향해 천천히 돌아서면서 매우 상냥하게 말했지만, 여전히 슬픔으로 무너진 얼굴이었다. "당신이 원하는 만큼 있을 수 있어요. 졸리지 않아요." 그녀의 대답을 듣자 나는 마음이 진정되었다. 그녀가 그곳에 있는 한, 미래에 대비할 수 있으며, 또 그 대답이 우정과 복종을 담고 있다고 느꼈기 때문이다. 하지만 그 우정과 복종은 특별한 성질의 것으로 그녀의 슬픈 시선과, 반은 그녀가 의식하지 못하고 반은 어쩌면 내가 알지 못하는 어떤 것에 일치시키기 위해 미리 변한 태도 뒤에서 감지되는 그런 비밀로 인해 조금은 한계를 지닌 듯 보였다, 그래도 그녀를 강제로 복종시킬 정도로 대담하게 행동하려면 발베크에서 침대에 누운 모습을 보았을 때처럼, 그녀가 온통 하얀 잠옷을 입고 목덜미를 드러낸 모습을 봐야만 할 것 같았다. "친절하게도 나를 위로하기 위해 조금 더 남아 있겠다고 하니, 옷을 벗으면 어떨까요? 옷이 너무 덥고 너무 뻣뻣하고, 그 아름다운 옷감이 구겨질까 봐 감히 당신에게 다가갈 수도 없고, 또 우리 사이에 그 운명을 예언하는 새들이 놓여 있으니. 옷을 벗어요, 내 사랑." "아뇨, 여기서 이 옷을 벗는 건 불편해요. 조금 후에 내 방에서 벗을게요." "그렇다면 침대에 앉는 것도 싫은가요?" "아뇨." 그렇지만 그녀는 좀 더 거리를 두고 내 발 옆에 앉았다. 우리는 얘기를 나누었다. 갑자기 구슬픈 소리가 일정한 운율에 맞춰 들려왔다. 비둘기가 구구 하고 우는 소리였다. "벌써 날이 밝았다는 표시네요." 하고 알베르틴이 말했다. 마치 내 집에 사느라 아름다운 계절의 기쁨을 놓쳤다는 듯 거의 눈살을 찌푸리기까지 했다. "비둘기가 돌아왔으니 봄이 시작된 거겠죠." 비둘기 울음소리와 닭의 노래의 유사성은, 뱅퇴유의 칠중주곡에서 아다지오 주제와, 첫 악장과 마지막 악장의 유사성만큼이나 그렇게 심오하고 모호했다. 그것은 주요 테마의 동일한 선율로 구성되었으면서도, 음조나 박자 등의 차이로 인해 매우 변조되어, 문외한인 청중은 뱅퇴유에 관한 책을 열고, 이 세 부분 모두가 동일한 네 음으로 구성된 사실을 깨닫고 놀란 나머지, 자신이 직접 피아노에서 한 손가락으로 네 음을 쳐 보지만, 그 세 부분의 어떤 것도 알아보지 못한다. 마찬가지로 비둘기가 연주하는 그 우수에 찬 부분은, 일종의 단조(短調)로 작곡된 닭의 노래와도 흡사했는데, 하늘을 향해 올라가거나 수직으로 솟아오르진 못하지만, 부드러움에 감싸인 당나귀의 울음처럼 규칙적이며, 이 비둘기에서 저 비둘기로 동일한 수평의 선을 따라 결코 몸을 치켜세우려 하지도 않고, 이런 측면 이동에 대한 탄식을 즐거운 외침으로 바꾸려 하지도 않았는데, 이 외침은 그토록 여러 번 서곡과 피날레 부분에서 알레그로로 울렸던 것이다. 그때 나는 마치 알베르틴이 죽어 간다는 듯, 내가 '죽음'이라는 소리를 냈음을 알았다. 사건이란 사건이 일어난 순간보다 훨씬 거대해서, 그 순간 속에 완전히 담기지 못하는 모양이다. 사건은 물론 우리가 간직하는 기억을 통해 미래에 영향을 미치지만, 사건이 일어나기 전 시간에도 그 자리를 요구한다. 물론 사람들은 그때 우리가 사건을 있는 그대로 보지 못한다고 말하겠지만, 추억 속에서도 사건은 변경되지 않던가?

나는 그녀가 내게 키스하려 하지 않는 모습을 보고, 이 모든 것이 잃어버린 시간이며, 키스를 하고 나서야 드디어 마음이 평온해지는 진정한 순간이 시작된다는 걸 깨닫고, 그녀에게 "잘 자요, 너무 늦었어요."라고 말했다. 이 말을 하면 그녀가 내게 입맞춤을 할 테고, 그러면 우리는 다시 시작할 수 있으리라. 그러나 그녀는 내게 "잘 자요, 자려고 노력해 봐요."라고 말한 뒤, 정확히 앞서 두 번과 마찬가지로 뺨에 키스를 하는 데에 그쳤다. 이번에는 감히 그녀를 다시 부를 수도 없었다. 하지만 나의 가슴이 얼마나 세차게 뛰었는지, 다시 잠자리에 들 수도 없을 정도였다. 마치 새장 한쪽 끝에서 다른 한쪽 끝으로 날아가는 새처럼, 나는 알베르틴이 떠날지도 모른다는 불안한 마음과 비교적 평온한 마음 사이를 계속 왔다 갔다 했다. 이런 평온한 마음은 매분 여러 번 다시 시작되는 '어쨌든 알베르틴이 내게 알리지 않고 떠날 리는 없어. 떠난다는 말은 한 번도 한 적이 없으니까.'라는 추론에 의해 얻어진 것이었다. 그러나 곧 이런 생각이 떠올랐다. '그렇지만 내일 그녀가 떠난 모습을 보게 된다면! 나의 불안한 마음 자체에 뭔가 이유가 있는지도 모른다. 왜 그녀는 내게 키스하려고 하지 않았을까?' 그러자 마음이 무척 아팠다. 그러다가 다시 시작되는 추론으로 마음이 조금 진정되었고, 하지만 이런 단조롭고도 연속적인 생각의 움직임 때문에 드디어는 머리가 아팠다. 이렇게 해서 우리의 몇몇 정신 상태, 특히 불안한 마음은 우리에게 양자택일의 상황만을 제시하면서, 단순한 신체적 고통과 마찬가지로 뭔가 끔찍스럽게도 제한된 성격을 가진다. 마치 병자가 통증을 초래하는 기관을 끊임없이 체내의 움직임에 따라 만지다가, 잠시 아픈 지점에서 멀어졌다 이내 다시 그 지점으로 돌아가는 것과 같은 그런 좁은 공간에서, 나는 나의 불안이 옳다는 논지와 그것이 틀렸다고 생각하면서 마음을 안심시키는 논지를 끊임없이 펼치고 있었다. 그러다 갑자기 밤의 정적 속에 알베르틴의 방 창문이 세차게 열리는 소리를 듣고 깜짝 놀랐는데, 그 소리는 표면적으로는 별 의미가 없었지만, 나를 공포에 휩싸이게 했다. 그러다가 더 이상 아무 소리도 들리지 않았고, 그래서 나는 그 소리가 왜 그토록 무서웠는지 생각해 보았다. 소리 자체만으로는 놀랄 만한 것이 전혀 없었다. 그러나 그 소리에 아마도 두 개의 의미를 부여하여, 그것이 똑같이 나를 겁에 질리게 했는지도 모른다. 나는 우선 바람이 들어올까 봐 걱정했는데, 밤에는 절대로 창문을 열지 않는다는 것이 우리 공동 생활의 합의 사항이었다. 알베르틴이 우리 집에 살러 왔을 때 설명해 주었고, 그녀는 그것이 나의 괴벽이며 또 건강에 해롭다고 생각하면서도, 이 금지 조항을 절대 어기지 않겠다고 맹세했다. 그녀는 내가 원하는 것이라면 무엇이든, 설령 자신이 동의하지 않는 것이라 해도, 내 뜻에 어긋날까 봐 겁을 냈는데, 아무리 중요한 사건이 일어나도 아침에 나를 깨우지 않는 것과 마찬가지로, 벽난로에서 연기가 나도 창문을 열지 않고 그냥 연기 속에서 잠을 잘 사람이었다. 이는 우리 생활의 작은 합의 사항에 지나지 않았지만, 내게 말도 하지 않고 그것을 어긴 이상, 이제는 더 이상 아무것에도 신경 쓰지 않고, 모든 합의 사항을 어기겠다는 뜻이 아닐까? 그리고 마치 그녀가 분노로 얼굴이 달아올라 "이런 삶은 숨이 막혀. 어쩔 수 없어. 내겐 공기가 필요해."라고 말하는 듯, 그 소리는 격렬하고 무례하기조차 했다. 내가 이 모든 걸 이처럼 정확하게 생각하지는 않았지만, 마치 올빼미가 내는 소리보다 더 신비롭고 불길한 전조를 생각하듯, 알베르틴이 열었던 창문 소리를 계속해서 생각했다. 스완이 저녁 식사를 하러 집에 왔던 콩브레의 저녁 이후, 어쩌면 경험해 보지 못한 불안 속에서 나는 내가 내는 소리가 알베르틴의 주의를 끌어 나를 가엾이 여긴 그녀가 불러 주기만을 기대하면서 밤새도록 복도를 서성였다. 그러나 그녀의 방에서는 어떤 소리도 들리지 않았다. 콩브레에서는 어머니에게 나를 보러 와 달라고 간청했었다. 그러나 어머니와는, 어머니의 화난 모습만 두려웠지, 내가 애정 표현을 한다고 해도 어머니의 애정은 줄어들지 않으리라는 사실을 알고 있었다. 이런 생각이 알베르틴을 부르는 걸 늦추었다. 점점 시간이 너무 늦었다는 생각이 들었다. 그녀는 벌써 오래전에 잠들었을 것이다. 잠을 자려고 다시 방에 돌아왔다. 다음 날 아침 잠에서 깨어나자마자, 무슨 일이 있어도 내가 부르지 않으면 결코 방에 들어오는 법이 없는 프랑수아즈를 부르기 위해 벨을 눌렀다. 그리고 같은 순간 '알베르틴에게 내가 그녀를 위해 제작하고 싶은 요트 얘기를 해야겠군.' 하고 생각했다. 내게 온 편지를 받으면서 나는 프랑수아즈를 쳐다보지도 않고 말했다. "잠시 후 알베르틴 양에게 얘기할 게 있는데, 일어났나요?" "그럼요. 일찍 일어나셨는데요." 마치 한 줄기 바람에 수많은 불안이 솟아오르는 듯, 나는 더 이상 내 마음을 불확실한 상태로 둘 수 없을 것 같았다. 마음속 동요가 얼마나 컸던지, 마치 폭풍우 한복판에 있는 듯 숨이 가빴다. "아! 그럼 지금 어디 있나요?" "방에 계실걸요." "아! 그럼 잠시 후에 보기로 하죠." 나는 숨을 내쉬었다. 그녀는 거기 있었고, 마음의 동요도 가라앉았다. 알베르틴이 지금 이곳에 있는 이상, 그녀가 과거에 어디에 있었는지는 아무 상관이 없었다. 그녀가 방에 없으리라고 상상하다니, 얼마나 엉뚱한 생각인가? 그녀가 떠나지 않을 거라 확신하면서도 선잠이 들었는데, 오로지 그녀에게 관계되는 일로만 쉽게 방해받는 가벼운 잠이었다. 마당에서 공사하는 소음으로 연결될 수밖에 없는 소리가, 잠을 자는 동안 어렴풋하게 들려와도 내 마음은 평온했지만, 그녀의 방에서 나는 아주 미세한 떨림 소리나, 그녀가 외출할 때나 소리 없이 들어올 때, 문에 달린 벨을 살짝 누르면서 생기는 떨림은 깊은 잠에 들어서도 나를 소스라치게 하고, 온몸을 뚫고 돌아다니면서 심장을 고동치게 했다. 할머니가 돌아가시기 며칠 전,* 어떤 것에도 꿈쩍하지 않

---

* 알베르틴 죽음의 전조는 여기서 할머니의 죽음(『잃어버린 시간을 찾아서』 6권 27~60쪽)에 대한 회상과, 알베르틴에 대한 화자의 사랑의 상징적 죽음이라는 예고를 통해, 보다 확대된 울림을 자아내고 있다.(『갇힌 여인』, 플레이아드 III, 1792쪽 참조.)

는 부동의 상태, 의사들이 코마 상태라고 부르는 것에 빠졌을 때도 내가 프랑수아즈를 부를 때 하던 대로 벨을 세 번 누르면, 그 소리를 들은 할머니는 잠시 나뭇잎처럼 떨곤 했다고 프랑수아즈는 말했는데, 나 역시 마찬가지였다. 그런데 그 주일에는 죽어 가는 할머니 방의 정적을 깨뜨리지 않으려고 여느 때보다 벨을 약하게 눌렀지만, 나도 모르는 나만의 특별한 방식 때문에 어느 누구의 벨 소리와도 혼동할 수 없었다고 프랑수아즈는 단언했다. 그렇다면 나 역시 단말마의 고통 속에 들어섰단 말인가? 죽음이 임박했단 말인가?

그날, 또 그다음 날, 알베르틴은 더 이상 앙드레와 외출하기를 원치 않았으므로 우리는 함께 나갔다. 이 산책 덕분에 마음이 완전히 진정된 나는 요트 얘기는 꺼내지도 않았다. 그러나 밤이 되자 그녀가 여전히 새로운 방식으로 키스를 계속했고, 그래서 화가 났다. 나는 거기서 그녀가 화났음을 보여 주려는 어떤 태도만을 보았고, 이는 내가 베풀어 온 친절함에 비하면 지나치게 우스운 처사로 보였다. 이렇게 내가 집착하는 관능의 충족도 더 이상 얻지 못하고, 또 그녀의 기분 나쁜 얼굴도 추해 보였으므로, 화창한 날씨의 첫 나날들이 내 마음속에서 일깨우는 욕망, 그 모든 여인들과 여행을 하지 못한 것에 대한 박탈감을 더욱 생생하게 했다. 아마도 중고등학생 시절 이미 짙어진 녹음 아래서 가졌던, 그 망각한 여인들과의 만남에 대한 분산된 추억 덕분인지, 계절을 통해 방황하는 우리 집이 사흘 전부터 따사로운 하늘 아래 여행을 멈춘 봄의 지대가, 모든 길들이 전원에서의 점심 식사나 보트 경기, 즐거운 소풍을 향해 달려가는 이 봄의 지대가, 내게는 나무들의 고장인 동시에 여인들의 고장으로 보였고, 그곳 여기저기서 주어지는 쾌락이 회복기에 접어든 내 체력으로도 감당할 수 있을 것 같았다. 게으름을 감수하고, 순결을 감수하여 사랑하지 않은 여인과의 쾌락만을 맛보고, 방에만 처박혀 있기를 감수하면서 여행을 포기하고, 이 모든 일들은 단지 우리가 어제 있었던 과거의 세계, 겨울의 황량한 세계에서는 가능했지만, 처음으로 존재와 행복의 문제와 직면하고, 또 과거의 부정적 해결책의 누적으로 짓눌리지 않는 젊은 아담처럼 잠에서 깨어난 이 새로운 세계, 앞으로 무성한 세계에서는 더 이상 가능하지 않았다. 알베르틴이라는 존재의 무게에 짓눌렸던 나는 온순하고도 우울한 그녀를 바라보면서 우리가 헤어지지 않은 것이 불행이었음을 절감했다. 나는 베네치아에 가고 싶었고, 기다리는 동안 베네치아 유파의 그림을 보기 위해 루브르 박물관에 가고 싶었다. 또 게르망트 대공 부인이 최근에 매각했다고 들은 엘스티르의 그림 두 점, 즉 내가 게르망트 공작 부인 댁에서 그토록 경탄해 마지않았던 「춤의 즐거움」과 「○○ 가족의 초상」을 보기 위해 뤽상부르 미술관에도 가고 싶었다.* 그러나 나는

* 프루스트가 남긴 설명 때문에 이 두 그림은 르누아르의 그림으로 추정된다. 첫 번째는 「물랭 드 라 갈레트 무도회」(1876)로 19세기 말 파리지앵들이 좋아했던, 몽마르트르 언덕에 있는 물랭 드 라 갈레트 노천카페를 배경으로 젊은 연인들이 춤과 햇빛과 담소를 즐기는 풍경을 그린 작품이다. 인상주의 계열의 화가이자 소장가였던 카유보트(Caillebotte)가 1897년에 뤽상부르 미술관에 기증했으나, 현재는 오르세 미술관에 소장되었다. 두 번째 그림은 「샤르팡티에 부인과 아이들의 초상」으로 1879년 '살롱'에 전시되어 르누아르에

첫 번째 그림에서의 몇몇 선정적인 자태가 알베르틴에게 서민들의 축제에 대한 욕망이나 향수를 불러일으켜, 어쩌면 그녀가 누리지 못한 어떤 종류의 삶이나 불꽃놀이, 혹은 교외 노천카페에서의 삶에도 좋은 점이 있다고 생각하게 할까 봐 겁이 났다. 미리부터 나는 알베르틴이 7월 14일 축제 때, 사람들이 모이는 길거리 무도회에 가게 해 달라고 할까 봐 두려웠고, 그래서 이 축제를 폐지시킬 만한 불가능한 사건을 꿈꾸었다. 엘스티르의 그림에는 또한 프랑스 남부 지방의 울창한 풍경 속에 벌거벗은 여인들이 묘사되어 있었는데,* 그것이 알베르틴에게 어떤 종류의 쾌락을 생각나게 할지 몰랐으며, 반면 엘스티르 자신은 ── 하지만 그녀는 그의 작품을 낮게 평가하지 않았을까? ── 거기서 조각 작품의 아름다움만을, 좀 더 정확히 말하자면, 녹음 속에 앉아 있는 여인의 몸이 취하는, 하얀 기념비 같은 아름다움만을 보았으리라.

그리하여 나는 그 일을 포기하고 베르사유로 가려고 했다. 앙드레와 함께 외출하기를 원치 않는 알베르틴은, 방에 남아 포르투니의 실내복 차림으로 책을 읽고 있었다. 베르사유에 가지 않겠느냐고 물었다. 어쩌면 예전에 절반의 세월을 남의 집에서 살아온 습관 탓인지, 이 분도 안 돼 나와 함께 파리에서 살기로 결심했을 때처럼, 그녀는 언제나 모든 것을 할 준비

───────────────

게 큰 명성을 안겨 준 작품이다.(『갇힌 여인』, 플레이아드 III, 1793쪽 참조.)
* 마네가 그린 「풀밭 위의 점심」보다는, 르누아르의 「목욕하는 여인들」(1887)이나 「숲속에서 목욕하는 여인들」(1897)을 환기하는 것처럼 보인다고 지적된다.(『갇힌 여인』, 플레이아드 III, 1793쪽 참조.)

가 된 그런 매력적인 성격을 지니고 있었다. "이런 차림으로도 갈 수 있어요. 차에서 내리지만 않는다면요."라고 그녀가 말했다. 실내복 입은 모습을 감추기 위해, 그녀는 자신이 가진 두 개의 포르투니 망토 중 잠시 망설이다가 — 두 명의 친구 중 누구를 데리고 갈까 망설일 때처럼 — 짙푸른 색의 멋진 망토를 골랐고, 모자에 핀을 꽂았다. 그녀는 일 분 만에, 내가 반코트를 입기도 전에 준비를 마쳤고, 우리는 베르사유로 떠났다. 이런 재빠른 동작 자체가, 이런 절대적인 순종이, 불안해할 뚜렷한 이유도 없는 나를, 마치 실제로 안심해야 할 필요가 있다는 듯 더욱 안심시켰다. '어쨌든 두려워할 건 없어. 요전 날 밤에 창문 소리를 내긴 했지만, 그녀는 내가 원하는 건 뭐든지 하잖아. 내가 외출하자고 말하자마자, 실내복 위에 푸른 망토를 걸치고 올 정도로. 반항하는 여자라면, 나와 사이가 좋지 않은 사람이라면 하지 못할 일이야.'라고 나는 베르사유에 가는 동안 생각했다. 우리는 베르사유에 오래 머물렀다. 하늘은 온통 눈부신 푸른빛이었는데, 들판에 누운 산책자의 머리 위로 보일 때면 조금은 연한 빛을 띠기도 했지만, 그토록 한결같은 짙은 색채는 어떤 혼합물도 사용하지 않고 무한히 풍요로운 빛으로 만들어져, 아무리 그 실체를 파헤쳐도 동일한 푸른빛 외에 다른 것은 티끌만큼도 찾아낼 수 없을 것처럼 느껴졌다. 나는 인간이 만든 예술과 자연의 위대함을 사랑하고, 또 이런 동일한 푸른빛 하늘 속으로 생틸레르 종탑이 솟아오르는 모습을 바라보면서 즐거워하셨던 할머니를 생각했다. 그러다 갑자기, 처음에는 알아보지 못했던 소리를 들으면서, 또 할머니 역시 그토록 좋아했을 소리를 들으면서, 나의 잃어버린 자유에 대한 향수를 다시금 느꼈다. 말벌이 윙윙거리는 소리 같았다. "어머," 하고 알베르틴이 말했다. "저기 봐요. 비행기가 있어요. 아주 높이, 아주 높이 있어요." 나는 주위를 둘러보았지만, 들판에 누운 산책자처럼, 어떤 불순물도 섞이지 않은 온전한, 연푸른빛 외에는 그 안에서 어떤 검은 얼룩도 보지 못했다. 그렇지만 여전히 날개의 윙윙거리는 소리가 들렸고, 그러다 갑자기 내 시야로 날개가 들어왔다. 저기 높은 곳에서 반짝거리는 작은 갈색 날개가, 한결같은 하늘의 단조로운 푸르름에 주름을 만들고 있었다. 나는 마침내 윙윙거리는 소리를 그 원인에, 저기 높은 곳 아마도 2000미터는 될 것 같은 높이에서 진동하는 작은 곤충에 연결할 수 있었다. 윙윙대는 곤충을 바라보았다. 어쩌면 이미 오래전 속도에 의해 단축된 지상의 거리가 오늘날처럼 아직 단축되지 않았을 때에는, 2킬로미터 떨어진 곳에서 통과하는 기차의 기적 소리는, 2000미터 높은 곳에서 윙윙거리는 비행기 소리가 현재와 앞으로도 얼마 동안은 우리를 감동시킬 그런 아름다움을 갖추고 있었을지도 모른다. 비행기가 수직적인 여행을 통해 주파한 거리가 지상에서의 거리와 동일하며, 또 처음에는 도달할 수 없다고 여겨져 거리 측정도 달라 보이는 이런 새로운 방향에서, 고도 2000미터의 비행기는 2킬로미터 떨어진 곳을 달리는 기차보다 멀지 않으며, 아니 오히려 동일한 여정이, 하늘을 나는 여행자와 그의 출발 지점 사이에 어떤 분리도 없는, 보다 순수한 환경 조건에서 이루어지는 탓에 더 가깝게 생각되기 때문이다.* 이는 마치 잔잔한 날씨의 바다나 들판에서, 이미 멀어진 배의 소용돌이나 한줄기 산들바람의 숨결이, 대양의 물결과 밀밭에 줄무늬를 그리는 것과도 같다.

나는 간식을 먹고 싶었다. 우리는 거의 도시 밖에 위치한, 또 당시에 꽤 인기가 있었던 커다란 제과점 앞에서 길을 멈추었다. 한 부인이 나가면서 제과점 여주인에게 맡긴 물건을 달라고 했다. 부인이 나가자 알베르틴은 제과점 여주인의 주의를 끌려는 듯 여러 번 쳐다보았는데, 이미 늦은 시각이었으므로 여주인은 찻잔이며 접시며 프티 푸르를 정돈하고 있었다. 제과점 여주인은 내가 뭔가를 주문할 때만 옆으로 다가왔다. 마침내 매우 키가 큰 여주인이 주문을 받기 위해 우리 앞에 섰고, 내 옆에 앉은 알베르틴은, 여주인의 주의를 끌려고 할 때마다 그녀를 향해 금빛 시선을 수직으로 들어 올릴 수밖에 없었는데, 여주인이 바로 우리 앞에 있었으므로 알베르틴은 눈동자를 더 높이 치켜떠야 했다. 곁눈질을 하며 시선의 기울기를 완만하게 할 수도 없었다. 그녀는 머리를 들지 않으면서도, 제과점 여주인의 눈이 위치한 엄청나게 높은 곳까지 시선을 올려야 했다. 그러나 나에 대한 배려에서인지 알베르틴은 재빨리 시선을 낮추었고, 그러다 여주인이 그녀에게 전혀 주의를 기울이지 않는 모습을 보고 다시 시작했다. 접근할 수 없

---

* 여기서 동일 거리를 2000미터 또는 2킬로미터로 표현한 것은 비행 고도를 말할 때는 미터나 피트를, 비행 거리를 말할 때는 킬로미터를 사용하는 관습에 따른 것이지만, 또한 동일 거리를 비행기나 기차에 따라 다르게 인식한다는 점을 강조하기 위한 것으로 보인다.

는 여신을 향해 높이 쳐들면서 애원하는 일련의 공허한 몸짓처럼 보였다. 그러다 여주인에게 옆에 놓인 커다란 탁자를 정돈하는 일만 남았다. 그 지점에서는 알베르틴이 옆으로 보기만 하면 되었다. 그러나 여주인의 시선은 한 번도 내 여자 친구에게 가닿지 않았다. 나는 별로 놀라지 않았다. 나와 조금 안면이 있는 그 여인이, 결혼을 했으면서도 정부가 여럿 있고, 또 자신의 관계를 완벽하게 감추었으므로, 그녀의 지독한 어리석음을 알고 매우 놀란 적이 있었기 때문이다. 간식을 다 먹을 때까지 나는 여인을 바라보았다. 물건 정돈에 몰두하던 여인은 알베르틴의 시선, 게다가 부적절한 데가 전혀 없는 내 여자 친구의 시선에 단 한 번도 눈길을 주지 않았다. 거의 무례해 보일 정도였다. 여인은 주의를 딴 데로 돌리는 일 없이 끝없이 정돈하고 정돈했다. 작은 스푼과 나이프를 정돈하는 일을, 이 아름답고 키가 큰 여인이 아닌, 인간의 노동을 절약하기 위해 만든 기계에 맡겼다 해도, 알베르틴의 주의 깊은 시선으로부터 그렇게 완벽하게 차단되는 모습은 볼 수 없을 것이다. 그럼에도 여인은 눈길을 떨구거나 정신을 뺏기는 일 없이, 오로지 자신의 일에만 주의를 집중하는 것으로 눈과 매력을 빛나게 했다. 만일 그 제과점 여주인이 특별히 어리석은 여자가 아니었다면(그런 평판이 있었을 뿐만 아니라, 나 자신도 경험상 알고 있는), 이런 초연함은 지극히 능란한 술책으로 보였을지도 모른다. 아무리 어리석은 여자라 해도 자신의 욕망이나 이해관계가 문제시되는 이런 유일한 경우에는, 별 의미 없는 어리석은 삶을 보내는 중이더라도, 즉각적으로 가장 복잡한 톱

니바퀴 장치에 적응할 수 있음을 나는 알고 있다. 그렇지만 제과점 여주인처럼 그렇게 어리석은 여자에게는 지나치게 섬세한 가정인지도 모른다. 그녀의 어리석음은 사실 같지 않은 무례한 양상을 띠었을 정도니까! 알베르틴을 쳐다보지 않을 수 없는데도 그녀는 단 한 번도 알베르틴을 보지 않았다. 내 여자 친구에게는 별로 다정한 처사가 아니었지만, 마음속으로는 알베르틴이 작은 교훈을 배우고, 또 여인들이 그녀에게 자주 주의를 기울이지 않음을 깨달은 점이 기뻤다. 제과점을 떠나 다시 차에 올라 귀갓길에 들어섰을 때, 나는 갑자기 제과점 여주인을 따로 불러, 만일을 위해 우리가 그 가게에 도착했을 때 막 문을 나서던 부인에게 내 이름과 주소를 주지 말라고 부탁하는 일을 빠뜨렸음을 알고 후회했다. 이 제과점에 자주 주문한 적이 있어서, 여주인은 틀림없이 내 주소를 알고 있었을 것이다. 사실 이렇게 부탁하는 일 자체가 그녀에게 간접적으로 알베르틴의 주소를 가르쳐 주는 셈이 되었을 테니 소용없는 짓이었다. 그래서 이런 아무것도 아닌 일로 다시 돌아가기엔 시간이 너무 오래 걸리고, 또 그 바보 같은 거짓말쟁이 제과점 여주인의 눈에 내가 거기에 지나치게 중요성을 부여하는 것으로 보일지도 모른다고 생각했다. 다만 이런 부탁을 하기 위해서는 일주일 안에 간식을 먹으러 다시 그곳으로 돌아가야 하며, 또 우리가 얘기할 것은 언제나 반쯤은 잊어버린다는 듯, 매우 간단한 일을 여러 번에 나누어서 해야 한다는 점이 몹시 번거롭게 생각되었을 뿐이다.

우리는 매우 밤이 늦어서야 귀가했고, 길가 여기저기 속치

마 옆에 걸린 붉은 바지가 몇 쌍의 연인들을 폭로하고 있었다. 파리로 돌아가기 위해 차는 마이요 문*을 통과했다. 파리의 실제 건물이, 마치 파괴된 도시의 이미지를 기록하기 위해 만들어진 것 같은, 선으로 그린 두께 없는 순수한 파리 건물 도면으로 대체된 듯 보였다. 그러나 이미지 가장자리로 연푸른빛 테두리가 얼마나 부드럽게 솟아올랐는지, 우리의 목마른 눈길은 지나치게 절제하며 조금씩 나타나는 그 감미로운 빛깔의 뉘앙스를 여기저기서 여전히 찾고 있었다. 달빛이었다. 알베르틴은 달빛을 찬미했다. 나는 알베르틴에게 만일 내가 혼자라면, 혹은 미지의 여인을 찾아 나섰다면, 달빛을 보다 멋지게 즐겼으리라는 말은 차마 하지 못했다. 달빛에 관한 몇몇 시구와 산문 문장을 낭송하면서, 예전에 은빛이었던 달빛이, 어떻게 샤토브리앙이나 빅토르 위고의 「에비라드누스」와 「테레즈 집에서의 축제」를 거치면서 푸른빛이 되었고, 보들레르와 르콩트 드릴을 통해서는 다시 노란 금속성이 되었는지를 보여 주었다. 그런 후 「잠든 보즈」 끝부분에 나오는 초승달의 이미지를 환기하며 작품 전체에 관해 얘기했다.**

---

* 파리 16구와 17구의 경계에 위치하는 이 문은 파리로 진입할 때 서쪽에서 통과하는 문이다.

** 이 문단은 앞에 나온 '알베르틴과의 문학 대화' 후편에 속하는 것으로, 화자는 알베르틴과 더불어 달빛에 관한 일련의 은유를 조망하고 있다. 샤토브리앙은 『기독교 정수』(1802)에서 "달의 푸르스름하고도 부드러운 빛"을, 빅토르 위고는 『세기의 전설』(1859)에 실린 「에비라드누스」에서 "청명한 달빛이 비치는 푸른 나무 아래서"를, 『명상 시집』(1856)의 「테레즈 집에서의 축제」에서는 "지평선을 적시는 푸른 달빛"(『잃어버린 시간을 찾아서』 6권

알베르틴의 삶을 다시 생각해 보니, 나는 그것이 얼마나 덧없고, 번갈아 나타나는 모순된 욕망으로 뒤덮인 것이었는지 말로 다 표현할 수 없었다. 아마도 그녀의 거짓말하는 습관이 상황을 보다 복잡하게 만들었는지도 모른다. 이를테면 그녀가 "저기 예쁜 소녀가 있어요. 골프도 아주 잘 쳐요."라고 말했을 때, 혹시 내가 소녀의 이름이라도 물으면, 그녀는 언제나 자신이 마음대로 지을 수 있는 그 무심하고도 일반적인 거만한 표정으로 대답했는데, 그녀와 같은 종류의 거짓말쟁이가 저마다 남의 질문에 대답하고 싶지 않을 때면, 매번 잠시 그런 표정을 빌리며, 또 그것은 결코 부족한 법이 없다. "아! 모르겠는데요.(내게 알려 주지 못해서 유감이라는 듯 말했다.) 그 애 이름은 몰라요. 골프장에서 보기는 했지만 이름은 듣지 못했어요."라고 말했다. 그녀는 우리가 나눈 이 대화를 더 이상 정확히 기억하지 못했다. 그래서 내가 한 달 후에 "알베르틴, 당신이 말했던 그 예쁜 소녀 말이에요, 그렇게 골프를 잘 치던."이라고 말하면, 그녀는 "아! 네." 하고 별생각 없이 대답했다. "에밀리 달티에 말이죠. 지금은 어떻게 지내는지 모르겠네요." 그리하여 야전 요새처럼 방어하던 이름이 함락되고 나면 거짓

427쪽 주석)을 노래했다. 보들레르는 『악의 꽃』에 실린 「모욕받은 달」(1857)에서 "노란 도미노 외투" 아래 나타나는 달을 묘사했으며, 르콩트 드릴의 월광에 대한 묘사는 수없이 많지만, 아마도 『야만 시집』(1862)에 나오는 "달이, 맑은 공기 속에 커다란 금빛 활을 당긴다."라는 구절을 가리키는 것처럼 보인다고 지적된다.(『갇힌 여인』, 폴리오, 453쪽 참조.) 그리고 빅토르 위고의 「잠든 보즈」에 대해서는 『잃어버린 시간을 찾아서』 6권 369쪽 주석 참조.

말은 이제 그녀를 다시 만날 가능성으로 옮겨 갔다. "아! 모르겠어요. 그 애 주소를 들은 적이 없어서요. 당신에게 말해 줄 수 있는 사람이 누군지도 모르겠네요. 오! 아니에요. 앙드레는 그 애를 몰라요. 그 애는, 이제 분열되긴 했지만 우리 작은 그룹에도 속하지 않았어요." 또 어느 때는 거짓말이 뭔가 비열한 고백처럼 보이기도 했다. "아! 내게 30만 프랑의 연금이 있다면……." 그녀는 입술을 깨물었다. "만약 있다면, 뭘 할 건데요?" "당신에게 부탁하려고요." 하고 그녀는 내게 키스하면서 말했다. "당신 집에 있게 해 달라고요. 여기보다 내가 행복할 수 있는 곳이 또 어디 있겠어요?" 그러나 거짓말을 고려한다 할지라도 그녀의 삶이 어느 정도로 파편적인 것이었는지, 또 그녀의 가장 큰 욕망조차 얼마나 덧없는 것이었는지는 믿을 수 없을 정도였다. 그녀는 누군가에게 열광했다가도, 사흘 뒤에는 그의 방문조차 받고 싶어 하지 않았다. 그림을 다시 그리고 싶다고 해서 캔버스와 물감을 사 주려고 하면, 그걸 사 줄 때까지는 한 시간도 기다리지 못했다. 이틀 동안 얼마나 초조하게 기다렸는지, 흡사 유모를 빼앗긴 어린아이처럼 눈물을 흘렸고 그러다가도 이내 눈물이 말랐다. 사람이나 물건, 소일거리와 예술, 고장에 대한 이런 불안정한 감정은 사실 아주 일반적인 것이었으므로, 만일 그녀가 돈을 좋아한다고 해도 나는 믿지 않았는데, 그녀는 나머지 다른 것과 마찬가지로 돈도 그렇게 오래 좋아하지 못했다. "아! 내게 30만 프랑의 연금이 있다면."이라고 말했을 때, 비록 그녀가 좋지 않은 욕망, 그러나 오래 지속되지 않은 욕망을 표현할 때조차도, 할머니가 소장한 세비녜 부인의 판본에서 레로셰*의 풍경화를 보고는 거기에 가고 싶어 하고, 골프장에서 만난 친구를 다시 보고, 비행기를 타고, 아주머니와 함께 크리스마스를 보내고, 그림을 다시 시작하고 싶어 하는 욕망만큼이나, 그녀는 애착을 오래 가질 수 없었다.

"사실 우린 둘 다 배고프지 않으니, 베르뒤랭 댁에 들를 수 있어요." 하고 그녀가 말했다. "마침 그분들이 손님을 맞는 날이자 시간이니까요." "하지만 당신은 그들과 틀어진 게 아니었나요?" "오! 그분들을 험담하는 소리가 많은 건 사실이지만, 그래도 그렇게까지 나쁜 분들은 아니에요. 베르뒤랭 부인은 내게 늘 친절했어요. 그리고 언제까지나 사람들과 틀어진 채로 지낼 수도 없고요. 결점은 있지만, 결점 없는 사람이 또 어디 있겠어요?" "당신은 옷을 충분히 입지 않았는데, 집에 돌아가 옷을 챙겨 입으려면 너무 늦을 텐데요." "그렇군요. 당신 말이 옳아요. 그냥 돌아가요."라고 알베르틴은 대답했는데, 그 경탄할 만한 온순함에 나는 언제나 놀라곤 했다.

그날 밤 더위에 온도계가 올라가듯 날씨는 비약적으로 좋아졌다. 일찍 날이 밝아 오는 이 봄날 아침 잠에서 깨어났을 때 나는 내 방 침대에서, 점점 열기가 더해지며 정오의 밀도와 단단함을 갖추기에 이른 공기 속으로, 향기를 가로지르며 달려가는 전차 소리를 들었다. 내 방은 반대로, 끈적끈적한 공기

---

* 브르타뉴에 소재했던 세비녜 부인의 소유지를 가리킨다.

가 바니시를 바르고, 또 세면대 냄새와 옷장 냄새와 긴 의자 냄새를 고립시켜서 보다 서늘하게 느껴졌는데, 수직적인 냄새가 아주 선명하게, 커튼과 푸른 새틴 안락의자의 그림자에 보다 부드러운 광택을 덧붙이는 진주모의 명암 속에 뚜렷한 단면으로 나란히 세워져 있기만 해도, 마치 나 자신이 단순한 상상 속의 충동적인 움직임에서가 아니라 실제로 가능한 일인 듯, 블로크가 발베크에서 살았던 곳과 흡사한 교외의 새 동네에서 햇살이 눈부신 거리를 따라 걸어가다가 역겨운 정육점이나 하얀 건축용 석재 대신, 내가 잠시 후 도착할 시골 식당과 그곳에서 버찌와 살구 절임과, 사과주와 그뤼에르 치즈 냄새를 발견하는 모습이 보였다. 이 모든 냄새가 그림자의 응결된 빛에 매달린 채 마노 구슬 속에서처럼 정교하게 줄무늬를 그렸으며, 한편 프리즘처럼 빛을 발하는 유리로 된 나이프 받침은 무지갯빛을 아롱거리거나 여기저기 방수된 식탁보 위에 공작 꼬리의 눈알 무늬 구멍을 내고 있었다.

점점 더 규칙적으로 세게 부는 바람처럼, 창 밑에서 울리는 자동차 소리를 나는 즐겁게 듣고 있었다. 기름 냄새가 났다. 예민한 사람들과(그들은 보통 물질주의자들로서 기름 냄새가 전원의 아름다움을 망친다고 생각한다.) 또 나름대로 스스로를 물질주의자라고 여기는 몇몇 사상가들에게는 이 냄새가 불쾌할 수도 있다. 그들은 사실의 중요성을 믿는 탓에, 만일 인간의 눈이 보다 많은 색깔을 볼 수 있고, 인간의 코가 더 많은 향기를 맡을 수 있다면, 인간은 보다 행복해지고 보다 격조 높은 시를 쓸 수 있다고 상상하지만, 이는 검은 옷 대신 화려한 옷을 입으면 삶이 더 아름다우리라고 믿는 사람들의 순진한 생각을, 철학적으로 위장한 것에 지나지 않는다. 그러나 내게 있어(발베크에 도착했던 날, 나프탈렌이나 쇠풀 냄새같이 그 자체로는 불쾌한 향이지만, 바다의 순수한 푸른빛을 되찾게 해 주어 나를 열광케 했던 냄새처럼)* 이 기름 냄새는 타는 듯한 날씨에 생장들라에즈에서 구르빌로 갔던 날** 자동차 기계로부터 빠져나오는 연기와 더불어 뿌예진 창공 속으로 그토록 수없이 사라졌으며, 또 알베르틴이 그림을 그렸던 그해 여름 오후 내내 나의 산책에 동반했으므로, 비록 내가 어두운 방 안에 있다 해도, 지금 내 양옆으로 수레국화와 개양귀비와 선홍색 클로버를 피어나게 하여 전원의 냄새처럼 나를 취하게 했으며, 그러나 산사나무에 부착되어 끈적거리는 짙은 요소에 붙들린 채 울타리 앞에서 뭔가 안정적으로 감도는 냄새처럼 한정되고 고정된 냄새가 아니라, 그 앞에서 길들이 사라지고, 지형이 달라지며, 성들이 달려가고, 하늘빛이 희미해지고, 우리가 가진 힘을 열 배로 커지게 하는 힘과 도약의 상징과도 같은, 내가 발베크에서 느꼈던, 그 크리스털과 강철로 만든 우리*** 안으로 들어가고 싶은 욕망을 되살아나게 하는 냄새였다. 그러나 이번에 그 욕망은 내가 너무 잘 아는 여인과 익숙한 처소를 방문하는 것이 아니라, 낯선 고장에서 미지의 여인과 더불어 사랑을 나누는 것이었다. 이 냄새는 매 순간 지나가는 자동차 경적

---

* 『잃어버린 시간을 찾아서』 4권 51쪽 참조.
** 『잃어버린 시간을 찾아서』 8권 284쪽 참조.
*** 자동차의 은유이다.

소리를 동반했으므로, 나는 군대에서 나팔 소리를 가지고 하듯이 그 경적 소리에 맞추어 가사를 붙였다. "파리지앵, 일어나요, 일어나요, 그늘 아래로 아름다운 소녀와 함께 점심 먹으러 가요, 강으로 보트를 타러 가요. 일어나요, 일어나요." 그리고 이 모든 몽상은 너무도 즐거웠으므로, 내가 부르지 않으면 프랑수아즈건 알베르틴이건, 어떤 '소심한 인간'도 나를 방해하러 '궁중 깊은 곳'에 들어오지 못하도록 '준엄한 율법'을 정해 놓은 일을 스스로 칭찬했다.

무서운 전하께서는
왜 신하들에게 자신을 보이지 않는 존재로 가장하시는지.*

그러나 돌연 배경이 바뀌었다. 그것은 더 이상 옛 인상의 추억이 아닌, 최근에 포르투니가 만든 금빛 도는 푸른색 드레스에 의해 깨어난 옛 욕망의 추억으로, 그것은 내 앞에 다른 봄을, 무성한 잎으로 둘러싸인 봄이 아니라, 돌연 내가 발음한 '베네치아!'라는 이름으로 환기된, 나무들과 꽃들을 벗어 던지고 침전물을 걸러 내어 본질로 환원된 봄, 불순한 흙이 아니라 화관을 쓰지 않고도 봄처럼 화사한 물의 점진적 발효에 의

---

* 라신의 「에스테르」 1막 3장에 나오는 구절로, 에스테르가 양부인 마르도셰에게 하는 대사이다.("아! 정녕 모르신단 말입니까? 어떤 준엄한 율법이/ 소심한 인간에게 왕들을 이곳에 숨기고 계신지?/ 궁중 깊은 곳에서 그들의 무서운 전하께서는/ 왜 신하들에게 자신을 보이지 않는 존재로 가장하시는지.)(『갇힌 여인』, 플레이아드 III, 1795쪽에서 재인용.)

해 낮이 조금씩 길어지고, 날이 따뜻해지고, 꽃이 피면서, 오로지 5월이 작업하는 반사광에 의해서만 5월에 응답하는, 짙푸른 사파이어 빛의 찬란하고도 고정된 벌거벗음 속에, 정확히 5월에 일치하는 순수한 푸른 물의 봄을 펼쳐 보였다. 그리고 계절의 변화가 베네치아의 좁은 해협에 꽃을 피우지 못하게 하듯이, 최근의 나날도 이 고딕풍 도시에 어떤 변화도 가져다주지 못했다. 나는 그런 사실을 알고 있었고, 그렇지만 상상 속에서는 그려 볼 수 없었다. 아니, 차라리 예전 어렸을 때 여행의 출발로 인해 야기된 흥분이 내 마음속에서 여행을 떠날 힘을 산산조각 냈을 때와 같은 욕망을 가지고 상상하는 것이었다. 다시 말해 내 상상 속의 베네치아와 마주하고, 또 어떻게 갈라진 바다가 대양강*의 곡류(曲流)와도 같은 그 구불구불한 굽이로 세련된 도시 문명을, 그러나 푸른 띠로 분리되어 별도로 발전하면서 자기만의 그림과 건축 유파를 가진 문명을 가두었는지 관조하는 것이었다. 정원을 싱그럽게 해 주는 바다 한가운데서 피어나, 바다 물결로 기둥 밑둥을 치고, 또 기둥머리의 선명한 부조 위로는 마치 어둠 속에 지켜보는 짙푸른 시선처럼, 얼룩을 던지면서 지속적으로 빛을 파동하게 하는 그 색깔 있는 돌로 만들어진 과일과 새 들의 전설적인 정원을. 그렇다, 떠나야 했다. 지금이 그 시간이었다. 알베르틴이 내게 화를 내지 않는 듯 보인 날부터 그녀를 소유하는 일도,

---

* 중세의 몇몇 지도에는, 바다가 육지를 에워싸는 구불구불한 '대양강 (fleuve Océan)'이 묘사되어 있었다고 한다.(『갇힌 여인』, 팽귄북스, 667쪽 참조.)

그 대신 다른 모든 것을 바칠 각오가 되어 있는 행복으로 보이지 않았다. 어쩌면 우리는 슬픔과 고뇌를 떨쳐 버리기 위해서라면 모든 것을 다 바칠 테지만, 이제 그런 마음은 가라앉았다. 결코 지나갈 수 없다고 믿었던 그 천을 씌운 둥근 테를 통과하는 일에도 성공했다.* 폭풍우를 잠재웠고, 미소 띤 평정심도 되찾았다. 우리가 체험했던 그 까닭 모를, 어쩌면 끝이 없을 듯 보였던 증오심의 불안한 신비도 이제 사라졌다. 그때부터 우리는 불가능한 줄만 알았던 행복, 그래서 잠시 멀리했던 행복의 문제와 다시 마주한다. 알베르틴과의 삶이 다시 가능해진 지금, 알베르틴이 나를 사랑하지 않기에, 이제 이런 삶에서는 불행밖에 나올 게 없다고 생각했다. 차라리 그럴 바에야 그녀의 상냥한 동의 아래 헤어지는 편이, 이 상냥한 마음을 추억으로 이어지게 하는 편이 낫다고 생각했다. 그렇다. 지금이 그시간이었다. 우선 앙드레가 파리를 떠날 날을 정확히 알아보고, 그때 알베르틴이 네덜란드나 몽주뱅에 갈 수 없음을 보다 확실히 하기 위해 봉탕 부인에게 단호히 행동해야 했다. 사랑에 관한 분석을 좀 더 낫게 할 줄 안다면, 경쟁하는 남성의 견제 때문에 한 여인을 좋아하는 경우, 그 견제가 제거되면 여인의 매력도 사라지는 것을 우리는 종종 목격한다. 이에 대한 고통

---

* '천을 씌운 둥근 테'라고 옮긴 cerceau de toile은, 서커스에서 말하는 "활활 타오르는 둥근 테"(『잃어버린 시간을 찾아서』 8권 485쪽 참조.), 또는 예전에 스커트를 부풀리기 위해 속에 입었던 원형 받침대인 '크리놀린', 또는 '수를 놓기 위한 수틀' 등 다양한 해석이 가능한 표현이다. 사랑하는 여인의 마음이나 몸을 얻는 어려움을 의미하는 은유적 표현으로 보인다

스럽고도 미연에 방지할 수 있는 사례로, 남성이 그들과 사귀기 전에 이미 과오를 범한 여인을 선호한다는 사실을 들 수 있는데, 그들은 이런 여인으로 인해 항상 위험에 빠진다고 느끼고, 또 사랑이 계속되는 내내 여인을 다시 정복해야 한다고 생각한다. 이와 반대로 훗날 일어날 일이지만, 전혀 극적이지 않은 사례도 있는데, 사랑하는 여인에 대한 취향이 점점 감소함을 느낀 남성이, 자신이 끌어낸 법칙을 본능적으로 적용하여, 여인을 계속 사랑한다는 사실을 확신하려고 일부러 여인을 위험한 환경에 빠뜨리고 날마다 자신의 보호를 필요로 하게끔 만들기도 한다.(연극 무대에 섰다는 이유로 여인을 사랑하면서도 여인에게 무대를 포기하도록 강요하는 남성과는 정반대의 경우다.)

이렇게 출발하는 데 어떤 어려움도 없을 때, 오늘처럼 날씨 좋은 날 — 앞으로는 더 많은 날들이 그렇게 될 테지만 — , 알베르틴이 내게 무관심하게 느껴지고, 또 내가 수많은 욕망에 이끌리는 날을 택하기로 하자. 그녀가 나를 보지 않고 외출하게끔 내버려 두고, 잠자리에서 일어나자마자 재빨리 준비를 하고, 쪽지를 남기고, 또 지금 이 시기에는 그녀가 내 마음을 불안하게 하는 어떤 장소에도 가지 않을 테니, 여행을 하는 동안 그녀가 할지도 모르는 나쁜 행동을 상상할 필요도 없을 테고, 설령 그런 행동을 한다고 해도 지금의 나는 별 관심이 없으므로 이런 기회를 이용해서, 그녀를 다시 보지 말고 베네치아로 떠나자. 어린 시절, 지금 내가 가진 욕망만큼이나 격렬한 욕망의 실현인 베네치아로의 여행을 미리 준비하려고 했을 때처럼, 나는 안내서와 기차 시간표를 사 오라는 부탁을 하기 위해 프랑수아즈를 부르려고 벨을 눌렀다. 그 후로 어떤 기쁨도 느끼지 못하고 이루었던 욕망인 발베크로의 욕망이 있었고, 그리하여 베네치아 역시 가시적인 현상이기에 발베크와 마찬가지로 말로 표현할 수 없는 꿈, 봄의 바다 위에 구현된 고딕 시대의 꿈, 이따금 마술적이며 어루만지는 듯하며 포착할 수 없는 신비롭고도 어렴풋한 이미지로 내 정신을 스쳐 갔던 꿈을 아마 실현하기 어려울지도 모른다는 것을 나는 잊고 있었다. 프랑수아즈는 벨 소리를 듣고 방으로 들어왔는데, 내가 자신의 말과 행동을 어떻게 받아들일지 꽤 불안해하는 기색이었다. "오늘 도련님께서 너무 늦게 벨을 누르셔서 정말 난감했어요. 어떻게 해야 좋을지 몰랐거든요. 오늘 아침 8시 알베르틴 양이 자기 가방을 달라고 하더군요. 감히 거절할 수 없었어요. 도련님을 깨우면 화를 내실까 봐 겁이 나서요. 도련님이 곧 벨을 울릴 거라고 줄곧 생각했으므로, 아가씨에게 설교하고, 한 시간만 더 기다려 달라고 말했지만 소용없었어요. 아가씨는 원치 않았고, 도련님께 이 편지를 남겨 놓고 9시에 떠났어요." 그 순간 ― 그토록 알베르틴에게 무관심하다고 확신하고 있었는데, 우리는 자기 마음속을 잘 모르는 모양이다. ― 나는 숨이 막혀 두 손으로 가슴을 움켜쥐었다. 그 손은 알베르틴이 작은 열차에서 뱅퇴유 양의 여자 친구 이야기를 털어놓은 뒤부터 내가 한 번도 느껴 보지 못한 땀으로 돌연 젖어 있었으며, 그래서 이런 말밖에 다른 말은 할 수 없었다. "아! 좋아요, 프랑수아즈, 고마워요. 물론 깨우지 않은 건 잘했어요. 잠시 혼자 있게 해 줘요. 조금 후에 벨을 누를게요."

작품 해설

1. 갇힌 삶에서 열린 삶으로

「갇힌 여인」은 프루스트 사후 일 년 만에 출판된 작품이다. 따라서 플레이아드가 1954년에 발간한 판본과 1988년에 발간한 새로운 판본 사이에는 상이한 문장 배열이나 단어 표기가 곳곳에서 발견되며, 사라진 인물이 다시 등장하는 등 구성상의 허점도 존재하는 미완의 작품이다. 또한 이 작품은 지극히 내밀하고 사적인 어조로 일종의 독백처럼 서술된다는 점에서 『잃어버린 시간을 찾아서』를 구성하는 여타의 작품과도 구별된다. 뱅퇴유 양의 친구에 의해 키워졌다는 알베르틴의 폭탄 같은 선언으로 화자는 알베르틴을 파리의 자기 집으로 데려오고, 이렇게 해서 발베크에서의 바캉스가 끝난 가을부터 다음 해 아름다운 날씨가 시작되는 봄까지 대략 육 개월 동안의 칩거 생활이 펼쳐진다. 장사꾼들이 거리에서 외치는 소리에 잠이 깨는 아침부터, 알베르틴의 잠든 모습을 바라보며 고녀를 진정시키는 밤에 이르기까지 화자는 알베르틴의 사소한 몸짓이나 시선, 말 한마디에도 의혹의 눈초리를 보내지만, 사랑하는 이의 진실에는 결코 이르지 못한 채 헤어질 결심을 한다. 그러나 정작 떠나는 사람은 화자가 아닌 알베르틴이다. 이 육 개월간의 삶은 대략적으로 5막 구성의 고전 비극 모델에 따라 각기 다섯 나날로 구성되는데, 첫 번째 날과 두 번째 날은 화자의 깨어남과 잠든 알베르틴의 관조, 감미로운 밤의 유혹과 베네치아로 떠나고 싶은 열망이, 드물게 폭발하는 질투의 순간을 제외하고는 비교적 행복한 어조로 서술된다. 그리고 세 번째 날은 사건의 변전이 가장 많은 날로, 알베르틴의 트로카데로 공연 관람, 베르고트의 죽음, 베르뒤랭네의 연회에서 뱅퇴유의 칠중주곡 청취, 베르뒤랭 모임에서의 샤를뤼스의 제명으로 이루어진다. 이어 음악과 문학에 관한 알베르틴과의 대화가 펼쳐지는 네 번째 날에 이어, 알베르틴의 떠남을 알리는 전조, 그리고 마지막으로 "알베르틴 양이 (……) 떠났어요."라는 운명적인 소리와 더불어 작품은 막을 내린다. 이 다섯 날은 다시 화자 집에서의 알베르틴의 정착, 베르뒤랭 집에서의 연회, 알베르틴의 떠남이라는 삼분법적인 구조로 요약된다. 지극히 한정된 공간(화자의 집)과 한정된 시간(육 개월간의 삶), 한정된 행동(깨어남과 잠과 산책)이 고전 비극의 삼일치의 법칙을 환기한다.

그렇다면 「갇힌 여인」과 「사라진 알베르틴」, 일명 '알베르틴 소설'의 주인공인 알베르틴은 과연 누구일까? 1909년 처음 「스완」과 「게르망트」, 「되찾은 시간」의 삼분법적인 구성으로 작품을 계획했을 때는 존재하지 않았던 이 인물을, 왜 프루스트는 작품의 후반부를 장식하는 핵심 인물로 등장시킨 것일까? 물론 그 배경에는 대다수의 연구가들이 지적하듯이, 프루스트가 노르망디에서 택시 운전사로 만나 비서로 고용했던 아고스티넬리의 도주와 그 비극적인 죽음(1914년)이 자리한다. 그러나 「갇힌 여인」을 기점으로 작품의 관념적이고 시적인 어조가 지극히 사실적이고 파편적인 어조로 바뀌었다면, 거기에는 이런 자전적인 체험을 넘어, 포착할 수 없는 타자, 그리하여 이해할 수도 소유할 수도 없는 타자라는 불가능의 지평이, 또는 라캉이 말하는 보다 근본적인 '존재의 결여'에 대한 인식론적 체험이 자리하는지도 모른다. 게다가 「갇힌 여인」과 「사라진 알베르틴」은, "질투의 대상이 남성이 아닌 여성이라는 특징을 가지고 있으며, 화자는 연적인 남성을 질투하는 것이 아니라, 알베르틴을 사랑했던 혹은 사랑할지도 모르는 모든 여성들을 질투한다. 질투라는 주제는 이처럼 『잃어버린 시간』 전반에 존재하며(발베크에서의 첫 번째 체류, 특히 두 번째 체류에서), 회고적이며(「갇힌 여인」의 주제이다.), 또 알베르틴의 죽음 후에도 소멸되지 않고 오히려 더 격렬해지는 양상을 보인다는 점에서 지속적이다.(「사라진 알베르틴」의 주제이다.)"*라는 쿠데르의 말처럼, 질투라는 긴 갈등 구조 위에 축조

---

* R. Coudert, *Proust au féminin*, Grasset, 1998, p. 145.

되어 있다. 그런데 프루스트적인 질투는 타자에 대한 광기 어린 앎의 욕망, 또는 배타적인 소유의 욕망으로 정의된다. 사랑하는 이는 우리의 이성으로는 도저히 이해하거나 포착할 수 없는 타자를 표상하며, 그러므로 이런 환원할 수 없는 타자를 대상으로 하는 담론은 필연적으로 오인과 왜곡으로 굴절된 독백의 형태를 취할 수밖에 없다. 따라서 그것은 끝없이 반복되고 부인되고 해체될 운명에 놓이며, 이런 맥락에서 남편이 죽은 후 외부 세계와 단절한 채 자신의 침대에서 꼼짝 않고 중얼거리는 콩브레의 레오니 아주머니나, 방 안에 틀어박혀 거리의 미세한 소리나 발자국 소리에도 연인을 환각하는 화자의 모습은 부재하는 이를 향한 끝없는 독백이나 일방통행적인 담론이 곧 사랑의 담론, 아니 질투의 담론임을 확인하게 해 준다. 사실 갇힌 사람은 알베르틴이 아니라, 자신의 질투와 의혹에 갇힌 화자이다. "질투는 상상력의 실패이며 (……) 질투를 이야기로 구성하는 것은 사랑의 아픔에 맞서기 위한 최후의 수단이다."*라는 크리스테바의 말처럼, 어쩌면 화자는 사랑하는 사람을 알고 싶은 그 미친 듯한 욕망인 질투를 통해, 비록 사랑하는 사람에게만 관계되는 지극히 내밀한 몸짓과 시선이라 할지라도 끝도 한계도 없는 탐색 작업을 통해 그 미세한 내면의 사건을 이야기로 재구성하려는 고통스러운 여행을 감행하고 있는지도 모른다. 따라서 이 글에서는 프루스트

---

* J. Kristeva, "Le temps, la femme, la jalousie selon Albertine", *Textuel*, 50, 2007, p. 44.

의 사랑의 담론을 정의하는 질투와 부재의 의미에 대해 알아보고, 이런 삶의 질곡에 맞서 잠시 열린 삶의 가능성을 엿보게 하는 베르고트의 죽음과 뱅퇴유의 칠중주곡, 포르투니의 의상이 「갇힌 여인」에서 구현하는 의미를 조망해 보고자 한다. '알베르틴 소설'을 특징짓는 또 다른 축인 애도와 망각, 무한한 글쓰기에 대해서는 「사라진 알베르틴」에서 보다 자세히 다루게 될 것이다.

2. 질투와 부재

화자는 「소돔과 고모라」에서 알베르틴에게 「페드르」 연극표를 주고 연극을 보고 나서 잠시 집에 들러 달라고 부탁한다. 그런데 기다림에 지친 화자에게 시간이 너무 늦어 갈 수 없다는 알베르틴의 전화 목소리가 멀리서 울리는 자전거 소리와 노래하는 여인의 목소리와 군악대 소리의 낯선 음향과 겹쳐지면서, 돌연 화자에게 그녀를 즉시 보고 싶다는, 세상의 그어떤 것으로도 바꿀 수 없는 "무시무시한 욕구"를 낳는다.

전화 소리를 듣고 싶다는, 언제나 불안을 더해 가며 결코 충족되지 않는 욕망의 재개가 나를 끊임없이 괴롭혔다. 나의 고독한 고뇌의 나선 속에서 번민하며 상승하는 움직임이 절정에 달했을 때, 사람 많은 파리 밤거리의 깊숙한 곳으로부터 느닷없이 내 곁으로 다가온 듯, 내 책장 바로 옆에서 전화기 회전판이 돌아가는 소리가, 숭고한 기계 소리가, 마치 「트리스탄」에 나오는 「흔드는 스카프」나 「목동의 갈피리 소리」처럼 갑자기 들려왔다. 나는 달려들었다. 알베르틴이었다. (……) 하지만 그녀는 지금 어디에 있을까? 그녀의 말에는 다른 음향들이 섞여 있었다. 자전거 타는 사람의 경적 소리, 노래하는 여인의 목소리, 멀리서 들리는 군악대 소리가 사랑하는 사람의 목소리만큼이나 분명하게 울렸으며, 마치 모든 잔디와 풀이 함께 휩쓸려 나가는 흙덩어리처럼 지금 내 옆 가까이 들리는 소리의 주인공이 현재의 분위기에 휩싸인 알베르틴임을 가리키는 것만 같다. (……) 한 존재에 대한 이 무시무시한 욕구를 나는 콩브레에서 어머니와 관련하여 체험했는데, 어머니가 프랑수아즈를 통해 2층에 올라올 수 없다고 말할 때면 그저 죽고 싶었다.(7권 237~240쪽)

이 문단은 서구인의 사랑의 원형이라 할 수 있는 「트리스탄과 이졸데」와 라신의 「페드르」, '충족되지 않는 욕망'의 기원으로 정의되는 콩브레에서의 저녁 키스 장면에 이르기까지, 프루스트적인 사랑의 담론을 정의하는 데 필요한 모든 요소를 포함하고 있다. 그런데 프랑스적인 사랑/정념이 질투와 부재의 동의어이며, 이런 비극적인 사랑의 인식이 라신의 「페드르」와 프루스트에게서 발견된다면(2권 413~414쪽), 알베르틴의 부재를 통보하는 목소리에서 "무시무시한 욕구"를 느낀다는 화자의 말은, 예전에 오데트의 부재로 인해 스완이 느꼈던 그 배타적인 욕망을 환기한다. 누군가를 사랑한다는 것은 그 사람에 대한 완전한 소유를 의미한다. 그러나 완전한 소유란 이 세계의 법칙으로는 불가능하며, 그것은 불가능을 겨냥하기에 부조리하며 충족될 수 없는 것이다. 이처럼 프루스트에게 사랑은 결핍, 욕구 불만, 소유권 상실, 박탈의 개념과 관계된다. 이런 맥락에서 화자가 알베르틴의 부재를 통보하는 목소리를 들으면서, 어린 시절의 고통스러웠던 기억, 어머니의 키스를 거절당했던 기억을 떠올린 것은 알베르틴에 대한 사랑, 질베르트와 게르망트 부인에 대한 사랑, 더 나아가 스완의 오데트에 대한 사랑의 기원에는 이처럼 항상 부재하는 어머니가 자리한다는 점을 말해 주는 것은 아닐까? 콩브레에서의 저녁 키스 장면이 "자기가 가 있지 않은, 자기가 함께 가 있을 수 없는 쾌락의 장소에 사랑하는 사람이 가 있다고 느끼는 고뇌"(1권 62쪽)를 투사한다면, 그것은 미셸 레몽의 지적처럼 사랑하는 사람만이 참석하는 미지의 축제에 대한 최초의 고통스러운 체험이기 때문이다.

우리가 배제된 이 향연, 우리가 참석하지 못하는 미지의 축제에 대한 강박증은 바로 저녁 키스 장면에서 유래한다. 아이가 그때 알았던 것, 그리고 화자가 나중에 질투를 하면서 알게 된 것은, 바로 자신이 부재하는 쾌락의 장소에 사랑하는 사람이 가 있다는 것을 느낄 때 생기는 고뇌이다.*

---

* M. Raimond & Luc Fraisse, *Proust en toutes lettres*, Bordas, 1989, p. 86.

이렇게 저녁 키스 장면이 배제된 향연, 거절당한 쾌락을 표상한다면, 화자가 알베르틴의 목소리를 들으면서 어머니의 부재로 인해 버림받았던 그 긴 고통의 시간을 떠올리는 것은 지극히 당연한 일이라 하겠다. "우리는 우리가 완전히 소유하지 못한 것만을 사랑한다."(9권 172쪽)라는 화자의 집요한 외침 뒤에는 이처럼 어머니를 완전히 소유할 수 없다는 데서 오는, 그리하여 자신만이 이 세상에 홀로 내팽개쳐졌다는 감정이 존재한다. 어머니를 아버지의 아내로 인정하지 않고 자신의 방에서 언제까지나 함께 있으려는 욕망은 현실의 법칙에 위배된다. 현실의 법칙은 어머니를 아버지와 동생과 함께 나누어야 하는 '공유의 구속'* 그 자체이다. 그리하여 내 질투는 어머니를 소유하면서 내 욕망을 방해하는 아버지만을 대상으로 하는 것이 아니라 그 요구를 싫은 기색 없이 받아들이는 어머니에 대해서도 행해진다. 이런 맥락에서 볼 때 우리는 왜 화자가 콩브레의 저녁 키스 장면에서 아버지를 위험한 라이벌이 아닌, 거의 모성적인 관대함 속에 이상화하고 있는지를 이해하게 된다.(1권 72쪽)

우리는 이런 가족 소설의 원형을, 어머니의 매혹에서 벗어나려고 도망치는 아들을 묘사한 라신의 「페드르」에서 찾아볼 수 있다. 화자는 「사라진 알베르틴」에서 어린 시절의 우상이었던 여배우 라 베르마의 부고를 신문에서 읽고, 자신이 알베르틴에게 「페드르」에 관해 했던 말을 떠올린다. 화자의 말에

* 롤랑 바르트, 김희영 옮김, 『사랑의 단상』, 동문선, 2004, 160쪽.

따르면 「페드르」의 핵심적인 사건, 즉 사랑을 촉발시키는 계기가 된 사건은 아버지 테제(테세우스)의 죽음이 아니라, 아들인 이폴리트(히폴리투스)의 출발이다. 지금까지는 '무관심했던' 존재가 출발로 인해 그 사람 없이는 단 한순간도 살아갈 수 없는 필요 불가결한 존재로 부각되면서 사랑은 태동하고 지속되는 것이다.

우리 영혼 속에는 우리가 얼마나 집착하고 있는지 모르는 것들이 있다. 또는 집착하는 대상 없이도 살아갈 수 있다면, 그 이유는 실패할까 봐 또는 괴로워할까 봐 두려워서 대상의 소유를 하루하루 미루기 때문이다. 이것이 내가 질베르트를 단념하기로 결심했을 때 일어났던 일이다. 우리가 이런 모든 것으로부터 완전히 벗어난 순간보다 먼저, 이 순간은 우리가 벗어났다고 믿는 순간보다는 훨씬 나중 일이지만, 소녀가 다른 남자와 약혼이라도 하면, 우리는 거의 미치광이가 되어 울적하지만 평온한 삶을 더 이상 견딜 수 없게 된다. 또는 그 대상을 소유하고 있다면, 그 대상이 부담스러워 기꺼이 떨쳐버리고 싶어 한다. 이것이 알베르틴에 대해 내게 일어났던 일이다. 하지만 무관심했던 존재가 출발에 의해 우리로부터 물러간다면, 우리는 더 이상 살아갈 수 없게 된다.(『사라진 알베르틴』, 플레이아드 IV, 41~42쪽)

알베르틴에 대한 진정한 사랑의 출발점은, 알베르틴을 처음 만났던 발베크 해변에서의 행복했던 나날이 아니라, 그녀의 부재로 인해 화자의 마음속에 거대한 혼미의 소용돌이가 일어난 바로 그 순간이다. 이처럼 프루스트에게서 사랑하는 연인은 언제나 부재하거나 혹은 지속적인 출발 상태에 놓여 있다. 그리고 나는 마치 "역 한구석에 내팽개쳐진 수화물처럼" 아무도 찾으러 오지 않는 자이다. 그러므로 "항상 현존하는 나는 끊임없이 부재하는 너 앞에서만 성립된다."라는 바르트의 말은 부재하는 이를 향한, "지시물로는 부재하지만 대화 상대로는 현존하는" 이에 대한 끝없는 독백이 사랑의 담론임을 확인하게 해 준다.* 사랑하는 사람은 사랑의 대상을 완전히 소유하지 못한다는, 완전히 알지 못한다는 사실 때문에 괴로워하며, 그리하여 이제 그의 모든 열정과 관심은 오로지 자신이 모르는 그 미지의 세계를 탐독하는 데 집중된다. 사랑의 대상이 되는 사람의 은밀한 생각, 고백하지 않은 욕망, 상상할 수 없는 쾌락, 항상 다른 것을 향한 시선까지도, 간단히 말해 사랑하는 이의 본질과 관계되는 것은 모두 의혹과 배신의 기호가 된다. 그러나 역설적으로 이런 질투와 의혹이 사랑을 부양한다. 화자는 알베르틴이 끊임없이 거짓말을 했다고 상상하거나 환각하며, 또 이런 상상과 환각을 통해서 사랑의 감정을 키우고 유지하며, 또는 신뢰할 수 없는 감시자들인 앙드레와 운전사, 프랑수아즈에게 감시를 맡기면서 알베르틴에 대한 의혹과 질투를 증폭시킨다. 앙드레와의 관계가 단순한 우정인지 관능적인 사랑인지, 운전사의 말이 사실인지 거짓인지, 이제 알베르틴의 진실은 영원히 어둠 속에 파묻힌 채로,

---

* 롤랑 바르트, 앞의 책, 30쪽.

사랑의 주체와 대상 사이에 놓인 그 아물지 않는 상처만이 무한대로 벌어질 뿐이다. 그러나 이런 질투의 소용돌이 속에서 잠시 휴식을 마련하는 순간이 바로 잠든 알베르틴을 응시할 때이다.

3. 잠든 여인

게다가 알베르틴에게는 해 질 무렵의 바다뿐 아니라, 때로 달빛 비치는 모래사장에서 조는 바다도 살고 있었다. (……) 꾸민 것 같지 않은 자연스러운 자태로 머리부터 발끝까지 내 침대 위에 길게 누워 있는 그녀는, 꼭 누군가가 거기 놓아둔 긴 꽃핀 줄기 같았다. 정말 그러했다. 마치 그녀가 잠을 자면서 식물로 변한 듯, 그녀가 부재할 때라야 가질 수 있었던 꿈꾸는 힘을, 나는 그 순간 그녀 곁에서 되찾을 수 있었다. 이렇게 해서 그녀의 잠은 어느 정도 사랑의 가능성을 실현했다. 혼자 있을 때면 그녀를 생각할 수 있지만 그녀는 내 곁에 없었고 나는 그녀를 소유할 수 없었다. 그녀가 내 곁에 있을 때면 나는 그녀에게 말할 수 있지만, 나 자신의 부재로 인해 그녀를 생각할 수 없었다. 그녀가 잠이 들면 더 이상 말하지 않아도 되었고, 그녀가 나를 쳐다보지 않는다는 것도 알았으므로, 나는 더 이상 자아의 표면에 살 필요가 없었다.(9권 114쪽)

사랑에서의 현존과 부재의 관계를 마치 인상파 화가의 화폭처럼 묘사하고 있는 이 장면은 무려 10여 페이지에 걸쳐 이어지는데 화자는 끊임없이 빠져나가는 알베르틴이 드디어는 외관의 표피적인 유희에서 벗어나 처음으로 자신의 소유물이 되었다고 느낀다. 그녀의 정신은 내 옆에 부재하지만, 그녀의 몸은 내 옆에 현존하며, 그러나 이처럼 동시에 부재하고 현존하는 그녀는 내 사유를 방해하지 않으므로 나는 마음대로 꿈을 꿀 수 있고, 생각도 할 수 있다. 이처럼 알베르틴은 "눈을 감고 의식을 잃어 가면서," 화자를 괴롭혔던 갖가지 요소들을 하나씩 벗어 던지며, 대낮의 찬란한 발베크의 바닷가에서 일몰 후의 부드러운 달빛이 비추는 발베크만으로 변한다. '바다, 꽃줄기, 식물, 나무'의 은유를 통해 묘사되는 알베르틴에게서, 화자는 마치 자연의 아름다움인 그 움직이지 않는 정물들 앞에서 느끼는 것과도 같은 순수하고도 비물질적이며 신비스러운 사랑을 체험한다. 게다가 이 문단에서 사랑의 주체와 대상은 분리되어 있다. 바다로 용해된 연인, 그런 연인을 모래사장에서 바라보는 화자. 그럼에도 연인을 응시하는 화자의 눈에는 어떤 고뇌도 분노도 서려 있지 않다. 아니 그것은 평화롭고 조용한 화해의 순간으로, 바다는 연인들을 갈라놓는 장벽이 아니라, 하나의 풍경으로 변한 연인을 소유하게 해 주는 긍정적인 공간이 된다. 왜냐하면 잠든 연인은 시선을 상실하며, 그런데 바로 이 시선이 화자를 괴롭혀 왔기 때문이다.* 알베르틴

---

* 알베르틴과 제과점 여주인의 일화는 이런 시선의 중요성을 구체적으로 형상화하고 있다.(『잃어버린 시간을 찾아서』 10권 371~373쪽)

의 욕망, 그 쾌락의 속성이 표현된 것도 바로 이 시선을 통해
서이며, 화자가 그녀에 대한 사랑을 불태운 것도 바로 이런 시
선의 의미를 발견하려는 욕망에서 비롯되었기 때문이다. 더
욱이 그녀의 자아는 둘이서 이야기할 때처럼 거짓말이나 시
선의 통로를 통해 빠져나가지도 않는다. 귀에 들리는 것은, 단
지 "그녀의 입술에서 내뿜는 숨결 소리, 썰물처럼 간헐적이고
규칙적이지만 더 잔잔하고 부드러운 소리"(9권 115쪽)뿐이다.
이처럼 연인의 육체가 의식 없는 물체, 자연의 한 부분이 되었
을 때, 달리 말하면 육체가 변화무쌍한 인격의 표현체가 아니
라 순수한 육체 자체가 되었을 때, 마르셀은 사랑하는 이의 삶
을 완전히 소유한다는 느낌을 받는다.*

　알베르틴이 내 말에 따라 신발을 벗기 전 나는 그녀의 슈미
즈를 살짝 들춰 보았다. 위로 솟아오른 두 개의 작은 젖가슴이
얼마나 동그란지, 몸의 일부라기보다는 두 개의 과일인 양 그
자리에서 무르익어 있었다. 그녀의 아랫배는(떨어진 조각품에 박
힌 꺾쇠처럼 남성에게서 보기 흉한 부분을 가려 주는) 넓적다리와
만나는 부분에서 두 개의 곡선을 그리는 조가비로 닫혀 있었는
데, 마치 일몰 뒤 지평선처럼 그렇게 조는 듯 아늑한 수도원을
떠올렸다.(9권 128~129쪽)

---

* 이 부분은 S. Caillé, "Proust et Cocteau: Le sommeil de l'être aiméee",
Bulletin de Marcel Proust, N. 45, 1995, pp. 129~142 참조.

이 문단은 『잃어버린 시간』 전체에서 알베르틴의 몸이 묘사된 유일한 장면으로 많은 논평의 대상이 되어 왔다. 우선 르죈을 따라가 보면,* 그는 이 부분이 마들렌을 묘사하는 단어들과 동일한 단어들로 이루어졌다는 점에 주목한다. 콩브레 사람들의 맹신적이고도 엄격한 신앙을 가리키는 순종(plissage)이라는 단어는 수도원이라는 종교적인 이미지로, 그리고 마들렌을 표현하는 '틀'이나 '조가비'는 valve**라는 단어의 반복으로 나타나는데, 이 단어는 여성의 성기를 의미하는 vulve와 음성학적인 유사성을 가진다. 그러나 아랫배에 대한 묘사는 여성의 성기를 묘사한다기보다는 거세 공포를 암시하는데, 화자는 남성의 성이 흉하기는커녕 오히려 아름답다고 여기며, 반면 여성의 몸은 남근이 떨어진 흔적을 가지고 있어서 불안의 요소가 된다고 지적된다. 다시 말해 "떨어진(déscellé), 그리고 열려 있는 여성의 아랫배는 바로 남성에게서 성기로 장식된 그곳을 가리킨다."라고 설명된다. 이러한 설명은 프로이트 식의 전통적인 해석을 따른 것으로, 여성의 성은 따로 존재하지 않고 다만 남근이 떨어져 나간 것이며, 또 남근은 항상 분리되고 절단될 수 있다는 점에서 거세 공포를 표현한다. 이런 여성의 성이 야기하는 불안감을 제거하기 위해, 작가는 이중의 기재를 통하여 여성의 성을 이상화하는데, 첫 번째는

---

* P. Lejeune, "Ecriture et sexualité", *Europe*, fév-mars, 1971, 131쪽 참조.
** '틀', '판' 또는 '조가비'를 의미하는 valve라는 표현은 「스완」에서 마들렌을 묘사한("조가비 모양의, 가느다란 홈이 팬 틀에 넣어 만든") 단락에서도 찾아볼 수 있다.(『잃어버린 시간을 찾아서』 1권 85쪽 참조.)

여성의 성적 특징을 전부 삭제하는 부정적인 방법이다. 이렇게 해서 마치 마들렌이 여성의 성을 환기하기보다는 사춘기 성을 연상시키듯이, 알베르틴의 배는 어떤 성적 기관도 찾아볼 수 없는 조각품의 배로 환원된다. 게다가 괄호 안의 조각품과 꺾쇠라는 단어의 사용은 그리스 시대의 조각품에서 찾아볼 수 있는, 그런 성의 구별이 없는 순결한 배로 우리의 시선을 유도한다. 거기서 여성의 성은 포도나무 잎으로 가릴 필요도 없이 "두 곡선의 움직임 안에서 모든 체모나 모든 굴곡이 파기되고 지워지고 상처가 아문" 것으로 나타난다. 이렇게 청소된 알베르틴의 배는 이차적인, 그러나 이번에는 긍정적인 이상화 작업을 통해 "곡선, 감싸기, 잠, 수도원"이라는 모성적인 이미지와 결합된다. 이런 르쥔의 해석에 대해, 페미니스트 비평가인 피터 브룩스는 성적 기관이 배제된, 또는 이상화된 여성의 몸은 여성의 몸을 자연으로, 다시 말해 우리의 이성이나 문화로 해석할 수 없는 대상으로 간주하는 것을 의미하며, 따라서 그것은 프루스트에게서 남성 중심적이고 가부장적인 시각이 여전히 존재한다는 점을 보여 준다고 단언한다.* 그러나 위 인용문은 오히려 분리를 모르는 완전한 결합의 꿈을 구현하는 상상계로의 회귀, 또는 엘렌 식수가 말하는 양성성에 대한 인간의 오래된 염원을 투영하는 것은 아닐까? 이런 맥락

---

* 피터 브룩스, 이봉지·한애경 옮김, 『육체와 예술』, 문학과 지성사, 2000, 241~243쪽 참조. 물론 피터 브룩스는 이 단락이 죽음의 욕망을 함축한다고 지적하면서도, 페미니즘 이론에 조금은 지나치게 천착한 듯 프루스트와 졸라의 성 담론의 차이를 무화시키는 것처럼 보인다.

에서 "남성에게서 보기 흉한 그 부분을 감추는"이라는 구절은 거세 공포나 여성 성기에 대한 불안감의 표현이라기보다는, 여성 내부에 존재하는 양성적인 존재, 두 개의 성을 이중인화하려는 욕망을 드러내는 것은 아닐까? 사실 남성의 성에 대해 언급한 괄호 안의 구절은, 비록 그것이 부정적으로 표현되었다 할지라도 여성의 성과 나란히 자리하며, 이런 점에서 젖가슴과 꺾쇠를 가진 알베르틴은 남성적인 요소와 여성적인 요소를 둘 다 가진 양성적인 존재, 엘렌 식수가 말하는 "차이가 지워지고 용해되는 양성 본능이 아니라, 두 성이 배제되지도, 하나의 성이 되지도 않는 두 개의 성이 개별적으로"* 존재하는 양성성을 구현한다고 볼 수 있다. 여성과 남성의 경계를 넘나드는 뱅퇴유 양과, 여성과 남성을 둘 다 사랑하는 알베르틴과 모렐에 대한 보다 심도 깊은 연구는 프루스트의 성 담론을 이해하는 데 있어 중요한 단초를 제공할 수 있을 것처럼 보인다.

또한 위 문단은 잠든 여인이 죽음의 욕망과 밀접한 관계가 있음을 시사한다. 끊임없이 화자로부터 빠져나가는 여인 앞에서, 그 지칠 줄 모르는 움직임을 정지시킬 수 없다는 무력감 앞에서, 화자는 이제 모든 것을 내려놓고 영원히 시간이 정지된 수도원의 평화로운 안식처로 도피하려 한다. 마치 「트리스탄과 이졸데」의 전설이 정념의 찬미 아래 죽음의 욕망을 배태하는 것처럼, 바다로 표현된 여인, 수도원의 침묵에 비유된 여인

---

* 샤를르 알베르 링, 최현무 옮김, 「정신분석과 페미니즘」, 《외국문학》, 17, 1988, 38쪽에서 재인용.

은 사랑하는 이를 알려는 그 미친 듯한 욕망에 지친 화자가 이제 영원한 죽음의 안식처에 몸을 맡기려는 타나토스의 욕망에 다름 아니며, 다음의 문단이 이를 보다 명시적으로 기술한다.

사실 그녀의 방에 들어갔을 때 내가 본 것은 죽은 여인이었다. 그녀는 침대에 눕자마자 금방 잠이 들었다. 그녀의 몸을 수의처럼 감싸고 있는 시트는 아름다운 주름이 잡힌 단단한 돌과도 같았다. 마치 '최후의 심판'을 묘사한 몇몇 중세의 그림처럼, 머리만 무덤 밖으로 내밀고 반쯤 졸면서 대천사의 나팔 소리를 기다리는 모습이라고나 할까. (……) 그곳에 누워 있는 그 의미 없는 몸을 보면서, 나는 그 몸이 도대체 어떤 대수표를 구성하기에, 팔꿈치를 밀고 옷을 스치는 동작에 이르기까지 그것이 끼어들 수 있었던 온갖 행동이, 시간과 공간 속에 차지했던 모든 지점으로 무한히 확대되고, 이따금씩 불현듯 내 기억 속에 되살아나면서 그토록 고통스러운 불안을 야기할 수 있는지 자문해보았다.(10권 292쪽)

이 죽음의 의식은 차갑고 딱딱한 돌의 이미지와 연인의 몸을 감싸는 수의로 재현된다. 미라화된 육체, 돌처럼 굳어진 얼굴, 거기서 알베르틴의 머리만이 시트를 휘두른 육체, 수의로 묶인 육체 밖으로 돌출되어 그 개별성을 간직한다. 중세에 그려진 수많은 그림에서처럼 이렇게 죽음의 의식에 의해 조형화된 알베르틴의 죽음은 화자로 하여금 자신에 대해, 자신의 사랑에 대해, 자신의 임박한 죽음에 대해 돌아보게 한다. "베르뒤랭의 집에서 돌아온 후에도 여전히 벗지 않은 외투 차림으로 그 뒤틀린 몸 앞에 서 있었다. 그것은 무엇의 비유적 형상이었을까? 내 죽음의? 내 사랑의?"(10권 292~293쪽)라는 화자의 물음은, 이제 그가 질투와 광기의 소용돌이에서 빠져나갈 준비가 되어 있음을 말해 준다. 시간과 공간 속으로 무한히 확대되는 알베르틴의 수많은 모습 앞에서, 화자는 그 "뒤틀린 몸"의 왜곡되고 굴절되고 파편화된 진실과 마주할 용기를 갖게 되고, 그리하여 알베르틴이 알게 해 준 수많은 장소들이나 사람들, 자신이 배제된 곳에서 그녀가 맛보았을지도 모르는 쾌락을 상상하며 고통스러웠던 자아를 기억하고 그 흔적이나 풍경, 인상을 글쓰기로 고정하려고 한다.

그러나 알베르틴을 상상할 때 나를 아프게 한 것은 새로운 여인의 마음에 들고 싶고, 새로운 소설을 구상하고 싶다는 나 자신의 지속적인 욕망이었다. (……) 우리 자신에 대한 인식만이 존재하듯이, 스스로에 대한 질투만이 존재한다고 말할 수 있으리라. 관찰은 별로 중요하지 않다. 우리는 스스로 느끼는 쾌락을 통해서만 앎과 고통을 이끌어 낼 수 있다.(10권 337~338쪽)

스완을 사로잡았던 그 강렬한 질투의 감정이 스완에게 오래전에 잃어버렸던 "진실에 대한 열정"(2권 155쪽)을 되찾게 해 주었다면, 그 열정은 일회적이며 지속되지 않는다. 그러나 화자는 이런 스완과는 달리 포착할 수 없는 알베르틴의 진실에 대해, 그 환원할 수 없는 이타성에 대해 하나의 스토리를 부여하고 소설로 옮기고 싶은 욕망을 느낀다. "사랑이란 우리의 마음에서 지각되는 공간과 시간이다."(10권 337쪽)라는 화자의 단언은, 우리의 온몸을 관통하는 고통이나 쾌락의 체험, 연인에 대한 열정과 고뇌의 감정을 통해서만 우리는 타자의 진실에 다가갈 수 있으며, 비록 그것이 단편적이고 말로 표현할 수 없는 불가능의 지평을 그린다 할지라도, 이런 타자를 향한 절망적인 노력만이 갇힌 삶에서 열린 삶으로, 진정한 자아 인식으로 나아갈 수 있는 유일한 길임을 말해 준다.

4. 베르고트의 죽음

「갇힌 여인」 2부의 서두에서부터 화자는 스완의 죽음을 비롯하여 신문 삼면기사를 장식하는 수많은 타자의 죽음을 환기한다. 프루스트가 죽기 일 년 전 '죄드폼' 미술관에서 열린 네덜란드 회화 전시회에 갔던 자전적 체험을 바탕으로 기술된 이 일화는, 마치 작가 자신이 꿈꾸는 죽음인 듯, 또는 모든 예술가들의 열망하는 꿈인 듯, 처음부터 예술의 무용성과 삶의 아름다움의 대조에서부터 출발한다.

그는 많은 그림들 앞을 지나쳤고, 그토록 인위적인 예술의 건조함과 무용성의 인상을 받으면서, 그것이 어느 베네치아 궁전 밖에 부는 바람이나 햇빛, 또는 바닷가의 소박한 집 하나만큼도 가치가 없다고 생각했다. 드디어 그는 자신이 아는 모든 그림보다 훨씬 빛나며 다르다고 기억하는 베르메르의 그림 앞에 섰다. 그래도 비평가가 쓴 글 덕분에 처음으로 푸른색 옷을 입은 작은 인물들과 분홍빛 모래, 드디어는 작은 노란 벽면의 섬세한 질감에 주목했다. 현기증이 더욱 심해졌다. 그는 마치 노란 나비를 붙잡고 싶은 아이처럼, 그 섬세한 작은 벽면에 시선을 고정했다. '나도 저렇게 글을 썼어야 했어.' 하고 그는 생각했다. '내 마지막 책은 너무 건조해. 여러 번 색칠을 해서 저 작은 노란 벽면처럼 그 자체로 섬세한 문장을 만들었어야 했어.' 그동안에도 현기증이 심해져 간다는 생각은 그로부터 빠져나가지 않았다. 한쪽 쟁반에는 자신의 삶을 담고, 다른 쪽 쟁반에는 그토록 아름답게 노란색으로 칠해진 작은 벽면을 담은 천상의 저울이 나타났다. 그는 자신이 무모하게도 이 작은 벽면을 보기 위해 삶을 포기했다고 생각했다. "그래도 석간신문을 위한 전시회 기사거리는 되고 싶지 않아."라고 중얼거렸다. 그는 다시 말했다. "차양이 달린 작은 노란 벽면, 작은 노란 벽면." 그동안 그는 둥근 벤치에 주저앉았다. 그러고는 갑자기 자신의 목숨이 위태롭다는 생각을 멈추고 낙천적인 사고로 돌아가서 이렇게 말했다. "충분히 익히지 않은 감자 때문에 생긴 소화 불량이야. 아무것도 아니야." 또 다른 발작이 그를 덮쳤다. 그는 벤치에서 땅바닥으로 굴렀고, 모든 관람객들과 경비원들이 달려왔다. 그는 죽었다. 영원히 죽었을까?(9권 308~309쪽)

베르메르의 「델프트 풍경」(1660년 작)에서 작은 노란 벽면이 그토록 잘 그려졌다는 비평가의 글을 읽고, 베르고트는 미술관을 장식하는 수많은 그림들을 건너뛰어 자신이 보고 싶은 그림 앞에 선다. 도시의 남쪽 끝에서 바라본 북쪽의 도시 모습을 담고 있는 이 그림은, 절반 이상을 차지하는 하늘과 구름, 햇빛이 반사되어 반짝이는 구교회와 신교회의 첨탑과 건물들, 정박 중인 배와 강물에 비친 건물의 그림자, 그리고 모래밭에서 산책하는 사람들, 이렇게 네 부분으로 구성된 작품이다. 그렇다면 비평가가 지적한, 그래서 베르고트가 보기를 열망한 그 노란 벽면은 정확히 어디에 위치하는 것일까? 그것은 그림 윗면 신교회의 첨탑 오른쪽에 위치하는 것으로, 베르고트가 언급하는 '차양'은 보이지 않으며, 다만 도개교 윗부분이 보일 뿐이라고 지적된다.* 그런데 이 문단에서 무려 일곱 번이나 반복되는 "작은 노란 벽면(le petit pan de mur jaune)"에 대해 미이 교수는, 『잃어버린 시간』전체에 걸쳐 동일한 단어나 동일한 음성학적 요소로 재생산되는 '시적 원형'**이라고 풀이한다. 이런 맥락에서 우리는 모든 것이 어둠 속에 잠긴 가운데 "빛나는 한 조각 벽면으로만"(1권 83쪽) 떠오르는 콩브레를 묘사할 때, 또는 아이의 슬픔을 달래 주기 위해 가족들이 설치한 환등기 장면에서 성과 광야가 온통 노란색으로 물들여진 가운데 성의 한 면에서 "푸른색 허리띠를 두른 주느비에브"(1권 27쪽)를 몽상할 때, 이 pan이란 단어가 '벽면' 또는 '면'이란 말로 표현되었던 것을 기억한다. 그리하여 pan이라

---

* 『갇힌 여인』, 폴리오, 429쪽 참조.
** J. Milly, *La phrase de Proust*, Larousse, 1975, p. 51.

는 단어는 베르메르의 주조색인 노란색, 푸른색과 결합되면서 풍경의 아름다움을 마술적인 색채로 구현했던 베르메르의 세계를 발현한다. "작가에게 문체란 화가에게 색채와 마찬가지로 기법의 문제가 아닌 비전의 문제이다."*라는 「되찾은 시간」에서의 화자의 단언은, 예술 작품에서 표현 방식은 작품의 내용 못지않게 중요하며, 아니 형식과 내용의 이분법적인 구별은 프루스트에게서 더 이상 의미가 없음을 말해 준다. 게다가 '작은(petit)'이라는 형용사는 '섬세한'을 의미하는 précieux라는 단어와 더불어 정교한 디테일 묘사에 탁월했던 베르메르의 예술을 부각시키는 데 일조한다. 이렇게 해서 '작은 노란 벽면'은 지금까지 우리가 주목하지 않았던 분홍색 모래밭과 푸른색 옷을 입은 작은 인물들, 한가로이 산책하는 델프트 시민들로 우리를 유도한다. 베르메르의 그림에서 베르고트를 사로잡은 것은 이처럼 위대한 신화적 인물의 재현이나 삶의 중요한 순간이 아닌, 햇빛과 공기와 물의 반사를 통해 정교하게 빛을 발하는 어느 순간의 풍경이며, 그리하여 베르고트는 자신이 추구했던 삶의 글쓰기(4권 520~526쪽)가 이런 구체적인 삶의 진실과 동떨어진, 추상적인 진리만을 나열한 것은 아닌지, 그래서 아무 감동도 주지 못하는 '건조한' 글자의 나열에 지나지 않은 것은 아닌지 자문하기에 이른다. 우리는 이런 베르고트의 물음을 통해 세부적인 것이나 단편적인 것을 중요시하는 프루스트의 미학을 유추해 볼 수 있다. 어떤 점에서

---

* 『되찾은 시간』, 플레이아드 IV, 474쪽.

사랑하는 연인의 지극히 미세한 몸짓까지도, 아니 이 미세한 몸짓이 우리가 몰랐던 연인의 진실을 드러내는 것이기에 더욱더 탐색의 대상이 되는 '작은' 내밀한 사건들, 그리고 어쩌면 이런 내밀한 사건과 그 거대한 울림이 프루스트의 사랑의 담론이라고 정의할 수 있을지도 모른다. 그날의 날씨, 구름의 모양, 햇빛의 반사, 벽면의 광채가 델프트라는 도시의 본질을 드러나게 하듯, 알베르틴이 어쩌다 입 밖으로 낸 '항아리를 깨뜨리게 하다'라는 말 한마디가 화자가 그토록 두려워했던 레즈비언들의 천박한 무리를 폭로하는 것이다.(10권 257쪽)

건조하고 관념적인 베르고트의 세계와 일상적이고 친숙한 삶의 풍경에 영원성을 부여한 베르메르 예술의 대조는, 더 나아가 자신의 삶을 담보로 활동한 진정한 예술가인 베르고트의 죽음과 아마추어에 지나지 않았던 스완의 죽음 사이에 놓인 간극을 드러나게 한다. 사교계 여인들의 환심을 사기 위해 자신이 가진 미학적인 지식이나 능력을 소비한 스완의 죽음은 "석간신문을 위한 전시회 기사거리"에 지나지 않으며 그래서 뱅퇴유의 칠중주곡의 연주와 더불어 곧 사라질 운명에 처하지만,* 예술을 위해 삶을 포기한 베르고트의 죽음은, 마치

---

* 물론 프루스트가 베르메르 그림의 '노란 벽면'에 주목하게 된 계기가 상당 부분 보두아예(Vaudoyer)의 「신비스러운 베르메르」라는 기사 덕분이라고 프루스트 자신도 인정하고 있지만('비평가'로 지칭되는), 이 글에서 특히 강조되는 것은, 신문의 삼면기사나 부고란을 장식하는 스완의 평범한 죽음과 예술가의 위대한 죽음의 대조라고 요시카와 교수는 지적한다.(K. Yoshikawa, *Proust et l'art pictural*, Honoré Champion, 2010, p. 89)

베르메르의 또 다른 그림인 「저울을 든 여인」(1662년 작)을 연상시키듯, "한쪽 쟁반에는 자신의 삶을 담고, 다른 쪽 쟁반에는 그토록 아름답게 노란색으로 칠해진 작은 벽면을 담은 천상의 저울"에 의해 그 존속 가능성을 평가받으면서, 후대에 가서도 소멸되지 않는 가치를 획득하게 되는 것이다. "장례식 날 밤 내내 불이 환히 켜진 진열창에 세 권씩 배열된 그의 책들은, 날개를 펼친 천사들처럼 온 밤을 지새웠고, 그리하여 더 이상 존재하지 않는 그에게는 부활의 상징처럼 보였다."(9권 310쪽)라는 구절은 예술가의 모욕당한 삶에 예술의 불멸성이 응답하리라는 확신을, 열망을 투영하는 것은 아닐까?

5. 뱅퇴유의 칠중주곡

샤를뤼스가 모렐을 천재 바이올리니스트로 세상에 알리기 위해 마련한 베르뒤랭 댁의 연회에서 뱅퇴유의 미발표 작품인 칠중주곡이 연주된다는 소식을 듣고, 화자는 알베르틴을 키워 줬다는 뱅퇴유의 딸과 그 친구가 참석할지도 모른다는 의혹에 사로잡혀 오랜 기간의 칩거 생활을 깨고 사교계 행사에 참석한다. 「소돔」에서 뱅퇴유 딸의 친구가 자신을 언니처럼 보살펴 주었다는(8권 465~468) 폭탄 같은 선언에 이어, 마치 "영원히 매장된 것처럼 보였던 어두운 밤 깊숙한 곳으로부터 갑자기" 솟아오른 망령과도 같은 뱅퇴유의 음악을 들으면서, 화자는 지속적으로 스완이 들었던 소나타와 지금 자신이 들고 있는 칠중주곡을 비교하면서 갑자기 낯선 세계에 들어선 듯한 느낌을 받는다.

지금 내 앞에서 연주되는 곡은 (……) 소나타와 똑같이 아름다우면서도 완연히 다른 것이었다. 소나타가 백합꽃 같은 전원의 여명을 향해 열리고, 가볍지만 하얀 제라늄 위에 드리운 투박한 인동덩굴의 단단한 뒤얽힘에 매달리기 위해 그 순진한 모습을 배분하는 데 반해, 이 새로운 작품은 바다처럼 잔잔하고 고른 표면 위, 폭풍우가 이는 어느 아침의 쓰디쓴 정적과 무한한 허공 한가운데에서 시작되어, 바로 이런 장밋빛 여명 속에 그 미지의 세계가 정적과 어둠으로부터 분출되면서 점차 내 앞에서 축조되었다. 다정다감한 전원풍의 순진한 소나타에는 부재하는, 그토록 새로운 붉은빛이 여명의 빛처럼 온통 신비로운 희망으로 하늘을 물들였다. 그리하여 하나의 노래가, 일곱 개의 음으로 만들어진 노래가 이미 대기를 꿰뚫었으며, 그러나 그 노래는 지금까지 내가 상상했던 것과는 아주 다른, 지극히 낯설고, 말로 표현할 수 없는 절규하는 듯한 노래, 더 이상 소나타에서처럼 비둘기의 구구거리는 소리가 아닌, 곡의 첫 부분을 적시는 진홍빛 뉘앙스만큼이나 그렇게 생생하게 대기를 찢는, 뭔가 닭의 신비로운 노래처럼 형언할 수는 없지만 날카로운, 영원한 아침을 부르는 소리였다.(10권 101~102쪽)

일곱 개의 음을 프리즘으로 분해하며 다양한 빛의 파장을 시시각각으로 방사하는 붉은빛의 칠중주곡은, 백합꽃처럼 순결한 전원풍의 선율을 그리는 하얀빛의 소나타와는 전혀 다른 세계를 투사한다. 그리하여 정적과 허공을 깨뜨리는 폭풍우가 이는 아침 바다는, 잔잔하고도 고른 아침 바다와 대립하며, 또 인동덩굴의 거칠고 집요한 움직임은 백합꽃과 제라늄의 부동의 모습과, 또 닭의 날카로운 외침은 비둘기의 평화로운 소리와 대립한다. 이렇게 해서 "차가운 대기"가 전율하는 낯선 세계로 우리를 몰고 가는 칠중주곡은, 다정하고도 일상적이며 친숙한 즐거움을 주는 소나타와는 달리, 모든 것을 휩쓸어 가는 폭풍우 같은 격렬한 어조로 '쓰디쓴 정적'과 '무한한 허공'을 울리며 퍼져 간다. 이런 불협화음의 거친 억양은 처음에는 절망 속에 내던지는 수많은 질문들을 통해 끊어지고 흩어지지만, 시간이 지나면서 이 상이한 '내면의 해돋이'가 하나의 '분리될 수 없는 뼈대'로 통합되면서 동일한 기원을 분출하기에 이른다.

소나타와 칠중주곡의 그토록 다른 움직임을 지배하는 두 개의 상이한 질문, 일련의 지속적이고 순수한 선율이 짧은 부름으로 중단하는 질문과, 흩어진 조각들을 한데 모아 하나의 분리될 수 없는 뼈대로 다시 결합하는 질문, 하나는 매우 고요하고 수줍고 거의 초연하고 철학적이며, 다른 하나는 절박하고 불안하고 애원하는 질문, 그렇지만 이 모든 것들은 여러 상이한 내면의 해돋이 앞에서 분출된 동일한 기원이었으며, 다만 그가 뭔가 새로운 것을 창조하고 싶어 했던 세월 동안 발전한 상이한 사유와 예술적 탐색이 각각의 다른 환경을 통해 굴절되었을 뿐이다.

(……) 뱅퇴유의 악절이 주는 인상은 다른 무엇과도 달랐으며, 과학을 통해 도출된 듯 보이는 결론에도 불구하고, 우리에게 개인적인 것이 존재한다는 인상을 주었다.(10권 109~110쪽)

아침 바다의 풍경을 색채로 표현하는 것은 드뷔시를, "절박하고 불안하고 애원하는" 질문은 베토벤의 사중주곡을, "흩어진 조각들을 한데 모아 하나의 분리될 수 없는 뼈대로 다시 결합하는" 것은 바그너의 오페라를 연상시킨다는 나티에의 견해는 차치하고라도,* 칠중주곡의 묘사가 지속적으로 소나타와의 대조를 통해 그 유사성과 차이가 강조된다는 점에서, 그것은 프루스트가 「되찾은 시간」에서 말하는 은유를, 보다 정확히 말하면 은유와 환유의 움직임을 환기한다. 다시 말해 시간 또는 공간 속에서 분출된 "여러 상이한 내면의 해돋이"가 차이와 유사성에 근거하는 은유를 가리킨다면, 그것이 동일한 지평을 그리면서 결국은 하나의 "동일한 기원"으로 통합되는 것은 연결과 결합에 근거하는 환유를 나타낸다고 할 수 있다. 이어 화자는 이 동일한 기원이 '개인적인 것'을 가리킨다고 명시적으로 밝히고 있다. 그것은 "너무도 깊숙하고 어렴풋하게 내부에 존재하여, 우리가 거의 알지 못하는 신체 기관이나 내장처럼 느껴"지는, 그래서 "주제의 반복인지, 아니면 신경통의 재발인지도 알 수 없"는 것으로(10권 117쪽), 뱅퇴유의

---

* J.-J. Nattiez, *Proust musicien*, Christian Bourgois éditeur, 1999, p. 129~133.

칠중주곡이 보여 주는 그 폭풍우 같은 격렬한 어조는 바로 뱅퇴유 자신의 개인적이고 육체적인 체험의 산물임을 확인한다. 뱅퇴유 딸과 여자 친구의 병적인 육체관계로 인해 뱅퇴유가 흘렸을 그 회한의 눈물이, 그 고통스러웠던 절망의 순간이 뱅퇴유의 작품에 그토록 절규하는 듯한, 외치는 듯한 억양을 부여하며, 그러나 그것은 새벽을 알리는 닭의 울음처럼 절망이 희망으로 바뀌는 순간이기도 하다. 그러므로 뱅퇴유에게서 음악은 딸로 인한 오욕과 수치를 견디게 하는 유일한 수단이었으며, 그러면서도 희망을 버리지 않는 아버지의 사랑을 투영한다. 그리하여 그것은 "개인이라고 부르는 세계, 예술이 없다면 우리가 결코 알지 못했을 세계를" 축조하며, 우리로 하여금 "단 하나의 진정한 여행은 (……) 다른 풍경을 향해서 가는 것이 아니라, 다른 눈을 갖고, 타자의 눈을 통해, 다른 수백 명의 눈을 통해 우주를 보는"(10권 113~114쪽) 여행에 동참하게 하는 것이다. 뱅퇴유가 표현하는 세계가 시골 생활의 단조로운, 그렇지만 고통스러운 일상 속에서 가족 간의 갈등 구조와 그로 인한 아픔이나 기쁨 같은 삶의 편린들을 담고 있다면, 바로 이런 개별적이고 구체적인 삶의 목소리만이 작품을 오래 살아남게 하여, 더 이상 획일적인 세계가 아니라 독창적인 예술가의 수만큼이나 다양하고도 낯선 세계로의 여행을 가능하게 하는 것이다.

6. 포르투니의 의상

또한 화자는 포르투니의 의상을 입은 게르망트 공작 부인에 매혹된 알베르틴에게 같은 디자이너의 의상을 선물함으로써 그녀의 떠남에 대한 욕망을 지연시키려 한다. 그런데 스페인의 화가이자 의상 디자이너인 포르투니는, 화자의 베네치아에 대한 몽상과 밀접한 연관이 있다. 우리는 앞에서 베네치아의 직물 제조법을 발견한 포르투니가 귀족 계급의 여인들을 위해 "동방 무늬로 장식했던 옷과 똑같은 금은실로 수놓인 화려한 비단옷을"(4권 424쪽) 제작할 예정이며, 그래서 가까운 시일 내에 카르파초의 「성녀 우르술라의 전설」에서 베네치아의 부인들이 입었던 것과 똑같은 의상을 오늘날의 여인들이 산책할 때나 집에서 입게 되리라고 했던 엘스티르의 발언을 기억할 것이다. 사실 "당시의 시대정신에 배어 있으면서도 독창적인 예술 작품의 도움을 받아 가장 사랑받는 예술의 시대를 환기했던, 러시아 발레"(10권 308쪽)처럼, 포르투니의 의상은 동방의 것들로 넘쳐 나는 베네치아, 카르파초와 티치아노로 대변되는 르네상스 시대로 우리의 시선을 유도하면서, 「갇힌 여인」의 후반부를 장식하는 주요 모티프로 작동한다.

옷에 관한 한, 특히 당시에 그녀는 포르투니가 만든 옷이라면 무엇이든지 좋아했다. 포르투니의 의상은 나도 게르망트 부인이 입은 모습을 본 적이 있는데, 엘스티르가 카르파초와 티치아노가 살던 시대의 여인들이 입었던 아름다운 의상 이야기를

하면서, 화려한 잿더미에서 다시 태어나 가까운 시일 안에 나타
나리라고 알려 주었던 바로 그 옷이었다. 베네치아 산마르코 성
당의 둥근 천장에 쓰여 있듯이, 또 동시에 죽음과 부활을 알리
는 새들이 비잔틴풍 기둥머리를 장식하는 대리석과 백옥 항아
리에서 물을 마시며 선포하듯이, 모든 것은 다시 돌아오기 때문
이다.(10권 307쪽)

이처럼 포르투니의 의상이 고대의 "화려한 잿더미에서 다
시 태어나" 현대의 미학적인 움직임을 반영한다고 서술된다
면, 그것은 다른 무엇보다도 그리스 의상으로의 회귀에서부
터 출발한다.(카르파초나 티치아노로 표현되는 르네상스 시대에
대해서는 「사라진 알베르틴」에서 살펴보게 될 것이다.) 포르투니
의 의상을 유명하게 한 것은 바로 '크노소스의 스카프'와 '델
포스 가운'이다. 크레타섬의 크노소스의 발견에서 영감을 받
은 '크노소스의 스카프'는 길고 얇은 천에 고대의 기하학적
문양을 프린트한 실크 스카프인데, 우리는 「소돔」에서 알베
르틴이 이탈리아산 밀짚 토크 모자와 실크 스카프를 휘날리
며 복원된 성당을 그리는 일로 여름을 보내던 모습을 기억한
다.(8권 288쪽) 또 이 스카프는 작품에서 그토록 여러 번 언급
되는 러시아 발레단이 애용했던 것이기도 하다. 특히 포르투
니가 1907년 그리스 시대의 델포이 신전의 청동 마부상에서
발견하여 제작한 주름 잡힌 '델포스 가운'은 고대 그리스 문화
의 본질이 '움직임'에 있음을 간파하고, 여성의 신체를 인위적
인 장식으로부터 해방시켜 자연스러운 노출을 강조했다는 점

에서 오늘날까지도 높은 평가를 받고 있다면,* 알베르틴이라는 인물을 정의하는 핵심적인 단어가 바로 이 '움직임'이라는 사실은 많은 의미를 함축한다. 발베크에서는 늘 자전거를 타고 다녔고, 이제 화자와 함께 베르사유로 산책하던 중 비행기의 윙윙거리는 소리에 황홀해하고, 그리고 그 소리를 들으면서 "잃어버린 자유에 대한 향수를" 환기하는 화자, 그런데 그때 알베르틴이 입은 옷은 선정적인 자태를 그대로 노출시키는 포르투니의 금빛 도는 푸른색 실내복(포르투니의 '델포스 가운'을 연상시키는)이다. 게다가 델포스 가운은 마부, 즉 남성이 입었던 옷으로 이동하기에 편한 복장이다. 그것은 자전거에서 자동차로, 자동차에서 비행기로, 여성에서 남성으로 끊임없이 이동하는 알베르틴, '다른 곳'으로의 탈주를 갈망하며 자유로운 비상을 꿈꾸는 알베르틴을 상징하는 기호로 작용한다. 그러나 그것은 또한 지긋지긋한 질투의 속박으로부터 벗어나고 싶은 화자의 욕망을 투영하는 공간이기도 하다.

　　그날 저녁 알베르틴이 입은 포르투니의 가운은 눈에 보이지 않는 베네치아로 유혹하는 그림자 같았다. 그 가운은 베네치아처럼, 투조 세공된 돌의 장막 뒤로 자취를 감춘 베네치아의 궁전들처럼, 암브로시우스 도서관에 있는 오래된 장정본처럼, 삶과 죽음을 번갈아 의미하는 동방의 새들이 반짝거리는 짙푸른 천에 반

---

* B. Fernandez Garcia, "La nymphe-aurige de *La Recherche*: la tunique de Fortuny comme retour à la vie de l'antique", *Inverses* 16, 2016, p. 28.

복적해서 수놓인 기둥들처럼 아랍의 장식들로 가득했고, 그 짙푸른 천은 나의 시선이 다가갈수록, 마치 앞으로 나가는 곤돌라 앞쪽에서 대운하의 푸른빛이 타오르는 금속으로 변하는 것과 동일한 변환 작업에 의해 유연한 금으로 변했다.(10권 351∼352쪽)

프루스트는 레날도 안의 동생에게 보낸 편지에서 포르투니의 의상이 "때로는 관능적이고 때로는 시적이며 때로는 고통스러운 기능을"* 수행한다고 서술한다. '관능적'이라는 단어가 고딕 문명과 이슬람 문명이 혼재하는 베네치아, 카르파초나 티치아노의 그림에 나오는 동방의 화려한 의상을 입은 알베르틴의 몸을 환기한다면, 이제 그 몸이 주는 쾌락의 확실성에 대한 화자의 욕망은 마치 알베르틴의 몸을 만지듯 도시의 매력을 하나하나 탐색하는 곤돌라 여행에 대한 욕망으로 대체된다. 그리하여 그것은 그날의 날씨나 시각에 따라 대운하의 푸른빛을 금속성의 빛으로 바꾸는 변환 작업에 의해, 궁전들과 도서관의 오래된 책들과 베네치아의 기둥들에, 더 나아가 알베르틴의 몸에 시적 정취를 띠게 한다. 왜냐하면 "이런 옷차림은 우리가 마음대로 바꿀 수 있는 평범한 장식이 아니라, 그날의 날씨나 어떤 시각에 고유한 빛처럼 주어진 시적 현실"(9권 53쪽)이기 때문이다. 시간의 예술인 유행 의상, 이런 의상을 입은 알베르틴은 또한 고통의 여신이기도 하다. 삶과 죽음을 상징하는 새들이 수놓아진 포르투니의 의상은 사랑하는 이의 임박한 죽음,

---

* 앞의 글, 32쪽에서 재인용.

자유를 향한 무한한 항해를 꿈꾸는 알베르틴의 죽음을 예고하며, 그렇지만 이 죽음은 삶과 죽음을 의미하는 새들이 번갈아 수놓아진 그 옷처럼 새로운 삶으로의 부활을 의미하기도 한다. 이제 화자는 사랑하는 알베르틴과의 고통스러웠던, 그러나 행복했던 나날을 떠올리면서, 사랑하는 이를 망각으로부터 구하기 위한 글쓰기를 감행할 용기를 갖게 될 것이다.

알베르틴의 고모라적 성향에 강한 의혹을 품고 집 안에 가두지만, 밖으로의 감미로운 유혹을 향한 그 끈질긴 탈주의 욕망 앞에서, 그것을 저지하려는 화자의 노력은 결국 사랑하는 이의 떠남으로, 사랑하는 이의 죽음으로 끝날 수밖에 없는 필연성을 띤다. 왜냐하면 '움직임' 자체인 알베르틴의 무한한 항해는 과거에서 미래로, 이 공간에서 저 공간으로 끝없이 확대되면서 결코 하나의 단일한 의미로 귀결되지 않은 채 무한한 의혹만을 증폭시키는 신기루 같은 움직임을 창출하기 때문이다. "그녀를 볼 때마다 매번 다르게 보인다."(4권 356쪽)라는 화자의 절규는 알베르틴을 알고자 하는 그 미친 욕망, 타자의 진실에 가닿으려는 그 절망적인 몸짓이 이제 불가능의 인식에 이르렀음을 말해 준다. 사랑의 담론이 타자와의 행복한 결합을 의미한다면, 화자는 알베르틴을 사랑한 것이 아니다. "그러나 사랑하지 않는 것은 이미 그 자체로 사랑이며, 포착할 수 없는 것, (……) 그 현존과의 투쟁이다."*라는 레비나스의 말처

---

* E. Levinas, "L'Autre dans Proust" in *Noms propres*, Fata Morgana, 2014, p. 159.

럼, 알베르틴과의 사랑은 사랑의 지속성이나 충일된 감정이라는, 지금까지 전통적으로 사랑을 정의해 온 모든 신화적인 감정들은 해체하지만, 그럼에도 불구하고 타자에 대한 끝없는 물음과 성찰을 통해서만, 고통스러운 몸의 흔적을 통해서만 진정한 사랑의 글쓰기에 이를 수 있음을 말해 주는 것은 아닐까?

참고 문헌

1 불어 텍스트

A la recherche du temps perdu, édition établie sous la direciton de Jean Milly, GF Flammarion, 1984~1987.

A la recherche du temps perdu, édition établie sous la direciton de Jean-Yves Tadié, Gallimard, Pléiade, 1987~1989.

Le Temps retrouvé, Texte présenté par Pierre-Louis Rey et Brian Rogers, établi par Pierre-Edmond Robert et Brian Rogers, et annoté par Jacques Robichez et Brian Rogers, Gallimard, Pléiade, 1989.

Le Temps retrouvé, édition présentée par Pierre-Louis Rey, établie par Pierre-Edmond Robert, et annotée par Jacques Robichez avec la collaboration de Brian G. Rogers, Gallimard, Folio, 1990.

Le Temps retrouvé, édition présentée, établie et annotée par Eugène Nicole, Le livre de Poche, 1993.

Le Temps retrouvé, édition corigée et mise à jour par Bernard Brun, GF Flammarion, 2011.

Contre Sainte-Beuve précédé de *Pastiches et mélanges* et suivi de *Essais et articles*, Gallimard, Pléiade, 1971.

Marcel Proust Lettres, sélection et annotation revue par Françoise Leriche, Plon, 2004.

Dictionnaire Marcel Proust, publié sous la direction d'Annick Bouillaguet et Brian G. Rogers, Honoré Champion, 2004.

2 한·영 텍스트

「되찾은 시간」,『잃어버린 시간을 찾아서』, 김창석 옮김, 정음
사, 1985.

Finding Time Again, In Search of Lost Time, Translated and with an
Introduction and Notes by Ian Patterson, Penguin Books, 2003.

3 작품명과 약어 목록

『잃어버린 시간을 찾아서(À la recherche du temps perdu)』 →
『잃어버린 시간』

1편「스완네 집 쪽으로(Du côté de chez Swann)』→「스완」

2편「꽃핀 소녀들의 그늘에서(À l'ombre des jeunes filles en
fleurs)』→「소녀들」

3편「게르망트 쪽(Le côté de Guermantes)』→「게르망트」

4편「소돔과 고모라(Sodome et Gomorrhe)』→「소돔」

5편「갇힌 여인(La Prisonnière)』→「갇힌 여인」

6편「사라진 알베르틴(Albertine disparue)」→「알베르틴」

7편「되찾은 시간(Le Temps retrouvé)」→「되찾은 시간」

옮긴이 **김희영** Kim Hi-young. 한국외국어대학교 프랑스어과를 졸업하고 프랑스 파리 3대학에서 마르셀 프루스트 전공으로 불문학 석사와 박사 학위를 받았다. 서울대 불어불문학과 및 대학원 강사, 하버드대 방문교수와 예일대 연구교수, 한국외국어대학교 서양어대 학장 및 프랑스학회와 한국불어불문학회 회장을 역임했다. 「프루스트 소설의 철학적 독서」, 「프루스트의 은유와 환유」, 「프루스트와 자전적 글쓰기」, 「프루스트와 페미니즘 문학」 등의 논문을 발표했고, 『문학장과 문학권력』(공저)을 썼으며, 롤랑 바르트의 『사랑의 단상』과 『텍스트의 즐거움』, 사르트르의 『벽』과 『구토』, 디드로의 『운명론자 자크와 그의 주인』을 번역 출간했다. 현재 한국외국어대학교 명예 교수로 있다.

잃어버린 시간을
찾아서 10

갇힌 여인 2

1판 1쇄 펴냄 2020년 11월 13일
1판 5쇄 펴냄 2023년 8월 16일

지은이 마르셀 프루스트
옮긴이 김희영
발행인 박근섭·박상준
펴낸곳 ㈜민음사

출판등록 1966. 5. 19. 제16-490호
주소 서울시 강남구 도산대로1길 62(신사동)
강남출판문화센터 5층(우편번호 06027)
대표전화 02-515-2000 | 팩시밀리 02-515-2007
홈페이지 www.minumsa.com

ⓒ 김희영, 2020. Printed in Seoul, Korea

ISBN 978-89-374-8570-1 (04860)
978-89-374-8560-2 (세트)